DONKERLAND

DEON OPPERMAN

soos oorvertel deur
KERNEELS BREYTENBACH

Tafelberg

Hierdie roman is 'n verwerking van die TV-reeks *Donkerland* wat deur kykNET gebeeldsend is.

Eerste uitgawe in 2013 deur Tafelberg
'n druknaam van NB-Uitgewers
'n afdeling van Media24 Boeke (Edms.) Bpk.
Heerengracht 40, Kaapstad 8001
© 2013 Deon Opperman / Kerneels Breytenbach

Bandontwerp deur Michelle Staples
Tipografiese versorging deur Cheymaxim
Geset in Minion Pro
Gedruk en gebind deur Paarl Media Paarl,
Jan van Riebeeck-rylaan 15, Paarl, Suid-Afrika
Eerste uitgawe 2013

ISBN: 978-0-624-06524-1
ISBN: 978-0-624-06525-8 (epub)
ISBN: 978-0-624-06526-5 (mobi)

— INHOUD —

— 1 —
DIE PAD NA KANAÄN

En Ek sal julle bring in die land waaromtrent
Ek my hand opgehef het, om dit aan Abraham,
aan Isak en aan Jakob te gee; en Ek sal dit aan
julle as 'n besitting gee, Ek, die Here.
— *Exodus 6:7*

Daar is g'n plek in die heelal waar 'n mens ver genoeg kan terugstaan, jou storie kan vertel en met die vertel kan sê nie: Hier is die waarheid presies soos dit gebeur het. Die geheue is 'n snaakse dier, ou seun – hy onthou wat hy wil en die res val soos vrot vrugte van 'n boom van hom af. Dit is nou eenmaal 'n feit: 'n Storie gaan gebuk onder die las van al die stukkies wat bygelieg en bygedroom word, en word vermink deur alles wat vergete is. Maar soos dit is met 'n kind ná nege maande in die swanger maag, of hy nou vermink is of nie, as hy wil uit, dan moet hy uit. En waar was daar ooit 'n gekraam sonder 'n gekerm? Of sonder bloed? Ja, bloed, want laat ek jou sê: Die siel kan ook bloei ... op sy eie manier ...

Verstaan nou een ding mooi: Vir die De Witts van Donkerland is een feit onbetwisbaar, en dit is dat Pieter de Witt, ons patriarg, nou ja, dat sy lewenspad destyds – dit was in 1838 – tydens sy vlug uit die Oos-Kaap na Natal verstrengel geraak het met dié van die swart vrou Mafungwashe, die vrou wat hy herdoop het tot Eerste omdat hy gesukkel het om haar naam uit te spreek. En daardie verstrengeling kon nooit ongedaan gemaak word nie. Dit weet ons nou. Byna honderd vyf-en-sewentig jaar ná daardie gebeure wéét ons dit.

'n Mens kan Pieter se verhaal verder terug gaan haal, nes Mafungwashe se verhaal in haar voortyd nagevors kan word. Maar hul ontmoeting was lotsbepalend, soos 'n dominee sou sê, lotsbepalend vir al die De Witts van sy nageslag.

En ja, as mens na die geskiedenis van daardie tyd kyk, dan was daar ook 'n Britse sendeling betrokke. Natuurlik, hoe dan anders? Daai lotjie witgepleisterde grafstene het hul neus ook oral ingesteek. Is dit dan nie hy, die man van die kleed, wat ons voortvlugtende patriarg besteel het nie?

Voorwaar, hier is die waarheid, hier is dit al wat tel.

Soos ek gesê het: In 1838 vlug Pieter de Witt uit Grahamstad weg. Ek raai hy het daai onderbaadjie van hom aangehad, ook sy ma se ou hempie met die pofskouers, sy pa se sy-krawat met die outydse paisley-patroon en 'n fluweelbroek sonder behoorlike nate.

En hy's nie bang nie. Onthou, die wêreld was ongerep. Die ene boskasie. Pieter se staalblou oë sien baie raak, maar soek net een ding. Slange. Mambas, boomslange – nie bang vir spinnekoppe nie, maar slange …

Kort voor hy die Umzimkulurivier bereik, kruis sy pad eers met dié van die sendeling Grant Roberts. Die man van God is 'n stommerik, 'n onbeholpe dromer. Pieter de Witt sou hom dít kon vergewe, maar hy het meer moeite om te aanvaar dat hy respek vir 'n Engelse sendeling moet toon. Engels!

Pieter het jare later die wysheid gehad om vir sy kinders en klein-kinders te kon vertel dat hy uit Grahamstad weg is sonder om ooit terug te kyk. Lot se vrou kon by hom kom leer het. Hy was twintig – en wees. Sy ouers is maande vantevore op hul plaas vermoor deur 'n bende Xhosas wat kom beeste steel het. Hy was twintig. Het nog nooit behoorlik geskeer nie, en sy baard het gelyk soos 'n truitjie wat met slegte wol gebrei is. Daai baardjie het nog presies dieselfde gelyk toe hy op sy oudag teen die Kakies wou gaan baklei. Maar dis later se storie.

Oor sy jong dae wou hy self nooit praat nie. Dít weet ons uit oor-lewering. "Sit daardie hartseer in 'n boksie," moes sy kleinkinders by oubaas Pieter hoor. Want wat in die land aan die gang was, was veel erger. Maar sodra hy begin verduidelik, is dit dieselfde liedjie wat hy altyd gesing het: die ene oor die Engelse regering wat die grensboere soos vlooie tussen duimnaels wou dooddruk. En dan moet jy onthou dat die Xhosas van die ander kant ewe hard gedruk het. Pieter wou dus net wegkom, noord.

Daar is vertel dat Pieter de Witt wel soms oor die Groot Trek gepraat het. Hy had nie veel ooghare daarvoor nie. Hy was maar 'n alleenloper, sou altyd een bly. As dit nie was vir die Engelse nie.

Die Groot Trek was 'n soort geboorte. Ek weet nie of Pieter so daaraan gedink het as hy sy pyp gestop, dit aan die gang gekry en ver in die donkerte van Donkerland getuur het nie. Hy sou wel geweet het geboorte het vele gedaantes. 'n Moeder wat die lewe skenk aan 'n baba, ja. Maar daar is ook ander geboortes, die optrede van mense wat ander dwing om koers te verander. Dán skenk die lewe geboorte aan nuwe, ongekende moontlikhede. En in dié geheimenis lê eweneens baie bloed opgesluit.

In die vierde dekade van die negentiende eeu het die siel van die Oos-Kaap uitgebloei. Hy het dit self gesien, beleef.

Nou kan mens dink dat die mense in hoë poste in die Kaap net een ding wou weet: Hóékom wou mense wegtrek van die Oosgrens? Dáár in Kaapstad waar die wette gemaak is wat die mense in die Oos-Kaap so gegrief het. Eenvoudige vrae wek soms eenvoudige antwoorde: Niemand het kans gesien vir die smeltkroes waarin hulle hulle bevind het nie.

Ek het hierdie ding sien kom, het die magistraat van Albanie aan sy seniors in Kaapstad geskryf – jy kan dit gaan naslaan. *Die mense hier trou jonk, kry kinders. Die bevolking ontplof. Die inboorlinge leef van die grond. Die Afrikaners ook. Mense soek grond, en hulle kan dit nie binne die wet van die land bekom nie.*

Mense wat wou lééf.

Mense met drome.

Die Afrikaner-grensboere én die Xhosa-bevolking was veeboere.

Hulle het meegeding om dieselfde weivelde. Hulle had wisselende begrippe van die permanensie van eiendom, veral beeste. Albei groepe was haaks met die regering in die Kaap, selfs nog voor Pieter se pa en ma getroud is. Die bitter vrugte van lord Charles Somerset se klein-sielige bewind meer as 'n dekade gelede is nog daagliks gepluk in 'n distrik soos Albanie. En laat dit nou weer gesê word: Jy kry Engelse, en dan kry jy ander Engelse. Daar was baie Engelse wat Somerset verpes het.

Albanie het gestrek van Grahamstad in die binneland tot by Port Frances aan die see, van Rautenbach se Drif in die weste tot Bathurst in die ooste. Die hart van die Zuurveld.

Vir iemand soos Pieter de Witt was dit nie ver genoeg van Kaapstad en sir Benjamin D'Urban, die goewerneur, nie. D'Urban wou die siel van die Britse wetgewing op sy eie manier filantropies probeer uitleef, veral die wet van 1833 waardeur slawerny in Britse kolonies afgeskaf is. Die sendelinge het wonder bo wonder nie gehou van D'Urban se manier van dinge doen nie, maar die Londense owerhede was tevrede met die wette wat hy laat uitvaardig het wat dit onwettig gemaak het vir Afrikaners om die binneland in te trek.

Jy kan jou voorstel: Wat weet D'Urban van die Zuurveld, hy wat nie hier moes veg om liggaam en siel bymekaar te hou nie? En die Xhosas sou dink: Wat weet D'Urban van vryheid, hy wat slawerny afgeskaf en dit vervang het deur dieselfde pyn en lyding as vantevore?

Die sendeling John Philip het in Londen gaan kla.

Vaderland! As mans beginne kla …

Londen het geluister.

D'Urban is in 1837 vervang deur sir George Napier. Maar kom 1838, is die dwingelandy steeds dieselfde vir Afrikaner en Xhosa. Dít het Pieter de Witt aan sy eie bas gevoel. Tussen vryheid en verknegting was daar min verskil.

Wat hy presies van Britse vryheid dink het De Witt glo verduide-lik aan enigiemand wat wou luister. Maar waarna hulle wóú luister, is hoe hy vertel van die dag toe sy pad met eers dié van Grant Roberts, sendeling van die Londense Sendinggenootskap, en daarna met dié van Mafungwashe gekruis het. Dis nou vir jou 'n storie ...

Toe hy die water van 'n groot rivier deur die blare en takke sien blink, klim Pieter de Witt van sy perd af, stap voor die dier aan, versigtig, die leisels in sy een hand, geweer in die ander. Dit is drie weke sedert hy uit Grahamstad gevlug het en hy weet die glinstering voor hom moet die Umzimkulurivier wees. Dit is asof die gevoel van verligting sy knieë laat knak, en hy sak vinnig op sy hurke neer.

Die reis was sonder voorval. Pieter was waaksaam genoeg om te sorg dat hy nie paaie met die Xhosa-grensboere kruis nie. Maar dit het ook meegebring dat hy dikwels lank op 'n plek moes skuil wanneer hy van 'n hoogte af beweging en lewe bespeur het waar daar vlaktes was, want die gebied waarin hy hom bevind, is vol riviertjies en stroompies wat die heuwelagtige wêreld deurkronkel.

Hy is moeg, en honger. Hy kom regop en baan vir hom en die perd 'n weg deur die struikgewas. Toe die water oop en lig kabbelend voor hom lê, spring 'n haas regs van hom op, maar die vlug is halfhartig: Die diertjie gaan staan 'n paar treë verder weg en kyk nuuskierig oor sy skouer. 'n Maklike teiken.

Toe Pieter de Witt by die dooie haas buk, wonder hy of dit sy lot sal wees – om altyd só onder die wind te moet sluip, op sy hoede.

Dit kos hom nie baie tyd om 'n vuurtjie aan die gang te kry nie. Darem een ding wat hy kon red uit die afgebrande opstal van sy ouers – 'n ou tonteldoos.

Daar is genoeg bome en skaduwee. Die rokie van sy vuurtjie trek nie 'n streep hemel toe nie; dit raak verdwaal tussen tak en blaar.

Terwyl die haas gaar word, wonder hy of hy nie maar hier, in die ruigtes aan die oewer van die Umzimkulurivier, moet uitspan vir 'n paar dae nie. Die kruising gaan moeilik wees.

Pieter sit voor 'n vuurtjie. Hy braai die haas wat hy sorgsaam afge-slag het oor die vuur. Hy hou sy ore gespits, al het hy sy perd op lyn geslaan aan 'n boom daar naby. Die perd het eetbare gras gevind, goed en wel, maar Pieter bly waaksaam. As die perd iets hoor, sal Pieter dit dadelik weet. Sy geweer lê net langs hom oor die dooie stomp waarop hy sit. Hy het sy saal ook daarby neergelê – vir die vinnig opsaal, as dit moet.

Hy lig sy koffiekannetjie van die kole af om vir hom 'n beker te skink – en net dan hoor hy dit. Die onmiskenbare geluid van voete wat droë blare versteur.

Pieter vries. Hy beweeg nie. Sy ore is gespits in die rigting van waar hy die geluide gehoor het.

Hy kyk, merk dat sy perd ook in die rigting kyk van waar die geluide gekom het. Mag 'n bokkie wees, maar hy twyfel …

Hy sit die koffiekan en beker stadig neer en vat saggies sy geweer. Hy kom stadig orent en haal die geweer versigtig oor, sy oë heeltyd op die bosse en bome waar hy die geluid gehoor het.

Iets beweeg tussen die bosse deur, maar hy kan nie uitmaak wie of wat dit is nie.

Beslis 'n mens …

Pieter lig sy geweer, rig dit op die persoon in die bosse. "*Veza ubuso bakho akuyenzi loo nto ndiya ku kubala!*" roep hy. Wys jou gesig of ek maak jou dood.

'n Stem roep op Engels uit: "Moenie skiet nie!"

Pieter wonder wat dit is dat elke slag dat hy 'n haas oor 'n vuurtjie braai, 'n Engelsman sy rus kom versteur. Dit is wat drie weke gelede buite Grahamstad gebeur het, en om die waarheid te sê, is dit hoekom hy hier is. Hy is Saterdagoggend mark toe om springhase te verkoop en het ná die tyd buite die dorp self een oor die kole begin braai.

Agterna beskou, was dit 'n dom ding om só naby aan die dorp te doen.

Dis so vyf myl te perd buite Grahamstad; elke week het hy gesit op dieselfde hoogtetjie wat uitkyk oor die boskasies en ruigtes in die rigting van Bathurst. Sy vuurtjie het hy gepak op die kole van die vorige week se vuurtjie. Sy koffiekan was laag oor 'n syvuurtjie, en die haas was vas aan 'n stok wat tussen twee mikke gelê het. Soos die haas gaar geword het, het Pieter telkens vir hom 'n stukkie daarvan afgekerf. Die ene geduld. 'n Hele week lank het hy aan daardie luukse gedink.

Vir 'n klong van twintig – nie meer nat agter die ore nie, sou sy pa gesê het, was hy nog in die lewe – het Pieter baie vroeg al geleer om na homself om te sien. Albei ouers verloor in die groot Xhosa-aanslag van 1834. Daardie nag onuitwisbaar in sy geheue vasgebrand. Die lawaai by die stal, die gebulk van die beeste. Toe die deur van hul opstal wat stukkend geskop word.

Die krete, die krete.

Albei sy ouers.

En hy? Van sy klerekas deur 'n luik na die solder, en in die donkerte met die soldertrap af, veld toe. Waar hy geskuil het tot die dag gebreek en die lig geval het op die lyke van sy ouers op die werf voor die opstal.

Pieter neem die Engelse kwalik daarvoor. Wie bou nou 'n spul forte op koppies en verwag dat die Xhosas anderkant die Groot-Visrivier sal bly? En dan nog al hul wette ook! Maklik om in die Kaap te sit en twak uitdink, moeiliker om dit hier uit te voer. 'n Mens sou dink die beter-weterige spul sou uit die foute van 1819 leer, maar nee.

Terwyl hy nog so gesit en tob het, hoor hy die leerskoene agter hom gras plattrap en klippertjies skuif.

Hy't vir hom nog vleis gekerf, nie omgedraai nie.

Toe kom die geluid van 'n geweer se haan wat oorgehaal word. Reg agter sy kop.

"Pieter de Witt ...?" Die stem het nie behoort aan die hand wat die geweer teen sy kop hou nie.

Pieter het skuins oor sy skouer gekyk. Die uniform gesien van 'n Britse maarskalk, die ene rooi-en-goue knopies.

Die stem het hy herken, Boerseun soos hy. Maar in diens van koningin Victoria.

Pieter het geswyg.

"Kom nou, Pieter. Jy weet ek weet wie jy is."

"Hoekom vra jy dan?" Hy sou dit wragtag nie vir die vent maklik maak nie.

"Omdat ek moet."

Toe praat die vent met die geweer reg agter hom: "Is he the man?"

Pieter was onmiddellik die blou bliksem in.

"Yes." Die Boerseun met die Britse klere kry die eenvoudige woord bitter skeef uit.

"Mister Peter de Witt, you are under arrest."

"Wat soek jy met hierdie Engelsman?" Pieter het die man agter hom geïgnoreer.

"Kom nou, Pieter … moenie moeilikheid maak nie." Sy vriend, as 'n mens hom vriend kan noem, was bekommerd. Dalk had die man agter hom 'n ligte skietvinger.

"En in daai uniform …" Nou meer afgemete. "Skaam jou, man."

Uit die geskuifel van die man se voete kon Pieter maar weet, dit was nie vir hom lekker wat daar aan die gang was nie.

"Ek soek nie moeilikheid nie."

"In daai geval, kry jou ry en daar sal nie moeilikheid wees nie."

Nie veel kans dat dít sal gebeur nie, wis Pieter. 'n Soldaat se loon is nie te versmaai nie.

"Jy weet hoekom ons hier is."

Pieter kyk stadig af na die vleis oor sy vuurtjie. Hy knik. Natuurlik weet hy!

"We have reliable witnesses," kom die Ingelsman se stem agter hom, "that say you were seen selling game at the Grahamstown market this morning."

Pieter het nie eens omgekyk na die man wat praat nie. Sy oë was steeds oor die bosse heen op soek, doer Bathurst se kant toe. "Sê vir jou baas ek laat my nie in Engels arresteer nie."

Die Ingelsman het sy vriend gevra wat die Boertjie gesê het.

"Hy sê," het die Engelse woorde met 'n baie sterk Afrikaanse aksent skeef en krom uitgekom, "dat as jy hom wil arresteer, jy dit in sy eie taal moet doen."

Die Engelse maarskalk was stil. Verdwaal seker in die reglement wat hy uit sy hoof moet leer, maar toe die kalf amper in die put wil spring, kon hy nie mooi dinge bymekaar kry nie, het Pieter gedink.

"Jy woon in die Albanie-distrik van die Kaapkolonie, meneer De Witt, en as sodanig moet jy jou onderwerp aan die wette van die regering van Haar Majesteit koningin Victoria."

Pieter draai sy kop, rig hom tot die Engelse maarskalk, op Engels, sodat die man kan weet hy is nie sommer 'n dom hierjy wat net een taal magtig is nie: "Ek het geen trou aan jul koningin gesweer nie."

"Moontlik nie, maar jy is 'n inwoner van haar koninkryk en as sodanig onderworpe aan die wette wat haar regering uitvaardig, wat in hierdie geval uitdruklik die jag van wild sonder lisensie verbied."

Die Engelsman het diep asemgehaal, toe voortgegaan: "Jy is reeds twee keer gewaarsku en weer vrygelaat en tog, ondanks hierdie toegeeflikheid, of miskien weens die toegewing, gaan jy voort om sonder lisensie te jag."

Tóé praat Pieter, sy rug styf. Antwoord op Afrikaans: "Die enigste baas van hierdie plaas, Engelsman, is God ... en as ek dit reg verstaan, het Hy die mens heerskappy oor al die diere op aarde gegee. Dis die enigste lisensie wat ek nodig het."

Die twee maarskalke het mekaar agter sy rug verby aangekyk. "Hy sê," het Pieter se verloopte vriend vertaal, "dat hy slegs verantwoording doen aan God wat aan die mens die lisensie gegee het om te jag."

"Ek het gehoop dat hy vanself en stil sou kom," antwoord die Engelse maarskalk, maar as dít is hoe hy dit wil speel ..."

Pieter het die stygende woede in die man se stem gehoor, die naderende beweging ... Soos blits het hy omgeswaai, die maarskalk se geweer uit sy hande gegryp en dit verby sy eie lyf gepluk. Hy het effens regop gekom en die geweer met krag teruggeswaai. Die kolf het die maarskalk vol op die bek getref en Pieter kon hoor hoe die lip bars.

Die maarskalk het net daar neergeslaat, sy mond bebloed, skielik nie meer seker van homself nie.

Maar Pieter se eertydse kennis het kop gehou. Hy had Pieter

sekuur in sy visier – en Pieter, nou orent, het die Engelsman se geweer omhoog geswaai.

Die twee manne staan só, hul gewere op mekaar gerig, nie een bereid om toe te gee nie.

Die Engelse maarskalk het bloed geproes en sy mond probeer skoon kry.

"Liewers nie," het die koelkop maarskalk aan Pieter gesê.

Pieter het hom eers net aangestaar, woorde wat hom ontwyk. Toe antwoord hy: "Jy weet hulle gaan nie ophou totdat ons almal hulle slawe is nie."

Die maarskalk het al baie hieroor nagedink en antwoord toe nie minder ferm nie: "Voor die Engelse was dit die Hollanders ... en ná die Engelse sal dit iemand anders wees. Mense soos ek en jy, Pieter, sal altyd slawe wees."

Pieter wou hom eers nie 'n antwoord verwerdig nie, maar toe kon hy ook nie meer stilbly nie. "Jy miskien. Ek? Nooit."

En nou staan hy weer by 'n vuurtjie, weer met 'n haas, en weer is daar 'n Engelsman wat uit die niet verskyn.

"Staan nader," beveel Pieter, "tot waar ek jou kan sien."

"Moenie skiet nie. Ek kom in die naam van God!"

Pieter tuur na die bosse. Sy geweer steeds gereed, vinger op die sneller.

Die man wat hande omhoog uit die bosse verskyn is skraal, met 'n netjiese baard – al is hy hier ver van seep en water. Hy kom daar uit die ruigtes uit soos Moses met sy staf. Oor sy skouers hang twee leer-sakke. Sy hoed is ook van leer, maar anders as Pieter s'n het dit 'n lekker breë rand wat die hetige Afrika-sonnetjie van sy gesig en tere Europese vel weghou.

"Dis naby genoeg."

Die man hou nie op met beweeg nie. Óf hy verstaan Pieter nie, óf hy is domonnosel.

"Ek sê staan stil, boetie! Ek kan 'n mossie op vyftig tree plattrek, en jy is honderd keer groter en veertig tree nader."

Die man begin iets sê in 'n geradbraakte Afrikaans. Pieter is onmiddellik geïrriteerd. As die man Afrikaans kan praat en verstaan, beteken dit dat hy al lank in die land is. Lank genoeg om drome te droom en vir mense net sonde en ergernis te skep.

"Wat daarvan?"

Die man beweeg nog 'n paar treë nader.

"Stadig ...! Stadig ..." Vir wat wil hy so naby staan?

"Ek het my perd in die dryfsand naby die rivier verloor," sê die man, nou weer in Engels.

Pieter laat sak sy geweer effens. "Wragtag. Net 'n bleddie Engelsman is dom genoeg om sy perd deur dryfsand te probeer vat."

Die Engelsman kyk Pieter fronsend aan, haal sy skouers onbegrypend op. Pieter dink, nou maar goed. Dan praat hy stadiger: "Is jy alleen?"

"Behalwe vir onse Heer, ja, ek is alleen."

Pieter kyk agter die skraal man verby. Hy moet seker wees dat niemand anders in die ruigtes skuil nie.

Wanneer hy gerus is, beduie hy vir die Engelsman om nader te staan. Dán eers laat sak hy sy geweer, stadig.

Pieter begin hom uitvra, en is verbaas om te hoor dat die man van Grahamstad kom. "Wat soek jy hier in die bosveld?"

"Ek is verbonde aan die Londense Sendinggenootskap."

"Sendeling?"

"Ja."

Pieter som Roberts stil op. Hy begin ontspan.

Grant Roberts is drie weke gelede in die kantoor van die Londense Sendinggenootskap op Grahamstad ontvang deur die hoof van die genootskap, doktor John Philip.

Roberts het groot respek vir dié man, wat reeds sedert 1818 gemoeid is met sendingwerk in Suid-Afrika en na wie die dorp Philippolis genoem is, dáár waar 'n sending-buitepos vir Boesmans gestig is. In die onlangse verlede was Philip meer in Londen doenig, as lid van 'n afvaardiging wat by die Britse parlement gaan voorspraak doen het vir sterk optrede teen die Kaapse koloniste weens hul onmenslike optrede teen die inboorlingbevolking.

Dit is einste dr. Philip en sy sending wat sir Benjamin D'Urban sy pos as goewerneur gekos het, en die afgelope jaar het hy hom as die Britse regering se spesiale adviseur oor inboorlingsake op Grahamstad gevestig, waar sy standpunte oor die afskaffing van slawerny nie juig-krete uitgelok het nie by die grensboere wat in die brandpunt was van die struwelinge aan die Oosgrens met die Xhosa-bevolking.

Daar in sy kantoor het die gryse doktor Philip vir Roberts gesê hy kan nie ophou om hom te verstom oor die waagmoed van die nuwe geslag sendelinge uit Londen nie. Omdat hyself van Skotse afkoms is, het Philip van onder effens neergeslane ooglede gesê, het dit hom skoon ongemaklik gemaak wanneer hy 'n idealis soos Grant ontmoet. Hy is gewoond aan mense só konserwatief dat hulle nie graag praat nie.

Grant dink dikwels met deernis terug aan die bejaarde sendeling, sy hare spierwit grys en sy skouers effens geboë, maar sy helderblou oë vol vuur en diepe geloof – terwyl hy wat Grant is eers betreklik onlangs mondig geword het. Grant was netjies geklee, maar hy was ongemaklik in sy pak, sy gesig bleek, met hare wat nie netjies wil bly lê nie.

Hy het groot sake op die hart gehad.

"U moet verstaan, meneer Roberts," het die waardige teoloog gemaan, "dat die sending wat u wil onderneem lewensgevaarlik is."

Hy het van die venster weggedraai, waar hy momenteel na buite gestaar het, en Roberts, wat voor doktor Philip se lessenaar gestaan het, reguit in die oë gekyk. "Die land waar die Zoeloes woon is nog nie gekarteer nie. As die dinge wat die plaaslike Xhosas van hulle sê waar is, is hulle 'n kragtige en strydlustige stam. Hul koning is Dingaan, 'n onverbiddelike mens wat koning geword nadat hy sy halfbroer, Shaka, vermoor het."

"Maar is dit nie die opgelegde taak van die Londense Sending-genootskap," het Grant gevra, "om die kennis van Christus te versprei onder die heidene en ander oningeligte nasies nie?"

"Inderdaad, maar dit is taamlik moeilik om dít te doen as 'n mens dood is."

Die Skotte en hul humorsin … het Grant gedink, maar 'n glimlag onderdruk en vinnig gesê: "Ja, al gaan ek ook deur die dal van doodskaduwee …"

"Natuurlik, ja," was doktor Philip se antwoord, "maar ek het gesien dat God op baie maniere tot die mens spreek. En dit was 'n Moslem wat my eens vertel het dat 'n mens op God moet vertrou, maar dat jy nietemin nie moet vergeet om jou kameel snags vas te maak nie. Gelukkig het ek daardie Moslem ontmoet toe ek baie jonk was. Sy advies is, vermoed ek, hoekom ek steeds op die ouderdom van drie-en-sestig hier is om dit met jou te deel. Ons moet die heidene na Christus bring, gewis, maar hoe langer ons lewe, hoe meer mense kan ons red."

Roberts het begin haastig raak. "Doktor Philip, ek is dankbaar vir u ondersteuning en advies, maar dit is my diepste oortuiging dat dit my roeping is om hierdie missie te vervul."

Philip het meer as 'n minuut lank stil na Roberts gekyk, sy hand voor sy mond, diep in gedagtes versonke. Grant het hom begin bekommer. Wat nou?

"Dan moet jy gehoor gee aan daardie roeping," het doktor Philip uiteindelik gesê. "Die genootskap sal jou ondersteun op watter manier ook al moontlik is."

"Dankie."

Doktor Phillip het die jong sendeling se hande geneem en sy hoof gebuig. "Kom ons bid."

Grant Roberts probeer onthou presies wat doktor Philp gebid het – maar tot sy ongemak besef hy dat hy die hele gebed vergeet het. Seker die opgewondenheid van die oomblik.

En nou staan hy teenoor 'n ander man. 'n Moeilike mens.

"Voor jy langs my vuur kom sit," sê Pieter de Witt uiteindelik, "moet jy een ding mooi verstaan: Ek verdra nie 'n Engelsman of 'n missionary se gepreek nie."

Die sendeling sê niks, en uiteindelik steek Pieter sy hand uit. "Pieter de Witt."

Pieter se een oog vernou geamuseerd. Die sendeling se greep is fermer as dié van ander Engelsmanne waarmee hy al vantevore bladgeskud het.

"Roberts. Grant Roberts."

Pieter kyk die sendeling op en af. "Hier is koffie as jy wil hê."

"Loof die Heer!"

Die sendeling deins skielik terug wanneer Pieter 'n dreigende gebaar in sy rigting maak. Pieter sis behoorlik: "Onthou wat ek gesê het oor die preek …!"

"Sorry. Jammer. Dankie."

Pieter haal 'n enemmelbeker te voorskyn en skink vir die sendeling uit sy koffiekan wat rustig stoom blaas op die kole. Die sendeling neem die beker met dankbaarheid aan.

Dan haal Pieter 'n plat blikkie uit sy sak, maak dit oop en bied vir Roberts aan.

Die sendeling begryp nie wat dit is nie.

"'n Soetigheidjie," verduidelik Pieter, "vir die koffie."

Roberts sit een in sy mond, soos Pieter aan hom beduie. "A," roep die sendeling in verrukking uit, "'n gekookte lekkerny."

"Soetigheidjie," herhaal Pieter plegtig. Hy sit self een in sy mond sodat hy die koffie daaroor kan sluk.

Hulle drink in stilte. Pieter verkies dit so – sou ook nie omgee as die man nou verkas nie, maar hy het 'n spesmaas dit gaan nie vinnig gebeur nie. Nie sonder 'n perd nie.

"Wat is dit wat jy doen, meneer De Witt?"

Pieter kyk vinnig op na Roberts – as die man geweet het waarvoor om te kyk, sou hy die gevaartekens gesien het.

"As jy nie omgee dat ek vra nie."

Ja, hy gee om, dink Pieter. Hoe verduidelik hy dat hy nog nooit iets anders gedoen het as vry wees nie? Hoe verduidelik hy dat hy die waarde begin besef het van dit wat vir hom so vanselfsprekend soos asemhaal was toe hy in die tronk gegooi is? Dat hy amper 'n dag lank 'n tronkvoël was?

Hulle het Pieter na die Provoos-gebou in Grahamstad geneem. Dit is al 'n paar jaar lank 'n militêre gevangenis. Pieter is alleen in een van die selle gesmyt. Sy besittings is van hom weggeneem en op die tafel gesit: bandelier, geweer, hoed, alles.

So in die verbysleep het Pieter van die ander aangehoudenes gesien – wisselend van mense wat hul roes lê en uitslaap tot Afrikaners en Xhosas wat die verbygaande prosessie dophou.

Die bewaarder was 'n rou Engelsman, sy woorde gedra deur 'n aksent wat dit só vervorm dat Pieter met moeite kon volg wat hy sê. Pieter kon verstaan hoekom die man 'n tronkbewaarder is, ver van die publiek se oog. Hy's 'n vet vent, korterig gebou, met klere wat maande laas behoorlik gewas is. Terwyl hy praat, het die alkoholwalms Pieter reg in die gesig getref.

Hy het Pieter die sel in gestamp. "Raak gewoond daaraan. En pis in die emmer, anders ransel ek jou af."

Toe gaan staan hy daar, anderkant die traliehek, en kyk Pieter met afsku aan. "Dirty Dutchman. Sonder julle gespuis sou ons veel minder probleme in hierdie godverlate plek gehad het." Hy het nader aan die tralies beweeg en in Pieter se rigting gespu.

Toe hy wegstap, sien Pieter hoe die spoeglel oor sy een skoen gespat het.

Pieter het geswyg, die bewaarder se waggelstappie bekyk. Toe draai hy om en gaan sit eenkant op 'n baal strooi.

Ná 'n ruk hoor hy 'n deur in die verte oopgaan en voetstappe in sy sel se rigting kom.

Dit was sy vriend, die Afrikaanse maarskalk, handlanger van die Britte. Hy het gaan staan waar die vet bewaarder 'n ruk gelede gestaan het, in sy hande 'n fles. Hy het Pieter 'n oomblik stil aangekyk, toe die fles deur die tralies vir hom aangegee.

Pieter het nie beweeg nie.

"Whisky," het die maarskalk verduidelik.

"Ek drink nie," het Pieter dadelik geantwoord. Want dit wás so.

"Ja," het die maarskalk geantwoord, "maar hý drink." En so, sonder woorde, met sy kop in die rigting van die bewaarder beduie.

Hiér was 'n plan …

Hy het sy rug na Pieter gedraai.

"Pla jou gewete jou?" het Pieter gevra.

Die maarskalk het teruggedraai. "Ja," sê hy. "Maar nie genoeg om 'n ander werk te loop soek nie. As ek jou weer in hierdie distrik sien, ken ek jou nie … en skiet ek voor ek praat." Hy het omgeswaai en weggestap.

Pieter het hom geglo. Hy het die prop uit die fles getrek, aan die whisky geruik. Die plan het by hom begin posvat. Hy het 'n slukkie in sy mond geneem.

Toe die bewaarder 'n paar uur later met kos vir hom kom, brood en sop, sit Pieter op sy strooibaal teen die een muur van die sel – hy het gesien hoe die man die kos op die grond voor die traliehek neersit.

"As dit van my afgehang het," het die woorde oor die bewaarder se vlesige vuil lippe gepeul, "sou ek al die Dutchmen in hierdie kolonie op 'n skip geboender en Australië toe gestuur het. Saam met al die swart barbare. Hierdie plek sou 'n paradys sonder julle spul wees."

"Ek's nie honger nie."

"Maak soos jy lus het," het die bewaarder geantwoord.

Pieter het die fles whisky te voorskyn gebring, die prop voor die bewaarder uitgetrek en 'n sluk geneem.

Die bewaarder het vasgesteek asof iemand hom met 'n paal teen die voorkop geslaan het. "Haai!" skrou hy. "Waar kry jy dit?"

Hoe is dit moontlik, het die lummel duidelik gedink, hierdie tronk is twee jaar oud en niemand het nog ooit iets ingesmokkel gekry nie.

Pieter het geswyg, die vent aangegluur.

Die bewaarder het by die traliehek gaan staan. "As daai is wat ek dink dit is …"

Pieter het die fles gelig, so al asof hy die man gesondheid wou toewens, en nog 'n slukkie geneem.

"Gee hier daai fles!" skrou die bewaarder.

Pieter kyk uitdagend na die bewaarder.

"Ek sê, gee hier, of jy sal die sambok op jou kale rug voel byt!"

Pieter het begin glimlag, stadig opgestaan en na die tralies gestap. So in die stap nog 'n mond vol geneem. Die fles vir die bewaarder uitgehou.

Die vettie het sy vuil hand deur die tralies na die fles uitgesteek. "Gevangenes word nie toegelaat ..." begin hy sê.

Pieter het die whisky in sy mond in die bewaarder se gesig en oë gespoeg.

Die man het benoud gegil, sy hande oor sy oë geslaan en weggedraai, sy rug na die tralies.

Pieter was blitssnel. Met een beweging het hy die bewaarder se kraag beet en pluk hy hom met 'n magtige greep met sy rug teen die tralie-hek vas, arm om die wag se nek geklem sodat hy die man se keel goed kan wurg.

Die vent vat-vat aan Pieter se arm soos hy probeer om die staalgreep om sy nek te breek, maar tevergeefs. Stadig maar seker het die bewaarder die stryd verloor – en sy bewussyn.

Pieter het die man sag laat afsak grond toe. Hy het sy hand deur die tralies gesteek en die bewaarder van sy stel sleutels verlos.

Pieter sluit sy sel oop, staan wydsbeen oor die bewaarder. "Sien jou in Australië," het hy hom gegroet.

Die kamer waar hy van sy al sy besittings ontneem is, was leeg. Laat op 'n Saterdagmiddag in 1838 is die tronk in die hande van die enkele bewaarder gelaat, almal elders besig om te ontspan.

Pieter het sy geweer in die hoek sien staan. Die bandelier, hoed en kleiner dinge het nog net gelê waar hy hulle 'n paar uur tevore op die tafel neergesit het.

Hoed op die kop, bandelier oorkruis oor skouer en bors, het hy laat spaander na die stalle met die ander besittings in sy hande.

'n Engelse soldaat het voor die stalle gestaan. Voor hy tot verhaal kon kom, tref Pieter se kolf hom agter die kop. Hy syg neer langs die perd wat hy besig was om te roskam.

Pieter het sy perd gevind, met sy saal daar naby. Hy het so vinnig moontlik opgesaal, sy been oorgeswaai.

Terwyl die Engelse soldaat nog sukkel om orent te kom, steek Pieter hakskene in sy perd se lieste en trek op 'n stywe galop weg. Die Provoos-gebou se deure staan wyd oop, Pieter se pad na vryheid.

Hy het daaraan gedink om in Uitenhage se rigting te ry, maar uiteindelik het gesonde verstand vir hom gesê dit is presies wat die Engelse van hom sal verwag. Dat hy sou terugkeer na sy mense.

Daarom het Pieter de Witt op sy perd suid koers gekies, in Bathurst se rigting. Ná 'n uur se ry het hy oos geswenk, in die Groot-Visrivier se rigting, en ná nog 'n halfuur tot stilstand gekom. Hy het sy perd na 'n stroompie gelei vir sy dors, en ná 'n ruk het hulle rustig begin aanstap in die skemering, noordwaarts.

Vryheid!

Vryheid? Hoe vry is hy as 'n gewone Engelse sendeling hom kan uitvra? Pieter soek nie van uitvra nie. "Jy vat 'n kans om soos 'n profeet hier in die wildernis rond te dwaal," sê hy, en dan, sy Engels lekker krom: "Where are your gun?"

"Ek het nie een nodig nie."

Pieter wag dat hy moet sê: My hulp kom van Bo, maar die sendeling begin mooi leer.

"Dan is jy nog dommer as wat ek gedink het."

"Ja, al gaan ek ook deur die dal van doodskaduwee ..."

"Totdat jy die punt van 'n assegaai teen jou keel voel, of 'n kierie teen jou kop, dan praat ons weer."

Die argument waai oor, voor dit behoorlik kon begin, dink Pieter.

Maar die Engelse sendeling bly lastig. "So, wat ís dit wat jy doen?"

Pieter gluur die man aan. Dan kyk hy weg, en swyg oor sy rede.

"Ek veronderstel jy is op pad iewers heen?" vra die geestelike.

Pieter dink: Hier sit hulle, myle en myle van Grahamstad af, 'n haas braai oor die kole, die koffie is vuurwarm en lekker sterk getrek, en die man wil weet wat hy vir 'n bestaan doen.

Stilbly is die beste antwoord.

"Was dit Zoeloe wat ek jou netnou hoor praat het?"

"Dis Pondoland dié."

"Nee, netnou terug, jy het iets geskree …"

"Xhosa."

"Ek … hoor … hulle is baie dieselfde."

"Ek het in die Zuurveld grootgeword. Ek ken nie van Zoeloe nie, maar ek reken solank ek kruit vir my roer het, sal hulle my verstaan."

Roberts is heeltemal oortuig dat die man voor hom niks weet nie van die stryd wat doktor Philip twee jaar gelede in Londen gaan stry het vir die regte van die einste Zoeloes met wie hy so met 'n gelaaide geweer wil gesels. "Ek is besiel," sê die sendeling, "deur die wonderlike voorbeeld van Francis Owen. Hulle sê hy woon onder die Zoeloes, maar hy dra geen geweer nie. Gods Woord is sy enigste skild. Ek is op pad om by hom te gaan aansluit."

Pieter antwoord dadelik: "Jy mors jou tyd as jy dink jy gaan die Zoeloes bekeer."

"Ons is almal God se kinders, meneer De Witt, selfs die …"

Pieter vererg hom bloediglik. Hy staan op. "Sê my, Engelsman, hoe lank is jy al in hierdie land? Hè? Hoe lank is jy in Afrika?"

"Ek het twee jaar gelede hier aangekom, en sedertdien …"

"My mense is al drie geslagte hier," sê Pieter afgemete, "en as ek een ding weet, dan is dit dít: Die dryfsand van hierdie land lê nie net langs die riviere nie, dis orals. 'n Man wat nie sterk staan nie, verdwyn soos 'n graf in die gras, ingesuig in die boesem van Afrika."

"Jammer, ek volg jou nie mooi nie …"

Al weer die wegkruip agter sy swak begrip van Afrikaans.

"… maar as ek iets mag waag, ek glo dat beskawing na alle mense gebring kan word, selfs die heidene van hierdie land, as 'n mens dit net tyd gee …"

"Die hemel behoed hulle."

"… en die genade van God."

Die man het nog soveel te leer, dink Pieter. "Gaan jy daar instap en sê 'civilisation!' en dan verwag dat hulle jou 'n pot bier aanbied?"

"Daniël is in die leeukuil gewerp, maar God …"

"Dis nie Israel hierdie nie, broer, dis Afrika dié! Hier praat bloed. Dis al."

"Jy het die swaard gekies, en ek geloof. Die tyd sal leer wie reg was."

"Moenie jou hier kom heilig hou nie. Ons weet maar alte goed hoe werk julle Engelse – eers kom manne soos jy met 'n Bybel in die bek en as julle die mense mooi saggemaak het, kom die soldate. En as 'n man sy oë uitvee, sit hy sonder vryheid en sonder land."

"Ek veronderstel die swart inboorlinge van hierdie land sê dieselfde van julle."

Nou sien Pieter behoorlik rooi. "Wetter! Jy kom hier aangestap, jy kom sit langs my vuur, drink my koffie en dan beledig jy my! Ek het niemand se land gesteel nie! My mense het met bloed vir hulle geboortereg betaal. Wat het julle betaal? Laat ek jou een ding sê, mister Roberts: Dis oor jou kastige Engelse 'civilisation' dat ek vandag sit waar ek sit! My voorvaders het tak vir tak en klip vir klip 'n bestaan uit hierdie land gewurg, en toe kom julle Engelse en ewe skielik mag 'n man nie meer 'n boom afkap sonder toestemming nie; moet hy 'n dekselse lisensie hê om te kan jag; sy naam op sy ossewa skryf as hy in die pad wil ry, om nie eens te praat van die Hottentotte wat soos wit mense behandel word en slawe wat vrygelaat word nie. Julle het nie die fondamente hier gegrawe nie, my pa het, en sy pa voor hom, en nou kom julle met julle 'civilisation' en julle wil 'n huis bou op sweet wat julle nie gesweet het nie en bloed wat nie julle s'n is nie. Dis hoekom my volk in hulle duisende trek. Ons is lank genoeg geterg. Ons gaan 'n republiek in die noorde stig en ek gaan vir my 'n plaas aftree waar g'n 'civilisation' my kan pla nie."

Roberts sê niks.

Sou die man verstaan wat Pieter gesê het?

Dan hoor Pieter hoe die sendeling die soetigheidjie in sy mond met 'n harde kraak tussen sy tande verbrysel. Hy hét verstaan! "Jy's nie veronderstel om die ding te kou nie. Dis al soetigheid wat ek het. Een per koppie, nie meer nie."

Die dag stap aan, maar Roberts bly sit. Hy praat hierdie rigting, dan daardie rigting. Vir Pieter is dit egter by die een oor in en die ander uit. Hy't nie nou lus vir die man se kletsery nie.

Maar uiteindelik, die haas verorber, gesamentlik, en die vuurtjie wat nog net 'n lui rokie tussen die oorhangende takke instuur, kom Roberts uit by die vraag wat Pieter liewers nie wil hoor nie: "Ek het gewonder ... noudat ek sonder perd sit, sal jy omgee as ek met jou saamgaan?"

"Saamgaan?"

"Ek stap saam met jou," sê hy tot Pieter se groot verligting. Vir 'n passasier op sy perd sien hy nie kans nie. "Jy het mos gesê dat jy in die rigting van Zoeloeland gaan."

"Gaan terug Grahamstad toe!"

"Dis nou net so ver terug as wat dit vorentoe is. En buitendien, al my voorraad was in my saalsak, en my saal was op my perd, en my perd is ingesuig in die boesem van Afrika."

En slim vang altyd sy baas, dink Pieter. "As jy 'n geweer gehad het, was dit nou nie 'n probleem nie, nè?"

Vir 'n verandering het die Engelse sendeling geen antwoord nie.

Pieter begin opruim. "Ek is haastig," verduidelik hy aan die sendeling wat nou met sy hande langs sy sye staan. "As die manne hulle stokke begin plant, wil ek nie agter in die tou staan nie."

"Verskoon my, maar ek volg nie hierdie stokke-ding nie."

En dan wil die vent die wildernis in. "Hy lyk soos 'n mens maar hy's dommer as 'n bobbejaan," mompel Pieter by homself. Hy neem sy geweer om vir die Engelsman te wys wat hy bedoel. Hy plant die geweer regop soos 'n stok, kolf teen die grond. "As 'n man sy plaas wil aftree, kap hy eers 'n stok in die grond. Die stok is die middelpunt. Dan stap hy 'n halfuur noord, 'n halfuur suid, 'n halfuur oos en 'n halfuur wes. Dan het hy sy plaas. Die man wat eerste sy stok plant, kry die beste grond. Met twee lywe op sy rug gaan my perd gou moeg raak. Verstaan jy nou wat ek sê?"

Hulle wil waaragtig hul eie republiek gaan stig, dink die sendeling. Hy sê niks.

Ek het jou mos gesê dit is 'n storie en 'n half, en hier kom die volgende kinkel: In die dae voordat Pieter de Witt en Grant Roberts hul eie paadjies van Grahamstad af gevolg het na die oewer van die Umzimkulurivier, met en sonder perd, ontmoet twee pa's mekaar op formele vlak in 'n Mpondokraal enkele myle wes daarvandaan. Trouens, soos Pieter dit seker later sou uitgepluis het, moes sowel hy as die sendeling vlak by daardie kraal verbygeskuur het.

Hoe weet ons deesdae van dié ontmoeting? In die lang pad wat Pieter gevolg het nadat hy die rivier oorgesteek het, is die verhaal in detail aan hom vertel. Hy het dit aangehoor met die ore van 'n Boer, en wat hy gehoor het, het hom dinge laat verstaan wat sy kinders en dié se kinders nooit almal ordentlik sou begryp nie. Nie baie het verander in hierdie land nie, nè? Ons verstaan die swartes se kultuur nie, maar sodra iemand dit verduidelik, kom ons agter hoe gesofistikeerd dit is. Soos Pieter de Witt soveel jare gelede ontdek het.

Wat Pieter de Witt ingesien het, is dat mens met piëteit na hierdie verhaal moet luister. Doen jy dit, sal jy meer van Afrika en sy mense verstaan.

Maar soos ek gesê het: Dit begin met 'n ontmoeting tussen twee Xhosa-mans. Dit is 'n samekoms met die grootste erns by albei. Die een is die klaer en die ander die persoon wat die saak moet oplos, want sy dogter is daarby betrokke. Albei mans is in hul veertigs, wat hulle groot aansien en respek besorg. Albei praat met wysheid en wedersydse respek.

Die klaer tree op namens sy broer se seun, 'n skrander man wat bestem is om eendag die hoofman van hul gebied en al die mense daarin te word. Die seun het sy intensie bekend gemaak om die beeldskone Mafungwashe as eerste vrou te neem. Sy wat later in die verhaal Eerste genoem sal word.

Die twee mans sit elk op 'n houtstomp, elmboë op die bobene. Mafungwashe se pa is die man teenoor wie die moeilike saak geopper word, want is dit nie hy wat sy seën uitgespreek het oor die voorgenome band tussen sy dogter en die verliefde jongman, hy wat eendag hoofman sal wees nie? Mafungwashe se pa knik, tuur fronsend in die verte. Natuurlik beskou hy die klag in 'n ernstige lig.

Die klaer kyk strak voor hom uit terwyl hy praat. "Die jongman is 'n eerbare mens," sê hy. "Hy sou nie sonder goeie rede die saak teenoor my, sy oom, geopper het nie."

"Jy moet weet ek sal my dogter se eer verdedig," sê Mafungwashe se pa. "Is sy dan nie 'n kind wat haar pa se wense nog altyd gerespekteer het nie?"

"Die liefde maak mans mal, en vrouens nog maller," sê die klaer.

"Dit is waar," gee die bekommerde pa toe, "maar met Mafungwashe sal dit anders wees. Sy sou nooit haar voorouers se naam onteer nie. Maar ek weet jy is 'n man wat nie ligtelik oor sulke sake sal gesels nie. Ek sal met Mafungwashe praat. Sy sal nie vir my lieg nie. Dan sal ons twee weer praat."

Daardie aand verskyn Mafungwashe se pa in haar hut. Die gesprek begin rustig, maar ontaard gou in woede. Dit blyk die verliefde jongman, hy wat eendag hoofman sal word, het nie valse stories verkondig nie.

Mafungwashe, op haar knieë voor haar pa, probeer haar gevoelens verdedig, maar haar pa klap haar hard deur die gesig. Hy troon bo haar uit, met die woede wat hom 'n skrikwekkende figuur maak. "Bly stil!" snou hy haar toe. "Jy sál my gehoorsaam!"

Wat mag sy sê? "Ek het hom nie lief nie," prewel sy uiteindelik.

"Wat weet jy van liefde?!" Nog nooit het sy haar pa só hoor skree nie. "'n Mens leer om lief te hê. Hy gaan eendag 'n hoofman wees. Jy's gelukkig hy wil jou as vrou vat."

"Ek het 'n ander lief," smeek sy.

Mafungwashe se pa kyk stil na haar, wys met sy voorvinger na haar, sy oë toornig en groot. "Jy sal nie my naam in die skande steek nie. Wees gewaarsku. Ek praat nie weer nie."

Wat hom betref, is dit die einde van die saak. Hy gun haar geen verdere teenspraak nie, bied geen troos aan nie, stap net uit haar hut uit.

Mafungwashe voel die eensaamheid en onmag besit neem van haar, maar sy huil nie. Sy't 'n krag in haar, oortuiging in haar oë. Sy sien 'n moeilike pad voorlê. Sy sal haar liefde nie versaak nie.

Die volgende dag is sy 'n entjie van die kraal af, tussen die ruigtes wat hul kraal van die Umzimkulurivier skei, saam met haar minnaar, 'n man van twintig, twee jaar ouer as haar agttien lewensjare. Hulle is in mekaar se arms. Trane stroom teen haar wange af.

Mafungwashe besef dat sy haar woorde versigtig moet kies – sy het 'n vrees dat sy dalk meer moed en durf het as haar minnaar. Maar vrouens kan mans motiveer, dit weet sy. "Ons moet saam weghardloop," fluister sy in sy oor.

"Waar sal ons gaan?" roep hy uit. Mafungwashe se moed begin sak. "Hoe sal ons leef?"

"Ver weg. Mense sal ons help." Luister na jouself, dink sy. Is die saak nie reddeloos nie?

Haar minnaar sien net moeilikheid en verdriet wat voorlê. "Hy is 'n hoofman se seun. Hulle sal ons soek totdat hulle ons kry."

"Ek kan nie met hom trou nie," roep sy uit. "Hulle sê hy's 'n wrede man."

"Dit is jou pa se wens."

"My pa dink aan sy geluk, nie myne nie."

Mafungwashe besef haar minnaar is besig om prakties te wees. Maar dit is nie wat sy nou soek nie. Sy voel gelukkig en gekoester teenaan haar minnaar, maar hy is nog jonk, die bloed bruis nie warm genoeg in sy are nie.

"Hy is jou pa."

Die situasie raak vir Mafungwashe desperaat. "As jy my liefhet, hoe kan jy dit verduur om te kyk hoe ek met 'n ander man trou?"

En dan kom die woorde wat haar laat besef dat haar minnaar meer rype wysheid het as wat sy gedink het: "Want as ek dit nie doen nie, is ons albei dood. Ek sal jou eerder op 'n afstand liefhê as om te sterf in die wete dat jou pragtige lyf as gevolg van my vir die wilde honde gevoer is."

Mafungwashe begin weer huil, en hou hom stywer vas. "Wat gaan ons maak?"

Haar minnaar stoot haar effens terug, maar bly haar in die oë kyk. Sy sien dat daar 'n groot droefheid van hom besit neem. "Hierdie tyd wat ons nou gehad het … hier … nou … dit was ons vaarwel."

Hy wil haar liggies soen. Sy lippe raak-raak aan haar, sy wil nog "nee" prewel, maar 'n jong Mpondo-kryger pyl skielik uit die ruigtes op hulle af.

Die een wat hoofman gaan word.

Haar toekomstige eggenoot.

In volle krygsgewaad, spies en skild in die hand. Só woedend dat dit lyk of sy oë heeltemal wit geword het. "Vandag sterf jy!" skree hy, spies gereed.

Mafungwashe en haar minnaar kyk verskrik om na hom. Hy beweeg nader, dreigend. Mafungwashe se minnaar stoot haar weg, agter hom in, en tel versigtig sy spies en knopkierie van die grond af op waar dit in die gras lê, sy oë wat die aanvaller nie 'n sekonde verlaat nie.

Mafungwashe se minnaar praat nou met haar, 'n beslistheid in sy bewegings. "Hardloop," beveel hy.

Mafungwashe huiwer – haar oë flits tussen haar minnaar en die woedende kryger. "Moet dit nie doen nie," roep sy uit. "Asseblief!"

"Jy is aan my belowe," bulder die kryger. "Jy het my vader en my voorouers se naam deur die modder gesleep. Vandag sterf julle albei."

Mafungwashe se minnaar smeek haar weer om te hardloop, weg te kom, maar steeds huiwer sy.

Nou begin sy bloed ook borrel. "Ek sê hardloop," beveel hy, bruusk.

Sy gee die twee mans een laaste kyk, en dan begin sy hardloop, in die ruie boskasie in, weg, weg van haar eie kraal.

Die twee mans sirkel versigtig om mekaar. Dan beweeg Mafungwashe se minnaar vinnig vorentoe en slaan met sy kierie na sy opponent.

Die jong kryger weer die hou met gemak met sy skild af en steek met sy spies na die minnaar. Die lem swiep gevaarlik naby aan sy maag verby.

Dit is duidelik wie meer ondervinding het van die krygskuns. Die twee bly om mekaar sirkel, hul konsentrasie op mekaar gerig, die hard-lopende Mafungwashe vir die oomblik uit hul gedagtes verban. Hulle is onbewus van haar moeisame vordering tussen takke en bosse deur, onbewus van die hale wat takke oor haar lyf trek soos sy voortbeur, van die stukkies kleding wat afskeur en agtergelaat word aan die dorings op sommige van die takke ...

Die jong kryger steek-steek met sy spies na die minnaar se maag. Mis! Die minnaar slaan met sy kierie na die kryger se spies in sy hand. Die spies vlieg deur die lug en val eenkant in die gras.

Maar die kryger het yster in sy bloed. Hy duik blitsvinnig na sy spies, gryp die steel in een rolbeweging en is dadelik weer op sy voete, gereed – gevaarlik.

Die minnaar dink hy is besig om die oorhand te kry. Hy ruik bloed. Hy glimlag effens en beweeg nader. Hy ruil sy wapens om – die spies nou in sy regterhand en die knopkierie in sy linkerhand.

Die minnaar maak 'n flous-beweging na die een kant en beur dan direk af op die kryger. Hy slaan met die knopkierie in sy linkerhand na die kryger se kop. Die hou is mis, maar die kryger sak af op sy hurke. Dan steek die minnaar met sy spies na die kryger, wat sy skild net betyds lig. Die spies se punt tref die skild en gly verby. In die proses vlieg die skild uit die kryger se hand. Maar dan, met een oogverblin-dende beweging kom die kryger orent en steek met sy spies van onder af op na die minnaar se maag.

Die minnaar se mond gaan oop – verbasing, skok. Hy snak na sy asem, sy oë verstar.

Die kryger beweeg nou met doelgerigtheid, seker van die eind-punt van hierdie geveg. Hulle staan lyf teen lyf. Die kryger bring sy linkerarm om die Mpondo-minnaar se nek en dryf dan die spies met een stoot nog dieper deur die minnaar se lyf. Die minnaar ruk en kreun.

Dan val die knopkierie en spies uit die minnaar se hande. Sy arms hang langs sy sye, te min krag in hul spiere oor om die spies te probeer uitpluk.

Die kryger ruk sy spies terug en uit die minnaar se lyf. Mafungwashe se geliefde bly 'n paar sekondes nog staan, maar sak dan vooroor op sy knieë en val vorentoe op sy gesig. Sy oë sien niks meer nie, al is hulle oop. As hulle kon gesien het, sou dit die laaste spoor wees wat Mafungwashe se voet gelaat het toe sy op vlug geslaan het.

Die kryger onthou die rigting waarin Mafungwashe verdwyn het. Hy soek in die gras totdat hy seker is hy het haar spoor, en dan begin hy hardloop, agter Mafungwashe aan, seker dat hy haar sal vind en vandag nog sy naam in ere sal herstel.

Die jong kryger is vinniger en gemakliker in die ruigtes as Mafungwashe, wat teen hierdie tyd deur die struikgewas strompel, amper histeries. Met elke tree wat hy gee, haal hy haar in. Hy kan haar nog nie hoor nie, maar hy weet dit sal nie te lank wees nie.

Hy kry stukkies van haar kleding wat aan doringtakke hang.

Nie meer lank nie …

In die ruigtes langs die Umzimkulu sit Pieter de Witt en Grant Roberts mekaar en takseer. Pieter kry die gevoel hy dring nie tot die sendeling deur nie. Dit is asof die man nie wil hoor nie. Hier sit hulle, weke se harde reis weg van enige ander Boere of Britte, en die man wat almal rondom hom wil kersten, begryp nie dat Pieter hom nie wil saamneem nie.

"Onder die omstandighede," sê die man van God, "sou dit nie baie goeie maniere van jou wees om my hier agter te laat nie."

Bid jou aan! Goeie maniere! En wie het vir hom koffie gegee, en 'n soetigheidjie? Wie het hom saam laat eet aan die haas?

"O, nou is ek skielik 'n jintelman. Hoeveel Engelse is daar nie wat sê dat ek en my mense kwalik beter as barbare is nie? Hè?"

"Wel, moet jy hulle nie nou reg bewys nie?"

Dan hoor hulle albei die geritsel in die bosse.

Pieter gaan staan botstil, luister met gespitste ore.

Maar soos Pieter seker kon verwag het, registreer dit nie heeltemal by Roberts dat hulle nie meer alleen is nie. "En buitendien," sê hy, maar Pieter maak hom dadelik stil.

Nóú besef Roberts wat aan die gang is. Sy oë rek groot wanneer hy sien hoe Pieter met sy geweer in die hand stil in die ruigtes verdwyn.

Roberts kom stadig orent. Hy kyk onseker om hom heen, sien vir die eerste keer werklik hoe bebos en wild dit rondom hulle is.

Hy draai in die rondte, al in die rondte, en ruk dan van die skrik wanneer hy 'n vrou se gille in die boskasie hoor.

Roberts hoor 'n geworstel in die bosse, en dan kom Pieter te voorskyn – met 'n swart vrou wat hy saamtrek en naby die vuurtjie los.

Die bruutheid van Pieter se optrede skok die sendeling. "Liewe hemel! Liewe hemel!" roep hy uit.

"*Ufuna ntoni apha?*" vra Pieter. Wat soek jy hier?

Sy is te bang om te antwoord.

"Antwoord my. Wat soek jy hier?"

"Wie is sy?" vra Roberts.

"Hoe sal ek nou weet? Dis wat ek wil uitvind." Hy gee Roberts 'n vuil kyk vir sy dom vraag. Dan gee hy weer aandag aan die vrou: "Praat nou of daar is moeilikheid. Wie is jy? Wat soek jy hier?"

Die arme vrou is só oorstelp van emosie dat sy deurmekaar huil en praat, sodat Pieter nie 'n woord kan volg nie.

"As jy nie nou bedaar nie, gee ek jou 'n pak slae."

Mafungwashe kalmeer, maar dit duur 'n ruk en verg baie geduld van Pieter. Wanneer sy praat, is sy naby aan histerie. "Hy wil my doodmaak! Hy wil my doodmaak!"

"Wie?"

"As hy my vang, gaan hy my doodmaak."

Dit frustreer Pieter dat sy so sukkel om 'n behoorlike antwoord te gee.

En dan moet Roberts ook sy neus kom insteek: "Wat sê sy?"

"Sy sê iemand wil haar doodmaak." Wanneer Pieter weer na die vrou kyk, sien hy dat sy al hoe kalmer word. "Wie wil jou doodmaak? Hoeveel van hulle is daar?"

Pieter sal dit nie hardop sê nie, maar hy sal graag wil weet of hy hom ook uit die voete moet maak of nie. 'n Mens kan nooit té versigtig wees nie. Hy onthou sy ma en sy pa – soos hy hulle die heel laaste keer gesien het. In hul eie bloed op die grond, vermink. Hy soek nie dieselfde lot nie.

"Daar is net een wat my wil doodmaak," sê sy. "Ek het weggehardloop."

"Vra haar hoekom."

"Dis wat ek doen, Engelsman!"

Het hulle nie só gestaan en gesels nie, sou hulle die aanstormende Mpondo-kryger deur die bosse hoor aankom het. Hy bars deur die rand van die ruigtes, met sy spies en skild in die hande.

Pieter vlieg om, gereed om te vuur.

Roberts skuil agter Pieter.

"*Ndize kuthatha le ntombazana!*" roep die kryger uit. Ek het gekom vir daardie meisie!

"Sy sê jy wil haar doodmaak," antwoord Pieter. "Hoekom?"

"Hierdie meisie is sleg." Daar is minagting in sy stem. "Sy het skande oor my huis gebring."

"Wat sê hy?" Roberts kan maar net nie sy plek ken nie.

Pieter haal sy oë nie van die kryger af nie.

"Sy't skande oor sy huis gebring."

Pieter kan die spanning tussen die kryger en die vrou aanvoel, die vrees wat haar laat wegdeins van hom af. "Wat het sy gedoen?" vra hy aan die kryger.

"Sy is gekies om met my te trou, maar sy het haarself aan 'n ander man gegee." Daar is trots in sy stem, maar Pieter merk ook die pyn wat die gedagte van haar ontrouheid bring. En die pyn wek die woede, dit weet hy.

Mafungwashe hoor wat die kryger sê en herhaal haar woorde van vroeër: "Ek wil hom hê, nie vir jou nie."

"Hy is dood."

Sy het die nuus verwag, maar dit ruk haar steeds. 'n Rou kreet ontglip haar lippe. Mafungwashe laat sak haar kop, haar lyf skud van die huil.

Roberts het nie die vaagste benul wat aan die gang is nie. Pieter verduidelik in gedempte toon aan die sendeling wat gebeur het. Die kryger het haar minnaar vermoor.

Mafungwashe droog haar trane af. "Jy is 'n wrede man!" skel sy op die kryger. "Jy is 'n wrede man!"

Dan draai sy smekend na Pieter. "*Musa ukumvumela andithathe ndiya kucela. Ndiya kucela.*"

Roberts lei af dat sy smeek om beskerm te word of saamgeneem te word.

"Bly stil, vrou!" bulder die kryger.

"Wat de donner moet ek nou maak?" vra Pieter aan niemand in die besonder nie.

"Jy gaan hom tog nie toelaat om haar dood te maak nie, gaan jy?" Roberts weet nie hoe nie, maar hy voel hy moet ingryp om die gang van sake te beïnvloed. Die stem van rede, die stem van God.

"Óf sy moet vrek, óf hy moet vrek," antwoord Pieter, met die onrus wat steeds in hom groei. "Hy sal nie sonder haar weggaan nie. Sy is aan hom belowe, maar toe gaan raak sy verlief op iemand anders. Sy eer is op die spel."

Die kryger het nou genoeg gehad van die onsekerheid. Hy wil sy taak volbring. "Gee my die meisie, of daar is moeilikheid."

Pieter kyk van die kryger na Mafungwashe.

"Ons kan nie toekyk hoe 'n jong vrou weggesleep word na 'n gewisse dood nie!" roep Roberts uit.

Die vraag maak Pieter sommer ergerlik. "Wat stel jy voor? Sal ons boekevat? Ek weet: Hier is jou kans om 'n siel te wen. Praat jy met hom." Hy stamp Roberts vorentoe. "Kom, praat jy met hom. Goeie oefening vir die Zoeloes. Vertel hom van civilisation." Hy stamp Roberts tot voor die kryger.

Die kryger se toorn ontvlam. "Daardie vrou is myne. Dis nie jou besigheid dié nie."

"Kyk," sê Roberts, onsekerheid wat van elke woord drup. "Ek is seker ons kan hierdie saak op 'n beskaafde manier skik."

Die kryger verstaan nie. "Ek wil haar nóú hê!"

"Wat sê hy?" vra Roberts oor sy skouer aan Pieter, wat net sy skouers ophaal.

"Dis kwalik die tyd vir oppervlakkige grappies," mor die sendeling.

"Dis die laaste keer dat ek praat," kom dit afgemete van die kryger.

"Ja, natuurlik … inderdaad … net 'n oomblik," ploeter die sendeling voort. "Om hemelsnaam, De Witt, wat sê hy?"

Roberts draai na Pieter om te hoor wat hy antwoord. Met dié lig die kryger sy knopkierie om Roberts oor die kop te slaan.

'n Enkele skoot weergalm deur die bos.

Roberts is spierwit van die skrik. Hy het nie gesien hoe die knopkierie gelig word nie.

Pieter staan met sy geweer teen die skouer; laat dit dan stadig sak. Hulle kyk stil na die lyk van die kryger. Pieter met 'n gevoel van onbehaaglikheid; Roberts met suiwer afsku en walging jeens die jong Boer voor hom.

Die vrou se asem is ook weggeslaan. Sy kyk stadig van die dooie kryger op na Pieter.

"Hy't gesê dit was jou laaste kans," verduidelik Pieter sag.

"Jy't hom geskiet," prewel Roberts.

Niemand is so ondankbaar soos 'n onnosel sendeling nie, dink Pieter. "Ja," antwoord hy. "En het ek 'n sekonde langer gewag, het jý daar gelê."

Roberts loop stadig na die lyk. "Maar hy's dood."

"Natuurlik is hy dood. Wat dink jy is dit hierdie – 'n kleilat?"

"Maar ek … ons … hy …"

Pieter haal die blikkie soetigheidjies uit sy sak, maak dit oop, haal een uit en hou dit uit na Roberts. "Dè."

Roberts kyk 'n oomblik na die soetigheidjie en strompel dan die ruigtes in, waar Pieter hom hoor braak.

Dis 'n harde wêreld hierdie, dink Pieter. En die bliksem besef nie eens dat ek pas sy lewe gered het nie.

Terwyl die sendeling vrede maak met sy verknorsing, gaan sit Pieter op 'n stomp om sy geweer te herlaai. Dis nogal 'n proses.

Mafungwashe hou hom dop.

Pieter kyk na Mafungwashe en dan weer terug na sy geweer.

Mafungwashe staan stadig op en stap oor na die lyk van die kryger. Die man langs wie sy nooit snags sal lê nie. Sy por sy liggaam met die een voet om seker te maak hy is dood, en dan begin sy op hom skree – 'n aanmekaar gebabbel soos sy hom slegsê en vervloek.

"*Kwanele! Kwanele!*" roep Pieter haar tot orde.

Sy kom mettertyd tot bedaring.

"As jy so lawaai, is daar netnou nog moeilikheid," merk Pieter droogweg op. Sy geweer is amper klaar gelaai.

Sy antwoord nie.

Pieter sug en skud sy kop.

Roberts kom uiteindelik vanuit die ruigtes aangestap. Hy vee sy mond met 'n sakdoek af.

Mafungwashe kniel voor Pieter.

Roberts steek vas net waar hy is wanneer hy die toneeltjie sien. Hy hou hulle stip dop.

"*Ubusindisile ubomi bam ngo kunidingowakho*," sê Mafungwashe aan Pieter.

Pieter antwoord nie, kyk haar net ernstig aan, weeg haar woorde, onseker oor wat hom te doen staan. Daan gaan hy voort met die herlaai van sy geweer.

"Wat het sy gesê?" vra Roberts.

"Ek het haar lewe gered en nou is sy myne."

"*Angekhe ndibuyele kubo ngoku kuba bangandibulala. Apho uya khona nam ndihamba nawe.*"

"Sy kan nie teruggaan nie," vertaal Pieter vir die sendeling,"hulle sal haar doodmaak. Sy sê waar ek gaan, sal sy gaan."

"Die Here werk op misterieuse maniere. Jy was onwillig om my te laat saamstap met jou, omdat ek jou vordering sou vertraag. Maar nou … As jy een saamneem, kan dit net sowel twee ook wees, nè?"

"Sy is klein," sê Pieter. "My perd sal haar nie voel nie."

"O, ek sien," snip Roberts, "wanneer ek vra, is die antwoord nee, maar wanneer die kans kom om jou eerste slaaf …"

"Sy is nie my slaaf nie, meneer die sendeling!" Pieter is dadelik onstuimig kwaad. "Sy kan loop net wanneer sy wil. Sy vra om saam te kom … en anders as met jou, het sy hande om te help as ek my plaas afgetree het. Gaan huis toe, terug Engeland toe. Jy hoort nie hier nie."

Roberts antwoord nie, staan net stuurs sy situasie en oordink.

Mafungwashe kyk stil na Pieter.

Pieter kyk na Mafungwashe. Hy knik een keer: Ja.

Mafungwashe laat sak haar kop dankbaar.

"Wat gaan jy met hom doen?" vra Roberts, en wys na die lyk van die kryger.

"Jou gemors, maak jy dit skoon. Die rivier is net hier onder."

"Jy kan nie ernstig wees nie."

Hoe ver kan hy hom treiter? wonder Pieter. "Ek het nie 'n graaf nie, jy gaan nie nou klippe kry om hom mee toe te pak nie, en ek gaan nie slaap met 'n lyk wat langs my lê en vrot nie. As jy 'n beter plan het, luister ek graag; so nie, die rivier is soontoe."

Pieter haal sy blikkie soetigheidjies uit sy sak, haal een uit en hou dit uit na Mafungwashe – maar nie na die sendeling nie. "Eet dit," sê hy. "Dis lekker, soos heuning."

Sy huiwer. Dan neem sy die soetigheidjie en sit dit in haar mond.

"Wat is jou naam?" Pieter besef hy moet 'n soort verstandhouding met haar begin vestig.

"Mafungwashe."

"Mafungwashe. Eerste dogter." Hy kyk haar 'n rukkie peinsend aan en sê toe: "Ek noem jou Eerste."

"Eerste." Sy sê dit versigtig na, soos hy dit uitgespreek het.

Pieter knik goedkeurend. "Eerste dogter van jou vader en eerste dienskneg op my plaas."

"Julle moet my vergewe, maar ek dink ons moet nou bid." Roberts voel hier het vandag soveel dinge gebeur dat 'n gebed die enigste manier sal wees om kalmte vir die gees te verkry.

Pieter wil nie in Engels bid nie. "'n Leeu vra nie om vergifnis elke keer as hy 'n bok vang nie."

"Ek vrees jy is 'n goddelose mens."

Pieter kom vinnig en onverwags orent.

Die sendeling dink Pieter gaan hom aanrand, maar Pieter stap oor na sy saalsak wat langs sy saal lê. Hy haal 'n ou Nederlandse Familiebybel daaruit. "Hierdie Bybel het aan my oupa behoort," sê hy deur dun lippe, "en aan my pa ná hom, en nou behoort dit aan my. As God met my wil praat, sal hy hier praat, nie in gebed met 'n donnerse Engelsman nie."

"Meneer De Witt," vermaan die sendeling hom. "Ons het pas 'n mens hier doodgemaak. Gods Woord verbied dit baie duidelik."

Pieter gaan nie met sy geloof laat mors nie. "Adam en Eva is uit die paradys verban, of het jy dit vergeet? Ons lewe in die wêreld, en die wêreld is 'n wildernis, my magtag! As ek hom weggejaag het, sou hy eenvoudig gewag het tot ons slaap – en dan teruggekom het. En as hy dit nie vanaand gedoen het nie, sou hy dit môre of oormôre gedoen het. Sy eer was op die spel en hy het gesterf terwyl hy dit verdedig het. As hy nie hierdie vrou tot verantwoording kon bring nie, sou hy dit nie anders wou gehad het nie, want tussen sy eie mense sou hy nie meer met eer kon lewe nie. Ek weet nie wat hulle jou by jou missionary-skool geleer het nie, maar hoe gouer jy dit vergeet, hoe beter. Dis Afrika dié; hier praat bloed. Dis al."

Maar Roberts besluit om Pieter te ignoreer. Hy sak op sy knieë neer en vou sy hande voor hom in gebed. "Onse Vader wat in die hemel is, U het my na hierdie onverbiddelike land gebring om u werk te doen, maar die duisternis wil my oorweldig, wil die pad vorentoe versluier ..."

"Donner!" Pieter wil nie met die man inmeng wanneer hy bid nie, maar bly hoef hy nie te bly nie. Hy slinger sy geweer dwars oor sy bors en stap na die kryger se lyk. "Eerste! *Yiza!*" roep hy. Hy vat die kryger onder die skouers, beduie aan haar om die voete te vat.

Roberts hou op bid en hou vir Pieter en Eerste dop terwyl hulle die lyk wegdra.

Net voor hulle in die boskasie in kan verdwyn, snou Pieter vir Roberts oor sy skouer toe: "Sorg dat jy weg is voor ek terugkom, of jy sal rede hê om te bid."

Roberts keer terug na sy gebed: "O Heer, waarom het U U aan my onttrek? Al wat ek wil doen, is u werk, om om te sien na u kudde, om ..." Dan raak hy skielik stil. Hy maak sy oë oop. Hy staan op en kyk na waar Pieter en Eerste verdwyn het. Weer sak hy op sy knieë neer en bring sy hande saam in gebed. "Daar staan geskryf dat 'n mens nie doodslag mag pleeg nie, en dit het ek gedoen. Vergewe my daarvoor ... en vergewe my ook ... vir dít wat ek nou gaan doen. Dit is 'n sonde, maar een wat u groot naam sal uitdra."

Roberts staan uiteindelik op. Hy stap reguit na Pieter se saalsak en begin daarin krap. Hy bring 'n stukkie wit lap te voorskyn. Dan loop hy na die vuur en krap in die rand tot hy 'n stokkie kry waarvan die punt tot houtskool verbrand is. Hy lê die lappie op die grond neer en begin met die houtskool daarop skryf, sy boodskap oor die daad wat tot God se eer sal strek.

Wanneer sy boodskap klaar is, vou hy die lappie toe en lê dit versigtig neer op die stomp voor die rivier. Dan kom hy orent en gryp wat hy nodig het.

Skaars dertig tree van die sendeling af sleepdra Pieter en Eerste die lyk tot by die water van die Umzimkulu. Pieter stoot die lyk in die rivier in en gee dit dan nog 'n stoot om hom dieper in te stuur. Die lyk dryf stadig in die stroom in. Pieter en Eerste kyk hoe dit wegdryf. Wanneer dit die hoofstroom bereik, beweeg dit al hoe vinniger uit hul lewe uit.

Eerste kyk na Pieter, en dan nederig weg. Soveel het vandag in haar lewe verander dat sy amper nie kan glo dat sy haar lewe toevertrou het aan hierdie man wat sy eers vandag leer ken het nie.

"Nou ja toe," sê Pieter en begin terugstap na die kamp.

Roberts is weg, sien hy wanneer hulle die oopte bereik. "Goed so," sê hy, en in sy gemoed wil hy juig. Hy kan nie elke dag met dié vent opgeskeep sit nie; hy sal daarvan mal word.

Hy stap rustig na sy vuurtjie. Net wanneer hy op die stomp gaan sit, vries hy, agterstewe in die lug. Hy kyk verstom af na die gevoude wit lappie op die stomp. Dan kyk hy verder. Geen saal nie. Sy saal is weg!

"Waar's my saal?" Pieter is nou heel verdwaas, kan nie mooi begryp wat aan die gang is nie. Hy vou die lappie oop. Sien die woorde daarop in houtskool geskryf: *Your horse is in the service of the lord.*

"Bliksem!" Dit voel of iemand sy maag weggekerf het – al sy aardse besittings weg! Hy het die dag ingekom met 'n handjie vol van die aller-nodigste goed, nou het hy net vir Eerste.

Pieter gaan sit, staar na die vuur. Die swernoot het darem sy kof-fiekan en bekers gelos. Sy mes, 'n paar ander dingetjies wat sy gulsige vingers in sy haas nie bymekaar kon skraap nie. En daar staan sy geweer nog. Sy Bybel, merk Pieter, lê nog netjies toegedraai waar hy dit neergesit het.

Nou goed, dink hy, as dit dan nie anders kan nie, sal hy soos die Israeliete van ouds te voet na Kanaän stap. Eerste, sien hy, is gereed vir die lang pad vryheid toe. Nie 'n dag se stap nie. Nie 'n week nie. Maande.

Pieter en Eerste stap op na die rand van 'n hoë plato. Die rand loop van links na regs voor hulle. Hulle stap nader en kom tot stilstand. Voor hulle lê 'n vallei groen en wyd uitgestrek. Woes en leeg, soos die Bybel sê.

Pieter se gemoed skiet vol. Die maande se stap was nie verniet nie.

Die voetseer, die honger. Die slange wat hulle moes trotseer. Dit was nie verniet nie.

Pieter en Eerste staan sy aan sy en aanskou die landskap waar hul toekoms lê.

Dan sien Pieter dit: Teen 'n lang hoogtetjie staan 'n ossewa. Hy beduie aan Eerste hulle moet in daardie rigting beweeg.

Hoe nader hulle kom, hoe meer raak sigbaar: Die ossewa is uitge-span, en die trekker se vee en osse wei in die omgewing, nie te ver van die ossewa nie. Naderby kan hy die mense begin tel: 'n man, 'n vrou, nog 'n jongerige vrou en vier kinders.

Die vrou is besig om kos te maak in 'n pot wat oor 'n vuurtjie hang. Die man moet baie moeg wees, want hy staan nie eens op wanneer hy die wit man en swart vrou sien nader stap nie, die man voor en die swart vrou 'n klompie treë agter hom. Hy vat net sy roer wat teen die ossewa se wiel staan en hou dit by hom, kolf teen die grond.

Die kinders speel eenkant. Wanneer hulle die vreemde paar aange-stap sien kom, hou hulle 'n rukkie op en staar die twee net aan. Maar dan kry hul lewenslus weer die oorhand en speel hulle voort.

Pieter kom, uit eerbied en goeie maniere, so tien tree van die sit-tende trekboer tot stilstand. "Dagsê," soos dit 'n Afrikaner betaam.

"Dagsê." Die trekboer is versigtiger, sy groet minder geesdriftig.

"Ek is Pieter de Witt van die kolonie in die Oos-Kaap. Ek's op pad noord om vir my 'n plaas uit te tree." Die hele sak patats.

"Jakob Oosthuizen." Hy knik in die rigting van die ouer vrou. "My vrou Hanna," en daarna na die jonger vrou, "en Magriet van der Merwe."

Pieter knikgroet vir die twee vrouens. Albei het kappies op en is aangetrek asof hulle swieriger uitspanplekke gewoond is: behang van die gehekelde skouerdoeke, rokke wat die grond om hul voete behoorlik skoonvee.

Hanna Oosthuizen knikgroet eweneens. Magriet glimlag effens en knikgroet terug.

"Die Oos-Kaap sê jy?" Jakob Oosthuizen kom self uit die distrik Beaufort, maar hy swyg vir eers daaroor.

Pieter knik.

"Dis nogal 'n entjie." Jakob kyk Pieter goed op en af. Sien die roer. Iets makeer. "Waar's jou perd?"

"In diens van die Here." Wanneer hy Oosthuizen sien frons, sê Pieter haastig: "Dis 'n lang storie."

Die trekboer is nie baie spraaksaam nie. Beter om versigtig te wees. "Jy sê jy's op pad noorde toe …?"

Pieter knik.

"Jy moet weet …" Oosthuizen swyg dramaties, nie seker hoe hy sy nuus aan die jongman hier voor hom moet oordra nie. "Dingaan se impi's het 'n paar maande gelede amper driehonderd mans, vrouens en kinders by Doringkop en Bloukrans en ander plekke langs die Boesmansrivier vermoor. Ons was daar …" Hy beduie na Magriet. "Magriet ook. Ons was onder die gelukkiges wat die aanval oorleef het. Magriet se man was nie."

Magriet laat sak haar kop. Pieter kan haar gesig nie sien nie, maar is seker sy is in trane.

"Ek stel voor jy dink twee keer voor jy in daardie omgewing vir jou 'n plaas loop uittree," sê Oosthuizen. Terwyl hy praat, bly sy hande besig met die kerf van 'n stuk biltong.

"Ek reken ons voorouers moes twee keer gedink het voor hulle dit goedgedink het om hulle op hierdie kontinent te kom vestig," merk Pieter op. "Maar hier is ons nou. En wat die Zoeloes betref, ek sukkel eerder met 'n Zoeloe as wat ek met 'n Engelsman sukkel."

Oosthuizen knik sy kop stadig. Hy is dit roerend eens met Pieter. Hy maak met die hand 'n gebaar na sy kamp. "Jy's welkom."

Pieter kry sy sit, en hy en Oosthuizen raak aan die gesels. Hy is verbaas om te hoor hoe goed voorbereid die Voortrekkers was toe die eerste trekke in 1835 uit die Oos-Kaap weg is. Oosthuizen is, nes Pieter, eerder 'n trekboer, omdat hy nie van die begin af by een spesifieke trek ingeskakel het nie, hoewel hy meestal saam met georganiseerde trekke getrek het. Alleenloper, eens boer in die Koup, maar soekend na die paradys.

Pieter vertel hom van die verlies van sy ouers, slagoffers van die geplunder aan die Oosgrens, en hoe dit gekom het dat hy sonder perd maar met lyfkneg sy lang staptog na sy eie Kanaän aangedurf het. Pieter leer uit die ouer man se opmerkings – maar hy maan homself telkens om nie ook gehap te word deur die donker hond wat Oosthuizen se gemoed in besit geneem het met die groot slagting van mens en dier by Bloukrans nie.

En so tussendeur vang sy oog dié van Magriet, en haar oog vang syne, en hy voel iets begin roer in hom. Die soort gevoelens wat hy laas in Grahamstad ervaar het by die aanskoue van vrolike jong meisies.

'n Paar uur later sit hulle om die vuur aan vir ete – Oosthuizen en sy vrou, Pieter en Magriet. Hulle eet in stilte. Pieter doop 'n stukkie brood in die bredie op sy bord en byt dit af. Terwyl hy kou, kyk hy onderlangs na Magriet, wat oorkant die vuur van hom sit en eet. En hy sien sy hou hom ook dop. Sy hart wil bollemakiesie slaan. Dan kyk sy weer weg, en 'n diepe, diepe verlange groei by hom.

Hul kos het net mooi gesak of Oosthuizen klop sy pyp teen sy skoen uit. "My vrou," sê hy vir Hanna, "tyd om lappe te trap. Ek wil voor sonop inspan."

Almal staan op; Pieter ook, uit hoflikheid. Maar eintlik weet hy nie nou wat om te doen nie. "'n Goeie nag se rus vir julle," is al waaraan hy kan dink om te sê. Dis mos hoe beskaafde mense dit doen. En dan voeg hy by, amper vergeet daarvan: "Dankie vir julle gasvryheid."

Oosthuizen knik net vir die jongman se amper formele hoflikheid. Maar hy is ook nie blind nie, en wag vir Pieter om weer te praat.

"Ek wou nog vra …" stamel die jongman.

Oosthuizen, Hanna en Magriet draai terug.

"of ek …" hy soek na woorde, "toestemming kan kry om met Magriet te praat."

Oosthuizen kyk na Magriet, merk geen teken van kommer by haar nie en draai dan terug na Pieter. "Magriet is 'n weduwee. As jy met haar wil praat, moet jy maar vir haar vra."

Magriet kyk Pieter vas in die oë. Sy knik, duidelik, doelbewus. Pieter weet nie dat sy wil bokspring en "Ja, ja, ja!" roep nie. Hy weet nie van haar frustrasies om altyd die vrou in die wa te wees wat maak of sy slaap nie.

Die Oosthuizens stap weg na die agterkant van die wa. Nou is dit net Magriet en Pieter wat agterbly. Hy staan nader aan haar. "Ek is nie 'n man van baie woorde nie," sê hy.

Magriet kyk hom net stil aan.

"Soos ek gesê het. Ek gaan vir my 'n plaas aftree. Ek soek 'n vrou. En seuns. Om die grond te bewerk."

Sy wag om te sien of hy nie nog gaan praat nie, maar merk dat hy met groot afwagting na haar kyk, sy senuwees aan flarde oor haar moontlike reaksie.

"Wie is sy?" vra Magriet uiteindelik.

"Wie?"

"Wat saam met jou hier aangekom het?"

"My dienskneg."

Pieter is gesout in die weë van die natuur, van oorleef tussen wilde diere waar 'n man se staal daagliks getoets word, maar van die draaie wat 'n vrou se gemoed kan maak, weet hy niks. Hy antwoord Magriet se vrae sonder om ooit daaraan te dink dat hulle uit onsekerheid en agterdog spruit. Hy twyfel nie aan sy eie eerlikheid nie, hoekom sou enigiemand anders?

"Waar kom sy vandaan?"

"Dis 'n lang storie."

"Jy't baie lang stories."

"Ek kom 'n lang pad."

"Wat's haar naam?"

"Eerste."

"Eerste?"

"Haar Xhosa-naam is Mafungwashe."

"Mafung- …" Magriet sukkel om die naam uitgespreek te kry.

"Presies!"

Magriet staar hom 'n oomblik stil aan voor sy die vraag gevra kan kry: "Het julle …?"

Hy verstaan skielik wat sy bedoel. Dit gaan sy verstand te bowe dat sy so iets kon dink. Hy skud sy kop met 'n frons op sy gesig wat Magriet tot orde roep. "Nee."

Magriet het genoeg gehoor. "Belowe jy om 'n goeie man te wees?"

"Ek belowe."

"Dan is my antwoord ja." Formeel gesê, maar sy gee 'n tree nader.

Pieter knik. Hy beweeg op sy beurt nader, maar raak nie aan haar nie.

Toe die Oosthuizens se ossewa die volgende oggend vertrek, staan Pieter en Magriet langs mekaar en kyk hulle agterna. Eerste staan ook en kyk, tien tree agter die nuwe paartjie.

Om oor soveel jaar terug te kyk, is 'n waagstuk, maar ek kan my voorstel dat hierdie episode in die lewe van Pieter de Witt soos volg afgeloop het: In Februarie 1839 kom hy en sy vrou, Magriet, saam met Eerste in 'n vallei in die heuwelwêreld duskant Weenen aan. 'n Raps meer as twee maande gelede is, soos die kraai vlieg, die Slag van Bloedrivier sestig myl hiervandaan deur Andries Pretorius en vierhonderd drie-en-sestig manne, met tweehonderd agterryers, teen Dingaan se tienduisend krygers gewen. Dit is ook net meer as 'n jaar nadat Dingaan nie ver hiervandaan nie, by Umgungundlovu, vir Piet Retief en sewentig Voortrekkers om die lewe gebring het. Met eerwaarde Francis Owen wat staan en toekyk.

Maar tien teen een wis Pieter nie veel van hierdie geskiedenis nie. Jakob Oosthuizen het hom 'n bietjie kon vertel; ander brokkies het hy sekerlik langs die pad ingewin by mense wat hy en sy twee medereisigers raakgeloop het.

Pieter was ongetwyfeld met hartseer vervul oor die dood van Retief, met wie sy ouers nog in Grahamstad bevriend was. Maar aan die geskiedenis – daarvan kan jy verseker wees – het Pieter hom min gesteur. Sy gedagtes, heelpad van die Umzimkulurivier af, was by die inslaan van sy penne, die bakens waardeur hy die grens van sy plaas, sy eie plaas, wou afmerk. Hy glo daarin dat sy lewe sal orde en rigting kry sodra hy sy eie lappie grond het. Hy glo ook dat 'n mens dinge reg moet doen.

Dis maklik om nóú so te sê, maar eintlik was sy doelwit baie eenvoudig: Hy wou 'n plaas afbaken, gaan boer. In vrede gelaat word.

Wanneer hy die eerste stok inkap om die afbakening van sy plaas te begin, is Magriet en Eerste aan sy sy. Hy gebruik 'n klip om die stok in te dryf in die aarde in, en wanneer dit diep genoeg is sodat nóg wind nóg weer dit sal ontwortel, gooi hy die klip eenkant neer.

Hy kyk na die stok en na die horison. "Ek noem hierdie plaas Donkerland," verklaar hy. "Sodat ons nooit sal vergeet waar ons is nie."

Magriet kyk toe, in haar mooi paisleypatroonrok en kappie. En agter haar, 'n goeie klompie treë terug, staan Eerste, skouers kaal, en haar aardse goed in haar hande geklem.

Pieter gaan staan met sy rug na die stok, teenaan die stok. Hy haal diep asem, en neem dan die eerste tree in Donkerland in.

— 2 —
'N STUKKIE GROND

Dit is waarvoor ek gebid het: 'n stukkie
grond, nie te groot nie. Met 'n tuin, en naby
die huis 'n fontein vars water, en 'n stukkie
woud om dit af te rond.
— Horatius

1840

Wanneer ek ook al oor die geskiedenis – óns geskiedenis – nadink, dan tref dit my telkens dat daar een ding is wat Afrika die De Witts geleer het, en dit is iets waarop jy maar kan ag slaan: Hy wat oppermag verkry deur bloedvergieting kan nooit rustig slaap nie.

Kyk nou maar: Dingaan, koning van die magtige en trotse Zoeloenasie, het in 1828 koning geword deur sy halfbroer Shaka te laat vermoor – met die hulp van een van sy ander broers, Umhlangana. En sodra daar bloed in 'n familie gevloei het, is dit asof almal kop verloor. Dit is asof hulle hul skaamte verloor het. Hul skaamte en afsku van doodslag.

Dingaan het sy hoofstat, Umgungundlovu, asook verskeie ander militêre vestings, in die Emakhosini-vallei ten suide van die Witumfolozi-rivier gebou. Net om die draai, kan jy maar sê, van waar Pieter de Witt Donkerland gevestig het. Dingaan het hom omring deur sy vroue en howelinge, sodat Umgungundlovu altesame vyfhonderd mense gehuisves het. Sy krygers was altyd paraat in dié militêre kampe, maar hy kon ook staatmaak op derduisende volgelinge wat binne dae na sy hoofstat kon opruk.

Dingaan was 'n minnaar van vele, maar ook 'n uitgeslape leier. Jy ken die geskiedenis: Nadat die volgelinge van Sekonyela, die Tlokwa-hoof, 'n groot aantal beeste by Dingaan geroof het, het Dingaan vir Piet Retief gemanipuleer om die vee te gaan haal en terug te besorg – in ruil vir 'n paar grondkonsessies. Wat dalk nie so algemeen bekend is nie, is dat teen die tyd dat Dingaan vir Retief, sewentig medetrek-kers en dertig agterryers op 6 Februarie 1838 laat vermoor het, daar al verskeie Zoeloehoofde was wat nie meer met Dingaan saamgeloop het nie. Een van hulle was Mpande, halfbroer van Shaka en Dingaan, wat saam met sy volgelinge met vee geboer het in die omgewing van die dorpie Pietermaritzburg, wat gestig is deur die Voortrekkers nadat Dingaan by Bloedrivier verslaan is. Mpande het gevoel hy is bestem vir groter dinge. Hy het egter geweet hy sou nêrens kom sonder die hulp van die Trekkers nie.

Probeer nou hierdie prentjie vir jou indink. Mpande sit in die veld op 'n heuwel ten noorde van Pietermaritzburg, omring deur hoof-manne, raadgewers en sy eie krygers. En hy onderhandel met Andries Pretorius, die gevierde Voortrekkerleier en kryger wat reeds in 1838 uit die Kaapkolonie in Natal aangekom het. By hom is Jan Serfontein en 'n jong Trekker wat as tolk optree, met 'n klompie gewapende jong boere wat die gesprek van 'n afstand dophou. Almal mense wat goed bekend was aan onse patriarg, Pieter de Witt.

"Nou goed," roep Mpande uit.

Die twee Trekkers draai terug na hom en sy hoofmanne. Hulle kyk vraend na die tolk. Die gesprek is op 'n mespunt en hy knik net, waag dit nie om nou iets te sê nie.

"Veertigduisend," sê Mpande. "Maar dan moet dit die einde van Dingaan wees."

Dit is hoeveel beeste Mpande aanbied in ruil vir die hulp van die Trekkers. Die wit boere uit die suide van die land moet Dingaan, die eens magtige leier maar nou gekasty deur troubreuk deur so baie van sy hoofmanne, op sy knieë dwing.

Maar eers het Mpande vasgeskop, wou nie meer as negentiendui-send stuks vee afstaan nie. Pretorius en Serfontein het aangedring op veertigduisend, en in 'n stadium moes die tolk, Johannes, benoud toekyk hoe die twee Trekkers skielik hul rug na Mpande keer en begin wegstap – die aanbod was belaglik. Mpande se "veertigduisend!" het hulle laat vassteek en omdraai.

"Veertig is reg," antwoord Serfontein. "As ons hom help om van Dingaan ontslae te raak."

Mpande en sy krygers sal vir die doodsteek sorg, maar die Trekkers moet eers sy leër vernietig. Die Trekkers verstaan dit goed. Aan hom wat die mag oorneem, gaan die eer om die tiran se bloed te tap, in die ryke aarde van Natalia te laat wegsypel. En wanneer dit verby is, volg die betaling aan die Trekkers: beeste.

"En ons soek werkers. Inboekelinge," sê Andries Pretorius. Hy weet dit gaan baie sweet kos om hul plase gevestig te kry.

Johannes dra die versoek aan Mpande oor.

Mpande staan op, maak 'n gul gebaar met arms wydgestrek. "Ek sal die koning oor baie mans wees."

"Het hulle 'n kaart van Dingaan se kraal?" wil Serfontein weet. "'n Prentjie?"

Mpande glimlag wanneer die tolk die versoek aan hom rig. Hy wink hulle nader, en sodra hulle die grond voor hom stip bekyk, begin hy met sy assegaai 'n kaart teken.

Wanneer hy klaar is daarmee, beduie hy deur die tolk na die deel van die kaart wat die naaste aan hom is: "Ek sal van hierdie kant af kom en julle van daardie kant." Hy beduie met sy assegaai se lem presies waar hy hulle sal verwag. Toe hy klaar is, kyk hy vol afwagting op na die Trekkers.

Voordat Pretorius kan antwoord, pluk Serfontein aan sy hemp se mou. "Kan ons hom vertrou?"

Die dood van Piet Retief enkele maande gelede is nog rou in die Trekkers se geheue. Maar miskien het Pretorius reg, dink Serfontein. Hier sal waarskynlik niks gebeur nie, want hier is nie Engelse sende-linge in die omgewing nie.

"Tot Dingaan dood is," sê Pretorius. "Daarna sal ons maar moet sien."

Mpande kyk hulle vraend aan.

Pretorius kyk Mpande vas in die oë, maar praat met Johannes: "Sê vir Mpande ons sal hom help, maar hy moet weet: As dinge nie gebeur soos ons vandag hier ooreengekom het nie … Ek herinner hom aan wat by Bloedrivier gebeur het."

Pretorius wink Johannes en jong Diederichs, 'n Trekker wat pas mondig geword het, nader. "Sorg dat julle nie gewaar word nie," beveel hy. "Ek soek deeglike verkenning van hoe die grond aan die oostekant van die kraal lê."

Die twee jong manne knik soos wafferse samesweerders kop.

"Nou ja toe," sluit Pretorius af. "Mpande het drie van sy manne gegee om julle te lei. Maar wees versigtig."

Die twee jong manne stap vinnig weg.

Pretorius en Serfontein staar hulle 'n oomblik agterna; die onheil wil maar net nie ophou om aan hulle te knaag nie.

"Ek vertrou nie 'n man wat sy broer wil vermoor nie," sê Pretorius.

"Vra maar vir Piet Retief," antwoord Serfontein.

Ja, wil 'n mens sê, vra maar vir die ou tannie ook. Daardie wysheid sou soveel wyser gewees het as hulle met Piet Retief se weduwee gaan gesels het. Laat ek dit dan nou in hierdie stadium van die verhaal maar sê: Die Voortrekkers kon fluks met die vinger wys – maar nooit na die weduweemakers in eie geledere nie.

'n Jaar gelede het Magriet gekyk hoe Pieter de Witt 'n merkpaal uit die takke van 'n boom kap en die stok met 'n groot klip die grond in hamer. Plegtig het hy die plaas sy naam gegee, Donkerland, sodat hulle nie kon vergeet waar hulle is nie.

Nou lê die uitgedroogde paal eenkant, heeltemal verweer sedert Pieter dit ingeslaan het. Daarnaas staan Pieter, met sweet wat sy hemp donker vlek, besig om die laaste klippe van 'n groot stapel te pak. Die merker vir sy stukkie aarde.

Om 'n plaas uit te tree … om te sê: "Hierdie stukkie grond is myne," is een ding. Maar om daardie stuk aarde te bewerk, te bebou tot dit 'n land van melk en heuning is – lande wat so groen lê dit maak die oog seer; beeste vet en gesond; en 'n stewige opstal vir jou vrou en kinders, iets om na te laat aan die geslagte wat kom – dis iets heeltemal anders. Dit het Pieter gou ontdek.

Hy tel die stok op, kyk daarna, vryf met sy hand daaroor. Hy bekyk sy plaas. Iets vang sy oog in die verte.

Hy gooi die stok eenkant. Soos blits is sy geweer in sy hand. Hy korrel, beweeg die loop effens na links om sy teiken te volg en trek dan die sneller.

Magriet hoor die skoot waar sy in hul nederige huisie werskaf. Dis nog net die begin van 'n opstal – Pieter bou aan soos hul behoeftes groei, met klei en klip en kalk wat hy by 'n smous uit die hawestad kry.

Sy kyk deur die venster, sien in die verte 'n klomp tarentale wegvlieg.

By sy klipstapel staan Pieter breed en glimlag. Iets vir die pot!

Hy gaan haal die tarentaal, saam met twee ander wat hy vroeër geskiet het; stap aan na die huis wat, as hy heeltemal eerlik moet wees, nie oral honderd persent haaks is nie.

Eerste sit 'n ent van die huis dierevelle en brei – daar is nog nie genoeg plek in die huis om sulke take te verrig nie. Sy vee met haar hand oor die sagte haartjies.

"Grietjie!" roep Pieter van 'n afstand.

Wanneer sy by die huis uitkom, bokspring sy hart van voor af. Elke keer dat hy haar op 'n afstand sien en merk hoe die kind wat sy dra haar sigbaar swanger laat lyk, swel sy hart van trots. Hy het uit behoefte 'n vrou geneem, maar daar het gou 'n band van liefde tussen hulle ontstaan. Pieter is 'n korrelkop, dít het Magriet gou agtergekom, maar in daardie gespierde borskas klop 'n hart van goud. Hy is 'n man van sy woord.

En sy het hom nie in die steek gelaat nie. Daardie netjiese stuk lap waarmee sy die sitplek van sy fluweelbroek reggemaak het – dis haar handewerk. En sy hemde sit nou beter aan hom nadat sy 'n bietjie van die tierlantyntjies losgetorring het.

En sy hare! Dit kos 'n vrou se hand om die woesteling minder na 'n takhaar te laat lyk. Wat Magriet nie met 'n skêr kan regkry nie – selfs Pieter se baard lyk al na dié van 'n hardebaard.

Pieter sit die drie tarentale eenkant neer. Eerste kom nader met 'n groot kom om hul vere te pluk en hulle skoon te maak. Hoe meer hy nadink oor hul nederige begin hier op Donkerland, hoe meer is hy verheug oor die gemaklike manier waarop alles geskied. Magriet kom na hom aangestap, bly oor die tarentale wat hy gebring het. Sy wens hom geluk, en voor sy haar kom kry, het hy agter haar rug om geglip en staan nou met sy hande om haar gevou, rustig rustend op die uitstulping wat hul babatjie by haar buik maak.

"Hoe gaan dit met my seun?" vra hy.

Hy voel hoe sy effens terugleun teen hom. Dis 'n sensasie wat hom elke keer lam in die knieë maak: die wete dat hy die steunpilaar vir hierdie pragtige vrou is, dat hy haar en hul ongebore kind veilig maak deur dáár te wees vir hulle.

"Sê nou dis 'n dogter?" skerts sy.

Magriet het ná die doodslag van haar familie eers by Pieter weer leer glimlag, leer korswil en terg. Wanneer sy lag, is dit vir hom die mooiste geluide wat hy nog gehoor het.

"Jy dra te laag," sê hy. Hy het nie die vaagste benul waarvan hy praat nie, onthou net sy ma het altyd gesê 'n vrou dra laag aan 'n babaseuntjie. "Ek wil 'n fris boerseun hê. En ek kry altyd wat ek nodig het." Hy stryk met die plat hand oor haar maag. "Jakob Pieter de Witt. My pa se naam." Hy soen haar op haar wang.

Magriet tree onverwags skaam weg, beduie met haar kop na Eerste – "Nie voor die volk nie …"

Pieter lag.

Eerste is maar altyd in en om die opstal. Wanneer sy die tarentale gereed het vir die pot, hervat sy haar werk aan die dierevelle wat sy besig is om te brei.

"Vir die baba?" vra Pieter haar.

Eerste knik net. Sy was tydens hul maande lange staptog nooit spraaksaam nie, en die ysige stilte tussen haar en Magriet is nog nooit heeltemal gebreek nie. Magriet se jaloesie is vir Eerste onverstaanbaar, maar daar is geen manier waarop sy behoorlik met haar kan gesels nie.

"Kufuneka sikufunele indoda. Ndifuna abasebenza kweli plasi lam." Pieter praat met haar Xhosa, tot Magriet se groot frustrasie. Maar soos gewoonlik vergeet hy om aan Magriet te verduidelik dat hy vir Eerste gesê het dis tyd dat hulle vir haar 'n man kry, want Pieter het werkers vir die plaas nodig.

En soos gewoonlik ruk Magriet haar op wanneer sy uit die gesel-skap gesluit word. "Ek wens jy wil ophou om haar taal in die huis te praat."

"Ek sê maar net … dat ons vir haar …"

"Ek wil nie weet nie," val Magriet hom in die rede. "Sy moet ons taal leer."

Hy verstil, maar dan tref 'n blink ingewing hom. "Nou ja, leer haar dan."

Pieter tel 'n tarentaal op en hou dit voor Eerste. "Tarentaal," sê hy.

Eerste kyk hom onseker aan. Sy weet nie mooi wat aan die gang is nie.

"Tarentaal." Op Xhosa vra hy haar om sy Afrikaanse woord te herhaal.

Eerste begin snap wat Pieter probeer doen. "Tarentaal," sê sy, maar dit kom skeef uit.

"Ta-ren-taal," herhaal hy.

"Ta-ren-taal."

Sy vorder.

"Ja. Tarentaal."

"Tarentaal."

Hy tel 'n mes op, hou dit vir haar op. "Mes."

Eerste herhaal makliker.

Pieter maak asof hy met die mes sny. "Sny," sê hy.

Eerste volg nou goed, herhaal alles wat hy sê.

Pieter knik vir haar, bring die mes na die tarentaal. "Sny tarentaal," sê hy. "Haal derms uit. *Yitsho*. Sê dit."

"Sny tarentaal," herhaal Eerste. "Haal uit."

Pieter gee die tarentaal en mes vir Eerste. "Daar gaat jy," sê hy.

Sy knik en stap weg. Eerste dra 'n ou romp en bloes van Magriet – die tradisionele drag waarmee sy uit die Oos-Kaap gevlug het is iets van die verlede. Magriet kon die skamele kleredrag nie duld nie.

Sy volg meer van ons taal as wat ons dink, kom dit by Pieter op. Hy's verbaas om te sien dat Magriet van hom wegdraai.

"Jy is heeltemal te vriendelik met haar," sê sy vrou sag. "Netnou kry sy gedagtes." Sy kyk af terwyl sy dit sê, skaam oor die woorde wat haar diepste vrese só blootlê.

Pieter is skielik in 'n speelse luim. "Watse gedagtes?"

Magriet klik net met die tong om hom stil te maak.

Pieter staan nader aan sy swanger vrou. Hy plaas sy hande op haar heupe. "Watse gedagtes?" Sy stem is warmer, intiem.

"Hans gedagtes," mompel Magriet, dadelik jammer dat sy hierdie dinge aangeroer het.

"Jy's pragtig as jy so vies raak."

Hulle is al 'n jaar bymekaar, en daagliks is daar nuwe dinge wat hulle van mekaar ontdek, en wanneer Pieter dit teenoor haar noem, besef sy elke keer dat die band wat tussen hulle groei, onvernietigbaar is. Só groei haar selfvertroue ook. Sy gee hom 'n speelse hou teen die skouer en loop na die ketel om koffie te skink.

Pieter tel die verdorde skerppuntstok op. Hy betrag dit behoorlik. Hy wil dit graag bewaar, 'n aandenking van die eerste dag op Donkerland. Hy sien die kaal muur bokant die vuurherd raak. Hier, dink hy. Hy vryf sy hand oor die muur. Hier sal ons dit bewaar vir ons kinders.

Pieter sit voor sy opstal met die verdorde stok tussen sy bene vasge-knyp. Hy berei die stok met olie voor sodat dit nie verder sal verdor wanneer hy dit bo sy vuurherd hang nie. Wanneer sy kinders groot is …

Hy dink met 'n breë glimlag aan Magriet se skugterheid. Hy is seker dat sy 'n seuntjie in die lewe gaan bring. Die tweede geslag De Witts van Donkerland!

Hy hoor die reëlmaat van perdehoewe. 'n Ruiter is in aantog oor die groot stuk veld wat hy voor die opstal skoongemaak het. Weiding, sê hy altyd aan Magriet wanneer sy wil weet hoekom hy met soveel vlyt dáár uitkap.

Onrustig lê Pieter die stok neer, reik na sy roer.

Dis Jan Serfontein, roer agter die rug, met daardie kenmerkende hoedjie van hom wat hy gemaak het van springbokvel wat hy self gebrei het.

"Oom Jan!" groet Pieter. Hy het baie agting vir Jan Serfontein. Die man staan al vyftig se kant toe, maar sy hart sit reg.

Serfontein groet nadat hy hom versigtig van die perd neergelaat het. Hy maak die perd se leisels naby Pieter se krip en mied vas, knik, wys dat hulle 'n draai oor die oopte moet stap.

Jan se klere getuig van meer welvaart as wat Pieter nog gesmaak het. Hy het gewis met meer aardse goed uit die Oos-Kaap hier aange-land, maar hy is ook 'n boer wat al die ander boere in die omgewing inspireer met die manier waarop hy die gawes wat God hom gegee het vermeerder het.

Pieter weet dadelik uit Jan se manier van stap dat daar iets aan die broei is. Hy voel hoe sy maag opeen trek. Weer Dingaan se moordenaars?

Jan stel hom gerus, maar hy is hier oor ernstige sake. Hy aarsel ook nie. "Ek sê jou nou, Pieter, die winde waai al weer oor die land."

"Watse winde dié keer?"

"Daar's net twee soorte wind wat in hierdie land waai, neef: Engelse wind of Zoeloewind."

Dis nie wat Pieter wil hoor nie. Vandat hy uit die Oos-Kaap weg is, het hy hom voorgeneem om sy eie pad te loop. Nie betrokke te raak by ander se ellende nie. Vandat sy ouers vermoor is, is sy ellende syne en syne alleen. Ander moenie hulle s'n kom byvoeg nie. "Ek stel net belang in winde wat reën bring," sê hy.

Jan bekyk die jong boer sonder om sy gevoelens te wys. "Dis ern-stige sake, Pieter. Ons soek lywe vir 'n kommando."

"Ek is hier om te boer. As ek op kommando wou gaan, het ek in Grahamstad gebly."

Die ouer man gee nie bes nie. "Weet jy van 'n Zoeloe met die naam Mpande?"

"Net van hom gehoor."

"Dingaan se halfbroer. En die twee sit nie langs dieselfde vuur nie. Mpande het oor die Tugela gevlug. Sy hand van vriendskap na die boere uitgesteek. Tot in die Volksraad in Pietermaritzburg gepraat."

Pieter kan sy ore nie glo nie. "'n Zoeloe in die Volksraad!"

"Tye verander, neef. Tye verander."

Dis nie altemit nie. Pieter probeer hom indink hoe dit moes gelyk het, maar moet dan wrang by homself glimlag. Hy weet nie eens hoe lyk dit wanneer die Volksraad onder gewone omstandighede byeen-kom nie. "Om wat te sê?" vra hy.

"Nie te sê nie." Oom Jan Serfontein laat die opmerking 'n bietjie in die lug hang. "Te vra. Ons hulp om Dingaan vas te vat."

Voordat Pieter hom kan beteuel, borrel die woorde uit: "En daarvoor soek julle nou 'n kommando." Hy kan sien waarheen dinge beweeg, en hy is nie lus om ander mense se vuil werk vir hulle te gaan doen nie, die minste van alles Dingaan se halfbroer s'n.

Maar Jan bly die geduldigheid vanself. Hy besef hy moet die jonge-ling genoeg inligting gee sodat hy self kan besluit wat die beste vir hom sal wees. Hy hou van Pieter, en weet hoe die ander trekboere sal reageer as Pieter nie sy gewig by hulle ingooi nie. En buitendien, almal weet dat die mannetjie 'n baie goeie skut is. "Onder Andries Pretorius, hy wat die Wenkommando gelei het," sê Jan.

"Ek's bevrees Oom is nou by die verkeerde deur," sê Pieter ferm, maar darem ook baie beleef.

"Hoe dan so?"

"'n Verdomde Engelsman het my perd langs die Umzimkulu gesteel.

58

Ek het die hele pad van daar af na die Tugela toe gestap om hierdie plaas te vestig."

Oom Jan is verbaas dat die man só 'n verskoning sal aanbied. "So't jy al gesê, ja."

"Nou ja, ek het dit wragtig nie gedoen om by die swartes se bakleiery ingesleep te word nie. As hulle mekaar wil uitmoor, sê ek: Los hulle, laat hulle aangaan. Dit spaar ons die moeite."

Rustig haal die ouer man tien maal diep asem en begin dan uit 'n ander hoek. Soms help dit om 'n beroep op iemand se nasietrots te doen. "Ons republiek hier in Natal staan soos 'n pasgebore kalf op bewerige pote. Onder Engelse bewind kon ons nie veel doen nie. Maar hulle't onttrek. En die Zoeloes is verdeeld. As ons wil toeslaan en wys wie's baas, moet ons dit nóú doen."

Pieter is egter nie 'n bok vir nasietrots nie, merk oom Jan aan sy gesigsuitdrukking.

Hul wandeling bring hulle uiteindelik terug na die opstal, waar Magriet nader staan met twee bekers koffie vir die mans. Sy gaan sit eenkant op 'n stoeltjie, gaan aan met haar handewerk.

Jan sit die gesprek voort asof sy nie daar is nie. Hy het net 'n vermoede dat sy dalk ook gevoelens oor die saak sal hê. Sy wat al deur soveel is …

"Jou plaas is skaars 'n jaar oud," sê Jan. "Hoe lank gaan dit jou neem om 'n behoorlike trop beeste op te bou – soos dit 'n pragstuk soos Donkerland betaam? Hm?"

Pieter is stil. Laat oom Jan maar praat. Hy weet wat hy weet.

Jan kyk van Pieter na Magriet. "Die impi's het Magriet se hele familie uitgemoor," sê hy.

Magriet kyk op. Sy sit met gespitste ore en luister, maar gedweë laat sak sy haar blik weer na haar handewerk.

"Hoeveel beeste het jou pa gehad, Magriet?" Dis 'n teer saak, maar oom Jan weet dit is nou sy enigste uitweg, om die teer sake op te rakel.

"Tweehonderd-en-vyftig."

"Tweehonderd-en-vyftig! Wat regtens hare is, as enigste erfgenaam." Jan kyk Pieter vas in die oë. "Julle s'n is." Hy laat die woorde insink. "In Dingaan se krale. Dit kan mos nie."

Pieter kyk weg. Dit het vir hom alles sin, oom Jan se woorde, maar hy steek vas. Hy is maar vlak in sy twintigs, die opvattings wat uit sy nood gebore is, wil nie sommer opsy geskuif word nie.

"Die Volksraad het vir Dingaan 'n ultimatum gestuur: Gee terug ons beeste." Oom Jan praat nou driftiger. "Die derduisende wat gesteel is. En wat doen hy? Hy stuur tweehonderd osse met twee manne wat Piet Retief help vermoor het. Ons sê dis nou genoeg. Tot hier toe en nie verder nie."

Magriet begin huil. Haar wonde is rou. Sy staan op en gaan die huis binne.

Oom Jan voel skuldig. Hy wil Magriet ondersteun, maar weet nie hoe nie. Hy beduie vir Pieter om haar te gaan troos.

Pieter staan bekommerd op en gaan die huis binne. Ná 'n ruk is hy terug, 'n frons op sy gesig.

Oom Jan sit en pyp rook. Hy tuur uit oor die werf wat Pieter en Magriet die afgelope jaar hier vir hulle gemaak het.

Pieter sê nie 'n woord nie.

Dan gaan die ouer man voort, asof niks gebeur het nie. "Ons praat van baie beeste, Pieter. Genoeg om Donkerland van 'stukkie grond' tot plaas te omskep."

Pieter luister stil. Oom Jan kan nie peil wat in sy gedagtes aangaan nie.

"Ons gaan ook elkeen 'n Zoeloeman of twee kan terugbring. 'n Inboekeling is nou wel nie 'n slaaf nie, maar hy werk net so hard. En hy kos minder."

Magriet kom stil die huis uitgestap. "Pieter …" Haar stem is sterk, die trane van flussies vergete.

Pieter kyk op na Magriet.

"… gaan haal ons beeste," sê sy.

Pieter weet dit sal nie meer help om wal te gooi nie. Die besluit is vir hom geneem.

"Jy kan nie alleen hier bly nie," sê hy.

"Ons vat haar na Lenie toe," sê oom Jan.

"Ek sal 'n bietjie vrouegeselskap geniet," help Magriet.

"Dis te ver vir Magriet. Jy kan sien sy's …" Pieter kan die sin nie voltooi nie. Dis sy kind wat Magriet dra, hy wil nie medepligtig wees aan 'n reis wat haar en die baba in gevaar stel nie.

"Dan kom bly Lenie hier." Oom Jan se woorde maak die besluit finaal.

Pieter en Magriet kyk vir mekaar. Haar besluit is geneem.

"Al Magriet se beeste?" vra Pieter.

"Ten minste. En met Dingaan uit die pad uit word Mpande koning, en hy sal ons verskuldig wees."

"Een ding het ek geleer," sê Pieter, nou wys vir sy jare, "Zoeloe of Engelsman – as een stryd verby is, staan die volgende een gereed om te begin."

"En met die Heer se genade," sê oom Jan, "was ons nog elke keer op die ou end die oorwinnaars."

Daarmee kan Pieter nie stry nie.

'n Paar dae later het Pieter sy stok teen die muur bo die vuurherd gemonteer. Hy staan terug om die oomblik in te drink, en net toe kom Magriet nader met sy saalsak, wat sy netjies vir hom gepak het met uitgebraaide vet, 'n potjie salf, opgerolde lap, beskuit en biltong.

"En so begin alles met iets wat geplant word," sê Pieter, sy oë steeds op sy stok. Hy draai na Magriet.

"Daar's kanfersalf en 'n paar repe lap vir verbande," sê sy.

"En smeer?" Pieter is versot op die vyesmeer wat Magriet van wildevye maak.

Sy knik. "En al die biltong wat oor is."

Die oomblik raak vir hom oorweldigend. "Laat ons boekevat voor ek opsaal," sê hy.

Pieter vat sy groot Familiebybel wat op 'n rak lê en gaan sit by die tafel. Magriet gaan sit langs hom.

"Ons lees uit Deuteronomium 32," sê hy terwyl hy oopblaai. "Indien

Ik Mijn glinsterend zwaard wet, en Mijn hand ten gerichte grijpt, zo zal Ik wraak op Mijn tegenpartijen doen weerkeren, en Mijn haters vergelden. Tot so ver." Hy maak die Bybel toe. "Laat ons bid. Heer, waak oor my huis terwyl ek weg is, hou u hand oor die nuwe geslag wat my vrou dra, en wees met u seuns in hierdie optog teen die onheiliges. Ons vra dit in u naam en uit u genade. Amen."

Pieter staan op en vat sy sak. "As ek terugkom, begin ek ons opstal bou." Hy voel al lank nie meer lus om in die tydelike opstal te bly nie. "Jy gaan hierdie plaas nie ken nie. Ons paradys." Hy soen Magriet, raak liefderik aan haar swanger maag. "Jy wag vir my, Jakob," praat hy met die aankomeling in haar buik. Hy verstil dan, staar innig in Magriet se oë. "Sal jy regkom?"

Magriet weet sy moenie nou sentimenteel raak nie. Dan begin die trane weer. "Sorg net dat jy terugkom," sê sy.

Hy soen haar weer, en stap uit.

Buite staan Eerste en wag.

"*Usale ujonga inkosikazi*," sê hy. Sorg vir my vrou.

"Ja, Baas," antwoord sy. Sy hou sy opgerolde beddegoed na hom toe uit.

Pieter neem dit na die perd wat oom Jan vir hom gelaat het, saal op en binne minute staan Eerste en Magriet en kyk hoe hy op 'n galop vertrek.

"As die baas terugkom praat jy die Boeretaal, hoor jy my?" Daar is geen warmte in Magriet se stem nie.

"Ja, Baas," antwoord Eerste.

Baie ongemaklik. Dís hoe Johannes en Diederik voel saam met die drie Zoeloekrygers wat op die verkenningstog saam met hulle is. Hulle sit om 'n vuurtjie, en die drie krygers om hul eie vuurtjie. Hulle kan maar nie vergeet dat hierdie drie krygers eens deel was van Dingaan se magte nie.

Ná 'n ruk bring een van die Zoeloes vir Johannes en Diederik 'n pot bier. Hy plaas dit op die grond voor hulle neer. Die twee kyk baie agterdogtig na die pot.

"Drink dit," sê die kryger. "Dit sal julle gelukkig maak."

"Ons sê dankie," antwoord Johannes hom op Zoeloe.

Die kryger knik vriendelik en stap weg.

Johannes neem die pot in sy twee hande op.

"My pa sê," fluister Diederik, "hulle't vir Piet Retief ook bier gegee."

"Maak net of jy drink," antwoord Johannes binnensmonds. "Moenie sluk nie."

Johannes maak of hy 'n sluk neem, maar eintlik maak hy net sy lippe nat. Hy vee sy mond af, kyk oor na die Zoeloe wat dit gebring het en wat nou weer langs hulle vuurtjie gaan sit het. Hy glimlag breed en beduie met sy vuis dat hy ewe skielik sterk en dapper voel.

Diederik neem ook 'n slukkie. Hy dink 'n oomblik oor hoe dit proe. "Nogal lekker," sê hy, en neem 'n groter sluk.

Die volgende oggend hurk Diederik en Johannes agter 'n rots op 'n koppie naby Umgungundlovu, Dingaan se sentrale kraal. Die drie Zoeloes kruip weg agter 'n ander rots net regs van hulle. Diederik en Johannes loer oor die rand van die rots na derduisende beeste wat in die vallei onder hulle wei.

"As 'n mens 'n dag lank loop, sien jy die hele tyd beeste," sê die kryger wat gisteraand vir hulle bier gebring het.

"Sien jy daardie beeste, Dirk?" fluister Johannes. "Daar's Boerebloed op daai beeste."

"Bliksems!"

"Hoe ver is Umgungundlovu?" wil Johannes weet.

Die kryger beduie dat dit nie meer ver is soontoe nie.

"Ek wil dit van die … van die …" sy woordeskat laat hom skielik in die steek, "hoe de donner sê mens 'die ooste' in Zoeloe?"

Diederik kan nie help nie en haal net sy skouers op. "Jy's die tolk."

"Van die kant waar die son die dag bring," sê Johannes uiteindelik op Zoeloe.

Die Zoeloeman knik. Hy wys na die ooste. "Ons moet versigtig wees," sê die kryger. "As hulle ons vang, sal hulle ons met knopkieries doodslaan en ons lyke op KwaMatiwane vir die aasvoëls en hiënas los."

"Wat sê hy?" Diederik wonder oor die woordevloed en die vrees wat in die kryger se stem deurslaan.

"Jy wil nie weet nie."

Die manne beweeg weg van die kim van die koppie af. Diederik bly 'n oomblik agter. Hy is nou ergerlik: "Ek vra: Wat sê hy?"

Johannes begin ook gebukkend wegbeweeg van die uitsigpunt. "Hy sê: Hou jou kop laag."

Daardie aand is Pieter saam met 'n groep Trekkers langs 'n gemeen-skaplike vuurtjie. Jan Serfontein sit langs hom. Die boere om hulle heen vertel aanmekaar stories, soms lighartig, soms somber. Só ken hy sy mense, dink Pieter. Kan nie heeltemal wegkom van hul sorge nie.

Jan staan op. Hy maak sy keel skoon en kry die manne se aandag. "Manne, voor ons gaan skuinslê, wil ek dankie sê dat julle gekom het." Jan bulder nie, maar sy stem dra. "Kry vanaand genoeg rus. Ons ontmoet die res van die kommando oormôre by die driffie. Van daar sal Andries Pretorius die bevel oorneem."

Die boere knik tevrede.

"Verkenners is uitgestuur," sê Jan. Hy vertel hulle van Johannes en Diederik se sending saam met die Zoeloekrygers. "Hulle behoort teen môre terug te wees. Dan sal ons ons aanval beplan."

Pieter spits sy ore, maar nêrens is daar enige ergerlike gebrom nie.

"Ons ry op hierdie kommando omdat ons hier, in Natalia – ons eie republiek – in vrede, sonder voorskrif en sonder gevaar wil leef." Oom Jan klink nou weer soos die man wat Pieter eergister aangespreek het. Pieter glimlag – dinge verander só gou! "Dingaan se impi's het in die nag gekom en ons broers en susters en hulle kinders vermoor. 'n Man kan nie sy geliefdes uit die dood gaan haal nie, net ons Jesus Christus kan dit doen, maar die beeste wat Dingaan se impi's by daardie arme siele gesteel het – hulle sal ons nou gaan haal."

Hy bly 'n oomblik stil sodat almal na hom kyk. "Ná hierdie

kommando sal die Zoeloes eens en vir altyd leer dat as jy die wind met 'n Boer saai, sal jy die warrelwind maai."

"Hoor-hoor!" roep 'n paar om die vuur uit.

Vir Magriet breek die oomblik aan waarop sy vir Eerste wys wie die eerste vrou in die huis is. Maande lank al worstel sy met 'n groeiende gevoel van afguns jeens die swart vrou. Sy het geen werklike rede nie – Pieter se versekering daar op die eerste dag van hul kennismaking was vir haar goed genoeg, en alles wat sedertdien gebeur het, het bevestig dat Pieter die swart vrou as kneg beskou. Iemand wie se lewe hy gered het. Iemand wat haar lewe uit dankbaarheid aan hom oorgegee het. Maar vrou was Eerste nooit vir Pieter nie.

En tog.

Eerste se slaafse gehoorsaamheid aan Pieter was vir Magriet meer soos dié van 'n vrou teenoor haar man. En omdat sy self uit 'n huis gekom het waar daar van haar ma verwag is om absoluut gedienstig aan haar man te wees, het sy parallelle begin sien.

Pieter het haar afguns koddig gevind. Sy het dit nooit teenoor hom uitgespreek nie, maar kon aanvoel hy weet daarvan. Sy het haar voete mettertyd in hierdie huwelik gevind. Pieter leer liefkry soos hy vir haar. Haar swangerskap moes vir haar die teken gewees het dat sy Pieter se ewige trou het, maar swangerskap is nie iets wat in elke huwelik ewe maklik hanteer word nie. En met die verloop van die maande het hulle nog dieselfde bed gedeel, maar die vreugdes van man en vrou se samesyn moes vir eers wag, tot ná die bevalling. Met dié onthouding het die afguns teruggekeer. Het Eerste die oorbodige vrou in die huis geword.

Magriet kyk nou met openlike afguns na Eerste. "Nou ja," sê sy uiteindelik, "nou's dit ek en jy."

Eerste het geen benul waarvan die vrou praat nie, maar sy kan Magriet se houding nie miskyk nie, en op haar beurt verval sy in 'n houding wat sy laas by haar pa ingeslaan het, tussen ander, jonger susters. Sy raak dikbek.

"Kom ons kyk of ons jou 'n beskaafde taal kan leer," sê Magriet. Sy wys na die tafel. "Tafel."

Eerste volg steeds nie wat sy moet doen nie.

"Tafel." Magriet frons vir Eerste. "Sê dit."

"Tafel."

Magriet wys na die water in die kom op die tafel. "Water."

"Water." Die swart vrou vind haar ritme.

Magriet tel 'n stukkie boerseep op. "Seep."

"Seep."

Magriet vryf haar hande teen mekaar. "Was hande."

"Was hande."

Nou, om alles bymekaar te bring, besluit Magriet. "Was hande met seep. Elke oggend."

Voor Eerste kan herhaal, voeg sy by: "Voor jy begin werk. Verstaan jy?"

"Was hande," antwoord Eerste.

"Ja," antwoord Magriet dadelik. "Jy moet. Hande was." Sy tik haar eie kop met haar voorvinger. "Verstaan jy?"

Eerste herhaal die getik van haar voorkop met haar voorvinger. "Verstaan," antwoord sy.

Magriet knik tevrede.

Eerste beduie na die geweer in die hoek.

Magriet volg Eerste se vinger na die geweer.

"Dwa!" roep Eerste uit.

Magriet wonder hoekom die geweer skielik belangrik is. "Jy raak nie aan daai ding nie. Hoor jy my? Nooit."

Eerste knik versigtig. Sy besef die geweer is haar verbode.

Magriet voel dat Eerste die belangrikheid van die saak snap, en sy kyk met 'n ietwat sagter blik na die swart vrou. Terselfdertyd laat sak sy haar hand en vryf oor haar maag. "Baba," sê Magriet.

Eerste knik met die kop, instemmend. "*Unyana.*"

Magriet is dadelik op haar perdjie. "Nie in jou taal nie. Baba."

"Baba," sê Eerste agter Magriet aan.

"Jakob de Witt." Behalwe natuurlik as dit 'n dogtertjie is, dink Magriet.

"Jakob," sê Eerste.

"Die volgende baas van hierdie plaas," sê Magriet wat, sonder dat sy dit ooit sal weet, feitlik net so oud soos Eerste is maar voel dat sy danksy haar lees- en skryfkennis jare ouer as die ongekunstelde swart vrou is.

Dan hoor albei die geluid van perdehoewe, en weldra sien hulle 'n perdekarretjie, deur 'n skimmelbruin perd getrek en met 'n swart plaaswerker en wit vrou langs mekaar op die bankie, aangery kom.

Dis tant Lenie, sien Magriet, Jan Serfontein se vrou wat hier by haar gaan bly totdat die manne terug is. Sy verkyk haar altyd aan die tante. Nog goed behoue gebly deur die moeilike trekjare, maar daar is al effense tekens van molligheid. Sy dra 'n sisrok en 'n stola wat teen die koue oor die skouers gegooi is. Haar kappie is effens groter as Magriet s'n, wat Magriet heimlik laat giggel. Tant Lenie kom selde uit die huis uit, maar sy dra 'n kappie wat die maksimum skaduwee oor haar gesig werp.

Magriet roep Eerste nader om tant Lenie se goed af te pak en binnetoe te dra, en sy nooi die tante in – die koffie staan al 'n rukkie en trek in die vuurherd.

Die ouer vrou praat land en sand, en gou voel die klein woning baie huisliker en warm van die klank van vrolike mensestemme.

Lenie en tant Magriet sit by die tafel sodat Magriet kolhaas- en dassiepelsies naas mekaar kan uitlê. Tant Lenie help haar – sy is 'n veteraan van vele pelskombersies. Skuins agter hulle hang Pieter se stok aan penne teen die muur, maar hulle is nouliks bewus van die een enkele versiering in die huis.

"Toe my eerste gebore is," sê tant Lenie, "ons was toe nog in Graaff-Reinet, het my pa twee lammers laat slag. My ma het die wol gewas en gekam en vir my 'n babakombers gemaak. Ek het al my kinders met daai einste kombersie grootgekry. En Martie gebruik dit nou vir haar kleintjies."

"Hulle is seker al yslik groot," sê Magriet.

"Magdaleentjie is nou amper drie. En klein Jan vier maande. Martie't mos enetjie tussenin verloor, Herklaas." Die ouer vrou raak stil, kyk af na haar hande. "Haai siestog," gaan sy dan voort. "Vreeslik gesukkel met sy bors. Baie swaar vir haar man gewees, hy was erg oor die kind."

Magriet luister maar, meet en pas die velletjies.

Tant Lenie druk haar hande styf teenmekaar. "As jy vir my naald en gare gee, kan ek hulle solank begin vaswerk – of sê waar, dan kry ek dit. Ek sien jou voete is baie geswel."

Magriet wonder hoe op aarde die ou tante dit raakgesien het. Haar rok hang fatsoenlik tot amper onder haar enkels. "Bo in die kis," sê sy, en wys na die kis in die hoek van die vertrek.

Tant Lenie stap na die houtkis en maak die klap oop. Sy kry die naald en gare.

"Dink Tannie ons gaan regtig so baie beeste kry as wat oom Jan gesê het?" vra Magriet.

"Jong, dis nou een ding van 'n Serfontein: Hulle's mos van optimisme aanmekaargesit. Ons sal maar moet sien."

Tant Lenie kom sit weer. Sy byt 'n stuk gare af, suig dit plat in haar mond. "En hoe gaan dit met die dienskneg?" vra sy terwyl sy die gare deur die naald se oog steek. "Hopelik beter as laas toe ek hier was."

"Sy leer nou ons taal," antwoord Magriet. Meer wil sy nie nou sê nie.

"Goed so," sê tant Lenie. "'n Heiden bly mos 'n heiden terwyl hy sy eie taal praat. En as Pieter ná die kommando 'n inboekeling of twee saambring, dan het julle binnekort 'n paar ekstra hande vir die plaas. Wat's haar naam nou weer?"

"Eerste."

"O ja," antwoord die ouer vrou, die *o* lank uitgerek asof sy skielik 'n ander geheim onthou.

"Haar Mpondonaam is Mafungwashe of so iets," verduidelik Magriet.

"Ma-fun-gwashe? My magtig."

"Beteken glo 'eerste dogter' ... dié lat Pieter haar Eerste gedoop het."

Tant Lenie kyk so onderdeur na Eerste daar in die hoek van die vertrek, en dan terug na Magriet. "Jong, ek wil my nou nie inmeng waar ek my nie moet inmeng nie, maar ek sou haar 'n ander naam gee."

Magriet kyk verbaas op na tant Lenie.

"Netnou dink mense," verduidelik die ouer vrou, "netnou dink hulle sy word so genoem omdat sy 'eerste' was … as jy weet wat ek bedoel."

Magriet kyk sprakeloos na Lenie, en dan terug na die velletjies. Sy het nie woorde om te sê hoe sy nou voel nie.

Andries Pretorius het saam met Jan Serfontein en Mpande die beplanning gedoen, maar nou is hy gereed om die leiding te neem met die aanslag op Dingaan.

Hy was eintlik 'n effens koddige vent, het Pieter de Witt jare later aan sy kleinkinders vertel. Pretorius het altyd met 'n eienaardige strooihoed op rondgeloop. Die ander Voortrekkers het hoede van springbokvel gehad, ook ander soorte vel, maar hy, die man wat Dingaan by Bloedrivier reeds 'n slag goed op sy bas gegee het en nou weer wil aanvat, hy stap rond met 'n strooihoedjie soos 'n mens dikwels later by Engelse skooldogters gesien het wanneer hulle uitstappies in die veld onderneem. Oubaas Pieter kon hom só uitlaat oor die Engelse se gewoontes.

Maar daai dag, voor hulle Dingaan sou takel, sit Andries Pretorius met sy strooihoedjie op en hy kyk Jan Serfontein en Pieter de Witt en die ander manne vas in die oë. Onthou, dis hy wat gesorg het dat die Voortrekkers by Bloedrivier goed voorbereid was. Dis hy wat die idee gekry het om die Voortrekkers 'n eed te laat aflê sodat hulle geestelik reg gestem kon wees. Dis hy wat op dissipline en ordelikheid aangedring het.

Nou sit hy weer en planne smee. Hy bestudeer Johannes en Diederik se tekening van Dingaan se kraal op die grond. Hy besef dat daar geen tweede kans gaan wees nie. As hulle nie die eerste keer slaag nie, sal dit hul einde beteken. Alles moet wéér haarfyn beplan word.

"As ons van hierdie kant af kom," verduidelik Pretorius, "en Mpande se impi's sprei so uit, van hierdie kop, tot omtrent hier, keer ons hulle hier vas – en het ons baie skuiling."

"En water," voeg Johannes by, wat dit met sy eie oë gesien het.

"Dit ook," antwoord Pretorius.

Jan Serfontein het ander sake in gedagte. "Het julle beeste gesien?" vra hy.

"Meer as wat 'n man kan tel," sê Diederik dadelik.

Jan wil-wil glimlag.

"'n Man soos jy, ja," sê Johannes.

Diederik stamp aan Johannes. Jan en Pieter glimlag vir die grappie. Diederik is bekend as 'n man wat van die veld hou, nie van boeke en syfers nie.

Johannes rig hom direk tot Andries Pretorius: "Ek skat so tussen negentig- en 'n honderdduisend."

"Tweehonderd-en-vyftig van daai beeste het aan my vrou se pa behoort," sê Pieter onmiddellik. Hy en Jan het dieselfde sake in gedagte.

Pretorius besef hy moet duidelike riglyne neerlê vir die prosedures agterna, ná die veldslag. "Die kommandolede wie se families beeste met Dingaan se verraad verloor het, kry eerste hulle beeste. Jy sal jou vrou se tweehonderd-en-vyftig terugkry, plus rente."

Pieter knik tevrede.

Pretorius wil almal se aandag weer kry by die taak op hande. "Nou maar goed so," sê hy, en dan aan Jan: "Hoeveel man het ons?"

"Net oor die vierhonderd."

"Gaaf. Reg, manne. Tyd om Dingaan te wys waar Dawid die wortels gegrawe het."

Hulle begin beweeg, maar word tot orde geroep deur iemand wat 'n entjie daarvandaan na hulle roep. Hy wuif opgewonde met die arms.

"En nou?" vra Pretorius. Hy wil nie tyd verspil met beuselagtighede nie. Die manne moet nou net aan een ding dink. Hy stuur Johannes om te gaan vasstel wat aan die gang is – en spoedig staan almal by die geraamte in die veld wat die jong boer so opgewonde laat wuif het.

Die geraamte het nog verweerde klere aan. 'n Leersak, naby aan vodde, lê langs die geraamte, die draband en gespe daarvan nog om die geraamte se nek en skouer.

"Nou ja toe nou," sê Pretorius aan oom Jan en Pieter. "Óf die koors óf 'n assegaai. Een van die twee."

"Lyk vir my na 'n Engelsman se klere daai," meen oom Jan.

"Beslis nie 'n boer nie," sê Pieter. Hy gaan sit op sy hurke by die geraamte. Hy maak die leersak oop, kyk binne en haal 'n Bybel uit.

"'n Christen," sê oom Jan. "Ons sal hom moet begrawe."

Pieter maak die Bybel oop. Voor in die Bybel, verbleik maar nog net-net leesbaar, staan 'n naam geskryf: *Grant Roberts. London Missionary Society.*

"Bliksem!" roep Pieter uit.

Oom Jan kyk hom baie verbaas aan. Dat die jongeling nou só ter tale raak. "Wat?"

Pieter kom stadig orent. "As julle hierdie man wil begrawe," sê hy, sy lippe dun, "is julle welkom. Maar ek verroer nie 'n vinger nie."

Pretorius en Jan kyk hom geskok aan.

"Die wetter het my langs die Umzimkulu besteel," verduidelik Pieter.

"Die Umzimkulu?" vra Pretorius. Dit is baie ver hiervandaan.

"Dis 'n lang storie," is al wat Pieter wil sê.

Hy stap weg, en so in die wegstap smyt hy die Engelse Bybel doer in die gras weg. "En as julle 'n perd raakloop," sê Pieter oor sy skouer, "hy's myne."

Pretorius staar hom agterna, kyk dan met 'n groot frons na oom Jan.

"Dié lat hy die hele pad van die Umzimkulu tot die Tugela gestap het," sê oom Jan.

Die twee kyk na mekaar, 'n glimlag op albei se gesig. Hulle besef hoe sake staan.

Later dieselfde dag kyk Pretorius en oom Jan weer na mekaar, maar nou het elkeen 'n moeë glimlag. Bokant hulle draai aasvoëls in die lug. Hier voor hulle, in die vallei, lê Dingaan se kraal.

Die slagveld lê bestrooi met lyke van Zoeloekrygers. Pretorius en

Mpande se strategie het uitstekend gewerk – vir hulle, maar nie vir Dingaan nie.

Boere stap tussen die lyke deur, die slag gewonne, geen bedreiging meer uit die kraal nie. Eenkant op 'n miershoop sit 'n gewonde trekboer, met 'n vriend wat besig is om sy wond te verbind.

Pretorius stap oor na Mpande en twee van sy raadgewers.

Johannes staan nader om te tolk.

Mpande praat eerste.

"Hy sê Dingaan het in die rigting van die Hlatikhulu-woud gevlug," tolk Johannes.

"Sê vir hom ek kan nie van my kommando's verwag om die land plat te ry om hom te gaan soek nie." Pretorius wil nie hê dat die Trekboere verder betrek word by 'n saak tussen die Zoeloes nie. Dit gaan vir hom nou oor die beeste en regstelling.

Johannes dra die boodskap oor.

Mpande glimlag. Hy en Pretorius dink dieselfde. "Dit sal nie nodig wees nie," sê hy op Zoeloe. "Drie van my beste krygers is reeds op sy spoor. Hulle sal hom kry."

"Dan was vanoggend se sonsopkoms Dingaan se laaste," sê Pretorius. Johannes knik. "En dan het ons 'n Zoeloekoning wat ons verskuldig is."

Voor Pretorius en sy manne vertrek, is daar 'n laaste gesprek wat afgehandel moet word. Die Boere het gevra vir werkers, en nou kies hulle die inboekelinge.

'n Groep Zoeloemans staan trots en regop in 'n ry. Pieter, Johannes en 'n groepie boere staan voor hulle en kyk na hulle.

Mpande en sy raadgewers staan eenkant, langs Andries Pretorius. Oom Jan sorg dat hy naby Pieter is, sou dié raad nodig hê.

Pieter gaan staan voor 'n Zoeloekryger wat trots en regop staan. Pieter kyk hom vas in die oë, maar die man se blik wyk nie. Sy naam is Mehlokazulu. Pieter skat hom so twintig, indien nie jonger nie.

Pieter draai om en sê aan oom Jan: "Ek sal hom vat."

Oom Jan knik.

"Jy moet weet," sê Pieter aan Mehlokazulu, "ek neem jou nie as 'n slaaf nie. Ek neem jou as 'n werker wat saam met my my plaas sal bou. As jy ná ses maande wil loop, dan is jy vry om te loop."

Johannes tolk vir Pieter.

Mehlokazulu hoor Johannes uit en kyk dan terug na Pieter. Hy knik. Dis goed só.

Pieter beduie hy moet met hom saamkom en stap oor na oom Jan. Hy bedank oom Jan – vir die beeste wat hy saambring wanneer hy terugkeer.

"In hierdie land moet ons volkie saamstaan, Pieter, of ons is verlore," antwoord oom Jan.

Pieter knik, bied sy hand aan en hulle skud blad.

Op pad na sy perd vra Pieter vir Mehlokazulu of hy Xhosa verstaan.

"Hulle praat Zoeloe, maar soos kinders," sê Mehlokazulu.

"Dis wat die Hollanders ook sê van die manier waarop my mense praat," antwoord Pieter hom in Xhosa.

Magriet en Lenie is in die bed wat Pieter vir hom en sy vroutjie gemaak het. Sorgvuldig aanmekaargesit met sy weergawe van tappe en voeë. Plek-plek is daar nog knoetse sigbaar wat hy nie kon gelykskaaf nie, maar andersins is dit baie gemaklik en stewig en hoog genoeg van die grond sodat Magriet nog nooit enige klammigheid van onder gevoel deurslaan het nie.

Die twee vrouens slaap rustig. Elk het gemoedsrus danksy die ander se teenwoordigheid. Tant Lenie het Magriet wel wakker gemaak met 'n paar ligte snorkgeluide, maar Magriet het haar saggies gepor om op haar sy te draai, waarna Magriet weer kon wegdommel met die geluid van die krieke buitekant in haar ore.

Hulle is onbewus van drie Zoeloekrygers wat die opstal buite in 'n lang sirkelgang nader. Hulle is versigtig om geen ander geluide te maak as die sagte skuifelgang van hul voete nie. Die omsirke-ling van die opstal is baie doelbewus. Hulle wil agterkom of daar enige wagte of waghonde is wat hul sake kan bemoeilik. As hulle enige perde gewaar, sal hulle weet hoeveel mans hulle in die opstal kan verwag.

Hulle is vroegdag al weg uit een van Dingaan se satellietkrale, heeltemal onbewus van die dramatiese wending wat in die loop van die dag in hul omgewing plaasgevind het. Hulle is elkeen gewapen met 'n enkele assegaai en skild, volgens die tradisie van hul vaders.

Magriet skrik skielik wakker. Iets kwel haar, maar sy weet nie wat dit is nie.

Dan besef sy – die krieke en paddas is stil.

Sy word yskoud. Langs haar hoor sy tant Lenie se rustige asemhaling. Sy spits haar ore, seker dat sy Eerste ook in die hoek van die eetruimte kan hoor asemhaal.

Dan begin die krieke weer buitekant saag, en Magriet begin ontspan.

Net so onverwags verstil die krieke weer.

Dan hoor sy iets, 'n dowwe slag, nie te ver van die opstal nie. Kan dit roofdiere wees? Sy glo nie, want al wat in hierdie omgewing probleme veroorsaak, is rooikatte.

Daar's dit weer! Hierdie keer is die slag nie meer so dof nie.

Magriet stamp liggies aan tant Lenie. "Ta' Lenie," fluister sy. "Ta' Lenie …"

Tant Lenie kom orent, 'n rukkie heeltemal onseker oor waar sy haar bevind. "Wie? Wat?"

Magriet beduie met 'n sagte "sjjjuut" dat die tante nie geraas moet maak nie.

Tant Lenie onthou nou waar sy is en besef terselfdertyd daar's groot fout.

Die twee vrouens sit langs mekaar in die bed en luister.

'n Koei bulk angstig net buite die huis. Dan is alles weer stil.

"'n Luiperd?" vra tant Lenie.

Alles is stil, ook die krieke en paddas. Niks. Tjoepstil.

Weer fluister die ouer vrou: "Hoor jy dit?"

"Ek hoor niks nie."

"Presies," fluister tant Lenie. "Die krieke is stil. Bly net waar jy is …"

Sy klim uit die bed, stap na die geweer in die hoek van die vertrek, vat dit en beweeg uit die slaapgedeelte van die huisie na die kombuisdeel. Daar draai sy terug sodat sy die deur na buite behoorlik in die halfdonker kan sien.

Pieter het 'n stewige manier prakseer om die deur in die nag geslote te hou: 'n Sterk stuk hout wat dwars oor die deur lê en aan weerskante van die deurraam in gleuwe geanker is, dien as slot.

Lenie vorder tot by die deur en gaan staan dan stil, ore gespits vir enige geluide aan die ander kant.

Alles is stil.

Tant Lenie sien die maanlig skyn deur 'n kraak in die rof afgewerkte deur. Sy beweeg nader en sit haar oog teen die krakie. Buite sien sy die stil werf voor die opstal in die maanlig. Niks beweeg daar nie. Sy staan weg van die deur om terug te gaan bed toe, maar hoor dan 'n enkele lang krapgeluid teen die deur.

Sy draai om om weer deur die kraak te gaan loer.

'n Oog kyk van die ander kant van die deur terug na haar.

Tant Lenie steier terug. Haar asem is skoon weggeslaan van die skrik en sy kan nie 'n dooie geluid uitkry nie. Sy staan etlike sekondes versteen, en dan swaai sy om en storm terug na Magriet.

"Kruip weg!" sis tant Lenie met 'n harde fluisterstem. "Kruip weg!" En dan, wanneer sy teenaan die bed is: "Onder die kooi! Onder die kooi!"

Tant Lenie gooi die geweer op die kooi neer en stampstoot vir Magriet uit die kooi.

Magriet is verskrik en verbouereerd.

"Zoeloes!" verduidelik Lenie. "Kruip weg!" Sy stoot vir Magriet grond toe, en Magriet kruip onder die kooi in.

Skielik hoor hulle 'n geweldige slag teen die deur.

Tant Lenie swaai om en gryp die geweer van die kooi af.

Nog 'n dawerende slag tref die deur.

Tant Lenie loop met 'n draai in die huis totdat sy in lyn met die deur, maar 'n goeie drie tree daarvan weg is.

Die deur sidder in die kosyn soos dit van buite geskop word.

Tant Lenie mik die geweer na die deur en trek die skoot af.

Die slag van die skoot dawer deur die huisie, splinters vlieg oral en vir 'n oomblik ruik tant Lenie net buskruit. Maar haar blik wyk nie van die deur nie.

Sy hoor iemand buite kreun, en hoor dan die dowwe slag soos hy neerstort.

Dit is onverwags tjoepstil. Nóg mens, nóg kriek, nóg padda maak enige geluid.

Tant Lenie kyk af na die geweer in haar hande. Sy sal moet herlaai! Sy soek met haar oë op skrefies deur die vertrek, sien dan die kruithoring op 'n rakkie in die kombuisgedeelte van die huis.

Die ouer vrou laai blitssnel die geweer. Dis 'n behendigheid wat Magriet gou sal moet aanleer, dink tant Lenie – laat die kind net eers gebore word. Die gedagte flits deur haar en word dadelik vervang deur haar vrees dat iemand nou deur die verswakte deur sal breek. Sy kyk vinnig na die bed waar Magriet sigbaar is, oë so groot soos pierings. Sy stamp die kruit vas, stoot die laaistok in sy plek langs die loop, gereed vir enigiets.

Onverwags is daar 'n helse slag teen die deur – die Zoeloes het dit met 'n groot rots probeer oopgooi.

Tant Lenie vuur weer 'n skoot deur die deur. Splinters spat in alle rigtings.

Weer herlaai tant Lenie, met hande wat amper nie vinnig genoeg kan beweeg nie.

Die aanvallers skop teen die deur, en 'n gedeelte daarvan breek weg.

Tant Lenie se oë bly vasgenael op die deur, maar van waar sy onder die bed lê, sien Magriet eerste raak waar die werklike bedreiging vandaan gaan kom. Sy sien iets beweeg teen die dekgras wat Pieter vir die huisie geprakseer het – en besef skielik dis twee mensebene wat deur 'n gat in die bedekking kom!

Sy snak na haar asem ...

Twee voete gevolg deur bene kom deur 'n gat in die grasdak, en dan die boude en maag ...

Magriet skree onmiddellik, hoor die kreet asof iemand anders dit in die kamer maak, en sien hoe tant Lenie omswaai van waar sy besig is om nog kruit in die geweerloop te laai.

Die aanvaller land op die misvloer van die slaaphoek. Hy hurk en sien Magriet reg voor hom onder die bed lê.

Magriet skree weer.

Tant Lenie het haar geweer klaar gelaai. Sy gooi die laaistok neer en lig die loop.

Op dié presiese oomblik tref nog 'n rots die deur van die huisie met 'n vernietigende slag, en dit val na binne.

Nog 'n aanvaller storm in, assegaai omhoog gelig, gereed vir die doodsteek.

Maar tant Lenie hou kop.

Sy trek die sneller en sien hoe die aanvaller in sy spore gestuit word. Sy het hom in die borskas getref – 'n doodskoot.

Die aanvaller stort neer, en tant Lenie swaai om, met nog 'n kreet van Magriet in haar ore. Die aanvaller wat deur die dak gekom het, het Magriet aan die hare gegryp en begin haar onder die bed uitsleep.

Tant Lenie besef daar is nie tyd om nou die geweer te probeer laai nie en sy gooi dit eenkant.

Magriet skree histeries, met gedagtes aan haar ouers se sterfte wat deur haar bevange gemoed flits. "Nee-nee-nee-nee-nee-nee! Asseblief, nee!"

Die Zoeloeman trek Magriet aan haar hare orent en begin haar wurg.

Tant Lenie spring met een magtige sprong op die aanvaller se rug, hang daaraan soos 'n vel. Sy krap met haar vingers na sy oë. Hy los Magriet en gryp tant Lenie se hande vas, trek hulle weg van sy gesig. In die proses pluk hy haar tot reg voor hom. Dan slaan hy haar met die vuis teen die kant van die kop. Sy steier weg van hom en val neer, half bewusteloos. Nou kan hy weer al sy aandag aan Magriet gee.

Sy staan versteen van die vrees.

'n Glimlag sprei oor sy gesig; hy is besig om die oorhand te kry en neem 'n tree in Magriet se rigting.

Skielik hoor hy iemand agter hom praat. Verbaas draai hy om, reg in die pad van die swaaiende stok wat nog tot kort vantevore teen die vuurherd gemonteer was. Pieter de Witt se Donkerland-baken.

Die Zoeloeman slaat neer, sy kers gesnuit.

Eerste staan met die stok in haar hande. Magriet kyk met verstarde oë na haar.

Eerste stap tot by die Zoeloeman se bewustelose liggaam. Sy tree met een voet oor sy lyf sodat sy oor sy maag staan. Dan lig sy die stok bokant haar kop, skerp punt na onder, en bring dit met mening af. Die stok deurdring sy buik bo die midderif, 'n fatale wond.

Eerste staan met haar hande bo-op die stok. Sy lig haar gesig stadig, sluit haar oë. Sy is net so geskok soos Magriet.

Tant Lenie kreun en Magriet kyk na haar, sien 'n beroering in die hopie mens daar op die vloer.

Stadig begin 'n ander gewaarwording tot Magriet deurdring. Sy kyk stadig af na haar voete. "Eerste," sê sy met 'n huilstemmetjie.

Eerste kyk af, sien die plas om Magriet se voete. Haar water het gebreek.

Dagbreek. In Pieter de Witt se opstal op Donkerland klink Magriet se krete vir die soveelste maal op. Haar barensnood is groot. Eerste het gaan water skep in die stroom daar naby, water wat sy nou eers warm moet maak oor die vuurtjie wat sy buite op die werf aan die gang gekry het. Sy haas haar na Magriet wat natgesweet op die kooi lê.

Die ellendes van hierdie nag sal lank by haar ingeprent bly. Eers die aanval, daarna die bevalling en dan die baba wat maar net nie wil uit nie.

Intussen moes sy 'n vuur aan die gang kry en die drie dooie Zoeloes sleep tot agter die opstal. Die een of ander tyd sal hulle nog begrawe moet word, net nie nou nie. Nóú is 'n groter probleem.

Tant Lenie sit op die rand van die kooi. "Ek dink hy lê dwars," sê sy aan Magriet. "Ek dink die baba lê dwars."

Eerste het 'n idee wat die vrou probeer sê; sy het sulke geboorte al gesien. Sy sit die emmer water langs die bed neer. "Druk, Mies. Ek druk." Sy beweeg nader om aan Magriet te raak.

Tant Lenie stoot haar weg. "Nee, nee, nee," sê die ouer vrou.

"Ek ken, Mies," antwoord Eerste. "Ek druk. Ek druk hom."

Magriet kreun van intense pyn.

"Gaan kry nog water op die vuur," beveel tant Lenie.

Eerste kyk Magriet bekommerd aan, maar stap tog met die water na die vuur. Buite die deur steek sy vas.

Pieter de Witt het pas van sy perd geklim. Hy gee die teuels vir Mehlokazulu – en dan sien hy vir Eerste raak. "Eerste!" roep hy uit.

"Baas."

"Kyk wat het ek vir jou gebring." Hy beduie na Mehlokazulu. "Ek het jou gesê ek sal vir jou 'n man bring. Sy naam is Mehlokazulu. Nou ja toe. Waar is my vrou?"

Eerste kan nie woorde vind om te praat nie. Sy is te bang om te antwoord, asof haar woorde die dinge van die afgelope nag finaal sal bevestig.

"Waar is my vrou?" vra hy in Xhosa.

Eerste beduie bangerig na die huis agter haar.

Hy kry 'n beklemming om die hart – iets is nie pluis nie. Hy stap deur toe, en sien dat die deur nie meer aan die kosyn is nie. "Wat de donner gaan hier aan?" roep hy uit.

Eerste antwoord hom in Xhosa – sy kan nie vinnig genoeg woorde in Afrikaans vind vir wat sy moet sê nie. "Drie Zoeloemans het gekom om ons dood te maak. Maar ons het hulle doodgemaak. Hul lyke lê daar agter die huis."

Pieter kan sy ore nie glo nie. Dan hoor hy 'n geluid uit die huis en hy kyk met 'n frons na Eerste.

"*Bendifuna ukumnceda,*" babbel sy. "Ek wou haar help. Ek wou haar help maar mies Lenie wou my nie toelaat nie."

Pieter, gevolg deur die babbelende Eerste, storm die huis in. Hy sien Magriet op die kooi en Lenie langs haar.

"*Asiyondaba yam leyo. Asiyondaba yam …*"

"Bly stil," snou hy haar toe, "my magtig!"

Eerste raak stil.

"Wat gaan aan?" vra hy tant Lenie. "Het hulle haar seergemaak?"

Tant Lenie staan op van die kooi af. "Die baba lê dwars. Ek kry hom nie gedraai nie. Ek het alles probeer wat ek kon."

Pieter stoot haar bruusk uit die pad en gaan sit langs Magriet. "Grietjie, Grietjie, kan jy my hoor?"

Sy is in 'n beswyming, hoor hom nie praat nie.

"Dis ek, Pieter. Ek is terug." Hy voel hoe die desperaatheid sy asem aanjaag. "Hoor jy my? Ek's terug. Ek het die beeste – al jou Pa se beeste en nog meer."

Hy sien geen reaksie op haar gesig nie en besef skielik sy is waarskynlik by kritiek verby, moontlik op haar laaste. "Magriet … vrou! Jy mag nie nou opgee nie. Hoor jy wat ek sê? Moenie nou tou opgooi nie. Hy moet uit. Jy moet druk."

Met elke woord soek hy 'n flikkering van haar ooglede, 'n frons, 'n glimlag, 'n grimas – maar Magriet hoor hom nie.

"As die baba dwars lê," sê tant Lenie verslae, "gaan druk nie help nie. Hy moet gedraai word."

Pieter vlieg orent. "Nou draai hom dan!" skree hy.

"Ek het jou gesê," sê die ouer vrou, "ek het alles gedoen wat ek kon. Dit help nie."

Pieter is buite homself van hulpeloosheid. Hy loop 'n desperate draai deur die vertrek. "Hy moes eers oor 'n week of twee gekom het," sê hy moedeloos.

"Die aanval …" prewel tant Lenie. "Toe daai diere …"

Maar Pieter luister nie na haar nie. Hy soek 'n oplossing. Die lewe in die veld het hom geleer daar is altyd 'n oplossing. Jy moet net soek. Met oop oë. Moet jou nie bly verknies oor dít wat reeds verby is nie. Fokus op dít wat nog moet gebeur. "Eerste!" roep hy.

"Nee, Pieter," keer tant Lenie, "sy's nie 'n vroedvrou nie."

"Sien jy 'n vroedvrou hier?" roep hy uit. "Laat haar probeer."

"*Ungamnceda na?*" vra hy aan Eerste. "Kan jy haar help?"

"Ek kan probeer, maar ons het te lank gewag."

"Doen wat jy kan."

Eerste gaan sit op die bed, wydsbeen op haar knieë oor Magriet.

Tant Lenie staan 'n paar treë terug, haar hand geskok oor haar mond gedruk. "Die skande," fluister sy ná 'n ruk.

Pieter kyk angstig toe.

Eerste masseer eers Magriet se maag, maar dit help nie, want Magriet is bewusteloos.

Tant Lenie kyk met afsku na die toneel.

Pieter sien niks anders as Magriet se gesig nie. Hy wil hoop, hy soek uitkoms, maar tot sy smart sien hy hoe die lewe in haar oë verdwyn.

Pieter gaan hurk vinnig langs die bed, vat Magriet se hand wat oor die rand van die bed hang. "Magriet ..." Hy prewel, hy roep: "Magriet!"

Magriet se oë sien nie meer nie.

"Sy's weg," sê tant Lenie, amper saaklik.

"Vrou!" Die kreet kom bitter oor sy lippe, diep uit sy hart.

"Pieter ... sy's weg."

Eerste hou op om Magriet te masseer.

Pieter kom stadig orent. Eerste klim van die bed af.

"Sy moes die beeste gesien het," sê hy. Die hartseer maak sy tong dik in sy mond, die tweede keer in sy lewe.

Eerste buk oor Magriet se lyk, plaas haar oor teen Magriet se maag. "Baas," roep sy. "Baas!"

Pieter staan nader aan Eerste en die lyk van sy vrou. Eerste staan opsy terwyl sy beduie dat hy sy oor teen Magriet se maag moet druk.

"Ag nee, Pieter!" roep tant Lenie uit. "Dis mos nou ..."

"Sjuut! Sjuut!" Hy wil alles hoor wat hy kan. "Sy hart!" roep hy ná 'n ruk. "Ek hoor nog die baba se hart."

"Dit gebeur soms," sê tant Lenie wysneusig. "Hy sal oor 'n minuut of wat stil wees."

Pieter kom stadig orent. Die brutaliteit van tant Lenie se woorde wil-wil in woede oorkook.

Maar dit is Eerste wat tot sy redding kom. "Tarentaal, Baas," sê sy.

Is die vrou van haar sinne beroof? "Wat sê jy?"

"Tarentaal, Baas." Sy beduie met haar hande terwyl sy die Afrikaanse woorde een-een uitsê: "Mes. Sny. Trek derms. Uit."

Hy verstaan eers nie wat sy bedoel nie.

"Trek uit. Tarentaal, Baas."

Dit tref hom soos 'n donderslag. Die baba moet verlos word.

Hy pluk die mes uit die skede aan sy heup.

"Pieter?" Tant Lenie is besig om heeltemal tred te verloor met wat aan die gebeur is.

"Ek gaan hom uithaal."

"Pieter, nee!" Sy deins in afgryse van hom weg. "Jy kan dit nie doen nie. Waar is jou respek?"

Hy het nie nou tyd om hom uit te laat oor haar onnosele kortsigtigheid nie. "My seun lewe nog!" roep hy uit.

"Dis heidense dinge," sê sy ferm. "Jy sal gestraf word!"

Nou praat hy, kort en kragtig: "Dit lewe nog hier binne. Hoekom moet ek al twee verloor?"

Pieter sny Magriet se nagrok oor haar maag oop.

"Pieter, dink mooi voor jy dit doen," waarsku tant Lenie weer.

"Magriet is weg." Hy weier om ag te slaan op haar vermaning. "Die kind lewe. Ek gaan hom nie saam met haar verloor nie. Staan weg!"

Pieter se hand bewe met die mes. Hy plaas die punt daarvan teen Magriet se swanger maag.

Tant Lenie draai weg. Sy het al baie diere afgeslag, maar 'n mens is nie 'n dier nie, veral nie 'n mens teenaan wie se lyf sy die vorige aand aan die slaap geraak het nie. Sy kan nie kyk nie.

Eerste staan langs Pieter. Sy praat sag, stadig, gerusstellend terwyl die mes sy koers vind: "Stadig … stadig …"

Die mes gly deur Magriet se vel.

"Nie te diep nie," vermaan Eerste.

Tant Lenie hou nou met albei hande haar mond toe.

Pieter gee die bebloede mes vir Eerste om vas te hou en druk dan sy hande in Magriet se maag. "Kom …" prewel hy, "kom, seun."

Pieter lig die baba op; hou die bebloede seuntjie in sy twee hande voor sy gesig in die lug. Die naelstring hang pers en bloederig tussen hulle.

"Jakob," fluister hy.

"Jakob," beaam Eerste.

Die volgende dag begrawe Pieter de Witt sy vrou soos dit 'n Christen betaam, met skriflesing, gebed en gesang, onder 'n wilgerboom op Donkerland. Die wilgerboom staan op 'n stil plekkie langs die Tugela.

In die maande wat kom, maak hy Magriet se kudde beeste behoorlik syne. Mettertyd sal die beeste aanteel. Die grond hier is vrugbaar, en alles wat Pieter saai sal op die duur vrugte dra.

'n Ruk lank sal daar geen Engelse of Zoeloewinde oor Donkerland waai nie. Pieter de Witt sal weer trou. Sy sal drie keer vir hom kinders baar, van wie net een, Schalk, sal oorleef.

En Jakob?

Hy word met groot sorg versorg deur haar wie se lewe Pieter aan die ander kant van die Umzimkulu gered het. Jakob wat soos 'n kalf uit 'n moeras gepluk is nadat Eerste sy pa se hand in die verlossing gelei het, sal 'n groot man word. In die eerste anderhalf jaar ná sy geboorte sal sy soos 'n moeder vir hom wees, sy tandvleisies masseer wanneer sy eerste tande wil deurbreek, sy handjies vashou wanneer hy op sy eie wil begin stap. Hy sal 'n man word, en vir die eerste deel van sy lewe het hy sy wit hofie teen haar swart bors laat rus, sy wat haar lewe verskuldig is aan die eienaar van Donkerland. Nou sal jy begin verstaan wat ek bedoel het toe ek gesê het die De Witts se geskiedenis is onlosmaaklik vervleg met dié van Mafungwashe.

— 3 —

LANK GENOEG GETERG

Maar toen die Brit ons nog vererg,
Toen vat ons die geweer;
Ons was al lank genoeg geterg,
Nou kon ons tog nie meer.
— *S.J. du Toit*

1881

Later geslagte sal sing van die erwe van die vadere wat die erwe van die kinders moet bly. Maar laat ek jou sê, sing-sing het dit nie altyd gegaan nie. Allermins. In 1881, byvoorbeeld, waai die winde van verandering weer oor die binneland van Suid-Afrika. Soos oubaas Pieter kon voorspel het, is dit 'n Britse wind. Dít is die kinders se erwe in die Zuid-Afrikaansche Republiek. Dit is 'n bitter wind – sy koue word gevoel tot in die Vrystaat en Natal.

Ons voorouers op Donkerland het geen keuse as om betrek te word nie. Ons vrouens het miskien nog gemor, in hul hart die beklemming dat die mans nie sal terugkom van die slagveld nie. Maar die mans – met uitsondering van oubaas Pieter – het die plig op hul skouers voel rus.

Op 12 April 1877 lees sir Theophilus Shepstone die anneksasieproklamasie op Kerkplein in Pretoria. Die Zuid-Afrikaansche Republiek het ophou bestaan. Die Britte het dit 'n nuwe naam gegee – Transvaal.

In die Kaap verklaar *Di Patriot*, 'n Paarlse Afrikaanse koerant, dat die Boere se "lydelike verset" nou ware verset word. Op 16 Desember 1880 word die Vierkleurvlag van die ZAR weer oor Heidelberg gehys nadat 'n volksvergadering by Paardekraal vir Paul Kruger, Piet Joubert en M.W. Pretorius as leiers aangewys het, en hierdie driemanskap 'n proklamasie uitgereik het wat die herstel van die ZAR aankondig. M.W. Pretorius is die seun van Andries Pretorius, hy wat die Trekkers gelei het tydens die slag van Bloedrivier.

Op dieselfde dag dat die Vierkleur oor Heidelberg gehys word, klap die eerste skote van die Transvaalse onafhanklikheidstryd naby Potchefstroom. Dié oorlog verloop nie voorspoedig vir die Britte nie.

Laat 'n ou vrou egter die aaklige waarheid aan jou openbaar: Soos dit met alle oorloë gaan, vloei die bloed aan alle kante.

Vroeg in 1881 bereik die oorlog 'n kritieke stadium aan die noord-grens van Natal. Die Britte is reeds naby Bronkhorstspruit feitlik tot oorgawe gedwing, maar die Natal Field Force onder aanvoering van sir George Pomeroy Colley was in aantog na Laingsnek, noordwes van Newcastle. En hier, by Laingsnek, stuit die Boere op 28 Januarie 1881 sy magte.

En by Schuinshoogte, 'n bietjie laer af teen die Hoëveld-eskarp, lê generaal Nicholaas Smit en sy manne die Britte op 8 Februarie 1881 voor. Schuinshoogte is 'n dagreis of twee te perd van Donkerland af.

Onder generaal Smit se manskappe tel twee Donkerlanders: Jakob, hy wat uit sy dooie moeder se buik gehaal is, en Frederik, sy seun. Frederik is 'n jaar weg van sy mondigwording en die wilde drifte laat sy bloed nog bruis – al het hy nog nie eens harde baard nie. Daar is sekere dinge wat oor die eeue heen maar net nie verander nie.

Frederik is besig om aan te lê op 'n rotsagtige lopie so vyftig tree van die Boere se linie. 'n Groep Britse soldate is besig om hulle van agter daardie rotsrif te nader. Frederik is só opgewonde hy kan omtrent opspring daarvan.

Verderaan teen die koppie is die Boere besig om 'n ander groep Britte met koeëls te bestook, en húlle skiet terug.

Daaroor is Frederik min gepla. Hy lê met sy martini-henry aan. "Kom, boetie. Ek weet jy's daar," prewel hy, wysvinger wat raak-raak aan sy geweer se sneller. Hy knypoog die visier, sien doer onder die rotse soos die visier daaroor beweeg. Hieroor het hy dit reg: Daar is 'n groepie wat agter die riffie skuil. Een van hulle beur orent, lig sy kop genoeg om te kan sien waar die Boere hulle bevind.

Frederik sien hoe die kakie se helm sigbaar word bo die lyn van die rots, en dit is asof hy nie meer die skote kan hoor wat aan weerskante van die slagveld weerklink nie. 'n Groot stilte kom oor hom. Dis net hy, sy asemhaling en die Kakiehelm wat al groter word doer onder sy visier. Hy asem in, asem uit. Knip-knip sy regteroog om beter te sien.

Die Britse soldaat besluit dis veilig om sy gesig bo die rand van die rotse te laat sien.

Frederik trek die sneller.

Met die klank van die skoot wat nog in sy ore weerklink, sien Frederik hoe die Kakie se helm ruk soos sy koeël 'n gat daarin slaan en die soldaat se lewe uit sy skedel skeur. Hy val vooroor op die rots, bly daar lê, oop en bloot.

Frederik kyk effens op oor die visier en loop van sy geweer. "Pa!" roep hy uit. "Pa, ek het een!"

Jakob, vroeg in sy veertigs, lê 'n paar treë links van Frederik. Hy beweeg nie, lê steeds oor die klippe aan na die rotsrif daar onder. "Dis nie nou tyd om te kraai nie, Frederik!" sê hy streng. "Hou jou kop laag …" Jakob trek 'n skoot af en begin herlaai, "of anders sê 'n Engelsman netnou dieselle ding oor jou!"

"Ja, Pa."

Die jongman se driftigheid begin bedaar.

Jy weet nou hierdie Jakob is die kind wat Pieter soos 'n kalf uit die moeras van Magriet se moer getrek het. Nou ja, ook hý het man geword en vrou gevat. Daar was nie 'n De Witt-man nie, sê ek jou, wat nie al op sestien, sewentien erg rooi hakskene begin kry het nie. Hulle kon by die voordeur instap, en die vrouens in die kombuis sou die ram ruik.

Jakob se vrou se naam is Magdalena. Sy is effens jonger as hy, en sy het hom ses kinders gebaar, waarvan slegs twee oorleef het. Daar is mense wat die lewe met 'n glimlag en 'n ophaal van die skouers aanvaar soos dit is. En dan is daar ander wat eenvoudig vies raak en hul hele lewe vies bly.

Magdalena is vies, en veral oor Eerste. Moontlik moet 'n mens haar vergewe vir dié stroefheid. Min vrouens sal met 'n glimlag en 'n ophaal van die skouers hul skoonpa se bediende erf. Min vrouens, sê ek jou.

Magdalena staan en deeg knie, en Eerste is besig om die kombuis skoon te vee. Magdalena kyk nie eens op wanneer sy met Eerste praat nie: "En moenie soos laas die hoekie daar agter die kas vergeet nie."

"Ek maak so, Mies."

Met Jakob en Frederik wat weg is om oorlog te maak, is net Pieter nog hier om 'n ogie te hou oor die goeie orde. En met hom het Magdalena ook 'n appeltjie te skil. Die tyd moet net ryp raak daarvoor.

Pieter self is nie te veel gesteur deur die humeurigheid om hom nie. Wil nie weet daarvan nie. Hy is op die werf besig om hoefysters te gooi na 'n stok wat hy 'n twintig tree verder in die grond geplant het.

Jukskei. 'n Man kan nie genoeg oefen nie.

Hy vererg hom meer vir homself en sy swak gooie as wat hy hom verknies oor die doen en late van ander mense.

Magdalena is ook dikbek – en dit kan Pieter hom goed indink – omdat Pieter nie die goeie maniere gehad het om sy Skepper tegemoet te gaan nadat sy en Jakob getrou het nie.

'n Seun is nooit baas van sy eie plaas terwyl sy pa nog leef op daardie plaas nie. Dit vertel sy haarself oor en oor wanneer sy in haar binnege-dagtes met haarself praat. Veral nie as daardie pa, wat die stok geplant en die plaas uitgetree het, nog elke dag almal aan daardie stok en treë herinner nie. Haar probleem is nietiger as wat sy dink – veral as 'n mens dit vergelyk met die probleme van die vrouens wat ná haar gekom het om die boervrou van Donkerland te word. Maar sy weet dit nie, hier waar sy staan en beskuitdeeg knie en luister hoe oubaas Pieter, sy klere netjies en skoon, sy onderbaadjie vandag oopgeknoop, op die werf rondstap agter daardie ellendige hoefysters van hom aan.

Uiteindelik kry Pieter dit reg om 'n hoefyster te gooi dat dit so om die stok swaai en afgly tot op die grond. Perfek! "Nou ja toe, buurman," sê hy selfingenome. "Jy kan maar kom. Ek's reg vir jou."

Oubaas Pieter is nou al goed grys, al het die jare nie sy baard digter laat groei nie. Maar hy is taai, dit weet Magdalena, so taai soos hy was toe hy destyds uit die tronk op Grahamstad ontsnap het.

Nie ver daarvandaan nie kom Mehlokazulu by die hoenderhok uitgestap. Nes Pieter is hy aan die verkeerde kant van sestig. Hy het 'n vierkantige stuk leer in sy hand, maak die hek agter hom toe en stap die hok binne. Hy kloek-kloek om die henne gerus te laat word en stap na waar die hoenders broei. Hy kom te staan voor 'n hoender wat op eiers sit, rol die stuk leer in 'n pyp op, steek sy hand onder die hoender in en bring 'n eier te voorskyn. Hy plaas die eier in die voorpunt van die leerpyp, bring die pyp met die eier in die punt op na sy oog – soos 'n teleskoop met 'n eier in die voorpunt – en hou dit op na die son. Die eier in die voorpunt van die leerpyp is verlig teen die son; dit gloei en in die eier sien hy die skadu van 'n klein kuikenfetus.

Ná die slag van Schuinshoogte stap Frederik, geweer oor sy skouer geslinger, na die lyk van die Britse soldaat wat hy geskiet het. Hy vind die lyk net soos dit geval het, die helm steeds op die Brit se kop. Frederik haal dit versigtig van die man se kop af sonder om sy oë op die verbryselde skedel te laat talm.

Later die dag, wanneer Jakob 'n kom water naby 'n stroompie gereed kan kry om sy gesig te was en te skeer, sit Frederik deur die gaatjie in die helm na die son en kyk. Hy verwonder hom oor die gaatjie – die poort waardeur die dood die Kakie binnegedring het. Hy sit trots na die helm en kyk.

Sy pa kyk hom maar só.

"Kyk, Pa." Frederik beduie na die gaatjie. "Kolskoot. Presies in die middel. Wag tot Thea en Ma dit sien."

"Onthou net," antwoord sy pa somber. "Dis 'n man se lewe wat jy daar vashou."

Frederik kyk van die helm op na sy pa, wat steeds strak en somber die toneel om hulle bekyk. Frederik kyk weer na die helm. Sy pa het nou lelik water op sy vuur gegooi. Die glimlag verdwyn stadig van sy gesig. "Dit was óf hy óf ek, Pa."

"Ja, my seun, maar hy was 'n soldaat nes jy, en hy't waarskynlik net so min soos jy verstaan hoekom hy in hierdie oorlog veg."

Jakob was sy gesig skoon.

Frederik staan nog 'n oomblik en kyk na die helm. "Ek weet presies hoekom julle hier is," sê hy vir die helm. "Om ons land te vat."

Jakob se gemoed is vol. "Frederik," sê hy, "kom, ek wil voor sononder by die huis wees."

'n Ma wil huil as sy dink dat haar seun oorlog toe moet gaan, maar 'n Pa ...? Diep in sy binneste weet hy twee dinge: Oorlog is so na aan die hel as wat 'n mens kan kom ... Vir 'n oomblik kyk hy om, sien sy seun nog daar met die helm staan. En die ander ding, weet hy ook, is dat oorlog 'n hel is waar sy seun, Frederik, óf sal sterf óf man sal word.

Thea de Witt, Frederik se suster, staan op een van Donkerland se kraalmure. Sy is goed twee jaar jonger as Frederik. Die manne in die kontrei begin al praat van vlerksleep by haar, maar die oorlog het tussenbeide gekom. Natuurlik is daar ook die kwessie van 'n nukkerige pa en 'n beduiwelde oupa wat onder normale omstandighede die manne wat hulle oog op die beeldskone Thea het twee keer laat dink.

Dis namiddag en die son skyn in haar oë. Sy keer die ergste af met haar hand bo haar voorkop. Sy het 'n voorgevoel – een van daardie soort kropgevoelens wat haar uit die huis uit laat wyk het na die een plek waar sy veilig kan staan en die slingerpad na Donkerland se opstal dophou.

Die hele middag al bly die toneel dieselfde. Maar nou, met die son wat al sterk begin sak, sien sy iets. Sy verstyf. Dis twee ruiters! Boere, dít kan sy aan hul hoedens sien.

Twee ruiters. Thea weet, nee, sy is seker wie dit is. Kan net haar pa en broer wees. Sy glimlag breed, spring van die kraal se muur af en hardloop in die rigting van die plaashuis. Sy sien dat Pieter voor die opstal op die stoep sit. Sy roep na hom en begin hardloop.

"Watse skreeuery is dit met jou?" Die ou man hou nie van harde geluide nie.

Thea kom uitasem voor die stoep tot stilstand. "Hulle kom," babbel sy. "Ek het hulle gesien, Oupa. Hulle kom."

Pieter gooi sy hoefyster neer. "Is jy seker?"

"Ja, Oupa. Ek kan Ouboet se perd op 'n myl uitken."

"Hoeveel perde?"

"Twee."

"Ry almal regop?"

"Ja, Oupa."

Pieter staan 'n oomblik en dink. Thea se antwoorde het al sy grootste kwellings besweer. "Ja-uh." Hy kan nie mooi koers kry nie. "Eerste!" roep hy. "Eerste!"

Die patriarg brom binnensmonds: "Nooit hier as ek haar soek nie. Eerste! Ek moes haar langs die dêm Umzimkulu gelos het."

Voordat hy weer kan roep, antwoord Eerste: "Baas!" Sy kom om die hoek van die huis aangestap.

"Waar kruip jy weg?"

"Ek is saam met die miesies by die kombuis, Baas." Haar antwoord is nie onderdanig nie, maar ferm.

"Nou ja, los dit en …"

Hy word onderbreek deur Mehlokazulu wat aangestap kom met die leerpyp steeds in sy hand. Pieter sien hom, maar hou sy aandag by Eerste.

"Die miesies het gesê …"

"Dit traak my nie wat die miesies gesê het nie." Sy humeur begin rooi op sy gesig uitslaan. "Thea het die seuns gesien. Hulle is nou hier. Maak koffie."

Eerste bly staan waar sy is. "Baas …?"

Hy kyk haar verbaas aan, besef dan dat sy hom niks aangedoen het nie. Sy is net nuuskierig oor hoeveel ruiters daar is. Sy het ook vegters op die veld. "Ja." Hy knik. "Hulle's almal daar."

Eerste knik tevrede en stap weg, opstal toe.

Pieter keer terug na sy stoel op die stoep, maar Mehlokazulu het nie 'n lit verroer nie.

Thea is ongeduldig. "Oupa, sal ons hulle nie gaan inwag nie?"

Pieter begin sy pyp stop. "Ek het vir hulle kos op die tafel laat sit. Dis genoeg, meer as wat hulle verdien."

Thea wip haar behoorlik vir haar Oupa. "Oupa kan soms so onredelik wees!"

"Pasop vir jou," roep hy uit, skielik vererg. "Met wie dink jy praat jy, hm?"

Thea gee hom 'n vies kyk en hardloop weg, terug na haar pos op die kraalmuur.

Pieter draai na Mehlokazulu. "Sê jy vir my: Wat maak 'n mens met 'n seun wat meer murg het as," hy tik met die steel van sy pyp teen sy kop, "verstand?"

"Jy los hom, Baas, laat hy seerkry."

"Wyse woorde."

Hy wil nog tob oor die gedagte toe hy Magdalena vanuit die opstal vir Eerste hoor roep.

"O hel, hier kom ou kekkelbek ook." Pieter maak nie 'n moordkuil van sy hart nie.

Magdalena kom aangestap, skiet 'n afkeurende blik op Pieter, dan op Mehlokazulu en weer op Pieter. "En nou? Waar is Eerste?"

Pieter ignoreer haar, trek aan sy pyp. Sy sien dit raak, maar sê niks daarvan nie. "Gaan roep haar," beveel sy Mehlokazulu. "Is jy klaar met die eiers?"

"Nee, Miesies."

"Nou wat staan jy dan hierso rond? Gaan maak klaar voor ons die son verloor."

Haar woorde laat Pieter dadelik kook, maar hy byt op sy lip, sê eers niks.

"En gaan sê vir Eerste ek soek haar." Sy draai om en begin terugstap huis toe.

"Die baas en die kleinbaas," sê Mehlokazulu, "hulle kom, Miesies."

Magdalena swaai om, kyk in die rigting van die kraal. "Is hulle hier?"

"Hulle kom, Miesies," beduie Mehlokazulu weer.

Vir Magdalena is dit heeltemal een te veel. Sy vee haar hande aan haar voorskoot af. "Maar my maggies, hoekom het julle my nie kom roep nie?" Sy hou die woede net-net in toom.

Pieter sit en suig aan sy pyp. Hy weet sy wil hom laat skuldig voel, maar hy gun haar dié genoegdoening nie.

"Maak klaar met die eiers," beveel sy vir Mehlokazulu. "Sorg dat jy nie 'n enkele onvrugbare een onder my broeihoenders los nie."

Pieter kyk nie op na haar nie, maar praat moet hy nou praat. "Magdalena!" roep hy uit. Dan sagter: "As ek dit een keer gesê het, het ek dit al 'n honderd maal gesê: As jy vir Mehlokazulu of enige man op hierdie plaas 'n taak het, praat met my of met Jakob."

Magdalena se oë brand Pieter soos sy hom kyk, maar hy ontwyk steeds haar blik.

Sy swaai op haar hak om. "Eerste!" roep sy moedswillig hard terwyl sy die huis binnestap. "Die baas en kleinbaas is op pad!"

Pieter laat nie op hom wag nie. "Sy weet dit al!" roep hy Magdalena agterna.

Daar's 'n oomblik stilte.

Magdalena verskyn weer in die deur.

Pieter kyk haar steeds nie aan nie. "Ek het haar gesê om koffie te maak."

Magdalena ruk haar op. Sy is bleek van woede. Toe sy praat, bewe haar stem. "Ek is nou wel net 'n skoondogter in hierdie huis, maar dit maak seer dat Pa ons bediendes loop vertel dat my man en seun terug is en nie vir my nie. Nee, ek moet dit by die volk hoor."

Pieter rook voort, sy kan hom nie skeel nie.

Magdalena storm weer die huis in.

Mehlokazulu kyk na die leerpyp in sy hand, wil wegdraai.

"Jy sit nie 'n voet in daardie hoenderhok nie," sê Pieter. "Dis 'n vrou se werk. Sy sal haar wat verbeel om 'n man soos 'n meisie hier te staan en rondjaag. Ek raak sommer dadelik de bliksem in."

Pieter kom vinnig orent. Hy stap na Mehlokazulu en gryp die leerpyp uit sy hand, smyt dit dat dit met 'n boog dóér trek. "Kom ons kyk nou hoeveel onvrugbare eiers daardie bleddie henne warm sit!"

Hy en Mehlokazulu kyk mekaar stil aan, begin dan saggies saam lag soos stoute seuns.

Pieter en Mehlokazulu staan nog op die werf, die leerpyp eenkant gegooi, wanneer hulle Jakob en Frederik om die hoek van die kraalmuur sien aangestap kom. Hul gewere en saalsakke is oor die skouer geslinger. Net agter hulle stap Thea, huppelend van opgewondenheid, met 'n Kakie se helm in die hande.

Pieter hou hulle strak dop soos hulle nader stap.

Sy seun en kleinseun stop 'n paar treë van hom af.

Pieter kyk hulle stil aan.

Daar is spanning in die lug, 'n spanning wat al lank opbou.

"So," sê hy. "Julle's terug."

Jakob stap formeel vorentoe en bied sy hand aan. "Dag, Pa."

Pa en seun groet mekaar met die hand, amper soos vreemdelinge. "Jakob."

Frederik stap vorentoe en bied sy hand aan. "Dag, Oupa."

"Frederik."

"Waar is Mdlaka en Sihayo?" wil Pieter van Jakob weet.

"Hulle sorg vir die perde."

Pieter beduie na Mehlokazulu. "Groet julle nie?"

"*Sawubona, mfowethu,*" sê Jakob.

"*Sawubona,* baas Jakob."

"*Sawubona, baba.*"

"*Yebo,* Kleinbaas."

"Oupa," Thea kan haar nuus nie langer inhou nie, "Frederik het 'n Engelsman geskiet."

"Wag nou, Thea." Die stramheid tussen hulle maak Frederik nou half verleë oor sy trofee.

Maar Thea is horende doof. "Kyk!" roep sy, en hou die helm omhoog.

Pieter kyk skaars daarna. "Dis gaaf," prewel hy. Sy oë is op Jakob. "Gaan groet jou ma," sê hy aan Frederik.

Maar Jakob kan ook nukke hê, nes sy pa. "Gaan Pa nie vra hoe dit gegaan het nie?"

Sy pa draai terug. "Julle's almal hier," sê hy stroef. "Dis genoeg." Hy stap weg.

Mehlokazulu kyk af. Hy ken hierdie storie.

Maar Jakob is kwaad. "Waar is my vrou?" vra hy vir Mehlokazulu, asof hy skuld dra aan die hele gedoente.

"Die miesies is in die huis, Baas."

Jakob stap weg, in die rigting van die huis. Frederik, Thea en Mehlokazulu bly agter.

"Het jy hom gesien, Frederik?" vra Thea. "Hoe het hy gelyk?"

Frederik staan dikbek, baie seergemaak, sy oë gerig op waar Pieter weggestap het.

"Ja." Frederik kyk onderlangs na Mehlokazulu. Mehlokazulu kyk met sagte oë na Frederik … verstaan die jong mannetjie se seer.

Frederik stap vinnig weg, na sy ma toe.

Thea sit hom agterna. As sy bewus is van die spanning wat in die lug is, gee sy geen blyke daarvan nie. "Hoe het hy gelyk? Frederik, hoe het hy gelyk?"

"Dood … soos 'n mossie."

Mehlokazulu kyk hoe Frederik wegstap, gevolg deur sy suster. Hy sug diep. Van die heldeontvangs wat Frederik verwag het, het niks gekom nie.

Magdalena sit op die rand van haar kooi in hul slaapkamer in Donkerland se opstal. Sy huil, goor krete wat sy moet smoor en wat haar lyf laat ruk, maar ná 'n ruk kalmeer sy en is dit net die trane in haar oë wat die verhaal vertel van die bitter gevoelens jeens Pieter wat in haar oorgekook het.

Wanneer Jakob buite die kamerdeur na haar roep, sit sy verskrik regop. Sy vee haar oë droog met haar sakdoekie, probeer dit sommer met die voorarms ook doen. Net betyds.

Hy merk haar toe hy by die deur inkom. "Jakob!" Sy staan dadelik op. "Jy's veilig terug!" roep sy uit. Sy doen haar bes om vroom te lyk, stap vinnig nader en omhels hom.

"Onse Hemelse Vader het sy hand oor ons gehou," prewel hy. Hy soen haar – 'n soen van verlange, 'n soen van verligting.

Met die terugtrek sien hy die nattigheid op haar wang.

Sy verduidelik nie.

Jakob vee met sy duim oor haar wang. 'n Traanspoor wat droog geword het. "En dit?"

"Vreugde," jok sy.

Jakob ken sy vrou te goed. "Dan sou die spoor nog klam wees."

Sy kan hom nie in die oë kyk nie.

"Hoekom het jy gehuil?"

Sy breek weg, onwillig om nou te verduidelik. "Jy weet mos hoe's vrouens," probeer sy.

Jakob word nie só maklik geflous nie. "Ek vra: Hoekom het jy gehuil?"

Sy staan met haar rug na hom, kyk op na die dak. Sy haal diep asem.

Frederik sit diep bedruk met sy rug teen die muur van die beeskraal. Hy draai die Kakie se helm moedeloos in sy hande. Hy kan nie verstaan wat verkeerd geloop het nie. Sy oupa, die man wat hom leer hase skiet het, wat saamgejuig het oor sy eerste bokkie, wat hom geleer het om die prooi te slag nadat hy die doodskoot gekry het, die man met wie hy sy groot daad wou deel – dié het skaars kennis geneem van die Kakie se helm.

Sy eie pa se reaksie op die slagveld was al klaar só ontmoedigend, maar hy het meer geesdrif van sy oupa verwag. Erkenning vir sy prestasie as soldaat.

Thea is ook soos 'n lastige gatvlieg. Draai al om hom. Wil praat oor die dinge wat selfs hy as benede hom ag. "Ag toe, Frikkie!" Sy is vas oortuig daarvan dat as hy net begin gesels, sal die sluise vanself open.

"Ek sê mos ek wil nie daaroor praat nie."

"Hoekom nie?"

"Omdat hoekom nie reguit is nie." Hy wil nie lelik wees nie. Het vanoggend nog gedink aan hoe baie hy na haar verlang. "Los my nou."

"Weet jy wat dink ek? Ek dink jy't daai helmet net opgetel ná die slag verby was."

"Ja-ja." Nou's hy sommer ergerlik en kortaf. "Lyk ek vir jou asof ek gister gebore is? As jy dit wil dink, dan moet jy dit maar dink. Jy's buitendien 'n meisie. Wat weet jy van 'n slagveld?"

"As dit nie vir Pa en Ma was wat verwag dat ek vir die res van my lewe brood bak en vrugte inlê nie, was ek langs jou op daai slagveld. Ek kan net so goed skiet soos jy. Selfs beter."

Hy maak 'n snorkgeluid.

"Hmf! Wie't laas daardie eier van die paal afgeskiet? Hû?"

"Vertel dit gerus vir die eerste ou wat by jou kom vlerksleep," sê hy deur dun lippe, wetend hoe angstig sy is dat 'n vryer 'n draai moet kom maak. "Jy sal net stof sien soos hy spore maak om weg te kom."

Thea plak haar op die grond langs hom neer. Dit het stadig by haar ingesink dat sy hom nie gaan oortuig nie. "Jy's net dikbek omdat Oupa nie met jou helmet beïndruk was nie."

"Issie." Maar die wind is uit sy seile. Daar's niks baklei in sy stem oor nie.

"Is."

"Issie."

"Is."

Frederik vererg hom. "As jy dit weer sê, sit ek hierdie helmet op jou kop en wys jou hoe ek dit gedoen het." Hy stap vies weg.

Thea kan maar net met die tong klik.

Jakob storm woedend uit die huis, reguit na Pieter wat op sy stoel sit.

"Nou het Pa te ver gegaan!" roep hy.

Pieter is kalm. Hy kyk stil op na Jakob, en dan weer weg. "Ek neem aan jou vrou het al weer op jou skouer gehuil," sê hy, ewe bedaard.

"Ek is amper 'n maand weg," sis Jakob. "Met my terugkeer kry ek skaars 'n woord van verwelkoming, en nou moet ek hoor dat Pa my vrou – my vrou! – soos 'n bywoner behandel. Wat gee Pa die reg om haar voor die volk uit te trap?"

Pieter sit op sy stoel voor die stoep se trappies, soos hy elke dag maak. Hy kyk op die werf uit. So, dink hy, dít is wat sy vertel het. Hy kom orent, sien hoe Jakob se asem ruk. "Wat gee my die reg?" Hy sê dit eers sag, maar dan herhaal hy dit kliphard: "Wat gee my die reg?"

Pieter stap met mening die huis in. Hy kom voor die vuurherd tot stilstand. Voor hom hang die stok wat hy op sy eerste dag op Donkerland ingeslaan het. Die stok waarmee Eerste 'n Zoeloekryger doodgesteek het. Hy gryp die stok van sy montering af, storm terug na die stoep en Jakob, en hou die stok op sodat Jakob dit geensins kan miskyk nie. "Ek het die hele pad van ..." begin Pieter, maar Jakob val hom in die rede.

"... die Umzimkulu gestap om daardie stok te plant, ja, Pa, ek weet."

Laat hom maar minag soos hy wil, dink Pieter, hy gaan sê wat hy moet sê. "Nou ja, dis my plaas hierdie. Dis wat my die reg gee."

"Hoe verwag Pa dat Magdalena enige gesag oor die volk moet hê as Pa haar slegter as die bediendes behandel? Pa het meer respek vir Eerste as vir my vrou."

Pieter het nie krag vir hierdie soort praatjies nie. Dan moet hy sy seun maar konfronteer met die hele waarheid. "As dit nie vir Eerste was nie, was jy vandag saam met jou ma in haar graf langs die Tugela. Ongebore! En vir die eerste jaar van jou lewe het sy vir jou soos 'n ma gesorg." Pieter voel hoe die woede in rooi kolle op sy nek uitslaan. "Hoekom sal ek nie respek vir haar hê nie – meer as vir jou vrou? Sy't my seun se lewe gered!"

Jakob is heeltemal onkant betrap deur sy pa se antwoord. Hy kan maar net sprakeloos toekyk hoe sy pa hier voor hom, stok in die hande, rondmarsjeer asof hy 'n rigting wil inslaan maar nie kan wegkom nie.

"En wat die volk betref," Pieter begin bedaar, maar sy stem dra nog sterk, "ek het al tot vervelens toe vir Magdalena gesê, van sy haar voete die eerste keer op hierdie plaas gesit het, sy jaag nie my Zoeloemans rond nie! Ek werk al veertig jaar saam met hulle en in daardie veertig jaar was daar nie 'n dag se moeilikheid nie, nie eens toe die Engelse hulle broers by Ulundi uitmekaar geskiet het nie. 'n Zoeloeman werk nie op die lande nie en nog minder met die dekselse hoenders, en hy laat hom nie deur 'n vrou rondjaag nie. 'n Zoeloeman is 'n kryger en hy is geregtig op respek. Dis genoeg dat hulle nie meer hulle land het nie; moenie hulle hulle waardigheid ook ontneem nie. Die dag as dit gebeur, is ons verlore. Hoor wat ek vir jou sê."

Jakob besef dat hy nie verder met sy pa moet stry nie. Hy begin aanstaltes maak om terug te vlug na die veiligheid van die binnehuis.

"Jakob," spreek Pieter hom aan.

Jakob draai om, kyk na sy pa.

Pieter hou die stok na Jakob uit. "Sit hom weer op sy plek."

Jakob huiwer 'n oomblik. 'n Verkeerde woord nóú, 'n verkeerde gebaar, en dit sal jare kos om die skade te herstel. Hy neem die stok by Pieter en gaan die huis binne.

Pieter kan net sy kop skud.

Voordat hy kan sit, praat Mehlokazulu: "Baas."

Pieter draai na waar Mehlokazulu onderaan die stoep se trap staan.

"'n Seun, Baas," begin hy met groot agting, "hy moet sy assegaai met bloed was voor hy kan wees 'n man ..."

Pieter luister aandagtig, onseker oor Mehlokazulu se intensie.

"Die kleinbaas – nou is hy 'n man. As die seun hy het sy assegaai gewas, ons sit in die kraal en ons luister, laat almal kan hoor hoe hy het 'n man geword – anders, die hart, hy word klein."

Pieter begryp onmiddellik wat hy moet doen. Hy korrel 'n slag na die son en stap dan na die skuur waar hy Frederik sien instap het.

Sy kleinseun sit afgehaal op sy eie op 'n hooibaal met sy knipmes en speel. Hy gooi die mes in die grond, trek dit weer uit, pen dit dan weer in die grond voor hom. Só sal hy heeldag aangaan as hy nie gestop word nie.

"Frederik," sê Pieter, sag.

Frederik kyk vinnig op.

Pieter staan 'n entjie weg, en 'n paar treë agter hom is Mehlokazulu.

"Oupa …?" Frederik praat met 'n gedempte stem.

Pieter stap stil nader.

Mehlokazulu bly staan waar hy is.

Pieter kom voor Frederik te staan. "'n Vegter," begin sy oupa, "loop lê nie by die vrouens voor hy sy oupa van sy dade vertel het nie."

"Oupa?" Frederik is heeltemal onseker oor wat aan die gang is.

Pieter beduie na die helm op die hooibaal en stap na die baal. "Ek sien jy het 'n Engelsman se helmet teruggebring." Hy gaan sit op die baal, neem die helm in sy hande.

Frederik kyk stip na Pieter, onseker.

Pieter kyk vir 'n oomblik na die helm, veral die gat wat die koeël gemaak het. Hy voel met sy voorvinger aan die gat en kyk dan op na Frederik. "Vertel my, laat ek hoor."

Frederik glimlag skielik breed. "Oupa moes daar gewees het, Oupa!" sê hy opgewonde. "Eers Laingsnek en toe Schuinshoogte. By Laingsnek het die kommandant my heel agter laat lê. Ek het nie 'n enkele skoot gevuur nie, maar by Schuinshoogte, toe kry ek my kans."

"Was jy bang?" vra Pieter.

"Ja, Oupa, maar nie genoeg om te bewe nie."

"Dis hoe dit hoort," antwoord Pieter. "Nou ja toe, ek's die ene ore."

Frederik glimlag trots en begin vertel, oor albei veldslae, en uiteindelik hoe hy die Kakie by daardie rotsrif ingewag het. Frederik gaan sit op die grond. Wanneer Frederik by die einde van die verhaal kom, wys hy met 'n denkbeeldige geweer hoe hy geskiet het: "Een skoot! En toe's hy stil."

Frederik staan trots op, stof homself af. "Teen die einde van die geveg, Oupa," sluit hy af, "het daar oor die honderd Engelsmanne op daardie slagveld gelê."

Mehlokazulu stap nader, praat in Zoeloe soos wanneer 'n pryslied voorgedra word: "Kyk die jong arend, hoe vlieg hy nou; kyk die jong olifant, hy trap sy vyande soos bossies onder sy voete plat; kyk die jong leeu, hy brul soos die donderweer. Laat almal sien, laat almal hoor, die seun het 'n man geword."

Gedurende Mehlokazulu se pryslied kyk Pieter met 'n eerbiedige glimlag na die voordrag.

Frederik glimlag ook. Skaam, maar geweldig trots. Hy weet dis 'n groot eer wat hom aangedoen word. "My eer is die eer van my vaders," bedank hy vir Mehlokazulu.

"*Yebo.*"

"Ek sê vir Oupa," borrel die geesdrif dadelik weer by hom oor, "dit gaan nie lank wees nie, dan het ons weer ons republiek."

"Dis nie vir ons onafhanklikheid waarvoor jy jou lewe gewaag het nie," sê sy oupa, skielik weer bitter. "Dis vir Kruger en die manne noord van die Vaal."

"Ja, Oupa, maar as die veld eers aan die brand is ..."

"Onthou net," sê Pieter en beduie na die Kakie se helm, "daardie helmet wat jy soos 'n trofee huis toe gebring het, het behoort aan 'n jong man wat iemand anders se seun was."

"Ek weet, Oupa, maar ..."

"Frederik," val sy oupa hom onmiddellik in die rede.

"Oupa?"

Pieter haal sy pyp en twak uit sy sak. "Dié pyp het ek kort ná jou geboorte ingebreek," sê hy, formeel. "Dit is nou joune. Hier is vir jou twak. Jy is nou 'n man, jy mag rook." Hy oorhandig die pyp en twak plegtig. Maar dan lig Pieter sy voorvinger waarskuwend: "Maar nie voor my of jou pa totdat jy vrou gevat het nie, en nooit voor jou ma nie."

Pieter en Mehlokazulu stap terug opstal toe. Hulle laat Frederik oorbluf agter. Hy kyk verwonderd na die pyp en twak in sy hande, sit die pyp in sy mond. Dan sien hy dat Thea eenkant vir hom staan en kyk.

Frederik trek hom belangrik op. Dan haal hy die pyp met gravitas stadig uit sy mond. "Nie nou nie, suster. Hierdie … man … het 'n bietjie tyd op sy eie nodig."

Thea staar hom aan; haar broer het amper 'n vreemdeling geword!

Frederik sit die pyp weer in sy mond en stap weg, hande agter sy rug. Hy loop amper stywebeen, skielik baie belangrik, 'n goeie paar duim langer as wat hy voorheen was – 'n filosoof, 'n generaal, 'n man.

Ons weet van ons familie se geskiedenis. Dis hoe ons hier gekom het. Maar jy weet ook seker al die geskiedenis wat opgeteken is van daardie tye vertel ons ander dinge as dié wat Frederik vir sy oupa vertel. In die boeke staan baie ander dinge opgeteken. Veral oor die kakies se reaksie toe hulle so lelik op hul baadjie gekry het.

Dit is waar ons nou is in die verhaal: Die Britte lek hul wonde. Hulle is lelik deur die Boere afgeransel by Laingsnek en by Schuinshoogte, en die opmars teen die eskarp uit na die Hoëveld, na Pretoria, is gestuit. Generaal-majoor sir George Colley voel dit is 'n té groot vernedering vir 'n militaris wat ses-en-veertig is en vir die res van sy loopbaan die hoon sal moet verduur van mense ouer as hy. Jy kan jou voorstel hou hy moes sidder by die gedagte aan die verlies van aansien by diegene jonger as hy. Hoe ook al, hy het teruggetrek in die rigting van Newcastle. Soos 'n mens doen. Maar hy oorweeg vir geen oomblik 'n reis na Durban nie. Hy wil omdraai. Weer 'n bres probeer slaan.

Sir George sit met twee offisiere in 'n tent en bestudeer 'n kaart van die omgewing. "Ek wil nie weer dieselfde gemors beleef as wat by Laingsnek gebeur het nie," brom hy. "Dieselfde soort verliese is net nie vir my aanvaarbaar nie."

"As ek so mag sê, Generaal," antwoord een van die offisiere, "dit is baie moeilik om met 'n vyand slaags te raak as 'n mens hulle nie kan onderskei van die bosse waar hulle wegkruip nie."

Beleefd, baie beleefd. Die offisiere het in die brandpunt van

Laingsnek en Schuinshoogte gestaan; die generaal-majoor was 'n myl daarvandaan met sy verkyker in die hand.

"Maar natuurlik sal hulle nie staan en veg nie!" roep sir George uit. "Sou jy dit doen? Hulle mag ploerte wees, maar hulle is nie onnosel nie."

Die tweede offisier wys na 'n plek op die kaart. "Wat van hierdie heuwel hier?"

"Wat daarvan?" wil sir George weet.

"My verkenners vertel my dat die Boere geen stellings daar ingeneem het nie," antwoord die offisier.

"Dis eenvoudig," val die ander offisier hom in die rede. "Die plek kan nie uitgeklim word nie."

Maar sy ewéknie is 'n man van daad. "My Highlanders kan enige plek uitklim. Daarmee verkry ons die hoë terrein en 'n posisie van mag oor die Boere se flanke op Laingsnek."

Colley swyg. Hy dink diep na – probeer die maneuvers in sy geestesoog sien. "En jy is seker dat julle tot bo kan klim?" vra hy uiteindelik.

"Nie met kanonne nie, Generaal, maar wel manskappe met gewere."

Sir George dink weer lank na. "Nou maar goed," besluit hy. Hy rig hom tot die eerste offisier: "Neem honderd-en-vyftig man van die 58ste Regiment ..." en dan tot die tweede offisier: "... en dieselfde getal van die Gordon Highlanders." Hy bekyk hulle om die beurt. Sy blik is strak, asof daar agter die oë 'n weegproses aan die gang is. As hulle nie in hul spore trap nie, sal hulle straks te lig bevind word. "Dit sal al wees," sluit hy af.

Die twee Engelse offisiere salueer en gaan uit.

Colley kyk weer af na sy kaart. "Nou sal ons sien wie gee vir wie 'n pak slae."

Later vanjaar word Schalk de Witt veertig. Dit is vir hom 'n belangrike baken, as 't ware die poort tot sy middeljare. Maar nou voel hy nog pure jonkman, en ná die eerste nag terug by sy vrou, Santie, sit hulle vroegoggend op die stoep en gesels, beskuit en lekker sterk koffie byderhand.

Die sonnetjie skyn skuins by die stoep in, en sal laat vanmiddag skuins van die ander kant af groet.

Schalk is Jakob se halfbroer, en geneig om ook maar goed omgekrap te wees as dinge nie na sy sin gaan nie. Een nag terug van kommando af, en hy en Santie vat-vat nog aan mekaar, so al asof hulle wil seker maak die ander een is dáár. Nie dat dit onfatsoenlik gaan nie.

Santie is 'n nooi Beukes – die netjiese Beukese, terg Pieter altyd vir Schalk – en sy duld nie skunnigheid nie. Maar dit is só lekker om net aan Schalk se sterk hande of sy boarms te vat. En toe sy die beskuit-bakkie vir hom aangee, laat rus sy haar hand 'n paar sekondes lank op sy bobeen.

Hulle praat oor die pas afgelope twee veldslae.

"Mens sou dink dat hulle reeds by Laingsnek hulle les sou geleer het." Santie is trots op Schalk se aandeel aan die oorwinnings.

"Die Engelse is nie hier om 'n les te leer nie," brom Schalk. "Hulle's hier om óns 'n les te leer. Kyk wat het hulle aan die magtige Zoeloes gedoen – hulle koning sit soos 'n aap in die kasteel in Kaapstad opgesluit."

"Die Zoeloes het assegaaie na die geveg gebring." Santie is nie alleen 'n puik boervrou nie, sy dink ook wyer as wat 'n mens sou verwag. "'n Boer bring 'n roer, en dit het hulle nou by Laingsnek en Schuinshoogte op die harde manier geleer."

"Dis waar, maar ons volk is klein en die Britse Ryk is groot."

"Dis hoe die Israeliete oor Goliat gevoel het, en kyk wat het daar gebeur."

"Ja, maar toe Goliat val, toe lê die Filistyne die wapen neer. Maar soos Pa altyd sê ..."

'n Ondeunde glimlag ontplooi oor Santie se hele gelaat, maar haar stem bly formeel: "Die Engelse kom altyd terug."

"Presies," sê Schalk. Wat hom kwel, is die kropgevoel wat hy het. Die Engelse is ook nie onnosel nie. Miskien erg onhandig, maar hulle is soos 'n werfbrak wat jou aan die hakskeen beetgekry het. Hy laat net nie los nie.

"Slaat hom met 'n stok, en hy kom terug met 'n swaard," neem Schalk sy pa se rede verder. "Steek hom met 'n swaard, en hy kom terug met 'n geweer. Skiet hom met 'n geweer, en hy kom terug met 'n kanon. En as daar nie meer iets groters is om te bring nie, dan bring hy soldate uit al die uithoeke van sy ryk en verswelg sy vyand soos 'n hopie sand verswelg word deur die branders van die see."

Santie se oë is op haar hekelwerk. "Jou pa is nie altyd reg nie."

"Nee, maar hy is selde verkeerd – dié dat die De Witts tot nou toe oorleef het en Donkerland nog ons plaas is."

Santie het een ding met haar skoonsus Magdalena gemeen: Sy is baie sensitief oor die feit dat haar man nie sy eie plaas het nie. Hulle is as 't ware bywoners op haar skoonpa se plaas, al het hy vir sy seuns elkeen 'n deel van die plaas gegee. Terwyl hy leef, kraai Pieter nog koning. "Nie óns plaas nie … Jakob se plaas."

Schalk antwoord nie. Die sonnetjie begin hulle warm bak. Anderkant die rantjies van waar die son opgekom het, is dit nie Donkerland nie. Agter hom wel. Hy staar met verlange uit na die rantjies.

"Jakob is die oudste," antwoord hy uiteindelik. "Die grond wat Pa my gegee het, is vir my meer as genoeg." Hy kyk na Santie. "En vir jou ook."

Santie kyk nie op nie.

Hy sien die bitter trek op haar gesig raak.

Die offisier had toe reg, Majuba was nie onklimbaar nie. En wat dit des te merkwaardiger gemaak het, is dat sir George Colley saam met die raps meer as driehonderd manskappe die tog aangepak en deurgevoer het. Met heelparty verposings en baie sweet.

Die Highlander-offisier rig hom tot sir George: "Moet ek die bevel gee dat loopgrawe gegrawe word, Generaal?"

Sir George laat sy geoefende oog 'n bietjie op die bergspits ronddwaal. "Nee," antwoord hy uiteindelik. "Ons het die voordeel van die hoë terrein, waarheen die Boere moeilik sal klim. Die rotse en riffies rondom die kruin behoort meer as genoeg dekking vir ons manne te bied. Trouens, wanneer die Boere besef dat ons 'n plek ingeneem het wat hulle nie in staat was om te beset nie, om nie te praat van die bedreiging wat ons aan hul flank sal bied nie, meen ek hulle sal terugtrek."

"As die Boere daarin slaag," sê die Highlander, "om tot die top te klim, mag dit dalk wys wees om ons troepe in loopgrawe te hê. Ons het mos gesien hoeke goeie skuts die Boere is."

"As hulle dwaas genoeg is om ons hier aan te val," besluit sir George, "sal hulle almal sterf voordat hulle naby die kruin kom."

Die Highlander knik, maar hy is nie oortuig van die wysheid van sir George se woorde nie.

Die lewe op Donkerland neem weer sy koers. By Jakob en by Schalk. Kwalik 'n week lank, want dan word dit weer onderbreek deur 'n Boer te perd. Schalk en Santie sit die middag laat en koffie drink op die stoep, hul laatmiddaggebruik waarsonder Schalk hom die lewe nie kan indink nie. Koffie en die gesprekke oor die dag se dinge met sy geliefde vrou. Sy is juis besig om vir hom 'n tweede koppie te skink toe hy die ruiter gewaar. Aan die manier waarop die man jaag, weet hy dat hier moeilikheid op pad is.

Die man kom ná goed 'n kwartier uiteindelik by hulle aan. 'n Kwartier waarin die onrus by albei gegroei het.

Schalk staan op en stap af na die ruiter.

Hy's 'n jong man, maar darem nie 'n snuiter nie, en hy maak geen aanstaltes om af te klim nie.

Schalk voel die beklemming in sy bors.

Hulle groet mekaar. Die ruiter heet Gerrie – Schalk het hom laas by Schuinshoogte gesien.

"'n Boodskap van kommandant Malan," sê Gerrie. "Ons verkenners het berig dat die Engelse onder generaal Colley besig is om nuwe stelling in te neem. Die kommandant roep almal terug wat hy huis toe laat gaan het."

Schalk knik stadig.

"Ek wil Oom vra of Oom vir oom Jakob sal laat weet. Ek het nog ver om te ry."

"Ek maak so," antwoord Schalk. "Waar trek ons saam?"

"Duskant Laingsnek."

"Waar's die Engelse?"

"Op Majuba."

Gerrie steek sy hakke in sy perd se lieste en daar gaan hulle, g'n afskeidwoorde nie.

Schalk knik net. Presies wat hy verwag het. "Ja-uh," sug hy.

Schalk kom by die Donkerland-opstal aan wanneer almal pas aangesit het vir aandete – Pieter, Jakob, Magdalena, Frederik en Thea. In die gang hoor hy hoe sy pa bid, en hy stap dan op sy tone verder. By die deur staan hy stil, sien Pieter aan die hoof van die tafel. Almal hou hande vas en sit met geboë hoofde.

"Ons vra dit alles in u naam en uit u genade. Amen."

Magdalena wil vir almal begin opskep, en Pieter druk sy servet netjies onder sy ken in sy hemp in.

Om die tafel sê niemand 'n woord nie, totdat Jakob Schalk daar in die deur sien staan.

"Schalk?" Jakob vermoed onraad.

Almal kyk nou na Schalk, wat met sy hoed in sy hand in die deur staan.

"Naand, Pa. Magdalena."

"Jy't gesê jy kom eers môre of oormôre groet," sêvra Jakob.

"Jou maniere, my man," vermaan Magdalena. Sy staan op, wink vir haar seun. "Frederik, trek vir oom Schalk 'n stoel nader."

Frederik maak so terwyl sy ma messegoed en 'n bord vir Schalk gaan haal.

"Ek kan nie lank bly nie," sê Schalk. "Ons is teruggeroep."

Niemand wil 'n woord sê nie. Alle oë draai na Pieter.

Hy kyk af na sy hande, sy gesig strak en gespanne.

Jakob se gesig hang, maar Frederik het 'n nuwe glinstering in die oë.

Magdalena versteen waar sy staan, 'n bord in die hand, halfpad tussen kas en tafel.

"Colley het nuwe stelling op Majuba ingeneem," sê Schalk. "Ons sal dagbreek in die saal moet wees."

Nou praat Pieter: "Ek het dit gesê toe jy 'n week gelede aangedring het om aan te sluit, en nou sê ek dit weer: Dis. Nie. Ons. Oorlog. Nie."

Alle koppe draai na Pieter. Hulle hoor die woede, maar ook die angs. Hulle besef almal dat die ou korrelkop 'n klein hartjie het, en dat hy die bangste van alles is dat sy twee seuns en kleinseun nie van die slagveld sal terugkeer nie.

"Laat Kruger en Joubert hulle eie stryd voer," sê Pieter.

Jakob hou by sy vorige besluit, die besluit wat al die spanning tussen hom en sy pa veroorsaak het. "Dis ons volk," sê hy sag maar baie ferm.

"Ons volk? Watse volk?" roep Pieter uit. "As iemand Donkerland by my wil afvat – daardie dag sal ek die geweer opneem."

Jakob pluk 'n pamflet uit sy binnesak. "Lees dit, Pa. Van Kaapland tot in die noorde is Afrikaners aan die opstaan." Hy beduie met die een hand na die pamflet. "Ek het dit by een van generaal Pretorius se manne gekry – *Die Afrikaanse Patriot*. In die Kaap is daar al 'n Genootskap van Regte Afrikaners."

"En wat," kom dit sarkasties van sy pa, "as ek mag vra, is 'n 'regte Afrikaner'?"

"Manne wat saamstaan," antwoord Jakob, nie die minste gestuit deur sy pa se uitroepe nie. "Pa het self vertel hoe die Engelse Pa-hulle se republiek hier in Natal by julle afgevat het slegs drie jaar ná julle dit gestig het. Vir net een rede: omdat die Boere nie kon saamstaan nie. Maar die tye het verander, en ..."

Pieter slaan die tafel met 'n magtige hou, die borde en bakke wip. "Niks verander nie, Jakob!" roep hy uit.

Jakob kyk strak na sy pa, wit in die gesig.

Frededrik se oë rek wyd.

"Die Engelse kom altyd terug!"

Eerste sit buite op die trappie, hoor alles wat binne aangaan.

"Onthou dit," gaan Pieter voort, "skryf dit in jou siel, sê dit elke aand vir jouself voor jy gaan slaap: Die Engelse kom altyd terug!"

"En 'n Boer skiet terug!" roep Jakob. "Dit het hulle so pas uitgevind!"

Pieter staan op. "My magtag, Jakob, hoor wat ek sê! Moenie dink omdat jy 'n klipsplintertjie losgekap het, jy die hele berg gebreek het nie. Jy praat Frederik se kop vol drome oor glorie en heldedade, maar as jy die dag met sy lyk in jou arms hier aangestap kom, sal jy jou tong met jou kaal hande uitskeur sodat jy nooit weer 'n jong man in die fleur van sy lewe na die slagveld toe kan praat nie. Die. Engelse. Kom. Altyd. Terug. Toe ons die eerste keer hier aangekom het – ek was 'n jong man – het ons ons eie republiek hier in Natal gevestig, en toe kom die Engelse. Ons het hulle keer op keer 'n pak slae gegee en elke keer het hulle teruggekom. Waar's daai republiek nou?"

Pieter laat die vraag hang, verwag nie 'n antwoord nie. Almal weet wat van Natalia geword het.

Maar dan begin Jakob praat. Hy het reeds sy besluit geneem. "En nou soek hulle Kruger se republiek, en ek gaan nie bystaan en kyk hoe hulle dit vat nie. Ons sal hulle wegdryf, soveel keer as wat dit nodig is."

"Dit gaan 'n dure prys vra," sê Pieter.

"G'n prys is te hoog vir 'n man se vryheid nie, Oupa," sê Frederik.

Pieter draai na sy kleinseun. Hy kyk hom baie streng aan. "Onthou daai woorde," sê die patriarg, trek die servet uit wat hy voor by sy nek ingesteek het en smyt dit op die tafel neer. Hy stap uit, maar draai by die deur na hulle om. "Jy los vir Frederik," sê hy aan Jakob.

Frederik kyk angstig na sy pa.

Jakob staan op, met oë wat in Pieter se rigting flits. "Frederik rook mos nou pyp, Pa," sê hy afgemete. "Hy kan vir homself besluit."

Pa en seun kyk woordeloos na mekaar.

Dan swaai Pieter om en stap uit.

Frederik se oë is op Jakob.

Jakob gaan sit weer, kyk dan op en swaai sy vinger na Frederik: "Jy rook nie voor my nie, en nie voor jou ma nie."

"Ja, Pa." Mak soos 'n lammertjie.

Buitekant gaan sit Pieter op die stoep, stop sy pyp en steek dit met 'n kooltjie aan. 'n Man wat nie 'n pyp met sorg en geduld aan die gang kan kry nie, is ook 'n haastige eter en 'n lyer aan sooibrand. Geduld. Dit is die enigste manier om sy angstigheid te tem.

Schalk kom uitgestap, staan vir 'n rukkie na sy pa en kyk.

Pieter gewaar vir Schalk, maar kyk nie op nie.

"Dan groet ek maar," sê Schalk.

Sy pa antwoord nie.

Schalk huiwer nog 'n oomblik, en dan sit hy sy hoed op sy kop en begin wegstap.

"Jare gelede –" begin sy pa praat, wat Schalk dadelik laat wag, "ek was skaars ouer as Frederik – het ek langs die Umzimkulu 'n Mpondoman geskiet. Soos die jare verbygaan, dink ek al hoe meer aan daardie jong man, en aan sy ma en pa. Tot vandag toe weet hulle nie wat van hom geword het nie."

"Dit was óf hy óf Pa."

"Ja," sê Pieter, half verslae. "En tog, heiden of nie, hy was iemand se seun. Frederik se Engelsman ook."

"Sou Pa dan verkies het dat Frederik geval het?" vra Schalk. "Ek hou ook nie van oorlog nie, Pa, maar partykeer het 'n man g'n keuse nie."

"Dit het vir my ook so gelyk toe ek jonk was. Maar nou ja, een ding het ek geleer: Elke geslag moet hom teen dieselfde klip stamp as dié wat voor hom gekom het."

Schalk is stil. Daar is nie meer woorde oor nie. "Tot môre," sê hy dan en stap weg die donkerte in.

Sy pa bly agter op die stoep, met 'n wolk pyprook wat bo hom borrel na die swart hemeltrans.

In die Donkerland-opstal het die vreugde en ligtheid wat geheers het sedert Jakob en Frederik teruggekeer het van die slagveld skielik plek gemaak vir 'n swaarmoedigheid van gees by almal.

In sy kamer sit Frederik op die rand van sy kooi. Thea sit langs hom en hou die Kakiehelm op haar skoot vas. Frederik is skaars bewus van Thea – heeltemal vasgevang in sy eie gedagtegang.

"As jy weer 'n Engelsman skiet," sê Thea vrolik, "soek ek nie 'n helmet nie, ek soek 'n rooi baadjie. Ek wil dit gebruik om vir my iets moois te maak."

Haar broer antwoord nie.

"Hoor jy wat ek sê? Frederik!"

"Hm?" Lyk nie of hy luister nie.

"Ek sê ek soek nie weer 'n …"

"Ja, ja, ek het jou gehoor."

"Wat is jy so nors?"

Hierdie keer antwoord hy ook nie dadelik nie, maar aan sy gesig kan sy sien dat 'n antwoord op pad is. "Dit pla my dat Oupa te bang is om te veg," sê hy uiteindelik, sag, asof hy bang is iemand hoor.

"Oupa is vir niks bang nie."

Thea is, soos die meeste van die vroue op Donkerland, maar lugtig vir Pieter de Witt. Tog het sy 'n heldeverering vir hom wat haar maklik laat vergeet van die finaliteit waarmee hy soms besluite kan neem.

"Hoekom wil hy dan nie hê dat ek en Pa teen die Engelse moet veg nie? Hû?"

Sy kan net haar skouers optrek.

Frederik skud moedeloos sy kop.

Hulle hoor hul ma in die gang afkom.

"Thea …"

Thea en Frederik kyk om na die deur.

Magdalena wys net haar gesig. "Bed toe," gebied sy.

Thea staan op, en in die verbygaan sê sy aan haar broer: "Moenie my baadjie vergeet nie. Twee as jy kan."

"Ek praat nie weer nie!" Haar ma se stem klink soos dreigende onweer.

Thea stap sonder 'n verdere woord die kamer uit. Magdalena kom binne en gaan sit langs Frederik, sit haar hand op syne. "Jy moet weet," sê sy stilweg, "niemand sal dink jy's 'n lafaard as jy nie gaan nie."

"Ek's nie bang nie." Hy is ooglopend nie lus vir hierdie onderwerp nie, maar aan die ander kant koester hy elke oomblik wat hy alleen met sy ma kan wees. Sy is vir hom 'n laaste veilige hawe in die onstuimige see van sy emosies.

"Ek weet, my seun, ek weet … maar tussen dapper en dom loop 'n baie klein riviertjie."

Vir 'n paar oomblikke hou hulle mekaar se blik. Dan kyk Frederik weg. Sy ma tik sy hand liggies, liefderik, staan dan op en stap na die deur.

"Hoekom wil Oupa nie veg nie?" vra hy nietemin.

"Waarskynlik omdat hy slimmer is as wat hy dapper is." Magdalena glimlag, eintlik vir haarself. Dat sy nou op hierdie manier die waarheid oor haar ellendige skoonpa moet leer!

Pieter se mond is later brandgerook en hy dwaal na sy slaapkamer. Hy gaan sit op sy kooi se rand, nie werklik lus vir slaap nie, maar daar is ook niemand met wie hy kan praat nie.

Hy tel 'n houtkissie op wat langs sy bed op 'n tafeltjie lê en maak dit stadig oop. Dan haal hy 'n dolk uit die kissie. Dieselfde dolk wat hy veertig jaar gelede gebruik het om Jakob uit Magriet se maag te sny.

Hy sit die kissie eenkant op die bed neer en draai die dolk stadig in sy hande. Sy gedagtes spring jare terug. Terwyl die dolk in sy hande draai, hoor hy Eerste se stem weer, dáárdie aand. "Mes. Sny. Trek uit. Tarentaal, Baas …"

Hy streel versigtig met sy vingers oor die lem se skerp snykant. Die lem wat Jakob bevry het.

Vroegoggend. Jakob, Schalk en Frederik staan geweer oor die skouer gereed om te vertrek. Mehlokazulu en die twee ander swart agterryers, Mdlaka en Sihayo, staan by die vyf opgesaalde perde. Die vrouens het kom groet en staan in 'n beteuterde ry eenkant: Magdalena en Thea, en Eerste 'n entjie verderaan.

"Sorg vir my seun." Magdalena kyk na haar man, sien iets by die huis het sy aandag getrek. Sy kyk om, sien Pieter uitgestap kom. Hy stop 'n paar treë voor Jakob, Schalk en Frederik.

Die mans kyk stil na die patriarg, wagtend op hom.

Dan kyk hy hulle een vir een aan, asof hy hulle vir die eerste maal sien.

Schalk draai na Jakob. "Weet jy, broer, soos ek dit verstaan, het ons hierdie keer nie soveel manne nodig nie. Miskien moet Frederik maar hier bly en Pa met die plaas bystaan."

Frederik skrik. Hy kyk beangs na Schalk, daarna na sy Pa en Oupa. "Wil Oupa hê ek moet hier bly?" vra hy benoud.

Pieter glimlag moeg. "Watse kryger is dit wat by die oumense en die vrouens loop sit as die stryd hom roep?"

Hy sal dit nooit aan enigiemand erken nie, maar Pieter het in die nag rondgerol met die kwelling oor sy kleinkind se vertrek na die oorlogvelde. Hy het hom in die kind se plek probeer stel, en uiteindelik het die woorde gekom waarmee hy Frederik moed sou inpraat – en toestemming gee, op versluierde manier, om te gaan veg.

Frederik is erg verlig, glimlag breed.

Jakob kyk stil na Pieter. Hy kry sy pa sommer van voor af lief.

Die vier mans staan in stilte. Die tyd vir afskeid neem het gekom.

"Schalk …" sê Pieter, laat die naam draal. Schalk stap vorentoe en groet sy pa met die hand.

"Frederik …" sê sy oupa. Frederik stap ewe formeel vorentoe en steek sy hand na sy oupa uit. "Ek sal vir Oupa nog 'n helmet bring, Oupa."

"Bring jouself terug. Dis genoeg."

Frederik tree terug.

Pieter lig sy hand na sy eersgeborene. "Jakob …"

Jakob stap vorentoe en gee Pieter die hand. "Totsiens, Pa."

"Gaat jou wel, my seun." Lank hou hulle die afskeidsblik.

Majuba, 27 Februarie 1881. Die Boeremanskappe is besig om teen die berg uit te klim, met koeëls wat om hulle klap. Jakob, Schalk en Frederik hardloop gebukkend saam met 'n groepie ander manskappe. Hul aanval op die Engelse stellings is in volle gang.

Bo teen die berg sit die Kakies met meer gemak maar minder sukses.

Dit is moeilik om die Boere raak te sien, en sodra die visier op hulle is, is hulle nie meer daar nie.

In sir George Colley se tent gaan dit nog rustiger. Sir George sit en tee drink – 'n veldheer lei nie altyd van voor nie. Hý sit meestal agter die linies, besig om aantekeninge op kaarte te maak, lyne te trek, van die een kant na die ander.

Een van sy offisiere kom die tent binne. "Die Boere val aan, Generaal."

Colley kan nie sy ore glo nie. Dis tog onmoontlik! Jy kan nie ernstig wees nie," sê hy.

"'n Volle aanval, van alle fronte."

"Maar dis selfmoord!"

"Wel, seker, Generaal, maar dit is wat hulle doen."

Sir George wik en weeg voor hy praat. Soms kan 'n mens niks doen aan gedane sake nie. "Goed, as dit is hoe hulle dit wil hê, laat dit dan maar gebeur. Gaan voort," is sy opdrag.

"Ja, Generaal." Die offisier salueer en verlaat die tent.

"Verdomde swape," prewel Colley by homself.

Laer af teen Majuba se hang skuil Jakob agter 'n rots. Frederik kom aangehardloop en kom in 'n stofwolk langs sy pa tot stilstand, en 'n paar sekondes later ook Schalk.

"Veldkornet Roos wil hê ons moet die bultjie aan die noordekant hierbo vat," sê Schalk. "Hy sê daar's min Engelse daar."

"Gaaf," antwoord Jakob. "Ek sal eerste gaan. Gee my dekking en dan kom jy, Schalk. Frederik, bly hier en hou die Engelse se koppe laag."

"Maar, Pa, ek …" Die seun is bang hy mis al die aksie.

"Nie maar nie! Doen wat ek sê!" Daar is nie nou tyd vir 'n gerede-kawel nie. Frederik moet hom in sy lot berus.

Jakob se rug is teen die rots, sy martini-henry teen sy bors. "Een, twee, drie …" tel hy af, duik dan uit agter die rots en hardloop gebuk-kend na 'n volgende rots hoër op teen die berg.

Schalk en Frederik lê aan oor die rots en vuur op die Engelse in die rantjies bokant hulle.

'n Ent hoër op, maar skuinsweg, duik Jakob agter 'n rots in. Stoot 'n patroon in sy geweer se sluitstuk.

Schalk se rug is nou teen sy rots. Hy haal diep asem en duik, soos Jakob, agter die rots uit. Skote klap om sy kop en skop stof om sy voete op.

Frederik gee vir sy oom dekking … Een van sy koeëls tref 'n Kakie hoog teen die hang in die linkerskouer. Die Engelse soldaat laat val sy geweer en rol agteroor. Hy's nie dood nie; lê met sy regterhand oor die wond geklem, oë toegeknyp van die pyn.

Schalk maak dit tot by Jakob se nuwe skans agter 'n rots. Hy lê aan en vuur. Die stryd woed voort. Dit word 'n amper meganiese aksie: Loer oor die rots, vind 'n teiken, lê aan en skiet, so vinnig moontlik. Dan terugsak agter die rots, herlaai terwyl koeëls oor hul koppe sing, soms teen die rotse vasklap en verder spat. En dan kom hulle weer regop sodat hulle oor die rotse kan loersoek na die vyand.

Algaande vorder die Boere teen die hange uit. Teen die einde van hierdie dag sal net een Boer die lewe gelaat het, teenoor twee-en-negentig dooies aan Engelse kant. Maar nou is dit onmoontlik vir enige van die manskappe aan beide kante om dit te weet. Die adrenalien vloei in hul are, die harte pomp uit vrees en lewenslus. Enige oomblik kan 'n koeël jou vind – maar dan ook kan dit jou koeël wees wat 'n teiken tref.

Terwyl die Boere hoër en hoër beweeg, praat Schalk en Jakob gereeld met mekaar – "Is jy reg?" en "Hoe vorder jy, boeta?"

Die koeëls klap telkens om hulle wanneer hulle na 'n volgende skuilplek storm. Elke keer as die suising naby hulle verbysteek, skrik hulle opnuut. Daar is geen manier waarop 'n mens gewoond kan raak aan die skote nie.

Frederik sien oor die randjie van die klip waaragter hy skuil hoe sy pa en oom Schalk teen die berg op vorder. Hy hou hulle goed dop, en ná 'n ruk besluit hy hulle raak nou té ver voor. Hy duik agter sy rots uit en storm op na die volgende skuilplek. Die grassies is nog platgetrap waar sy pa en Schalk kort vantevore geskuil het.

Jakob en Schalk nader ná 'n paar uur die kruin. Daar is 'n Engelse stelling omtrent twintig tree bokant hulle, en hulle sien hoe twee Engelse soldate op hulle vuur.

Steeds beweeg hulle, altyd buite sig van die Kakies.

Hulle is nou amper by die kruin. "Vat jy hulle van daardie flank," skree Jakob, "dan kom ek van die ander kant."

Schalk knik instemmend. Hy begin wegbeweeg.

"Sien jou bo!" roep Jakob agterna.

Tien minute later seil Jakob en Schalk die rots aan weerskante op die maag uit, Schalk na regs en Jakob na links. Hulle kan sien dat daar by die Engelse 'n hele klompie dooies en gewondes rondlê.

Schalk, nog op sy maag, kom tot by die kruin. Hy loer oor 'n rots en sien twee Engelse soldate wat vuur, oë op die berg onder hulle. Hulle kyk nie links of regs nie.

Schalk maak hom reg en spring dan op, storm op die twee Engelse soldate af en vuur sommer uit die heup. Een Engelse soldaat val dood, koeël deur die sy. Die tweede een sien hoe sy maat geskiet word en kyk op na Schalk wat op hom afstorm. Terwyl hy hardloop, pluk Schalk 'n patroon uit sy bandelier. Die Engelse soldaat swaai sy geweer om na Schalk.

Schalk sukkel om die patroon in die geweer te kry. In die hardloop verloor hy sy greep daarop en dit val tussen sy vingers deur. Hy vries in sy spore.

Die Engelse soldaat glimlag en rig sy geweer op Schalk. "Sê koebaai, maat," sê hy.

Schalk hoor 'n skoot klap – maar dis nie hy wat getref word nie. Dis die Kakie wat sywaarts kantel, morsdood.

Schalk swaai om.

Jakob laat sy geweer stadig sak, en Schalk se asemhaling begin bedaar.

'n Sestal Boere kom nou bo-op die kruin bymekaar en vuur op die Engelse, wat nou op die klein vlakte bo-op die berg kniel en skiet terwyl hulle retireer.

Die Kakies sneuwel die een ná die ander.

Aan die ander kant van die klein vlakte storm 'n offisier generaal Colley se tent binne. "Generaal Colley! Ons word oorrompel!" roep hy uit.

"Dis onmoontlik!"

"Die Boere het ons verdedigingslinies aan die noordekant deurgedring. Ek verseker u, ons word oorrompel!"

"Ag, in hemelsnaam," probeer sir George hom kalmeer. Hy staan dan op en stap na die tentklap. "Daar is absoluut geen manier waarop …"

Dit is sy laaste woorde. 'n Boerekoeël is dwarsdeur sy borskas. Hy lyk effens verbaas, maar maak nie 'n geluid nie. Sag stort hy vooroor, gesig in die sand van Majuba.

Die offisier langs hom laat nie op hom wag nie. "Retireer!" skreeu hy. "Retireer!"

Jakob en Schalk kniel agter 'n riffie. Albei se oë rek wanneer hulle sien hoe die Engelse omswaai en in die teenoorgestelde rigting begin hardloop.

Die Engelse soldaat wat vroeër in die linkerskouer deur Frederik se koeël getref is, lê op sy rug en hyg. Met groot moeite en pyn rol hy oor op sy regtersy. Sy geweer lê net-net buite bereik regs van hom. Hy steek sy regterhand uit en vat uiteindelik sy geweer vas.

Frederik duik onverwags langs hulle in.

Pleks dat hy glimlag of sy seun op die skouer klop, berispe Jakob hom op die plek. "My magtag! Het ek nie vir jou gesê om agter daai rots te bly nie?"

Maar die mannetjie is nou verby die punt waar hy sommer berispe kan word. "Pa't gesê ek moet vir Pa-hulle dekkingsvuur gee, maar Pa het verdwyn."

Jakob besluit om maar stil te bly. Sy oë gaan weer terug na die Engelse soldate wat weghardloop. Frederik sien hulle nou ook; hy wil aanlê, maar Jakob keer. "Nee. Ons skiet nie die vyand in die rug nie. Dis verby."

Jakob kom stadig orent, gevolg deur Schalk. Frederik kniel nog agter die riffie; hy kyk regs en sy oë rek wyd …

Die gewonde Engelse soldaat sit nou op sy agterent, sy geweer half in die skouer.

"Pa!" skree Frederik en hy swaai sy geweer in die rigting van die Kakie.

Maar die Kakie kry sy skoot eerste in.

Dan trek Frederik sy sneller.

Die gewonde man val agteroor, verlos van alle pyn.

Langs Schalk verstyf Jakob.

Frederik kyk verbaas na sy pa.

Jakob bly nog 'n paar sekondes staan. Dan val hy.

Frederik kruip oor na sy pa en tel sy kop op sy skoot. "Pa …" prewel hy, sy stem pleitend.

Langs hom staan Schalk. Daar is trane in sy oë vir sy broer – en ook vir Frederik.

Schalk kyk weg oor die vlakte, verblind deur son en trane. Ja, hulle sê 'n seun sal in 'n oorlog 'n man word, dink hy. Maar as 'n mens wil sien hoe 'n seun baie, baie vinnig 'n man word, laat hom in daardie oorlog besef dat die helm wat hy soos 'n trofee rondgedra het behoort het aan 'n man wat nie net iemand anders se seun was nie, maar dalk ook 'n ander seun se pa.

Elke dag staan Thea ure om op die kraalmuur. Haar broer het gesê dit gaan gou verby wees. Sy's gereed. Sy tuur die vlaktes in, hand teen die voorkop, oë op skrefies getrek om die geringste stof wat deur perde opgeskop word, onmiddellik raak te sien.

Sy glimlag skielik. Hulle is op pad!

Maar dan versomber haar gelaat. Sy spring af en hardloop opstal toe; sien haar oupa waar hy weer besig is om met hoefysters vir sy jukskei te oefen.

Pieter kyk dadelik op wanneer sy na hom roep. "Is dit nodig om so te skreeu, meisiekind?"

"Hulle kom, Oupa! Hulle kom!"

Pieter draai na Thea. "Hoeveel perde is daar?"

"Vyf, Oupa."

"Ry hulle almal regop?"

Thea kan nie antwoord nie.

Pieter weet.

Hy en Thea staan steeds saam en wag wanneer die vyf perde en vier ruiters terugkeer. Pieter se oë beweeg van ruiter na ruiter. Eers dan besef hy dit is sy eersgeborene wat van hom weggeneem is.

Jakob se lyk lê op die kombuistafel, waar Magdalena dit skoonmaak deur die bloed met nat lappe af te vee.

Eerste staan eerbiedig naby.

Magdalena se gesig is vertrek van die verdriet.

Eerste kom staan langs Magdalena, sit haar arm saggies om haar skouers.

Magdalena huil, en stadig laat sak sy haar kop op Jakob se bors.

In sy kamer sit Pieter ook en huil. Hy besef geen prys is te hoog vir 'n man se vryheid nie. Op Majuba het twee-en-negentig Engelse die hoogste prys betaal, en net een Boer – Jakob.

Jakob wat uit sy ma se maag soos 'n kalf uit 'n moeras gepluk is.

Die mense van Donkerland hou twee begrafnisse. Van die een weet net Frederik. Hy het 'n vlak gat in die grond gegrawe, in 'n ooptetjie ver genoeg van die opstal dat niemand sy gegrawe sal hoor nie. Die gat is net groot genoeg vir die Kakie se helm.

Frederik sit die helm met bewende hande in die gat. Dan stoot hy die graf weer toe. Hy kyk sorgvuldig in die rondte, dat hy die graf se plek kan onthou. Hy staan 'n ruk daar. Sy gedagtes is by die Kakie wat hy geskiet het, en die pa wat sy seun nooit weer sal sien nie. Nie sal weet waar hy begrawe lê nie. Frederik se hart is swaar en sy trane lê vlak. Hy het nie 'n Engelsman se rooi baadjie vir Thea gebring nie, en beslis nie 'n helm nie. Ná Majuba het hy pyp gerook, maar nooit voor sy ma nie.

Die ander graf is deur Pieter self gegrawe, langs die graf waar hy soveel jaar gelede vir Magriet begrawe het.

Hy het sy seun langs die vrou uit wie hy geneem is in die boesem van Afrika neergelê. En daardie nag, nadat die ander begrafnisgangers hulle lankal in Donkerland se opstal neergelê het vir die nagrus, het hy tot laat by die graf gesit. Hy het gedink – lank en met 'n jammerte vir die mensdom se onkunde en kortsigtigheid – nie aan sy eerste vrou of sy tweede vrou of aan Jakob nie, maar aan die jong man wat hy langs die Umzimkulu geskiet het.

— 4 —

VUUR EN BLOED

Ons mense in die hele Suid-Afrika moet
met 'n doop van vuur en bloed gedoop word
voordat ons ons plek in die wêreld se volkery
kan inneem. Óf ons sal geheel uitgewis word
óf ons sal ons pad boontoe uitveg.
— Jan Smuts

12 Oktober 1899

Sedert Pieter de Witt hom een-en-sestig jaar gelede op die plaas
Donkerland aan die Tugelarivier gevestig het, het dit meestal voor-
spoedig met hom gegaan. Meestal. Daar was kere dat die doodsengel
op besoek was, maar dan het Pieter sy smart in sy sakdoek toegedraai
en voortgeveg. Hy het nie uit die Oos-Kaap hierheen gestap om te gaan
lê elke keer as die winde teen hom draai nie. En tog ... Soos Pieter self
gesê het, die winde waai baie dinge terug na jou toe. Soos smart – en
die Engelse. Hy was self nie seker of die twee nie maar een en dieselfde
ding is nie. En laat 'n man net jou rug draai en nie agterkom dat daardie
wind weer in jou rigting gedraai het nie! Pieter de Witt is in sy twee-en-
tagtigste lewensjaar. Sy oë hou goed, maar hy kan nie orals sien nie.
Soos nou, hier helder oordag, om te sien wat sy agterkleinkind Anna
aanvang. Anna is die dogter van sy kleinkind Frederik – hy wat sy pa
se lyk van Majuba afgedra het. Frederik en sy vrou, Hester, is erg oor
hul dogter. Maar Anna is koppig – en soos Pieter in sy baard prewel,
die pewerteit het haar goed beetgekry.

Anna is sewentien, maar haar lyf voel sewe-en-twintig. En op hierdie oomblik, met die muggies wat veral onder die wilgertakke baie lastig is, dartel Anna met 'n gejubel en 'n gelag al voor haar besoeker uit.

Dié besoeker is 'n Engelsman, John Walsh. In die uniform van 'n Britse infanteris. Hy was al 'n jaar gelede mondig, en die jonge Anna, só ontluikend, val al in sy smaak. Veral as sy so weghardloop vir hom, agter boomstamme wegkruip, net haar laggie en harde asemhaling wat haar wegkruipplek verraai.

Het Pieter de Witt maar geweet van hierdie kwalik onskuldige spel van vingerpunte wat soek en nou en dan 'n regop rug raakvat. Deur die eeue heen het 'n Dawid al dikwels teen 'n Goliat te staan gekom, maar daar is nooit 'n waarborg dat Goliat sal val nie. 'n Man voorspel soms die toekoms sonder dat hy dit weet: "Die Engelse kom altyd terug ..."

Anna staan agter 'n boom wat 'n paar jaar gelede hard getref is deur die oorstroming van die Tugela. Nou kry dit weer nuwe lewe, al is die stam op 'n plek lelik gekloof. Die stam is net breed genoeg vir Anna om skuiling te soek.

Haar asem jaag. Sy kan nie help om ligweg te giggel wanneer sy John hoor roep na haar nie. Sy trek haar rok om haar bene in sodat dit nie weerskante van die stam sigbaar is nie.

Dit wil net onheilspellend stil begin word. Versigtig loer sy een kant om die stam – net om van die ander kant gegryp te word.

"Gotcha!" roep John triomfantelik uit. Hy het haar rok naby haar voete agter die boomstam sien uitsteek.

Anna gil en swaai om, begin weghardloop. Met John dadelik agterna, soos 'n vryer maar doen. Hy gryp haar voor sy kan wegkom. Sy beur laggend weg van hom, maar doelbewus nie hard genoeg om los te breek nie. Watter meisie sal dan wil losbreek as 'n verdwaalde soen dalk sy pad na haar lippe kan vind?

En dit is presies wat gebeur. John laat los nie, trek haar teen hom vas en soen haar.

'n Agterkleinkind van Pieter de Witt sou onder normale omstandig-hede die Brit 'n goeie klap gegee het, hom op sy plek gesit het, maar Anna slaan haar arms om John en sy geniet die heerlike tinteling wat sy lippe op hare bring, die bruising van haar bloed. En dan is sy baard ook nog so netjies geknip dat dit haar nie krap of haar bolip kielie nie.

Die Engelse kom altyd terug, sê Pieter de Witt gereeld vir enigiemand wat na sy knorrigheid wil luister. Hulle is weer terug, in hierdie dae, nie net op Donkerland nie, want daar vloei goud in die are van die land. En waar daar goud is, is daar ook vuur en bloed. Al tintel die bloed ook hóé.

John is die galantheid vanself. Hy dra Anna oor 'n modderige stuk grond. Hy is uitasem, probeer om nie sy balans te verloor nie.

"Jy moet meer mieliepap eet, Engelsman," koggel sy. "Dat jy murg in jou pype kan kry." Sy sien die wit van sy tande. Die lippe wat hulle omraam.

"Ek sal meer mieliepap eet as jy leer hoe om Engels te praat," korswil hy op Engels.

Dis Anna se beurt om kwaad te lyk. "Sit my neer!" roep sy uit.

"Sê: Please, John, put me down."

"Hoekom moet ek Engels praat?" Sy is glad nie begerig dat hy haar moet neersit nie. Sy sien die blos op sy bleek Engelse wange, hoor sy hortende asemhaling. "Jy kan Afrikaans praat."

"Natal het 'n Britse bewind," sê hy, sy Engels netjies gemoduleer. "Jy behoort die taal van ons koningin te praat."

"Die koningin het niks hier verloor nie." Dit voel vir haar of sy soos haar oupagrootjie klink. "Sit my neer!"

"Sê dit eers."

"Please, John, put me down," kom dit, lekker gemaklik.

Die gedagte kom by haar op: Wat sal haar oupagrootjie dink as hy moet weet sy soen in Engels?

Hy sit haar neer. "Sien? Dis maklik."

Anna stryk haar rok plat, vryf oor haar hare. Sy het haar vlegsel in 'n vreemde soort plaasmeisie-bolla om haar kop gedraai – 'n vrou moet vinnig kan beweeg wanneer daar grypende vingers is.

Sy bewonderende blik wyk nie vir 'n oomblik van haar nie, veral wanneer sy haar skouers reguit maak en haar asem diep intrek, magie plat.

Hy tree nader aan haar, lig sy hand en raak sag aan haar wang. "Jy is beeldskoon, Anna," sê hy, met die blos wat nou ook na sy nek versprei. "En ek het jou baie lief. Soen my weer!"

"Sê asseblief." Hy moet in gelyke munt betaal, soos minnaars maar doen.

"Asseblief."

Sy lag skamper, lig haar op haar tone en soen hom, haar hand agter sy nek sodat sy hom makliker nader kan trek – en hou. "As ons eers getroud is," sê sy, "gaan ons net Afrikaans in ons huis praat."

"O, regtig?" Hy praat weer sy moedertaal. "En wat maak jou so seker?"

"Because a bee what looks for honey," sê sy, "always come to the flower."

"Oh, really?"

Sy tik hom met 'n stoute glimlag liggies op sy neus. "Yes, really."

Sy spring weer weg.

Soos 'n goeie vryer sal maak, sit hy haar laggend agterna.

Dis 'n spel, eeue oud.

Uiteindelik kom hulle tot rus op 'n grasbank 'n entjie verder stroomaf, verder weg van die opstal. Hulle gaan lê langs mekaar in die gras, John met 'n grashalm in die mond.

"Kom saam met my," sê John met 'n sug.

"Waarheen? Oorlog toe?"

"Daar sal nie 'n oorlog wees nie," verseker hy haar.

"Sê hy wat klaar 'n uniform dra."

"Ek is 'n onderdaan van die Kroon," verduidelik hy, "en daarom moet ek gehoor gee aan enige oproep. Maar ek glo nie daar sal 'n oorlog wees nie. Kruger sal terugtrek."

"Dis nie wat ek hoor nie." Haar eie woorde vul haar met beklemming. Dit is inderdaad só. Almal in die omgewing praat oor Kruger se verset, sy onwilligheid om die Witwatersrand se groot goudvelde met die Britte te deel.

"Dit sou absurd wees, malligheid, om hom te verset teen die hele Britse koninkryk. En as daar 'n oorlog is, sal dit teen Kersfees verby wees."

"Jy ken nie my volk nie," antwoord sy driftig, die tinteling in haar are vergete. "Ons gee nie op nie. Veral nie teen mense wat slawe van ons wil maak nie."

John kyk haar besorg aan. Hy begin besef dis 'n moontlikheid dat 'n oorlog lank verby Kersfees sal voortsleep. "As dit die geval is," sê hy, "kom dan saam met my weg."

"Ek kan nie." Sy voel skielik 'n vlaag wanhoop oor haar spoel.

"As daar 'n oorlog is," hy kom regop, "sal my familie in Pietermaritzburg gaan bly tot dit verby is. Jy kan by hulle gaan bly totdat ek terugkeer. Asseblief …"

Anna sit nou ook regop, kyk haar minnaar ernstig aan.

"… asseblief."

Sy skud haar kop stadig, 'n ontkenning wat vir vele ander dinge ook nee sê. "Jy het jou mense, en ek het myne."

John is verbaas oor haar fermheid, oor die finaliteit in haar stem.

"'n Vrou kan nou wel nie 'n geweer dra nie, maar sy kan 'n wond verbind, 'n honger maag voed, 'n ontnugterde soldaat weer moed inpraat. Engeland se mans gaan teen die Afrikaner veg, maar die hele Afrikanervolk – man, vrou en kind – gaan teen die Engelse veg."

Dit is nou stil tussen die twee minnaars.

Op die stoep van Donkerland het oubaas Pieter de Witt 'n doring in die vlees. Letterlik. Nou sit hy met sy ou knipmes en probeer om die doring uit sy voet te haal. Die ou vingers is dom en hy kan nie meer sien of genoeg van die splinter uitsteek sodat hy dit tussen die naels kan vasknyp nie. Dan roep hy oor sy skouer: "Eerste! Eerste!" Hy luister na 'n antwoord, mompel dan vir homself: "Nooit hier as 'n mens haar soek nie."

Hester, vrou van Frederik, die seun van oorlede Jakob, sy eersgeborene, kom by die deur uitgeloop. Sy is in haar middel dertigs en glad nie onaansienlik nie. "Word Oubaas se voete dan nou sag?" terg sy.

Hy is in geen luim vir praatjies nie. Eintlik het Pieter de Witt 'n besonder yl humorsin; niemand kan met hom grappies maak nie, hy neem dit altyd persoonlik op. "Hester," brom hy, "sê vir Eerste sy moet haar blaarplaksel maak dat die ding kan uitsweer."

Hester tel Oubaas se velskoen op wat eenkant lê. Daar is 'n gat onder in die sool van die skoen.

Hy sien hoe sy die gat bekyk. "Gee hier my skoen!" roep hy uit.

"Laat Dirk dit regmaak," sê sy ongesteurd. "Hy's handig met sulke goed. Die gat is so groot, Oubaas kan netsowel kaalvoet loop."

Hulle hoor 'n skoot in die verte opklink, kyk vir mekaar, haal net die skouers op.

"As Kleinpiet so aangaan," meen Hester, "is daar nie 'n koeël in hierdie land oor teen die tyd dat die oorlog begin nie."

"Vir al wat ons weet, het dit klaar begin."

Hester kyk vir 'n oomblik stil na oubaas Pieter. Die moontlikheid van 'n oorlog maak hom humeuriger as gewoonlik. In die vorige oorlog moes hy Jakob afstaan, en hy is beslis nie lus om weer só 'n hartverskeurende slag toegedien te word nie. Hester beduie dan weer na sy voet. "Die Here sal Oubaas straf vir Oubaas se geloof in 'n heiden se medisyne."

"Slangpik, doring, daai mengsel wat sy maak werk vir alles. En daar's baie meer waarvoor die Here my gaan straf as Eerste se medisyne."

Hester maak 'n gebaar, so al asof sy te kenne wil gee dat as dít nou is hoe Oubaas dit wil hê, dan moet dit maar so wees, en stap weg.

Hulle hoor nog 'n skoot in die verte. Pieter de Witt kyk op, 'n donker onheil in sy oë.

Wanneer Hester terugkeer stoep toe, bring sy haar seun Dirk saam. Hy is twee jaar jonger as Anna. Sy hande, sê Hester altyd, staan vir absoluut niks verkeerd nie. Hy het 'n stuk gebreide koedoevel saamgebring wat hy nou as sool onder oubaas Pieter se velskoen vaswerk. Die kind het sagte oë en 'n warmte wat sorg dat vreemdelinge dadelik van hom hou wanneer hulle hom ontmoet.

"Kleinpiet sê president Kruger het eergister verjaar," sê hy so onder-deur terwyl hy werk, "en die Engelse gaan vir hom 'n oorlog present gee."

"Kleinpiet praat oor dinge waarvan hy niks weet nie," sê sy oupagrootjie.

"Van die ooms op die dorp het nou die dag gesê ons gaan in elk geval 'n unie word. Of daar 'n oorlog is of nie."

"Oorlog sal daar wees." Wat kan 'n mens anders verwag met die Engelse in die land?

"Omdat die Engelse die goud soek."

"Ja, en omdat daar altyd mense van ons volk sal wees, soos jou oorle' oupa Jakob wat op Majuba gesneuwel het, wat nie twee keer wil dink voor hulle na die roer gryp nie."

"Sê oupa Oubaas dan ons moet sommer dadelik oorgee – laat die Engelse ons base word?"

"Ek sê daar is nie genoeg goud in die aarde van Kruger se republiek om vir die lewens te betaal wat 'n oorlog teen die Engelse sal kos nie."

Dirk dink hieroor na. Dan gee hy die reggemaakte skoen vir Oubaas aan. "Reg om nog 'n keer die hele ent van die Umzimkulu na die Tugela te loop," sê hy goedig.

Oubaas beskou Dirk se handewerk voor hy die skoen aantrek.

"Kleinpiet sê dis ons goud, want ons was eerste hier," sê Dirk terwyl hy sy gereedskap oppak. "Maar die swartes was mos voor ons hier."

"Ja, en hulle was wys genoeg om die dêm goud nie uit die grond uit te haal nie. Waar daar goud is, is daar altyd moeilikheid. Daarom sê ek – vir julle albei – vergeet van die Engelse." Oubaas Pieter tuur uit oor Donkerland. "Hierdie plaas, Donkerland, is al wat tel. Al waarop julle kan staatmaak. Die res is kaf in die wind."

Dirk kyk stil uit oor die familieplaas en stap dan weg na waar sy pa, Fredrik, besig is om die hoeke van 'n nuwe skuur uit te merk – die einste Frederik de Witt wat volgens familie-oorlewering ná die slag van Majuba 'n Kakiehelm begrawe het.

Dirk wil graag verder met sy oupagrootjie sit en gesels, maar sy pa slag hom af as hy agterkom sy seun sit vir kwaadgeld rond.

Sihayo, wat Frederik se agterryer was toe hulle na Majuba opgeruk het en die kleinseun is van Eerste en Mehlokazulu, sit hand by saam met sy eie seuns, Bongani en Matyana. Die een is 'n jaar jonger en die ander 'n jaar ouer as Dirk.

Dirk tree 'n klomp treë van hulle af weg en gaan dan staan. "Twintig tree tot hier," sê hy.

Frederik beduie met die hand hy moet 'n bietjie verder skuif, weg van die opstal af.

Dirk doen soos hy aangesê word.

"So ja," roep Frederik uit. "Reg, Sihayo, julle kan maar die hoekpale inkap."

"Merk die plek," beveel Dirk vir Bongani en Matyana.

Hulle kap 'n skerpgemaakte stomp dáár in die grond.

"Frederik! Frederik!" Oubaas Pieter kom effens mank en ontsteld aangeloop, die splinter het nog nie utgesweer nie. Hy het 'n papier by hom.

Frederik kyk na sy oupa, en Pieter druk die papier in sy kleinseun se hande. "Kruger het oorlog verklaar."

Dirk kyk op na oubaas Pieter; ook Sihayo kyk stil na hom, en Bongani en Matyana kyk op van die paal wat hulle inslaan.

"Dit het begin," sê oubaas Pieter. "Die kommando's word opgeroep."

Frederik kyk na die dokument, vou dit een keer en gee dit terug vir oubaas Pieter. "Gaan pak," sê hy aan Dirk. "Ons vertrek môreoggend vroeg. Bongani, gaan soek vir Kleinpiet. Matyana, sorg dat die sakke en sale goed ingesmeer is."

Bongani draf in een rigting weg, Matyana in 'n ander. Frederik en Dirk stap weg, en oubaas Pieter bly effens verwese staan, papier in die hand.

Die minnaars het mekaar gevind – vir die oomblik, hoop hulle, mag die weersiens lank wees. Die wegkruiperspeletjie stel hoë eise.

Teen 'n rantjie 'n ent daarvandaan staan Kleinpiet, Frederik en Hester se oudste seun, onder 'n oorhangende rots in die bek van 'n kort grot. Ideale skuiling vir 'n jagter. Hy het pas die skote gevuur wat oubaas Pieter en Hester op die stoep van Donkerland gehoor het. Hy slinger die geweer oor sy skouer en bring 'n verkyker na sy oë.

Hy trek sy oë op skrefies om beter deur die twee lense te sien. Hy sien die opstal, en swaai die verkyker na die bekendste baken op Donkerland – die hoop klippe wat oubaas Pieter gepak het op die plek waar hy sy beroemde stok geplant het. Die boom wat langs die stapel klippe groei is nou al redelik groot.

Hy beweeg die verkyker se fokuspunt verder, na die rivier – en verstar. So duidelik soos daglig sien hy John vir Anna dra.

Kleinpiet pluk die verkyker weg van sy oë. Hy kyk met blote oë stip na sy ouer suster doer in die verte – en haar minnaar in sy kakie-uniform. "Waaragtig!" roep hy uit. "Al weer … !"

Hy bring die verkyker nader, begluur die minnaars op 'n afstand. "Verdomde Kakie!" Hy staan op. Nou is daar net wrewel in sy gedagtes.

Naby die rivier neem die minnaars swaar afskeid. John hou albei Anna se hande amper desperaat vas. "As 'n oorlog sou uitbreek …" Die gedagte laat hom met intense wroeging.

"Dit sal." Anna praat met die sekerheid van iemand wat baie goed geluister het terwyl die ouer mense saans om die tafel praat.

"Maar as dit nie gebeur nie …"

Anna deins half terug wanneer sy sien dat John afgesak het tot op een knie voor haar.

"… sal jy met my trou?"

Anna kyk hom stip in sy twee Britse oë: "Ja."

Hy spring rats op, slaan sy arms om haar middel en swaai haar in die rondte. "Ons twee sal trou sweer aan mekaar voordat die week verby is," roep hy uit. Hy is vol van die vreugdes van die lewe. "My ma het 'n pragtige ring wat aan haar grootmoeder behoort het. Dat sal joune wees, as jy dit wil hê."

Hulle hou mekaar styf vas, verlore in die oomblik. Hulle is só in mekaar versonke dat hulle Kleinpiet nie aangestap hoor kom nie en sien hom eers raak wanneer hy smalend voor hulle staan.

"Nou toe nou," sê Anna se boetie. "En wat het ons hier? 'n Bleddie Kakie."

Anna is onmiddellik dik beduiweld, maar ook effens verleë. "Kleinpiet," sê sy streng, "gaan huis toe."

Daar is tye dat sy hom graag wil herinner aan hoekom almal hom Kleinpiet noem. Hy is jonger as almal. En hy is korter. Dít is miskien die belangrikste – hy is korter, en wil altyd wys hy is groter.

"Die manne praat, Ousus." Dis nie nou tyd vir haar om ook 'n eiertjie te lê nie. "Wat soek jy hier, Engelsman? Kom spioeneer jy? Of wat?"

"Ek wil nie moeilikheid veroorsaak nie," stotter John. "Ek's op pad."

"Jy gaan nêrens voor ek klaar gepraat het nie." Kleinpiet het sy geweer gereed. "Staan stil!" Hy haal sy geweer oor.

"Kleinpiet, ek waarsku jou ..." Anna weet hoe kortgebaker die mannetjie kan wees.

"Ousus, ek dink nie jy het veel te sê nie. As Pa uitvind dat jy nog steeds na hierdie Engelsman vry, en nou in 'n kakie-uniform, trek hy jou gatvelle af." Dan draai hy na John. "Waar's jou geweer, Rooinek?"

"By die huis."

"'n Soldaat sonder sy roer?" Kleinpiet besef hy het niks te vrees nie. Hy kan nou maak wat hy wil. "Nee wat, die oorlog gaan nie 'n week duur nie. Nie as ons teen jou soort moet veg nie."

"Daar is nog nie 'n oorlog nie!" roep Anna uit.

"En daarvoor kan hy dankbaar wees."

"As julle my sal verskoon ..." John wil so vinnig moontlik so ver moontlik wegkom van hierdie snuiter met die vinger op sy sneller. Hy begin wegstap – en spring omtrent in die lug op wanneer Kleinpiet 'n skoot langs sy voete aftrek dat die stof bly hang.

"Volgende een," sê Kleinpiet afgemete, "is 'n gat so groot soos 'n perske deur jou pens."

"My familie het al twee geslagte lank in hierdie distrik geboer," sê John gebelgd.

"Hoekom die uniform dan? Donnerse Engelse ... vat mos net wat julle wil hê … soos sprinkane. Ons land. Ons grond. Nou kan julle ons vrouens ook nie uitlos nie."

Voordat hy verder kan gaan, hoor hulle 'n stem wat herhaaldelik na Kleinpiet roep. Dan sien hulle Bongani aangehardloop kom.

"Bongani," Kleinpiet gee hom nie kans om te begin praat nie, "kyk wat het ek hier."

"Baas Frederik hy't gesê ek moet die kleinbaas kom roep. Die oorlog, Kleinbaas, sy het gebegin!"

Nóg Kleinpiet, nóg John en Anna kan hul ore glo.

"Sê wie?"

"Die papier, Kleinbaas, die oubaas hy't hom gebring."

Bongani kyk van Kleinpiet na John, na Anna, onseker oor wat hier aan die gang is.

"Wragtag!" Kleinpiet is onseker oor wat nou moet gebeur. Hy weet net die situasie het skielik 'n gans ander betekenis gekry. Hy rig sy geweer weer op John. "Hensop, Kakie." Kleinpiet is baie ernstig. "Lyk my ek het die eerste soldaat van die oorlog krygsgevange geneem."

Anna probeer nog skerm: "Hy't nie eens 'n geweer by hom nie."

"Oorlat hy 'n spioen is. Weet jy wat maak ons met 'n spioen, Engelsman?"

Bongani wil nie weet van hierdie spesifieke gemors nie. "Baas Frederik hy roep, Kleinbaas."

"Ek gaan vir Pa roep," sê Anna desperaat en hardloop weg.

"Hardloop na pappa toe," smaal Kleinpiet. "Bongani, het jy tou?"

"Nee, Baas."

"Maak sy broek los," Kleinpiet is nou baie ernstig, "en bind sy voete daarmee vas."

Bongani huiwer. Hy is glad nie seker dat Kleinpiet nou die regte ding doen nie.

Kleinpiet kyk kwaai na hom. "Maak sy broek los," sê hy met dun lippe, "trek dit af en bind dit om sy enkels! Nou! Ek praat nie weer nie."

Bongani gaan staan voor John, begin sy broek losknoop.

John gryp sy broek vas. "Om hemelsnaam, man. My familie se plaas is minder as tien myl hiervandaan. Ek is amper jou buurman."

"Hande in die lug," Kleinpiet se stem is nou afgemete, kil, "Engelsman."

John lig stadig sy hande bokant sy kop.

Bongani huiwer met die broek.

"Bongani …!"

Bongani trek John se broek tot op sy enkels af. Wanneer dit heeltemal af en sy enkels met sy gordel vasgemaak is, staan Kleinpiet hom met absolute minagting en betrag, geweer steeds in die hand.

"Ek wil nie die oorlog hê nie," pleit John. "Niemand wil nie."

"Nou wat soek julle soldate op ons grense? Maar hierdie keer gaan ons nie ophou veg voor die laaste een van julle óf onder die grond óf onder die see lê nie. En ons begin vandag met jou."

"Meneer De Witt, ek koester geen kwade gevoelens teenoor jou mense nie. Ek is van plan om ná die oorlog met jou suster te trou."

Sowat van 'n vermetelheid het Kleinpiet nog nooit gehoor nie. "Oor my dooie liggaam." Hy gooi 'n sakdoek na Bongani. "Bind sy oë toe."

Bongani doen soos hy gesê is, baie onwillig.

"Ek het jou geen skade berokken nie." John weet nie meer wát hy kan sê om sy saak te red nie.

"Een Kakie minder," spel Kleinpiet vir hom die dodelike logika uit, "is een Kakie minder."

"Laat my asseblief net toe om my broek aan te trek."

"As dit jou laaste wens is … 'n Boer is nie ongenadig nie. Trek op jou broek."

John, sy oë toegebind, buk en voel om sy enkels, wikkel die gordel los en trek sy broek op.

"Kleinbaas," pleit Bongani onverwags, "ons wag vir die grootbaas. Dis beter so."

"Moenie jy nou begin stry nie. Staan opsy."

Bongani gaan staan eenkant.

Kleinpiet spreek die aanstaande verloofde van sy suster toe:

"Engelsman, jy het oorlog teen my volk verklaar, teen Afrikanermans en hul vroue en kinders." Hy laat die gewigtige gedagte by die Engelsman insink. "En daarvoor word jy ter dood veroordeel."

"Asseblief, meneer De Witt," smeek John nou.

"Skiet hom," kom Anna se stem onverwags, "en jy's volgende."

Kleinpiet kyk om, maar hou sy geweer gerig op John. Anna kom stadig nader gestap met 'n geweer gerig op Kleinpiet.

"Is jy van jou kop af?" Hy kan nie glo wat hy sien nie. 'n Afrikanervrou wat teen haar bloed draai. "Laat sak daai geweer!"

Anna steur haar nie aan hom nie. "Bongani," beveel sy, "haal af daai blinddoek!"

Bongani wil nader gaan, maar stop as Kleinpiet begin praat.

"Moenie vir haar luister nie!" gebied Kleinpiet.

"Haal daai ding af, of sowaar as wat ek 'n De Witt is, skiet ek julle al twee." Anna se asem kom hortend.

Kleinpiet is totaal oorbluf. Daar is iets in sy suster se stem wat hy nie ken nie. Staal.

Sy hou die geweer met moeite op Kleinpiet gerig, maar in haar oë sien haar broer dat sy sal skiet, al moet sy op die grond lê en dooierus neem.

Bongani huiwer, kyk na Kleinpiet.

Kleinpiet staan ook onseker; sy oë flits van Bongani na John na Anna.

"Ek bedoel dit!" skree Anna.

Bongani beweeg tot voor John. Hy kyk verskonend om na Kleinpiet en haal dan die sakdoek af.

"Die oorlog het skaars begin, en jy's klaar 'n bleddie joiner," sis Kleinpiet.

"Gaan huis toe! Nou!"

Kleinpiet laat sak sy geweer; hy gaan staan voor John. "Ons sal mekaar weer sien. Ek en jy. En dan sal daar nie 'n vrou wees om jou bas te red nie. Kom, Bongani."

Kleinpiet begin loop.

"Dink jy ek is gister gebore …?"

Kleinpiet draai verras terug na Anna.

"Los jou geweer!" gebied sy.

Kleinpiet kyk 'n paar sekondes met minagting na haar, sit dan sy geweer stadig op die grond neer en stap weg. Bongani volg hom.

Anna haas haar na haar minnaar. "En nou moet jy vinnig padgee," haar stem skor van spanning, "voor hy, of iemand anders, terugkom."

"Anna …" Sy stem pleit, sy oë pleit, maar hy weet daar is niks wat hy nou kan doen nie.

"Gaan!" Sy smeek by hom om sy eie lewe buite gevaar te stel. "Asseblief!"

"Ons gaan hierdie oorlog oorleef," verseker hy haar, steeds in sy moedertaal. "En wanneer dit verby is, sal ek terugkom om jou te kom haal."

"Gaan," antwoord Anna. "Voor dit te laat is."

Hy soen haar liggies op die lippe. "Tot siens …"

Anna beweeg nader, plant haar wedersoen vol. "Tot siens," sê sy sag.

John stap 'n paar treë weg, draai dan terug. Hulle kyk mekaar enkele oomblikke ontreddered aan – dan draai John om en stap weg.

Anna staan hom en agternakyk. Haar skouers begin ruk, en sy huil sonder om 'n geluid te maak.

Nog vóór hulle gehoor het van die oorlogproklamasie het Hester vroegoggend begin om bladsakke met biltong en beskuit te pak. Dis maar hoe Hester is – hou daarvan om altyd gereed te wees. En terwyl sy en Eerste in die kombuis doenig was, was hul praatjies die ene oorlog. Hester wat meen die Boere het die saak nie behoorlik afgehandel by Majuba nie. Eerste, al skuins duskant tagtig maar steeds die familie se staatmaker, wat Hester herinner het aan oubaas Pieter se vermaning dat die Engelse altyd terugkom.

Eerste het dit skaars gesê, of Anna kom ingehardloop. Om 'n geweer te haal, het sy hygend gesê, sodat sy Kleinpiet kan help met die jakkals wat so onder die hoenders gewy het.

Anna het die twee vroue se gedagtespoor tot 'n halt gebring. Albei bekommer hulle oor die kind. Eerste het met die waarheid uitgekom: Anna trek erg op haar oupa Jakob.

"En kyk wat op Majuba met hom gebeur het," het Hester geantwoord.

Dit was vanoggend. Nou is dit aand. En Hester, wat nou afskeid gaan moet neem van twee mans in haar gesin, staan haar en verknies oor haar woorde van flussies.

Die kombuistafel is gepak met voorrade en opgerolde beddegoed. Frederik en Dirk draai al om Hester en die tafel. Hulle beland onder haar voete. Sy verloor nie haar humeur nie. Met groot geduld wys sy hulle wat daar alles is – kosvoorraad, mediese voorraad. Elke keer dat die toorn gewek word, kom sy tot bedaring met die gedagte aan oorlede Jakob.

Dan, voor hul oë, pak sy vir elk alles in. Hester verduidelik elke deeltjie van die mediese voorraad sorgvuldig aan Frederik en Dirk voor sy dit inpak. Baie daarvan is salfies en smeersels wat Eerste voorberei het vir spesifieke dinge – iets vir skraapwonde, iets vir hoofpyn, iets vir muskietbytplekke wat stukkend gekrap is en nie wil genees nie.

Kleinpiet sit eenkant in die kombuis en maak sy geweer skoon, sy gemoed vol van sy dapper daad die oggend – en vrees dat sy suster met die storie sal uitkom en almal sal dink hy was 'n lafaard.

Oubaas Pieter sit ook eenkant sy pyp en rook. Hy kyk elke nou en dan na die doenighede in die kombuis, maar dit is 'n blik gevul met sinisme. Hy kan dit nie help nie. Hy het lankal sy geloof verloor in die mensdom se vermoë om hul gesonde verstand te gebruik. Maar hy sit graag hier onderdak en rook – dan kan hy sy hoed afhaal en die groot blinke bles 'n bietjie laat lug kry.

"Naeltjie-olie vir tandpyn," verduidelik Hester. "Of 'n bietjie brande-wyn. Kanfersalf vir swere. Uitgebraaide varkvet vir byte en brandwonde. Heuning vir stukkende plekke. Verbande." Sy streel oor die saalsakke. "Ek hoop dis genoeg."

"Oorgenoeg, Ma," kom dit dadelik van Dirk. "Ons is voor Nuwejaar terug."

Oubaas Pieter begluur hom so uit die hoek van sy oog. Nog nie eers behoorlik hardebaard nie, en hy doen al uitspraak oor die duur van die oorlog!

"Kornet Potgieter sê generaal Joubert se plan is om Ladysmith te beset," laat val Kleinpiet. "En as ons die treinspoor opblaas, sal die Engelse oor die Drakensberg moet stap om by Pretoria uit te kom. Ek reken Ma kan Ma maar regmaak om daai speenvark van Dirk vir Kersfees te slag."

"Jy moet jou net afvra," kom dit onverwags van oubaas Pieter. "Watter een?"

Nou het hy skielik almal se aandag.

"Oupa Oubaas?" Kleinpiet verstaan sy oupagrootjie nie aldag nie. En beslis nie nou nie.

Dit is doodstil in die vertrek. Kleinpiet kyk om na Frederik, en dan terug na oubaas Pieter.

"Teen wie dink jy gaan jy veg? Krygers met spiese en knopkieries?" Oubaas Pieter kan die minagting in sy stem nie verdoesel nie. "Die Engelse is die magtigste ryk wat hierdie aarde nog ooit gesien het. Hulle beskik oor meer soldate as wat daar Afrikaners in hierdie land is. En die Zuid-Afrikaansche Republiek sit op die grootste hoop goud in die wêreld. Jy sê hierdie ding gaan teen Kersfees verby wees, maar miskien moet jy vra: teen watter een?"

Frederik verdedig sy seuns. "Ons het nie hierdie skoor gesoek nie. Hulle laat ons g'n keuse nie."

"Presies wat jou pa in '81 gesê het toe hy jou Majuba toe gevat het."

Die implikasie van Oubaas se woorde gaan nie vir Frederik verlore nie. Hy laat sak sy kop.

Kleinpiet sien sy pa se ongemak. Dirk ook. Hester dink weer aan haar woorde van die oggend.

"Wel, of hy nou een of tien jaar duur," kom dit weer van Kleinpiet, "ek kan vir oupa Oubaas nou sê, ek gaan die eerste Engelsman van hierdie oorlog skiet."

Oubaas Pieter sug. Dit help nie om teen 'n jong man se drome van glorie op die slagveld te stry nie. "Ek's seker jy gaan," antwoord hy sag, sy stem vol ironie en weemoed. "Bring vir my sy helmet."

Frederik kyk stadig op na oubaas Pieter. Sy gemoed is vol met die herinnering aan 'n hartseer van lank gelede. Watter pa's gaan hierdie keer hul seuns verloor, wonder hy, en watter seuns gaan pa's aan die dood afstaan?

"Kom, ons moet boekevat en in die bed kom," sê Frederik, haastig om hierdie gedagtes hok te slaan. "Waar's Anna?"

"Sit en tjank op die stoep." Kleinpiet sê dit voor hy kan nadink daaroor.

"Ag nee, seun, moenie so lelik praat nie." Hester wil nie sien dat die aand verder vertroebel word nie.

"Ek sê maar net."

Anna sit inderdaad in die donker op die punt van die stoep. Maar sy huil nie meer nie.

Dirk kom uitgestap na haar en staan agter haar. "Ousus … Pa wil lees." Hy hou sy hand uit om haar op te trek.

Anna neem sy hand, kyk hom vol in die oë. "Is jy bang?" vra sy sag.

Dirk huiwer voor hy antwoord: "Ja."

"Dink jy jy sal iemand kan doodskiet? Iemand wat net so bang soos jy is?"

Hy kyk sy suster stil aan. Hy weet hoe haar hart staan. "Sê vir jou Engelsman hy moet 'n rooi kol voor op sy helmet verf, dan sal ek weet om die ou langs hom te skiet." Hy wil minder brutaal wees. Kan hy aan die ander kant oneerlik met homself wees? Hy weet, soos Anna sekerlik ook, dat hy netsowel 'n rooi kol voor op sy velhoed kan verf. Wat vir hul buurman geld, geld ook vir hom.

Anna voel hoe haar keel weer begin toetrek. Dirk weet wat in haar gedagtes aangaan en hy druk haar styf teen hom vas.

Wie gaan my troos? kom die gedagte vlugtig by Anna op.

Hulle stap in, Anna met 'n frons. Waar het daardie gedagte vandaan gekom?

Nie ver daarvandaan nie sit 'n ander vrou ook en huil – Nomthandazo,

Sihayo se vrou. Sy sit langs 'n vuur voor hul hut, haar rug half na hom gekeer, haar wange nat van die trane.

Sihayo hou hom maar besig – gooi nog 'n stomp op die vuur. "Moenie huil nie, Nomthandazo," kry Sihayo homself so ver om te sê. Hoop dat sy nie hoor hoe dun sy stem vanaand is nie.

"Dis die wit mense se oorlog. Laat hulle dit gaan uitbaklei." Sy praat met 'n driftigheid wat hy nie kan ignoreer nie. "Nie jy nie – jy hoort hier, by jou huis."

"Ons werk saam, ons veg saam. Ek is 'n kryger en ek veg vir die eer van my voorvaders."

"Jy het nie eens 'n geweer nie."

"Ek is 'n Zoeloe. Ek veg soos 'n man moet veg … met 'n assegaai."

"Asseblief, Sihayo," smeek Nomthandazo. "Moenie gaan nie. Hulle skiet jou van ver af. 'n Assegaai kan nie teen 'n geweer baklei nie."

Eerste kom nader gestap. "Praat gaan nie môre wegvat nie," sê sy. "Kom slaap nou."

"Hy sal na jou luister, Mafungwashe," pleit Nomthandazo by die matriarg. "Praat asseblief met hom."

"Hy is 'n man. Hy moet doen wat sy hart vir hom sê hy moet doen."

"Praat met die ou man. Hy vertrou jou. Sê hom om hulle te verbied om te gaan."

Eerste antwoord haar, rustig, berispend, maar ook vol wysheid en troos: "In die begraafplaas onder die bome by die rivier lê 'n man wat jy nie geken het nie. Jakob. Hy was die ou man se eersgeborene. Die ou man het hom so lief gehad dat hy sy dooie vrou se maag oopgesny het om sy seun die wêreld in te trek. En tog, toe Jakob oorlog toe wou gaan, al wou die ou man nie hê hy moes gaan nie, het hy hom nie gekeer nie, want hy't geweet hy was 'n man, en 'n man moet doen wat sy hart vir hom sê hy moet doen, anders word hy een van die lewende dooies."

Rondom die tafel in die opstal is dit ook afskeid en 'n veilige terug-keer waaroor gepraat word. Frederik bid, die familie sit met geboë hoofde om die tafel en hou hande vas.

"Wees met hulle wat agterbly, seën en bewaar hulle en hou u hand oor ons wat die vyand tegemoetgaan. Beskerm ons, o, Heer, en bring ons, as dit u wil is, weer almal veilig bymekaar. Amen."

Almal maak hulle oë oop, elk besig met sy eie private gebed, terwyl hulle mekaar se hande 'n oomblik langer bly vashou.

Vroeg die volgende oggend, voordat die krygers wakker is, word 'n kombers en saggebreide beesvel saam opgerol en netjies toegebind. Dit is Matyana wat die riempie om die bondel vastrek. Hy werk baie stilletjies, sy oë op Bongani wat aan die ander kant van die hutjie op 'n grasmat slaap.

Matyana kom orent, slinger die bondel oor sy skouer, vat sy assegaai en knopkierie wat teen die muur staan en met 'n laaste kyk na Bongani glip hy stilletjies uit die hut.

Wanneer die ses perde later opgesaal en gepak is, staan Sihayo en Bongani by die perde, teuels in die hande. In fluisterstemme praat hulle oor Matyana se besluit. Hulle weet hulle sal dit nie kan verswyg nie.

Naas hulle trek Frederik, Kleinpiet en Dirk hul saalgordels vas, maak seker alles is reg.

Eerste en Nomthandazo staan eenkant. Swygsaam, nes Hester en Anna.

"Waar's Matyana?" vra Frederik onverwags, sy oë op Sihayo gerig.

Sihayo kyk ongemaklik af, wil nie antwoord nie.

Frederik sien hier's iets aan die gang. "Sihayo?"

"Hy's weg, Baas."

"Na die Engelse?"

"Ek weet nie, Baas."

Frederik weet nie wat om verder te sê nie. 'n Gevoel van magteloosheid spoel oor hom. Jy kan mense bevele gee en vir hulle dinge sê, baie dinge. Maar jy kan hulle nie anders laat dink as hoe hulle dink nie. Al doen jy ook wat.

Oubaas Pieter kom aangestap met 'n bandelier in die een hand en 'n dolk in skede in die ander – die dolk waarmee hy destyds vir Jakob uit Magriet bevry het. Hy stap tot by Kleinpiet by sy perd, hou die bandelier na hom uit. "Hierdie bandelier het ek op my eerste kommando gedra. Hy's nou joune." Hy wonder of hy moet noem dat dit op kommando teen Dingaan se mense was en dat hy gegaan het net om sy vrou se mense se beeste terug te kry. Maar nee, dink hy, wat sal die kind daarvan verstaan?

Kleinpiet neem die bandelier by oubaas Pieter, diep ontroer. "Dankie, Oupa"

"Hou jou mond toe, jou oë oop en vrywillig jou vir niks nie. Dan's die kanse goed dat jy sal terugkom."

Kleinpiet knik.

Oubaas Pieter draai na Dirk. "Dirk …"

Dirk tree vorentoe.

Oubaas Pieter hou die dolk in skede na Dirk uit. "Hierdie dolk het ek gebruik om jou oupa Jakob die wêreld in te bring. As jou koeëls opraak, sal hy jou miskien kan help om in hierdie wêreld te bly."

Dirk neem die dolk eerbiedig by Oubaas Pieter. "Dankie, Oupa."

"En onthou: As jy die vyand kan sien, kan hy jou ook sien. Hou jou kop laag en as jy skiet, moenie na die kop skiet nie, skiet na die bors, waar die teiken die grootste is."

Soos hy die man geskiet het wat Eerste as vrou wou hê, dink hy.

Dirk knik net.

"Nou ja toe …" Frederik wil aanstaltes maak, maar staan self roerloos. Dan draai hy na sy vrou, soen haar twee maal.

"Kom veilig terug, my man. Met my seuns." Sy weet nie hoe nie, maar sy hou die trane terug.

"Ek sal."

Frederik stap oor na oubaas Pieter, bied sy hand aan.

Die patriarg neem Frederik se hand. Trane stoot effens in oubaas Pieter se oë op. "Gaat je wel."

Frederik knik stil sy kop en draai dan weg na sy dogter. "Anna," Frederik neem haar in sy arms, druk haar styf vas, "sorg vir jou ma." Hy soen haar op haar voorkop, stap dan na die perde.

Die krygers klim nou amper soos een man op hul perde, linkervoet in die stiebeuel, regtervoet wat op- en oorswaai.

Frederik lig sy hoed en draai dan sy perd.

Nou kan Hester nie meer keer nie, sy snik saggies. Anna haak by haar in. Met betraande wange kyk hulle hoe die swaar gelaaide perde stadig wegstap.

1900. Die oorlog is 'n jaar oud. Alfred Milner, op agt-en-veertig Haar Majesteit koningin Victoria se jong hoë kommissaris in Suid-Afrika, is woedend. Hy en generaal Buller staan alleen in die Ou Raadsaal en gesels, hoewel dit vir Buller meer soos 'n uitskelsessie voel.

"Het jy enige idee wat hierdie oorlog ons tot dusver gekos het?" roep Milner uit.

"Die Boere veg bo hul vermoëns en anders as ons het hulle geen ondersteunende kolonne van agter nodig nie." Buller praat stadig. Hy het die situasie al verskeie kere aan Milner verduidelik, maar die man skyn nie altyd te verstaan wat hy hoor nie. "Hul voorraad en mediese sorg word verskaf deur die vrouens op die plase – waar hulle vandaan kom. Dit is om soos teen 'n onsigbare leër te veg, soos 'n slang in die gras."

"Nou sny dan sy kop af, verslaan hulle op hul eie terrein. Hulle maak 'n bespotting van die ryk se weermag. Kyk hier!" Milner tel 'n Franse koerant op en hou dit vir Buller om te sien.

Buller sien dadelik wat dit is wat Milner pla. 'n Spotprent van Paul Kruger wat koningin Victoria oor sy skoot getrek het en met 'n roeispaan 'n pak slae gee.

"Kruger wat ons koningin 'n pak slae gee! Om hemelsnaam!"

'n Manskap kom aan met 'n telegram vir Buller. Hy staan tru en wag op instruksies terwyl Buller die telegram oopskeur en begin lees terwyl hy nog praat. "Laat ek dit weer sê: Ons sal nooit hierdie oorlog wen as ons aanhou veg soos ons nou veg nie." Hy lees verder aan die telegram. "Verdomp!" roep hy skielik uit. "De la Rey het generaal French by Silkaatsnek uitoorlê en vanuit die noordweste deur die linie gebreek. Nou sal hulle ongetwyfeld op hul plase nuwe voorraad inskeep."

"Brand hulle!"

Buller en Milner swaai om, sien lord Kitchener wat pas by die deur van die Ou Raadsaal ingestap het.

"As jy hulle wil verslaan, moet jy hulle uit hul plase uit brand."

Lord Kitchener is ouer as Milner. Nog nie vyftig nie, maar kil, soms wreedaardig, ongenaakbaar maar ook absoluut noulettend op elke kleinste deeltjie van sy drag, 'n imperialis met 'n welige hangsnor. Hy praat met 'n ysige, skerp uitspraak. Uit ondervinding weet Milner en Buller dat hy nog nooit van moeilike oorlogsbesluite teruggedeins het nie. Hy laat nie toe dat medemenslikheid en emosie hom beïnvloed nie. Terwyl hy praat, veeg hy met sy hand, steeds in 'n militêre handskoen, oor een van die relings van die raadsaal, en kyk dan na die stof op sy vingerpunte. "Toe Napoleon die Spanjaarde moes takel, toe die Romeine gemarsjeer het om die Galliërs te oorwin, en ons, toe ons die Iere moes hokslaan – almal het dit eenvoudig gehou. Vuur, menere. Brand hulle uit." Hy veeg die stof van sy vingerpunte af.

Buller en Milner praat nie. Buller kan omtrent nie sy weersin in Kitchener verberg nie. "Is u besig om te suggereer, lord Kitchener, dat ons 'n verskroeide-aarde-beleid aanvaar?" Buller kies sy woorde versigtig.

"As die vrouens op die plase die probleem is, verwyder dan die probleem. Brand elke opstal en skuur tot op die grond af. Steek die weivelde aan die brand, slag die diere, vergiftig die waterputte en strooi sout in die gesaaides. Ontneem die Boere hul lewensmiddele."

"Verskoon my, lord Kitchener," sê Buller, "wat dan van die vrouens en kinders?"

Kitchener verstil, kyk dan geamuseerd na Buller. "Ek is nie so hardvogtig as wat jy mag dink nie, generaal Buller. Ons verwyder die vrouens, die kinders, die bejaardes en die inboorlinge wat vir hulle werk en plaas hulle in konsentrasiekampe. Die inboorlinge natuurlik in aparte kampe. Dan kyk ons hoe lank dit sal duur voordat die Boere besef hul saak is daarmee heen."

"As ons dié strategie toepas, mag ons net vind dat al het ons die oorlog gewen, ons inderwaarheid verloor het." Buller is erg afgehaal.

"Verloor?" vra Milner.

"Die goeie trou van die Boere, dieselfde mense oor wie ons sal moet heers wanneer die oorlog verby is."

Kitchener stap om Buller met 'n houding van algehele afkeer. "Ek het gedink," sê hy, "dat jy teen hierdie tyd al sou agtergekom het, Buller, dat niemand die goeie trou het van hulle oor wie hulle moet heers nie. Dit is hoekom 'n mens 'n weermag het."

"Hierdie beleid van 'n verskroeide aarde is kwalik iets wat 'n ware heer waardig is," antwoord Buller.

Kitchener ontplof van woede. "Dit is nie ware here wat veg nie!" skree hy.

Selfs Milner is onkant betrap deur die heftigheid van sy emosie.

Kitchener staan 'n goeie minuut of twee en tier terwyl hy Milner en Buller begluur. Dan kalmeer hy. "Sien asseblief toe dat my opdragte aan al die generaals oorgedra word," sê hy. "Dankie, dit sal al wees."

Buller is glad nie gelukkig hiermee nie. Hy knik formeel vir Milner en Kitchener, draai in sy spore om en stap uit.

Kitchener kyk hoe hy die vertrek verlaat, draai dan na Milner. "Dit verbaas my," sê hy, "dat die opperbevel nog nie gevra het dat Buller af-gedank word nie, of wat sê jy?"

"Hy het Natal verower, U Eksellensie."

"Ja, maar teen watter prys? 'n Dorpsidioot kon beter gevaar het."

Dit is nou eenmaal 'n feit: 'n Storie gaan gebuk onder die las van al die stukkies wat bygelieg en bygedroom word, en word vermink deur alles wat vergete is. Behalwe die stories oor oorlog – gegewe die omstan-dighede, is dit onmoontlik om goed by te lieg. Oor dapperheid en onverskrokke dade kan daar bygelas word, kan die dinge wat gebeur het effens versier word. Maar wanneer die koeëls begin klap en manskappe in eenvoudige vlak grafte begrawe word voordat die oorlewendes verder kan veg, dán word daar nooit bygelieg nie.

Oor die dood kan nie gejok word nie.

Frederik het dit geweet, Dirk ook, selfs Kleinpiet, die jongeling wat hom so graag dapper gehou het in die veilige wyk van Donkerland, selfs hy het dit toe geweet, ná 'n paar maande op kommando. Dít kan ek jou sonder enige twyfel sê.

Hulle is iewers in die noorde van Natal, 'n dertiental Boere met vier swart agterryers. Bongani en Sihayo veg die oorlog saam met Frederik en sy seuns.

Kleinpiet sit op 'n groot rots, so twintig tree weg van die stroompie. Hy is taamlik ontspanne. Hulle wis nie van enige Kakies in die nabye omgewing nie. En buitendien, die stroompie se walle en die effense rantjies daaromheen bied hulle besonder goeie skuiling.

Kleinpiet kerf 'n stukkie biltong. Sy geweer lê teen die klip langs hom. Hy het die bandelier aan wat oubaas Pieter vir hom gegee het.

Dirk en Frederik hurk by die stroompie, maak hulle waterbottels vol. Die dolk in skede wat oubaas Pieter vir Dirk gegee het hang aan sy lyfband. Dirk dra 'n Britse uniform se baadjie, buitgemaak ná 'n onlangse skermutseling. Gee hom snags beter beskerming teen die koue.

"Pa, weet Pa wat dink ek, Pa?" begin Dirk sag praat.

"Mm?" Frederik steur hom nogal aan Dirk. Die kind sien dinge raak.

"Wanneer hierdie oorlog verby is ..."

Hy maak nooit sy sin klaar nie. Hulle hoor die koeël deur die lug fluit, so saam-saam met die knal daar hoog teen die een rantjie uit.

Dirk stort agteroor; die bloed begin uit die wond in sy maag sypel.

"Dirk!" Kleinpiet roep uit; hy kan nie glo wat pas gebeur het nie. Hy kyk verskrik op, gryp sy geweer en duik agter die naaste rots in.

Die ander Boere duik ook vir dekking. Hulle sorg dat hulle die bes moontlike skuiling kry en begin terugvuur.

Gou is dit duidelik dat daar meer Kakies is, en dat hulle versprei lê in die rantjie.

Frederik bly by Dirk. Hy besef onmiddellik dat hulle blootgestel is aan die Kakies – hy sal Dirk na 'n skuiling moet sleep en baie gou ook!

'n Koeël skop stof op net langs Dirk se lyf, en Frederik skep Dirk met moeite op in sy arms. Die skote klap nou orals, maar Frederik dwing homself om nie daaraan te dink nie. Sy kind se lewe is op die spel.

Met Dirk in sy arms hardloop Frederik weg van die stroompie na die rots waar Kleinpiet dekking gekry het.

Kleinpiet loer oor die rand van die rots. Sien sy pa hardloop met sy ouboet in sy arms. Hy roep na sy pa sodat hy die kortste pad na die skuiling kan kies. Kleinpiet besef dat sy pa 'n bewegende maar baie goeie en groot teiken vir enige goeie skut is.

Frederik hardloop verbete.

Voordat hy die skoot hoor, sien Kleinpiet hoe sy pa ruk.

Frederik sak op sy knieë, Dirk steeds in sy arms. Hy is in die rug getref.

Kleinpiet versteen. "Pa!" roep hy uit. 'n Antwoord sal gerusstelling bring. Geen antwoord nie …

Frederik kyk met verstarde oë na Kleinpiet. "Seun," prewel hy, dan val hy vooroor, half bo-op Dirk.

Kleinpiet skud sy kop ongelowig.

Dirk kreun waar hy half onder Frederik se dooie liggaam lê.

Nie ver van Kleinpiet af nie skuil Bongani ook agter 'n rots. Sy oë is op Frederik en Dirk, en dan kyk hy verskrik van die rantjies waarvandaan die vyand vuur na waar Frederik en Dirk lê. Hy spring op, hardloop gebukkend na Frederik en Dirk. Kleinpiet sien hoe die Kakies hom probeer neertrek, maar hul koeëls skop net stof rondom sy voete op.

Bongani duik agter die rots in waar Frederik en Dirk lê. "Baas Frederik!" roep hy. Die angs kan op sy gesig gelees word. "Baas Frederik!"

Bongani lig Frederik se kop. Dit ruk deur sy hart. Frederik is dood.

"Bongani," kreun Dirk, "… help my!"

Kleinpiet vlieg orent van agter sy rotsskuiling, hardloop tot amper by Frederik en Dirk en Bongani, sak op een knie neer en vuur aanhoudend na die rantjies oorkant die stroompie.

Bongani trek Frederik se lyk van Dirk af en tel dan vir Dirk in sy arms op. Dirk kreun van die pyn, bloed stroom uit sy maag. Bongani dra Dirk na die dekking van die rots waaragter Kleinpiet geskuil het.

Kleinpiet begin weer retireer na dieselfde rots, skiet terwyl hy retireer. Dan ruk 'n koeël sy hoed van sy kop af en hy draai om, hardloop en ploeg langs Bongani en Dirk neer. "My pa!" skree Kleinpiet. "Ons moet my pa gaan haal!"

"Hy's dood, Kleinbaas." Bongani se stem is gedemp, trane wel in sy oë op. "Die baas is dood."

Kleinpiet loer desperaat oor die rand van die rots na die lyk van sy pa. Hy wil dit nie glo nie. Hy het netnou nog met hom gepraat, laas nag naby hom geslaap, vanoggend sy pa se koffie gedrink. Hy kan nou nog die nasmaak proe van die laaste koffie wat sy pa vir hom gemaak het.

Kleinpiet kyk skielik hoe Sihayo gebukkend oor die oop stuk grond hardloop na waar Frederik lê. "Bongani!" roep Kleinpiet uit.

Bongani is besig om Dirk gemakliker te maak. Hy kyk op wanneer hy Kleinpiet hoor roep, en toe hy oor die rand van die rots loer, sien hy hoe Sihayo by Frederik se lyk aankom. "Baba!" roep Bongani uit.

Sihayo begin om Frederik se lyk op te tel, en toe hy orent is, hoor almal die Kakie-skoot klap.

Sihayo ruk en stort dan vooroor – 'n koeël deur die hart. Hy val neer, dwarsoor Frederik se lyk.

Dit voel vir Bongani asof alles om hom tot stilstand gekom het. Sy pa! Sy pa ...

Dan, asof iets van hom besit neem, raap hy Dirk op en begin met hom retireer na hul perde. Kleinpiet sluit by hom aan, sê hy moet solank plaas toe met Dirk. Hy wat Kleinpiet is sal die ding met die Kakies uitspook en dan langs 'n ander pad by hom aansluit. Nadat die dooies begrawe is.

Dit kos Bongani langer as 'n dag om Donkerland te bereik. Toe hy op die werf aankom, kom Hester en Anna net uit die skuur waar hulle eiers en biltong versteek het in 'n kelder waar die Kakies dit nie sal kry nie. Hulle sien die uitgeputte Bongani aangestap kom met 'n liggaam wat oor die perd se saal hang.

Die vrouens hardloop Bongani tegemoet.

Dirk! Hester voel hoe die skok haar liggaam ruk.

Oubaas Pieter kom om die hoek van die skuur, nie gereed vir dít wat hy aanskou nie.

"Miesies," sê Bongani, tot die dood toe uitgeput. "Ek's jammer, Miesies."

"My seun," ruk dit uit Hester se binneste. "My seun!"

"Miesies," Bongani weet nie hoe om die nuus verder oor te dra nie. "Ek's jammer, Miesies. Baas Frederik, hy's dood, Miesies."

Hester kyk na Bongani, haar oë verward, soos iemand wat nie verstaan wat gesê word nie.

"O Here nee, asseblief, nee …" Pieter de Witt het al genoeg sinnelose sterftes in sy lewe meegemaak, en elke keer breek dit hom van binne, hierdie smart wat ons Hemelse Vader na sy kant stuur.

"My pa …" Bongani kan die woorde nie uitgespreek kry nie. Trane stroom oor sy wange. "Hy's dood, Miesies. Saam met baas Frederik."

Smart spoel oor Eerste se gesig.

"En Kleinpiet?" vra Anna, uiteindelik met genoeg moed om die moeilike vraag te vra.

"Ek weet nie, Kleinmies. Die kleinbaas hy't gesê ek moet kleinbaas Dirk bring by die plaas. Hy kom anderpad."

Hester staan vir 'n oomblik heeltemal oorbluf. Vandat sy die herinnering aan Jakob se dood op Majuba opgeroep het, knaag dit aan haar. Is sy nie besig om met sulke gedagtes die onheil op hul familie te bring nie? Maar dan ruk sy haar reg. Vir sulke liggelowigheid het sy nie tyd nie. Hier lê klein Dirk, ernstig gewond, en sy hou haar op met sulke gedagtes! Sy trek haar skouers reg. Anna, wat haar ma se gesig intens dophou, sien hoe die verdriet en hulpeloosheid plek maak vir selfbeheer en kalmte.

Hester kyk na Dirk, maar praat met Bongani: "Waar's hy geskiet?"

"By die maag, Miesies."

"Bring hom," beveel sy, en begin driftig in die rigting van Donkerland se opstal loop. En onderweg roep sy Donkerland se groot vertroueling: "Eerste! Eerste!"

In die opstal neem Hester die voortou kombuis toe. Met Anna en Eerste se hulp maak sy die kombuistafel leeg en skoon. Kort daarna dra oubaas Pieter en Bongani Dirk by die kombuis in en lê hom op die tafel neer. Dirk se hemp is oor sy maag deurdrenk met bloed.

Nomthandazo kom by die agterdeur in, kom tot stilstand en sien alles raak. Dan gaan haar oë na Bongani. "Bongani?" sêvra sy.

Bongani kan dit nie meer terughou nie, 'n harde snik stoot in sy keel op. Hy kan sy ma nie deur sy trane in die oë kyk nie.

"Bongani," vra Nomthandazo weer, "waar is jou vader?"

"Mama," stotter hy. "Ek is jammer. My pa is dood."

Nomthandazo gooi haar hande oor haar kop en begin ween. Nou wil sy alleen wees om haar smart uit te stort. Sy draai om en strompel weer by die deur uit.

By die tafel staan Hester gebukkend oor Dirk. "Dirk! Seun!" roep sy uit, al met die gevoel dat hy haar nie meer hoor nie. "Seun! Dirk, hoor jy my?"

Dirk kreun effens.

Hester besef haar kind is nog deels by sy positiewe, maar nou sal hulle moet gou maak.

Anna pluk die dolk wat Oubaas vir Dirk gegee het uit die skede aan sy heup en sny sy hemp oop. Almal om die tafel kan nou sien waar die koeël ingegaan het. Bloed sypel uit die wond.

"Die koeël sit nog in sy maag," sê Hester. "Warm water! En bring lappe! En julle mans … uit!"

Oubaas en Bongani neem die wyk. Wanneer Hester só praat, luister jy.

Die twee gaan sit op die stoep. Oubaas Pieter haal dadelik sy pyp uit en begin stop. "Hoe baie Engelse was daar?" vra hy tussendeur aan Bongani.

"Baie, Baas. Zoeloes ôk."

"Met gewere?"

"Ja, Baas. Oubaas Pieter."

"Verdomde Britte! Die ooreenkoms was dat die swartes nie bewapen word nie!"

Bongani vermoed oubaas Pieter verstaan nie mooi wat aan die gang is nie. "Die Boeresoldate, Baas, hy kry honger. Dan hy vat die Zoeloes se beeste. Dan daardie Zoeloes hy gaan by die Engelse, hy vra die geweer."

"Daai vark van 'n Kitchener brand die Boereplase af, hy skiet ons skape en beeste dood. Waar anders moet die Boere kos kry?"

"Ek weet nie, Baas."

'n Stilte kom oor die twee mans. Oubaas Pieter se moerigheid sak stadigaan. "Dankie dat jy vir Dirk gebring het," sê hy uiteindelik. "Jy is 'n goeie skepsel. As die oorlog verby is, kan jy vir jou 'n paar akker langs die rivier vat. 'n Lappie aarde waar jy self kan boer. Omdat jy vir Dirk gehelp het."

"Dankie, Baas." Dit is vir hom baie goeie nuus, maar al waaraan hy nou kan dink, is sy pa wat gesterf het toe hy Frederik se lyk gaan haal het.

Terwyl oubaas Pieter en Bongani nog so in stilte sit, kom Kleinpiet die werf binnegery. Hy beteuel sy perd en spring af. Sy hemp is ook voor bebloed.

"Is Dirk hier?" vra Kleinpiet dadelik. Groet nie eers nie – kommer oor sy gewonde broer dryf hom.

"In die kombuis," sê sy oupagrootjie, wat hom tegemoetgeloop het.

Kleinpiet begin haastig in daardie rigting aanstap, en oubaas Pieter probeer hom terugroep: "Jou ma het ons daar uitgejaag."

Kleinpiet steur hom nie daaraan nie en stap die huis binne, sy oupagrootjie bekommerd agterna. Hoewel Kleinpiet kon vermoed het wat hy in die kombuis sou aantref, neem dit nogtans die wind uit sy seile. Dirk lê op die tafel, met net Hester en Eerste by hom. Dirk kreun van die pyn, maar hy praat nie, kan nie praat nie. Hester druk 'n stuk lap teen Dirk se wond.

"Mamma …" In hierdie oomblik van nood voel hy weer soos 'n kind, en sy ma is die enigste persoon wat werklik vertroosting kan bied.

Hester draai haar kop na Kleinpiet, maar neem nie haar hande weg van Dirk se wond nie. "My seun," begin sy troos, maar dan sien sy die bloed aan sy hemp. "Is dit jou bloed?"

"Nee."

"Dankie Vader!" Een wond is meer as genoeg om nou te hanteer.

"Hoe gaan dit met Dirk?" Hy vra die vraag soos iemand wat bang is vir die antwoord.

"Nie goed nie. Hy't baie bloed verloor. Waar bly Anna met die water? Eerste, gaan kyk wat gaan daar aan."

Eerste hardloop dadelik by die agterdeur uit.

Kleinpiet staan by die tafel, langs Dirk se kop. "Dirk … Dirk …"

Dirk maak stadig sy oë oop, kyk na Kleinpiet. "Ouboet," prewel hy.

"Jy moet sterk wees," sê Kleinpiet. "Hoor jy wat ek sê? Jy kan nie nou loop vrek nie. Daar's nog baie Kakies wat op ons wag."

"Ouboet," begin Dirk praat.

"Ek is hier …"

"Waar is my geweer?"

Kleinpiet wil nog antwoord, maar sien dat Dirk weg is, net só, stil. Kleinpiet roep nog sy naam uit, maar Dirk hoor nie meer nie. Kleinpiet vat aan sy broer se gesig, maar daar is geen reaksie nie.

Hester roep haar seun se naam, en begin dan bitterlik ween.

Oubaas Pieter sluit sy oë. Bedroef laat sak hy sy kop.

Hester trek Dirk se kop op teen haar bors. Sy huil sag. Die skok is nie vir haar so groot soos die eerste sien van sy bebloede liggaam was nie. En terwyl sy hom op die tafel probeer gemaklik maak het, besef sy, het sy reeds begin om afskeid te neem. Al wat oorbly, is die droefheid, die gevoel van iets groots wat uit haar lewe weggeskeur is. Haar lippe bly beweeg, 'n liefdesverklaring vir die ore wat nie meer hoor nie: "My seun … my seun …"

Kleinpiet staan net daar; geen woord ontglip sy lippe nie.

Anna kom vinnig met 'n emmer water by die agterdeur in, sien wat aangaan en steek in haar spore vas.

"Los maar die water," sê haar oupagrootjie sag.

Kleinpiet kyk stadig op na Anna wat oorkant naby die agterdeur staan. "En vir al wat ons weet," sis hy, "het jou Engelsman die sneller getrek."

"Los dit, Kleinpiet." Oubaas Pieter weet dit is die verkeerde tyd vir hierdie gesprek.

Maar Kleinpiet kan dit nie los nie. Hy is so bitter en kwaad, hy huil amper. "Een Kakie minder," snou hy, "dan was Dirk dalk vandag nog hier."

"En as daar nie 'n oorlog was nie, was almal nog hier. Dis ou koeie. Los hulle in die sloot." Oubaas Pieter stap tot by Dirk se lyk. Hy kyk bewoë na Dirk.

Maar in Kleinpiet se oë bly die vuur brand. "Bongani," kom hy tot verhaal, "saal vir ons twee vars perde op."

"Daar is nie meer perde nie," sê oubaas Pieter. "Die Engelse het ons laaste perd 'n maand gelede opgekommandeer."

"Dan ry ons wat ons het tot hulle val. Ek wil by generaal Botha se manne aansluit."

Sy oupagrootjie hou sy hande op. "Dit kan sekerlik wag totdat ons jou broer begrawe het."

Hester kom orent. "Nee, hy wag vir niks nie," sê sy, heeltemal in beheer van haarself. "Nie terwyl daar vyande in die veld is nie, nie terwyl hy nog 'n enkele koeël vir sy geweer het nie. Die Here hoor my, as ek 'n geweer kon dra, sou ek saamgaan."

Sy stap tot voor Kleinpiet. "Dirk se graf sal ek self grawe. Jou werk lê elders. En moenie huis toe kom voor hulle vir jou broer se lewe geboet het nie."

Nomthandazo, met Eerste kort op haar hakke, storm by die agterdeur in. Hulle was al hoorbaar terwyl Hester vir Kleinpiet aangespreek het.

"Oubaas!" roep Nomthandazo uit, "die Engelse, Oubaas, hulle kom!"

Oubaas Pieter sal normaalweg toornig wees as hy sulke nuus kry, maar nie vandag nie. Geen nuus kan werklik meer sleg wees nie. "Hoeveel?" vra hy.

"Ek weet nie, Oubaas, maar hulle's amper daar anderkant by die hek."

Hester swaai na Kleinpiet. "Weg is jy!"

"Ek kom saam," sê oubaas Pieter. Hy het dit nog vir niemand genoem nie, maar eintlik jeuk hy al lank met hierdie besluit.

"Nee, Oubaas," kap Kleinpiet terug.

"Ek sê ek kom saam!"

"Vir wat sal Oubaas nou wil gaan?" Hester kan die ou man ook nie altyd verstaan nie. Een oomblik sus, ander oomblik só. "Oubaas is mos teen die oorlog."

"Christus het die Fariseërs met 'n sweep uit die tempel gejaag, en die Fariseërs is nou in my tempel."

"Oubaas is te oud," probeer Kleinpiet weer. "Dis 'n lang pad."

"Ek het die hele pad van die Umzimkulu tot hier toe gestap; 'n entjie verder gaan my nie breek nie."

Hester het nou genoeg gehoor. "Gaan dan!" roep sy uit. "Gaan!"

Kleinpiet, oubaas Pieter en Bongani hardloop by die agterdeur uit, en Hester draai terug na Dirk se lyk op die tafel. "As die Engelse 'n Boeresoldaat hier kry," sê sy aan die ander vrouens, "is daar moeilikheid. Kom! Gou!"

Die vier vrouens tel Dirk se lyk van die tafel af op en dra dit skuur toe. Daar lê 'n groot hoop hooi in die een hoek; hulle trek daarvan opsy, plaas Dirk se lyk diep in die hoop en bedek hom met hooi. Hulle is nog nie behoorlik klaar nie, of hulle hoor stemme buite die skuur. Hulle vlieg orent, lyk onskuldig.

"Duncan, Higgins and Wilson," hoor hulle 'n Kakie buite die skuur sê, "search the house."

Die man wat gepraat het, Donegan, is nog 'n snuiter, nie 'n dag ouer as dertig nie. Hy is 'n sersant en is in volle militêre drag. Hy het vyf soldate by hom. Toe hy die vrouens sien, is hy baie beleefd. "Goeiemiddag, dames."

Hester gaan hom nie nou die plesier gee om haar te hoor Engels praat nie. "Goeiemiddag," sê sy kortaf.

"Praat julle Engels?" Donegan bly maar by sy moedertaal.

Hester kyk na Anna.

"I speak … a bit."

"Daar is gesien hoe een van die Boere se manskappe in hierdie rigting ry. Was hy hier?"

Anna skud net haar kop.

"Ek veronderstel julle besef dis teen die wet om skuiling aan Boerekrygers te bied of om hulle by te staan."

"Hulle is nie ons vyande nie," kap Anna terug op Afrikaans.

"Wat sê jy?" Donegan is bang hy't iets nie gehoor nie.

"Ons het nie 'n soldaat gesien nie," sê Anna, nou op Engels.

Een van Donegan se manskappe, Wilson, haas hom by die skuur in. "Niemand in die huis nie," sê hy.

"Is jy seker?"

"Ja, Sersant. Maar daar is bloed op die kombuistafel, baie daarvan."

Donegan kyk na Anna, soek 'n verduideliking.

"Ons het ons laaste skaap geslag," verduidelik Anna. Dis die eerste en beste ding waaraan sy kon dink.

"Ek het geen vleis in daardie kombuis gesien nie," sê Wilson, en kyk dreigend na Anna. "Sover ek weet slag nie eens die Boere hul skape op hul kombuistafels nie."

Anna kyk Wilson vas in die oë, maar sy weet sy bevind haar op gladde ys.

Donegan staar Anna stil aan. "Waar is die vleis?" vra hy uiteindelik.

Anna kyk na Donegan. "Ons steek dit weg," sê sy, haar Engels taamlik windskeef. "Wanneer die soldate kom, neem hulle ons kos."

"As enige van my manne dit doen, Mevrou, sal hulle self aan die ontvangkant wees. Waar is die vleis?"

Wilson het 'n plan: "Miskien moet ons hulle vra wat hulle in die skuur gedoen het."

Nou het hy die vier vrouens se onverdeelde aandag.

"Laat my dit weer sê," begin Donegan. "Ek het van 'n onberispe-like bron verneem dat 'n Boerekryger gesien is wat in hierdie rigting beweeg. Is julle seker dat julle hom nie gesien het nie?"

"Ja."

Dit was nie lank nie of die agterdogtige Wilson sien die hoop hooi in die hoek van die skuur raak en sonder om twee keer te dink, stap hy soontoe.

Anna en Hester sien wat gebeur, en probeer om nie 'n spiertjie te verroer nie.

Wilson sien 'n streep bloed naby die hooi. Hy buk, tel 'n paar halmpies op, vryf die bloed, sien dat dit nog vars is. Hy kyk van sy vingers af op na Anna. "Miskien was julle besig om die vleis weg te steek." Hy hou hul gesigte dop vir reaksie.

Niks.

Hy draai om na die hooi en begin daarin grawe. Dit duur nie lank om Dirk se bebloede hand te kry nie.

Donegan sien die hand.

"Nou," sê Wilson met 'n stem wat drup van die sarkasme, "dit is die interessantste skaap wat ek al ooit gesien het."

Wilson gryp Dirk se lewelose hand vas en sleep sy lyk onder die hooi uit.

Anna draai na Donegan. "Dis my broer."

"Die liggaam is nog warm, Sersant," rapporteer Wilson.

"En hoe," sit Donegan Wilson se sarkasme voort, "het hy daar gekom as julle hom nie gesien het nie?"

"Hy dra 'n Britse uniform," val Wilson hom in die rede.

"Inderdaad." Hy spreek Anna direk aan: "'n Vyandige kryger wat gevang word dat hy 'n Britse uniform dra, sal deurgaan vir 'n spioen en gefusilleer word."

"Hy is klaar dood." Vir Anna het die ergste reeds gebeur.

"Dit kan ek sien," antwoord Donegan. "Die punt is dat julle 'n spioen gehuisves het."

"Hy is my broer," herhaal sy.

"Dis wat jy gesê het, maar hy bly 'n spioen."

"Hulle dra Engelse uniforms omdat hulle s'n stukkend is. Hy is nie 'n spioen nie."

"Dit is nie vir jou om te besluit nie. Was hy alleen?"

"Ja."

"Sy lieg!" roep Wilson uit.

Donegan het reeds 'n besluit geneem. Hy wil nie nog tyd verkwis op beuselagtighede soos of die meisiekind lieg of nie. "Is daardie vrou jou ma?"

"Ja."

"Sê vir haar dat julle saam met ons kom. Neem watter klere julle kan saamdra."

Anna draai na haar ma. "Hy sê ons moet ons klere vat en saamgaan."

"Nee." Hester voel die woede in haar opwel, maar sy het nie meer die krag om die bui te dra nie.

"Ma ..."

"Ek sal nie. Dis my huis en ek bly hier."

"Wat sê sy?" Donegan se lippe raak dun.

"Dit is ons huis dié. Sy wil nie gaan nie."

"Sy het geen keuse nie. Óf julle kom vanself, óf ek sal julle met mag laat verwyder. Sê vir haar."

Anna kyk haar ma pleitend aan. "Hy sê ons het nie 'n keuse nie."

Hester is verby alle rede. Haar gedagtes het vasgeslaan. Sy sien nie hoe haglik die situasie is nie. Sy wil nie van Donkerland weggaan nie, punt. "Ek bly hier."

Anna dra haar ma se besluit aan Donegan oor.

"Nou goed," antwoord die sersant. "Julle het jul kans gehad." Hy roep sy manskappe nader. "Neem hierdie vrouens na die hek en wanneer julle daarmee klaar is, brand julle die huis en die skuur af."

Wilson probeer Hester optel, maar sy skop en skree en sit haar teë. "Sit my neer! Jou vervloekte duiwel!"

Hy het haar uiteindelik aan die arms beet, maar kry haar nie om te beweeg nie. Sy takel hom met haar vuiste. Sy het op 'n plaas tussen 'n klomp seuns grootgeword, sy weet hóé. "Sit my neer! Moordenaar! Jy gaan brand in die hel."

Anna swaai om na Donegan. "Wag, wag, los haar asseblief!"

Donegan beduie aan Wilson om Hester eers te los, en Anna stap na Hester, neem haar stewig aan die boarms vas. "Ma, Ma," smeek sy, "luister vir my. Dit gaan nie help nie."

Hester dink aan ander dinge as die hier en nou. "Wat as die mans terugkom?" Dit kwel haar – wat sal oubaas Pieter sê as hy terugkom op Donkerland en ruïnes vind? Met die vrouens verwyder van die werf af?

Anna is seker hoe dinge gaan afloop. "Hulle sal sien wat gebeur het. Doen wat hulle sê, anders maak hulle Ma net seer."

"Dis lankal seer." Sy weet. Sy het die stryd verloor.

Anna draai om na die swart vrouens. "Eerste, Nomthandazo, gaan saam met Ma."

Eerste neem Hester saggies aan die arm en lei haar by die skuur uit. Nomthandazo volg. Toe hulle buite is, wend Anna haar weer tot Donegan: "My broer. Ons moet hom begrawe. Asseblief."

"My manskappe sal toesien dat dit gebeur," antwoord die sersant. "Maar dit sal 'n vlak graf moet wees. Ons het nie baie tyd op hande nie."

Anna stap na Dirk se lyk, kniel by hom, vou sy hande oor sy bors. Sy begin praat sonder om na Donegan te kyk: "As die oorlog in jou land was, sou jy jou broer help, selfs al was hy 'n spioen?"

Donegan antwoord nie dadelik nie. Hy het nog nooit hierdie oorlog uit 'n ander oogpunt as dié van die magtige Britse Ryk probeer sien nie.

Uiteindelik antwoord hy: "Ek veronderstel ek sou, ja."

Anna knik. Hulle het 'n verstandhouding. Sy kom orent en stap met waardigheid verby Donegan uit die skuur.

Donegan hou haar stil dop. Op 'n vreemde manier het hy groot bewondering vir hierdie jong vrou.

Onder 'n oorhangkrans hoog teen een van die koppies naby Donkerland sit oubaas Pieter, Kleinpiet en Bongani en kyk na alles wat rondom die plaaswerf aangaan. Hulle sien hoe die Engelse in die verte vir Hester,

Anna, Eerste en Nomthandazo van die werf af lei. Die opstal en die skuur brand.

Oubaas Pieter sit geskok – sy gemoed só vol dat hy geen woord uitkry nie.

Kleinpiet en Bongani het as kinders onder hierdie oorhangkrans gespeel. Hier het hulle die slag van Majuba laat herleef. Hier het oom Jakob uit die dood opgestaan – nee, hier het oom Jakob nooit gesterf nie. Hiér het alles gebeur asof dit die paradys vanself is. Maar nou is die drome en die bokspronge van die kinderlike gemoed vergete. Dood.

Hier kruip hulle nou weg. Hier sien hulle hoe die vrouens deur die Britse soldate weggeneem word, en hier sien hulle, lank nadat die son gesak het, hoe die opstal van Donkerland nog rooi teen die nag gloei.

En die res kan 'n mens baie vinnig opsom: Hiervandaan vertrek hulle om by generaal Botha aan te sluit. Kleinpiet en Bongani is tot aan die bitter einde nooit in die veld onder Botha gevang nie.

Oubaas Pieter – dít is 'n heel ander geskiedenis. Hy is ná een skermutseling in die veld deur die Kakies gevang. Hy het – stel jou dit voor – ná die skermutseling verwese op 'n rots bly sit, roer in die hand. Drie Kakies het hom bekruip en omsingel, maar hul versigtigheid was puur verniet. Oubaas Pieter had geen koeëls oor nie.

Hy het gelag, 'n lag wat hulle nooit sou verstaan nie. 'n Lag vir die Engelse wind wat altyd waai.

En vir die eerste keer in sy lewe het hy oor die see gereis, na 'n verre land, 'n eiland, waarvandaan hy nooit sou terugkeer nie.

Onder die wilgerboom langs die Tugela staan hulle op 'n ry – 'n graf vir elke De Witt wat gekom en gegaan het. Maar vir daardie een wat die eerste stok in die boesem van Afrika geplant het, vir hóm is daar geen graf nie.

— 5 —
'n Merk vir die eeue

Die yster het gloeiend 'n merk vir die eeue
Gebrand op ons volk; en dié wond is te ná –
Te ná aan ons hart, en te diep in ons lewe –
"Geduld, o geduld, wat so baie kan dra!"
— C. Louis Leipoldt

1902

Op 31 Mei 1902 het die bittereinders die vredesverdrag geteken. Schalk Burger, die visepresident van die ZAR wat met Paul Kruger se ballingskap by hom oorgeneem het, Christiaan de Wet, in die plek van die ongestelde president Steyn van die Vrystaat, en Kitchener en Milner namens die Britse Ryk – in daardie volgorde het hulle geteken.

Dit was 'n vreemde ooreenkoms, dié Vrede van Vereeniging. Die Kaapse rebelle het amnestie gekry, maar hul stemreg verloor. Die Natalse rebelle het geen amnestie gekry nie.

Die oorlog het drie lang, bloedige jare geduur. Teen die einde was daar minder as vyfduisend Boere in die veld teen 'n mag van oor die vierhonderduisend. En Milner het met die Boere saamgestem dat daar geen stemreg vir die "naturelle" in die kolonies sou wees nie.

Die Transvaalse Boere het reeds op 6 Mei die vorige jaar by Holkrans 'n bloedige geveg teen die Zoeloes moes voer en was bang dat die stryd in 'n rasseoorlog sou ontaard. Boonop was daar in hul eie geledere verdeeldheid. Saam met die Britte het geveg vyfduisend vierhonderd National Scouts bestaande uit hensoppers en ander afvalliges.

En wat help dit om die stryd voort te sit as daar daarná niks oor is om na terug te keer nie? Kitchener se beleid van verskroeide aarde het meegebring dat daar weinig plase nog staande was, en die Boere kon nêrens proviand of perde kry nie.

'n Nasie, nes 'n mens, kan net soveel verduur. Die magtige Britse Ryk het oor die jong Afrikanervolk gery soos 'n wawiel oor 'n boompie langs die pad, maar 'n boompie wat buig is nog lank nie geknak nie …

Laat in Mei het die oorlog sy laaste stuiptrekkings op die Natalse platteland gegee. Gerrie, wat drie jaar gelede trots op sy vosperd saam met die De Witts van Donkerland op kommando gegaan het, word enkele dae vóór die ondertekening van die Vrede van Vereeniging onderweg na sy pa se plaas in Natal aangekeer. 'n Natalse rebel kry geen amnestie nie …

Ná 'n kort verhoor word hy geblinddoek en voor 'n paal staangemaak. Sy hande word agterom die paal met tou aan mekaar vasgebind sodat hy regop teen die paal móét staan.

Teenoor hom, kwalik vyftien tree weg, staan ses Britse soldate. Die vuurpeloton. Hulle staan op aandag, gewere oor die bors vasgehou, wag op die bevel van hul bevelvoerder. Die bevelvoerder het 'n dokument in sy hand.

En langs die vuurpeloton-bevelvoerder staan 'n ander man van ongeveer dertig. Ooglopend ook 'n Boer, maar te oordeel na die bleekheid van sy gesig, het hy nie die oorlog onder die blote hemel deurgebring nie. Sy vel is nie verskroei deur son en wind nie. Hy staan en kou aan 'n grasspriet, asof hy nie kan wag vir hierdie verspottigheid om verby te kom sodat hy weer met sy albasters kan gaan speel nie.

Daar is 'n naam vir sy soort: hanskakie.

Die vuurpeloton-bevelvoerder lees formeel die woorde op die dokument voor hom af: "Vir hoogverraad teen die kroon is jy veroordeel tot die dood deur 'n vuurpeloton op hierdie, die 27ste dag van Mei in die jaar van onse Here negentienhonderd-en-twee."

Hy laat sak die papier, wend hom tot die hanskakie. "Vra hom of daar enigiets is wat hy wil sê."

Die hanskakie doen soos hy gesê word.

Gerrie se antwoord is vurig: "Sê vir jou Engelse baas ek dien nie sy koningin nie. Ek dien my volk."

"Hy sê hy dien nie die koningin nie," vertaal die hanskakie vir die vuurpeloton-bevelvoerder, "hy dien sy volk."

Die bevelvoerder knik in aanvaarding en met 'n mate van respek. Hy draai na sy vuurpeloton. "Gedenk hierdie oomblik, menere," sê hy, "dit mag moontlik die laaste teregstelling van 'n rebel in hierdie oorlog wees." Dan kom die opdrag in 'n luide stem: "Laai!"

Soos een man haal die vuurpeloton hul gewere oor …

"Lê aan!"

Die lede van die vuurpeloton rig hulle gewere op Gerrie wat onverwags hard uitroep: "Ons sal weer opstaan!"

"Vuur!"

Die skote knal in almal se ore.

Die koeëls ruk deur die rebel se bors.

Die vuurpeloton-bevelvoerder stap oor na die dooie rebel, wie se liggaam nou slap vorentoe aan die paal hang. Hy druk sy voor- en middelvinger teen die rebel se nek vir 'n pols. Tevrede dat Gerrie dood is, stap hy weg. "Begrawe hom," beveel hy.

Die vuurpeloton-bevelvoerder stap weer terug na die hanskakie.

"Dis die probleem met hierdie mense," sê die hanskakie in sy plat Boere-engels, en beduie met die spriet in die rigting van die dooie Boer. "Hulle weet nooit wanneer om te stop nie."

Die bevelvoer gaan staan voor die hanskakie. Hy haal 'n brief en 'n geldsakkie uit sy sak. "Laat ek net een ding vir jou baie duidelik maak," sê hy aan die hanskakie. "Ek het met mense soos jy saamgewerk omdat dit my opdrag was om dit te doen. Maar jy moet vir geen oomblik dink dat ek enigiets anders as die grootste minagting het vir mense wat hulle by die vyand skaar en hul eie mense verraai nie. Omdat hierdie oorlog nou vir alle doeleindes oor en verby is, gee ek hiermee aan jou jou laaste betaling." Hy oorhandig 'n geldsakkie vol klinkende munte aan die hanskakie. "Hier is ook 'n brief waarmee jy eervol ontslaan word – hoewel ek my nie kan indink wat jou diens te make had met eer nie."

Hy oorhandig die brief aan die hanskakie, maar kyk dan dadelik na Gerrie se lyk wat deur die lede van die vuurpeloton van die paal losgesny is en weggedra word. "Daar gaan 'n man," sê hy met dun lippe aan die hanskakie, "met meer karakter in 'n afgesnyde vingernael as wat jy in jou hele wese het, Meneer."

Met dié kap hy sy hakke teen mekaar, keer sy rug na die hanskakie en stap weg.

Die hanskakie verwerk die bitter smaak in sy mond met 'n halwe glimlag. Hy kyk na die geldsakkie in sy hand. Weeg dit so met die hand en hoor hoe die sjielings daarin teen mekaar klink.

Die nuus van die vredesverdrag kom nie oral ewe vinnig uit nie. Kleinpiet en 'n vriend wat hy op kommando gemaak het, ene Le Roux van Vryheid, 'n kêrel wat 'n goeie tien jaar ouer as Kleinpiet is, sit saam met Bongani om 'n vuurtjie in die veld. Hul kommando is aan stukke, nes die flardes en vodde van die klere wat hulle nou al maande dra. Bongani is stil. Hy luister maar wat gesê word. Hy het net so min moed oor as die geselsers.

Kleinpiet veral kan nie glo dat hul leiers sou oorgee nie – veral nadat die Vrystaters 'n jaar gelede by die konferensie op Middelburg nie kans gesien het vir die vrede op die Britte se voorwaardes nie. "Ek sê jou nou, ek sal dit eers glo as ek dit uit die generaal se eie mond hoor."

"Dis nie ek wat dit sê nie," verduidelik Le Roux. "Van Deventer se broer is mos in die hoofkwartier. Hy't vir Van Deventer gesê dis 'n feit soos 'n koei. Hulle gaan teken, en klaar. Onvoorwaardelik oorgee."

"Die dag as De Wet en De la Rey oorgee," sê Kleinpiet sag maar baie seker van sy saak, "is die dag dat die son in die weste opkom."

"Maak jou dan reg om te sien hoe dit gebeur."

"Vir wat het ons dan geveg? Hû! Vir wat het ons geveg?" Hy luister hoe sy maag grom. Al wat hulle deesdae te ete kry, is vlakhase wat hulle in die veld skiet. En hulle oë is nie op skrefies vir hase nie.

"Dinge kan nie so aangaan nie," sê Le Roux. "Kyk wat gebeur met die vrouens en kinders in die konsentrasiekampe. As ons voortveg, sal ons mans naderhand met mekaar moet trou, want daar sal nie 'n vrou in hierdie land oor wees nie. Dan het ons volk vir seker nie 'n toekoms nie."

Kleinpiet hou nie van die rigting waarin Le Roux se gedagtes beweeg nie. "Dis 'n lafaard wat so praat."

Le Roux staan onmiddellik op. Hy is heelwat korter van draad as Kleinpiet. "Sê jy ek's 'n lafaard?"

Kleinpiet spring ook op. "Sê jy vir my!" skree hy. "Is jy 'n soldaat of is jy 'n hensopper?"

Le Roux se antwoord kom nie dadelik nie, maar wanneer dit kom, tref dit Kleinpiet in die maag. "Ek het 'n ma, 'n ouma en drie susters in daardie kampe verloor." Le Roux praat nie hard nie, maar sy woorde dra ver. "Moenie vir my sê ek's 'n hensopper nie." Hy draai om en stap weg van Kleinpiet se vuurtjie.

Kleinpiet bly staan. Hy het nie 'n antwoord nie. Hy kyk Le Roux agterna, en wanneer hy seker is sy vriend gaan nie nou terugkom nie, gaan sit hy weer.

Stilte tussen hom en Bongani. Bongani loer onderlangs na Kleinpiet … maar weet dis beter om niks te sê nie.

Kleinpiet voel Bongani se oë op hom. "Sou jy oorgee?" vra hy aan sy agterryer.

"Ek is mos hier, Baas."

Kleinpiet kyk weg … knik sy kop.

"My pa, hy't my vertel," begin Bongani skielik praat, "toe die Engelse hulle het gekom veg by Ulundi ná Isandlwana. Hulle het al die impi's doodgeskiet. Die koning, Cetshwayo, hy't oorgegee, toe vat hulle hom weg daar by die kasteel in die suide. Toe is die Zoeloes se tyd verby."

Kleinpiet kyk vir 'n oomblik stil na Bongani, en dan weer weg. "Presies."

Na watter kasteel in die suide sal die Boere geneem word? wonder hy.

Kleinpiet se grootste nagmerrie word binne 'n week bewaarheid. Die nuus kom deur dat die Vrede van Vereeniging op 31 Mei in Pretoria onderteken is. Die Boerekrygers word aangesê om die wapen neer te lê. Kleinpiet, Bongani en Le Roux kry opdrag om te vertrek na 'n versamelpunt waar die wapenneerlegging onder 'n wit vlag met 'n swart kruis geskied.

'n Hoop mausers is sigbaar vir almal wat te perd aangery kom. Omtrent veertig Boeresoldate staan tou om hulle gewere neer te lê. Sodra 'n man sy geweer neergelê het, stap hy weg van die vlagpaal. Dis 'n simboliese beweging, besef Kleinpiet. Hy keer met daardie wegdraai van sy geweer sy rug na die oorlog. Die smaad word vergroot deur 'n Engelse offisier en onderoffisier wat weerskante van die vlagpaal staan en toesig hou.

Party van die Boere beskadig hul gewere nog voordat hulle die goed neerlê. Wil nie hê dit moet later teen hulle gebruik kan word nie.

Bongani het Kleinpiet nog nooit só gesien nie. Sy gesig is strak en daar is 'n trek van verbittering op sy gelaat. Hy beweeg vorentoe, treetjie vir treetjie soos die mans voor hom in die ry hul wapens neerlê en wegstap.

Wanneer dit uiteindelik Kleinpiet se beurt is, tree hy vorentoe by die hoop mausers. Hy aarsel 'n oomblik, kyk op na die Engelse offisier.

"Lê dit neer," waarsku die offisier hom.

Kleinpiet wil-wil opstandig raak. Hy kyk die offisier giftig aan.

"Julle het verloor, mater," sê die onderoffisier. "Hoe gouer jy dit aanvaar, hoe beter."

"Eendag sal hierdie land weer aan die Afrikaner behoort." Kleinpiet laat hom nie stilmaak nie.

"Jy is nou 'n Britse onderdaan," sê die onderoffisier. "Mag ek voorstel dat jy leer om die taal van jou koningin te praat."

Kleinpiet kyk met minagting na die onderoffisier en lê dan sy geweer op die hoop neer. Hy kom orent en begin draai om weg te stap.

"Dirty Boer," hoor hy die onderoffisier binnensmonds sê.

Kleinpiet beweeg só vinnig dat die onderoffisier nie eens kans kry om sy hande op te lig om homself te beskerm nie. Kleinpiet swaai terug en donder die onderoffisier met 'n enkele vuishou teen die kakebeen.

Die onderoffisier is uit soos 'n kers terwyl hy nog orent staan. Sy oë is nog oop, maar hy slaap reeds – en dan val hy soos 'n boom.

Die Engelse offisier kyk oopmond na Kleinpiet, totaal verstom.

"Ek is 'n Boer," sê Kleinpiet in geradbraakte Engels, "maar ek is nie vuil nie." En daarmee draai hy waardig om en stap weg.

Die Engelse offisier is spraakloos. Hy kyk stadig af na sy onderoffisier wat so uit soos 'n kers hier anderkant die vlagpaal lê. Dan kyk hy weer op na Kleinpiet wat wegstap, en besluit om die saak net daar te laat.

Bongani staan vir Kleinpiet en wag, knopkierie byderhand. Die Britte het niemand gevra om hul knopkieries neer te lê nie. Wanneer Kleinpiet by hom kom, hou hy nie op met stap nie, gaan net voort asof hy met iets besete is. "Waar's die perde?" vra hy oor sy skouer aan Bongani.

"Daar anderkant, Baas."

Kleinpiet stap aan, en Bongani sit hom agterna. "En nou, Baas, hoe ons gaan skiet die bok sonder die geweer?"

Kleinpiet kyk nie om nie, mompel net: "Weet nie."

Bongani se gemoed is vol probleme – probleme waaroor hy al meer as twee jaar nadink, maar nog nooit die moed gehad het om te opper nie. "Al die beeste en bokke hulle's dood. Wat ons gaan eet?"

"Weet nie."

"Wat ons gaan maak, Baas?"

"Weet nie."

Bongani kom stadig tot stilstand, kyk net na Kleinpiet wat aanhou stap.

Die tyd sal leer, besef Bongani. Maar hy wil nóú 'n antwoord hê op sy grootste kwelling. Het hulle nog 'n plek op Donkerland?

Dit is die vroue in die konsentrasiekampe wat heel laaste die groot nuus van die vrede hoor.

Vir Hester is die tyding deel van haar koorsdrome – iets wat dalk gebeur, of nie gebeur nie. Sy lê in haar en Anna se tent, feitlik bewusteloos van koors. Anna sit by haar, 'n klam lappie in haar hand. Sy vee gereeld Hester se swetende gelaat skoon. Dit help nie juis nie, maar dit maak die lyding effens makliker.

Anna het hier aangekom in 'n swart rok wat sy haastig uit die opstal van Donkerland gaan haal het voordat die Kakies die huis afgebrand het. Sy is nou al sat van hierdie klere; sy verbeel haar dit ruik na die dood, maar dit is al wat sy het om in die kamp te dra. Daar is nog 'n ander rok, maar dié hou sy vir die dag dat hulle hier uitstap.

Anna doop die lappie in 'n bak water langs haar, draai die water uit en vee weer Hester se gesig. "Dit sal nie nou meer lank wees nie, Mamma," fluister sy. "Almal sê die einde is in sig. Dan vat ek Ma terug plaas toe, en ons maak 'n vuur in die oond en ons knie die grootste hoop deeg wat Ma nog ooit gesien het en ..."

Hester is kwalik bewus van die bedompigheid in die tent. Haar hitte kom van binne, jaag koorsdrome vol drogbeelde op. Sy voel Anna se ligte hand, die klam lappie. Binnetoe bid sy om verlossing: Laat gaan, laat gaan ...

Op hierdie oomblik hoor Anna die stem van Martie, 'n Natalse vrou saam met hulle in die kamp, wat van buite die tent roep: "Anna! Anna!"

Anna kyk op na die tentklap, sien Martie inkom.

"Anna! Dis verby!" Martie glimlag breed. Vir die eerste keer sedert hulle in die kamp opgeneem is, is daar geen fronsplooie op Martie se voorkop nie. Die kwellings is vir die oomblik vergete.

Anna staan op, staar ongelowig na Martie. Die mooie Martie met haar lange vlegsels.

"Hulle't geteken," sê Martie. "Dis verby!"

"Is jy seker?"

"Wilson het kom sê. Die oorlog is verby."

Anna sug. Sy dwing haarself om diep asem te haal. Dis amper te goed om waar te wees. Dit kos haar 'n hele rukkie om die emosies wat in haar opwel onder beheer te bring. Nóú kan alles na normaal terugkeer. Ook op Donkerland – en sy buurplase.

Dan draai sy na Hester op die kampbedjie. "Mamma ... het Ma gehoor?" Sy kyk na haar ma se gesig.

Iets het verander. Dit duur 'n tydjie voor Anna snap. Hester lê doodstil, haar mond halfoop. Haar ma het die vrede van 'n leeftyd gevind.

Anna beweeg asof in 'n droom nader aan die katel, gaan sit dan sag op die bed langs Hester. Sy buk vooroor, hou haar oor teen Hester se mond en neus. Dan sit sy stadig weer regop, oë steeds op haar ma, asof sy bang is Hester kan verdwyn, en dan het sy niks gesien nie.

Sy kyk weg, haar oë op niks spesifieks gefokus nie. Sy tel die mes op wat sy lank gelede by Dirk geneem het en wat nou op 'n kassie langs die bed lê, draai dit stadig in haar vingers. Sy dink aan almal wat voorheen daardie mes gedra het – nou oorlede. Haar skouers begin ruk. Anna huil, geen geluide nie, net trane wat oor haar wange loop, met skouers wat ruk.

Martie staar net na haar vriendin. Niks help vir hierdie soort huil nie.

Die Britte het hulle met treine van die konsentrasiekamp by Meerbank terug binneland toe geneem. Daar is net een spoorlyn na die noorde, en Donkerland lê nie naby daaraan nie. Van die stasie waar hulle afgelaai word, moet Anna Donkerland toe stap – dit kan nie anders nie.

Anna het gereis saam met ta' Baby, wat al diep in die vyftig is, en Martie en haar kind, Grieta. Nadat hulle van die trein geklim het, het hulle besef hulle sal moet stap, kom wat wil. Al die perde op die dorp is opgekommandeer vir die oorlog, en ná die maande in die konsentrasiekamp het hulle geen geld oor om iemand te betaal om hulle met 'n donkiekar te neem nie. Dit sou in ek geval per voet vinniger gaan.

Nou begin hulle twyfel oor die besluit. Met elke tree wat hulle gee, word die sak met hul besittings wat elke vrou dra swaarder op hul skouers.

Vir Anna begin die omgewing bekend lyk, maar sy besef daar lê 'n berg tussen haar en Donkerland. Gelukkig nie die Drakensberge nie, maar nietemin 'n berg.

"Ek gaan só oor loop," sê sy en beduie na die berg.

Die ander kyk haar aan asof sy mal geword het.

"Oor daai berge kom ek nie," sê ta' Baby.

Niemand stry met haar nie, niemand probeer haar ompraat nie. Sy is nie meer vandag se kind nie. "Dis beter as ons almal saamstap," sê Martie.

Anna kry haar gedagtes agtermekaar. Sy sien kans om die laaste stukkie pad alleen aan te pak. Oor die berg na Donkerland, maar dan moet sy 'n plan maak met hierdie donker rok. "Nee, ek moet by die huis kom," antwoord sy uiteindelik.

"Watter huis?" vra ta' Baby.

"Ek moet by die plaas kom."

"Dis 'n lang pad en buitendien, ons weet nie wat daar op ons wag nie, of die mans daar sal wees of nie," sê die ouer vrou. "Nee, jy kom saam met ons."

"Ons het die kampe oorleef," sê Anna nou nog meer vasberade. "Die pad huis toe is niks nie."

"Die swartes wat vir die Engelse geveg het," kap ta' Baby terug, "loop nou orals rond. Met gewere. Ek het verskriklike dinge gehoor."

Maar Anna is nie verniet 'n kleinkind van Pieter de Witt nie. "Ek kan vir myself sorg."

"En wat gaan jy maak as jy daar kom?" Ta' Baby het probleme van haar eie. Sy weet self nie of haar man en seuns die oorlog oorleef het nie. "Jy kan nie alleen die huis weer loop bou nie."

"Kleinpiet sal daar wees."

"Dit weet jy nie."

"Kleinpiet sál daar wees," sê Anna, omdat sy dit wíl glo. "En die oubaas."

Maar ta' Baby is 'n wyse vrou, en in haar gedagtes maal die vrae wat al die vroue in die konsentrasiekampe gedeel het. "Jy weet nie of hulle oorleef het nie."

"Ek voel dit in my murg."

"My kind ..." Ta' Baby besef dit help nie om te stry met 'n koppige mens nie. Veral nie een wat die konsentrasiekamp oorleef het en allerhande muisneste het oor wie almal nog die oorlog oorleef het nie.

"Tot siens, ta' Baby." Anna se besluit is finaal, sy gaan wegswenk van die ander.

Ta' Baby sug, aanvaar dit as onomkeerbaar. Sy hét probeer. "Mag onse Heer jou bewaar, my kind."

"En vir julle," antwoord Anna sag.

Anna en ta' Baby omhels mekaar, Anna gee vir Martie 'n drukkie en 'n soentjie. "Sterkte, Martie," sê sy. "Ek bid dat Petrus dit gehaal het."

"Dankie." Martie en Anna het baie geheime in die kamp gedeel. "En ek bid dieselfde vir Kleinpiet en die oubaas."

Anna bedank haar en draai na Grieta. "Grieta, ek het in die kamp opgelet hoe jou siel donkerder en donkerder word." Anna is net 'n paar jaar ouer as Grieta, maar sy voel sy het 'n voorsprong deur al haar ondervindings; en wat sy weet, is dat mens nie nou deur haat skeefgetrek moet word nie. "Wat die Engelse aan ons mense gedoen het is 'n verskriklike ding, maar eendag as jy terugdink aan hierdie dae, wil ek hê jy moet onthou dat nie alle Engelse boos is nie."

Haar woorde besweer nie die woede en bitterheid in Grieta nie. "Jy sê dit net omdat jy nog steeds aan jou Engelsman dink."

"Ek dink aan hom, ja," antwoord Anna, sy kan nie haar hartswense ontken nie, "maar ek dink ook aan iemand soos Emily Hobhouse wat ons volk gehelp het."

"Ek haat die Engelse," kom die snipperige antwoord van Grieta, "en ek hoop daar's eendag 'n oorlog waarin hulle vrouens en kinders sterf."

Anna het nie tyd of energie om nou verder met Grieta te redeneer nie, en sy draai weg van die tienderjarige.

"Wees versigtig, Anna." Ta' Baby vind die afskeid baie moeilik.

"Julle ook." Anna stap weg, in die rigting van die berg tussen haar en Donkerland, en die ander drie na die pad wat ver weg om die berg kronkel.

Kleinpiet en Bongani het meer as 'n week nodig om die tog na Donkerland af te lê. Hul perde is maer, en hulle is self nie besonder energiek nie. 'n Leë maag maak baie dinge moeilik, maar dit gaan veel erger omdat hulle weet dat die Boere se gees geknak is. Hulle het die oorlog verloor, en dit is die een soort verloor waarvan niemand gou herstel nie. 'n Mens stap nie daaruit met 'n lied in die hart nie.

Maar uiteindelik sien hulle dit: die uitgebrande opstal van Donkerland. Die enkelvertrekhuisie wat deur die jare gegroei het tot 'n imponerende woning, die tuiste van drie geslagte De Witts sedert Pieter de Witt in 1838 hier aangestap gekom het met Eerste aan sy sy.

En in die puin vind hulle die patriarg se stok, die een wat hy op die eerste dag op Donkerland met 'n klip die aarde in gehamer het. Dit het saam met die res van die huis vlam gevat, maar nie heeltemal uitgebrand nie. Van die kaggel waarteen dit gehang het, is feitlik niks oor nie.

Kleinpiet grawe tussen die puin rond en trek die stok uit die as en ander halfgebrande stukke hout en balke. Hy kom orent, die stok in sy hande.

Toe Bongani sien wat in Kleinpiet se hande is, staan hy nader. Kleinpiet blaas die as en stof van die stok af, vryf met sy hande daaroor. Hy begin praat, met Bongani, maar kan sy oë nie van die stok afhou nie. Sy anker.

"Toe hy hierdie stok geplant het, was hier niks, net gras en bome, die berg en die rivier. Jy't gevra wat ons gaan maak. Ons gaan Donkerland klip vir klip herbou, met ons kaal hande as dit moet, maar staan sal hy weer staan."

Bongani kyk na Kleinpiet. Dis hul oomblik dié, hul stilte, hul voorneme. Hulle begin op die werf rondloop, sien al die bekende dinge raak, nou verwaarloos en deur wind en weer gekarnuffel.

Uiteindelik beland hulle by die grafte van die De Witts langs die rivier. Ook hier het die natuur sy gang gegaan, maar die grafte is meestal nog behoue. Dirk se graf is die enigste wat nie gemerk is nie.

Die woede wel onmiddellik weer in Kleinpiet op. "Die bliksems het nie eens die ordentlikheid gehad om vir Dirk 'n kruis te plant nie. Watse soort mense is dit, Bongani?"

"Die oorlog, Baas," antwoord Bongani rustig, kalmerend, "hy maak mense so."

"Nie alle mense nie."

"Ek dink die alle mense, Baas."

Kleinpiet kyk skerp op na Bongani. Hy besef die implikasies van sy woorde. Dis nie net die Engelse wat tydens die oorlog tot barbaarsheid gedaal het nie. Hy kyk weer af na die graf, erg verwaarloos, met gras wat besig is om dit toe te groei. "Hulle kon hom tog ten minste 'n kruis gegee het."

Mettertyd keer hulle terug na die werf. Kleinpiet het 'n emmer in die puin van die skuur gekry en daarmee water in die rivier gaan skep; daarmee staan hy hom nou en was. Hy is kaalbolyf, maar gee eers aandag aan sy gesig, wat die afgelope twee jaar donker gebrand het van al die son.

Kleinpiet weet hy het meer van die lewe geleer as wat hy by enige skool kon. Maar terwyl hy so staan en was, besef hy dat hy gewig verloor het. Sy gesig is nie so rond soos voor die oorlog nie, hy voel selfs tenger.

En Bongani. Skraal geword saam met hom op kommando.

Bongani het gaan hout haal om 'n vuurtjie mee te begin. Kleinpiet sien hom wanneer hy teruggestap kom, hout onder die arm – maar sien ook hoe Bongani skielik tot stilstand kom, sy oë anderkant Kleinpiet gerig op iets wat Kleinpiet nie kan sien nie.

"*Hau!*" roep Bongani uit.

Kleinpiet kyk op van die emmer na Bongani.

"Baas," prewel Bongani. Sy oë is vasgenael op iets.

Kleinpiet swaai om na waar Bongani kyk.

Matyana staan so tien tree weg van Kleinpiet en Bongani. Hy't 'n geweer in sy hande, op Kleinpiet gerig. "Hensop," roep Matyana uit.

Kleinpiet kom stadig orent.

"*Hau, mfowethu?*" vra Bongani.

"Matyana!" roep Kleinpiet uit. "Wat de donner dink jy doen jy?"

Matyana is senuweeagtig, dit kan sowel Bongani as Kleinpiet sien. Hy voel-voel aan die sneller met sy vinger, kolf in sy regteroksel gedruk. Sy hoed is gesny uit 'n groter hoed, of dalk het die Britte hom probeer koggel met dié eienaardige kadotjie. "*Sawubona*, Baas," sê hy. "*Sawubona*, Bongani."

Kleinpiet voel vir die tweede keer vandag hoe sy bloed oorkook. Een van sy eie plaaswerkers wat 'n geweer op hom rig! "Trap van my plaas af, jou sleg verraaier-satan!" roep hy uit. "Ons soek nie joiners hier nie. Jy het tien sekondes voor ek jou velle aftrek."

Matyana lag. "So praat 'n wit man met 'n slaaf. Ek is nie 'n slaaf nie. Ek is Matyana, en hierdie plaas is nou myne."

"Is dit?" Kleinpiet se woorde drup van minagting. "En watse ander stront het jou Engelse base in jou dik kop ingepraat?"

"Hierdie grond is Zoeloegrond," antwoord Matyana hom. "Die Engelse het gevat die grond by die Boer en gegee terug vir die Zoeloe. Die Boer is nie meer baas nie."

"Jou dom donner, dis wat jy dink." Kleinpiet het heeltemal vergeet wat Bongani flussies oor beskaafdheid te sê gehad het. "Die Engelse gee nie sóveel om vir wat met die Zoeloes gebeur nie. Hulle is hier vir die goud. Kyk wat het hulle aan wit mense gedoen. Watse kans dink jy het julle?"

Hierdie gesprek is op pad na niks, besluit Bongani. "Matyana," sê hy, "sit neer die geweer."

"*Hayi khona*. As hy nie loop nie, skiet ek hierdie Boer nou. En dan vir jou, my broer." Hy praat met Bongani voordat hy weer sy oë op Kleinpiet rig. "Jy sê ja, Baas, nee, Baas, en daarom jy sal altyd bly 'n slaaf."

"Die mense, hulle sal jou kom haal." Bongani weet hy moet nou begin keer, anders was die hele oorlog gering teen die terugslag wat die nasate van Pieter de Witt – en van Eerste – op Donkerland gaan tref.

"Los die gebabbel," maak Kleinpiet Bongani se poging af. "Oor my dooie liggaam sal jy hierdie plaas vat. As jy wil skiet, skiet dan."

Matyana staan gereed, maar sy vinger huiwer op die sneller.

"Toe, ek wag." Kleinpiet tart hom nou tot op die uiterste.

"My woorde is klaar," skree Matyana. "Loop!"

"Skiet." Kleinpiet begin stadig vorentoe beweeg.

"Staan stil!" roep Matyana uit.

"Druk daai sneller, want as ek jou in die hande kry, breek ek jou nek."

Matyana gee 'n tree agteruit. "Ek sal skiet!"

'n Skoot knal.

Bongani kyk dadelik na Kleinpiet, maar sien hy staan nog ongeskonde, en nog net so vuil en ongewas soos die dag dat hy sy wapen neergelê het. Dan swaai hy om na Matyana, dinkende, dis verkeerd, die skoot het nie uit daardie rigting gekom nie.

Sy oë bedrieg hom nie. Matyana sak stadig vooroor, op sy knieë, en dan val hy sywaarts.

Kleinpiet kyk om na waar die skoot vandaan gekom het. Petrus Potgieter, wat voor die oorlog op Donkerland se buurplaas geboer het, kom met sy geweer nog teen sy skouer aangestap.

"Petrus Potgieter," roep Kleinpiet uit, "jy kom asof jy gestuur is!"

"Ek sien so, ja."

Bongani hardloop na Matyana.

"Dis Matyana," verduidelik Kleinpiet, "een van my skepsels wat vir die Kakies gaan veg het."

"Ek onthou hom." Petrus praat asof hulle mekaar gister nog gesien het, heel bedaard. "Hy't voor die oorlog by een van die meisies onder die volk daar by ons aangelê."

Bongani tel Matyana se geweer op, haal dit oor.

Potgieter skrik, rig sy geweer vinnig op Bongani. "Sit neer daardie geweer!" waarsku Petrus.

"Sy's leeg, Baas," sê Bongani. "Die geweer sy het nie koeëls nie."

Potgieter kyk verbouereerd van Bongani na Kleinpiet en terug na Bongani. Hy is yskoud geskrik.

Kleinpiet besef presies hoe groot die tragedie is wat nou hier voor hom afgespeel het.

"Hoe moes ek dit geweet het?" Petrus wil nog maak asof sy daad heel onverskrokke was, maar sy stemtoon is in skaamte gehul, die stem van iemand wat alle sekerheid verloor het.

"Jy kan maar weet," probeer Kleinpiet hom paai, "as daardie geweer wel koeëls ingehad het, het ék nou daar gelê. Die swernoot wou my plaas vat."

"Bongani," rig Petrus hom nou tot Matyana se broer, "jy't self gesien sy geweer was op Kleinpiet gerig."

"Ja, Baas."

"Bongani, vat hom weg, ver." Kleinpiet se dikvelligheid keer terug. "Los hom op 'n klip, laat die aasvoëls hom vreet."

Bongani tel Matyana se lyk op en stap daarmee weg.

Kleinpiet hou Bongani dop soos hy wegstap en skud sy kop. "Daar gaan nog baie moeilikheid kom met die volk," sê hy aan Petrus. "Ek sien dit kom. Hoe lyk dinge op jou plaas?"

"Soos op joune." Petrus klink moedeloos. "Soos op almal se plase."

"Ons kon aangehou het, weet jy?" sê Kleinpiet. "As hulle nie ons vrouens en kinders begin vermoor het nie, kon ons nog jare aangehou het."

Potgieter knik stadig sy kop; hy't iets anders op die hart. "Martie en my ma en Grieta het vanoggend op die plaas aangekom. Gert Rudolf het hulle langs die pad gekry." Potgieter aarsel.

"Ja ...?" Kleinpiet merk dat iets vir Petrus hinder.

"Hulle was saam met jou ma en Anna in die kamp."

Kleinpiet verstil, te bang om te vra.

"Jou ma het dit nie deurstaan nie," sê Petrus. Daar's geen manier hoe 'n mens die nuus kan probeer verswyg nie. "Ek's jammer ..."

Kleinpiet staar hom stil aan. Hy soek na woorde, maar alles word versmoor deur sy keel wat toetrek van die hartseer. "En Anna?" vra hy uiteindelik.

"Hulle't die eerste ent van die kamp af saam gestap. My ma het aangedring dat Anna by hulle bly, dat sy eers na ons toe kom. Maar Anna wou niks daarvan weet nie. Ons weet nie waar sy nou is nie."

'n Magdom onaangename moontlikhede kom skielik in Kleinpiet se gedagtes op. Sy ma is dood, en Anna, die enigste familielid van hom wat nog lewe, is skielik nêrens te vind nie.

Kleinpiet is lankal by trane verby. "Ek sê jou, Petrus," sê hy met 'n donker gemoed, "die Engelse gaan nog eendag vir hierdie onreg boet."

"Ek is jammer dat ek sulke nuus moes bring."

Kleinpiet knik.

Petrus draai om; hy moet terug huis toe. "Die vrouens is alleen."

"Dankie dat jy gekom het."

Potgieter knik.

"En sê asseblief vir Bongani ek is jammer," sê Potgieter. "Ek skiet nie 'n man wat nie kan terugskiet nie." Hy stap weg.

Kleinpiet staan alleen, hande op die heupe. Hy trek sy asem diep in en blaas dit weer stadig uit, dan stap hy oor na waar Matyana se geweer op die grond lê. Hy tel die geweer op, kyk daarna, haal dit oor. Hy stap terug na waar sy hemp en hoed en 'n leersak langs die emmer lê, grawe in die leersak en bring 'n patroon te voorskyn. "As jy die slagveld wil betree," prewel hy by homself, "vat jou geweer en ammunisie." Hy laat gly die patroon in die geweer se sluitstuk en druk hom vas.

Anna se tog terug na Donkerland duur langer as wat sy gedink het dit sou. Sy mag wel as kind saam met Kleinpiet en Bongani in die veld en in die rantjies gespeel het, maar nooit moes sy stoksielalleen en sonder enige wapens 'n berg oorsteek nie. Soos dit is, moet sy in elk geval kwaai kophou. Wat lyk na vlaktes tot teenaan die gebergte, is nie so gelyk soos sy gedink het nie. Daar is dongas en driffies en stroompies waar sy moet oor en verby. Die berg maak dit maklik om elementêr rigting te hou, maar in die klofies aan die voetheuwel is sy dikwels toetentaal op moedverloor se vlakte. Dit is boonop winter, wat haar vordering bitterlik bemoeilik. Die enigste positiewe sy is dat daar nie nou slange is waaroor sy haar hoef te bekommer nie.

Uiteindelik is sy oor die nek van die berg, anderkant af, en nou is Donkerland nie té ver nie. 'n Paar dae op die meeste.

Langs een van die bergstroompies, gehurk by die water, met haar kappie wat agter teen haar rug hang, hoor sy skielik 'n stem: "Dagsê."

Anna skrik, vlieg orent.

Die man lig heel beleefd sy hoed, 'n Lee-Enfield-geweer oor sy een skouer geslinger, 'n knapsak oor die ander.

Anna gryp na 'n groterige klip by haar voete, maak gereed om haar daarmee te verdedig.

Die man glimlag vriendelik. Nie omdat hy haar wil kalmeer nie, maar omdat hy pas besef het wie hier voor hom staan: oubaas Pieter de Witt se kleindogter. "As ek jou wou seermaak, sou ek nie gegroet het nie. En buitendien," hy beduie na die klip in haar hand en dan na sy Lee-Enfield, "klip ... geweer." Hy lig albei hande op, asof hy wil sê: Daar het jy dit.

Stadig lat sak Anna die klip. Maar sy voel nog glad nie gerus nie. "Jy moet weet," sê sy, amper parmantig, "ek is nie onder 'n kalkoen uitgebroei nie."

"Dit kan ek sien."

Daar's iets vriendeliks in sy stemtoon, al glimlag hy nie. Snaaks, dink sy. Party mense kan glimlag sonder dat hul oë saam glimlag. Hierdie man laat haar aan sulke mense dink. Sy vertrou hom net niks.

"Wie is jy?" Anna kan nie onthou dat sy al ooit iemand soos hy in die omgewing gesien het nie – voor die oorlog, natuurlik.

"Gerrie Maritz," sê hy. "Aangename kennis." Hy hou haar gesig dop. Die naam registreer nie by haar nie – die naam van die Boer wie se bewegings hy aan die Kakies verklik het, die Boer wie se teregstelling hy bygewoon en 'n sakkie sjielings vir sy moeite gekry het. Dis goed so, dink hy. Sy hoef nie te weet wat sy regte naam is nie. Miskien is dit 'n goeie idee: om 'n nuwe naam te vat. Die skande van die oorlog af te was en weer tussen die Boere te kan beweeg. Al wat hy nodig het, is 'n perd.

Anna voel nie nou lus om beleefde praatjies te maak nie. "Wat soek jy hier?"

"Ek kan jou dieselfde vra ... vrou hier alleen in die veld."

"Van waar af kom jy?"

"Oorspronklik," vra hy, baie terglustig, "of nou pas?"

Hy onthou van oubaas Pieter de Witt se legendariese staptog uit die

Oos-Kaap na Donkerland – en dat hy oorspronklik van die Albanie-distrik gekom het.

Anna steur haar nie aan sy spelerigheid nie. "Albei."

Hy bly 'n oomblik stil, asof hy sy gedagtes moet orden. "Oorspronklik van die Kaapkolonie – in die ooste. Albanie-distrik, naby Grahamstad."

Anna se oë trek op skrefies. Sy kan nie haar vinger daarop lê nie, maar sy antwoord was te glad. Hier is wragtag iets met hierdie man wat sy nie kan vertrou nie.

"En nou onlangs," gaan hy voort, "net suid van hier." Laat haar dink hy het van dieselfde treinstasie aangekom, nóg 'n Boerekryger op pad na sy familieplaas.

"Waarheen gaan jy?"

"Noord," antwoord hy vinnig. "So ver as moontlik."

"Om wat te doen?"

"Weg te kom van die Engelse. Ek laat my nie deur 'n Kakie regeer nie. En buitendien – as hulle my vang, is ek dood."

Anna verstaan nie. Sy frons net, en hy gaan voort.

"Ek's een van die laaste oorlewendes van 'n rebellekommando uit Albanie," lieg hy vlot. "Die Engelse beskou dit as hoogverraad. Vuurpeloton." Hy aap die skote van 'n vuurpeloton na. Hoeveel daarvan het hy nie gesien nie! Hy probeer daarvan vergeet, maar die fusillerings meld hulle snags in sy drome aan. Hoor hy die skote, sien hy die geblinddoekte Boere vooroor sak en skuins hang teen die paal agter hulle.

Dis nie snags sy enigste probleem nie. Hy skrik feitlik elke nag wakker met die verwytende blik van sy ma wat hom bly aangluur – die dag toe hy haar met 'n perdekar stasie toe geneem het sodat die Kakies haar veilig kon hou in die konsentrasiekampe. Sy was nie veilig op die plaas nie, nie met hom wat weier om te gaan veg nie en die Boere wat telkens kom besoek aflê op soek na proviand. Almal het geweet dit gaan goed met hom en sy plaas, maar uiteindelik het die Kakies al sy slag-goed gekonfiskeer, en sy perde, behalwe die een waarop hy gery het. En dié is van hom afgeneem deur plaasvolk wat rondreis en die ver-valle plase verder plunder.

Maar nou gaan dinge verander. Hy het 'n hele sak vol sjielings, en sy kop staan goudmyne toe. Hy moet net 'n perd in die hande kry.

Anna is ook in haar gedagtes versonke. Sy antwoord nie, hou hom net stip dop.

"Gaan jy nou nog vrae vra, of gaan jy daardie klip neersit?"

Anna som hom nog 'n sekonde of twee op en laat val dan die klip.

Hy glimlag, die glimlag van iemand wat 'n groot oorwinning behaal het.

Hy weet niks van wen af nie, dink Anna. Sy besef sy moet haar verder haas en hom maar laat begaan, dit duld dat hy met haar saamstap. Sy voel nie bedreig nie, maar is op haar hoede.

Die aand oornag hulle by 'n vuurtjie wat Anna aan die gang gekry en waarop hy van sy koffie in 'n pot gemaak gekry het. Hulle sit nie naby mekaar nie. Die Lee-Enfield lê langs die hanskakie. Hy skink koffie in 'n bekertjie, bied dit vir Anna aan. "Ongelukkig het ek net een beker," maak hy verskoning. "Dames eerste."

Anna vat die bekertjie by die hanskakie, blaas die koffie en neem 'n klein slukkie. Sy besluit dis 'n goeie oomblik om hom verder uit te vra. Daar's dinge wat haar hinder. "Hoekom loop jy met 'n Lee-Enfield?" Die Engelse se geweer, kon sy bygevoeg het.

Hy kyk vinnig op na Anna; die vraag het hom onkant betrap. Dan kyk hy af na sy geweer, bewonder dit 'n bietjie voor hy haar antwoord: "'n Meisie wat gewere ken. Indrukwekkend."

"Boeremeisie," korrigeer sy hom.

Hy knik, beduie na die geweer. "By 'n Engelsman afgevat."

Sy vra hom nie of hy dan nie wapen neergelê het soos al die ander Boere nie – wag om te sien of hy self 'n verduideliking aanbied.

Hy tel dit op. "Nou nie so goed soos 'n mauser nie, maar beslis beter as niks. Of 'n klip."

"Moenie jou misgis nie," antwoord sy dadelik. Sy weet waarna hy verwys. "Ek sou jou bygekom het lank voor jy daardie Lee-Enfield van jou skouer afgekry en oorgehaal het."

Hy sug. "Dan's ek bly ek het nie probeer nie."

Anna drink koffie. Daar heers 'n ongemaklike stilte tussen hulle. Ná 'n ruk begin hy weer praat. Hy wil uitvind of daai moeilike kleinboet van haar al op die plaas is. "Jy sê jou familie se plaas se naam is Donkerland?"

"Mooiste plaas in die hele distrik."

"Ek wil nie voorbarig wees nie, maar met dinge soos hulle nou is – julle't nie dalk 'n ekstra paar hande nodig nie?"

Anna het geen begeerte om langer as wat nodig is in die vent se geselskap deur te bring nie. Sy hou nie van hierdie vraag nie. "Jy sal met my broer moet praat – as hy – as hy dit gehaal het." Onmiddellik verwens sy haarself. Té veel inligting!

"Jammer om dit nou te moet vra," antwoord hy ná 'n paar sekondes van nabetragting, "maar wat gaan jy doen as hy dit nie gehaal het nie?"

Sy skroom nie voor sy vraag nie. "Ek is 'n De Witt. Ek gaan doen wat my pa en sy pa en sy pa voor hom sou gedoen het – die plaas weer opbou."

"Dan gaan jy beslis 'n ekstra paar hande nodig hê."

"Laat ek een ding nou mooi duidelik maak," sy wil sê Meneer die Rebel, maar doen dit nie, "ek soek nie 'n man nie, en as ek een gesoek het, sou dit beslis nie jy wees nie."

"Ek vra nie trou nie, ek vra werk."

"Ek sê maar net." Sy wil meer as armlengte van hierdie vent wegbly. Noem dit maar 'n kropgevoel, maar iets omtrent hom is nie mooi pluis nie. "Laat daar nie enige misverstande hier wees nie."

"So aangeteken."

Anna hou die leë beker uit na hom. "Dankie," sê sy vroom. "Ek kan nie onthou wanneer laas ek koffie gehad het nie."

"Ek het dit ook by 'n Engelsman gekry."

Oubaas Pieter het altyd gesê 'n mens moet versigtig wees vir mense wat dinge verduidelik sonder dat jy enigiets gevra het. Hieraan dink Anna nou. Sy kyk die hanskakie stil aan. Haar spesmaas dat sy oggend- en aandpraatjies nie heeltemal klop nie, raak al hoe sterker. Sy kan nie haar vinger daarop lê nie, maar sy vertrou hom nie. Hy's eenvoudig nét té glad met die bek.

Die hanskakie voel aan dat Anna na hom kyk. Hy glimlag effens.

Dan staan Anna op, trek 'n ou kombers uit haar sak. "Jy moet my verskoon," sê sy. "Ek is moeg."

Hy beduie hy verstaan, sy moet maar inkruip. Hy kan nie wag om te sien hoe en waar sy gaan slaap nie.

Anna tel haar kombers en sak op en beweeg net 'n paar treë weg van die vuurtjie sodat sy nie môreoggend na rook ruik nie. Sy gooi haar kombers op die grond oop, sit die sak neer vir 'n kussing en gaan lê. Sy trek die kombers om haar toe en kyk dan na die hanskakie. "En wees gewaarsku," sê sy, "probeer iets, en jy sal uitvind hoekom die De Witts al vier geslagte lank in hierdie wildernis oorleef het."

"Ek sou dit nie waag nie."

Tevrede dat hy haar mooi verstaan, draai Anna op haar sy, met haar rug na hom.

Hy staar lank na haar rug, 'n sweem van 'n glimlag om sy mond. Hy drink sy koffie, sy oë oor die rand van die beker op Anna, maar sy gedagtes is by Donkerland. Miskien moet hy vergeet van die myne. Om baas te wees van Donkerland klink vir hom baie beter.

Die volgende oggend vroeg begin Anna en die hanskakie pak sodat hulle weer aan die gang kan kom.

"Het jy bietjie oor my voorstel gedink?" vra hy, so asof hy terloops nou daaraan dink.

Anna hou op met die opvou van haar kombers en betrag hom. "Ek ken jou van g'n kant af nie," antwoord sy uiteindelik.

"Tog het jy dit goedgedink om net tien tree van my af te slaap."

'n Billike antwoord, dink sy. Sy kan dit nie ontken nie. Sy herkou 'n bietjie aan die gedagte voordat sy praat: "Jy sê jy's van die, uhm, Albanie-distrik?"

Hy knik.

Anna se oë is stip op hom.

Die hanskakie hou haar blik.

Dit begin vir hom lyk of Anna sy voorstel aanvaar. "Ons gaan beslis hulp op die plaas nodig hê," sê sy. "Maar soos ek gesê het, ek kan niks belowe nie. Dit sal my broer se besluit wees, en as hy nie daar is nie, sal ek dink watse besluit ek self wil neem. As dit vir jou aanvaarbaar is, is jy welkom om te kom."

Dis vir hom aanvaarbaar. Hy het nou meer tyd om haar heuning om die mond te smeer.

Anna gaan weer aan met haar kombers, stop dit in die sak.

Dan kondig die hanskakie aan: "Ek gaan net gou 'n draai loop. Ek's nou terug." Hy slinger sy geweer oor sy skouer en stap tussen die bome en bosse weg; laat sy sak net daar op die grond.

Anna hou hom dop waar hy tussen die bome en bosse verdwyn. Sy is eers effens onseker oor wat sy moet doen, maar dan besluit sy. Sy sit haar sak neer en stap 'n paar treë in die rigting van waar die hanskakie tussen die bosse verdwyn het.

Wanneer sy seker is dat hy buite sig is, loop sy vinnig na sy kampsak langs die uitgebrande vuurtjie, maak dit oop en begin dit deursoek.

Een ná die ander haal sy te voorskyn: 'n sakkie koffie, 'n blikkie snuif en 'n klein botteltjie met die een of ander doepa in. En dan … 'n geldsakkie met sjielings. Anna trek die sakkie se nek oop, haal 'n sjieling tussen duim en voorvinger uit, sit dit weer terug en plaas die geldsakkie weer saam met die ander goed terug in die knapsak.

Sy grawe nog 'n bietjie verder en bring die Letter of Honourable Discharge te voorskyn. Sy vou die brief oop en lees. Skielik verstaan sy alles. "Nou toe nou …"

Die hanskakie kom geweer in die hand en met 'n sarkastiese trek op sy gesig uit die boskasie te voorskyn.

Anna vlieg orent met die brief nog in haar hand.

Die hanskakie staan so tien tree van haar af weg, sy geweer uit die heup op Anna gerig. "Nie net 'n Boeremeisie nie," smaal hy, "maar 'n nuuskierige agie ook."

"Ek het geweet daar's iets wat nie lekker is met jou nie," antwoord sy, glad nie skaam dat sy betrap is waar sy deur sy besittings snuffel nie.

"My oupagrootjie was van die grensdistrik en hy sou eerder sy tong uitgesny het as om dit die Albanie-distrik te noem. Dis die naam wat die Engelse dit gedoop het." Sy hou die brief op. "Jy's 'n joiner."

"Ja," sug hy, amper verveeld, "maar ek verkies man-wat-weet-watter-kant-sy-brood-gebotter-is."

"As die Boere jou in die hande kry," antwoord sy, "hang hulle jou van die naaste boom."

"Nè!"

"Dis hoekom jy noorde toe vlug, minder kans dat jy herken sal word."

"Boeremeisie, nuuskierige agie en slim." Hy is nou só meerderwaardig dat hy amper begin kloek daarvan. "Die Vader beskerm die arme man wat jou eendag vir 'n vrou sou gekry het. Maar gelukkig is daardie man nou gespaar."

"Jy gaan in die hel brand." Anna daag hom nou, tart hom, om iets te doen.

"Dan sien ek jou daar," sê hy. "Sê groete vir die duiwel."

Hy trek sy Lee-Enfield se sneller – maar niks gebeur nie! Die hanskakie kyk verbaas af na die geweer, haal vinnig oor en druk weer die sneller.

Weer niks.

Hy kyk verbaas na Anna.

"Soos ek gesê het," koggel sy, "ek is nie onder 'n kalkoen uitgebroei nie." Sy bring 'n hand vol patrone uit haar sak te voorskyn. "Ek's nie die een wat geslaap het nie," sê sy.

Etlike minute gluur hulle mekaar aan, onseker oor wat nou moet gebeur. Dan smyt hy sy Lee-Enfield eenkant en storm met 'n brul op haar af.

Toe hy haar vasgryp – amper omhels – besef hy skielik hy het hom heeltemal misgis.

Hy gee 'n kreet van verbasing, 'n kreet van intense pyn, 'n kreet waarmee hy die dood verwelkom.

Sy oë verstyf, staar onsiende na die duisternis oor Anna se skouer.

Haar linkerarm hou hom agter om sy rug vas; sy't die dolk nog in sy maag terwyl sy praat. "Hierdie dolk het aan my oupagrootjie behoort," fluister sy met haar mond teen sy oor, "en toe aan my broer Dirk … en toe aan my." Sy gee die dolk 'n draai.

'n Laaste lewenskreun ontglip sy lippe.

"Dis 'n lang storie," fluister sy, "ek sou jou vertel het …" Sy stoot hom weg. Hy sak neer, sterwend. Die bebloede mes is in haar hand. "… maar ek dink nie jy't genoeg tyd nie," sê sy nou hardop.

Sy gaan hurk langs die hanskakie se sy. "As jy 'n regte Boer was, sou jy weet," en met dié vee sy die lem teen sy bors skoon, "'n Boeremeisie slag al op tien haar eerste skaap."

Anna kom orent, vat haar sak, loop oor na die geweer, tel dit op, slinger dit oor haar skouer en kyk 'n laaste keer na die hanskakie. Sy hand is oor die wond. Bloed stoot tussen sy vingers deur.

"Sê groete vir die duiwel." Sy draai om en stap tussen die bome en ruigtes weg.

'n Monument vir oubaas Pieter, kan 'n mens dit noem. Soos Pieter destyds sy merk wou maak deur die stok in te slaan in Donkerland se grond, só wil Kleinpiet verseker dat sy nageslag Donkerland se voorge-skiedenis sal onthou. 'n Stok kan brand, 'n vasgemesselde klipstapel nie.

Hy en Bongani het die stapel wat oubaas Pieter gepak het op die plek waar hy destyds die stok ingehamer het, gebruik as basis. Die stapel het groter geword namate hulle van onder af klippe met klei vasgemessel en uiteindelik elke klip in die stapel met klei geanker het.

Die boom wat langs die stapel groei, is nou al redelik groot.

Nadat Kleinpiet die laaste klip gepak en Bongani die laaste klei gesmeer het, staan die twee trots terug om hul handewerk te aanskou.

"Nou ja." Kleinpiet wil iets plegtigs sê. "So sal hy staan tot lank ná ek en jy nie meer hier is nie."

Bongani staan ook 'n tree of twee terug, kyk na die stapel. Hy het 'n gewig op die hart. Al van lank af, van voor die oorlog. Nou is dit tyd om daardie gewig af te gooi. Hy loer onderlangs na Kleinpiet. "Baas …"

Kleinpiet kom uit sy manier van praat agter daar's iets aan die broei. "Baas, ek vra nou my grond, Baas."

Eers snap hy nie mooi wat Bongani sê nie, maar dan dring dit tot hom deur. Dit keer hom nogtans nie om amper ontstoke uit te roep: "Wat?"

"By die rivier, Baas," begin Bongani verduidelik. "Die oubaas hy het gesê, by daardie dag toe die Engelse soldate die miesies en kleinmies gevat het, die oubaas hy het gesê ek kan hom vat die stukkie grond by die rivier oorlat ek vir kleinbaas Dirk gebring het, Baas."

"Wat jy waar kry?" Kleinpiet kan en wil dit nie glo nie.

"Die oubaas het so gepraat, Baas."

"Ek weet niks daarvan nie."

Wat heeltemal waar is. Bongani onthou hoe dit hier was: Die jong klomp het wyd om oubaas Pieter geleef. En oubaas Pieter het ook nie baie met hulle gepraat nie, behalwe om te raas en te vermaan. Maar nou sal hy moet aandring dat die belofte gestand gedoen word, besef Bongani. "Die oubaas het so gepraat, Baas," dring hy aan, "toe die soldate die miesies en …"

"As hy dit gesê het," kap Kleinpiet terug, "sou ek geweet het. Hy't my niks van so iets vertel nie."

Bogani voel hoe sy keel toetrek. Hy het 'n droom nagejaag, die hele oorlog lank. En nou wil die droom vervlieg. "Ek weet nie, Baas, die oubaas het so gepraat."

"Die oubaas is weg," sê Kleinpiet. "Dis nou my grond dié. Het hy vir jou 'n papier gegee?"

"Nee, Baas."

Kleinpiet dink terug aan daardie rampspoedige dag toe Bongani gesorg het dat Dirk hier op die plaas uitkom. En hoe hulle daarna verwilder is deur die Kakies.

Papier? Hoe kon sy oupagrootjie nog in daardie omstandighede alles op skrif gestel het? Of vir hulle vertel het daarvan? Kleinpiet weet hy moet nou versigtig trap. "Bongani, moenie dink ek waardeer nie alles wat jy in die oorlog gedoen het nie," sê hy. "Maar jy weet hoe was die oubaas oor die grond. Hy sal nooit rus as hy moet weet ek het dit verdeel nie. Ek sê jou wat, as die beeste weer volop is, gee ek jou 'n paar om jou eie trop mee te begin. Goed so?"

Tevrede dat die saak afgehandel is, begin Kleinpiet wegstap.

Maar Bongani bly staan. "Ek vra die grond, Baas." Sy stem is ferm, maar Kleinpiet kan hoor hoe die emosie daaronder kook.

"Maar my magtag!" roep Kleinpiet uit. "Hoor jy nie wat ek sê nie? As ek eers die plaas begin opkerf – dis so goed jy sny 'n boom se wortels af."

"Maar die baas hy het nou baie grond," antwoord Bongani. "Baas Schalk en sy vrou en kinders hulle is begrawe daar by die oorlog en die kampe, nou die baas hy gaan vat hulle grond ook."

Bongani het versigtig gepraat, maar tog laat dit 'n vonkie van Kleinpiet se gewete opvlam. "Dis alles deel van Donkerland," antwoord die laaste oorlewende manlike nasaat van Pieter de Witt, "van die grond wat die oubaas uitgemeet het toe hy daardie stok geplant het. Dit bly in die familie."

Bongani se humeur begin self opvlam. As Kleinpiet reguit wil praat, sal hy ook. "Voor die oubaas geplant het daardie stok, my mense het gebly op hierdie grond. Nou ek vra hom nie alles nie, Baas, net die grond wat die oubaas gegee het."

Kleinpiet stap ergerlik heen en weer, onseker wat hom nou te doen staan. Hy staan voor 'n probleem wat niemand nog ooit in hierdie gewaste moes hanteer nie. "Ek het jou gesê ek sal vir jou beeste gee."

"Ek soek nie die beeste nie, Baas. Ek soek die grond."

"Wat het jou skielik ingevaar?" Kleinpiet soek benoud na uitkoms. "Ons bring eers die plaas weer op sy voete en dan sal ons praat."

Bongani kyk 'n oomblik stip na Kleinpiet, draai om en begin wegstap.

"Waar gaan jy nou heen?" roep Kleinpiet agterna. 'n Helse vrees neem skielik van hom besit.

"Ek gaan daar by die Engelse, want ek dink Matyana hy was reg."

Kleinpiet weet hy het nou geen uitweg nie. Hy moet 'n toegewing maak, of hy verloor die laaste helpende hande wat hy nog het. Hy en Bongani kom soos broers al jare saam aan. Hulle het sy aan sy deur die oorlog geveg. Om hom nou te verloor, beteken hy sal nuwe plaasvolk op Donkerland moet laat vestig.

"Wag nou, wag nou, wag nou ..." Kleinpiet probeer om nie desperaat te klink nie, maar Bongani ken hom te goed. Hy weet hulle is by die hoek om.

Bongani draai terug.

Kleinpiet sug diep. "Hoeveel het hy jou belowe?" vra Kleinpiet.

"'n Paar akker, Baas. Langs die rivier."

Kleinpiet staan ingedagte en uitwerk waar hy kan grond afstaan.

Bongani hou hom dop.

"Goed dan," sê die nuwe hoof van Donkerland uiteindelik. "Vyf akker, maar net twee langs die oewer, die res na binne."

"Dis goed so, Baas."

Bongani probeer onderdanig klink en dit stuit hom teen die bors. Hoekom moet hy skuldig voel?

Kleinpiet knik – wat 'n mens nie kan verander nie, moet jy verduur.

Pynlik stadig maak Anna vordering in die rigting van Donkerland. Haar maag herinner haar gedurig daaraan dat sy gisteraand laas iets oor haar lippe geneem het – die hanskakie se koffie. Maar soos die voetheuwel aan die anderkant van die berg geleidelik oorgaan in gelyk grond, en dan weer begin ongelyk word waar sy naby die Tugela driffies en rivierlope teenkom, só begin sy dinge sien wat vir haar bekend lyk. Donkerland lê nie meer ver hiervandaan nie.

Sy stap met haar kappie op, maar die hitte begin haar bykom, en sy maak die kappie los sodat dit op haar skof terugsak. Nou stap sy weer met haar hand wat die son van haar oë en voorkop afskerm. 'n Lang tog, en die sisrok wat sy aanhet maak die wintersdag somerwarm.

Doer voor in die veld sien sy 'n ongewone gestalte – op hierdie afstand lyk dit amper soos 'n groot miershoop. Maar sy verbeel haar ook sy sien dit beweeg ... Kan dit wees?

Anna wyk af van haar koers om te gaan kyk wat dit is. So vyf tree van die hopie af sien sy dis 'n swart vrou wat met haar rug na Anna sit.

Sodra sy by die vrou is, groet sy: "*Sawubona.*"

Stadig draai die ou vrou haar gesig en kyk op na Anna.

Dit is Eerste.

Anna gryp na haar mond – sy kan dit nie glo nie. "Eerste!" roep sy verbaas, "is dit jy?"

"Kleinmies ..."

Eerste is erg verswak.

Anna spring vorentoe, sak op haar knieë neer en omhels vir Eerste. "Ek het gedink ek sal jou nooit weer sien nie. Wat het met jou gebeur?"

Dit kos haar 'n paar asemteue om krag bymekaar te maak, en dan praat sy. "Die Engelse hulle het ons gevat by die kamp vir die swart volk."

Anna omhels haar weer. "Ek kan nie glo dis jy nie! Ek kan nie glo dis jy nie!"

Dan besef sy dat Eerste nes sy die hele pad van die stasiehalte af tot hier alleen gestap het, dat niemand haar te hulp gesnel het nie.

Eerste self het 'n ander gewaarwording: Dis net sy en Anna in die veld, waar is Hester? "Waar is die miesies?"

Anna trek stadig terug, kyk af.

"*Hau,*" prewel Eerste, met trane wat in haar oë vorm. "En die oubaas en kleinbaas Piet en Bongani?"

"Ek weet nie," antwoord Anna. "Ek en ma was ook in 'n kamp ... vir die wit vrouens en kinders."

"*Au, au, au, au.*" Eerste kan aanvoel dat Donkerland se mense voortaan baie min gaan wees, en sy probeer die gedagte verdryf.

"Hoekom sit jy hier?" vra Anna ná 'n ruk.

"Ek rus," verduidelik die ou vrou bedaard. "Die bene hulle is oud."

Anna staan op. "Kom," sê sy, bied haar hand aan Eerste. "Ons is amper daar."

Stadig kom Eerste op die been. Sy haak by Anna in, en só begin hulle saam aanstap.

Saam het hulle gegaan, Bongani en Kleinpiet, en die grond vir Bongani afgetree nadat hy gewys het waar hy dit langs die rivier wil hê. Kleinpiet stap voor, 'n stok met 'n skerpgemaakte punt in sy hand. Hy gee 'n laaste klompie treë, rek sy laaste skrede en kom tot stilstand. "Tot hier," sê hy aan Bongani. "Dis omtrent vyf akker. Stem jy saam?"

"Ja, Baas. Dankie, Baas." Die droom is terug – in sy oë, in sy gemoed.

Kleinpiet druk die stok in die grond om die plek te merk. "Dis 'n goeie stuk grond met goeie toegang tot die rivier," sê hy. "Sorg dat jy dit goed bewerk."

"Ek sal hom werk, Baas."

Kleinpiet het nog iets op die hart. Hy besef hy sal beter te werk moet gaan as sy oupagrootjie en dit eendag in sy testament moet aanteken. "En weet: Ek het een voorwaarde – as jy vir jou 'n vrou vat en sy baar vir jou 'n seun, dan's die grond joune om aan jou nageslagte na te laat. Maar as jy sonder 'n erfgenaam sterf, dan kom die grond terug na Donkerland."

"Dis reg so, Baas." Dit is wat hy wil hoor.

Later die dag is hulle in die veld, Kleinpiet en Bongani, op soek na dinge wat drie jaar gelede nog daar was: merkers vir weiveld, merkers vir saailande. Dan gewaar Bongani hulle, die twee figure wat mekaar in die stap ondersteun. Hy trek Kleinpiet se aandag, wys met die hand wat hy sien. Kleinpiet tuur deur skrefiesoë, sien hulle ook: Anna en Eerste!

"My donner …!" juig hy.

Namate die twee vroue nader aan hulle kom, sien Bongani en Kleinpiet dat Eerste nie maklik stap nie, dat Anna haar moet bystaan. Wanneer hulle by mekaar kom, staar die vier eers sprakeloos.

Anna kom eerste tot verhaal. "Kleinpiet," prewel sy. "Bongani. Julle't deurgekom."

"Ja." Kleinpiet tree vorentoe en omhels sy suster.

Bogani groet vir Eerste, en sy vir hom. En dan omhels hy haar, met trane wat oor sy wange stroom.

Wanneer hy kan, vra hy haar of sy moeg is. Eerste knik net.

"Jy is nou by die huis," sê Bongani.

"En die oubaas?" wil Eerste weet.

Bongani kyk af, skud sy kop.

Eerste knik stadig haar kop. Dan kyk sy weg, die verte in. Sy het nie meer trane nie.

"Kom," sê Bongani en tel haar sonder seremonie in sy arms op. "Jy het klaar gestap." Hy dra Eerste weg, na haar huis toe.

'n Paar weke later het al vier die terugkomelinge begin om hul kragte te herwin. Kos is nog skaars, en Kleinpiet en Bongani moet daagliks iets vir die pot gaan soek. Op die werf agter Donkerland se afgebrande opstal doen hulle darem 'n verrassende ontdekking: Die aartappel-moere wat tant Hester nog geplant het voordat die Kakies die dag opgedaag het, het oor die jare baie ellendes gehad, maar daar is tog 'n paar aartappels uit te grawe. En in die kelder van die afgebrande skuur vind hulle 'n paar flesse wat behoue gebly het ondanks die versengende hitte van die vuur – flesse met koffiebone en sade wat Hester eenkant gehou het vir plant in die somer.

Kleinpiet was al 'n slag dorp toe, waar die hanskakie se sjielings gehelp het om meel en eiers gekoop te kry. Anna het van die aartap-pels gebruik om suurdeeg te maak en dit was nie lank nie, of hulle het hul eerste brode kon bak.

Met die verkenning van Donkerland het Kleinpiet sy oë oopge-hou vir geskikte plat klippe, en so kom dit dan dat hy, Anna, Eerste en Bongani na die begraafplaas langs die rivier is waar oubaas Pieter destyds vir Magriet begrawe het. Hulle het die grafte wat daar is almal netjies gemaak. Kleinpiet het op elkeen 'n tuisgemaakte grafsteen van plat klip geplaas, en nou stamp hy die grond om die laaste daarvan vas.

Daarnaas is daar drie nuwe grafstene, pas opgerig.

Anna staan voor die eerste van die nuwe grafstene, verste van die een wat Kleinpiet nog vasstamp. Sy het 'n groot bos veldblomme in haar hande, en vat van die blomme en sit 'n bossie teen die grafsteen. Voor hierdie grafsteen is daar 'n graf; die ander drie het nie grafte voor hulle nie, net die vae hopie waar eens 'n groter hoop gelê het, nou deur wind en weer weggekalwe.

Op die grafsteen waarteen Anna die blomme plaas, het Kleinpiet met groot sorg en moeite uitgekerf:

FREDERIK ANDRIES DE WITT
"Kleinboet Dirk"
15.3.1884 – 26.5.1901

Anna loop aan na die volgende graf en sit 'n bossie teen die grafsteen waarop staan:

FREDERIK PIETER DE WITT
"Ons Vader"
20.7.1862 – 26.5.1901

Ná 'n rukkie gaan sit sy 'n bossie blomme neer voor die volgende grafsteen:

HESTER MAGDALENA DE WITT
"Ons Moeder"
30.9.1863 – 28.5.1902

Kleinpiet is nou eers tevrede dat die laaste grafsteen vas sal bly staan, en Anna sit die laaste van die blomme teen hierdie grafsteen:

PIETER ANDRIES DE WITT
"Oubaas"
12.10.1817 – oorlede in die buiteland 1901/1902

Kleinpiet tel sy geweer op wat eenkant lê. "Laat ons bid," sê hy.

Anna en Bongani maak oë toe.

"Onse Hemelse Vader … ons vra dat U die siele van oupa Oubaas, ons pa, ons ma en kleinboet Dirk in u heilige koninkryk sal neem. Drie van hierdie grafte staan leeg, maar hulle sal altyd hier wees, in ons harte. Ons vra ook Heer dat U u hand oor ons sal hou, en oor ons volk, dat ons weer, soos U aan elke mens belowe, uit die graf wat ons leiers vir ons by Vereeniging gegrawe het, sal opstaan. Ons vra dit in u naam en uit u genade. Amen."

Hulle talm nog 'n ruk in die begraafplaas. Niemand praat daaroor nie, maar hulle wonder waar Pieter de Witt, hul oubaas Pieter, hul patriarg, sy laaste rus gevind het. Indien hy dit al gevind het. Daar is altyd 'n vae moontlikheid dat hulle eendag sy perd die werf sal sien binnetrippel ...

Maar wanneer Kleinpiet, Anna, Eerste en Bongani terugstap werf toe, steek hulle vas wanneer hulle 'n perd voor die murasie sien staan. Met sy saal steeds op sy rug vasgegord.

Kleinpiet slinger sy geweer van sy rug af, onseker, op sy hoede. Hy stap nader aan die murasie. "Wie is hier?" roep hy uit. Die oorlog is verby, maar hy is steeds nie houtgerus nie. "Laat jou sien!"

Almal staar na die gat in die muur waar die deur eers was. En dan, groot glimlag op die gesig, verskyn John Walsh in die opening.

John Walsh, Anna se minnaar.

Kleinpiet se mond gaan oop. Die Engelsman het waaragtig nie die boodskap gekry nie!

Anna se oë rek. "John ...?" Sy herken hom, maar daar lê lang aande in die konsentrasiekamp tussen nou en hul vorige ontmoeting.

"Ek het beloof," sê John op Engels, "dat ek sou terugkom."

Anna hardloop na John. Sy val hom om die hals, omhels hom met groot passie.

Kleinpiet sien sake anders. 'n Woede gebore uit twee jaar, nee meer, op kommando stoot in hom op. Sy gesig, die vlesige ronde wange wat van Hester se mense kom en sy puntige ken, die De Witt-ken, verkleur rooi van ergernis nog voordat hy 'n woord kan uitkry. "Anna," sy kan die aggressie in sy stem nie verwar met enigiets anders nie, "staan weg van daardie Engelsman."

Anna weier om te beweeg.

"Anna!" skree Kleinpiet. Hy stap met mening vorentoe, gryp Anna en pluk haar met geweld 'n paar treë weg van John. "Kom weg daar!" roep hy uit, reg in haar oor. "Is jy van jou sinne beroof?"

Haar minnaar wil verhoudinge met die bure normaliseer noudat die oorlog verby is. "Mister De Witt ..." begin hy.

Kleinpiet praat vir eers nie; hy pluk sy geweer op en rig dit op John. "Jy moes nie hiernatoe gekom het nie," sis hy, "want van hierdie plaas loop jy nie lewendig weg nie."

"Nee!" gil Anna. "Nee! Het jy nie al genoeg bloed gesien nie?"

"My eie mense se bloed, ja," antwoord Kleinpiet. Alles is vir hom net swart of wit, daar's geen skakerings tussenin nie. "Maar nie genoeg Engelse bloed nie," spu hy die woorde uit.

"Hy het nie die oorlog begin nie!"

Anna het klaar kant gekies, dit weet sy diep in haar hart. Wat sy nou moet doen, is om haar geliefde se lewe te red.

Haar broer is egter by breekpunt verby. "Ek ook nie," skreeu hy. "Maar ek het nie sy volk se vrouens en kinders vermoor, hulle plase afgebrand, hulle beeste en kleinvee doodgeskiet, hulle lande gebrand nie."

"Dis verby!" snou sy Kleinpiet toe. "Hoor jy my? Dis verby!"

Kleinpiet kan dít nie aanvaar nie. Hy het drie jaar daaraan afgestaan om die vyand te beveg, sy lewe tallose kere in gevaar gestel ter wille van sy volk en hul land, en hier wil Anna maak asof die herinnering daaraan niks saak maak nie. "Dit sal nooit verby wees nie."

Anna wonder wat sy anders kan sê. Moontlik luister Kleinpiet na die wyse raad van sy agterryer. "Bongani?" Sy pleit met stem en oë dat hy moet ingryp.

Bongani sien dit, maar hy weet nie wat om te doen nie. Hy wil ook nie die verhouding met die man wat hom sy eie lappie aarde gegee het nou versuur nie. Nie vandag nie.

"Bongani weet waar sy lojaliteit lê," sê Kleinpiet.

Anna kyk desperaat van Kleinpiet na John en terug na Kleinpiet.

Dan onthou sy.

Sy swaai om en hardloop die murasie binne.

John kyk haar agterna en draai dan weer na Kleinpiet.

"So, hier's ons weer," begin Kleinpiet, die woede besig om plek te maak vir leedvermaak. "En hierdie keer maak ek klaar wat ek laas keer nie klaargemaak het nie."

John bevind hom in 'n baie ongemaklike posisie. Benewens die feit dat Kleinpiet met sy geweer in sy hand staan, is hy nie naby sy perd en sy eie roer nie – hy staan met sy rug teen die murasie se muur.

"Die mure van my huis," gaan Kleinpiet voort, met haat vir die Engelse wat elke woord kleur, "en duisende ander nes myne, is deurdrenk met Afrikanerbloed. Nou sal jou bloed 'n bietjie daarvan afwas."

"Dan moet jy dit maar nou doen," antwoord hy op Engels, "want ek het jou suster lief. En sy vir my. En solank ek lewe, sal dit nooit verander nie."

Dan kom Anna se stem na hulle aan, met woorde wat Kleinpiet sy hele lewe lank sal onthou: "Doen dit, en joune sal saam met syne teen daai muur sit."

Sy praat met Kleinpiet, met niemand anders nie. In haar hande is die Lee-Enfield wat sy by die hanskakie afgeneem het. Sy druk dit teen haar skouer vas en rig dit op haar broer.

Daardie geweer wat met sy vreeslike swart oog so na hom kyk – ook dít sal Kleinpiet nooit vergeet nie.

"Ek is al wie jy oorhet, Anna." Hy klink skielik onseker. Dit begin tot hom deurdring dat liefde sterker is as die bloedband.

"Ek is lief vir hom," sê Anna. Sy sukkel om die woorde uit te kry, want sy is na aan trane.

"Ek is jou vlees en bloed," sê Kleinpiet weer. "Hy is die vyand."

"Hy was 'n slagoffer van hierdie oorlog," die bewing in haar stem weg, "van die mense wat die goud wou hê, nes ek en jy en Ma en Pa en almal."

Kleinpiet se oë flits tussen Anna en John. Hy moet die Lee-Enfield uit haar hande kry. "Bongani, vat daai geweer by Anna."

Bongani beweeg nie.

"Ek sê vat die geweer!" skree Kleinpiet.

Bongani stap stadig vorentoe, halfpad tussen Kleinpiet en Anna.

"Bongani," Anna kyk na Kleinpiet, maar praat met Bongani, "moenie my dwing om iets te doen wat ek nie wil doen nie."

"Die kleinmies moenie bekommer nie," sê hy skielik. "Ek kom vat nie die geweer nie."

Kleinpiet vererg hom bloedig. "Ek sê, vat daai geweer of ek skiet jou ook!" skree hy.

"Die Boere, Baas," antwoord Bongani hom, "hulle het in hierdie oorlog gebloei, maar my mense ôk. Ek is nou moeg vir die bloed – en hierdie oorlog, hy is voorby."

Kleinpiet kyk verstom oor die kolf van sy geweer na Bongani, nie meer seker van sy saak nie. Ná 'n paar sekondes laat sak hy sy geweer effens, kyk na Anna. Nou goed, dink hy, dan is daar net een ander uitweg: die skeiding van die weë. "As jy hierdie man kies," sê hy, nou meer bedaard maar met groot sekerheid, "moet jy weet jy sit nooit weer jou voete op hierdie plaas nie. Dink versigtig voor jy besluit."

Anna antwoord hom dadelik sodat hy geen illusies kan hê oor haar hart se sake nie. "Ek het klaar besluit."

Kleinpiet laat sak sy geweer.

Anna ook, ná 'n rukkie.

Met 'n laaste giftige kyk na John stap Kleinpiet tot voor Anna. "Tot siens." Hy sê die woorde om seer te maak. Hy raak haar nie aan nie, buk nie vorentoe om haar te soen nie. Laat sy dan weet, wat hom betref, kon sy netsowel 'n melaatse gewees het.

Kleinpiet stap verby Anna en weg om die hoek van die murasie.

Oorbluf bly Anna, Bongani en John agter.

Anna stap na Bongani, hou die geweer na hom uit. "Vat hom. Jy gaan hom meer nodig kry as ek."

Bongani weet nie wat om te doen nie. Hy aarsel, en vat dan die geweer by Anna.

Anna stap oor na John en hy ontvang haar met sy soort Afrikaans: "Ek het gedink elke dag aan jou."

En Anna beantwoord die kompliment: "And me about you too."

Anna klim agter John op sy perd, haar arms styf om sy lyf. Sy sou die herontmoeting anders wou gehad het – sonder die bose gees wat Kleinpiet in hul midde losgelaat het. Sy het gedroom van die dag dat sy en John weer ontmoet, vry van haatlike gedagtes, hul liefde vir mekaar so sterk soos altyd. Dit is dié gedagtes wat haar deur die lang dae in die konsentrasiekamp gedra het.

Maar nou, styf teen John aangedruk, oorheers een hartverskeurende feit haar gedagtegang: Sy sal nooit weer op Donkerland welkom wees nie. Twee agterkleinkinders van Pieter de Witt lewe nog, en een van hulle is deur die ander van die plaas gejaag.

Dan kap John sy hakke in die perd se lieste en die perd trek weg op 'n galop. 'n Galop wat Anna wegneem van Donkerland, om nooit weer terug te keer nie.

Op dieselfde plek waar Eerste met klein Jakob op haar skoot gesit het nadat hulle die baba uit die lyk van sy ma gehaal het, dáár sit sy nou weer.

Maar nou sit Eerste alleen.

Twee-en-tagtig jaar lank het Mafungwashe die lewe verduur – die droogtes, die oorloë, die kom en gaan van die geslagte. Maar toe oubaas Pieter nie meer daar is nie, was dit asof die lewe ook uit haar gegaan het.

Stadig het dit uit haar gesyfer, soos die lewe ook hóm verlaat het ver oor die oseaan. Bongani het haar gevind een oggend toe die oggend- mis nog oor die rivier gehang het, daar waar die Tugela by sy lappie grond verbygly.

Nou staan Bongani voor haar graf. Hy het geen grafsteen opgerig nie – die grond is nog te vars, die hopie moet nog vaster oor Mafungwashe se gebeente begin lê.

Drie weke nadat sy na Donkerland teruggestap het, is Mafungwashe van die Umzimkulu ter ruste gelê. Die eerste ware rus wat sy gevind het sedert die dag dat Pieter de Witt haar lewe gered en haar lewe syne geword het.

Vir Kleinpiet, hy wie se hart verhard het teen die Engelse, hy wat die deur in sy suster se gesig toegeklap het omdat sy in sy oë verkeerd liefhet, is dit 'n tyd van diepe selfondersoek. Soos die meeste van sy voorsate, dit weet ons, sal hy die fout meestal by ander vind. Eenmaal 'n De Witt … Maar diep binne koester hy ook die ideale wat Pieter de Witt gehad het: om hierdie grond onder hande te neem sodat almal kan weet hy het méér van Donkerland gemaak as wat dit was. Hy, Kleinpiet de Witt.

Hy neem uiteindelik die stok wat hy in Donkerland se murasie gekry het, die stok waarmee Pieter de Witt jare gelede die eerste keer sy aanspraak op Donkerland in die aarde gesloeg het, en stap na die stapel klippe wat hy en Bongani opgerig het.

Sestig jaar tevore het Pieter de Witt die klippe gepak op die plek waar hy sy stok geplant het om sy plaas uit te tree.

Kleinpiet weet die Boere het in die oorlog teen die Britte baie betaal – baie, maar nie alles nie. En solank jy grond het, kan jy bou.

Hy druk die stok se skerp punt in die grond langs die stapel, tel 'n groot klip op en hamer dit die grond in.

Kleinpiet gaan staan met sy rug teen die stok. Donkerland, sy Donkerland, lê voor hom, 'n halfuur te perd in al vier windrigtings.

— 6 —

VER VAN
DIE STADSGELUIDE

My hart verlang na die stilte
Van die wye wuiwende veld,
Ver van die stadsgeluide
En die klinkende klank van geld.
— *J.R.L. van Bruggen*

1929

Die bankbestuurder beduie van agter sy blink lessenaar dat Kleinpiet en sy seun Ouboet moet sit. Kleinpiet kom nie baie hier nie – as 'n man skuld het by die bank, trap jy nie die drempel van jou bankbestuurder deur nie. Moet my nou nie verdink dat ek die mes inhet vir Kleinpiet nie, maar hy ís die eerste De Witt wat 'n ietwat wispelturige verhouding met sy bankbestuurder het.

Die bankbestuurder heet Kotie en hy is goed Kleinpiet se portuur, dalk 'n paar jaar ouer, maar hy lyk jonger met sy baard so netjies skoongeskeer en sy nek so wit en sy hare so mooi platgekam. Sien nie so baie son nie, sou 'n mens wel dink. Kleinpiet kyk na Kotie se hande, die sagte vel en geknipte naels. Werk ook nie met sy hande nie, werk met sy kop – 'n man met matriek.

Daar's nie 'n groot verskil tussen hierdie bankgedoente en Riana se blikkie nie. Kleinpiet het voor hy hierheen gekom het, in die gang gestaan en kyk hoe sy vrou, Riana, haar weggesteekte blikkie uit die kas haal, dit uit sy lapsakkie haal en 'n paar muntstukke daaruit haal. Haar spaargeld. Pennies, tiekies en sikspense. Sáám 'n paar ponde werd, maar ponde self het hulle nie om in daardie blikkie weg te steek nie.

Die bank is nes die blikkie. Jy moet dit ken om te weet dat jy geld daaruit kan haal.

Gelukkig ken Kleinpiet vir Kotie goed. Dis hoekom hy hier is.

Soos sy oupagrootjie, Pieter de Witt, volgens oorlewering al in 1841 gesê het, as die een stryd verby is, staan die volgende gereed om te begin. Kleinpiet het met 'n mooi ronde gesig van die oorlog terug-gekom, maar die jare sedertdien het hom hard gemaak. Kleinpiet se gesig het sy jeugvet verloor en nou is dit lank en maer, en wanneer hy nie hoed dra nie, kan 'n mens sien dat sy wilde bos hare yl beginne raak.

Vandat Kleinpiet in 1902 sy wapen teen die Engelse neergelê het, het die een stryd ná die ander die land getref: die Eerste Wêreldoorlog van 1914, die stakings en die rebellie van so agt jaar gelede.

En nou hierdie ding: die groot droogte.

Kotie sit simpatiek en luister, en Kleinpiet maak seker dat die bankbestuurder hom goed verstaan. Hy gaan haal die storie by die besoek wat hy van sy buurman ontvang het. Petrus Potgieter. Ook van hierdie gemeente.

"Ken hom goed," sê Kotie.

Nou ja, dan sal Kotie weet dit was 'n somber gesprek, die ene wat hy en Petrus daar op die braakveld van Donkerland gehad het. Hy en Petrus het daar ontmoet sodat die vroue nie hul mismoedigheid hoef aan te hoor nie.

Hy wat Kleinpiet is het nog nie gesaai nie, want hy wag vir die reent. Petrus het ook nog nie gesaai nie.

En toe kom Petrus uit met die hele sak patats. "Buurman … ons almal kry swaar, maar dit gaan bedenklik by my," het Petrus gesê. "As ek nie binne die volgende twee weke driehonderd pond bymekaarskraap nie, gaan ek Soetwater verloor."

Kotie kan dink, sê Kleinpiet, hoe geskok hy was om dít te hoor.

"Gaan die bank beslag lê?" wou hy van Petrus weet.

Petrus se antwoord was kort: "Ja." En toe, terwyl hy wat Kleinpiet is die implikasies daarvan probeer verwerk, spel Petrus vir hom die ding uit: "Ek is drie paaiemente agter op my lening. Hulle gaan my nie verder help nie. En die koöperasie het 'n finale aanmaning gestuur. Cowan wou laas week nie vir Martie 'n sakkie suiker en meel op die boek gee nie."

Kotie moet verstaan, 'n mens se kop is vol gedagtes. Maar hy vertel nie vir Kotie watse gedagtes nie. Hoe hy vir Petrus ondersteun het nie. "Hy het dieselfde ding met Hermaans Lategan se vrou gedoen. Wetter!" het hy Petrus probeer paai. "Ons het hom ryk gemaak."

Kotie hoef nie alles van die gesprek te weet nie.

As Kotie net daar kon wees om Petrus te sien, verduidelik Kleinpiet verder. Hoe hy afkyk grond toe, té verneder om Kleinpiet reguit in die oge te kyk.

"En toe vra hy my," sê Kleinpiet aan Kotie. "Hy praat oor hoeke lang pad ons al saamkom. En hy vra dat ek 'n klip vir hom uit die pad moet rol. Anders het sy kinders volgende week nie meer 'n dak oor hulle kop nie."

En Kleinpiet, altyd ernstig oor die lewe, besluit op hierdie oomblik dat dit nie nodig is om aan Kotie te probeer verduidelik hoe hy oor Petrus voel nie. Hoe hy 'n verpligting teenoor Petrus voel van daardie dag af toe Matyana, wat vir die Engelse gaan veg het, Kleinpiet op Donkerland wou skiet en Petrus sy rug gedek het.

Toe sê hy aan Petrus, vertel Kleinpiet aan Kotie: "Driehonderd."

En Petrus bevestig wat sy skulde is: "Tweehonderd-en-twintig vir die bank en tagtig vir Cowan by die koöperasie." Hy sal met my regmaak, sodra hy kan, sê Kleinpiet aan Kotie.

Wil jy dit glo? Hierdie kort mannetjie, só hardgebak dat hy Anna van die plaas gejaag het omdat sy 'n Engelsman liefhet, hy het só 'n klein hartjie dat hy vir sy buurman skuld wil maak.

Kotie sit hulle só en kyk, vir Kleinpiet en Ouboet.

"Petrus is 'n goeie boer," voeg Kleinpiet by, "'n man van inbors."

Dan praat Kotie, sy eerste woorde sedert Kleinpiet begin praat het: "As hy sy eie paaiemente nie eens kan bybring nie, hoe gaan hy jou terugbetaal?"

"Sodra dit reën," antwoord Kleinpiet. "Een goeie oes, en die helfte van sy skuld is afgelos."

"Die bank het baie streng reëls en regulasies rondom lenings, Pieter." Kotie is reguit. "Veral nou, met die wêreldekonomie soos dit is. Wanneer die reën gaan kom, kan nie ek of jy sê nie."

As daar een ding is wat Kleinpiet nie vandag wil hê nie, is dat Kotie Kleinpiet in sy eer aantas. Dit voel vir hom dis waarheen sake beweeg. "Ek vra net nog driehonderd pond."

"Met die lenings wat jy reeds teen die plaas het, kan ek nie meer gee nie."

"Waarvan praat jy?" Kleinpiet besef hy raak nou verstrengel in 'n lelike ding, en dít terwyl hy sy helpende hand na sy buurman wou uitsteek! "Ek skuld julle net oor die drieduisend pond. Donkerland is ten minste twaalfduisend pond werd. Net die grond! Opstalle uitgesluit. En dis vrugbare grond – aan die Tugela."

"'n Ding is net werd wat die mark bereid is om daarvoor te betaal," antwoord Kotie so bedaard as moontlik. Hy wil nie vandag 'n uitval met een van sy oudste kliënte hê nie. Die man kan dit nie bekostig nie. "En soos dit nou gaan, is grond se waarde maar vyf-en-twintig tot dertig persent van wat dit twee jaar gelede was."

Ouboet se mond hang oop. "Dis belaglik!" roep hy uit. "Probeer jy vir my vertel dat Donkerland nou slegs drie- of vierduisend pond werd is?"

Kotie kan nie doekies omdraai oor die aakligheid van die situasie nie. "Ek sê, die hele wêreld is in 'n depressie en dit wat net die anderdag soveel werd was, is vandag minder as die helfte daarvan werd."

"Kotie, 'n Engelsman staan reg om Petrus se plaas te koop." Geen rampspoed kan vir Kleinpiet erger as dít wees nie. Hy is immers oubaas Pieter se kleinkind. "'n Engelsman, my magtag! Petrus het 'n bejaarde moeder, sy vrou, sy kinders, sy suster wat haar man in die oorlog verloor het. Waar moet hulle heen?"

Die Bankbestuurder lig sy hande. "Wat kan ek sê?"

"Maklik vir jou wat elke maand 'n salaris verdien." Kleinpiet voel hulle word fyngemaal, en Kotie doen mee daaraan.

Kotie laat egter nie met hom mors nie. "My eie suster sit op straat, Pieter, of het jy vergeet? Selfs my eie swaer kon ek nie verder help nie. Ek sou my werk verloor het."

"Jou werk?" Ouboet skree amper. Kotie voel hoe sy ore begin gloei. "Verloor 'n plaas wat al vyf geslagte in jou familie is, en kyk hoe voel jy dan, want dis wat met Petrus gaan gebeur."

"Dit spyt my," Kotie is nou nog meer bedaard as voorheen, "maar ek kan jou nie nog geld leen nie. Mag nie."

Kleinpiet gee die bankbestuurder 'n kyk, staan op en stap uit.

Kotie bly sit. Hy laat sak sy kop moedeloos in sy hande.

In die jare ná die Anglo-Boereoorlog het duisende Boere weer getrek: dié keer stad toe, myne toe. Ander het gebly, ongeag die droogtes, ongeag die sprinkane en die runderpes en ongeag die feit dat 'n man nie meer die grond net kon kielie om iets te laat groei nie. Dit was moeilike tye, harde tye. Die agterkleinkinders van die Trekkers wat in die 1830's uit die Oos-Kaap weg is, is sleg getref deur die Depressie en die groot droogte wat Suid-Afrika in 1929 getref het. Op Donkerland nes elders.

Bongani het gedoen wat Kleinpiet-hulle ook gedoen het. Elke dag afgestap na die Tugela, nou nie veel meer as 'n stroom nie. Hy het met 'n emmer water geskep en teruggestap na sy tuintjie, waar hy dit oor 'n paar uitgedroogde groentes uitgegiet het. Bokant hom sou hy dieselfde sien as wat Kleinpiet elke dag moes aanskou: die wye, bloue uitspansel van die hemel, met nêrens 'n wolkie in sig nie. Daar is nie 'n wolkie in sig nie.

In die skuur op Donkerland se werf is Dirk, Kleinpiet en Riana se seun, besig om biltonge te sny uit die karkas van 'n bok wat daar hang. Dirk is drie-en-twintig en hy wil nie hier wees nie. Kleinpiet weet dit.

"Jy moet die senings behoorlik uitsny, Dirk," betig Kleinpiet die kind. "Laas keer se biltong was taai."

Kleinpiet rol die biltonge wat Dirk gesny het in die sout en hang hulle op.

"Die bokke is maer. Dit gaan weer taai wees."

"Die derms en die hart gee jy vir Bongani-hulle," sê Kleinpiet. "Jou ma kan vanaand die lewer braai."

Dirk knik, maar bly vir eers staan, mes in die hand. Hy is 'n lenige man. Nie 'n gespierde Boerklong nie – sy skouers hang effens, en sy hoë voorkop laat hom dadelik soos 'n boekemens lyk. Wat hy is. Hy staan met 'n onderbaadjie aan by die bokkarkas wat Kleinpiet aan een van die skuur se balke opgehang het, en dit lyk of hy nie daar hoort nie, al is om biltong te maak al byna 'n tweede natuur by hom. Maar hy dink nie daaroor na nie. Sy gedagtes is by sy toekomsplanne – en die jaarlikse maak van biltong is nie deel van daardie planne nie.

"Pa …"

Kleinpiet maak klaar met die vleis in die kom sout. Besef dan dat Dirk staan en wag dat hy moet antwoord. "Ja?"

"Ek wonder maar net of Pa al gedink het oor wat ek gevra het, Pa."

Kleinpiet weet dadelik waaroor dit gaan. Die muisnes van Dirk waaroor hy nie wil praat nie. "Ja." Kleinpiet is ferm, eintlik kortaf. "Ek het gedink. En die antwoord is nee. Sny," beveel hy.

"Maar, Pa …"

"Geen gemaar nie, Dirk." Kleinpiet wíl nie hieroor gesels nie. Dit ontstel hom te veel. "Ek het nie hierdie plaas ná die oorlog weer opgebou om te sien hoe al my seuns stad toe neuk nie. Vir wat wil jy in die stad gaan bly? Hier op die plaas is oorgenoeg werk vir jou hande."

"Dis nie waar nie, Pa."

"Moenie my weerspreek nie, kêrel!" As Dirk hom soek, sal hy hom kry!

"Die landerye is verdroog, Pa. Die beeste val vyf, ses op 'n dag, so uitgeteer dis nie die moeite werd om hulle te slag nie. Dis die eerste bok wat ons in drie weke gesien het."

"Want julle soek die wild op die verkeerde plekke."

Dirk het lank en diep nagedink oor die voor- en nadele van die lewe in die stad. "In die stad kan ek, soos Henk, my eie geld verdien. Dis een mond minder om hier te voer."

"Die stad is 'n gat wat die Engelse mynbase vir die swartes gegrawe het, en nou wil die Afrikaners ook daar gaan inneuk. Hulle het klaar een seun weggelok. Ek gaan nie toelaat dat hulle nog een vat nie. Klaar!"

En dan as 'n nagedagte, net om die kind te wys wie is baas: "Sny!"

Dirk draai terug na die karkas.

Kleinpiet is nie sonder rede onrustig oor Dirk se rysmiere nie. Dirk se ouer broer, Henk, het reeds die plaas verlaat om aan die Witwatersrand sy fortuin te gaan soek. Dit was 'n groot slag. Henk is 'n raps meer as 'n jaar ouer as Dirk, en Kleinpiet het al sy hoop op Henk gevestig gehad om die boerdery eendag by hom oor te neem – volgens die tradisies wat gegeld het sedert Pieter de Witt Donkerland uitgemeet het.

En nou sit hy in Johannesburg. Niemand weet hoe dit met hom dáár gaan nie. Kleinpiet hou sy hart vas vir sy seun – maar nie waar ander hom kan sien nie.

Op hierdie oomblik woon Henk saam met sy vriend Koos, 'n myner, 'n klein politieke vergadering in 'n ander vriend se sitkamer by. Hulle word toegespreek deur een van doktor D.F. Malan se ondersteuners, 'n kêrel met die van Fourie.

Fourie praat hul taal, voel Henk. Hy weet hoe sake staan in hierdie depressietyd. 'n Mens hoef net na die gesigte hier in die sitkamer te kyk – desperate mense wat armoede en hongerte baie goed ken.

Wanneer Fourie praat, sien Henk hoe die hoop in hul oë opvlam.

"Ons werk soos slawe in die myne," roep Fourie uit. Hy kyk hulle een ná die ander in die oë, en gaan dan op gedempter toon voort: "Want 'n Boer is nie bang vir werk nie. Maar dan moet hy betaal word wat hy verdien. Vir amper dertig jaar nou al is die Afrikaner se wil, sy kultuur en sy taal ondergeskik aan die Engelse. Ons sê dis nou genoeg."

"Hoor-hoor!" roep Koos hier langs Henk uit.

"Ons eis beter salarisse, beter werksomstandighede, ons eis ons aandeel in die myne se winste," gaan Fourie voort. "Ons eis ons pond goud, want dis die goud uit die grond van ons geboorteland, en dit behoort aan ons almal."

Fourie word met geesdriftige applous begroet. Die manne stem met hom saam.

"Wat het ek jou gesê? Hû?" Koos stamp opgewonde aan Henk.

"Wie is hy?" wil Henk weet.

"Een van Malan se manne." Vir Koos se gevoel spreek dít boekdele.

"Net dertien jaar ná die Engelse by Vereeniging die juk op die Afrikaners se skouers geplaas het," sê Fourie, "het Smuts en sy Sappe ons volk deur die modder en loopgrawe van Frankryk in die Eerste Wêreldoorlog teen Duitsland gesleep en daar, net soos in die oorlog teen die Engelse, het ons volk duisende seuns verloor. Maar was dit genoeg?"

"Nee!" roep verskeie van die mans in die klein sitkamertjie uit, "Nee!"

"Was dit genoeg dat hy ons volk vir dertig stukke silwer aan die Engelse verkoop het? Nee! En nou sleep ons volk rotse in die skagte van hulle myne soos osse in vroeëre dae ons ossewaens oor die groen vlaktes van ons geliefde land getrek het. En tensy ons volk soos een man opstaan en sê, tot hiertoe en nie verder nie, sal dit ons kinders en ons kleinkinders en ons agterkleinkinders se erfenis wees! Die Nasionale Party sê nee!"

Hier is eenstemmigheid. Hiér is bruisende geesdrif. Die manne laat van hulle hoor.

Henk luister aandagtig, en ná die vergadering gaan hy saam met Koos na 'n kroeg in die nabyheid om verder te gesels oor wat hulle pas gehoor het. Maar soos dit gaan, dwaal hul gesprek gou af – na Henk se groot probleem.

Wanneer die biere voor hulle neergesit word, sit Koos effens vooroor, nader aan Henk. "Ek het 'n naam van 'n prokureur wat jou miskien kan help. Hy spesialiseer in arbeidswetgewing," sê Koos.

"Ek het nie geld om te betaal nie, Koos."

"Gaan hoor net wat hy te sê het. Wat jou kanse is."

"Coenraad Buys het 'n prokureur gaan spreek. Hy moes hom twee pond betaal om te hoor: 'Jammer, meneer Buys, jy praat die verkeerde taal.'"

Hoe heel 'n mens 'n gemoed wat gebreek is? wonder Koos. Sy oë dwaal oor die bottels sterk drank op die kroeg se rakke, die weerkaatsings van gebroke manne wat by die toonbank sit in die spieëls agter die bottels en glase. Die meeste van hulle sit met 'n sigaret tussen die vingers – verdere verdowing vir hierdie moeilike tye. Dan dwaal sy blik terug na Henk – nóg 'n stem des roepende in die woestyn, 'n hulpbehoewende tussen mense vir wie hulp amper te laat is.

"Gaan praat nog een keer met Lawrence. Ek sal saamkom," bied Koos aan. "Ek weet hulle kort iemand by die tweede skag se kantoor."

Henk sluk die laaste van sy bier weg. Koos oortuig hom nie. "Jy val seker môreoggend vroeg in," sê Henk.

"Halfvyf." Koos sluk ook sy bier weg.

Henk buk af langs sy stoel en tel twee krukke op, kom sukkelend orent.

Koos volg hom terwyl hy onvas met die krukke sy weg uit die kroeg baan, deurentyd bewus hoe onseker Henk se lewe geword het, hoe broos sedert sy been ná die mynongeluk net onder die knie afgesit is.

Almal by die myn weet wie Lawrence is. Die man wat lone betaal. Die man wat werk uitdeel. Die man wat daardie laaste koevertjie aangee, die een met die briefie wat sê dat hierdie geldjies betaal word ter finale afdoening van alle eise …

Lawrence met sy netjiese das en duur pak, waarvan hy die baadjie net dra wanneer hy bedonnerd is. Lawrence se luime word gevoel tot onder in die skagte. Dit word gevoel waar myners rots loskap om boontoe gestuur te word. Dit word gevoel waar koekepanne onklaar raak en myners se vingers of bene in die gruis en stof agterbly.

Die allermeeste word dit gevoel wanneer die myn hom moet loswikkel uit die aanspraak van die verminktes op behoorlike vergoeding vir die verlies van gesondheid en ledemate.

Henk sit in Lawrence se kantoor, 'n groot deurmekaar affère – die myn het mos baie geld vir sulke dinge – saam met ander myners wat kompensasie afhaal.

Lawrence is op sy buffelagtige beste agter sy groot en oorvol lessenaar. "Maritz," roep hy uit. Sy Engelse aksent is swaar en kom soos stywepap tussen die Afrikaanse klinkers sit.

Henk kyk rond om te sien wie Maritz is. Niemand beweeg nie.

"Maritz, Gerhardus Lodewyk!" Watse name het hierdie mense dan? vra Lawrence hom op Engels af. Dan kry hy dit in sy kop dat hy 'n afslaer is wat oor die arme Maritz se lot beskik: "Maritz, vir die eerste maal, vir die tweede maal – gone!" Lawrence smyt Maritz se koevert eenkant op 'n hoop koeverte.

"De Witt," roep Lawrence, die "w" kom wollerig uit sy mond, amper asof hy almal skielik gaan skrikmaak deur "wha!" te skrou.

Henk kom moeisaam met sy krukke orent. Dis maklik om met krukke op te staan, maar dán begin die probleem van balans, en die knaende vrees dat iemand onverwags teen jou sal stamp. Hy hobbel tot voor die lessenaar.

Lawrence druk 'n dokument in Henk se hande. "Teken by al die asteriske," sê hy.

Henk kyk verward na die papier.

"Kan jy nie lees nie?"

Sy kras Engels klink vir Henk na die gekrys van 'n kraai. "Ja, Meneer, ek kan."

"Wel, lees dan en teken. Ons het nie die hele dag nie."

Henk begryp steeds nie – hy wil lees, maar Lawrence druk só dat hy moet teken dat hy nie kans het om te lees en probeer verstaan wat die regstaal alles beteken nie.

Lawrence gryp die papier uit Henk se hand. "Dis 'n standaardkompensasiedokument. Agt pond en sewe sjielings. Teken hier. By die sterretjies."

Henk teken sy naam. "Meneer Lawrence," sê hy, sy stem onderdanig, "ek het gewonder. Ek kan lees, ek's goed met somme en ek kan briewe skryf. Ek wil graag hier in die kantoor werk."

"O, jy wil, nè? Wel, daar is ongelukkig geen vakature nie."

"Ek verstaan daar is wel."

Lawrence kyk hom 'n paar sekondes aan, uit die hoogte, al sit hy en Henk staan. "Nie vir Afrikaners nie."

Lawrence tel die volgende koevert van sy hopie af op. "Retief, Andries!" roep hy.

Henk wil nie sommer bes gee nie. "Maar, meneer Lawrence ..."

"Gaan huis toe, meneer De Witt, gaan huis toe." Hy kyk verby na die ander myners. "Ek het gesê: Retief!"

Een van die ander kreupel myners kom sukkelend orent.

Henk draai stadig weg om plek te maak vir Retief.

Henk het geen ander keuse nie. Hy moet terug Donkerland toe. Sonder werk, sonder geld. Dit kos hom nie baie tyd om te pak nie. Armoede kry 'n mens in een handtas gepak. Hy trek die deur van sy kamer in die losieshuis agter hom toe. Hopelik bly die aaklige herinneringe van sy tyd in Johannesburg dáár agter, maar hy weet van beter. Rampspoed bly in jou murg sit.

Hy stap verby die deur van Danie en Betsie langsaan. Henk talm om te groet.

Betsie sit op die bed by haar siek kindjie. Sy vee die kind se koorsagtige gesiggie met 'n nat lap skoon, 'n bietjie verligting.

Henk skuifel in, gaan staan langs die bed.

"Hoekom straf die Here ons so?" vra Betsie. Sy kyk van haar kind af op na Henk, dan weer na die kind. Haar hare hang slierterig in haar nek. Henk weet dat Betsie en Danie nie elke dag seep het om na hulself om te sien nie. Die klere wat sy dra, en die wit truitjie – hy het haar nog nooit in enigiets anders gesien nie.

"Marietjie is 'n vegtertjie. Sy sal oorleef," troos Henk.

Betsie vee haar trane af. "Ons gaan jou mis, Henk. Jy was goed vir ons."

Hulp was wedersyds, dink Henk. Hy weet nie wat hy sonder hulle sou gedoen het nie, daardie eerste ruk toe hy selfs te bang was om met sy krukke te loop. "Dankie vir al die hulp met my been."

"Sal jy skryf? Laat ons weet hoe dit met jou gaan."

"Ek sal. Sê vir Danie groete. Ek hoop hy kry vinnig werk."

"Ek hoop so, maar ek weet nie meer nie." Betsie se stem dra omtrent nie, sy is 'n verslane mens.

Dan verdonker Betsie se gesig verder. Henk draai om. Meneer Simpson, die eienaar van die losieshuis, stap met 'n vasberade trek op sy gesig by die deur in. Hy lyk soos 'n kroegbakleier met sy frokkie onder sy onderbaadjie sigbaar. Al is hulle in die huis, dra hy 'n hoed. Henk ruik hom dwarsoor die kamer – ou sweet en min was.

Vasberade, dink Henk, maar ook iets anders. Haat? Afsku? Minagting?

"That's it," sê hy, sy lippies dun. "Ek't genoeg hiervan gehad. Julle het tot vier vanmiddag, dan moet julle uit wees." Hy praat Engels met 'n plat aksent.

"My kind is siek, Meneer."

Betsie wys na haar kindjie, en Henk kan sien hoe die kind sukkel om asem te haal.

"Julle skuld my reeds twee maande se geld. En dis nou al die tiende van die maand."

"My man sal 'n werk kry en dan sal ons betaal."

Henk se oë dwaal van Simpson af weg na die klein bietjie besittings van Danie en Betsie wat oor stoele hang. Op die tafel is 'n paar bottel-tjies medisyne, van dié wat 'n mens sommer by smouse koop. Geld vir 'n dokter is daar nie.

"Dis wat jy ook verlede maand gesê het, en maande vantevore."

Henk voel hy kan huil. "My deposito," sê hy, "gebruik dit vir hul huur."

"Nee, Henk, jy het ook geld nodig." Betsie weet in watter geweldige verknorsing Henk hom bevind.

"Julle kan dit aanstuur as julle dit het," paai hy haar.

"Dis nie genoeg nie. Nie naastenby genoeg nie."

Henk sien hoe Simpson sy pofferige hande wring. "Dit is genoeg om hul huur vir hierdie maand te betaal," sê hy. "Wanneer haar man begin werk, sal hy betaal wat hy jou verskuldig is. Hy is 'n eerbare man."

"O! En wat het dit met jou uit te waai?"

Henk het nie lus om verder met die man te redekawel nie; hy het nie 'n greintjie menslikheid in hom nie. "Haar kind is siek," sê Henk.

"Ja, ja, ek het daardie ene ook vantevore gehoor."

Betsie spring op, gaan staan voor Simpson. "Julle is barbare!" Haar gespanne emosie laat haar stem skril deurslaan.

"Pasop wat jy sê, vroumens!"

"You Inglishers are animals." Betsie spoeg die woorde in sy gesig uit.

Simpson klap Betsie, onverwags, deur die gesig. Sy steier agteruit, val half teen die bed, oor haar siek kind.

Henk het nog nooit gesien dat 'n man aan 'n vrou slaan nie. Vir die oomblik vergeet hy dat hy kreupel is en hy gryp Simpson teen die bors. "Lig jou hand weer teen haar!" Hy skree, sien hoe Simpson se oë eers rek, en dan die grynslag op die vent se gesig.

Simpson stamp Henk 'n harde hou teen die bors. Henk steier agteruit en val op sy agterent.

"Gaan terug na die plaas waar jy vandaan kom, jou wit naturel. Jy is van geen nut hier nie."

Simpson kyk af op Henk waar hy op die grond lê en vergeefs probeer om vinnig op te staan. Sy lyf het net nie die krag daarvoor nie.

Simpson storm by die kamer uit. Hy kyk nie weer na Betsie nie.

Wanneer sy vir Henk ophelp, huil sy só dat sy nie kan praat nie.

Daar was tye dat dit vir Kleinpiet groot genoegdoening gegee het om by die etenstafel aan te sit met sy uitgebreide gesin. Soos nou, met die tafel gedek vir baie mense. Hy sit, soos gebruiklik, aan die hoof van die tafel. Vir geleenthede soos hierdie trek Kleinpiet sy baadjie aan. Wat reg is, is reg.

Regs van hom is 'n plek gedek vir sy en Riana se oudste seun, Ouboet. Ouboet se vrou, Maria, sit reeds regs van sy plek, ses maande swanger en al goed uitgesit. Links van Kleinpiet sit Riana – op die stoel waar sy sedert hul troue elke ete sit.

Hul dogter Emily, negentien sprankelende jare oud, sit langs Riana.

En aan Emily se linkerhand sit Dirk – baie nors en plein dikbek. Emily het lus en skop hom onder die tafel, enigiets om die norsheid van sy gesig te laat verdwyn.

Dis 'n aangeëry van kos en die klein formaliteite wat nou afgehandel word.

"Waar is Ouboet? Ek het sy perd hoor kom," wil Kleinpiet weet.

Maria vra dat hulle moet voortgaan; Ouboet het gaan hande was.

"Jy is bleek om die kiewe, Maria," antwoord Kleinpiet. "Eet jy genoeg vleis? Dis my kleinkind wat jy daar dra. Ek sal Ouboet aansit om vir jou 'n paar tarentale te skiet."

Dirk begin praat, met oë wat steeds na die tafel voor hom staar. "Of miskien moet Pa vir Ouboet sê waar daai bokke wei wat ek en hy nie kan vind nie."

Kleinpiet se blik is soos blits op Dirk – watse sarkasme is dit met die kind?

"Ma kan my vleis vir Maria inskep." Dirk is meer moedswillig as gewoonlik.

Riana, met bord in die een hand en skeplepel in die ander, kyk vir 'n oomblik vraend na Dirk.

Maria gooi wal. Sy is nie nou lus om deel te word van Dirk se ongelukkigheid nie. As sy nou die kos uit sy mond neem, hoor sy môre weer daarvan. "Ek's nie lus vir vleis nie."

Laat sy pa hom maar kyk soos hy wil, as Dirk iets besluit het, bly dit só.

Kleinpiet is sommer dadelik kortgebaker oor Dirk die spanning om die tafel so laat oplaai. Maar dan kom daar verligting, Ouboet kom ingestap. En met die verbygaan, terwyl hy verskoning vra vir sy laatkommery, gee hy vir sy ma 'n koevert. "Uit Johannesburg?"

Kleinpiet weet dat die posmerk op die koevert dalk die helfte van die onheil binne die koevert kan verduidelik.

Riana kyk ongelowig na Ouboet. Sy skeur die koevert haastig oop, kyk vlugtig daarna.

Almal se oë is op die koevert in Riana se hande.

Sy lees, kyk dan op. "Henk kom terug plaas toe."

"Om te kuier of vir altyd?" vra Emily.

Presies die vraag wat Kleinpiet ook wou gevra het, maar Ouboet spring hom voor: "Toe nie so lekker op die myne nie." Hy gaan sit by sy bord kos. "Uiteindelik! 'n Bietjie vleis."

"Hy sê nie vir hoe lank nie," voeg Riana by. "Maar hy kom huis toe."

"Sien jy, Dirk, jou broer het skaars twee jaar gehou. Vir wat wil jy jou kop gaan stamp?" Maak nie saak hoe Riana by hom pleit om nie so voor almal vir Dirk teen te gaan nie, kan Kleinpiet nie die kans laat verbygaan om vir die soveelste keer vir Dirk tot orde te roep voor vrouens en familie nie.

"Ek wil 'n salaris verdien, Pa."

"Jy bedoel 'n slaaf se salaris verdien, want dis wat die Engelse ons mense in daai myne betaal."

Dirk sug hardop. Hy weet sy pa gaan nou terugswenk in die ou politiek in.

"En raak hulle net effens steeks of trek dwars, soos in '22," sê Kleinpiet, "stuur 'n joiner soos Smuts die tenks en kanonne in om hulle uitmekaar te skiet. Is dit wat jy wil wees – 'n Engelsman se slaaf?"

"Nee, Pa. Maar dis beter as om van honger te vrek."

"Jy weet nie wat honger is nie! Vra vir jou ma hoe het hulle in die kampe oorleef. En ek sal jou vertel hoe ons op kommando slange en akkedisse moes vreet."

"Pa het al."

"Julle jong mense, net as dinge moeilik raak, wil julle in die Engelse se vullis gaan rondkrap."

Dirk wag 'n oomblik voor hy antwoord. Sy pa moet hom mooi verstaan. "Dis nie dat ek vir die Engelse wil gaan werk nie, Pa, dis oor ek nie meer wil boer nie."

Die reaksie is wat hy verwag het. Ouboet kyk van sy kos af op na Dirk asof weerlig hom getref het; Kleinpiet staar hom aan asof hy die duiwel self is; die vrouens kyk hom aan asof hy van sy sinne beroof is.

Nou weet hulle hoe hy dit met Donkerland het.

"Wat sê jy?" Kleinpiet is absoluut verstom oor Dirk se woorde. Hy kan dit nie glo nie, wil dit nie glo nie.

"Ek vra Pa ten minste," sê Dirk. "Henk het net gegaan. En as ek op die myne moet werk, sal ek dit doen tot ek genoeg het om op my eie bene te staan."

Kleinpiet gooi sy servet op die tafel neer. "Jy is die vyfde geslag De Witts op hierdie plaas, en nou wil jy dit die rug toekeer? Asof dit niks beteken nie!"

Dít is die waarheid, voel Kleinpiet. As oubaas Pieter nou hier was, sou hy dit ook gesê het.

"Tye het verander, Pa."

"Hierdie plaas is die enigste plek in die wêreld waar ons vir niemand hoef baas te sê nie!"

Vir die eerste keer sedert hy sy besluit geneem het, kom die gedagte by Dirk op dat hy sonder om ooit daaroor na te dink, altyd maar sommer aanvaar het dat Kleinpiet nooit ooit daaraan gedink het om self die plaas te verlaat nie. Ná die oorlog het sy pa geen ander keuse gehad nie. Maar voor die oorlog? Waaroor het Kleinpiet tóé gedroom?

"Ek soek 'n ander plek. 'n Ander wêreld."

"Soos Matyana wat Pa wou skiet 'n ander plek by die Kakies loop soek het," val Ouboet hom in die rede. "En waar is hy nou?"

Dit is nie die soort gedagte wat Kleinpiet nou wil hoor nie. Die herinnering is vir hom te pynlik. Hy antwoord vinnig: "Daar is net twee soorte Afrikaners, Dirk: patriotte en joiners. Jy moet maar self besluit waar jy staan."

"Ek sal nooit my siel aan die Engelse verkoop nie," antwoord Ouboet hom voordat Dirk iets kan sê. "Al moet ek grond eet, ek weier om vir hulle te werk. Ek skaam my vir Henk."

"Jy skaam jou vir hom …?" Riana blerts haar vraag uit – watse hovaardigheid is dit met Ouboet?

"Die De Witts is boere. Dis wat ons doen."

Riana kyk van Ouboet na Kleinpiet en terug. "En met watse geld dink julle het ek die gate in ons rekening by die koöperasie elke maand toegestop? Hm? Met die geld wat Henk elke maand aan my gestuur het!" sê sy.

Sy sou Kleinpiet en Ouboet met 'n veertjie kon omtik.

"Elke maand!" sê sy. "Sonder uitsondering."

Kleinpiet en Ouboet staar voor hulle uit. Albei dink aan die bloutjie wat hulle by Kotie geloop het. En die nuus wat hulle nog vir Petrus Potgieter moet bring. Dit kon soveel erger gewees het!

"Hy't my nadruklik verbied om ooit daarvan te praat … maar as julle hom so slegsê, laat julle my met g'n keuse nie." Riana staan kwaad op. By hierdie tafel wil sy nou nie langer sit nie.

"Ek sê nie die kind is sleg nie," sê Kleinpiet. "Hy moes net nie soos 'n dief in die nag hier weggesluip het nie."

Riana is op pad deur toe, nie om die bos gelei deur Kleinpiet se manier van regmaak wat verkeerd geloop het nie. By die deur steek sy vas, draai om na almal by die tafel. "Eers ná hy jou mooi gevra het, gesmeek het – maar jy't hom dit verbied." Sy swaai om en storm by die eetkamer uit.

Kleinpiet kyk selfbewus na die ander om die tafel. Dis nie elke dag dat Riana haar humeur só verloor en hom voor almal uittrap nie. "Eet," sê hy, "en wees dankbaar."

Petrus Potgieter sê hy is dankbaar dat Kleinpiet en Ouboet ten minste probeer het om hom te help. Hy ís dankbaar, maar dit is al positiewe gedagte wat hy het. Voor hom sien hy net nag. Hy gaan sy plaas verloor.

Hulle stap in die koue van 'n wintersnamiddag voor Petrus se huis. Kleinpiet het 'n pak klere aan – sy lieflingskleur, bruin, met 'n liggroen hemp en 'n das om die nek. Petrus dra nie hierdie tyd van die dag das nie.

"Klink my hulle sê nee vir al wat 'n mens is," sê Kleinpiet. "Donnerse banke. My Pa't altyd gesê: 'n Bank is 'n ding wat jou 'n sambreel gee as dit mooiweer is en dit wegneem as dit reën."

Petrus dink aan sy huis. Aan die meubels, die blompotte. Na die tekening van die Breë en die Smalle Weg daar teen die muur. Sy oupa se houtvysel in die hoek. Die riempiestoele en die kis waarin die wintersgoed weggebêre word.

Dít is wat hy gaan verloor. Om mee te begin.

Alles in die huis hier agter hulle – en die huis self.

Só skil die skuldeisers 'n boer se aardse besittings een vir een van hom af.

"Jy leef jou hele lewe lank volgens die Woord van onse Heer, werk hard, bou jou plaas geslagte lank op, en ná dit alles," Petrus se gedagtes gly, "ná dit alles staan jy nakend soos Adam buite die poorte van die paradys. Hoe sê die Prediker? Dis 'n gejaag na wind."

"Ek is regtig jammer, Petrus."

Petrus sug. Hy hoor wat Kleinpiet sê, maar sy gedagtes wil nie tot rus kom nie. Hy probeer moedig wees, van die neulende toon in sy stem ontslae raak. "Ten minste gaan dinge nou na 'n kant toe. Jy moet my verskoon, Pieter, hierdie boer moet 'n plan maak."

Kleinpiet kyk hom stil aan soos hy stadig hier voor hom beweeg. Hoe lank nog, wonder Kleinpiet, voordat ander asems in hierdie huis jaag? En vreemde voete 'n nuwe geskiedenis op die plaas se werf begin skryf?

Dirk raak gewoond aan die pogings om hom van sy planne te laat afsien – wat, besef hy, gevaarlik is. Hulle krap hom hewig om en veroorsaak dat sy voorneme begin wankel. Maar dit is nie sy pa of Ouboet wat saans wakker lê en hulle bekommer oor die feit dat daar te veel boere op een plaas en te min hubare vrouens in die omgewing is nie. Selfs as hy vandag 'n vrou raakloop wat met hom sal trou, begin daar 'n ander stryery met Ouboet en Kleinpiet oor wie watter deel van Donkerland kry. En dit is maar net die begin van sy sorge. Sy grootste vrees is dat hy nooit die geleentheid sal kry nie om die een ding te benut wat die Hemelse Vader hom in oorvloed gegee het: verstand.

Vir die oomblik kan Dirk maar net sy ore doof hou vir alles wat aan hom gesê word. Behalwe wanneer een van sy twee kritici hom alleen eenkant kry en 'n intiemer soort gesprek aan die gang probeer kry.

Hy en Ouboet is besig om in Donkerland se nuwe skuur biltong op te hang. Ouboet druk draadhakies deur die repe vleis voor hy dit vir Dirk aangee. Dirk staan op 'n lendelam leer en hang dit aan 'n draad wat tussen die skuur se balke gespan is.

"Hierdie biltong was skaars twee dae in die pekel. Dit hoort vir nog twee dae te lê." Ouboet het alles wat hy weet by sy pa geleer, daarom dat hy weet hulle is nou oorhaastig.

"Pa't gesê hang dit, so ek hang dit."

Ouboet gaan in stilte voort met hakies deur die vlees druk. Ná 'n ruk sê hy: "Jy weet, jy breek pa se hart met hierdie stad-toe-gaan-stories van jou."

"Dink so daaraan: As ek gaan, dan kry jy my helfte van die plaas."

"Hy's groot genoeg vir ons almal."

Dirk huiwer 'n oomblik met 'n stuk biltong in sy hand, dink daaroor, en hang dan die biltong. "En wat van Bongani-hulle?" wil hy van Ouboet weet. "Is die plaas groot genoeg vir hulle ook?"

"Ek soek nie nog werkers nie."

"Nie werkers nie. Bongani het ná die oorlog sy vyf akker by Pa gekry. Hoe lank dink jy gaan dit wees voor sy seuns ook wil hê?"

"Ag, asseblief, ek steur my nie aan die kommunistiese snot wat die opstokers onder die volk verkoop nie."

"Die Engelse het eers die Zoeloes verslaan en toe die Afrikaner. Die Afrikanervolk sal weer opstaan, doen dit alreeds onder Hertzog en Malan. Hoe lank sal dit wees voor die swartes ook opstaan?"

"Dit sal nooit gebeur nie." Ouboet is baie seker dáárvan.

"En as die swartes eers die mag het, gaan hulle vir die onreg wat hulle onder Brit en Boer verduur het, wraak neem en al wat 'n wit man is afslag en vir biltong ophang."

"G'n man, wit of swart, sal ooit Donkerland by my vat nie."

"Gaan vertel dit vir oom Petrus langsaan."

Ouboet kyk verontwaardig na Dirk, siedend. Hy smyt die stuk vleis in sy hand in die bak sout neer. "Ek weier om langer na jou twak te luister."

Dirk beduie na die vleis. "Gee aan."

"Doen dit self." En met dié stap Ouboet by die skuur uit.

Dirk kyk stadig op na die stukke vleis wat bokant sy kop hang. Dis nie hy wat heeltyd teen die muur van onbegrip vashardloop nie, dink hy. Dis sy familie.

Riana vleg koeksisters in die kombuis. 'n Tydsame taak, maar sy ken dit nou uit haar kop uit. Sy hoor 'n rumoer by die voordeur en 'n haastige voeteval in die gang af. Terwyl sy nog so oor haar skouer na die deur kyk, kom 'n beduiwelde Kleinpiet die kombuis ingemarsjeer.

"Riana!" As hy haar só aanspreek, weet sy daar's perde. "Het jy vir Bongani opdrag gegee om te slag?"

"Ja."

"Dis nie die verlore seun wat huis toe kom nie, vrou! Jy slag nou een van ons laaste skape."

"Verlore miskien nie, maar wel ons seun. Sal jy sorg dat een van die seuns hom op die dorp gaan haal."

"Hy het self weggeloop, hy kan self terugloop."

Voor Riana hom kan antwoord, hoor hulle Ouboet benoud van buite roep.

Kleinpiet kyk na die deur.

Riana hou dadelik op vleg. Sy kon aan Ouboet se stem hoor dat iets vreesliks verkeerd is.

Kleinpiet haas hom na buite, Riana op sy hakke. Buite gekom, sien hulle hoe Ouboet 'n jong swart man in hulle rigting sleep. Die man is seker so dertig, 'n paar jaar ouer as Ouboet. Sy hande is met 'n stuk tou vasgebind, en Ouboet het hom aan die kraag beet. Hy druk die man, wat in 'n Westerse pak klere geklee is, voor Kleinpiet op die grond neer.

"En dit?" Sowat van spoggerige kleredrag het Kleinpiet nog nie aan 'n swart man gesien nie.

"Ek het hom onder by die volk se kraal gekry, Pa." Hy dwing die man om op sy knieë te staan. "Hy is een van daardie swart Kommunis,

George Champion, se manne wat die hele distrik se volk opstook. Siyabonga is sy naam." Ouboet weet presies wat in die kontrei aan die gang is.

Kleinpiet gaan staan voor Siyabonga. "Wat soek jy op my plaas?"

Siyabonga kyk nie op nie, antwoord ook nie.

"Dis oor hom dat oom Petrus se mense verlede maand ewe skielik wou salarisse hê."

"Ek vra: Wat soek jy op my plaas?"

Skielik bars daar 'n kreet uit Siyabonga se keel, baie braaf. "*Vuka Afrika! Mayibuye Afrika!*" Afrika staan op! Laat Afrika terugkom!

"Is dit?" Kleinpiet skrik nie sommer nie. "Laat ek jou 'n ding vertel." Hy klop met sy kneukel op Siyabonga se kop terwyl hy praat. "Afrika het klaar teruggekom en hy behoort aan die wit man. Dink jy jy kan ghrênd klere loop aantrek en jou soos 'n baas begin gedra?"

Siyabonga kyk weg. Met sulke kinderagtigheid kan 'n mens nie redeneer nie.

"Gaan haal my sambok," beveel Kleinpiet.

Ouboet draf in die opstal in, maar Kleinpiet beweeg nie. Bly net so staan, met sy voet op Siyabonga.

"Pieter, is dit nodig dat jy die man straf?" Riana het nie 'n smaak vir geweld nie. "Kan ons hom nie net wegstuur nie?"

"'n Swarte is soos 'n kind, en 'n kind is soos 'n dier. Maak hom seer, dan sal hy leer."

"Henk gaan nou hier wees," antwoord sy haar man. "Ek gaan nie toelaat dat sy tuiskoms bederf word nie."

"Jy behoort eintlik dankie te sê," sê Kleinpiet aan Siyabonga. Sy tande kners op mekaar terwyl hy praat. "Jy kry my op 'n goeie dag. Anders het ek 'n koeël deur daardie kop gejaag en jou swart gat in die rivier gegooi."

Riana hoor wat hy sê. "Ag nee, Pieter, moenie so lelik praat nie."

"Gaan dan in tot ek klaar is."

"Sorg net dat hy weg is voor Henk hier is," sê sy en stap die huis binne.

Dirk kom van die skuur se kant aangestap. Kleinpiet gewaar hom, en Dirk kom staan langs sy pa, kyk af na Siyabonga.

Donkerland se eienaar is heel filosofies oor die situasie. "Ek het hierdie moeilikheid al in die oorlog sien kom. Hulle sê daar is vier swartes vir elke wit man in die land."

"Wie is hy?" Dirk verwonder hom aan die man se besonderse pak klere.

"Een van Champion se opstokers. As ons nie oppas nie, sal ons eendag wakker word, ons oë uitvee en uitkyk op 'n land waar hierdie swernoot en sy nageslag baas is. En dan is dit verby."

"As ek kyk waar die wit man die land gebring het, Pa, weet ek nie of dit so 'n slegte ding sal wees nie."

Hy, Dirk, het maar net die manier om sy pa genadeloos die ander sy van die saak te laat sien. Of hy nou wil of nie.

Kleinpiet kyk verstom na Dirk. "Sê weer?"

Ouboet kom met die sambok uit die huis gestap.

"Ek sê maar net dat as ek …"

Hy het nie rekening gehou met sy pa se humeur nie. "Gaan stad toe as jy moet! Maar moenie voor my kom staan en die swartes se kant teen jou eie volk kies nie."

Ouboet gee die sambok vir Kleinpiet aan.

"Vat hom vas," beveel Kleinpiet.

Ouboet sleep Siyabonga eenkant. Hy sit hom teë.

"As jy nie wil hoor nie, dan moet jy voel."

Ouboet druk hom op sy maag teen die grond vas terwyl Kleinpiet praat. Siyabonga kreun van pyn as Ouboet hom met sy knie tussen die blaaie platdruk.

"Jou oorgrootjie het die hele pad van die Umzimkulu af hiernatoe gestap vir een ding: vryheid." Kleinpiet praat nou baie reguit met Dirk. "Ons familie veg al geslagte lank vir daardie vryheid. Teen die Engelse. Teen die Zoeloes. Gee hierdie man en sy soort die geringste kans, en hulle jaag al wat 'n wit man en Christen is die see in. Hoor jy wat ek sê?"

"Ja, Pa," mompel Dirk.

"Ek hoor jou nie."

"Ja, Pa," sê hy, harder nou.

Kleinpiet hou die sambok na Dirk toe uit. "Leer hom om sy plek te ken."

Dirk kyk na die sambok. Hy staan doodstil.

"Ek sê, leer hom om sy plek te ken."

Dirk verroer nie 'n vinger nie.

"Eer jou vader en jou moeder dat jou dae verleng mag word in die land wat die Here jou God aan jou gee. Ek is jou pa en ek sê: Leer hierdie swarte om sy plek te ken."

Dirk bly aarsel.

Kleinpiet kyk hom stip aan, hou die sambok nog steeds na Dirk toe uit.

"Nee, Pa."

Kleinpiet is besig om stoom te maak, en Ouboet se geduld is op. "Gee die ding vir my, Pa, ek sal dit doen."

"Nee. Hy sal," sê hy afgemete. "Jy doen dit, of jy is nie meer my seun nie en jy sit nooit weer jou voete in hierdie huis nie."

Daar's 'n yslike stilte terwyl Dirk na Kleinpiet kyk. Dan vat hy stadig die sambok en stap na waar Siyabonga uitgestrek lê. Dirk huiwer. Hy kyk na Kleinpiet en dan weer terug na Siyabonga op die grond. Dan lig Dirk sy arm en bring die sambok op Siyabonga se rug neer.

Siyabonga ruk en steun van die pyn.

Ouboet en Kleinpiet staan en kyk.

Dirk slaan 'n tweede keer.

Hy retireer, weg van Siyabonga af.

"Nie eers 'n kind ken sy plek ná twee houe nie," kritiseer sy pa hom.

Dirk kyk na sy pa. Hy aarsel, tree dan met trane in sy oë vorentoe en begin weer slaan, en weer, en weer.

Wanneer hy ophou, is sy tande styf opmekaar geklem. Trane stroom oor sy wange.

"Dis genoeg." Kleinpiet meen Siyabonga sal die boodskap nou verstaan.

Dirk laat sak die sambok.

"Hy kort nog 'n paar, Pa," meen Ouboet.

"Ons wil hom 'n les leer, nie doodslaan nie. Vat hom kraal toe, laat die volk almal sien wat gebeur met 'n opstoker. En laat Bongani hom dan by die drif gaan aflaai."

Ouboet sleep die half bewustelose Siyabonga weg.

Niemand kyk na Dirk nie.

Soos gewoonlik neem Emily 'n mandjie saam wanneer daar mooi veldblomme in die blom staan. Sy gaan stap dikwels in die veld. Dit hou haar gesond, sê sy altyd, maar eintlik lê die bekoring van die wandeling vir haar in die kans wat dit haar gee om ongesteurd in grootse dagdrome te verval. Sy is negentien, 'n ouderdom waarop baie van haar portuurgroep al getroud is en kinders het. Sy het nog nie 'n enkele vryer op Donkerland ontvang nie, en die wandelinge gee haar 'n goeie geleentheid om haar geestelik daarop voor te berei.

Die mandjie is byna volgepluk, en Emily is só versonke in haar doen en late dat sy nie die jongman sien wat onder die boom naby oubaas Pieter se klipstapel staan nie.

Dan besluit hy om op te hou afloer. Hy tree na vore, onder die skadu van die boom uit.

Emily sien hom steeds nie, haar rug driekwart na hom gedraai.

Hy maak sy keel skoon, luid en duidelik.

Emily skrik. Sy kyk vinnig om.

'n Aantreklike jongman. Baadjie en langbroek. Mooi skoon hemp en 'n strikdas.

Emily se hart bons.

"Good day, ma'am."

Emily is nie gewoond daaraan om Engels te praat nie en groet versigtig.

"Moenie bang wees nie, asseblief," sê die jongman op Engels. "Laat ek myself bekend stel. Ek is James Andrews."

Emily kan nie ophou staar nie.

"En jy is …?" voeg hy by wanneer haar swye vir hom ongemaklik raak.

"Emily de Witt."

"Aangenaam … Emily. Ongewone naam vir 'n Afrikaanse meisie. Maar pragtig. Nes jy."

"Flankeer jy met my, Engelsman?"

"A. Goed, maar jy sal my uitspraak moet verskoon." Hy slaan oor na Afrikaans. "Jammer, ek nie verstaan … 'flankeer' … nie."

Emily vind die situasie baie prettig. Sy slaan oor na Engels, met 'n baie breë Afrikaanse uitspraak. "When a man tells a girl he has just meeted …" sy dink 'n oomblik na, weet die woord is nie lekker nie … "met, that she is beautiful, then he is 'flankeering' with her."

"Aaaah …" James besef hy sal maar moet Engels praat. "Flirteer. Juffrou, ek is werklik nie só voor op die wa nie. Ek was gewoon besig om die feite uit te wys. Verskoon my asseblief as dit anders geklink het."

"As jy dan nie voor op die wa is nie, hoekom loop jy so sonder toestemming op my pa se plaas rond?"

James kyk beangs om hom heen. "O, aarde, ek het dit nie besef nie! Ek het gedink dis steeds die plaas langsaan."

"Is jy 'n vriend van die Potgieters?"

"Nie heeltemal nie. My familie koop hulle plaas, en ek het gedink ek sal die omgewing net 'n bietjie verken."

"Die Potgieters woon al so lank daar as wat my familie op hierdie plaas woon."

Haar woorde haal die wind effe uit sy seile. "Ja, so hoor ek. Ek is baie jammer vir hulle. Dit is moeilike tye."

Sy antwoord nie. Sy staar hom net aan – en beslis nie vyandig nie. "So, jy gaan ons nuwe buurman wees," sê sy ná 'n ruk.

"Buurman? Ja."

Sy knik haar kop stadig. "Julle gaan die geluk aan julle kant moet kry." Daarmee draai sy om en begin wegstap.

James wys na haar mandjie vol blomme. "Mag ek dit vir jou dra?" vra hy.

"As jy ons buurman gaan wees, meneer Andrews, sal dit miskien help om te weet dat my pa nie van Engelse hou nie."

James steek vas. "Ek sien." Hy kyk haar reguit in die oë. "En sy dogter, wat dink sy van hulle?"

Emily glimlag misterieus en stap weg.

James hou haar dop terwyl sy wegstap, met 'n glimlag wat om sy mond vorm.

Die spanning tussen Dirk en sy pa is effens verlig deur Riana se tussenkoms. Tog is dit vir albei – vir pa én seun – duidelik dat die harde werklikheid van die situasie geen ommeswaai by enigeen van hulle gebring het nie. Dirk sit een middag ná ete oor hierdie sake en nadink. Hy sit op die rand van die stoep in die warm sonnetjie, sy kop tussen sy hande. Hy veeg met sy hande oor sy gesig, oë gesluit. Hy voel baie alleen.

"Dirk?"

Hy ken die stem, maar kan amper nie glo dat hy dit hoor nie. Hy kyk op, skrik as hy Henk met krukke en 'n tassie 'n paar treë van hom sien.

Dirk wil iets sê, maar is te geskok. Sy oë dwaal af na Henk se af been.

"Rotsstorting in die myn," verduidelik Henk. Hy gee 'n verleë laggie. "Gelukkig was dit net my been."

"Jy moes laat weet het."

"Ek wou Ma nie ontstel nie."

Dirk staan op. Hy huiwer 'n oomblik, maar staan dan nader en omhels sy broer.

"Het jy van die dorp af geloop?" vra Dirk.

"'n Engelsman het my opgelaai."

"Pa wou nie dat ons jou gaan haal nie."

Henk se maag trek saam. Hy weet dat hy en sy pa koppe gaan stamp. Sy pa sal hom nie maklik vergewe dat hy die plaas só maklik verlaat het nie. "Ek het dit vermoed."

"As ons geweet het …"

Hy kyk na die voet wat nie daar is nie. "Ek kom self reg."

Riana is voor die stoof besig met die koeksisters wanneer Henk instap, Dirk agterna.

"Hallo Ma …"

Sy rustige woorde het dieselfde uitwerking as op Dirk. Riana draai om. Wanneer sy Henk se gesig sien, sprei 'n breë glimlag oor haar gesig wat Henk dadelik laat voel hy is terug.

Dan sien sy die krukke.

En die kort been.

Die glimlag verdwyn van haar gesig, skok bring trane na haar oë en sy bly verslae staan, sprakeloos.

"Goed om Ma te sien, Ma."

Sy kyk hom steeds op en af. "My seun …?" Sy wil iets sê, hom op sy gemak stel, maar die verwarring saai chaos in haar gemoed.

"Dis lekker om terug te wees, Ma."

"My seun …"

Sy ma se reaksie laat Henk skielik weer besef hoe haglik – en permanent – sy situasie is. Sy lip begin bewe, sy keel trek toe en hy kan nie woorde vind om te sê nie.

"Ma …" prewel hy uiteindelik.

"Wat het hulle aan jou gedoen?"

Hy sien hoe haar oë swem in die trane. "Dit was 'n ongeluk, Ma."

"'n Rotsstorting," voeg Dirk by.

"Ek was te diep in die skag. Ek het gehoor hoe die manne skree, maar ek was te ver, ek kon nie betyds … Ma moenie bekommerd wees nie. Ek sal regkom … ek kom reg."

"My kind …" Riana omhels Henk. Sy druk hom styf teen haar bors, asof hy nog 'n klein kind is en sy hom teen die aanslae van die lewe kan beskerm deur haar liefde om hom te vou.

Henk laat val sy een kruk en voel hoe die jare van hom afskil in sy ma se arms. Hy huil soos 'n kind. Sy sus en troos hom, haar eie trane vergete, maar nog nie weg of droog nie.

"Wat gaan ek doen, Ma? Wat gaan ek doen?" Dít is vir hom die vreeslikheid van sy situasie. Hoe beplan 'n mens 'n lewe as jy skielik net een been het? Hy is kreupel, maar waaragtig nie in sy kop ook nie. En dít is waarteen hy die hardste moet veg. Sy geneigdheid om te dink dat sy belemmering tot in sy siel en sy verstand strek.

Hulle staan in stilte.

Al wat Dirk en Riana hoor, bo die gesuis van 'n koffiepot op die ou koolstoof, is Henk se snikke.

Riana vryf oor sy rug, soos sy kleintyd gedoen het om hom te troos.

Dan kom Kleinpiet ingestap, en hy gaan staan. Hy sê nie 'n woord nie. Sy oë neem die toneel in; hy besef onmiddellik wat gebeur het.

Ná 'n rukkie besef Henk daar het nog iemand in die vertrek bygekom. Hy staan weg van Riana, kry sy emosies onder beheer.

Dirk gee sy kruk vir hom aan.

"Dag, Pa," sê Henk.

Kleinpiet knik stadig met die kop. "So, ons betaal nog steeds."

"Pieter, asseblief, dis nie nou die tyd nie." Riana wil nie hê Kleinpiet moet Henk nog verder verkleineer nie.

"Ons betaal nog steeds," gaan hy ongestoord voort. "Ses-en-twintig-duisend vroue en kinders was nie genoeg nie. Ses-en-twintigduisend grafte, maar nee, die gate word net groter en dieper en dit sal nie ophou voor ons hele volk begrawe lê nie."

"Dit was 'n ongeluk, Pa," sê Dirk.

"Henk, vertel vir Dirk van die stad." Kleinpiet behoort aardig te voel dat hy Henk se terugslag só misbruik, maar eintlik gee dit hom plesier.

Henk kyk af.

"Van die goud in die strate," gaan sy pa voort.

Dirk kug ongemaklik.

"Toe, ons luister."

"Daar is nie goud in die strate nie, Pa."

Vir Kleinpiet is dit die taal der engele, en hy laat ook nie op hom wag nie: "Die sypaadjies? Tog sekerlik op die sypaadjies. Nee? Die beter lewe dan. Vertel hom dan hoe goed die mense daar lewe."

Riana tree vinnig tussenbeide, om Henk en Dirk se onthalwe. "Nou gaan jy te ver! Kan ons nie net vir 'n oomblik gelukkig wees nie?"

"Riana!" Kleinpiet is bang hy word weer voor almal op sy plek gesit. "Ek praat met my seuns."

"Hulle is my seuns ôk. Hy lewe. Kan ons dit nie eerder vier nie? Jy gaan aan soos jou pa – die arme Afrikaner. Henk is by die huis." Riana draai om en stap uit die kombuis die huis binne.

Soos voorheen kom sy in die deur tot stilstand. Sy kyk hulle goed in die oë voor sy begin praat. "Dirk, ek wil hê jy moet ons môre met die waentjie na Jan en Thea toe vat, dat Henk sy suster kan gaan groet."

Dirk knik.

Kleinpiet wil nie laat los nie; hy het die allerbeste argument teen Dirk se planne hier reg voor hom. "Vertel ons van die ryk lewe daar in die stad," smaal hy.

"Ek wil nie hoor nie," sê Dirk.

"Dis juis die probleem. Jy wil nie hoor nie, maar nou sal jy luister," en so in die praat swaai Kleinpiet na Henk: "Toe praat, jy wat soos 'n dief in die nag uit jou ouerhuis verdwyn het. Ons luister."

"Wat wil Pa hoor? Dat dit swaar gaan in die stad? Dat ons mense in krotjies lewe, drie gesinne per kamer? Dat kinders van honger doodgaan, nie meer hulle ouers ken nie? Dat die mans bloed hoes en die vrouens veertien uur per dag werk?"

"Klink lekker, nè?" Kleinpiet kyk na Dirk. Sy woorde drup van die sarkasme.

"Maar daar's ook Afrikaners wat goed lewe," voeg Henk by, "wat geld maak, wat ons nasie se vlam hoog laat brand."

"En wat het hulle vir jou gedoen?"

"Niks meer of minder as wat ek vir hulle gedoen het nie, Pa. Maar hulle is Afrikaners en hulle vra nie om verskoning nie."

"As jy dink mense soos Smuts en …"

"Nie Smuts nie, Pa. Barry Hertzog, Daniël Malan. En baie ander manne wat nie saam met die Engelse werk nie. En dan is daar nog die Broederbond ook."

"Die wat?"

Die politiek kom stadig op Donkerland uit, soms nooit nie.

"Niemand weet wie hulle is nie, Pa. Dis 'n geheime organisasie van Afrikaners met die invloed om ons nasie weer trots en sterk te laat staan."

"As niemand weet wie hulle is nie, hoe de hel gaan hulle dit regkry?"

"Ek weet nie. Maar almal glo hulle kry klaar dinge reg. Dis hulle wat die FAK gestig het, om die Afrikaner se kultuur te bewaar."

"Kultuur se gat! Sê vir hulle, wat ons nodig het is 'n bietjie reën. G'n mens of dier kan kultuur vreet nie. Ek vertrou buitendien nie 'n man wat in die geheim werk nie. 'n Man moet laat weet waar hy staan, dat almal kan sien, dan weet ek hoe om met hom te werk."

"Pa het nog altyd gesê," val Dirk sy pa snel in die rede, "die Engelse het in die oorlog gekla omdat die Boere in die rantjies weggekruip het en nie op die oop veld wou baklei nie."

Vir 'n oomblik is Kleinpiet sonder antwoord. "Moenie jou hier kom slim hou nie, kêrel."

"Ek sê maar net," antwoord Dirk. "As dit in die oorlog gewerk het, hoekom nie ook in die politiek nie?"

"En jy 'sê maar net' te veel. Oorlog is een ding, politiek is iets anders. 'n Soldaat het sy roer, hy weet wie die vyand is, en hy sal tot die dood toe veg vir sy saak. Maar 'n politikus verander vinniger van kleur as 'n verkleurmannetjie. Vandag se vriend is môre se vyand."

"Nie hierdie manne nie, Pa. Hulle gaan die republiek terugvat."

Kleinpiet kry amper 'n oorval. "As ek dit een keer gesê het, het ek dit al 'n duisend keer vir julle gesê: grond. Grond! Daar is net een republiek waarop 'n man kan staatmaak, seuns, en dis die stukkie aarde wat hy sy eie kan noem!"

Dirk kan nie glo dat sy pa só siende blind kan wees nie. "Die Potgieters het alles in hulle plaas geploeg, vir geslagte lank, en nou het hulle die grond verloor."

"Ek sê vir Pa: Ons het die oorlog verloor, maar ons gaan die vrede wen." Henk mog sy been verloor het, maar nie sy verstand nie. "Oor 'n paar jaar behoort die hele land weer aan die Afrikaner."

Kleinpiet wil nog terugkap, maar Henk gaan voort: "En nie half en half soos nou nie. Helemaal."

"Is dit wat hulle jou in die stad vertel het?"

"Ja, Pa."

"Voor of ná jy jou been verloor het?"

Henk laat sak sy kop. Dit was 'n betrekhou.

Sy verleentheid word makliker gemaak wanneer Sibongile, Bongani se vrou, by die agterdeur inkom. "Baas …"

"Nie nou nie."

"Baas, die kuiermense, hulle het gekom, Baas, by die voorkant."

"Wie?"

"Ek ken hom nie die mense nie, Baas." Sy wou sê dat hulle Engels is, maar sy weet van beter.

Nadat hy Emily ontmoet het, het James dadelik begin werk aan 'n opvolgstrategie. Dit is hoe dit kom dat sy ouers, vanweë sy geesdriftige aanmoediging, op die stoep van Donkerland staan, 'n baksel vars beskuit in mevrou Sally Andrews se hande. By haar staan Gordon Andrews, die vriendelikheid vanself.

Kleinpiet sien raak dat die mense goed aangetrek is, maar dit val effens buite sy kennis. Hy weet nie wat die duur pelsjas is wat mevrou Andrews dra nie, en die swierige ontspanningspakkie wat meneer Andrews dra, strikdas en bolhoedjie, lyk vir hom 'n bietjie té verfynd.

James staan by hulle, gretig om Emily dalk vir 'n oomblik te siene te kry.

Kleinpiet stap uit op die stoep.

"Goeiedag, mister De Witt. Ek is Gordon Andrews, hier is my vrou, Sally, en ons seun, James."

Kleinpiet sê nie 'n woord nie. Asof dit nie genoeg is dat die mense klere dra wat na geld stink nie, is hulle Engels ook.

"Jammer dat ons so onaangekondig op u voorstoep opdaag. Ons kom ons net voorstel. Ons het die plaas langsaan onlangs gekoop; ons is julle nuwe bure."

Kleinpiet sê steeds niks. Die stilte hang swaar op die voorstoep, en Gordon raak effens ongemaklik. "Hoe ook al," sê hy, "ons het net gedink ons sal kom, jy weet, hallo sê."

Hy kyk verward om hom heen. "O ja, my vrou wou dit vir julle bring." Gordon neem die baksel beskuit by Sally en bied dit vir Kleinpiet aan.

"Verstaan jy Afrikaans, Engelsman?" Kleinpiet het sy tong gevind.

"Ekskuus?"

"Natuurlik nie." Hy slaan oor na Engels. "Ek gaan dit net een keer sê. Jy is nie my buurman nie. Jy is die nuwe eienaar van my buurman se plaas. Dit sal nooit jou plaas wees nie. En jy sal nooit my buurman wees nie. Verstaan jy my?"

Die Andrews-gesin staan vir 'n oomblik versteen en verstom oor Kleinpiet se reaksie, en dan neem Gordon die beskuit terug. "Ek is jammer dat jy so voel." Hy draai na Sally. "Kom, my engel."

Gordon draai om en stap af na die perdekarretjie, gevolg deur Sally en James.

Terwyl hulle verslae terugstap, sien James iets uit die hoek van sy oog.

Emily staan half versteek agter die hoek van die huis. Sy en James kyk mekaar vas in die oë. James glimlag effens en onopgemerk vir Emily. Sy glimlag beskeie terug.

Riana kom op daardie oomblik uitgestap en sien hoe die Andrews-gesin in hulle perdekarretjie klim. "Wie's dit?" vra sy.

"Die wetters wat Petrus se plaas gekoop het." Kleinpiet praat in afgemete woorde, elke klankie met haat gevul.

"Ons nuwe bure," beaam sy vrou.

"Hmf!" Hy stap terug, die opstal binne.

Hy sien nie vir Emily wat by die huis se hoek staan en die verdwynende perdekarretjie met verlange agternastaar nie.

Daar het oor die jare baie eienaardige dinge op Donkerland gebeur, maar hierdie insident was een van die eienaardigste. En vir die De Witt-nageslagte is dit 'n godsgenade dat die Engelse nie werklik aanstoot geneem het aan die platvloerse onbeskoftheid van Kleinpiet de Witt nie.

Eienaardig – so verstaan ek – die manier waarop Pieter de Witt, saliger, se agterkleinkinders op Donkerland gaan wandel het, en dan altyd in 'n stadium sal beweeg na die klipstapel waar hy in Februarie 1839 sy stok ingeslaan en later die boompie geplant het. En ek kan my voorstel dat Henk en Dirk ook in 'n stadium gaan wandel het – stadig en rustig. Henk wou weer die plaas om hom voel, die ou reuke in sy neus opsnuif, en op krukke is dit 'n langsame proses. Maar Dirk was geduldig. Hy het baklei aan 'n groter saak: die behoud van sy gees.

Henk en Dirk sit met die rug teen die boomstam, elkeen met 'n pyp en 'n sterk stopsel van die Boxer-twak wat 'n smous op die plaas aangebring het.

"Is dit nog seer?" Die vraag brand Dirk al lank.

"Partykeer. Dis vreemd. Partykeer voel dit of ek nog my been het, en hy pyn. 'n Mens raak gewoond daaraan." Nie werklik nie, wil Henk byvoeg, maar kan nie. As hy dit nie self uitspreek nie, sal hy dit self ook nie glo nie. En dit is een ding wat hy moet begin glo, om nie ook in die diep donker gat te beland waaruit Dirk probeer klouter nie. "Ma sê vir my jy wil ook gaan – stad toe."

"Ja. Maar jy weet hoe is pa. Hoe is die meisies daar?"

"Mooi. En daar's baie van hulle. En hulle smeer lipstiffie aan en verf hulle naels."

Hulle het hul ma al met 'n klein bietjie rooisel op die lippe en wange gesien, 'n paar jaar gelede voor die droogte. Maar nog nooit het sy enigiets aan haar naels geverf nie.

"Het jy 'n meisie gehad?"

"Niks wat gehou het nie."

"Is jy spyt jy't gegaan?"

Henk se oë dwaal na die been wat nie daar is nie. "Soos hulle sê, spyt kom te laat. Maar moet jou nie misgis nie, die myne is hel op aarde. En die Engelse behandel ons soos diere."

"En vir die swartes?"

"Nog erger."

"Ons gaan nog duur betaal. Dis nie reg wat met die swartes gebeur nie."

"Voor ons mense hier gekom het, het Shaka en sy impi's wie weet hoeveel stamme uitgemoor. Toe kom die Boere en die Britte en verpletter die Zoeloes, en toe hulle daarmee klaar is, toe draai hulle teen mekaar, en toe verloor die Boere." Hy dink terug aan die vergadering wat hy 'n raps meer as 'n week gelede bygewoon het. "Maar nou brand 'n vlam van nasionalisme in die Afrikanervolk, aangedryf deur 'n wind van vrees vir die swartes. Ek weet nie meer wat reg is nie."

Hul praat droog op. Hulle sit en kyk na die veld om hulle.

"Dink jy ek moet eerder hier bly?" Dirk vertrou op die oomblik min ander mense se menings oor hierdie saak. Henk is vir Dirk feitlik die enigste wat met gesag daaroor kan praat.

"Dit, my broer, is 'n besluit wat net jy kan neem."

Nie wat Dirk wil hoor nie.

Die De Witts van Donkerland het een ooitjie in 'n ander kraal. Thea, hul oudste dogter, is getroud met Jan, wat nie ver van Donkerland boer nie, na Ladysmith se kant toe. Sy plaas, Jagersrust, is ook erg deur die droogte getref.

Dis na hulle dat Riana, Dirk en Emily vir Henk die volgende dag neem om te gaan dagsê.

"Nee kyk," sê Jan, die goedigheid vanself, "ek het dit al oorweeg om soos daardie Rooihuide in Amerika 'n reëndans in die veld te gaan doen."

Dirk en Henk glimlag.

"Maar nou ja, dis nie die eerste droogte in hierdie land nie, en ook nie die laaste nie." Jan wil nie kla nie. Hy glo op 'n manier daaraan dat as hy slegte gedagtes dink, dit groter ellende op hulle sal afbring. Hy verkwalik die Liewe Vader nie saans in sy gebede nie; hy vra eerder nederig dat uitkoms gebring word.

Thea, wat al dertig se kant toe staan, dra 'n skinkbord in; Emily en Riana op haar hakke. Jan spring op om die skinkbord by Thea te neem en hy sit dit op die tafel neer.

Emily skink vir almal koffie. Thea gaan sit langs Jan, en Riana kan nie help om te sien dat haar dogter 'n stout glimlaggie met haar man deel nie. Sy wonder watse geheim die twee nou weer vertroetel.

"En nou?" Riana kan dit nie laat verbygaan nie.

Jan kyk vraend na Thea. "Kan ek maar sê?"

Thea knik.

"Henk, dis vir ons besonder lekker dat jy vandag hier is. Ek en Thea het 'n aankondiging om te doen en nou's jy in lewende lywe hier om dit te hoor. Ma, Ouboet en Maria is nou wel 'n kortkop voor, maar daar is 'n tweede kleinkind op pad."

Riana is oorstelp van vreugde. "My kind! Ons is al ure hier en jy sê ons nou eers! Geluk!" Sy spring op en druk Thea vas.

Henk gee Jan die hand. "Geluk, swaer! Daar's nou wel 'n droogte in die land, maar nie in hierdie huis nie."

Dirk gee Jan ook die hand, maar soos dit deesdae met hom gaan, sê hy op gedempter toon: "Geluk, Jan."

Riana omhels haar skoonseun en wens hom geluk. "As dit 'n dogtertjie is, onthou, Riana is 'n pragtige naam." Sy kan nie anders as om dit net te noem nie. Uit die hoek van haar oog sien sy hoe Henk se gesig skielik versomber. Hy lyk onverwags verwese, asof hy pas besef het kinders is iets wat hy nooit sal hê nie.

Nie lank nie, of Thea en Emily moet kombuis toe om nog 'n pot koffie te gaan maak. Thea straal behoorlik. Die swangerskap laat haar frisser en gesonder lyk as ooit vantevore.

Emily brand om 'n eie geheimenis met haar suster te deel. "Ek wil net vir jou sê, Thea, jy's nie die enigste een met 'n bietjie nuus nie."

Thea kyk van die stoof af op na Emily wie se glimlag sommer dadelik aan haar meer ervare ousus verklap dat daar nou oor liefde gepraat gaan word. "Ja ...?"

"Belowe jy sal niemand vertel nie. Niemand, nie eers vir Ma nie. Veral nie vir Ma nie."

"Ja ...?"

"Nee, belowe eers."

"Ek belowe." Dit is nie te moeilik nie. Die uitlap nog makliker, weet sy.

"Jy't seker gehoor van die mense wat die Potgieters se plaas gekoop het."

"Engelse."

"Hulle van is Andrews."

"O. En hoe weet jy?"

"Hulle was gister by ons huis. Hulle't kom groet, maar Pa het hulle natuurlik weggejaag."

"Hoe dan anders?" Nie dat Thea daarmee saamstem nie, maar sy ken haar pa te goed.

"Maar dis nie waar ek uitgevind het wat hulle van is nie."

Thea kyk stil na Emily en Emily kry vir 'n oomblik skaam, maar dit is vir haar tog te lekker om oor hierdie dinge te praat. "Die ander dag, ek het veld toe gegaan om blomme te pluk ..." Emily se gesig is 'n beeld van stralende liefde.

"Moenie my sê jy's verlief nie."

"O, Thea ..." Emily praat nou vinnig, driftig, smoorverlief. "Jy moet hom sien. Hy's die mooiste, mooiste man wat jy nog ooit in jou lewe gesien het. Met die mooiste oë. En as hy glimlag ..." Emily se oë gaan toe van die lekker.

Thea onderdruk 'n glimlag, maak asof sy doodernstig is. "Jy's verlief."

"Sy naam is James."

Thea kyk ernstig na Emily. Sy besluit sy moet iets sê en vat Emily aan haar skouers, kyk haar vierkant in die oë. "My suster, luister nou mooi. Daar is g'n manier dat Pa ooit sal toelaat dat jy 'n verhouding met 'n Engelsman aanknoop nie, veral nie een wat die seun is van die man wat die Potgieters se plaas gekoop het nie. Pa sal jou uit sy hart uit verban soos hy sy eie suster uit sy hart verban het."

Maar Emily het al hieroor nagedink. Sy weet wat op haar wag. En sy is gereed daarvoor, vertel sy haarself elke aand voor sy gaan slaap. "Ek weet, maar hy's nie 'n gewone Engelsman nie. Hy's spesiaal."

Thea trek Emily in haar arms vas.

Dis goed dat Emily nie die kommer op Thea se gesig kan sien nie.

Bongani kom haal vir Kleinpiet by die opstal. Ouboet, sê hy, Ouboet wil dadelik sy pa by die skuur sien.

Kleinpiet gee Bongani een kyk, besef dat daar 'n krisis is.

Hy kom kort op Bongani se hakke by die skuur aan en kry vir Ouboet waar hy onrustig heen en weer stap. "Daar is probleme, Pa. By die kraal," sê Ouboet.

"Met die volk? Staan stil as jy met my praat."

"Ja, Pa."

"Wie steek daaragter?"

"Die opstoker wat ons met die sambok bygekom het."

"Het hy nie sy les geleer nie?"

"Hy maak nie moeilikheid nie, Pa."

"Wat dan?"

Ouboet huiwer voor hy antwoord. "Hy is dood."

Kleinpiet verstaan nie mooi nie. Hoe kan dit? "Ek het nog nooit in my lewe gesien dat 'n man van 'n paar houe met 'n sambok vrek nie."

Dan sien hy Ouboet se gesig, sien dit mooi – 'n skuldgevoel wat Ouboet se oë oral laat dwaal, behalwe na dié van sy pa se oë. "Ouboet, moenie vir my sê jy het …"

"Hy was hardegat, Pa!" Nou borrel dit behoorlik by Ouboet uit. "Ons was besig om die draad reg te maak, toe hoor ek die manne praat onder mekaar, dat hy vanoggend teruggekom het. Hy het gewag tot Bongani ingeval het, toe het hy die jongetjies by die kraal begin opstook. Toe ek daar kom, vertel hy vir die volk hoe ons hom gemartel het. Toe weet ek, hier kom moeilikheid. Toe vat ek hom vas en sleep hom daar weg."

Sy pa antwoord nie. Hy wag vir verdere verduideliking, maar Ouboet swyg nou ook. Kleinpiet beduie hy moet verder vertel.

"Maar die wetter het hom teëgesit. Toe gee ek hom 'n klap. Maar hy wou nie stilbly nie." Ouboet wag 'n oomblik, weeg sy woorde. "Toe kap ek sy kop teen 'n klip."

"Frikkie, Frikkie, Frikkie."

"Wat kon ek doen, Pa? Hy wou nie stilbly nie. En hy het my ook aangeval, met my gestoei. Ek moes myself verdedig."

"Waar is hy nou?"

"In die veld. Ek wou nie hê die volk moet sien nie."

"Kom!" Kleinpiet loop verbete veld toe, Ouboet agterna. Kleinpiet het tyd om te dink terwyl hy en Ouboet na Siyabonga se lyk stap. Hy het tyd om goed na te dink oor wat hom te doen staan, maar wanneer hulle by die lyk kom, staan sy verstand stil.

Saam sleepdra hulle Siyabonga se dooie liggaam na die Tugela.

"Moet ons hom nie liewers begrawe nie?" Ouboet is skoon verdwaas.

"As jy 'n sesvoetgraf wil grawe voor die volk hier aankom, is jy welkom," kreun Kleinpiet, "maar ek sal jou nie help nie. En as jy hom vlak begrawe, sal die jakkalse hom kry."

"Een of ander tyd gaan hy uitspoel."

"Hopelik ver genoeg van hier af dat dit nie ons probleem is nie. Hy is 'n Zoeloe, hulle moor mekaar gedurig uit."

Ouboet en Kleinpiet loop met die lyk tot by hulle heupe in die water en stoot hom dan die stroom in; kyk 'n rukkie hoe Siyabonga wegdryf.

Teen die tyd dat die lyk al goed klein begin word in die verte, is hulle uit die water.

"Is jy seker niemand het jou gesien nie?" Kleinpiet kan nie nou bekostig dat sy plaaswerkers gevoelens teen Ouboet ontwikkel nie.

"Ja. Ek's seker."

Ek reken oubaas Pieter de Witt sou hulle vir die hoeveelste maal kon vertel het, was hy nog in die lewe, van die ding van water: Dit was baie dinge weg, selfs sondes. En Kleinpiet, terwyl hy staan en kyk het hoe die Tugela die jong swart man wegvoer, waaraan sou hy dink? Nee, nie aan sy seuns, of die stad, of die toekoms van die Afrikanervolk nie. Ek sê jou, hy sou uiteindelik dink aan 'n ander jong man, die een wat oubaas Pieter, amper honderd jaar vantevore, vir die Uzimkulu gegee het om weg te dra. Want sien, die rivier dra altyd die lyk weg, maar die boosheid bly die agtergeblewenes omgee.

Dit was daardie tyd 'n bekende gesig op Donkerland: Ouboet wat gaan stap langs die rivier. Só het die plaasvolk vertel; self mog ek nie my voete op Donkerland sit nie. Miskien het hy gaan kyk na sy skade – die droogte het Donkerland nes enige ander plaas in ons kontrei gevreet. Miskien was daar baie wat op sy gemoed gerus het. As ek moet raai, sou dit sekerlik die geval wees. Dalk het hy gedink aan die lyk van Siyabonga wat hy en sy pa hier aan die waters van die Tugela toevertrou het. Dalk soms gewonder wie besluit wat die rivier wegvoer see toe, en wat die rivier teruggee vir die land. Wat bly geheimenis, en wat word uitgespoel tussen riete en klip?

Maar sy gedagtes staan nie lank daarby stil nie. Hy lê nie snags wakker oor die lewe wat hy geneem het nie. Die man het daarna gesoek.

Ouboet het hom verwonder oor ander dinge, veral die dinge van Donkerland. Henk se nukke het nou wel nie vir hom goed afgeloop nie – hy soek nou werk, maar sy kop staan steeds nie plaas toe nie. Dit het wel vir Kleinpiet gehinder, maar dis sy storie. Kon sy pa waaragtig dink dat al sy kinders op Donkerland sou aanbly? Kon hy nie sien hoe die saak besig is om in 'n rigting te beweeg nie?

Vir Ouboet het dit goed gepas dat Henk uit die prentjie is. Eersteklas, om die waarheid te sê. Een minder De Witt met wie hy die plaas moet deel.

As 'n mens die saak soos hy sien, bly daar net Emily en Dirk oor. En dit is die ding. Vandag maklik om in te sien; destyds weggesteek in Ouboet se somber gemoed.

Ouboet kry sommer nuwe lewe in sy stap as hy by dié gedagte kom. Net Emily en Dirk om nog mee rekening te hou.

Is bloed werklik dikker as water? En kan daar net met bloed vir bloed betaal word? Hy wonder maar net.

Terwyl Ouboet wandel, tref Kleinpiet vir Henk en Dirk in hul kamer in Donkerland se opstal aan. Elkeen sit op sy bed, Henk mismoedig besig om die een skoen waarvoor hy nog nut het, met politoer en 'n borsel te poets.

As 'n mens na foto's van destyds kyk, die paar wat daar is, lyk Henk mos nie soos 'n De Witt nie. Dirk eintlik ook nie, maar Henk was die mooi een. Dirk was die lang een. Henk die aantreklike man. Sulke golwende krulhare, oë vol emosie en gevoel. Niks, behalwe miskien sy wangbene, wat op Pa getrek het nie. Pa se harde jare kon 'n mens in sy gesig sien. En sy krag. By Dirk en Henk was daar iets anders sigbaar. Verstandigheid. En dan kon 'n mens sommer aan hul klere sien hulle is broers. Albei nooit sonder hul onderbaadjies nie, nes oubaas Pieter. Kleinpiet wou nooit vir lief neem met die onderbaadjies nie, maar sy twee dwarstrekkerseuns, tag, hulle was De Witts van aangesig!

Wel, dis hoe 'n ou vrou hulle onthou.

"Hulle soek iemand in die poskantoor op Ladysmith," sê Kleinpiet aan Henk. "Ek het vir hulle gesê jy sal oormôre begin. Die geld is min aan die begin, maar jy kan jou opwerk. Kantoorwerk, jy gaan nie heeldag hoef te staan nie."

"Dankie, Pa. Maar ek sal eerder vir myself sorg."

Dit neem Kleinpiet 'n ruk om Henk se antwoord te verwerk. Hy neem Henk se skoen uit sy hand, kyk met oordrewe belangstelling daarna.

Dan prop hy dit terug in Henk se hande. "Vir jouself sorg. Gaaf." Hy kyk nog 'n paar sekondes in stilte na sy seun, draai dan in stilte om en stap uit die kamer uit.

By die deur steek Kleinpiet vas. "As jy nie myne toe geneuk het nie, het jou toekoms baie anders gelyk," sê hy, gee 'n laaste kyk na Henk en stap dan sonder verdere omhaal uit.

Kleinpiet het hom altyd daarop geroem dat hy 'n direkte mens is. Draai nie sy mening in doekies toe nie, as 'n mens so kan sê. Maar met die insigte wat die jare gebring het, weet 'n mens nou dat Kleinpiet eintlik nie omgegee het wat ander van hom dink nie. Dít, en dat hy nie regtig vir ander mense omgegee het nie. Veral nie sy kinders wat die familieplaas wou verlaat nie. Geen respek nie.

Dirk het nie 'n woord gesê tydens sy pa se besoek nie.

Ouboet se gevoelens oor Emily is vir homself 'n raaisel. Hy het albei sy susters lief, daarvan is hy seker. Thea is gelukkig getroud en uit die huis uit, maar Ouboet het 'n spesmaas dat dit haas rooihakskeentyd vir sy jongste sus begin word. Die vryers gaan begin aanlê, en wat hom betref, hoe gouer, hoe beter.

Wat Ouboet nie weet nie, is dat skaars 'n halfmyl van waar hy langs die Tugela wandel, Emily en James, die seun van die Engelse wat Petrus Potgieter se plaas gekoop het, in die lang gras in mekaar se arms lê. Die gras vorm 'n pragtige skuiling en is effens platgelê in hul omte – Emily is 'n aanvatbare jong vrou en James is nie van klip gemaak nie.

Ja, hulle het gesoen. Reg gehoor. En het sy nie van die vryery gehou nie!

Hulle is heeltemal vasgevang in die oomblik. Warm teen mekaar. Emily tintel nog van die woorde wat James in haar oor gefluister het oor hoe die grasie waarmee sy stap hom aan 'n duikertjie laat dink. 'n Lekker tintel, maar nie naastenby so hemels soos die tinteling van sy soene op haar lippe nie. Sy is skielik bewus van alles om en aan haar. James het met sy wysvinger haar lippe gestreel, die onderlip effens oop-getrek, en nou lê sy en dink aan hoe hulle soen, aan wat vir haar lekker is van manslippe teen haar vlesiger, voller vrouemond. Aan die krap-perige baard wat sy op sy bolip kan voel terwyl hul lippe oor mekaar beweeg, hoe dit haar hele lyf laat fladder wanneer haar tong per ongeluk oor daardie bietjie baard gaan! James is so anders as Ouboet. Skeer sy baard glad af, elke dag. Nes Dirk, die dromer onder die De Witts. Laat haar meer gerus oor James voel, dié dat hy en Dirk dieselfde gewoontes het.

Voor hulle hulle in die gras neergevly het, het hy haar teen 'n boom laat staan, met haar rug teen die stam sodat sy die bas deur haar bloes kan voel. James voor haar, sy arms weerskante van haar teen die boom. Sy was 'n gevangene in die hok van sy arms. Laat ons maar eerlik wees hieroor, sy het elke oomblik daarvan geniet.

Maar toe hulle in hul grasskuiling lê, was Emily die een wat ná 'n lang innige soen wegbreek. Snak eers na haar asem. "Ek moet gaan," fluister sy.

"Wanneer kan ek jou weer sien?" antwoord hy op Engels.

Sy praat terug, Engels met 'n dikke Afrikaanse aksent: "Ek weet nie."

"Vanmiddag? Of ons kan net hier bly. Dan hoef ons nie tot siens te sê nie."

"My ma gaan my kom soek."

"Soen my honderd keer," sê hy gemaak dramaties, "anders gaan ek nie oorleef tot ek jou weer sien nie."

Emily gee hom 'n piksoentjie.

"Een …"

Emily soen hom vinnig baie soentjies oor sy hele gesig; sy begin giggel terwyl sy dit doen. Haar hartslag versnel, 'n blos kom op haar wange.

Uiteindelik breek die minnaars van mekaar weg en vind Emily haar pad terug huis toe, amper huppelend, die heerlikste gevoel wat haar wange en haar nek en haar ore laat gloei. So opwindend was die lewe nog nooit nie. Sy dink daaraan dat hy waarskynlik staan en kyk hoe sy duikerooitjie wegtrippel.

Sy tref haar ma in die kombuis aan, besig om botter te maak. Emily probeer nog ongesiens by haar ma verbyglip na haar kamer toe, maar Riana sien haar uit die hoek van haar oog. Buitendien het sy met daardie sesde sintuig wat ouers vir die gemoedstoestande van hul kinders ontwikkel, 'n gevoelentheid aan haar dat iets met Emily aan die gang is. "En nou?" sê sy. "Niks blomme gepluk vandag nie?"

Riana sien alles raak. Altyd.

Emily skud haar kop, die onskuld vanself. "Sommer net 'n bietjie gaan stap."

Maar Riana ken haar dogter; sy weet dadelik iets is anders. Sy sien Emily se vol lippe, die blos op haar wange, die warmte in haar pragtige blou oë. En sy sien dat Emily se bos donkerbruin hare effens deurmekaar is. Wag, is dit nie 'n grashalmpie wat daar met die hare verstrengel geraak het nie …?

"En as jou wange so rooi is?"

"Ek's warm."

Riana lag skielik. Sy weet.

"Wat nou?" Emily is bekommerd. Hoe kry haar ma dit altyd reg?

"Ek is nie onder 'n kalkoen uitgebroei nie. Wie is dit?"

"Wie is wie?"

"Wat jou wange so laat gloei?"

Emily weet nie mooi wat haar te doen staan nie. Sy wíl vertel, maar sy is bang vir die nagevolge.

"Jy is nie meer 'n kind nie," sê Riana. "Jy is 'n pragtige jong vrou, en soos daardie blomme wat jy nie gepluk het nie maar alte goed weet: As 'n blom eers blom, dan kom die bye."

Emily kyk skaam weg.

"En anders as wat jy dalk mag dink, was ek self ook jonk en verlief. So vertel, want jy weet ek gaan nie ophou totdat ek weet nie."

Emily stap nader, gaan sit by die tafel. "Toe Ma vir Pa ontmoet het – hoe het Ma geweet hy's die een?"

Haar ma sit 'n oomblik diep in herinneringe versonke, 'n messie vergete in haar hand. Emily kyk weg en sien hoe fluks haar ma reggepak het aan die kombuis terwyl sy in die veld by James was: enemmelbakke en borde netjies gestapel; al die ingemaakte kênfruit-bottels vol perskes, die laastes wat die boord gedra het voordat die droogte hul sappe laat opdroog het, almal nou in rye op die rakke.

Riana onthou die aanbreek van haar liefde baie goed. Maar ook die twyfel wat sy gehad het, en hoe die twyfel begin wyk het hoe meer sy van Kleinpiet te siene gekry het, al het hulle net op 'n afstand vir mekaar geloer. "Mens weet net," sê sy.

"Ja, maar hóé het Ma geweet?"

"Omdat my wange net so rooi soos joune geword het as ek elke Sondag in die kerk na hom geloer het. En toe eendag stap hy ná die diens sonder waarskuwing oor na my, stel hom formeel voor en sê hy kon glad nie luister na wat die dominee bid nie omdat hy die hele tyd net aan my gedink het, en aangesien dit nog nooit met hom gebeur het nie, is dit vir hom 'n teken dat ons moet trou.

"Net so?"

"Net so."

"Dis nie baie romanties nie."

"Toe soen hy my, en toe weet ek." Die herinneringe spoel oor Riana. Emily verbeel haar selfs sy bespeur 'n kleurtjie op haar ma se wange ...

"So," Riana ruk haar reg. "Hoe soen die kêrel, en fluister hy mooi woorde in jou oor?"

Emily se oë gaan toe, sy trek haar kop tussen haar skouers in soos iemand wat pas agter die nek op 'n kielieplek gesoen is. Dan verraai sy die geheim met 'n aanhaling: "How do I love thee? Let me count the ways."

Riana snap dadelik. "'n Engelsman?"

Emily antwoord nie.

"Die seun van langsaan?"

"Sy naam is James." Haar hele gelaat versag. "En ek weet hy's die een."

Riana besef sy moet wal gooi. Hier's lelike dinge aan die kom. Die haat jeens die Kakies is so diepgesetel in haar man dat daar geen kans is dat hy só 'n verhouding sal goedkeur nie. "Jou pa sal dit nooit toelaat nie."

"Ek het hom lief, Ma!"

"Jy is te jonk om ..."

Emily gee Riana nie kans om haar sin te voltooi nie. "Ma het nou net gesê ..."

"Pa sal dit verbied."

"Dan moet hy maar." Wat Emily betref, is liefde bo die dwalinge van gesonde verstand verhef. "Sou dit Ma gekeer het? Toe Ma jonk was? As Oupa nie van Pa gehou het nie?"

"Dit was anders toe."

"Hoe was dit anders?"

"Moenie vir jou kom staan en slim hou nie. Van die Kakies, en wat hulle aan die Boere gedoen het, weet jy niks."

"Dis nie regverdig nie!"

Kinders laat woorde so maklik oor hul lippe gly, besef Riana. Praat is maklik; leef, wel, leef is anders. En daar is seker nie 'n beter tyd as nou om Emily dit te laat besef nie. "Dis ook nie regverdig nie dat jy 'n jong meisie in 'n tyd van vrede is, terwyl ek op jou ouderdom 'n oorlog moes deurleef. Jy sal nog leer, my kind, die lewe is selde regverdig."

Emily se moed sak. Haar ma praat die waarheid. Sy neem haar toevlug tot een van die antwoorde wat kinders die maklikste gee: Sy hardloop uit.

In die stilte van haar binnekamer laat die droom van liefde haar spoedig weer gelukkiger gedagtes kry. Het sy maar geweet wat voorlê! Want terwyl sy haar besig hou met sug en diep asemhaal en wonderlike dinge beleef in die wêreld van wensdenkery, kry Donkerland 'n besoeker. Hy sal later by die opstal aandoen, maar vir eers is hy besig met voetwerk vir 'n moontlike moordondersoek.

Konstabel McMillan is nie meer 'n snuiter nie, maar hy is ook nog nie dertig nie. In sy hart brand die ideale oor die reg en geregtigheid wat op polisiekollege aan jong dienders geleer word. Hy is op soek na mense wat die swart man wie se lyk 'n ent verder af deur die Tugela uitgespoel is, geken het. En dalk weet hoe en waarom hy dood is. Die antwoorde wat hy kry, maak hom al hoe agterdogtiger.

Konstabel McMillan gesels by een van die krale op Donkerland met 'n groep plaaswerkers. Onder hulle is Zwide, Bongani se vier-en-twintigjarige seun. By hulle is 'n veel jonger swart seuntjie.

Zwide wil nie alleen met die konstabel praat nie – hy wil hê hulle moet wag vir Bongani om op te daag. "Die mense is bang," sê hy op Engels aan die konstabel.

"Bang dat iets soortgelyks met hulle kan gebeur?"

Zwide is in 'n hoek vasgekeer. Hy wil nie aangaan met hierdie gesprek nie. "My pa, hy sal jou kan vertel," sê hy.

"My wat vertel?"

Zwide antwoord nie. Hy kyk weg.

"Jou pa is meneer De Witt se bossboy. Hy sal lojaal teenoor hom wees, selfs al benadeel dit sy eie mense. Ek vra jou weer, het enige van julle iets gesien? Vra hulle."

Almal skud hulle kop – buiten die swart seuntjie, wat aanhoudend na McMillan staar.

McMillan raak al hoe meer gefrustreerd met die swak samewerking wat hy kry. "Ek belowe julle," sê hy, "julle sal nie in die moeilikheid beland nie."

Hy slaag nie daarin om die sluier van stilswye te lig nie en skud sy kop moedeloos. Dan probeer hy maar weer: "Sonder julle samewerking sal hierdie wit mense met moord wegkom, en dan sal dit nie stop nie."

Die seuntjie praat onverwags: "Ek het die kleinbaas gesien."

'n Swart vrou roep 'n waarskuwing uit: "*Hayi! Thula!*"

McMillan kyk vinnig na die seuntjie.

Zwide is nou bekommerd. Die kind het vir die konstabel 'n deur oopgemaak.

McMillan se mond trek styf. Hy het dit vermoed! Nóú kan hy nie met die ondersoek ophou nie.

Ouboet is in die skuur doenig wanneer hy stemme op die werf hoor. Hy kyk by die deur uit en sien sy pa en Dirk op die stoep staan. Op die werf, by die voetkant van die stoep se trap, staan die Engelse konstabel van die naburige dorp. Net agter die konstabel staan Bongani, Zwide en 'n klompie ander werkers.

Ouboet het al van die konstabel gehoor, die jong McMillan, en hy besluit om vir eers te bly net waar hy is.

Kleinpiet kyk na die spulletjie hier voor hom. Hy kyk veral na die bleddie Engelsman.

"Goeiemiddag, meneer De Witt," groet die konstabel hom op Engels.

"Middag."

"Ek sit met 'n ongelukkige situasie voor my." Wanneer Kleinpiet niks sê of vra nie, gaan hy voort: "Ek was op jul buurplaas om ondersoek in te stel na veediefstal, toe die liggaam van 'n jong swart man op die rivier se walle uitgespoel het. Hy is oënskynlik laas lewend gesien op hierdie plaas. Sy naam was Siyabonga."

"Ja ...?"

"Te oordeel na die hale op sy rug het hy met 'n sambok 'n drag slae gekry. En hy is oënskynlik met 'n baie harde voorwerp teen die kop geslaan. Heel waarskynlik met hierdie klip," en hy haal 'n klip te voorskyn. Dit is aan die een kant bloedbevlek.

Kleinpiet kyk kwalik na die klip. "Kyk hier rondom jou. Hier is oral klippe."

"Ja, maar nie een van hulle het bloed aan hulle nie. 'n Jong swart kind het na bewering gesien hoe een van jou seuns die slagoffer herhaaldelik daarmee slaan."

"Sê jy een van my seuns is 'n moordenaar?"

Dirk het later vertel dat toe hy Kleinpiet se woorde hoor, 'n ontsettende gewetenstryd in hom ontbrand het. Dit was sluimerend in hom sedert die dag van die afranseling; nou het dit in alle intensiteit ontwaak. Met daardie woorde van sy pa het sy lewe finaal 'n ander koers ingeslaan. Hóé groot sou hy eers in die volgende weke besef.

Hy het skuldig gevoel – hy was seker hy lyk ook so. Sal hy nie die gewetenslas van sy skouers afwerp en erken dat hy betrokke was by die pak slae maar nie by die moord nie?

Kleinpiet kyk Dirk aan. Hy onthou hoe Dirk gelyk het nadat hy gedwing is om die swart man met 'n sambok pak te gee. Nou kyk hy na Dirk en sien op sy gesig dat sy seun op die punt staan om te begin praat. Wat niemand hier kan bekostig nie. "Gaan roep jou broers," sê hy vir Dirk aan.

"Pa, ek dink ons moet …"

Kleinpiet laat hom nie toe om verder te praat nie. "Gaan roep jou broers!"

Dirk laat sak sy kop en draai om. Sonder 'n verdere woord stap hy terug, die huis binne.

Toe Ouboet sien dat Kleinpiet met Dirk praat, vee hy sy hande met 'n lappie skoon en begin aanstap huis toe na waar Kleinpiet hom weer tot die konstabel wend: "'n Klonkie van hierdie plaas?"

Maar voordat die konstabel kan reageer, draai Kleinpiet na Bongani. "Wie?" vra hy.

"Zakhile, Baas."

Die konstabel kom nou tot verhaal. "Ongelukkig het die kind 'n erge toeval van geheueverlies ontwikkel kort nadat hy erken het dat hy die insident aanskou het en kon hy nie onthou watter een van jou seuns dit was nie – of dalk was hy onwillig om te onthou."

"Van wanneer af steur die polisie hulle aan wat 'n swart kind sê?"

Ouboet kom nou by. "Wat gaan aan, Pa?" vra hy, hoewel hy 'n baie goeie idee het wat hier bespreek word.

"Bly jy stil, laat ek die praatwerk doen."

Dirk en Henk kom uit die huis gestap en gaan staan by Ouboet.

"Een van jou seuns het dit gedoen, en ek gaan nie hier weg sonder hom nie."

Kleinpiet wonder hoe hulle uit hierdie moeilikheid gaan loskom. Hy soek nou grashalms waaraan hy kan vashou, wat hom kan red. "Daardie man was 'n oortreder hier," sê hy. "Hy't ons gedreig. Dit was selfverdediging."

"Dit is vir die hof om te besluit," antwoord konstabel McMillan.

Kleinpiet wil nog sarkasties wees, maar uit die hoek van sy oog sien hy sy vrou nader kom.

Riana kyk bekommerd na McMillan en dan na haar man en hul drie seuns. "Pieter, wat is fout?" Riana noem haar eggenoot nooit op sy naam as sy in 'n goeie bui is nie. "Middag, Konstabel."

"Goeiemiddag, Mevrou."

"Hoekom is hy hier?" Sy beduie met haar kop in die konstabel se rigting.

"Ek sal jou later sê. Dis nie 'n vrou se dinge dié nie. Gaan wag binne."

Daar is baie dinge wat Kleinpiet vir Riana kan sê, en sy sal vir lief neem daarmee, maar as hy maak asof sy nie opgewasse is om 'n lastigheid te hanteer nie, raak sy dwarstrekkerig en stuurs. "Sal iemand my net sê wat hier aangaan?"

"My magtag, vrou, ek sê dan gaan wag binne, ek sal jou later vertel!"

"Henk ..." As Kleinpiet dan nie wil antwoord nie.

"Ek is nou daar, Ma."

Riana staan 'n oomblik onseker. Sy kyk na Kleinpiet, dan na haar drie seuns wat op 'n ry staan en dan na McMillan. Sy draai om en stap onrustig die huis in.

Kleinpiet stap met die trap af tot reg voor McMillan. "In die oorlog het ek gesien hoe manne soos jy my familie hier wegvat. Hulle het nooit weer teruggekom nie. Nou wil jy een van my seuns vat, en dit oor 'n swarte. Ek het my seuns nodig. Ek kan nie alleen op die plaas regkom nie."

"Ek is slegs geïnteresseerd in die een wat na bewering verantwoordelik was vir die man se dood."

"Ek het hom nodig!" Kleinpiet ontken nie meer dat sy seuns betrokke was by die moordslag nie.

Ouboet trek sy pa effens eenkant. "As ek moet gaan, Pa, sal ek gaan. Ek skrik nie vir 'n hof nie."

"Hulle sal jou wegsit …"

Die konstabel staan met gespitste ore en luister. "Was dit jy, Frikkie?" vra hy dan.

'n Oomblik lank is dit stil. Ouboet maak sy mond oop om te antwoord, maar voor hy kan praat, sê Henk: "Nee, dit was ek. My broer het hom met 'n sambok geslaan, maar ek het hom doodgemaak."

McMillan kyk na Henk, na sy af been. "Vergewe my dat ek dit sê, maar dit lyk kwalik moontlik."

"Hy het vir my been gelag, toe slaan ek hom met die klip."

Stilte. Ouboet kyk na Henk, dan na Kleinpiet.

Kleinpiet kyk uitdrukkingloos na McMillan.

"Mister de Witt, is dit waar?"

Kleinpiet draai sy rug na die konstabel en gaan staan reg voor Henk.

"As die reëns kom," sê Henk sag, "gaan Pa al die hande nodig hê wat Pa kan kry; hande wat kan werk, nie hande wat krukke vashou nie." Henk praat sonder skroom.

"Mister De Witt?" vra die konstabel.

Kleinpiet kyk lank na Henk.

"Ja," sê hy, sy rug steeds na die konstabel gekeer, en sy oë nog op Henk, "dit is waar!"

Mense wonder altyd oor presies waar dinge skeefgeloop het vir die De Witts. Party dink dis die dag toe Pieter de Witt die swart man by die Umzimkulu geskiet het, ander die dag toe Ouboet vir Siyabonga vermoor het. Dis bydraende faktore, maar die groot keerpunt kan eintlik niks anders wees as die oomblik toe Kleinpiet vir Henk in die oë kyk en hom verloën nie.

McMillan draai na Henk. "In daardie geval versoek ek jou om saam met my te kom."

"Ek sal hom bring," bied Kleinpiet aan.

"Pa …" Dirk kan nie glo dat sy pa die leuen sommerso aanvaar nie.

"Dirk, jy het niks te sê nie."

"Sê vir Ma daar was nie tyd om te groet nie," sê Henk aan Dirk.

"Dis beter so," sê Kleinpiet. "Anders is daar weer 'n geween en 'n gekners van tande."

"Weg is julle," sê Kleinpiet aan Bongani en die ander werkers toe McMillan vir Henk weglei. "Ons sal later praat."

Die werkers sou almal hierdie sweer uitgesny wou hê, nou, maar hulle is net so verbysterd soos Kleinpiet en Ouboet oor Henk se verrassende bekentenis, en loop verslae weg.

"Nou ja toe," sê Kleinpiet en stap agter Henk en McMillan aan.

Dirk en Ouboet bly staan hulle agterna en kyk. Op Dirk se gesig is algehele afsku te lees – afsku van Ouboet. "Dit wat jy met bloed bou," sis Dirk, "sal jy met bloed moet verdedig." Hy stap weg, laat Ouboet stoksielalleen agter.

Later die middag staan Kleinpiet, Ouboet, Dirk en Maria by Riana in die kombuis. Almal trap baie versigtig met alles wat hulle sê – hulle weet dat wanneer Riana die dag kwaad is, dan is dit die beste om geen teenstand te bied nie. Jy sal sleg tweede kom. En Riana is meer as kwaad – sy is siedend van woede.

"Ons moet hom gaan haal!" roep sy uit. "Bongani moet nou dadelik die kar inspan."

"Dis al te laat," skerm Kleinpiet. "Ons kan môreoggend vroeg inry dorp toe. Hulle gaan hom nie vrylaat net oor ons hom kom haal nie."

"Ek kan nie glo jy het toegelaat dat hulle hom vat nie! Julle almal!"

"Hy het skuld beken." Dit kan nie anders nie, Ouboet moet haar daaraan herinner.

"En jy verwag ek moet dit glo? Wat het regtig gebeur?"

Ouboet wens hy het liewer maar stilgebly. "Die polisie vat 'n vet kans, Ma. Enigiemand kon daai man doodgemaak het, van sy eie mense ook." Ouboet trek sy asem in sodat hy nie nou aan die bloos gaan nie. Die haglike ironie van sy woorde tref hom hard.

Maar Riana is nie gister gebore nie. "Dirk?"

Dirk kyk ongemaklik voor hom uit.

"Antwoord my vraag, Dirk! Wat het gebeur?"

"Ek weet nie, Ma. Al wat ek weet, is ek het hom met die sambok bygekom. Maar hy was nie dood nie. En ek weet Henk het hom niks gedoen nie." Dirk sê dit met sy oë ferm op Ouboet gerig. "Dit kan ek Ma belowe," voeg hy by.

Riana draai terug na Ouboet. "Ouboet, as jy …" Die woorde stol in haar mond.

"Ek het nie," lieg hy sonder om 'n ooglid te verroer. Hy draai om sonder om na enigiemand te kyk, en stap uit.

"Dit is onregverdig dat daar altyd op Ouboet gepik word," sê Maria. "Hy is al een van die seuns wat sy kant op die plaas bring." Dan swaai sy ook om, agter Ouboet aan.

Riana dink nou aan praktiese dinge. "Jy kry vir Henk 'n proku-reur," sê sy aan Kleinpiet. "Die beste een in Natal. Ek gee nie om wat dit kos nie!"

"Natuurlik." Wat gaan in sy gedagtes aan? Hoe hy hierdie keer geld uit Kotie gesoebat gaan kry?

Riana gluur nog etlike sekondes lank vir Kleinpiet voordat sy ook uit die kombuis stap.

Kleinpiet wil-wil net weer normaal begin asemhaal wanneer Dirk begin praat, hý wat sy hart so op sy mou dra: "Ek sweer, Pa, as Pa gaan toelaat dat ..."

"Jy sweer niks nie!" Kleinpiet is desperaat dat almal nou saamstaan, nóú dat Henk om hul ontwil die skuld aanvaar het. "En jy sê niks nie. Die myne het Henk vermink. Dit was sy keuse om soontoe te gaan. Hy't sy been en alle hoop vir die toekoms verloor, en niks wat ek of jy doen gaan hom sy been of hoop teruggee nie. En buitendien, as hulle Ouboet vat, wie gaan vir Maria en die kind sorg? Jy?"

Kleinpiet stap by die agterdeur uit, maar Dirk volg hom. "'n Man is dood, Pa!" roep hy agter die hardvogtige boer aan.

Kleinpiet loop blindelings, weg van die huis, met Dirk en Ouboet op sy hakke.

"Pa praat altyd van die graf wat die Engelse vir die Afrikaners ge-grawe het," roep Dirk agter sy pa aan, "maar wat van die gat wat ons vir die swartes grawe?"

Dirk sien dinge waaroor Kleinpiet nog nooit nagedink het nie, en sy woorde laat sy pa verwoed omswaai. "Wanneer gaan jy besef dis Afrika dié? Ek sê dit al sedert jou ma jou die wêreld ingebring het: Hier heers jy of word jy oorheers. Dis óf die een óf die ander. Wys net 'n oomblik se swakheid of draai net een keer jou rug, en dis verby!"

"Mense kan redelik wees, Pa, die swartes ook. Dis nie altyd nodig om die geweer of die sambok te vat, of om 'n man se kop teen 'n klip stukkend te slaan nie. Dis tog hoekom die Here die Woord geskep het. In die begin was die Woord! Sodat ons kan praat, redeneer!"

"Net 'n poephol probeer met hulle redeneer." Ouboet skaar hom volledig aan sy pa se kant. Nie alleen omdat hy soos sy pa dink nie: Hy wil Dirk van die plaas af hê. Nóú is die tyd om die spanning tussen sy pa en Dirk tot 'n punt te dryf.

"Inteendeel, met hulle kan 'n mens nog redeneer." Dirk maak geen geheim dat hy op Ouboet neersien nie. "Dis met 'n bobbejaan wat 'n mens sukkel."

"Boetie, as jy sê wat ek dink jy sê ..." Ouboet is skielik wit in die gesig – hy is diep in sy eer gekrenk.

"Jy dink reg."

"My magtag!" skree Ouboet en gryp Dirk vas, probeer hom vaspen, maar Dirk is nie 'n lamsak nie.

Kleinpiet tree tussenbeide – as hy hulle nie van mekaar aftrek nie, gaan hier bloed vloei. "Seuns! Seuns!" vermaan hy hulle. Dit duur 'n rukkie, maar dan kom hulle tot bedaring. "Genoeg! Ons moet saam-staan, of ons is verlore. Ouboet is jou broer. Die selle bloed loop deur julle are."

"Ja, en 'n ander man se bloed oor sy hande." Met dié woorde keer Dirk sy rug na hulle en stap weg.

Kleinpiet is magteloos en moedeloos. Dan merk hy op hoe Emily in die verte vinnig oor die werf wegstap. En sy is spoggerig aangetrek! 'n Dieprooi rok, met arms wat hoog oop is, tot net onder skouer. "Emily!"

Sy steek vas, kyk na haar pa, so asof hy baie hinderlik is.

"Kom hier!"

Sy gehoorsaam die bevel.

"Waar gaan jy heen?"

"'n Entjie stap, Pa."

"Nee! Jy bly net hier."

"Pa." Die manier waarop sy dit sê, laat hom besef hy moet 'n rede gee. "Daar is moeilikheid met die volk."

Ouboet staan ook nader. "'n Swarte se lyk het laer af uitgespoel," sê hy.

Sy staan net daar, met arms wat lank teen haar sye hang, 'n drasak in een hand vasgeklem, en sy kyk hom met groot pleitende oë aan.

"Jy bly hier," beveel Kleinpiet weer.

"Ek sal nie ver stap nie. Net hier naby die huis."

"Jy gaan nêrens nie."

"Dis nie gevaarlik nie, Pa. Ek stap elke dag!"

"Moet ek twee keer praat?"

Emily draai dikbek weg en stap terug na die huis.

'n Bietjie meer as twintig myl van Donkerland af het konstabel

McMillan op hierdie oomblik sy gevangene by die polisieselle aange-
bring. Hy maak die seldeur oop, laat Henk op sy krukke binnegaan en
sluit die seldeur toe terwyl hy praat: "Jy is 'n baie eerbare mens, meneer
De Witt."

Henk reageer nie.

"Meneer De Witt, met alle respek, jy kan nie verwag dat ek jou weer-
gawe van die gebeure moet glo nie."

"Ek is nie trots op wat gebeur het nie."

"Dit is 'n baie ernstige misdryf om in 'n hof vals getuienis af te lê.
Meineed. Hou dit in gedagte."

Henk knik.

"Ek kan verstaan hoekom jy die broer wat die daad gepleeg
het, wil beskerm. Van wat ek hoor, is jou oudste broer, Frikkie,
taamlik aggressief."

"Slegs wanneer hy homself verdedig."

"Sy werkers is almal baie bang vir hom."

"Wys my 'n werker op hierdie plase wat nie bang is nie."

McMillan stoot die seldeur sonder woorde toe.

Niks flits so skerp soos 'n horlosie myle van nêrens in die ongerepte
natuur nie. James staan vir Emily en wag op hul afgesproke plek. Hy
kyk gereeld op sy horlosie, en dan na Donkerland se opstal in die verte.
Geen teken van Emily in aantog nie.

Ouboet se oog word getrek deur die flits van sonlig op James
se horlosie. Hy weet dadelik dat die hond se gedagtes wat almal op
Donkerland oor Emily het, heeltemal in die kol is. Dis haar vryer wat
daar wag, besef Ouboet. So wragtag!

Dit is 'n fris stappie wat Emily sou moes volg om by hom te kom,
maar hy weet sy gaan nou nêrens nie. Nie met Kleinpiet in die bui
waarin hy vandag is nie.

Ouboet gaan staan in die skadu van 'n boom en stut hom daarteen
sodat hy nie die man se aandag trek nie. Ouboet is seker dat as hy 'n
rukkie wag, die man nader sal kom.

En dis presies wat gebeur. James begin aanstap, Donkerland toe.

Ouboet kan sien dat die man versigtig is – hy weet nog nie dat dit James is nie – en staan by homself en dink dat dit 'n Boer moet wees, want die man weet klaarblyklik hoe om stil en amper ongesiens te beweeg.

Wanneer hy naby is, hang Ouboet se bek behoorlik oop. James! Die seun van die nuwe Engelse intrekkers op die Potgieters se plaas. Is Emily van haar sinne beroof?

Hy bly staan waar hy is terwyl James tot agter die skuur beweeg sodat hy die werf ongesiens kan bespied.

Ouboet sien hom gebukkend na die naaste hoek van Donkerland se opstal hardloop. Hy sien hoe James by 'n venster inloer. Sy ma se slaapkamer. James deins terug – Riana is seker in die kamer, besef Ouboet.

James buk weer laag en beweeg verder af teen die huis, en dan om die hoek, buite sig.

Ouboet rek sy bene en stap nader. By die huis gekom, sien hy James by Emily se kamervenster staan.

Emily sit haar hare voor die spieël en borsel.

James tik teen die ruit. Emily kyk op en sien niks – James het onder die vensterbank in gekoes.

Dan lig hy 'n enkele veldblommmetjie aan 'n stingel bo die vensterbank sodat sy dit kan sien. Daarna begin James self opstaan sodat sy gesig bokant die onderste raam vir haar sigbaar sal wees.

Vryers se speletjies maak gewoonlik net vir hulself sin, dit kan ek jou verseker.

Het Ouboet kon sien hoe verbaas sy sussie eers lyk, en hoe breed die glimlag is waarmee sy haar vryer begroet?

Sy hardloop na die venster en maak dit oop. "My pa sal jou vermoor as hy jou hier kry!" Ouboet moes dié woorde sekerlik gehoor het.

"Sjuut! Wat het gebeur? Ek het gewag en gewag, maar daar was geen teken van jou nie."

"My pa het my verbied," haar Engels nog krom en skeef, "om die huis te verlaat. Daar's moeilikheid met die werkers op die plaas. Henk is gearresteer en my broers baklei onder mekaar."

Wat hierna gebeur het, is geskiedenis. By die tortelduifies was daar geen twyfel nie – Ouboet het elke woord afgeluister. En hy was sekerlik erg beneuk omdat Emily alles só staan en uitblaker het.

"O, is dit al?" roep James uit. "Dankie vader! Ek was so bekommerd oor jou."

"Jy moet gaan voor hulle kom."

"Nie voordat ek die soen kry waarvoor ek my lewe gewaag het nie."

Emily kyk angstig links en regs. "James …"

Hy maak haar knieë week met die een of ander gedig wat Ouboet nog nooit gehoor het nie en hom sommer dadelik irriteer.

As fair art thou, my bonnie lass,
So deep in luve am I;
And I will luve thee still, my dear,
Till a' the seas gang dry.

Emily buk af deur die venster en soen hom.

Dis genoeg vir Ouboet. Sowat kan hy nie langer aanskou nie! "My donner!" skree hy. Hy is soos blits by James, gryp hom hardhandig aan die arm en treksleep hom skuur toe, waar Kleinpiet besig is om aan 'n saal te werk.

"Pa! Pa!" roep Ouboet uit wanneer hulle by die skuur inkom. Hy stamp James hardhandig na binne.

"Jy hoef dit nie te doen nie," protesteer James. "Ek is nie 'n krimineel nie en ek gaan nie weghardloop nie."

"Asof ons nie genoeg moeilikheid vir een dag gehad het nie!" Oubout se asem jaag van die opwinding. "Ek vang die bliksem by Emily se slaapkamervenster."

"Goeiemiddag, Meneer," begin James taamlik formeel. "Ek kan verduidelik. My naam is James Andrews …"

"Het ek jou iets gevra?" Kleinpiet het nou net mooi genoeg gehad van die Engelse.

"Ons weet wie jy is!" smaal Ouboet.

"Wat doen jy op my eiendom by my dogter se venster?" Kleinpiet besef eers hy is besig om Engels met die knaap te praat wanneer hy halfpad in die sin in is.

"Laat ek asseblief verduidelik …"

"Hulle was besig om te soen, Pa!"

Dit voel vir James asof Kleinpiet hom wil doodkyk. Hy weet dat baie van die Afrikaanse boere taamlike woestaards is, maar Emily, die skone Emily, háár pa kan tog nie een van hulle wees nie.

"Laat ek u gerusstel, meneer De Witt, ek het net eerbare bedoelinge met u dogter. Trouens, dit is my …"

Emily kom by die skuur ingestorm. Sy is nou op die oorlogspad. "Ouboet, as jy …" begin sy uitroep, maar sy steek vas wanneer sy sien James staan voor Kleinpiet.

"Is dit waar?" vra hy aan sy dogter.

Emily antwoord nie.

"Was hierdie man by jou kamervenster?"

"Ja, Pa. Maar dis nie wat Pa dink nie."

"O nie? Wat is dit dan?"

Ouboet weet hy moet nou die vuur stook. "Gesoen, Pa!"

Emily kyk vol verwyt na Ouboet. "Ek het hom lief, Pa."

Dis die heel laaste ding wat Kleinpiet op hierdie spesifieke dag wil hoor, en Emily sien hoe haar pa se gesig versomber. "Die oorlog is verby, Pa. Amper dertig jaar verby. Hy's 'n liewe man, Pa, en ek het hom lief."

Riana verskyn in die skuur se deur. Ouboet sien haar en begin sommer dadelik om die vuur ook by sy ma aan die brand te steek. "Ek het hulle betrap, Ma, by haar kamervenster."

Riana kyk stil van Ouboet na Kleinpiet.

"Ek hoop nie jy't haar aangemoedig nie," sê Kleinpiet.

"Ten minste het sy hom nie doodgeslaan nie."

Ouboet skrik. Nie oor die implikasie van wat sy ma sê nie, maar omdat dit nou vir almal duidelik moet wees dat Riana 'n diepe wrok teen haar man koester.

Kleinpiet besef hy sal een ding op 'n slag moet afhandel, en hy gaan staan dreigend voor James. "Nou luister jy baie mooi vir my, Engelsman. As ek jou ooit weer naby my dogter vang, gee ek jou 'n loesing wat jy nooit sal vergeet nie. Jy stuur nie vir haar briewe nie. Jy stuur nie boodskappe nie. Jy kyk nie eens in haar rigting nie. Jy los haar uit. En jy sit nie weer 'n voet op my plaas nie! Verstaan ons mekaar?"

James kyk verslae na Kleinpiet.

"Verstaan jy my?" bulder Kleinpiet op Engels.

"Ja, Meneer. Ek verstaan."

Kleinpiet beduie vir Ouboet om James weg te vat. Ouboet vat James ferm aan sy arm vas, maar James trek sy arm vinnig los. "Ek is heeltemal kapabel om hierdie plaas sonder hulp te verlaat," sê hy.

James kyk na Emily. "My opregte apologie vir die probleme wat ek vir jou veroorsaak het," sê hy, en stap by die skuur uit.

Ouboet is op sy hakke, net om seker te maak, en in die skuur stoom Emily van woede. Sy gluur haar pa aan, sukkel om woorde vir haar gevoelens te vind. "Pa …"

Riana praat voordat Kleinpiet weer kan losbars. "Gaan na jou kamer toe," sê sy sag aan haar dogter.

"En jy hou die deur oop," snou Kleinpiet.

Sodra Emily uit is, draai Riana na haar man. "Hou so aan, en daar sal eendag net jy en Ouboet op hierdie plaas oorbly." En daarmee volg sy haar dogter.

Kleinpiet bly alleen in die skuur agter. Hy is bitter kwaad, maar die woede kom tweede ná die groot onsekerheid wat hom nou oorweldig. Het hy sy vrou se liefde verloor? Hy weet geen raad meer met homself nie, en skielik is hy baie bekommerd oor die toekoms.

Dit kom nou van 'n reguit man wees. Reguit met die Engelse vryer van Anna. Reguit met die Engelse vryer van Emily. Maar met sy vrou kan hy nie sy gedagtes deel nie, en met Emily is daar nie praatjies oor enige sake nie. Wat haar betref, het haar pa baie dinge in die lewe geleer, maar niks wat van hom 'n beter mens gemaak het nie.

Ouboet en Kleinpiet hou hulle besig met sleurwerk rondom Donkerland se opstal – help nie om in 'n tyd van droogte soos nou te veel te gaan karring by die plaaswerkers wat met die vee op die uithoeke van die plaas na weiding soek nie. Veral nie as almal omgesukkel is nie en hul humeurigheid net deur een ding oortref word: die moerigheid van die mense in die opstal.

Op die dorp is dit versengend warm. Ook in die polisieselle. Henk is alleen in 'n sel, afgesluit van die wêreld, met net een luik waardeur hy op 'n skrefie na buite kan kyk, wat hy juis doen. Hy het op sy krukke soontoe gehinkepink, net om te vind dat niks in die stukkie gang daar buite verander het sedert hy vanoggend laas daar uitgekyk het nie.

Hy kom dan regop uit sy geboë houding en beweeg met die twee krukke na die middel van die sel. Hy gaan staan op sy een been en buig sy nek so ver moontlik agteroor sodat hy kan sien hoe die sel se plafon en balke lyk. Die krukke swaai soos 'n gekweste voël se vlerke rond soos hy probeer om op die een been gebalanseer te bly terwyl hy met die kop agteroor strek om die plafon te kan sien.

Riana het vanoggend vroeg al deeg aangemaak om brood te bak. Die suurdeeg het die deeg mooi laat rys. Sy strooi meel oor die tafel, sit die deeg in die middel daarvan neer, smeer haar hande botter en begin dan sistematies knie.

Sy wonder hoe dit met Henk in die polisieselle gaan. Sy is op 'n vreemde manier getroos deur die gedagte dat die verlies van sy een been darem sal verhinder dat hy iets onsinnigs doen, soos probeer ontsnap. Dit is al wat die De Witts nou nodig het.

Sy kan op geen manier weet dat hy op hierdie oomblik besig is om sy gordel uit sy broek se lissies te trek nie. Hy vou die gordel dubbel en toets die sterkte daarvan met die hand. Dan begin hy met moeite op die bed klim, sy twee krukke nou allernoodsaaklik, maar ook 'n belemmering.

Riana het haar ritme gevind met die knie van die deeg. Sy druk bolle deeg deur haar hand en plaas dit in 'n pan.

'n Voorgevoel trek skielik deur haar lyf. Sy kyk op …

In Henk se sel het hy die gordel oor die een dakbalk gegooi. Met die ander punt het hy 'n eenvoudige strop geprakseer.

Sy gewig laat die balk kreun.

Sy kop is net onder die dakbalk.

Sy enigste voet skop-skop in 'n laaste spasma, en dan hang Henk stil.

Laat dieselfde middag kom konstabel McMillan met 'n swaar gemoed by Donkerland aan. Hy stap met 'n stroewe gesig by die trap op na die stoep en voordeur van die opstal, en dit is net daar dat hy met Kleinpiet en Riana staan en praat.

Wanneer hy hulle meedeel dat Henk selfmoord in sy sel gepleeg het, dink Riana onmiddellik terug aan die voorbode wat sy gehad het terwyl sy deeg geknie het. Eers dán registreer die skok.

"Ek is jammer," sê McMillan nog, en dan moet hy vang: Hy sien die een oomblik hoe haar gelaat van verbystering en skok en pyn vertrek, en dan moet hy Kleinpiet help om haar saggies op die grond neer te lê wanneer sy voor hulle flou word.

In die neerdrukkende swartgalligheid wat van Donkerland besit neem, ontmoet Dirk sy swaer Jan by Eerste se boom langs die stapel klippe wat die plaas se vestiging gedenk. Hul geselskap sukkel om aan die gang te kom. Lank sit hulle net en dink.

"Sê my, Jan, dink jy werklik daar's 'n toekoms vir ons?" Dirk kan nie anders nie, die vraag kwel hom heeltyd sedert Henk vertel het wat hy alles aan die Witwatersrand beleef het.

"Hoe bedoel jy?"

"Vir die Afrikaner. In hierdie land."

"Die eerste immigrante het seker dieselfde gevra – en gegewe hoe dinge toe was, het hulle alle rede gehad om dit te vra. En tog, hier sit ons."

"As ek dink aan wat ons aan die swartes gedoen het …"

Jan kyk na Dirk, onkant betrap deur sy stelling, en sê dan: "Baie minder as wat die Engelse aan ons gedoen het – steeds doen."

Dirk antwoord nie. Jan bly na hom staar. "Jou ma gaan jou nodig hê," gaan Jan uiteindelik voort. "Jou pa ook. En arme Emily. Haar hart is twee keer gebreek. Ken jy hierdie James-kêrel?"

"Net in die verbygaan ontmoet. Op die dorp. Hy lyk gaaf genoeg. Maar vir Pa is die Engelse nog die vyand. Hy besef nie ons het baie groter probleme in die Unie nie."

"Die ou mense is maar so. Die wonde lê diep."

"Ek kan nie meer hier bly nie."

"Johannesburg het sy eie moeilikhede."

"Ten minste kan ek daar my eie ding doen. Dink wat ek wil. Glo wat ek wil. Sê wat ek wil."

"My pa het altyd gesê: Seun, jy kan hardloop so ver as wat jy wil, as die dood jou soek, sal hy jou vind … jou probleme ook."

"Ten minste sal dit ander probleme wees as hier."

"Ja … en waarskynlik erger."

Op Soetwater, die plaas wat deur die Potgieters aan James se ouers verkoop is, is James doenig met 'n trekker of 'n trok, sy rug na Emily wat oor die werf aangestap kom.

Sy gaan staan 'n paar treë agter hom stil. "James …"

James kyk vinnig om, verstom om haar daar te sien. "Emily, my skat. Wat doen jy hier? Weet jou pa …?"

Dan besef James dat iets nie reg is nie. Emily se oë is rooi gehuil, haar hare ietwat deurmekaar. En die rok wat sy aanhet … wel, sy het dit nie spesiaal vir hom aangetrek nie. Maar vaal soos dit is, vir hom kon dit netsowel al die kleure van die reënbog gewees het, want dit is Emily wat dit dra.

Hy haas hom na haar. "Is alles reg?" wil hy weet.

"My broer … Henk … het hom opgehang." Emily snik só terwyl sy praat dat hy haar net-net kan volg.

"Ag nee! O, ek is vreeslik jammer." James neem haar in sy arms. Hy probeer haar troos en tegelykertyd die trane met 'n sakdoek uit haar oë wegpink.

Emily bedaar effens, vat die sakdoek by hom en druk dit teen haar oë.

Vir Emily is twee dinge besig om te gebeur: Sy word vertroos oor die dood van Henk. Maar belangriker nog is die aanraking van James, die sekerheid wat skielik by haar posvat – hy ís die regte een, haar sielsgenoot. Sy weet nou dat haar belangrikste besluit vír haar geneem is, dat sy net moet wag vir die regte oomblik.

Wanneer James agterkom dat sy bedaar het, kyk hy haar in die oë en vra: "Hoekom op aarde sou hy so iets aanvang?"

"Hy is gearresteer omdat hy 'n inboorling vermoor het."

"Jy kan nie ernstig wees nie!"

"Hy't erken dat hy skuldig is, maar ek weet in my hart hy't dit nie gedoen nie."

"Maar hoekom sou hy dan …?"

"Ek weet nie." Emily begin weer huil. "Ek weet nie."

James trek haar weer teen sy bors. "Wanneer is die begrafnis?"

"Môre."

"Ek sal daar wees."

"Nee, jy kan nie."

"Jou pa sal vroeër of later moet leer aanvaar dat ek jou en jy my liefhet en dat dít is soos dit is."

"Nog nie."

"Wanneer?"

"Ons moet Henk eers begrawe."

Ouboet kan nie oral wees nie. Indien hy oral oë gehad het, sou hy waar hy nou in sy bed lê en 'n ligte, frisse snorkritme volhou, regop gesit en breed geglimlag het. Nie vir sy pa wat by sy ma in die bed klim, net om te sien hoe sy onmiddellik op haar sy draai en hom die rug toekeer nie. Nie vir sy pa wat met swaar hart die lampie doodblaas nie. Sy glimlag sal wees oor Dirk wat ten volle geklee op die rand van sy bed sit. Die gordyne van sy venster is oop en die maanlig sorg dat hy alles in die kamer behoorlik kan sien.

Dirk is bewus van hoe stil dit in die huis is; hy wag vir die staanklok in die gang om te slaan, en wanneer dit kom, die een enkele gelui om aan te toon dat dit eenuur is, staan hy op.

Dit is weer tjoepstil in Donkerland se opstal.

Hy staan op, vat 'n gevoude briefie wat op sy bedkassie lê, neem sy klein leertas en stap saggies by die kamer uit.

Dirk sit die gevoude briefie op die kombuistafel neer. Op die briefie staan: *Ma.* Dit weet hy, maar in die donker kombuis kan hy dit nie lees nie.

Hy maak die agterdeur saggies oop, wag 'n oomblik om te hoor of enigiemand hom gehoor het, en stap dan uit.

Hy maak die deur stil agter hom toe en sorg daarmee dat die slapende Ouboet 'n verdere baken bereik in sy stille kampanje om die enigste erfgenaam van Donkerland te word.

Met dagbreek die volgende oggend is Riana en Kleinpiet oudergewoonte eerste op. Hulle het baie om te doen. Vandag moet hulle Henk begrawe en probeer om nie die manier waarop almal nou aan mekaar skawe te vererger nie. Albei smag na 'n bietjie rus vir die gemoed. Maar wanneer Riana met haar lampie die kombuis binnestap, sien sy onmiddellik die koevert op die tafel raak.

Ma.

Kleinpiet kom ook ingestap; sien Riana oorkant die vetrek staan met die briefie in haar hande.

Sy kyk op na Kleinpiet, sien hoe donker sy oë is. Dan kyk sy weer na die briefie. Sy lees voor: "… Ek's jammer ek het nie gesoengroet nie. Ek het gedink dis beter so." Riana kyk weer op na Kleinpiet.

"My oupagrootjie het my geleer: Die Engelse kom altyd terug. Nou gaan ons na hulle." Daar is 'n bitterheid in Kleinpiet se stem. Die bitterheid van 'n verloorder. Hy draai weg, stap uit. Hy wil alleen met sy woede wees.

Riana sak stadig in 'n stoel by die tafel neer, die brief in haar hande. Sy ís alleen met haar hartseer.

Henk de Witt word begrawe in die familiebegraafplaas op Donkerland.

Die familie staan om die oop graf. Ouboet en Maria staan 'n paar treë weg van Riana, wat ondersteun word deur Emily en Thea, met Jan langs haar. Maria staan moeilik – sy is hoogswanger.

Ouboet soek sy pa, moet sy nek rek om hom te vind waar hy heel-temal eenkant staan, asof hy nie deel is van die familie nie. Verderaan sien hy Bongani en sy gesin staan. Bongani kry Ouboet 'n oomblik lank in die oog, en Ouboet kyk skuldig weg. Hy draai terug en gee aandag aan die dominee wat met uitgestrekte arms sy salwende woorde uitspreek.

Snaaks, dink Ouboet, dat dit vir hom só opmerklik is dat Dirk nie hier is nie.

"U weë is duister, Here," bid die dominee. "Ons staan vandag verga-der om 'n oop graf met baie vrae en onsekerheid in die hart. Ons bid om genade vir hierdie jong man. Ons bid om berusting vir die familie. Ons bid om vergifnis van sondes. En ons dank U, Here, dat Jesus Christus aan die kruis gesterf het vir ons sondes sodat ons kan lewe."

Riana voel 'n diepe verwyt in haar opwel. Alles kon soveel anders gewees het! Sy draai haar kop, kyk na Kleinpiet wat met geboë hoof staan. Sy wens dat sy haar gedagtes by hom kon inbrand, dat hy weet hóé skeef die De Witts se sake nou geloop het. En hoekom.

"Help ons om te lewe volgens u wil," sê die dominee. "Ons vra dit enkel uit genade. Amen."

Die werkers begin 'n stadige hartseer begrafnislied sing.

Riana se gemoed skiet vol wanneer sy die sang hoor en sy begin onbeheerbaar huil. Sy draai om en stap weg, gevolg deur haar kinders.

Kleinpiet bly alleen by die oop graf staan terwyl Bongani en Zwide die graf toegooi.

Die familie stap stadig terug, bly die hartseer klanke van die koor-sang hoor tot naby die opstal van Donkerland. Ouboet, wat saam met Maria agterna stap, wil nog na sy pa omsien, maar besluit dan, liewer nie. Laat Kleinpiet nou met sy eie gedagtes.

Kleinpiet gaan nie terug huis toe nie. Hy stap in sy begrafnisklere na die klipstapel, dié baken op Donkerland, dáár waar sy stamvader in Februarie 1839 die stok ingeslaan het.

Hy staan met albei hande op die bokant van die klipstapel, sy hoof geboë.

Hy hoor Bongani nie nader gestap kom nie, maar weet dadelik wie dit is wat praat wanneer iemand agter hom keel skoonmaak. "Die graf hy is toe, Baas."

Kleinpiet lig sy kop. Hy kyk stadig op na Bongani, knik 'n soort dankie, en laat sak weer sy kop.

"Baas …"

Kleinpiet kom orent, draai na Bongani.

"Toe baas Potgieter daardie tyd by die oorlog teen die Kakies vir Matyana geskiet het, ek kon verstaan, Baas, want Mantyana het die geweer gehad. Hierdie ander man, Baas, hy het nie die geweer gehad nie, net sy tong."

"Dit was 'n ongeluk." Die woorde kom amper outomaties, Kleinpiet wat in die bres tree vir sy seun met die opvlieënde humeur.

"Daardie man, hy het nie moeilikheid gemaak nie. Hy praat net vir wat is reg. Orals in Natal, Baas. Ons mense wil net hê wat is reg. Maar hulle weet nie hoe om te vra nie. Dan kom daardie man en hy leer hulle hoe om te vra."

"As julle iets wil hê, kan julle met my kom praat. Dit was nog altyd so. Het ek julle al ooit weggejaag as julle wil praat?"

"Nee, Baas. Maar daardie man, hy wou ook net praat, Baas. Hoekom dan het die baas hom geslaan met die sambok? Hoekom het kleinbaas Ouboet geslaan sy kop met die klip?"

Kleinpiet het nie eintlik 'n antwoord nie. Hy wens hy het! Hy is so moeg vir hierdie gesprek. "Luister, en luister nou mooi," sê hy dan. "Ek is baas op hierdie plaas en tot ek die dag nie meer hier is nie, sit g'n man – swart of wit – sy voete op my grond om vir my voor te skryf hoe ek my volk moet behandel nie. Nou, as enige van julle dit nie aanvaar nie, julle weet waar is die hek. Julle was nog nooit slawe hier nie. As julle nie gelukkig is om vir my te werk nie, tot siens."

"Ons kan nêrens gaan nie, Baas. Die grond sy is droog, die kos sy is min."

"Vir ons almal! Ek het genoeg probleme op my hande om nog te sukkel met 'n dêm moeilikheidmaker wat politieke snert verkoop. Nou ja toe. Daar is werk om te doen."

Bongani huiwer 'n oomblik en draai dan weg. Hy het Kleinpiet se buie al in die oorlog op hul slegste gesien. Dis nou weer een van daardie tye. Tyd vir stilbly.

"Bongani …"

Bongani draai stadig terug.

"Ons het 'n lang pad saamgekom, ek en jy," sê Kleinpiet op Zoeloe. "Is ek reg?"

"Ja, Baas."

"Ek neem aan ons gaan nog verder stap."

Bongani antwoord nie dadelik nie. "Ja, broer," sê hy uiteindelik, draai om en stap weg. Kleinpiet kyk Bongani agterna totdat hy hom nie meer kan sien nie.

Terwyl James en Emily nog op 'n afstand verlief is, stap die tyd mee-doënloos aan. Drie maande nadat Kleinpiet vir James die deur gewys het, sit hy en Ouboet senuagtig in Donkerland se kombuis. Hulle wag die groot wag wat die meeste mans tot in hul tone laat bewe.

Kleinpiet ken net een raad vir hierdie senuwees: Hy steek sy pyp op. Hulle praat nie baie nie.

Voor hulle op die tafel staan 'n bottel wyn wat Kleinpiet by een van die smouse gekoop het wat van tyd tot tyd by Donkerland aankom. Hy het dit opsy gesit vir 'n groot geleentheid, maar met al die spanning en dinge rondom Henk se dood, kan hy aan geen beter geleentheid dink om dit oop te maak nie.

Kleinpiet skink vir hom en Ouboet elk 'n glasie. "Die goed is nes reën, kom net as dit hulle pas."

Ouboet knik, lig sy glasie in 'n soort heildronk.

Albei hoor dit tegelyk: die gehuil van 'n baba.

Albei is dadelik op hul voete, gaan staan by die gang se deur, waar die geluide vandaan kom. Kleinpiet se gesig is die ene glimlag.

"Geluk, ou seun. Nou is jy 'n pa."

Ouboet gryp die hand wat sy pa na hom uitsteek. "Dankie, Pa. En Pa is nou 'n oupa."

Hulle skud blad.

"Hoe klink dit vir jou?" Kleinpiet staan pyp in die hand, sy gedagtes by die dinge wat 'n familie laat oorlewe. "Soos 'n seun of 'n dogter?"

"Ek sal nie weet nie, Pa."

"Ek dink dis 'n bulletjie."

"Dit sal goed wees. Iemand om eendag by my oor te neem."

Kleinpiet se gedagtes wil-wil ontspoor, maar hy ignoreer sy kwellinge. "Pieter Jakob de Witt," sê hy plegtig. "Die eerste De Witt van Donkerland en sy seun, die eerste De Witt hier gebore."

Die gangdeur gaan oop en Riana kom uitgestap, nog besig om haar hande droog te maak met 'n lappie. "'n Seun," sê sy. 'n Ma weet wat die pa's wil hoor.

Kleinpiet slaan Ouboet op die rug.

"Tien vingers en tien tone," sê Riana.

Ouboet onthou dan sy vrou. "Hoe gaan dit met Maria?"

"Goed."

Ouboet knik, draai verlig weg.

Net Riana en Kleinpiet bly oor. Hy voel baie trots en wil die gevoel met haar deel. "Veels geluk, Riana."

Riana kyk koud na Kleinpiet. "Vir jou ook," antwoord sy. Sy gee hom weer 'n vuil kyk en stap weg.

Kleinpiet sug. Dat 'n man só moet ly vir sy beginsels, dink hy.

James en Emily wandel op Soetwater, James-hulle se plaas. Dit is 'n heerlike oggend, die ideale dag vir jong verliefdes wat hand aan hand helder lig wil binnestap. James lei Emily na 'n plek waar dit vir hom maklik sal wees om op sy knieë te gaan, met 'n klip daar naby waarop sy kan sit.

Heel dramaties sak hy op sy een knie voor haar neer.

Dit is hoe Emily hom leer ken, 'n ernstige mens, maar ook 'n platjie. James het 'n gesonde humorsin en gee nie om om so nou en dan met homself die gek te skeer nie. "With your permission I would like to say a few words in Afrikaans," begin hy.

"Jou Afrikaans kom al mooi reg, meneer Andrews." Emily hou ook van die kans wat James haar gee om 'n bietjie die gek te skeer.

"Dankie." En dan begin hy heel plegtig, met 'n gesoek na die regte woord wat hom kort-kort in sy rede onderbreek. "Emily ... ek het besluit dat ek nie meer bereid is ... dat ek en jy mekaar ... dat ek en jy mekaar net geheimlik ..."

"In die geheim" help sy hom reg.

"Thank you, dankie ... in die geheim kan sien ... nie. Daarom het ek besluit dat ek met jou vader gaan praat en hom vra dat ek met jou kan trou ... as jy my sal hê."

Emily gee hom nie kans om 'n verdere woord te sê of 'n grappie te maak nie. "My antwoord is ja ... maar ons albei weet my Pa se antwoord is nee."

James staan weer op. "My lady," verklaar hy plegtig, "laat dit aan my oor."

Sy wil graag wees, maar Emily is nie heeltemal oortuig nie.

James laat egter nie gras onder sy voete groei nie. Daardie middag daag hy, uitgevat in sy beste klere, op Donkerland op.

Kleinpiet gluur hom aan. Nors is 'n te vriendelike woord vir die kyk wat Kleinpiet hom gee. Riana staan agter Kleinpiet op die stoep, haar gesig heelwat vriendeliker.

James wil nog begin praat, maar Kleinpiet knip sake kort. "Ek weet wat jy wil vra. En die antwoord is nee."

"Is daar enigiets wat ek kan doen om u tot ander insigte te bring?" vra James beleefd, maar op Engels.

Kleinpiet antwoord hom sonder om na te dink. "We have a saying in my language: 'oor my dooie liggaam'. It means ..."

"Ons het dieselfde gesegde in my taal, Meneer. Ek is deeglik bewus hoe u oor die Engelse voel weens die bejammerenswaardige lyding van die Boere in die oorlog rondom die eeuwending. Ek vra daarvoor om verskoning, al was ek destyds nog nie gebore nie. Maar omdat u self in daardie oorlog geveg het, sal u weet dat die Engelse, wat hul foute ook al mag wees, nie baie maklik opgee nie. U moet aanvaar dat ek eendag met u dogter in die huwelik sal tree, omdat ek haar liefhet, meer as wat ek die lewe self liefhet."

"Ek sal liewer sterf voordat ek toelaat dat my dogter met 'n Kakie trou," antwoord Kleinpiet hom op Engels. Kleinpiet het, soos die meeste van die De Witt-mans voor en ná hom, nie eintlik 'n sin vir ironie nie.

Emily begin skielik van agter Kleinpiet en Riana praat. "Ek wil met hom trou, Pa. En as dit beteken ek moet soos tant Anna Donkerland verlaat om dit te doen, dan is dit wat ek sal doen. Al slaan Pa my 'n honderd hale met daardie sambok." Emily se oë getuig van 'n vasberadenheid wat selfs vir Kleinpiet stom laat. En daarmee draai sy om en stap die huis binne.

Riana gee vir Kleinpiet 'n vuil kyk en stap agterna, en Kleinpiet wend hom ongestoord weer na James. "Nee. My antwoord is nee. En as jy my dogter steel, sal ek haar kom haal."

James kyk Kleinpiet waterpas in die oë. Die ouer man kyk eerste weg, stap die huis binne en maak die deur agter hom toe. 'n Meer finale antwoord kan hy hom nie voorstel nie.

James draai stadig weg en stap met die trap af. Hy sal nie bes gee nie, hy sal nie, mompel hy by homself.

Ouboet se dae en nagte is 'n bietjie deurmekaar. Die baba hou hom en Maria snags goed wakker, en bedags moet hy nog sy plek vol staan op hierdie plaas wat al hoe erger deur die droogte gewurg word.

En nou sleep Kleinpiet vir hom en Bongani na die gehawende windpomp 'n stewige ent van die opstal af. Met die Tugela wat al skraler loop, moet hulle die windpomp eenvoudig weer aan die gang kry om water vir die plaas diep uit die aarde te haal.

Ouboet sit bo-op die windpomp, sukkel om te doen wat gedoen

moet word. Die moere het geroes en sy gereedskap is nie heeltemal nommerpas nie. "Draai die kop!" skree Kleinpiet van onder af. "Kyk, daar is drie gaatjies, die pen moet in die middelste een wees, anders tol die kop te veel as die wind waai."

Ouboet sukkel erg.

"Kom jy reg?" skree Kleinpiet weer.

"Die ding wil nie hier in nie!" roep Ouboet. Hy is erg gefrustreerd, en hy kan dit nie sommer met 'n hamer inslaat nie; netnou verloor hy sy ewewig.

"Dis 'n stuk metaal, seun, hy het nie 'n wil nie."

Ouboet klim af na onder. "Miskien moet ons hom groter boor," sê hy toe hy langs sy pa staan.

"Nee, man, dan gaan hy heeltyd uitglip."

Ouboet wys vir Kleinpiet die pennetjie. "Hierdie pennetjie lyk vir my te groot, Pa."

"Gee die ding vir my." Kleinpiet se geduld is op.

"Pa kan nie daar opklim nie."

"Ek's nog lank nie te oud om jou van 'n windpomp te leer nie," sê hy terwyl hy teen die windpomp uitklouter.

"Ek kan jou nou sê," sê Ouboet aan Bongani, "hy gaan nie die ding daar inkry nie en dan gaan hy sê ons moet die dêm gat groter boor."

Terwyl Ouboet sy pa se hardkoppigheid verwens, sit Maria, baba aan die bors, by Riana op Donkerland. Langs haar op die bank sit Thea, ook met haar en Jan se baba. Riana is in haar element – twee kleinkinders tegelyk – dis nie te versmaai nie!

Riana sit tee voor Maria neer. Sy kyk na ma en kind: "Hy is darem sy pa se ewebeeld."

"Hy lyk dalk soos Frik," skerts Maria, "maar hy is net so beneuk soos Pa."

Emily, wat eenkant staan, kry 'n wrang glimlag. "Hopelik sal jy hom grootmaak om nié soos Pa te wees nie."

Thea en Maria kyk op na Emily.

Voor een van hulle iets kan sê, kom Bongani by die deur ingehardloop. "Mies! Mies moet kom!"

"Wat? Wat gaan aan?"

Bongani wil nie praat nie. Hy het hulp nodig. "Mies moet kom! Gou!"

Riana storm agter hom by die huis uit. Sy onthou dat die mans vandag die windpomp wou regmaak. Sy haal Bongani in en pyl by hom verby, reguit na die windpomp.

Sy sien vir Ouboet waar hy teen die windpomp se een been sit, met sy pa wat in sy arms lê. Riana hoor hoe benoud hy probeer om vir Kleinpiet moed in te praat. "Pa! Pa, Ma gaan nou hier wees. Pa? Kan Pa my hoor?"

Riana is eerste by hulle en gaan staan 'n paar treë van Ouboet af terwyl Bongani en Emily aangestorm kom.

"Ek het hom gesê hy moenie daar opklim nie, Ma."

Ouboet weet nie hoekom nie, maar dit is al asof hy wil skuldig voel oor sy pa se val. En hy het daarmee niks te doene gehad nie!

Riana kniel oor Kleinpiet. Sy voel na 'n polsslag teen sy nek. Sy luister teen sy hart.

"Hy haal asem, Ma. Ek is seker hy haal nog asem." Ouboet soek na waar Bongani staan. "Bongani," roep hy uit, "vat my perd. Gaan haal die dokter op die dorp."

Maar Riana se vingers vind 'n ander boodskap teen Kleinpiet se nek. "Nee, Bongani," sê sy sag, "los maar die dokter." Sy kyk stadig op na Ouboet, haar oë gevul met smart.

Dan kyk sy weer af. Sy plaas haar hand oor Kleinpiet se gesig, en wanneer sy dit wegneem, sluit sy Kleinpiet se ooglede.

Emily staan en kyk met haar hand oor haar mond geklem.

Bongani haal sy hoed af.

Riana kom stadig orent en stap dan stadig terug na die opstal.

Ouboet bly agter, sy pa se kop steeds op sy skoot.

Vir die tweede keer in vier maande staan die De Witts van Donkerland by 'n vars graf. Dit is 'n somber dag, en nadat die eerste kluite gegooi is, word die graf deur Bongani en sy seuns toegegooi. Riana en Emily keer die volgende dag terug na die graf met sy hopie vars grond om blomme daarop te plaas. Albei rou nog en dra paslik swart klere.

Terwyl Emily haar blomme neerlê, gaan staan Riana by die voetenent van die graf. "Dis my straf," sê sy. Emily kyk op na haar ma. "Dis die Here se straf vir my omdat ek my man verwyt het," gaan Riana voort.

"Ma het rede gehad."

"En vergewe ons ons skulde soos ons ook ons skuldenaars vergewe ..." sê sy vir Emily wat stil na die graf staar.

"In daai laaste oomblikke," sê Riana, "voor hy sy laaste asem uitgeblaas het, was hy nie seker of ek hom nog liefhet nie."

Emily kyk nou met oë vol begrip na Riana. Haar ma staan so stil soos 'n soutpilaar.

"Hy was 'n moeilike man ... maar hy was alles vir my."

Riana het haar hartseer oor Henk se selfmoord self gedra. Kleinpiet was 'n harde, eiesinnige mens. Sy het hom waarlik liefgehad, al was dit nie altyd maklik nie.

'n Enkele traan loop oor haar wang. Hierdie hartseer, hiervan kan haar dogter maar weet.

Die skuldgevoel wat Ouboet gehad het daar by die voet van die windpomp, dié is vergete. Bongani kon bevestig dat Kleinpiet teen daardie windpomp uit is om vir hom en Ouboet te wys hoe dinge nou eintlik gedoen moet word.

Hier is hy dus nou, die nuwe patriarg van Donkerland. En stadigaan kry Ouboet 'n gevoel vir die dinge waarmee sy pa daagliks moes worstel. Die droogte, Emily se gelol met die Engelsman, die plaaswerkers se dwarstrekkery. Maar van alles is die droogte die ergste, want dit laat 'n boer op meer plekke noustrop trek as wat gesond is vir hom.

Maar hy wonder, soos nou, of Emily nie vir hom groter sorge gaan besorg nie.

Nóú het sy hom sommer trompop geloop en hom sonder 'n oomblik van skaamte en huiwering vertel dat sy met James gaan trou. Sy is nie meer in rouklere geklee nie maar in 'n sober donkerbruin rok, met 'n hoedjie op die kop. Haar hare is netjies gevleg – vir Ouboet genoeg tekens dat haar voorneme baie eg is. Sy is op pad na die Engelsman toe.

Hy verloor summier sy humeur met haar. "Nooit!" skree hy. "Hoor jy my?" Hy wys met sy vinger na haar gesig. "Nooit! Dit sal nie gebeur nie."

Maar die klein merrie plant haar voete stewig in die grond. Sy staan daar met haar hoedjie op haar kop en kyk hom reguit in die oë: "Ek vra nie vir jou nie Ouboet, ek sê vir jou."

"Die sand het nog nie op Pa se graf gaan lê nie, en nou wil jy iets doen wat uitdruklik teen sy wil was. Hy draai in sy graf om. Jy behoort jou te skaam."

Hy sien hoe sy ma die vertrek binnekom, steeds in haar rouklere. In haar hande dra sy 'n groterige houer.

"Ná die oorlog het ons nie geld gehad vir 'n rok nie," sê Riana terwyl sy die houer oopmaak sodat almal kan sien daar lê 'n trourok in. "Maar die dominee se vrou het dit vir my gegee." Sy haal die sluier uit die houer. "En nou gee ek dit vir jou."

Riana lê die trourok in Emily se arms neer; Ma en dogter glimlag vir mekaar.

"Ek belet jou om met daardie man te trou!" skree Ouboet.

"En wat gee jou die reg om dit te doen?"

"Ek is nou die baas van hierdie plaas. Pa het gesê nee. En nou sê ek nee."

Emily deins nie terug nie. Sy kyk Ouboet reguit in die oë: "Ek gee nie om wat jy sê nie. Ek gaan met hom trou."

Riana beweeg tussen Emily en Ouboet in.

"Ma, Ma weet hoe Pa hieroor sou gevoel het."

Riana weet daar is vir Ouboet net een verwysingsveld. "Jy is lief vir Maria," sê sy. "Wat sou jy gedoen het as sy Engels was?"

Ouboet vind dit 'n veragtelike gedagte. "Hmf! Waar sou ek ooit op 'n Rooinek verlief geraak het?"

Emily gryp die kans aan om hom op sy plek te probeer sit, maar vir Ouboet is haar woorde net beledigend. "Dis waar, Ouboet … waar sou jy? Maar jy is nie ek nie."

"En jy is duidelik nie 'n De Witt nie," skree hy verby sy ma op Emily.

"Die liefde praat nie Engels of Afrikaans nie," antwoord Riana.

"Snaaks dat Ma haar nie aangemoedig het toe Pa nog gelewe het nie."

"Ja … nog 'n sonde waarvoor die Here my sal moet vergewe."

Emily vat die houer met die sluier. "My tas is gepak," sê sy. "Bongani sal my vat."

"Oor my dooie liggaam."

"As ek my nie misgis nie, is dit wat Pa gesê het. Los die kar. Ek sal stap."

Toe Emily begin uitstap, breek die oomblik vir Ouboet aan dat hy sy pa se nagedagtenis moet eer – en waarin hy finaal beheer oor die hele plaas sal neem. Die oomblik waarin hierdie somber vertrekke, met hul geblomde muurpapier, enemmelwaterskottels en droewige stiltes syne is, syne om weer met 'n nuwe geslag se lig te vul.

Jan en Thea ken hul plek, maar Emily is die jukskeibreker, die een wat sy gesag uitdaag.

"Weet net." Sy stem is afgemete. Hy skree nie meer nie. Hy het sy waardigheid herwin, sy sagter toon die teken van sy dodelike erns. "As jy in die Engelse introu, dan sit jy nie weer 'n voet op Donkerland nie. Dan word jou naam die vloekwoord wat tant Anna s'n geword het."

Emily kyk net na hom, met haar tassie en sluier in die hand.

"En jy sien vir my en Maria en Kleinpieter nooit weer nie. En as jy vir Ma wil sien, moet sy maar daar gaan kuier. Jy is nie langer welkom in hierdie huis nie. Jy is dood vir my, en soos dit geskryf staan, sal ek die dooies hul eie dooies laat begrawe."

Emily kyk hom 'n oomblik of twee stil en kalm in die oë, en stap dan uit.

Sy sal nog op die harde manier leer, dink hy. Wag maar. Sy sal leer wat dit beteken om deur 'n De Witt-man bestraf te word.

Hy sien hoe Riana haar handskoene begin aantrek.

"Ek gaan my dogter by haar toekomstige skoonouers aflaai," sê sy, net so afgemete soos toe hy met Emily gepraat het, sodat hy goed kan verstaan, "en my behoorlik voorstel. Sê vir Bongani hy moet die kar inspan."

Ouboet se lippe trek styf. Hy beweeg nie.

Sy ma gee hom 'n kyk – 'n kyk wat hy haar al vir Kleinpiet sien gee het wanneer sy 'n vaste besluit geneem het en hom goed wou laat verstaan dat sy nie teenspraak sal duld nie. "Aangesien jy so graag die woorde van onse Heer aanhaal, sal ek ook: Eer jou vader en jou moeder dat jou dae verleng mag word in die land wat die Here jou God aan jou gegee het! Jy is dalk baas van hierdie plaas, Frederik, maar totdat ek langs jou pa in daardie grond lê, is ek jou ma en ek gaan nie weer vra nie: Kry daardie kar reg. Nou."

Ouboet weet hy het nou nie meer 'n ander keuse nie. Baas van die plaas, maar kneg van almal. Hy stap beneuk uit.

Met die uitstap kom spook Emily se teregwysing by hom. Hy dink aan sy pa se graf. 'n Mens moet oppas wat jy sê, besef Oubout, veral as jy van jou eie dood praat.

By die plek waar hy en sy pa die lyk van Siyabonga aan die waters van die Tugela toevertrou het, bly Ouboet lank staan. Hy besoek dit meer gereeld as wat hy teenoor enigiemand sal erken, want hy weet dit is hier waar soveel dinge begin skeefloop het.

Met Henk se dood is die saak in konstabel McMillan se lêer gesluit. Maar wat in 'n lêer gesluit is, bly in 'n hart nog oop. Dit weet Ouboet vir 'n feit. En soms, as hy aan die oewer van die Tugela staan, tref dit hom hoe water nie net die swart man se lyk weggevoer het nie, maar ook sy pa s'n – want 'n windpomp het sy eie rivier.

Hy woon nie Emily en James se troue by nie. Hy belet Maria om te gaan, maar agterna vertel Jan hom wel daarvan.

Emily en James het voor die dominee gestaan, skynbaar die toonbeeld van vreugde. Emily in haar ma se trourok. Ouboet se keel trek toe as hy net daaraan dink. In dieselfde rok as wat sy ma gedra het toe sy met Kleinpiet getrou het!

Daar was min mense. Gordon en Sally Andrews, Riana, Thea en Jan.

Oor Kleinpiet se dooie liggaam het Emily en James getrou. En dalk het sy ma reg, dis 'n waarheid so oud soos die mensdom self: As die liefde roep, is daar niks wat dit kan keer nie … nie 'n koning nie, nie die grafte van die drie-en-vyftig duisend Boeremans, -vrouens en -kinders en twee-en-twintig duisend Britse soldate wat in die oorlog gesterf het nie – en nie 'n Kleinpiet nie.

Hy moet dit aanvaar, weet Ouboet. Maar wat van hom, wat van sy beginsels? Sal dit hom tot in lengte van dae verkwalik word dat hy die besluite en wense van sy vader nakom?

Soms, op onbewaakte oomblikke, dwaal sy gedagtes na Dirk. Dirk wat nes Henk sy pad gekies het na die groot gat in die grond. Om goed te grawe vir winste wat hy self nooit sal sien nie. En dan wonder Ouboet: Watse planne het die noodlot vir Dirk in gedagte?

Eers ses jaar later kom die reën. Die aarde en die hemel kon toe, met water in oorvloed, aan die vry kom, soos Kleinpiet altyd gesê het. Die reën sal skoon was. Die reën, anders as die mens, kan vergewe.

— 7 —

Jy in jou klein hoekie

Laat ons skyn vir Jesus met 'n helder glans,
skitter soos die sterre aan die hemeltrans,
in die donker wêreld, skyn dan, skyn,
jy in jou klein hoekie en ek in myn.

1948

Ná lekker lag kom lekker huil. Maar dis ook waar dat ná lekker huil die lag gewoonlik terugkeer. Die reëns het uiteindelik gekom en die Depressie het in die Tweede Wêreldoorlog, saam met sestig miljoen siele, sy einde gevind.

Die Groot Droogte en die Depressie het baie dinge uitgeskud, goed en sleg. Ouboet het in die oorlogsjare sy eie stempel op Donkerland begin afdruk, maar baie dinge het dieselfde gebly. Ou gewoontes sterf nie maklik by die de Witt-mans uit nie – dit kos meer as 'n droogte en geldnood om só 'n trotse familie soos die De Witts van Donkerland heeltemal van stryk te bring.

Op sy buurplaas was al hierdie dinge sigbaar, maar nooit het Ouboet 'n hand van vriendskap of vrede uitgereik na sy suster nie. Daarmee moes ek vir lief neem, maar die Vader het my gehoor mompel en mor.

Ouboet het die voorbeeld van ons pa gevolg, en 'n hegte vennootskap gesmee met Zwide, seun van Bongani. Saam het hulle die draad gespan wat Donkerland se grense bepaal en alles wat hulle s'n is omhein het. Saam het hulle ou drade herstel, saam het hulle hoekpale gestut.

Zwide is nie net Ouboet se regterhand nie, maar ook sy geheue.

Ouboet is geneig om deur dekrete te lewe, soos ons voorvaders: besluite wat bevele word wat elke laaste siel op die plaas moet nakom. En natuurlik vergeet Ouboet self die meeste daarvan. Dan herinner Zwide hom.

Sommige van sy dekrete het baie praktiese redes. Een daarvan was dat Zwide Ouboet se nuwe knyptang in sy gereedskapkas in die skuur moes sit, en dat niemand behalwe Ouboet aan daardie gereedskapkas mag raak nie. Wanneer die draadspannery moeilikheid afgee – soos bloedblase en wonde waar die draad gebyt het omdat die ou knyptang gegly het – is dit Zwide wat Ouboet daaraan moet herinner hoekom die nuwe knyptang nie saam met hulle reis nie. Ouboet het dan opsluit gesê niemand anders as hy wat Ouboet is raak aan daardie gereedskapkas nie!

Ten minste luister Zwide na sy dekrete.

Ouboet is gou om aan Zwide te verduidelik hoekom hy so erg oor daardie gereedskapkas is – die kinders, Piet-Jan en Sigwebana, krap daarin en sit niks op hul plek terug nie.

Piet-Jan.

'n Man – veral 'n man soos Ouboet – is lief vir sy dogters, maar hy bid vir 'n seun. 'n Erfgenaam wat eendag sy skoene sal volstaan. En so was dit ook – Ouboet en Maria se eerste kind, wat hulle Jakob gedoop het na sy agteroupagrootjie wat op Majuba geval het. Drie jaar later, presies op die dag van sy derde verjaarsdag, het die polio hom gevat.

"Ons moes hom 'n ander naam gegee het," het Ouboet ná die begrafnis gesê. En dit was die laaste dat hy ooit oor Jakob gepraat het. Tipies, nè? Oubaas Pieter het ook nooit gepraat oor Magriet, sy eerste vrou nie. Uit wie se buik hy sy Jakob moes verlos.

Maar as die Here 'n deur toemaak, maak Hy 'n venster oop, en nadat Ouboet se swaer, Jan, met die slag van El Alamein geval het, het Thea, sy weduwee en Ouboet se suster, teruggekeer na Donkerland. Saam met haar het gekom haar enigste kind, Piet-Jan.

Daar is 'n patroon, nè?

Piet-Jan is al agttien, 'n jaar jonger as sy beste plaasmaat, Sigwebana, wat Zwide en Nandi se seun is. Die twee sit die ou tradisies voort.

Speel daglank in die veld – soms met Ouboet se gereedskap, sonder sy medewete; soms erger: Dit is nie ongewoon om die twee met Ouboet se haelgeweer in die veld te kry waar hulle op soek is na tarentale nie.

As Ouboet dink aan die toekoms van Donkerland, dink hy net aan een man wat in sy spore sal kan volg, en dit is Piet-Jan.

Maar laat ek ook formeel kennis gee van die lewe anderkant die grensdraad. Dit gaan nie beter nie. Emily en James betree nou hul middeljare, en sonder enige kinders as erfgename.

Emily en James het getrou, en James het uiters suksesvol geboer op die plaas langs Donkerland wat sy pa gedurende die Depressie by Petrus Potgieter gekoop het.

Emily en James se groot liefde het deur die jare standvastig gebly. Maar vir Ouboet was hulle kinderlose huwelik te verwagte. "Sy wou mos met 'n Engelsman trou," het hy gesê. Die woorde het Emily se ore bereik, en Ouboet sou nooit weet hoe dit haar gekrenk het nie. Dat die woorde hom sou inhaal, lelik inhaal, daaraan het hy nie gedink nie.

Vir Ouboet is daar geen kans dat hy en James ooit bevriend sal kan raak nie. Hy sal, om mee te begin, nooit met die man kan politiek gesels nie: Hy is Engels en sekerlik 'n groot Sap. Ouboet se sinnigheid lê by doktor Malan se Natte, en hy kan nie wag vir die komende algemene verkiesing nie. Sy Sap-swaer kan daai ene maar in sy pyp sit en dit rook, sê Ouboet. Hier kom 'n ding.

Die grensdraad wat hy en Zwide span, merk onder meer dit wat syne is en dit wat James s'n is. As 'n mens jou grond wil afbaken, moet jy heinings span. So ook is dit met 'n land en sy volk. Dít weet Ouboet.

Maar wat gebeur as daardie heining deur die middel van 'n volk gespan word, eerder as om hom? En nie net deur 'n volk nie, maar tussen vriende, familie – en tussen broer en broer?

Tarentaaljag, waaraan Piet-Jan en Sigwebana baie aandag en tyd bestee, het sy belonings, maar die twee eet dit so gou op. En wat doen 'n mens as jy die laaste beentjie skoongeëet het en daar bly niks anders as 'n hoop vere, dele van die karkas en binnegoed oor nie?

Soms kom Piet-Jan met vindingryke voorstelle vorendag; ander kere, soos vandag, het die geit hom beet en is die voorstel wat hy doen, bestem om groot reperkussies te hê.

Piet-Jan suig die laaste vleis van 'n vlerkie se beentjie af en gooi die been weg. "Kom," sê hy terwyl hy sy vingers aflek, "ons gaan kyk wat by die spruit aangaan."

Die spruit. Waar die jong swart meisies gaan was. Hulle was. Sonder klere. Dis Piet-Jan se geit wat praat.

"As hulle ons sien, hulle sal gaan kla by my pa, en dan my pa hy sal gaan kla by baas Ouboet, en dan baas Ouboet hy sal ons gatvelle aftrek met die sambok."

"Hulle sal ons nie sien nie, man. Is jy bang?"

"Vir die baas se sambok? Eisj!"

Piet-Jan glimlag stout, staan op, vat die haelgeweer. Hy is grootmeneer. Die baas se eie kind. "Kom," sê hy.

Sigwebana sug, weet dit sal nie help om te stry nie. Op hierdie plaas neem een klomp besluite, en die ander voer dit uit.

By die spruit is die geluk aan Piet-Jan en Sigwebana se kant: Twee jong meisies, albei lekker na aan puberteit, staan met hul rug na die twee seuns, was hul amper kaal in die spruit. Hulle het nog rompe om hulle onderlyf, maar hulle bolyf is kaal.

Die seuns kruip agter 'n groeisel riete weg – naby genoeg om goed te kan sien – mits 'n mens die riete so effens opsy skuif.

Stadig doen Piet-Jan dit. Sy hand gryp die riete versigtig vas. Hy en Sigwebana loer na die twee meisies deur die gaping in die rietgordyn, glimlag stout by hulself. Hulle wil lag, moet dit onderdruk.

Die een meisie – Sigwebana ken haar goed want hulle is ewe oud – begin haar romp losmaak. Sy staan steeds met haar rug na Piet-Jan en Sigwebana, wie se oë nou groot rek. Hulle glimlag nie meer nie; hulle is nou besig met die ernstigste saak in 'n mens se lewe.

Skielik skrik die een meisie. "*Jô! Jô! Jô!*" roep sy uit.

Piet-Jan en Sigwebana skrik hulle bleek en los die riete, wat weer toeskiet.

Die twee meisies staan nou na die riete gedraai, rompe en hande oor hulle borste en mikke gedruk. Hulle protesteer luid teen die afloerders, en die twee seuns spring op en laat spaander. In die hardloop lag albei té lekker.

Die meisies hoor hoe hul gelag in die verte verdwyn, en dan giggel hulle verlig.

In Donkerland se kombuis sit die vrouens en kos maak: Ouboet se vrou, Maria, en haar skoonsus, Thea; die dogters, Annette en Mari, en Nandi, agteragterkleinkind van Eerste.

"Annette, as julle die perskes klaar geskil het, gooi julle die skille in 'n emmer. Pa het gesê hy wil 'n bietjie brandewyn stook." Die kombuis is Maria se domein; hier gee sy die bevele.

"Ja, Ma."

Maria kyk die ander aan, besef iemand is nie hier nie. "Waar's Ouma?"

"Sy't gesê sy gaan 'n brief skryf. Aan oom Dirk."

"Ons noem nie sy naam in hierdie huis nie." Ouboet se haat jeens sy broer het na Maria oorgewaai – al weet sy nie presies wat die grond daarvan is nie.

"As ek eendag groot is, wil ek in die stad gaan bly, soos oom Dirk." Mari, Maria se bekkige oudste, praat voordat sy goed nagedink het oor haar ma se woorde.

"Jou pa sal dit nooit toelaat nie." Maria kyk nie eens op van die bak deeg waarmee sy besig is nie.

Mari gee haar ma onderlangs 'n kyk. Suiwer verwyt.

"En moenie met daai gesig na my kyk nie." Só, sonder om eens op te kyk van haar deeg.

Mari kyk af, dikbek, en Annette dink dis nou die beste kans om háár grief in die lewe te opper: "Hoekom kan Santie volgende jaar by haar suster in Pretoria bly, maar ek en …?"

"Annette," Maria praat met 'n fermheid wat die kinders sal laat verstaan, tot hiertoe en nie verder nie, "ons het die saak klaar bespreek."

Annette en Mari deel onderlangs 'n blik, vennote in opstand teen al hierdie reëls wat hul ouers maak.

"Nandi," roep Maria.

Nandi kyk op van die vloer waar sy werk. "Mies?"

"Maak vir die oumies 'n pot tee."

Nandi sit die skropborsel terug in die emmer. "Ek maak so, Mies."

Dirk kan sy ma omtrent die brief sien skryf. Sy sou, soos haar gebruik is, haar in haar kamer gaan afsonder het, sodat niemand haar gedagtegang kon steur nie. Sy sou by die tafeltjie voor die venster gaan sit. Sy sou sorg dat haar vulpen vol ink is.

Sy ma is al vyf-en-sestig, maar die handskrif hier voor hom is nog netjies en egalig, g'n teken van 'n bewerige oumenshand daarin nie.

Ek mis jou baie en bekommer my elke dag oor jou, lees Dirk. *Ons hoor gerugte van spanning wat hoog loop in Pretoria en Johannesburg met die verkiesing net om die draai. Ek weet nie hoe dinge daar by jou lyk nie ...*

Dirk kyk op van sy ma se brief. Kan hy ooit aan haar verduidelik hóé dit hier lyk? Soos enige ander kantoor waar politiek bedryf word: vol plakkate en slagspreuke.

Wat sou sy dink as sy sien hy is nie by die Sappe of die Natte nie?

Hy kyk na die grootste plakkaat teen die muur, glimlag wanneer hy die letters "ANC" sien.

En wat sou Riana dink van die slagspreuke teen die mure?

Workers of South Africa Unite!

Black and White Can Work Together

Let Us Break the Chains

Join the ANC Today

ANC for a Free South Africa ...

Dirk het sy veertigste jaar as vrygesel gevier, en so sal dit waarskynlik nog lank bly. Daaraan kan hy niks doen nie. Vrouens skrik vir sy politiek.

Hy kyk weer af na die brief. Begin weer lees. Snaaks, dink hy, hoe baie sy ma skryf soos sy praat. Kan haar stem omtrent hoor ...

Maar hier op die platteland staan almal vuur en vlam agter Hertzog en Malan se Herenigde Nasionale Party. Ons sal maar sien wat gebeur. Belowe my jy sal versigtig wees en gou kom kuier. Dis nou meer as twee jaar sedert ek jou laas gesien het en ek word nie jonger nie …

Sy aandag word afgetrek van die brief wanneer twee jonger manne die kantoor binnekom. Francois Swart, 'n goeie tien jaar jonger as Dirk, en Gerald, 'n swart politieke aktivis van Francois se ouderdom. Dirk spot hulle altyd oor hul kleredrag: "Proletaries," sê hy. Francois dra 'n langbroek en baadjie, met 'n oopnek-kortmouhemp. Gerald het 'n blou oorpak aan.

Dirk groet hulle, sit sy ma se brief neer.

"Ons het 'n probleem," sê Francois dadelik.

"*Sawubona*, Gerald."

"*Sawubona, mfowethu.*"

Indien Francois agtergekom het dat hy pas 'n les in etiket geleer is, wys hy dit nie. "Daar's gisteraand ingebreek. Die drukpers is stukkend geslaan, en ek kan jou nou sê dit was die Brandwag se Stormjaers."

Dirk neem sy baadjie wat oor sy stoel hang en trek dit aan. Hy vat ook sy hoed wat op die hoek van sy lessenaar lê. "Hoe erg is dit? Kan ons hom regmaak?"

"Nie voor die verskiesing nie, en daarna maak dit in elk geval nie meer saak nie."

"Dan moet ons hom regmaak," sê Dirk op pad na die deur.

"Die verkiesing is oor twee dae, Dirk!" protesteer Francois, wat saam met Gerald vir Dirk by die deur uit volg.

Teen die muur langs die deur waar hulle uitgestap het, is 'n plakkaat met die goud, groen en swart kleure van die ANC en die woorde: *Nkosi Sikelel' iAfrika.*

Honderd jaar nadat Pieter de Witt sy stok in Donkerland se grond inge-hamer het, het Johannes van Rensburg, 'n voormalige sekretaris van justisie van die Smutsregering, 'n pro-Duitse organisasie in die lewe geroep: die Ossewabrandwag. Die OB het vir die duur van die Tweede

Wêreldoorlog die regering se oorlogspoging ondermyn. Ná die oorlog het die OB minder aktief geword, maar steeds aktief genoeg gebly om groot chaos te saai. Oor minder as 'n jaar sal die OB opgeneem word deur die Nasionale Party, maar op die oomblik is sy militante vertakking, die Stormjaers, besig om Dirk se lewe baie moeilik te maak.

Die dag nadat die ANC se drukpers deur die Stormjaers stukkend geslaan is, vergader van hul lede in die etensuur in Johannesburg. Teen die muur is 'n groot vlag met hul kenteken, 'n arend met uitgespreide vlerke, baie soos die Nazi-embleem, en in sy pote hou die arend 'n wawiel met 'n ossewa daarin. Onder die wawiel staan *Die Ossewabrandwag* en onder die arend se vlerke, in sierskrif, *My God, My Volk*. Onder die embleem word die spreuk voortgesit met *My Land Suid-Afrika*.

Voor die vlag staan Johannes van Rensburg, die stigter van die OB en bevelvoerder van die Stormjaers. Langs hom staan Vorster, ook 'n generaal van die Stormjaers.

Omtrent twintig mans, almal in siviele drag, is in die kamer vergader. Hulle staan en luister na Van Rensburg.

"En wat wil Smuts en sy Engelse base doen?" Van Rensburg grond sy manier van toespraak hou op die paar keer dat hy Adolf Hitler in die openbaar hoor praat het. "Was dit genoeg dat hy ons volk se seuns op die altaar van twee wêreldoorloë opgeoffer het? Nee! Was dit genoeg dat in die groot oorlog teen die Engelse wat ons vaders geveg het, hulle al die rykdom en skatte van ons republiek gesteel het en ons vrouens en kinders vermoor het? Nee en weer nee! Want ná hulle dit alles gedoen het – dit alles! – wil hulle nou ons land aan die swartes oorhandig. En ek, generaal Johannes van Rensburg, trotse bevelvoerder van die Stormjaers, sê: Tot hier toe en nie verder nie. Ek sê: Nee!"

Soos een man reageer die gehoor: "Nee!"

Van Rensburg geniet sy interaksie met sy Stormjaers. Weer vaar hy uit: "Nee, julle sal nie dit waarvoor ons voorvaders hul lewe opgeoffer het vir die swartes gee nie!"

"Nee!" Bruisend.

"Nee, julle sal nie die Afrikaner sy erfenis ontneem nie!"

Weer antwoord sy volgelinge hom met 'n geesdriftige nee.

"En nee, julle sal nie van ons slawe in ons eie vaderland maak nie!"

"Nee!"

"En weer nee!"

"Nee!"

Terwyl hierdie opruiende "gesprek" tussen Van Rensburg en sy Stormjaers aan die gang is, kom 'n jong man die vertrek binne, baan sy weg na voor en fluister iets in Vorster se oor.

Vorster kyk uitdrukkingloos na die gehoor, maar knik sy kop om aan te dui dat hy die man gehoor het. Langs hom is Johannes van Rensburg steeds in volle gang. "Want ons is die Ossewabrandwag se Stormjaers, en ons sê …"

"As ek omdraai," kom dit dramaties en uit volle bors van sy gehoor, "skiet my; as ek val, wreek my; as ek storm, volg my!"

Terwyl hul woorde nog galm, stap Vorster uit die vergaderkamer. 'n Man staan daar vir hom en wag, en Vorster trek die deur agter hom toe.

"Botha," begin hy, maar word onderbreek deur dié Botha wat die Nazi-saluut maak, arm halfomhoog uitgeskiet. Vorster beantwoord die saluut.

"De Witt en sy mense, Generaal," sê Botha, "hulle's op pad na die loods waar hulle drukpers staan."

"En jy's seker De Witt is ôk daar?"

"Ja, Generaal."

"Goed so. Kry 'n paar manne bymekaar …"

"Klaar gedoen, Generaal."

"Gaaf. Wag vir my buite. Ek kom nou."

Botha salueer hom weer. "Generaal!"

Vorster salueer terug. Botha stap vinnig weg. Vorster kyk hom agterna. Die glimlag op sy gesig het niks met vriendelikheid te make nie.

Dirk is baie bewus daarvan dat hy en sy helpers in die huidige politieke bestel aan die agterste speen suig. En elke keer dat hy aangestap kom na die loods waar hulle hul werk doen, voel hy dit erger aan. Die loods is erg bouvallig. Aan die binnekant is dit duidelik dat baie lae huur vir hierdie perseel betaal word, en dat niemand ooit 'n permanente kantoor in hierdie gebou sal wil vestig nie.

Kartondose en hope plakkate en pamflette lê orals rond. Eenkant is daar 'n groot ou drukpers, waarskynlik in die jare twintig of dertig vervaardig.

Dirk, Francois en Gerald kom tot stilstand voor die drukpers, of wat daarvan oor is. Iemand het dit met groot hamers toegetakel. Gerald tel twee metaalrollers op – deel van die drukpers se meganisme.

"Dis nie al wat hulle beskadig het nie," sê Francois. "Daar's klein ratte en goeters waarvan ek nie eens die naam ken nie wat ons sal moet vervang. En dis 'n ou masjien, so, ons gaan sukkel om parte te kry."

"Dan moet ons 'n ander plan maak." Dirk wil nie hê dat hul stem nóú gesmoor moet word nie. "Wie ken ons wat ons vir tyd en wyl een kan leen?"

"Dis verkiesingtyd, Dirk. Al wat 'n drukpers is, werk nou oortyd. Die enigste …" Francois hou skielik op met praat.

Vorster, gevolg deur Botha en vyf jong Stormjaers, kom by die deur ingestap.

Dirk sien hoe Francois verbleek. Hy draai om en sien Vorster en sy trawante, nou heelwat nader.

Dirk, Francois en Gerald staan bewegingloos. Gerald loer na links en regs, baie senuweeagtig.

"Dirk de Witt." Vorster se stem is baie rustig, amper vriendelik. "Het jy nou wragtag gedink ons sal nie uitvind waarheen jy jou subversiewe drukpersie geskuif het nie? Hm?"

Dirk antwoord hom nie.

"'n Mens sou dink dat 'n man met 'n van soos joune se hart op die regte plek sou wees."

"Ek dink ek kan met honderdpersentsekerheid sê dat jou idee van die 'regte plek' soos dag en nag van myne verskil." Dirk se antwoord haal ten minste die smalende glimlag van Vorster se gesig af.

"So kom ek agter, ja. Wat jammer is, want mense ken my as 'n rede-like man. Maar as ek my vasloop teen 'n man, veral een wat dieselfde taal as ek praat, wat die Afrikaner met sy pamflette en plakkate slegsê, dan raak ek minder redelik."

"Nee, meneer Vorster, nie 'die' Afrikaner nie. Net Afrikaners soos julle."

"So het ek in jou pamflette gelees, ja, maar wat jy en jou maatjies nie verstaan nie, is dat Smuts en sy smelters, en veral mense soos jy wat gatkruip by die ANC, nie Afrikaners is nie. Julle's die Jode en die Engelse se lakeie. 'n Volbloedafrikaner is niemand se lakei nie, veral nie 'n Jood of 'n Engelsman s'n nie."

"Om vir die regte van 'n onderdrukte volk te veg is nie die kenmerk van 'n lakei nie. Maar dit is wel die kenmerk van lafaards soos jy en Hertzog en Malan en al die mense wat vir die Nasionale Party gaan stem, om die onderdrukking van 'n volk te kies eerder as reg en geregtigheid."

"Die swart hordes, 'meneer' De Witt, is barbare wat ons sal verswelg."

"Ek sal nie, sonder om 'n hand te lig, staan en kyk hoe julle aan die swartes doen presies wat die Engelse aan ons gedoen het nie."

"Mmm … interessant dat jy van 'hande lig' praat …" Vorster beduie met sy kop na Botha, en hý beweeg vorentoe. Die ander manne tree ook vinnig vorentoe en gryp vir Dirk, Francois en Gerald vas.

Vorster bly staan waar hy gestaan het. Hy beduie met die kop na Dirk en Francois. "Net die twee van hulle. Ons neem die swart maatjie vir 'n uitstappie."

Gerald kyk angstig na die manne wat hom vashou.

Francois is bang. Hy soek hulp by Dirk, maar Dirk is vas. Hy bly egter kalm, sover as wat dit moontlik is. Hy sien hoe Botha na hom aangestap kom, en terwyl hy nader stap, ryg hy sy vingers deur die vier ogies van 'n vuisyster.

Dirk bly kalm.

Botha staan nou een tree voor Dirk, wie se arms aan weerskante deur twee Stormjaers vasgepen word.

"Wanneer jy wakker word, word jy in 'n nuwe Suid-Afrika wakker," sê Botha, trek sy hand terug en laat die vuisyster teen Dirk se gesig klap.

Alles word swart voor Dirk se oë, en alle geluide sink weg in 'n groot stilte. Die gekraak van sy wangbeen hoor hy self nie.

Francois is die eerste wat bykom – amper 'n uur nadat Botha Dirk se ligte afgeskakel het. Dis net hy en Dirk wat in die loods lê, Gerald is nie daar nie.

Francois se gesig is stukkend geslaan. Oral is bloed – op hom en op die vloer rondom hom. Sy oë gaan stadig oop. Dit duur 'n ruk vir hom om behoorlik by te kom. Hy lig sy kop, kyk rond, sien Dirk wat 'n paar treë weg lê, met sy rug na hom. "Dirk …? Dirk …?" sy stem is hees, swak.

Dirk beweeg nie.

Francois probeer opstaan, maar sy ribbes is te seer. Hy sak weer neer. Hy kruiptrek hom na Dirk, stoot aan Dirk met sy hand. Dirk se rug is steeds na Francois gedraai. "Dirk! Dirk!"

Dirk kreun.

"Dirk, kan jy my hoor?"

Dirk beweeg sy hand en arm in die lug, amper asof hy iets probeer afweer.

"Dirk, dis ek, Francois – lewe jy …?"

Dirk rol stadig om, en Francois skrik groot. Dirk is nog erger stukkend as hy. Sy een oog is toegeswel. Sy hele gesig en mond is bebloed. Hy stik aan bloed in sy keel, probeer sy keel skoonhoes.

"O hel … jy lyk verskriklik!"

Wanneer Dirk antwoord, besef Francois dat sy gees nie geblus is nie. "Jy moet sien hoe lyk jy."

Francois dink vir 'n oomblik hieroor na. Hy probeer om nie te glimlag nie, dis te pynlik. "Hopelik nie soos jy nie," sê hy uiteindelik.

Dirk en Francois stoot hulle op sodat hulle teen mekaar kan aanleun. Francois kyk rond, maar daar is niemand anders in die werkwinkel nie.

"Hulle't Gerald gevat," prewel Francois.

Dirk maak sy oë stadig toe. Hy het 'n slegte voorgevoel. Hy weet 'n hond sal môre iewers by 'n vuilishoop, of 'n kind wat in die veld speel, op 'n lyk afkom. Dit sal Gerald wees, sy lyf gebreek, sy oë waarskynlik steeds oop, starend. Dood.

Dit is die oggend van 27 Mei 1948. Ouboet, Maria, Thea, ouma Riana, Annette, Mari en Piet-Jan sit tjoepstil in Donkerland se opstal en luister na die nuusuitsending op Ouboet se buisradio.

"Hiermee dan die finale uitslag van die algemene verkiesing soos gehou op 26 Mei 1948: Die Herenigde Nasionale Party sewentig setels; die Verenigde Party vyf-en-sestig; die Afrikanerparty nege; die Arbeidersparty ses; en Onafhanlikes drie. Ná aankondiging van die uitslag het doktor D.F. Malan al die ondersteuners van die Nasionale Party bedank en gesê dat sy party se oorwinning 'n nuwe era in die Afrikaner se geskiedenis inlei. En dit is die einde van die nuus. Ons volgende nuusbulletin is …"

Ouboet skakel die radio af voor die omroeper klaarmaak en hy draai na die familie daar vergader. Sy hart skiet vol van emosie. Vir hom is hierdie oorwinning 'n persoonlike triomf. Dinge wat verkeerd gegaan het, is nou deur die stem van die ganse volk verander, reggemaak.

Almal se oë is op Ouboet.

"Op die 31ste Mei 1902," sê hy, "het die Boeregeneraals by Vereeniging ons land aan die Engelse oorgeteken. Nou, ses-en-veertig jaar later, amper tot op die dag, het Malan en sy manne hom teruggevat. Onthou hierdie oomblik, kinders. Julle agter-agteroupagrootjie, Pieter de Witt, het die hele pad van die Umzimkulu tot hier gestap omdat hy nie onder die Engelse juk wou lewe nie. Ons hele lewe, tot nou, het ek en julle ma en tannie Thea onder daardie juk gelewe, maar julle – julle geslag gaan oor hierdie land regeer, en nie net oor die Transvaal of die Vrystaat of Natal nie, oor die hele Unie."

Piet-Jan se oë is vasgenael op Ouboet.

"Onthou hierdie oomblik," Ouboet se stem vol emosie, "ons volk is weer vry." Vir 'n oomblik staan hy so, bekyk die kindergesigte een vir een. Dan is dit weer terug na normaal. "Gaaf. Kinders, weg is julle."

Annette, Mari en Piet-Jan staan op om uit te stap, Piet-Jan laaste. Ouboet roep hom terug.

"Oom Ouboet?"

"Gaan kry vir Sigwebana. Ek soek julle albei in die skuur."

Skielik weet Piet-Jan dat dit nie nou meer nasietrots en volkseer is wat op die spel is nie. Hier's moeilikheid van 'n gans ander aard.

Thea kyk bekommerd na Maria, wat 'n dis-hoe-dit-is-gesig trek. Thea kyk terug na Piet-Jan.

"Het oom Ouboet vir ons werk, oom Ouboet?" vra Piet-Jan.

Ouboet mag oud wees, maar hy is nie onnosel nie. "Werk? Hmf. Daar gaat jy. En julle wag daar totdat ek kom."

Piet-Jan haas hom sonder 'n verdere woord uit. Met die uitgaan kyk hy bekommerd na sy ma wat strak na hom terugkyk. Sodra Piet-Jan uit die kamer is, staan Thea op.

"Ouboet …" begin sy, beswaard.

"Ek weet wat jy gaan sê, Thea. As daardie seun die volgende baas van Donkerland gaan wees, moet jy my toelaat om hom te leer."

Thea moet dit so aanvaar. Sy het pas twee soorte beloftes gehoor, en daarom knik sy net en stap uit. Maar met Ouboet se woorde oor die volgende baas van Donkerland kom daar 'n wolk oor Maria se gemoed.

Ouma Riana staan ook op om uit te stap. "Ek wil oormore by Emily en James gaan kuier," sê sy.

"Ma was eergister daar," sê Ouboet binnensmonds.

Ouma Riana draai terug, kyk soos net 'n ma kan kyk na haar seun wat reeds man is. "Ek wil so nege-uur daar wees," sê sy.

Ouboet vertrek geen spier in sy gesig nie, kyk net stil na haar.

Ouma Riana stap uit. Net Ouboet en Maria bly in die vertrek agter, en Riana is skaars uit, of Ouboet trek los: "As sy so graag by Emily en haar Soutie-man wil wees, kan sy mos by hulle intrek. Maar nee, sy bly hier – om my siel uit te trek."

Maria praat met uiterste wilsinspanning: "As Jakob nog geleef het, sou hy die volgende baas van Donkerland gewees het."

Ouboet hoor die naakte pyn in sy vrou se stem; hy onderdruk die seer wat in hom opstoot. "Ons praat nie daaroor nie," sê hy.

Ouboet wil uitstap, maar sy vrou se woorde laat hom vassteek: "Hy sou nou ook agttien gewees het, nes Piet-Jan," sê sy.

Sonder om na Maria om te kyk sê Ouboet: "As die Here dit so wou gehad het, sou Hy nie die polio gestuur het om hom te vat nie."

Ouboet wag nie vir sy vrou se reaksie nie en stap uit. Maria bly agter met haar hartseer. Daardie soort hartseer wat altyd maar groter word.

Dit kos Dirk en Francois 'n paar dae om weer tot verhaal te kom. Teen die tyd dat die ergste swelsel in hul gesigte begin sak het, was die land al gewoond aan die gedagte om D.F. Malan as eerste minister te hê. Vir Dirk was die paar dae genoeg tyd vir diepe nadenke, en toe Francois hom in sy kantoor opspoor, is Dirk besig om te pak. 'n Groot leerkoffer staan op die vloer; al Dirk se klere is daarin.

Dirk staan agter sy lessenaar en pak sy laaste persoonlike goed in 'n kleiner leertassie wat nou op die lessenaar ooplê. Sy een oog en wangbeen is nog erg geswel. 'n Pleister is oor sy een slaap geplak.

Francois, ook bepleister, gekneus en geswel, staan oorkant die lessenaar. "Dirk, die werk begin nou eers," sê hy.

"Ons is verlore." Dirk hou nie op pak nie.

"Moenie nou moed verloor nie," pleit Francois.

"Die Natte het gewen, Francois! En dit was nie 'n staatsgreep nie – die volk het vir hulle gestem – en hulle sal aanhou om vir hulle te stem omdat gelyke regte 'n swart regering beteken."

"Die volk sal in die volgende jare agterkom dat hulle 'n verkeerde keuse gemaak het. En dan …"

"Hulle't klaar gesê hulle gaan al die burgers van hierdie land volgens ras en kleur laat registreer, net soos die Nazi's gedoen het. Hulle gaan huwelike en omgang tussen swart en wit 'n kriminele oortreding maak en hulle gaan al die swartes na uithoekies van die land, weg van die stede, verban – nes die Engelse ons pa's en oupas gedurende die oorlog na eilande verban het. En hulle gaan dit met die meerderheid van die volk se seën doen. Kan jy dit nie sien nie? Met. Hulle. Seën."

Dirk is klaar gepak. Hy klap die klein tassie toe en druk die slotte vas. Hy lig die tas van die lessenaar af en stap om na Francois, die tassie in sy linkerhand. Hy steek sy regterhand na Francois uit. "Tot siens, my vriend. Dit was 'n voorreg."

Francois neem Dirk se hand, maar wil dit nie los nie. "Dit kos duur om in Holland te kom en nog duurder om daar te bly. Hoe gaan jy betaal?"

"Met my erfenis."

Met 'n laaste kyk direk in Francois se oë stap Dirk uit. Francois staan en kyk na die deur. Hy laat sak sy kop – verslae.

Die sambok waarmee Dirk op aandrang van Ouboet die man van die ICU, Siyabonga, 'n paar maande gelede 'n pak slae gegee het, is nou in Ouboet se hande, en hy looi vir Piet-Jan dat hoor en sien vergaan.

Piet-Jan knyp sy oë styf toe, maar dit is sy mond wat die geraas maak. Hy byt op sy tande om die pyn te hanteer. Hy staan vooroor gebuk, met sy hande uitgestrek teen 'n werkbank. Ouboet staan agter hom met die sambok.

Sigwebana staan 'n paar treë eenkant, sy gesig bleek, sy oë wydgesper.

Ouboet gee vir Piet-Jan nog twee hale en staan dan terug. "Sigwebana ..."

Piet-Jan, wat skaars regop kan stap so styf trek sy boude van die pyn, beweeg na waar Sigwebana gestaan het, terwyl sy vriend teen die werkbank buk.

Sigwebana se gesig vertrek in afwagting van die pyn wat kom. En dit kom. Sy oë trek toe en hy ruk effens met die hou; snak na sy asem met elke hou.

Ná die laaste hou kom Sigwebana stadig orent.

Ouboet kyk kwaai na albei seuns terwyl hy praat. "'n Week gelede, toe Zwide my kom vertel dat die vrouens by hom kom kla het, het ek julle die dood voor die oë gesweer as dit weer gebeur. En toe gaan doen julle dit wragtag vanoggend weer. En moenie dink ek weet nie dat jy die aanhitser was nie." Hy kyk Piet-Jan reguit in die oë. "Toe ek jou ouderdom was, het ek vir Zwide aangehits om die meisies te gaan afloer, en my pa het ons albei se gatvelle afgetrek nes ek nou julle s'n afgetrek het. Jy doen dit nie weer nie. Jy's so te sê 'n man."

Hy wag 'n oomblik, kyk Piet-Jan weer vas in die oë. "Hoor jy my?"

"Ja, oom Ouboet."

Dan rig Ouboet hom tot Sigwebana: "En as jy weer toelaat dat hy jou oortuig, gee ek jou twee houe ekstra. Het jy my?"

"Ja, Baas."

"Nou ja, toe!" Ouboet wys hulle moet maak dat hulle wegkom.

Piet-Jan en Sigwebane stap reguit na die beeste se suipkrip. Hulle laat sak hul kaal boude stadig in die koue water in, en bly dan so sit, gatte in die water, langs mekaar. Dis die enigste manier waaraan hulle kan dink om brandende boude af te koel.

"Ek het die kleinbaas gesê ons moenie weer gaan daar by die spruit nie."

"Ag man, jy't gehoor wat hy sê, hy en jou pa het dit ook gedoen."

"Ja, en die Oubaas hy het ook die gatvelle by hulle afgetrek."

"Hulle sou ons nooit gesien het as jy nie 'n lawaai gemaak het nie."

"Die by hy't my gesteek, Kleinbaas!" sê Sigwebana verontwaardig.

"En wat's 'n bysteek teen wat ons nou gevoel het, hû?"

Sigwebana het nie juis 'n antwoord hierop nie.

"Eendag is eendag, dan's ek baas van hierdie plaas, dan kan ek doen net wat ek wil."

"Nie as baas Ouboet nog hierso is nie."

"Waarvan praat jy? Wanneer ek baas is, sal jy voorman wees. Die volk sal dan by jou moet kom kla, nie jou pa nie, en jy sal by my kom kla, nie by oom Ouboet nie."

Die twee seuns sit sy aan sy in stilte, kyk albei direk vorentoe, nie na mekaar nie. Piet-Jan se oë is op iets ver, ver weg. "En nie net baas van hierdie plaas nie," sê hy, "baas van die hele land."

Sigwebana kyk Piet-Jan stil aan.

Ouma Riana kuier gereeld by Emily en haar man op Soetwater. Hierdie keer het sy vir Thea saamgebring – Thea en Emily is nog goed bevriend, soos net susters kan wees. Die terugslae wat Thea moes verduur – veral Jan se dood in die oorlog, 'n Engelsman se oorlog, soos Ouboet haar altyd herinner – het haar 'n somberder mens gemaak as wat sy voor haar troue was, maar wanneer sy en Emily bymekaar is, vervaag baie kwellinge.

Vandag sit hulle in die sitkamer en tee drink. Dit is vir ouma Riana altyd lekker om hier te kom. Donkerland is nou wel haar huis, maar dit is net by wyse van spreke. Die muurpapier in Donkerland se sitkamer met sy fraaie versierings het Kleinpiet ná die oorlog en voordat hulle getroud is self gekies, sy het nooit 'n sê gehad nie. Die De Witts se heiligdom. Die kosyne van die deure is al donker van ouderdom, en sommige van die deure het Kleinpiet gaan staan en groen verf net nadat sy Emily gehad het en nog nie mooi op haar voete was nie. En Ouboet sal niks verander waarin sy pa 'n hand had nie. Vir Ouboet is Kleinpiet se dinge heilig.

Wanneer ouma Riana so sit en kyk na Emily se sitkamer, kry sy nuwe respek vir die Engelse. Hierdie sitkamer is vir haar die toonbeeld van Engels wees. Die skilderye van Engelse landskappe en James se voorouers teen die mure. Die stoele en tafels so anders, soveel stylvoller as die meubels wat die De Witts self vir Donkerland gemaak het. Daar is ook 'n teestel van silwer.

Boonop is Emily aangetrek in 'n netjiese rok, baie soos dié wat die vrouens dra in foto's wat die Spoorweë se nuwe treindiens tussen Kaapstad en Pretoria in *Die Huisgenoot* adverteer. Om nie te praat van die string pêrels wat om haar jongste kind se nek hang nie!

Riana se hart swel van trots oor Emily. Dis goed dat sy van Donkerland af weggekom het.

Hulle is besig om te skinner, soos Emily altyd sê. Emily smag na nuus oor Donkerland.

"Ek onthou baie goed toe Pa vir Ouboet en Dirk en Henk pak slae gegee het," vertel Thea. "Dit het my toe nie gepla nie, maar as dit jou eie seun is …"

"Dis wat mans nie verstaan nie, my kind." Ouma Riana is nie van bloed uit 'n De Witt nie, sy mag die mans kritiseer. "Die naelstring mag dalk gesny wees, maar 'n ma se kinders bly verbind. Al is hulle hoe oud."

Emily kry 'n ondeunde glimlag en haar oë skitter. "Veral haar seuns, nè, Ma?"

"Moenie jy probeer om my in 'n hoekie te dryf nie. Ja, veral haar seuns, nes julle albei julle pa om julle pinkies gehad het en Annette en Mari vir Ouboet. Wie sal seuns teen hulle pa beskerm indien nie hulle ma nie?"

Toe James ingestap kom, val dit Riana ook op dat elke duim van hom ware heer is. Hy het vir hom 'n baadjie gaan aantrek toe hy die vrouens sien kom, en anders as Ouboet is hy netjies skoongeskeer.

"En wie sal dogters teen hulle ma beskerm indien nie hulle pa nie?" Hy praat nog met 'n effense Engelse aksent, maar ouma Riana is nogal beïndruk deur hoe baie van haar taal James by sy vrou geleer het.

James stap met 'n glimlag nader en groet ouma Riana met 'n soentjie op die wang terwyl sy bly sit. "Dagsê, Ma."

"James." Durf sy dit ooit teenoor Ouboet erken dat sy haar skoonseun deur die jare leer liefkry het?

"Lekker om Ma so gou weer te sien."

"Hoe anders sal ek my tee uit 'n silwerteepot kry?"

"Ag, Ma," sê Emily gemaak skaam en klik haar tong.

James gee vir Thea ook 'n soentjie op die wang, en Emily bring James op hoogte van hul gesprek. Uit respek vir hom slaan sy oor na Engels: "Thea is ontsteld omdat my broer vir Piet-Jan met 'n sambok 'n pak slae gegee het."

"O? En wat het die knaap gedoen?"

Die vrouens raak skielik stil, kyk al drie verleë af na hul teekoppies.

"A-ha. Ek sien. Seuns se dinge. Wel … julle moet my verskoon," en hy verduidelik dan vir Emily: "Ek het net ingeloer om te sê dat ek na daardie lappie veld gaan wat langs die rivier lê. Ek sal nie lank wees nie."

Emily glimlag warm vir James; hy knipoog, onopgemerk deur die ander vrouens, vir Emily. Sy kyk met 'n glimlag weg.

"Dames …" James knik hoflik voordat hy uitstap.

"Hy mag nou wel 'n Engelsman wees," sê Thea wanneer hy uit is, "maar, Sussie, ek ken van 'n paar Boere wat gerus by hom 'n kers of twee kan opsteek oor ordentlike mansmens wees."

"Dankie, Thea."

Emily praat nooit daaroor nie, maar met elke dag dat sy langer van Donkerland weg is, word sy meer en meer oortuig van hoe 'n buffel Ouboet geword het deur sy isolasie op die plaas. Die houding teenoor vrouens kom uit die vorige eeu, voel sy.

"Hy sou 'n goeie pa gewees het," antwoord ouma Riana. En voel dadelik sy kan haar tong byt wanneer sy sien hoe Emily se glimlag kwyn. "Jammer, my kind, ma het nie bedoel om …"

"Dis nie nodig nie, Ma. Dis hoe dit vir ons uitgewerk het en hy het my nog nooit daarvoor verwyt nie. Ons is baie gelukkig."

"Meer as wat 'n mens van Maria kan sê," antwoord Thea.

"Thea, ons praat nie uit die huis nie." Ouma Riana doen net haar moederlike plig, en sy is bly dit is uit.

"Skuus."

Emily verander die onderwerp. "Nog tee?"

'n Mens kan Ouboet met 'n veertjie omtik.

Hy's doenig by die heining wat hy oprig tussen twee kampe op Donkerland, toets die spanning van die draad. Hy sak op sy hurke om aan die onderste draad te kan vat, en terwyl hy so op sy hurke sit, sien hy iemand anderkant die heining langs die dam verbygestap kom.

Ouboet kan sy oë nie glo nie. Hy kom stadig orent, kyk behoorlik. Dis Dirk!

Hy kom van die opstal se kant af aan, en Ouboet kan sien dat sy jonger broer wonde aan sy gesig het. Dirk stap met geboë skouers, soos iemand wat 'n groot lewensmoegheid oor hom het.

Ouboet is sprakeloos.

"Ek onthou nog toe Pa hierdie heining gespan het," sê Dirk.

Ouboet staar sonder 'n woord na sy broer.

"Nandi het gesê jy's hier bo by die dam. Snaaks hoe 'n mens se ver-beelding met jou kan parte speel. Toe ek by die dam verbystap, kon ek sweer ek hoor nog hoe ek en jy en Henk in die water baljaar; Thea en Emily en Zwide ook."

Dirk stap tot by die heining, steek sy hand oor die heining na Ouboet uit. "Dag, Ouboet."

Ouboet vat nie sy hand nie. "Wat soek jy hier?"

"Ek bied jou my hand, broer."

"Ek sê: Wat soek jy hier?"

Dirk laat sak sy hand, draai half weg, tuur oor die velde. Ouboet se aggressie was hy te wagte. Miskien moes hy geweet het dat die vent ook geen maniere het nie. "'n Mens vergeet as jy in die stad woon hoe lyk hierdie plek ná die reëns hier was. Jy weet dis groen, maar jy vergeet hoe groen die groen werklik is. Pa't mos altyd gesê ná die veld so groen gereën het: Die hemel en aarde is aan't vry."

"Gaan jy my antwoord, of moet ek weer vra?"

Ouboet het geen sinnigheid aan Dirk of sy mymeringe nie. Met elke woord wat hy sê, bevestig hy 'n band waarvan Ouboet niks wil weet nie.

"Die lewe het sy eie pad, Ouboet, en by die vurke is die keuse nie altyd eenvoudig nie."

"Wel, jy het jou keuse gemaak. Ek het werk om te doen." Hy begin wegstap.

"Ek het besluit om in Holland te gaan bly."

Ouboet draai terug, kyk vir 'n oomblik met 'n geamuseerde glim-laggie na Dirk. "O … daar kom dit nou uit. Die volk het gepraat, maar ongelukkig nie gesê wat jy wou hê hulle moes sê nie, en nou hardloop jy al weer – eers van die plaas, en nou uit die land. As jy so aangaan, sal daar naderhand nie meer plek op aarde wees waarheen jy nie reeds gevlug het nie."

Dirk kyk stil na Ouboet.

"As jy gekom het om Ma te groet," sê Ouboet, "sy en Thea kuier langsaan by Emily en haar Rooinekman."

Emily, Thea en ouma Riana se gesels het lekker draaie gemaak. Emily is besig om, met 'n geskater as gevolg, te vertel van hoe sy eenkeer by 'n kerkbasaar oor haar voete gestruikel en 'n bord koeksisters vir statige ta' Miemie teen die hoed getref het.

Terwyl hulle lag, stap James in, geamuseer deur die vroue wat skielik probeer om hul gelag agter hul hande weg te steek. "Dames ..." begin hy.

Die vrouens begin tot bedaring kom, proes nou eintlik vir hul eie lawwigheid.

"Julle sal nooit glo wie ek op pad hierheen teëgekom het nie."

Dirk kom agter hom die vertrek binne.

Die dames se mond en oë rek wyd.

"Dirk!" Emily vlieg op, hardloop na hom en omhels hom. James slaan dit met 'n breë glimlag gade.

"Dirk, my liefste boetie, dis so goed om jou te sien!" roep Emily uit.

Ouma Riana staan nader. Sy wag hoflik 'n paar treë weg vir Emily om klaar te groet.

Dirk pyl dan op sy ma af. "Hallo, Ma," sê hy oorstelp.

Ouma Riana sien dadelik sy gesigwonde raak. "My seun, wat het met jou gebeur?"

"'n Paar Stormjaers van die Ossewabrandwag het met my en my kollegas kom gesels."

"My kind ..."

Dirk stap in sy ma se arms in. Sy omhels hom sonder 'n woord, haar oë toe.

Emily kyk bekommerd na James, wat sy kop half skud oor Dirk se wonde.

Klaar gedruk, staan ouma Riana effens terug en kyk na Dirk se wonde. Sy oë gaan na Thea wat net agter ouma Riana staan. "Welkom tuis, Dirk," sê sy.

"Dankie. Dis lekker om hier te wees."

"Was jy al by Donkerland?"

Dirk knik. "Ouboet het my gesê julle kuier hier."

"Maar nie aangebied om jou te bring nie," snip Emily, en dan sê sy soberder: "Jy't 'n lang reis gehad. Dis nog lank nie sesuur nie, maar ek dink 'n glasie sjerrie vir almal sal in orde wees, of hoe?"

"Net 'n kleintjie vir my," sê ouma Riana.

James stap oor na die drankkabinet en begin die kristalsjerrieglase regpak vir die skink uit 'n kristalkraffie met sjerrie bo-op die kabinet.

Emily kom staan by Dirk en ouma Riana. "As jy eerder hier by ons wil bly, Dirk, is jy baie welkom."

"Wat jy waar kry?" vra ouma Riana dadelik. "Hy kom bly in sy ouerhuis, en as sy broer nie …" met 'n knikkie in James se rigting, "… hoflik is nie, sal sy ma hom met daardie einste sambok maniere leer. 'n Kind is nooit te oud vir 'n pak slae nie."

Ouboet maak sy eie pale vir die heinings wat hy span; daar is nie geld om by die koöperasie sparre te gaan koop nie. Nou oes hy maar onder die bome op die plaas – hy is trouens baie gelukkig dat die spul wattelbome wat hy geplant het lekker fris gegroei het kort ná die droogte gebreek is. Ouboet is juis nou besig om die takke van die boom in sparre op te saag en, indien hy nie 'n ander gebruik daarvoor vind nie, die stam vir brandhout op te kap. Hy hou nie daarvan om wattel te gebruik vir brandhout nie, want dit maak nie lekker kole nie, maar dit sal vir eers moet deug in die Aga wat in die kombuis staan.

Ouboet het die balk tussen die twee ente van 'n houtdonkie neergelê en hy is nou al 'n goeie duim in die hout in met sy saag. Dit gaan moeilik – die saery tap sy krag, laat die sweet van hom afstroom. En tussendeur gesels hy met Piet-Jan, wat handjie kom bysit het.

En verdomp, sal die kind nie uitvra oor daai broer van hom nie!

"Maar hoekom sou oom Dirk stad toe wou gaan, waar hy niemand geken het nie, as hy hier kon gebly het?"

Die antwoord, wat Ouboet betref, is baie eenvoudig: "Omdat daar nooit 'n boer in sy bloed was nie. Ook nie in jou oorlede oom Henk nie."

"Is dit hoekom oom Henk hom opgehang het?"

Ouboet wou net weer sy ritme met die saag vind en stop nogeens. "Oom Henk het hom opgehang omdat hy sy been in die myne verloor het."

"Ouma sê oom Henk was 'n goeie mens."

"Een ding wat jy van jou ouma moet verstaan, seun, is: As jy hier op die plaas bly, is jy net nog 'n boer, maar as jy wegloop stad toe of jou ophang, dan's jy 'n goeie mens."

Ouboet saag verder. Hy's net stewig aan die gang toe Piet-Jan se volgende opmerking hom sy asem diep laat intrek.

"Sigwebana sê sy ma het hom vertel dat oom Dirk stad toe is omdat oupa Pieter hom gedwing het om 'n swarte te slaan met die einste sambok waarmee Oom ons looi."

Ouboet hou op saag, maar bly presies in dieselfde posisie, sy oë op die saag terwyl hy praat. Die gekletsery trippel nou oor sy werf. "Dit was lank gelede," brom hy.

"Is dit waar, Oom?

"Hou vas daar." Hy tel die saag op, vind die groef en probeer weer sy ritme vind.

Dit is die eerste aandete sedert Dirk se tuiskoms; 'n behoorlike De Witt-ete. Ouboet is aan die hoof met Piet-Jan regs van hom en sy vrou, Maria, aan sy linkerhand. Langs Maria sit hul dogters, Annette en dan Mari. Aan Piet-Jan se sy is sy ma, Thea en dan Dirk. Aan die onderste ent sit ouma Riana.

Ouboet vra dat hulle die hoofde buig vir die tafelgebed, en almal sluit hul oë.

"Voed ons liggame en versterk ook so ons siele, en vergewe ons genadiglik al ons sondes. Om u naams ontwil. Amen."

Die eet-ritueel wat Dirk aan Kleinpiet se tafel leer ken het, word aan Ouboet se tafel voortgesit. Maria neem 'n bord en begin skep. Sy skep vir almal en gee die borde aan. Niemand begin eet voor almal kos gekry het nie.

"As julle nie omgee nie," sê Maria heel aan die begin, "skep ek net gou vir die kinders en dan kan ons aangaan."

Hoekom sy dit doen, weet Ouboet nie. Die kinders weet hulle mag nie begin eet voordat almal kos op hul borde het nie.

"Ek wil nie boontjies hê nie, dankie, Ma." Mari is nog klein genoeg om kwaai fiemies te hê.

"Jy sal eet wat ek op jou bord sit."

Mari gee haar ma een van die vuil kyke waarvoor die kind so lief is. Maria kyk nie eens na haar dogter nie, sy ken haar te goed. "En moenie met daai gesig na my kyk nie," sê sy so in die skep.

Mari kyk af, baie dikbek.

Thea vind die stilte aan tafel baie hinderlik en sê: "As ek mag vra, Dirk, wat gaan jy in Holland doen?"

"Weet nog nie. Miskien vir 'n graad inskryf. In die onderwys."

"Hy't mos klaar sy diploma," sê ouma Riana, "en nou 'n graad. Die eerste De Witt met 'n graad."

Ouboet staar nors voor hom uit. Kan dit nie uitstaan dat sy ma die lieplapper so blink poleer nie.

"Sal ons dan vir Oom moet doktor sê?" wil klein Annette weet.

Sy laat Dirk breed glimlag. "Nee wat. Dis net as 'n mens 'n doktorsgraad het. En dit kos baie jare."

"As ek groot is, wil ek 'n doktorsgraad kry," sê Mari.

"Mari," betig Ouboet haar onmiddellik. "Dis die tweede keer dat jy aan tafel praat sonder dat jy gevra word. Moenie laat daar 'n derde wees nie."

Mari sit weer dikbek na haar kos en staar.

"En jy't nie rede om dikmond te trek nie, maar ek sal vir jou een gee as jy wil."

Ouboet is vanaand in geen luim vir 'n teëpratery nie; Piet-Jan se vrae het hom erg omgekrap. En daardie vrae lei reguit terug na Dirk.

Dirk, die onwelkome besoeker.

Mari omskep met moeite haar dikbek tot 'n neutrale gesig.

"Sal ek vir jou skep, Pappa?" vra Maria.

"Laat die ander eers kry."

Maria begin die skottels aangee vir mense om vir hulleself te skep.

"En as jy jou graad gekry het?" vra Thea aan Dirk.

"Weet nie."

"Dirk is mos ons wandelende Jood," laat val Ouboet.

Dirk kyk na Ouboet, maar besluit om nie hierop te reageer nie. "Ek het gedink om miskien terug te kom en klas te gee," sê hy. "Hoe meer opvoeding 'n nasie het, hoe beskaafder is hy."

"Miskien kan Oom hier in die distrik kom skoolhou," roep klein Mari uit. "Dan kan Oom my meneer …"

Mari beteuel haar betyds; sy kyk angstig na Ouboet en dan af na haar kos.

"As ek kom onderwys gee," antwoord Dirk rustig, "sal dit in 'n swart skool wees."

Skielik het Dirk almal se aandag. Almal hou op eet, sommige met vurk tussen bord en mond.

Dis mos heiligskennis wat hy nou verkondig!

"Hulle is te dom om te leer," sê Ouboet.

"Dis wat die Engelse in die twintiger- en dertigerjare van die Afrikaner gesê het: te dom om te leer. En waar is daardie 'dom' Afrikaners vandag? In die parlement."

"Daar sal kapok in die Kalahari wees voor dít gebeur." Ouboet weier om te glo dat Dirk se toekomsdroom verwesenlik sal word.

"Dis wat julle dink."

"Julle?" Ouboet is onmiddellik aggressief – hy vermoed Dirk sien neer op hom en sy mense. "Wie's 'julle'?"

"Nasionaliste."

"En wat is jy?" Ouboet voel die grootste minagting vir sy jonger broer. Hy het werklik afvallig geword daar in die stad.

"'n Afrikaner …"

Maria begin haar vererg vir hierdie gesprek en wys dit duidelik op haar gesig.

"… wat lief is vir sy land," gaan Dirk voort, "en daarom glo ek hoe

meer die swartes tussen nou en dan geleer word, hoe beter. Ek rede-
neer eerder met 'n geleerde man, 'n man met hoop, met 'n toekoms, as
met een wie se lewe so hopeloos is dat hy niks het om te verloor nie."

"Ons het ses-en-veertig jaar lank gewag om …" kap Ouboet terug.

"Jy weet hoe ek voel oor politiek aan tafel," sê Maria aan Ouboet
maar vir Dirk se ore. "Die kinders …"

"Laat die kinders hoor," antwoord Ouboet. "Dis die land waarin
hulle gaan moet leef." Dan draai hy terug na Dirk: "Ses-en-veertig jaar
om weer ons eie land te regeer, en nou wil jy my kom vertel dat ons die
hele plaas net so aan hulle moet oorhandig?"

Maria staar strak voor haar uit.

"Of ons hom sal oorgee, dit weet ek nie, maar ek sien wat in die stad
gebeur. Die swartes is aan die opstaan."

"Die swartes was nog altyd aan die opstaan. 'n Ferm hand, dis
al wat kortkom, iets wat Smuts en sy liberale joiners nooit verstaan
het nie."

"Gaan die impi's ons doodmaak soos by Weenen, Ma?" vra Mari.

"Nee, my kind, nee." Maria verwens die twee mans hul ongevoe-
ligheid. Sy sit haar servet op die tafel neer en staan op. "Kinders, kom.
Bring julle borde."

"Maar Ma, ek's …" protesteer Piet-Jan wanneer hy sien Thea staan
ook op.

"Piet-Jan," antwoord sy, "moenie laat tannie Maria twee keer
praat nie."

Maria lei die dogters uit, met Thea en 'n baie vies Piet-Jan op hul
hakke. Net Ouboet, Dirk en ouma Riana bly agter.

"Ek's jammer," sê Dirk. Hy het in Johannesburg gewoond daaraan
geraak om sy politieke mening vreesloos uit te spreek – meestal in
lewensgevaarlike omstandighede. En nou, wanneer daar geen gevaar
is nie, vergeet hy hoe sy menings mense kan ontstel.

"Nee, moenie jammer sê nie, Dirk. Hoe sou dit dan anders wees?"
Ouboet glo vir geen oomblik dat Dirk werklik jammer is oor die
woorde wat hulle gehad het nie.

Ouma Riana voel hoe die knop op haar maag verder saamtrek. Dit is vir haar uiters onaangenaam om te hoor hoe haar twee seuns met mekaar vassit. "Ouboet, jy kan nie ..."

"Nee, Ma, moenie nou probeer om dit wat ons almal weet weg te praat nie. Laas toe Dirk kom kuier het, het ons nie 'n dag uitgehou nie, toe's hy weer vort. Hy't goed geweet wat hy doen toe hy destyds gekom het, en hy't goed geweet wat hy doen toe hy besluit het om nou te kom." Ouboet draai na Dirk. "Plaas dat jy by Emily gaan bly het."

"Sy't aangebied," lig ouma Riana hom in, "en ek het aangedring dat hy by ons kom bly."

"Waar het hy sy tasse neergesit, Ma? Nie by Emily nie. Hy't hierna-toe gekom ..." hy kyk Dirk met wrewel aan, "... doelbewus! Om onmin te kom saai."

"Inteendeel, ek het gekom om ..."

Ouboet staan op aan die hoof van die tafel, sy servet in sy hand. Sy woede kry die oorhand. "Moenie eers daaraan dink om dit te ontken nie. Maar laat ek jou vertel, my broer: Hierdie land behoort nou weer aan ons, en ons teken hom nooit weer weg nie. Jy en jou maatjies wil hê ons volk moet 'n bastervolk word, en onder die Sappe het dit al klaar begin gebeur. Maar Malan gaan ons volk versuiwer, en ek sê dis omtrent hoog tyd!"

Dirk sit nog. Hy staar na die tafel voor hom, nie lus om na sy broer te kyk nie. "En daarmee gaan hy ons oor die afgrond stoot," sê hy.

Ouboet gooi sy servet op die tafel neer en stap om na Dirk. "As Ma nie hier was om jou soos altyd te beskerm nie, het ek nou die werk wat die Stormjaers begin het, klaargemaak."

"Ouboet" roep ouma Riana uit.

Ouboet kyk skerp na sy ma. Vir 'n oomblik lyk dit vir haar asof hy minagting wil uitspu. "Gaan Ma my kamer toe stuur? 'n Pak slae gee? Hm?"

Ouma Riana staan op, lig haar ken vir Ouboet en stap kop omhoog uit.

Ouboet kom staan teenaan Dirk. "Dit verbaas my, weet jy, hoe min dinge verander. Lank voor jy van die plaas af weg is, lank voor jy daardie opstoker nie op sy plek wou sit nie en Pa jou moes dwing om die sambok te vat, het ek al geweet, Pa ook, dat jou hart swart is. Maar jy sal sien, nes jy dink jy't 'n vriend wat langs jou staan, kry jy 'n assegaai tussen jou skouerblaaie as jy jou rug draai … net daar."

"Of hy slaan jou kop teen 'n rots stukkend."

"Juis."

"Ja, juis."

'n Stilte kom hang tussen hulle, en nou eers begin Ouboet verstaan wat Dirk pas gesê het. "Dis 'n gevaarlike berg waarteen jy nou uitklim, boetie," sê hy met 'n afgemete stem. "As jy die hele pad hiernatoe gekom het om ou koeie uit die sloot uit te grawe, moet jy gereed wees om jou bek met jou lyf by te staan."

Dirk antwoord nie en kyk ook nie op nie. Ouboet vat dan die bak vleis en bak pampoen en plak hulle langs mekaar op die tafel voor Dirk neer. "Geniet die kos," sê hy. "Dis boerekos." Hy gee Dirk 'n laaste veragtende blik en storm by die vertrek uit.

In die werkers se kraal sit Zwide, Nandi en Sigwebana om 'n vuurtjie. Zwide en Sigwebana eet; Nandi dra kos aan en skink soos nodig.

"Selfs toe ons kinders was," vertel Zwide, "was baas Ouboet en baas Dirk nie soos broers van dieselfde ma nie."

"Ek sien daar gaan groot moeilikheid wees," antwoord Nandi. "Ek het hulle in die eetkamer gehoor."

"Hoekom haat hulle mekaar so baie?" wil Sigwebana weet.

Zwide wil nie antwoord nie. Hy kyk stil na Nandi, en dan terug na sy kos.

"Jou vader wil nie daaroor praat nie want hy's bang dat …" begin Nandi verduidelik.

Zwide vererg hom vir Nandi. "As jy sien dat ek nie daaroor wil praat nie, hoekom praat jy?"

Nandi raak stil.

"Miskien is dit omdat baas Dirk ons mense wil help," sê Sigwebana uit respek vir Zwide.

"Hierdie is ons tuiste," sê Zwide. "Ons woon al hier vir baie geslagte. Ons werk en ons bly stil."

"Miskien is dit oor die man wat baas Dirk met die sambok dood-geslaan het," sê Sigwebana.

Zwide gooi sy kos neer en staan op. "Ons raak nie betrokke by die wit man se struwelinge nie! Die laaste keer dat ons dit gedoen het, was in die oorlog teen die Engelse en baie van ons mense het gesterf." Hy het nou genoeg gehad van hierdie stories en stap uit.

Nandi sit nog waar sy gesit het, stil soos 'n muis. Sigwebana kyk na haar. "Mama," sê hy dan, "hoekom dien ons die wit man al so lank?"

"Omdat ons krygers assegaaie gehad het en hulle s'n gewere. En nou is dit te laat."

"Miskien sal daar 'n tyd kom wanneer ons ook gewere het."

"Moenie sulke goed sê nie. Eet."

Wanneer hy hoor dat Ouboet slaapkamer toe stap en hy seker is hulle mekaar nie weer sal raakloop nie, gaan sit Dirk buite op die stoep en rook. Dit is al goed koud hier in Mei, maar hy het nodig om 'n bietjie sy gedagtes agtermekaar te kry.

Hy sit nog die sterrehemel en betrag toe die voordeur oopgaan en klein Annette uitgestap kom. "Gee Oom om as ek sit?" vra sy.

Dirk beduie dat sy welkom is, en Annette gaan sit langs hom. Sonder skroom begin sy gesels, asof sy hom van gister af ken: "My beste vriendin, Santie, was eenkeer saam met haar ouers in Johannesburg. Sy sê daar's meer liggies daar as wat daar sterre aan die hemel is."

Dirk en Annette kyk op na die sterreruim bokant die stoep. Die Melkweg glinster.

"Sy sê dit was die mooiste gesig wat sy nog ooit gesien het."

Dirk wys na die sterre. "Daar is nie 'n stad in hierdie wêreld waarvan die liggies mooier is as dit nie." Hy dink 'n oomblik na. "En moet jou nie laat mislei nie – net omdat die stad skitter, beteken dit nie dis 'n soort hemel nie."

"Santie se ouers het gesê as sy die einde van die jaar klaar is met standerd 8, kan sy in Pretoria by haar ouer sussie gaan bly. Sy gaan 'n regte werk kry, nes haar sussie. En lipstiffie dra, en sykouse. Ek wens ek kon gaan, maar natuurlik het Pa en Ma nee gesê."

"Miskien is hulle wyser as wat jy dink. Die stad kan 'n gevaarlike plek wees, veral vir 'n jong meisie."

"Ek's nie meer 'n meisie nie, oom Dirk. Ek's sestien. As ek hier bly, sal ek oor twee of drie jaar getroud wees met kinders en alles."

Saam sit hulle en nadink oor hoe 'n aaklige lot dít is vir iemand wat nog nie die wêreld daar buite gesien of beleef het nie. Dirk onthou sy eie gevoelens op sestien, en hy raak dieper in sy gedagtes versonke.

"Hoekom wil Oom die swartes help?" vra sy.

Hy besef die gesprek aan tafel het dieper ingeslaan as wat hy vermoed het, maar hy antwoord haar nie dadelik nie. Kyk na haar, en weer weg. Dan antwoord hy, rustig: "Omdat ek daarvan oortuig is dat in die oë van die Here wat ons geskape het, elke mens – man, vrou en kind – gelyk is."

Annette hou hom stil dop terwyl hy praat.

Die deur gaan oop en Maria kom uitgestap op die stoep; sy het die stemme van binne gehoor. "Annette, dis lankal jou bedtyd verby," sê sy.

Annette staan sonder 'n woord op, omdat sy moet, en gaan die huis binne.

Maria bly egter staan. "Hoe lank beplan jy om te bly?" vra sy, probeer beleefd klink, maar iets in haar stemtoon verraai haar gevoelens.

Dirk besef dat sy hom so gou as moontlik hier wil weghê. "Nie lank nie," sê hy.

"Goed so." Sy keer haar rug na hom en stap die huis binne, en Dirk kyk weer op na die sterre wat aan die hemeltrans flonker.

By die grensdraad tussen Donkerland en Soetwater is Ouboet en Zwide steeds met die heining besig. Zwide het 'n gat gegrawe waar 'n stutpaal moet in – die paal wat Ouboet met Piet-Jan se hulp gesaag en voorberei het. Zwide grawe nog 'n paar skeppe sand uit die gat.

"Reg." Ouboet weet presies hoe diep die gat moet wees. "Dis genoeg so. Bring die paal."

Zwide tel die paal op, stoot sy een punt in die gat en lê die ander punt neer in 'n keep teen die hoekpaal.

"Ja. Perfek. As ons hom eers vas het, werk ons nie weer vir tien jaar aan hierdie deel van die heining nie."

Ouboet kyk op en sien Dirk, nes die dag vantevore, by die dam verby na hom aangestap kom.

"Agge nee, donner." Ouboet is nie lus vir Dirk nie. Hy het werk om te doen en het nie nou nodig dat Dirk hom kom staan en omkrap nie. Hy draai weg, hande op die heupe, wil nie 'n gesprek voer met Dirk wat 'n paar treë anderkant die heining gaan staan het nie.

"Jy's dalk hier om 'n bietjie te gesels of te kom groet, maar ek het werk om te doen," sê Ouboet.

Dirk het hierheen gestap met 'n vaste voorneme. Die tyd vir mooipraatjies is vir hom verby. "Jy't gevra hoekom ek hier is. Ja, ek wou graag vir Ma en ons susters groet, maar dis nie die enigste rede nie."

"Soos ek gesê het, ek het werk om te doen."

"Ek het gekom om my helfte van die plaas op te eis."

Ouboet staar Dirk aan. Sowat het hy nog nooit gehoor nie. Sulke aanmatiging!

Ook Zwide kom orent van waar hy besig was om grond om die paal in te stoot. Hy staar Dirk ongelowig aan.

Hierdie keer praat Dirk stadiger sodat Ouboet goed kan hoor: "Ek het gekom om my helfte van die plaas op te eis."

"Jou ... helfte?" Ouboet weet nie of hy moet uitbars van die lag nie. Hy probeer Dirk se gesigsuitdrukking lees vir 'n teken dat hy besig is om 'n grappie te maak, maar daar is niks anders as dodelike erns te bespeur nie.

"Henk is dood. Dis net ek en jy. Volgens wet is ek op die helfte van Donkerland geregtig."

Ouboet is nie seker wat die wet sê nie. Hy het maar net aangeneem dinge is soos hulle is: Die seuns wat op die plaas bly boer het, kon dit onder mekaar verdeel ná Kleinpiet se dood. En dit het hom baie goed gepas dat Henk en Dirk nie sinnigheid in die plaas had nie. En dat Jan dood en Emily met die Soutnek getroud is.

"Ek dink jy't te ver in die son gestap," sê Ouboet.

"Dis die wet."

Ouboet weet net een ding: Hy gaan nie hier met wetsgeleerdes deurmekaar raak nie. Hy het niks verkeerds gedoen nie. Wat reg is, is reg. "Wet se moer!" bars hy uit. Hy het mooi probeer om nie te ontplof nie, maar nou is daar geen keer meer nie. "Jy is nie geregtig op 'n enkele klip of kluit van hierdie plaas nie, of het jy vergeet wat jy vir my gesê het kort voor jy gewaai het?: 'Jy kan my helfte kry, Ouboet.'"

"Dit staan nêrens op papier geskryf nie. En as ek reg onthou, was daar geen getuies nie."

As Dirk só seker daaroor klink, vermoed Ouboet, weet hy dalk meer van wat die wet sê. En hy het reg. Daar was geen getuies nie.

"Ek steur my nie aan papiere nie. Enige reg wat jy gehad het, het jy verloor toe jy soos 'n dief in die nag uitgesluip het stad toe. Donkerland is myne, en ná my is dit Piet-Jan s'n. Hy's nou wel nie my seun nie, maar hy's steeds my bloed en hy's soos 'n seun vir my."

"Hy kry nie my helfte nie, nie terwyl ek leef nie." Dirk het genoeg navorsing gedoen om nie opgewonde te raak oor Ouboet se planne nie. "Ek weet. Ek het uitgevind."

"Ek is die een wat Pa al die jare bygestaan het, wat hierdie grond bewerk het ná hy begrawe is. Ek en ek alleen! Helfte? Jy kan vat wat jy in jou tas kan pas. Dis al!"

"Dis my erfenis."

"Nie meer nie. Jy is buitendien nie 'n boer nie. Was dit nog nooit nie."

"Wat myne is, is myne. Tienduisend pond."

Ouboet se mond val oop.

"Tienduisend pond, en jy sien my nie weer nie."

Ouboet ontplof weer, hierdie keer met sy vinger wat hy tot onder Dirk se neus druk. "Oor my dooie liggaam. Hoor jy my? Oor my dooie liggaam." En daarmee draai hy om en stap weg van die heining waarmee hy en Zwide besig is. Ouboet is so ontsteld dat hy nie meer hier wil wees nie.

Waar Zwide en Dirk bly staan, draai dit in Dirk se gedagtes dat elke mens maar die hoekie van die wêreld kies waar hy veilig voel, en dan span hy sy draad en hang sy bordjie: Oortreders sal vervolg word.

Ai, die mensdom, dink hy, ôk maar mens ... ôk maar dom. Al is die grensdraad hóé styf gespan, kan dit platgetrap word. Grensdrade kan nooit alles buite hou nie. As Ouboet met sy suster oor die lewe gepraat het, sou sy hom dit ook kon vertel. Maar hy wou nie met sy suster oor haar Engelse man praat nie. 'n Mens moet maar glimlag oor dié stiksienigheid. As dit net nie so seergemaak het nie.

Hoeveel keer het dit nou al gebeur? Hoeveel keer dat Dirk van Donkerland af wegstap, koffer in die hand, met 'n sterk vermoede dat dit die laaste keer is dat hy sy voete op die ou familieplaas sou sit? Hy stap padlangs na Emily en James op Soetwater. Sy gedagtes is onstuimig, dit sal hy self erken. Sal nie verbaas wees as die gevoelens wat hy nou het in wese dieselfde is as dié wat Ouboet verhinder het om enige ander opsie te oorweeg nie.

Dirk se gedagtes, so wars van dié van Ouboet en die De Witts wat hom voorafgegaan het, is op die ou end tog te herlei na 'n liefde vir die grond. Laat 'n ou vrou jou vertel. Dieselfde liefde.

Hoe weet 'n mens 'n stuk grond is joune? Is dit joune omdat jy 'n stok in die middel daarvan geplant en dit uitgetree het? Is dit joune omdat jy dit gekoop het? Of dit met kanon en geweer by iemand anders afgevat het? Of miskien ag jy dit joune omdat dit die plek is waar jy, met jou geboorte, jou eerste asem geskep het?

Ons weet Dirk sou die oorsprong van hierdie gevoel kan terugvoer tot sy voorouer wat uit Grahamstad weggevlug het, selfs tot die onderhandelings tussen Andries Pretorius en Mpande. Die gevoel? Dat hy 'n naelstring het wat met hierdie Donkerland-grond verbind is.

Die probleem is nie vir hom die naelstring nie. Daarmee het hy vrede. Die probleem lê by die mense. Hy verpes hulle, soos hierdie ou vrou ook moet, maar nie heeltemal kan nie. Die De Witt-mans. Sonderlinge gediertes. Kwansuis rasioneel, maar nie gebore in staat om te sien dat hulle God se gebod oor naasteliefde daagliks misken nie. Soveel haat wat sluimer, soveel wrewel wat eendag sal losbars.

Liewer dan weg, sê Dirk. Sê ek, teësinnig.

Vir geen oomblik betwyfel hy die regverdigheid van die eis wat hy aan Ouboet gestel het nie. Hy gaan tog nie sy geboortereg verniet weggee aan iemand wat so stiksienig is soos sy oudste broer nie. Vergeet vir eers die feit dat Ouboet se huigelary tot die dood van Henk gelei het. Vergeet dit. Onthou net een ding: Ouboet het alles in sy lewe op 'n skinkbord gekry. Dit is tyd dat hy 'n gebalanseerde perspektief kry op die tydelikheid van die klein koninkryk wat hy met soveel onnoselheid regeer.

En terwyl Dirk so stap, kom dit vlietend by hom op dat sy pa altyd gesê het geld wat stom is, maak reg wat krom is. Geld is dit wat hom sy droom sal besorg. Geld sal hom in Holland kry.

Maar Dirk het geen idee watter masjinerie hy aan die gang gesit het toe hy so op Ouboet se knoppie gaan druk het nie. Geen idee hoeveel lewens sy eenvoudige eis gaan kompliseer nie.

Toe Dirk uiteindelik by Soetland se opstal aankom, stap hy met die paadjie na die huis tot op die stoep.

Emily het hom sien aankom, en toe hy aan die voordeur wil klop, maak sy reeds oop. Sy nooi hom in en stap voor hom uit die huis binne.

So met die stap na die sitkamer kom 'n laaste gedagte oor geboortebande by Dirk op: Een ding is seker, of jy nou 'n stok geplant het of nie, geld betaal het of nie, of dit jou geboorteplek noem of nie – as 'n mens, of 'n volk, glo dat 'n stukkie van hierdie aarde syne is, sal hy daarvoor veg. Dikwels tot die dood toe. Dan is die aanspraak daarop nie net 'n eis nie, maar 'n geloof. En geloof is 'n ander saak. Kyk maar na Jerusalem – meer as tweeduisend jaar, en die mense baklei steeds oor daardie klein hoekie van die aarde.

In die sitkamer skink Emily vir hulle koffie in. Sy en James sit langs mekaar op 'n bank; Dirk oorkant die vertrek.

Dirk probeer sy eis aan hulle verduidelik: "My helfte is baie meer werd as die tienduisend pond wat ek vra. Ek het my navorsing gedoen."

"Dirk, jy weet nog altyd dat jy …" Emily wag, weeg haar woorde versigtig, "… ek weet ek hoort dit nie te sê nie …" sy kyk vlugtig na James langs haar, "maar tussen jou en Ouboet was ek nog altyd liewer vir jou. Toe ons kinders was, was jy meer as my beste vriend, jy was my held. En is dit nog steeds …"

"Maar …?" Dirk het 'n ekstra sintuig vir ja-maar-opmerkings.

"… maar daar is die wet, en dan's daar die wet: die een wat nie neergeskryf is nie, maar wat almal in hulle harte voel. Ek stem saam, wat joune is, is joune, maak nie saak hoe lank jy nie daar was om daarna om te sien nie, maar het jy nou jou helfte kom opeis omdat jy wil hê wat joune is of omdat Ouboet al een is wat jy kan gebruik om die Afrikaner te straf vir alles wat met jou in Johannesburg gebeur het?"

Dirk verstil. Hy het nog nie só daaraan gedink nie. En dalk moet hy eerlik wees daaroor – ietsie van wat Emily sê, is waar. Uiteindelik sê hy egter net: "Ek het die geld nodig."

Emily kyk na James. Haar man knik effens, en sy sê: "Ek is seker dat as jy geld nodig het om in Holland te gaan bly, James baie bly sal wees om jou te help."

"Absoluut," bevestig James.

"Dankie. Thank you. Maar ongelukkig kan ek dit nie aanvaar nie. Jy's reg … daar is 'n deel van my wat die Afrikaners wat soos Ouboet is wil straf, maar daar's ook 'n deel van my wat vergoeding wil hê vir wat ek moes betaal om 'n De Witt te wees."

Hierdie laaste woorde tref vir Emily. Sy begryp, knik stadig haar kop. Sy weet, sy betaal nog daagliks aan dieselfde voorreg af.

Anderkant die grensdraad is Dirk se eis op hierdie selfde oomblik ook druk onder bespreking. Ouboet, ouma Riana, Maria en Thea sit op die stoep; drink ook koffie.

Ouboet se reaksie is eenvoudig en ferm: "Hy sal hom wat verbeel!"

"Sê my net jy gaan dit nie betaal nie," sêvra Thea.

"Natuurlik gaan ek dit nie betaal nie. Hy kan, wat my betref, met 'n hele bleddie peloton prokureurs hier aankom …"

"Is dit nodig," kom ouma Riana tussenin, "om voor vrouens sulke sterk taal te gebruik?"

Ouboet antwoord nie. Hy kyk vies weg.

"In dié omstandighede, Ma," antwoord Maria, "is ek self lus om sterk taal te gebruik."

Ouma Riana is vies. "Feit bly staan …"

"Nee. Nee, Ma." Ouboet is bang dat sy ma die ondersteuning wat hy by Maria en Thea kry, sal verwater. "Moet dit nie eers sê nie! Hy is nie op 'n spikkel stof van Donkerland geregtig nie. Daardie reg het hy verpand die dag toe hy stad toe gekruip het."

"Sover ek weet, was hy nie 'n paar maande oud toe hy weg is nie."

"Ma weet goed wat ek bedoel. Gekruip soos in nie regop soos 'n man nie."

"Juis my punt. Hy is eers op drie-en-twintig hier weg. Drie-en-twintig jaar van sy lewe wat hy, nes jy, in die grond van hierdie plaas ingeploeg het. Dis nog steeds meer jare as wat hy van die plaas af weg was … meer as die helfte van sy lewe."

Thea dink aan Piet-Jan se kanse om eendag by Ouboet oor te neem. "Mens kan mos nie nou so redeneer nie," sê sy.

"Thea, jou belange lê by Piet-Jan se erfenis," sê ouma Riana, "en dis reg so, maar hierdie kwessie is 'n saak tussen jou broers."

Thea se mond is toegeraps, en Ouboet voel hy moet sy ondersteuners ook ondersteun. "Inteendeel, Ma," sê hy, "Thea het alle reg om te praat. Almal weet dat ek Piet-Jan as my eie seun ag …"

Maria kyk af, haar gesig raak strak.

"… en die dag as ek nie meer kan nie, word hy die volgende baas van Donkerland. Ek gaan nie toelaat dat Dirk Piet-Jan se erfenis verarm nie. Daarvoor sal ek veg asof Piet-Jan my eie seun is."

"Ek dink ons weet almal," antwoord ouma Riana hom op heelwat gedempter toon, "dit gaan nie eintlik oor Piet-Jan se erfenis nie."

Ouboet kyk direk na ouma Riana. "Daar is Ma reg, want dis Piet-Jan se erfenis ... maar dis my plaas."

Thea straal selfvoldaan, maar net totdat ouma Riana begin praat. "As ek mag vra," sê Riana, "wat sou jy gedoen het as Emily 'n seun gehad het?" Ouma Riana weet sy gooi 'n klip in die bos. Laat die getroffenes maar tjank.

Thea skrik vir die implikasies en sy kyk vinnig op na ouma Riana.

Ouboet dink hard na oor haar vraag en sê ná 'n rukkie: "As is verbrande hout, Ma. Sy het nie 'n seun nie, ook nie 'n dogter nie. En ons weet hoekom."

"Nee, ons weet nie hoekom nie. Sê gerus."

"Ek is nie nou lus om oor ..."

"Nee, ek dring daarop aan. Hoekom het sy nie kinders nie?"

"Gaaf, as Ma wil hê dat ek dit sê, sal ek. Eer jou vader en jou moeder ... Ma herinner ons mos graag daaraan. Nou ja, Emily het teen Pa se nadruklike wens met daai Engelsman getrou. En hulle het nie kinders nie. Genoeg gesê."

Ouma Riana staar haar oudste kind aan. "En vir watter sonde sou jy dan sê, het die Here klein Jakob weggevat?"

Dis 'n oomblik tjoepstil op die stoep. Ouma Riana se woorde het Ouboet soos 'n vuishou tussen die oë getref.

Hy kyk vlugtig na Maria, wat erg ontsteld opstaan en vinnig die huis binneloop.

"Ma hoort Ma te skaam." Ouboet knars die woorde met geklemde kake uit.

"Laat hy wat sonder sonde is ..."

Ouboet kan dit nie meer verduur nie. Elke rigting waarin hy dink, is 'n doodloopstraat. Elke gedagte word opgefrommel in sy ma se logika. Hy kan net nie meer nie, hy voel asof hy hom gedurig teen sy ma moet verdedig; elke ding wat hy doen moet probeer regverdig. Hy staan op en stap die huis binne.

Dan staan Thea ook op, haar gesig strak. "Sal Ma my verskoon?"

"Natuurlik."

Thea laat ouma Riana alleen op die stoep agter. Sy glimlag treurig. Soveel dinge wat die kinders ontstel.

Ouma het Zwide die perdekarretjie laat inspan om haar na Soetwater te bring, na Emily en Dirk. Dis 'n heerlike wintersdag; die sonnetjie skyn helder en gee hulle die geleentheid om by 'n tafeltjie in die tuin te sit.

Emily probeer nog hierdie kant toe en daardie kant toe, maar uiteindelik gesels hulle net oor Dirk se aanspraak op Donkerland. Emily is nie heeltemal seker dat Dirk 'n koers ingeslaan het wat die geweldige konflik in die familie kon voorkom het nie. "Kom nou Dirk," sê sy aan haar broer wat 'n entjie weg hande in die sakke staan, "moet nou nie so hardkoppig soos Ouboet wees nie."

"Ek vra alreeds minder as wat dit werd is."

"Dis nog steeds baie geld," sê ouma Riana.

"Ek dink ek het dit verdien." Dirk het gesien hoeveel mense aan die Rand verdien. Ook hoeveel eiendom werd is. Sy somme is nie heeltemal sonder grond nie.

"Ons sê nie jy's nie daarop geregtig nie," voeg Emily haar steun by haar ma, "maar as jy dalk net 'n bietjie toegee, sal hy ook moet toegee."

"Dan ken jy ons broer maar sleg."

"Seweduisend sal miskien vir hom ..." begin ouma Riana, maar Dirk val haar dadelik in die rede. "Ons is nie op 'n basaar nie, Ma! Ek gaan nie oor die prys van wat reeds myne is heen en weer onderhandel nie. Ek sou dink dat Ma dit sal verstaan."

"Wat ek verstaan, Dirk," sê sy, "is dat jy en Ouboet nie met die prys van jou helfte van die plaas besig is nie. Julle maak daardie vuisgeveg klaar wat Pa julle nie toegelaat het om klaar te maak nie die dag toe die polisie vir Henk weggeneem het."

"En weet Ma waaroor daardie vuisgeveg gegaan het?"

"Dat Pa toegelaat het dat Henk tronk toe gaan vir die moord op daardie opstoker. As daar 'n hofsaak was, sou hulle Henk vrygespreek het. Nie een van ons kon gedink het dat hy sy eie lewe sou neem nie. Vergeet die verlede, verby is verby."

"Ook maar goed hy't hom opgehang."

Ouma Riana en Emily staar hom geskok aan. "Dirk!" roep Emily uiteindelik uit. "Hoe kan jy so iets sê?"

"Want as hy nie dood is toe hy dood is nie en daar was 'n hofsaak, het hulle hom beslis onskuldig bevind. En dan sou die polisie verder gesoek het na die persoon wat die man vermoor het. En hulle sou nie ver hoef te gesoek het nie."

Ouma Riana is uit die veld geslaan. Verbaas kyk sy na Dirk, voel hoe die vrees haar keel laat toetrek. "Wat sê jy presies ...?"

"Dirk?" Emily verstaan hom nie heeltemal reg nie. "Was dit jy?"

"Ken jy my as 'n man wat mense se koppe teen klippe stukkend slaan?"

Skielik, netso, gaan die lig vir ouma Riana op. Sy besef dadelik wat Dirk impliseer. Sy staan stadig uit haar stoel op, só geskok dat sy bewe daarvan. "Wat sê jy, Dirk?"

"Ek dink Ma weet wat ek sê."

Ouma Riana staar na Dirk; Emily se oë is wyd gerek. Dinge het ook tot haar begin deurdring.

Die twee vrouens probeer albei uitredeneer presies wat daardie dag gebeur het. Hoekom het hulle dit nie vroeër besef nie?

"Pa het vir my en Ouboet laat sweer dat ons Ma nooit sou sê nie." Dirk kon gesmaal het, maar hy weet dis nie nodig nie.

Sy ma sien niks, al is haar oë wawyd oop. Die skok wat die openbaring vir haar bring, is enorm.

Sy knip haar besoek kort. Daar is dinge wat nou op Donkerland bespreek moet word.

Terug op die plaas pyl sy reguit af op die skuur waar Ouboet besig is om 'n stuk yster reguit te probeer hamer. Ouma Riana se gesig is strak, haar oë donker poele van die suiwerste wrewel.

Ouboet kyk op wanneer hy haar beweging gewaar. Wat wil die ou vrou nou weer hê? wonder hy. Hom probeer ompraat? "As Ma gekom het om my te oortuig dat ek ..."

"Is dit waar?"

Ouboet is oorbluf. Wat bedoel sy? Is wát waar? Daar is soveel dinge wat hy nie met haar wil bespreek nie dat hy nie heeltemal seker is hoe hy haar nou moet antwoord nie.

"Is wat waar?" vra hy ná 'n paar sekondes van stilte.

Ouma Riana stap stadig nader. "Het jy daardie swarte vermoor?"

Ouboet kyk stil na ouma Riana. Die ergste het gebeur! Die een ding waarvan sy nié mog weet nie …

"Watse swarte?"

"Moenie maak asof jy nie weet waarvan ek praat nie. Is dit waar?"

"Wel, as Ma gaan sê dat ek nie moet maak asof ek nie weet waarvan Ma praat nie, dan beteken dit Ma het klaar besluit wat Ma glo."

"Ek wil dit uit jou mond hoor. Is dit waar?"

"Maak dit saak wat ek sê?"

"Antwoord my!"

Hy laat die stilte 'n bietjie verlangsaam. Dan kyk hy haar in die oë. "Ja, dis waar."

Ouma Riana sukkel om haar asem te beheer. Sy't só gehoop dat hy 'n verduideliking sou hê, op die een of ander wonderbaarlike manier die ding ongedaan sou maak. Maar hoe kón sy so iets verwag het?

"Jy't toegelaat dat Henk homself opoffer om …"

"Om Donkerland te red," val hy haar vinnig in die rede. "Henk was stukkend, gebroke, en Dirk se hart was reeds in die stad."

Dis asof 'n sluier stadig oor ouma Riana se oë val. "Ek sal jou nooit vergewe nie," sê sy.

Ouboet kyk na die hamer in sy hand, gooi dit sonder woede eenkant op die werkbank neer en stap tot voor sy ma. "Miskien sal Ma – ná ek van 'n windpomp afgeval en my nek gebreek het … soos Pa." Hy storm by haar verby, uit, uit die skuur uit, weg van die opstal af. Enigiets om nóú nie naby sy ma te wees nie. Die een persoon vir wie hy nooit moes gelieg het nie, maar vir wie hy het.

Ouma Riana staan versteen.

Op Soetwater is die volgende groot verandering in die nadraai van

Dirk se eis op die punt om te gebeur. Alles net woorde, maar in woorde begin verantwoordelikhede. Dirk se woorde het sy familie geskud en James se woorde sal, sodra dit rugbaar word, méér as 'n naskok word.

Emily sit alleen op die rusbank in die sitkamer met borduurwerk. Toe James ingestap kom, staan hy 'n oomblik in die deur, kyk na die beeldskone Emily wat hom nog nie gewaar het nie en loop dan oor na haar. Sy sien hom, glimlag effens, en hou aan borduur.

James gaan op die rand van die bank langs Emily sit. Hy kyk 'n paar sekondes in stilte hoe sy werk. "My hart," sê hy dan, "ek is baie jammer oor hierdie ... hierdie ding wat met jou familie gebeur."

"Dankie. Ek ook." Sy sug, kan nie veel doen om dinge te verlig nie.

"Ek kan dit nie verduur dat jy so ongelukkig is nie en kan my nie indink hoeveel dit jou moet ontstel nie."

Emily laat sak haar borduurwerk op haar skoot, dink 'n oomblik na. "Wat is dit met grond," vra sy ná 'n ruk, "dat mense enige iets sal doen om dit te besit?"

James tob 'n rukkie daaroor en sê dan: "Ek weet nie. My pa het altyd gesê, 'Land, my boy. Land is all that counts.' Miskien omdat dit die enigste ding is wat hou. Selfs goud kan deur 'n gat in jou sak val, maar grond ... grond kan nie verskuif word nie en is ewigdurend."

Emily gaan voort met haar borduurwerk, maar meer ingedagte as doelgerig. "Ek wens jy het Henk leer ken," sê sy. "Hy was een van daardie mense met 'n sagte siel. Waar Ouboet my pa se seun was, was Henk my ma s'n."

"En Dirk?"

"Dirk was nog altyd 'n vrydenkende mens. Ek is glad nie verbaas oor wat hy alles in Johannesburg aangevang het nie. Selfs toe ons klein was, het hy en Ouboet vasgesit oor wat dit beteken om baas van 'n plaas te wees."

James knik, oorweeg dít wat hy wil sê. Dirk sou dit goedvind. "Ek moet jou vertel," sê hy dan, "ek het besluit om voortaan aan ons werkers 'n nederige loon te betaal. Beginnende aanstaande maand."

Emily kyk na James. Sy weet dadelik dat dit 'n feitlik ongekende gebaar in hierdie kontrei is; dat dit seker in die meeste kontreie van hierdie land die geval is.

"Soos jy weet," gaan hy voort, "is ek nie 'n politieke mens nie, maar ek kan nie ignoreer wat in die land aan die gang is nie. Veral nie ná die gesprekke wat ek met Dirk gehad het nie. Dit is vir my duidelik dat as ons nie begin om iets te herstel van die waardigheid wat ons die naturelle oor die afgelope eeu ontneem het nie, sal ons uiteindelik stort oor die rand van 'n afgrond waarvandaan daar geen terugkeer moontlik is nie."

Emily raak liggies aan haar man se wang. "Ek is trots op jou."

James glimlag effens.

"Ek is so jammer dat ek jou nie 'n seun kon besorg nie," sê sy verder, "jy sou so 'n wonderlike mens grootgemaak het."

"Net omdat sy ma my rede gegee het om 'n beter mens te word."

Emily soen hom liggies.

Op Donkerland is Piet-Jan en Sigwebana besig met die dinge van kinders. 'n Ent van die rivier af is hulle gewikkel in 'n kieriegeveg, stok en skild in die hande, iets wat hulle nie genoeg kan oefen nie. Die twee beweeg in sirkels om mekaar terwyl hulle praat, soek 'n opening. Niks ernstigs nie, net oefening.

Sigwebana val aan, maar Piet-Jan weer hom suksesvol af.

"Nee wat, ou maat," tart Piet-Jan, "jy sal beter moet doen as dit."

"Ek gee die kleinbaas die kans."

"Iiiiiisit?" Piet-Jan spring soos blits vorentoe; plant 'n hou wat Sigwebana met sy skild se stok afweer.

Sigwebana slaan terug, effens laag, maar Piet-Jan weer dit maklik met sy stok af. So gaan dit aan: sirkelgang, tart, sirkelgang, toeslaan, afweer, tart.

Skielik kry Sigwebana 'n lekker hou teen Piet-Jan in – 'n hou wat hy teen Piet-Jan se bobeen plant.

Piet-Jan spring rond, hand teen sy bobeen. "Eina! Donner!" gil hy.

"Wat sê die kleinbaas nou? Is dit beter?"

Piet-Jan herstel, oë gevaarlik op Sigwebana. "Kom …"

Hulle sirkel mekaar weer, maak skynaanvalle, deins vorentoe en terug – en dan beweeg Piet-Jan in. Hy doen 'n skynaanval, steek die punt van sy skild se stok direk na Sigwebana se maag. Sigwebana slaan die skildstok met sy kierie weg. Op daardie einste oomblik slaan Piet-Jan met sy kierie en tref Sigwebana teen die skouer.

Sigwebana skreeu en laat val sy kierie. "Agh!"

Piet-Jan staan terug, glimlag breed, trots op sy vernuf. "Moenie dink omdat ek 'n Boertjie is, ek ken nie van kryger wees nie."

Sigwebana tel sy kierie weer op, maar Piet-Jan keer hom. "Nee, dis genoeg." Hy gooi sy kierie en skild in die gras neer, gaan sit uitgeput op sy agterent en kyk na die rooi streep wat alreeds op sy bobeen uitbult. "Wetter!" Saggies streel hy oor die haal. "Maar joune was seerder."

"My pa," terg Sigwebana hom, "hy't gesê ek moet laat wen die klein-baas, anders die kleinbaas sy mond hy raak dik."

"Ja, ja …"

"Ons moet gaan gee die water daar by die kraal."

'n Luiheid het oor Piet-Jan gekom. "Netnou."

"Die baas hy gaan kwaad wees." Niks in die lewe vuur Sigwebana so aan soos Ouboet se toorn nie.

"Ek werk my gat af op hierdie plaas terwyl Annette en Mari binne sit en speel."

"Die vrouens hulle maak die kos en die mans hulle moet werk."

"Jy klink nes oom Ouboet."

Sigwebana gooi sy skild en kierie neer en gaan sit ook op sy agterent. Vir 'n oomblik is daar rus en vrede.

Maar Sigwebana het sake op die hart. "Kleinbaas?"

"Hmm?"

"Hoekom baas Dirk hy is hierso?"

"My ma sê hy soek tienduisend pond by oom Ouboet."

"Tienduisend pond! *Hau! Hau! Hau!*"

"Negentien jaar lank in die stad, en nou ewe skielik wil hy betaling vir sy helfte van die plaas hê. As ek oom Ouboet was, het ek hom lankal met 'n sambok van die plaas af gebliksem."

"Hy kom verkoop hom die plaas?"

"Die helfte van die plaas wat hy dink nog aan hom behoort."

"Hoekom daardie helfte hy behoort nie meer aan baas Dirk nie?"

"Waarvan praat jy? Hy het sy helfte verloor toe hy stad toe gegaan het!"

"Hoekom?"

"Gaan jy nou soos 'n papegaai aanhou hoekom sê? Hy het negentien jaar laas enigiets hier bygedra."

Sigwebana verstaan nie Piet-Jan se redenasie nie. "Maar as ek los my beeste hierso by die plaas en ek gaan daar by die myne vir vyf jaar en ek kom terug, die beeste hulle is nog myne."

"En wie het vir die beeste gesorg terwyl jy weg was?"

"Daardie man wat vir my beeste gesorg het, ek sal hom die een of twee beeste gee vir die werk wat hy voor my gedoen het. Maar die ander beeste hulle is myne."

"Dis nie dieselfde nie."

"Hoekom?"

"Daar gaat jy al weer!"

"Baas Dirk hy vra mos nie die geld vir al die plaas nie. Net vir wat syne is, en dan moet hy die baas betaal vir die sorg terwyl hy weg was."

"Aan wie se kant is jy?"

"Ek soek hom nie die kant nie, Kleinbaas."

"Jy soek. Oom Dirk het niks wat hom hier toekom nie."

"Maar hoekom, Kleinbaas? My beeste is mos my beeste."

Piet-Jan vlieg orent, gryp sy kierie maar nie die skild nie en slaan daarmee na Sigwebana wat net betyds uit die pad uit rol, self sy kierie gryp en sonder sy skild orent spring. Hulle draai om mekaar. Nou is dit ernstig.

Sigwebana wil nog keer: "Kleinbaas ... Kleinbaas ..."

"Vat terug wat jy gesê het."

"Die kleinbaas hy dink nie reg nie ..."

Piet-Jan beur vorentoe, stuur 'n helse hou na Sigwebana se kop. Sigwebana weer dit met sy stok af. Piet-Jan slaan weer … en weer … elke keer afgeweer deur Sigwebana.

Sigwebana se geduld raak ook nou op; hy wil nie meer speel-speel nie. "Die kleinbaas moet oppas nou …"

"O, rêrig …?"

Piet-Jan loods weer 'n aanval, maar Sigwebana weer die houe maklik af.

Dan plant hy 'n harde hou op Piet-Jan se skouer.

Piet-Jan laat val sy kierie, gryp na die plek waar hy getref is. Hy kreun van die pyn, sak op sy een knie neer.

"Ek is jammer, Kleinbaas, maar die kleinbaas het gesoek hom die moeilikheid." Sigwebana gooi sy kierie neer en staan nader om Piet-Jan op te help.

Piet-Jan stoot hom weg. Sy moer is nou baie suur. "Los my!" Hy kom orent, hand nog oor die seerplek, en gluur na Sigwebana. "Ek stel voor jy dink mooi oor waar jou lojaliteite lê," sê hy en stap weg.

Sigwebana bly alleen staan en kyk Piet-Jan met beklemming agterna. "Eisj!"

Sigwebana gaan sit op 'n houtstomp 'n entjie anderkant die kraal. Hy is terneergedruk, sit met sy elmboë op sy knieë, kop half onderstebo.

'n Wit hand klap hom skielik agter teen die kop en hy spring woedend orent.

Piet-Jan staan agter hom. "As jy dink jy gaan rondloop en vir almal vertel jy't my 'n pak slae met 'n kierie gegee, sal jy anders moet dink."

"*Hau*, Kleinbaas."

"Ons het op jou manier baklei, nou baklei ons op myne." Daar is by Piet-Jan geen twyfel nie. Hy, as toekomstige eienaar van Donkerland, sal seëvier. Hy lig sy vuiste voor sy gesig.

Sigwebana lig nie sy hande nie, kyk net stil na Piet-Jan.

"Lig jou hande, lafaard. Kom ons kyk wie gee vir wie 'n pak slae op hierdie plaas."

"*Hau*, Kleinbaas, as ek …"

Piet-Jan se mokerhou tref hom vol in die gesig. Sigwebana steier 'n tree of twee agteruit.

"Lig jou hande, bliksem!"

Sigwebana se lip bewe. Hy voel met sy vinger aan die binnekant van sy lip. Daar is bloed aan sy vinger, en hy kyk op na Piet-Jan.

"Ek sê, lig jou hande!"

Sigwebana staan nog 'n oomblik lank stil en storm dan sonder waarskuwing met 'n brutale kreet vorentoe en duik Piet-Jan plat.

Die twee stoei op die grond, soek na die voordeel. Uiteindelik kry Piet-Jan vir Sigwebana van agter af in 'n wurggreep. Sigwebana gryp-gryp sonder sukses aan Piet-Jan se arms en hande om die greep te probeer verbreek. Piet-Jan gaan hom doodwurg.

Skielik word Piet-Jan van agter af om die nek beetgekry. Dit is 'n swart arm, sien hy.

Zwide trek hom met 'n wurggreep af van Sigwebana, wat hande-viervoet vorentoe val en begin hoes. Zwide kom orent met Piet-Jan, trek hom 'n paar treë weg van Sigwebana en stamp hom dan weg.

Piet-Jan draai om en sien wie dit is. Hy kyk vas in Zwide se dreigende voorvinger. "*Hai khona*, Kleinbaas, *hai khona*," vermaan hy Piet-Jan.

Piet-Jan sien dat 'n paar van die ander plaaswerkers ook nou eenkant staan en kyk. Hy gee 'n paar treë agteruit en strompel dan vinnig weg.

Ouboet het net sy kop gevolg. Uit die skuur weggevlug, die veld in. Toe hy hom weer kom kry, staan hy in die begraafplaas. Voor Henk se graf.

H.P. "Henk" de Witt
6.10.1905 – 12.7.1929

Hy bly lank voor die graf staan. Diep ingedagte.

Sy gedagtes word teruggeroep na die hede deur Zwide wat daar aangehardloop kom.

"Baas?"

Ouboet kyk om na Zwide.

"Baas moet kom, Baas."

"Wat gaan aan?"

"Die kleinbaas en Sigwebana, Baas. Daar's moeilikheid."

"Moet ek die sambok bring?"

Zwide beduie na sy hart. "Nee, Baas, hierdie moeilikheid hy's by die hart."

Ouboet staar hom aan. Wat volgende?

Hulle stap terug skuur toe, en Ouboet stuur Zwide om Piet-Jan en Sigwebana na hom te bring. Wanneer albei daar is, gaan staan Ouboet voor die twee. Die belhamels kyk albei af grond toe.

Ouboet wil hulle dadelik betig, maar vra dan eers uit na wat die twee dink aan die gang is. Hy kyk streng na die twee seuns, wag op 'n antwoord wat nie kom nie. "Ons kan hier staan tot môreoggend," sê hy, "maar ek kan julle verseker dat tussen nou en dan sal my sambok 'n paar keer praat."

Piet-Jan wil nie praat nie, maar hy wil ook nie met die sambok kennis maak nie. "Ons het net gestry, oom Ouboet," mompel hy.

"Wat sê jy?"

"Ons het net gestry, oom Ouboet."

"Dit het ek reeds agtergekom. Hou op om my vraag te ontwyk. Hoekom het julle gestry?"

Piet-Jan wil nie klik nie, maar het nie 'n keuse nie. Sigwebana loer onderlangs na hom. "Ons het oor oom Dirk gestry, oor die tienduisend pond wat hy kom haal het."

Ouboet sug diep. Hy het 'n goeie idee wat gebeur het en is sommer van vooraf kwaad omdat Dirk se daad probleme tussen die twee seuns veroorsaak het.

"Sigwebana het gesê dat oom Dirk op sy deel van die plaas geregtig is. Soos 'n man op sy beeste. Maak nie saak hoe lank hy nie daar was om vir hulle te sorg nie."

Sigwebana voel hy moet darem vir homself in die bres tree. "Maar ek het gesê hy moet gee die een of twee beeste vir die man wat gekyk het na die beeste toe hy nie daar was nie, Baas."

Ouboet weet nou presies wat gebeur het en knik sy kop. "Sigwebana," sê hy, "jy is nie hier om 'n mening oor my sake te hê nie. Het jy my?"

"Ja, Baas."

Zwide kyk ongemaklik af, voel namens Sigwebana skuldig.

'n Trek van selfvoldaanheid kom oor Piet-Jan se gesig.

"Maar laat ek nou een ding baie duidelik maak," gaan Ouboet voort, "en Piet-Jan, vee daai glimlag van jou gesig af ..."

Piet-Jan se gesig verstrak onmiddellik.

"Op hierdie plaas is daar 'n baas en 'n hoofman. So was dit met die eerste De Witt wat hom hier gevestig het, en so was dit met elke geslag daarna. Ek en Zwide het saam grootgeword, en, ja, ons het mekaar ook 'n paar keer gedonner, maar ons het albei geweet dat ons eendag saam hierdie plaas sal moet bestuur. En dit help nie as 'n hoofman 'n jabroer is nie, want dan boer die baas alleen. Zwide stem nie altyd met my saam oor my besluite nie, dan sê hy so en gee redes hoekom. En ek het al dikwels van plan verander as gevolg daarvan. Maar of ons nou saam-stem of nie, ons het respek. Hoor julle my? Respek."

Piet-Jan en Sigwebana kyk albei beteuterd af grond toe.

"As jy eendag baas van hierdie plaas gaan wees," sê hy aan Piet-Jan, "en jy sy hoofman," aan Sigwebana, "dan gaan julle vir my moet wys dat julle albei opgewasse is vir die taak. As so iets weer gebeur, jaag ek julle albei weg. Is dit vir julle duidelik, of moet ek nog praat? Piet-Jan?"

"Dis reg so, oom Ouboet."

"Dis reg so, Baas."

"Respek. Nou ja, toe. Sê jammer en gee hand."

Piet-Jan en Sigwebana draai na mekaar en bied mekaar tegelyk die hand.

"Ek's jammer, Kleinbaas."

"Ek ook."

"Zwide," vra Ouboet, "is daar iets wat jy wil sê?"

"Nee, Baas."

"Gaaf. Gaan doen julle werk."

Piet-Jan en Sigwebana stap albei by die skuur uit, en Ouboet draai na Zwide. "Ek onthou nog die dag toe jy my oog met 'n kleilat gegooi het," sê hy. "Die ding het so groot soos 'n appel gestaan."

"Die baas hy het my eerste gegooi … hier agter by die kop."

"Ja," sê Ouboet trots, "op twintig tree, indien nie meer nie."

Terwyl hulle wegstap van die skuur, praat Piet-Jan en Sigwebana onderlangs.

"Jy kan bly wees hy't nie die sambok saamgebring nie."

"Die kleinbaas, hy kan ook bly wees."

"Dis alles jou skuld." Piet-Jan is nie Ouboet se seun nie, maar kon netsowel gewees het.

"Ek stem nie saam nie."

Piet-Jan steek vas; Sigwebana ook toe hy dit merk. Piet-Jan kyk ernstig na Sigwebana, en dit lyk asof die stryd weer van voor af gaan begin.

Maar dan kom 'n glimlag in Piet-Jan se oë, en Sigwebana glimlag stout terug.

"Moet net nooit vergeet wie's baas nie."

"Solank die baas hy nie vergeet wie's hoofman nie."

Piet-Jan knik, stap dan voort; Sigwebana val langs hom in.

"Jy's nog steeds verkeerd oor oom Dirk se ponde."

"Ek stem nie saam nie."

"Ja-ja …"

In die skuur dink Zwide aan iets wat hy wel met Ouboet wil bespreek. "Baas, daar's 'n ander ding, Baas."

"Ek sou dink daar's genoeg dinge."

Zwide huiwer, dink versigtig hoe om te begin.

"Nou toe, laat ek hoor."

"Dis die volk, Baas."

Ouboet kyk stil na sy oudste vriend. Hy wag.

"Die volk, Baas, hulle kom by my om te vra, Baas."

"Ja …?" por Ouboet hom aan wanneer hy nie dadelik voortgaan nie.

"Hulle kom by my om te vra, Baas, hoekom hulle kry nie die geld nie, Baas."

Ouboet is sprakeloos. Dit is iets wat hy nooit verwag het nie. "Watse geld?"

"By die einde van elke maand, Baas."

"Salarisse? Watse stront is dit nou? Hulle kry kos en plek om te bly en weiveld vir hulle beeste. Dis hoe dit nog altyd was."

"Baas James se volk, Baas, hulle sê vir my volk, baas James hy gaan by die einde van elke maand die salaris gee, Baas."

Nou verstaan Ouboet. Hy draai hande op die heupe weg, kyk op na die plafon, skud sy kop, sug, weet al klaar hier's moeilikheid. Moeilikheid wat gekom het om nooit weg te gaan nie. Moeilikheid veel erger as Dirk se eis.

Hy neem 'n besluit en draai terug na Zwide. "Gaan sê jy vir die volk dat as hulle vir daai Engelsman langsaan wil gaan werk, is hulle welkom om dit te doen. Ek het nog nooit salarisse betaal nie, en sal ook nie."

Die manier waarop Zwide stil na Ouboet kyk, laat hom dadelik merk dat sy woorde nie op ontvanklike ore geval het nie. Hy probeer nog 'n slag: "Maar wat ek sal doen – sê vir die volk, as hulle geld wil hê, sal ek vir julle nog 'n paar akker opsy sit by die vyf akker wat my pa vir jou pa gegee het. Dan kan julle self gedurende julle vrye tyd plant wat julle wil en die vrugte van julle arbeid op die dorp loop verkoop. Meer as dit kan en sal ek nie doen nie."

"Ek sal hulle sê, Baas. Dankie, Baas."

Ouboet knik en beduie aan Zwide dat hy kan gaan, maar terwyl Zwide begin stap, onthou Ouboet iets en hy roep Zwide terug. "Aangesien daar vandag so baie 'dinge' is ... daar's 'n ding wat jy vir my kan doen ..."

Waar Dirk op Soetwater onder 'n boom sit en lees, is hy so diep in sy gedagtes versonke dat hy Zwide eers gewaar wanneer hy baie naby Dirk is.

"Zwide."

"Dag, Baas."

Dirk wonder dadelik wat Zwide op Soetwater maak. "Dis 'n onverwagse ... kuiertjie."

"Ek was daar onder by die grensdraad, Baas. Toe dink ek ek kom groet die baas."

Dirk kyk stil na Zwide. Hy glo dit nie. "Ek het al baie dinge in my lewe gesien wat ek nooit gedink het ek sou sien nie," sê Dirk. "So, ek het al geleer dat vreemde dinge gebeur, maar daar's g'n manier dat jy, wat vir my broer hoofman is, oor die grensdraad tussen Donkerland en Soetwater sou klim om my gou te kom groet nie. Hy moet donners desperaat wees om sy hoofman ook by te sleep. Jy kan maar vir my broer sê ek soek wat myne is."

Zwide knik, begin wegdraai.

"Hoe gaan dinge daar met julle? Hoe gaan dit met jou gesin?"

"Dit gaan goed daar, dankie, Baas."

"En die kinders?"

"Dit gaan goed, dankie, Baas. En die baas, dit gaan goed met die baas?"

"Ja. Dankie. Ek het, 'm ... ek het besluit om te gaan bly daar oorkant die see. In Europa."

"*Hau.* Daar by waar die Engelse bly?"

"Daar naby, ja."

"Hoekom die baas hy wil gaan bly daar?"

Dirk dink 'n oomblik. "Weet jy, ek's nou nie seker of ek moet eerlik wees of nie."

"Die baas hy was altyd eerlik."

Dirk dink 'n oomblik voor hy antwoord. "In die stad het ek lelike dinge gesien. Lelike dinge wat my eie volk gedoen het. En nou het hulle gestem vir 'n toekoms waarin ek nie kan glo nie. Ek vrees daar gaan baie slegte dinge in die komende jare gebeur. Veral met die swartes in hierdie land. En niks of niemand sal dit kan keer nie. Ek kan nie deel wees daarvan nie, en daarom gaan ek weg."

"Ek sien hom ook, Baas."

"Dan moet jy iets doen om dit te keer. Die Zoeloes was die gedugste krygers wat die land nog ooit geken het. Hulle kan dit weer wees."

"Miskien my kinders hulle sal weer die krygers wees soos hulle voorvaders, maar die tyd hy was nie reg vir my nie. Ôk nie vir die baas nie. Ek is bly baas Ouboet hy't my gestuur, want nou ek het die baas gegroet. Voor hy gaan daar by die plek oor die see."

Dirk bied sy hand aan, en Zwide huiwer, onkant betrap deur hierdie onverwagse gebaar. Maar hy neem tog Dirk se hand.

"Dinge kon so anders gewees het," sê Dirk.

"Die dinge is soos hulle is, Baas: Eendag is hulle anders, dan is hulle soos hulle ís, tot hulle weer anders is."

Hulle staan 'n oomblik in stilte vir mekaar en kyk.

"*Usale kahle.*"

"*Hamba kahle*," antwoord Dirk.

Toe Zwide wegstap, kyk Dirk hom met 'n diepe weemoed agterna.

Voor hulle gaan slaap, vertel Ouboet vir Maria wat die dag gebeur het, en van die nuus wat Zwide gebring het.

Maria is reeds in die bed en Ouboet staan daarnaas, knoop sy pajamahemp vas. "Dis 'n komplot, sê ek jou, 'n komplot om my te knak."

"Ek kan klaar sien wat gaan gebeur." Maria is baie ontsteld oor wat sy hoor. "Voor jy jou oë uitvee, gaan al die swartes in die hele distrik uitvind dat hy sy werkers salarisse betaal, en dan gaan die hele lot in opstand kom en sal ons almal salarisse moet betaal."

"Twintig jaar gelede, toe ek hoor 'n Engelsman het oom Petrus se plaas gekoop, het ek geweet hier kom moeilikheid. Dis altyd die Engelse. En die Jode. Maar ten minste kom neuk die Jode nie op die plase rond nie; hulle hou hulle by hulle winkels."

"En al die goud en diamante."

"Daar's nie goud of diamante in Natal nie, so, laat hulle begaan. Maar net soos ek geweet het daar's moeilikheid toe 'n Engelsman oom Petrus se plaas koop, het ek geweet daar's moeilikheid toe ek sien hoe Dirk na daardie heining aangestap kom."

"'n Mens sou dink dis genoeg dat hy jou vir geld kom afpers het. Om dan vir James te oorreed om sy werkers te betaal om nog groter druk op jou te plaas ... Boos! Dis wat dit is. Boos."

Toe Ouboet langs Maria inklim en hulle sy aan sy lê, vra sy: "Weet Thea van hierdie salarisstorie?"

"Nee."

Maria dink daaroor na en sê dan: "Dit sal nie help as ek met Emily gaan praat nie. Ek's jou vrou. Sal jy omgee as ek met Thea oor die salarisse praat?"

"As jy wil, maar ek kan nie sien watse verskil dit sal maak nie."

"'n Ouer suster weet hoe om met haar jonger sussie se kop te werk." Maria glimlag effens. Sy is tevrede met die slim plan wat sy nou uitgedink het.

Dit is as gesant van Donkerland dat Thea 'n draai op Soetwater kom maak het, en nou sit sy en Emily met strak gesigte teenoor mekaar. Die geselskap wil net nie vlot nie. Emily vermoed hier is 'n ander agenda op die spel.

Thea besluit om maar tot 'n punt te kom, maak nie saak wat gebeur nie. Dis tog waarvoor sy hier is. "Onder gewone omstandighede sou ek my nie in jou en James se sake inmeng nie, maar ..."

"En wat, as ek mag vra, maak die omstandighede nou ongewoon?" Emily hou nie van die neerbuigende manier waarop Thea haar aanspreek nie.

"Kom nou, Emily. Die volk het nog nooit salarisse ontvang nie."

"Dis waar, maar nou het die tye verander. Niks ongewoons daaraan nie."

"Die tye het net 'verander' nadat Dirk hier aangekom het."

"As jy daarmee wil sê dat James hierdie besluit geneem het omdat Dirk hom oortuig het, onderskat jy my man. Hy tree volgens sy eie gewete op."

"Dis erg genoeg dat julle vir Dirk ondersteun in hierdie verskriklike eis wat hy teen Ouboet ingestel het, maar om die werkers te betaal?" Sy laat die woorde insink. "Dit sal Donkerland breek."

"Inteendeel, 'n onderneming waar die werkers 'n regverdige loon ontvang, staan baie sterker as een waar hulle uitgebuit word, dink jy nie?"

"Donkerland kan dit nie bekostig nie."

"Dit kan ek nie glo nie, en buitendien, as 'n onderneming net kan oorleef omdat die arbeiders wat daar werk verniet werk, het daardie onderneming nie 'n bestaansreg nie, of het jy al vergeet wat Henk ons toeka se tyd van die myne vertel het: dat hulle profyte juis afhang van hoe min hulle die werkers betaal."

"Dis nie dieselfde nie."

"Ek sien geen verskil nie."

Thea is raadop. Sy is in 'n doodloopstraat met hierdie argument, en dan besluit sy om op Emily se emosies te speel. "Pa sal in sy graf omdraai," sê sy.

"Pa het reeds in sy graf omgedraai toe ek met James getrou het."

Thea besef sy het haar met Emily misreken, en haar volgende opmerking kom met veel minder vuur: "'n Mens sou dink dat jy by jou eie bloed sou staan."

"James is my bloed. En ek vermoed dat jy nie so besorg sou wees oor die bloed wat jy met Ouboet deel as Jan nie in die oorlog geval het en julle nog op Jagersrus was nie."

Emily se opmerking is in die kol. Thea beur regop; sy is besig om haar humeur te verloor. "Jy praat van tye wat verander," sê sy bitsig, "ek sal jou sê wat verander het: Jý het verander."

"Daar is jy reg. Soos die Engelse dit stel: adapt or die. Dis presies wat jy ná Jan se dood gedoen het, en daarvoor bewonder ek jou, maar moenie vir my nou 'n preek kom afsteek oor hoe ek by my eie bloed moet staan nie. Jy staan by Ouboet omdat Piet-Jan die plaas gaan erf, en Piet-Jan, Thea, is van 'n ander man se bloed."

"Ten minste het ek 'n seun om daardie leemte in Ouboet se lewe te vul."

Thea se woorde sny diep, maar Emily onderdruk haar emosies. "Ek dink dit sal beter wees as jy gaan," sê sy kil. Sy bly sit nadat Thea uitgestap het. Wag dat die pyn in haar bedaar.

Later kom James in, en nadat sy hom van die gesprek vertel het, laat hy nie op hom wag nie. Dit het hom nie baie tyd gekos om oor te ry na Donkerland nie.

Ouma Riana maak die voordeur vir hom oop.

"Jammer dat ek so onaangekondig hier aankom," maak hy dadelik verskoning. "Ek wil graag met Thea praat."

Ouma Riana sien dadelik dat James baie ontsteld is. Sy staan terug sodat hy kan inkom.

Hulle kry Thea in Donkerland se donker sitkamer, besig om te hekel. James pyl op haar af en gaan staan 'n paar treë van haar af. Ouma Riana besluit dit sal wys wees om effens op die agtergrond te bly.

"James," sê Thea, "sit gerus." Sy wonder of hy kom verskoning maak vir sy vrou se gedrag.

James probeer nie doekies omdraai nie. "Ek dink jy weet ek het nie gekom om te kuier nie."

Thea kyk ná 'n oomblik af na haar hekelwerk, vou dit op en plaas dit op die bank langs haar, dan kyk sy James weer reguit in die oë. "Gaaf. As dit is waaroor jy wil praat, kom ons praat daaroor. Maar voor jy iets sê, wil ek net sê: In my lewe het ek al geleer die lewe is 'n onvoorspelbare ding, maar ek het nooit, nie in my stoutste drome nie, verwag dat ek deur my eie suster soos 'n indringer uit haar huis gejaag sou word nie."

"Ná die verskriklike ding wat jy gesê het, wat het jy verwag? Dat sy jou moet omhels en 'n soentjie gee?"

"Sy het my daarvan beskuldig dat ek my broer net ondersteun omdat ..."

James het nie lus om na Thea se langdradige verduideliking te luister nie. "Ek weet wat sy gesê het en ek verstaan dat dit jou kwaad gemaak het. Ek gee egter nie om of dit waar is of nie. Waarvoor ek wel omgee, is dat die feit dat sy nooit kon kinders kry nie jou enigste verweer was."

"Wat tussen my en my suster gebeur ..."

"... traak my. Sy is dalk jou suster, maar sy is my vrou."

"En dit is my huis dié," kom dit onverwags van Ouboet. Hy staan in die deur. "As jy dink jy gaan my suster of enige lid van my familie in my huis kom uittrap, het ek nuus vir jou. Trap nou hier uit."

Ouma Riana hou glad nie van die rigting waarin hierdie gesprek ontwikkel nie. Dit is vir haar so, wel, platvloers. "Daar is geen rede om …"

"Ma het niks hier te sê nie!"

Ouma Riana voel erg in die gesig gevat. Sy kyk Ouboet reguit in die oë, en dan wend sy haar blik na James. "James, as dit vir jou en Emily aanvaarbaar sal wees, wil ek graag by julle kom bly."

"Ma is welkom," antwoord James.

Thea se lippe trek stywer.

"Ek sal dit waardeer as jy my vanmiddag kom haal, net voor son-onder," sê ouma Riana.

James knik, en nadat sy Ouboet nog 'n slag aangegluur het, stap ouma Riana uit.

"Loop nou," sê Ouboet aan James. "Of ek help jou."

"Is dit 'n dreigement?"

"Noem dit net wat jy wil."

"Ek vra, meneer De Witt, is dit 'n dreigement?"

"You Englishers have made only trouble in this country," snou Ouboet hom in sy eie taal toe.

"In teenstelling met?" vra James op Engels. "Die vrede, goedgesind-heid en welwillendheid van die Afrikaners?"

"Moenie jy my volk slegsê nie, Engelsman! Ek sal jou dik donner!"

James betrag Ouboet 'n rukkie, dan antwoord hy, skielik baie kalm, reguit in Ouboet se gesig: "Is dit so? Wel, dan," en hy tik met sy wys-vinger teen sy ken, "gee my jou beste hou."

Ouboet verstaan nie heeltemal nie.

"Ek sal jou die geleentheid gee om jou bes te doen. Dan sal ek alles uithaal. En mag ek voorstel dat jy die eerste hou regtig laat tel, anders gaan ek jou absoluut vernietig wanneer ek opstaan."

Die twee mans gluur mekaar aan, maar nie een van hulle verroer 'n vinger nie.

Thea kyk verskrik van die een na die ander.

Ouboet staan asof versteen.

James knik sy kop stadig vir Ouboet. Dan kyk hy na Thea. "Jy is welkom in my huis as jy vir Emily om verskoning wil vra," sê hy, "maar tot dan is jy nie welkom nie." Hy stap verby Ouboet die huis uit, sonder om na hom te kyk of hom te groet.

In haar kamer is ouma Riana besig om haar goedjies bymekaar te maak. 'n Koffer lê oop op die bed – die meeste klere is al ingepak, en nou pak sy die los goedjies op haar bedkassie in: haar wekker, haar Bybel en dan 'n geraamde foto wat daar staan. Maar nadat sy die foto op die klere in die koffer neergesit het, tel sy dit weer op, asof sy nou eers besef wat sy ingepak het.

Sy kyk daarna. Dit is 'n swart-en-wit familieportret geneem soos in die 1930's: Riana (37) en Kleinpiet (37) sit langs mekaar op stoele, Riana aan Kleinpiet se linkerkant, soos dit hoort. Links agter Riana staan Henk (15); regs agter Kleinpiet staan Ouboet (16); in die middel agter staan Dirk (14) en op die grond voor Riana en Kleinpiet sit Thea (12) en Emily (10).

Die foto ontroer haar onverwags en sy voel 'n groot hartseer oor haar kom, maar ook 'n vasberadenheid om te veg vir haar eie. Stadig staan sy op, 'n besluit is geneem.

'n Uur later stap Emily by Soetwater se eetkamer in na waar James na 'n faktuur sit en kyk, en sy hou 'n briefie na hom uit. "Van my ma. Zwide se vrou, Nandi, het dit nou net afgelewer."

"Het sy besluit om op Donkerland te bly?" Hy vou die briefie oop.

"Nee."

James lees die briefie en kyk dan op na Emily. "Wat sou die rede wees?" vra hy.

Emily het geen idee wat die oorsaak kan wees nie.

Waar Ouboet, Maria, Thea, Piet-Jan, Annette en Mari in die kombuis sit en middagete eet – brood, konfyt, kaas en koffie – sê niemand 'n woord nie. Toe ouma Riana net binne die deur kom staan, draai hul koppe soos een mens na haar.

"Ek wil hê julle moet saam met my kom, asseblief," sê sy. "Die kinders ook." Sy stap deur die kombuis en uit by die agterdeur. Almal hou haar verbaas dop. Dan staan die kinders op en volg haar gedweë.

Ouboet kyk vraend na Maria. Sy haal haar skouers op, troos haar daaraan dat sy haar skoonma nie meer lank op die plaas sal hoef te duld nie. Dan staan hulle ook maar op en stap agterna.

Ouma Riana stap reguit na die begraafplaas langs die Tugela, tussen die bome deur, sonder om te huiwer.

Emily, James en Dirk wag reeds daar tussen die grafstene. Die mense is ongemaklik met mekaar. Emily kyk na James en hy na haar. Dirk kyk stip na ouma Riana. So vyftien tree agter haar sien hulle die kinders saam met Ouboet, Maria en Thea aangestap kom.

Ouboet steek vas wanneer hy die ander daar tussen die grafte sien staan, maar dan stap hy verder. Met ontsteltenis sien hy hoe sy ma by Emily-hulle in die begraafplaas aansluit. "Ek moes geweet het," sis hy.

"Kom, Ouboet," sê Thea, "laat ons hierdie ding nou vir eens en altyd afhandel."

Teen sy sin stap Ouboet vorentoe, gevolg deur die res, sodat ouma Riana uiteindelik alleen tussen die twee groepe staan.

"In die honderd-en-tien jaar wat die De Witt-geslagte die grond van Donkerland bewerk," sê ouma Riana nadat die beroering min of meer tot rus gekom het, "moes julle voorgeslagte konflikte en oorloë oorleef wat keer op keer gedreig het om die De Witt-naam uit te wis. Maar altyd was die bedreiging van buite. Kyk na hierdie grafstene, kyk mooi, en dink aan die opofferings wat hulle moes maak sodat julle vandag hier kan staan. Ja, daar was twis, en ja, sommige het die plaas verlaat, maar hulle het nooit toegelaat dat enige verskille die voortbestaan van Donkerland so bedreig as wat hierdie ding tussen," sy huiwer 'n oomblik, kyk na Dirk en Ouboet, "julle twee seuns nou doen nie. Wat sou julle vir daardie man sê," sy kyk na oubaas Pieter se grafsteen, "hy wat eerste die stok hier geplant het, wat in twee oorloë geveg het en op 'n verre eiland oorsee gesterf het om vir julle 'n erfenis na te laat? Wat sou julle vir hom sê?"

Ouboet se blus is skielik uit. Ouma Riana kyk na Dirk se gesig, en sy kan sien dat ook hy versag het.

"Eendag sal julle my ook hier kom neerlê, maar tussen hierdie trotse siele wil ek nie lê in die wete dat dit my twee seuns is wat uiteindelik daarin geslaag het om af te breek wat," sy beduie na al die ander grafte, "hulle opgebou het met inboeting van hul lewe nie."

Dirk se oë is nou op die grond. Hy kan dit nie help nie, hy't baie skaam.

Ouboet s'n is ook neergeslaan, maar nie uit skaamte nie.

Ouma Riana gaan voort: "Dirk, jy het hierdie plaas negentien jaar gelede uit vrye wil verlaat, maar ek gun jou jou reg op 'n deel van dit wat jy help bou het. Maar jy sal nie tienduisend pond daarvoor vra nie. Vyfduisend is wat jy sal kry. Ouboet, jy sal vandag nog bank toe ry en die geld reël."

Ouma Riana kyk van Ouboet na Dirk na Ouboet, maak seker haar woorde het goed ingesink. Die twee broers weet beter as om nou te wil stry.

"Hierdie onmin kry hier en nou end."

Dan praat klein Mari onverwags, salig onbewus daarvan dat sy heeltemal onvanpas optree: "En moenie laat Ouma twee keer praat nie."

Maar ouma Riana laat haar nie deur hierdie onverwagse kommentaar van stryk bring nie. "Presies," beaam sy. "James, Emily, dankie vir julle gasvryheid, maar ek bly op Donkerland."

Dan staan ouma Riana vorentoe en soen haar seuns elk – eers vir Dirk en dan vir Ouboet. En daarmee draai sy om en stap terug na Donkerland se opstal.

Die twee faksies bly staan net waar hulle is. Ouboet en Dirk kyk na mekaar. Hulle toorn het omgesit in 'n groot, groot moegheid.

Soos Riana hom aangesê het, ry Ouboet die middag deur dorp toe om met die bank te gaan geld gesels. Kotie Coetzee, die bestuurder wat Kleinpiet en Ouboet jare gelede te woord gestaan het, is reeds saliger, maar die bank is in veilige hande – dié van sy seun, Japie.

En soos jare gelede loop 'n De Witt hom vas teen die bank se reëls en regulasies. Ouboet skerm hierdie kant toe, smeek daardie kant toe, eis gunter se kant toe, en uiteindelik is al wat vir hom oorbly 'n breë moerigheid.

"Japie, moenie laat ek en jy nou dieselfde gesprek voer wat my pa en jou pa oor oom Petrus se plaas gevoer het nie."

"Ek's jammer, Frikkie, maar reëls is reëls."

"Ag bog, man. Daardie reëls is 'n riglyn. Jy weet wie ek is. Ons was saam op skool, my magtag."

"Ja, maar dis ook net so ver dat ek die riglyne na my eie goeddunke mag oorskry. Die lening wat ek jou twee jaar gelede toegestaan het om daardie nuwe dam en boorde te vestig het ons gestoot tot teenaan die grens van wat ek mag. Ek's regtig jammer, maar meer as tweeduisend kan ek nie goedkeur nie."

"Tweeduisend gaan my nie help nie. Ek het vyfduisend nodig."

"Om wat te bou?"

Ouboet huiwer. Hy is nie lus om met vreemdelinge oor Dirk te praat nie.

Japie merk dadelik onraad. "Hoekom het jy die geld so dringend nodig?"

Ouboet moet antwoord al wil hy nie. "Om Dirk se aandeel in die plaas by hom te koop."

Japie verwerk dié inligting en sê dan: "So, die geld is nie vir 'n kapitale aanleg nie?"

"Ek sê mos, Dirk se aandeel."

"As jy my dit in die begin vertel het, was hierdie gesprek lankal verby. Ek was bereid om die tweeduisend te gee omdat ek onder die indruk was dat jy dit in die plaas wou ploeg. Maar om skuld te maak om skuld te betaal … Ek's jammer, dis buite die kwessie. Hulle sal my afdank."

"Dis wat jou pa in '29 vir my pa gesê het."

"En waarskynlik hoekom hy tot sy aftrede in hierdie einste stoel gesit het."

Ouboet skud sy kop stadig, glimlag sardonies en staan op. "Sorg net dat jy 'n paar keer opstaan en jou bene rek voor jou vyf-en-sestigste verjaardag," sê hy, sit sy hoed met 'n swaar gemoed op sy kop en stap by die bank uit.

Japie het my self van daardie afskeidswoorde van Ouboet vertel. Was dit nie so 'n teer saak nie, sou ons seker lekker daaroor gelag het. Maar ek was sommer trots op Ouboet – 'n man moet soms 'n skerp woord kan laat val.

Ouboet het geen benul van hoe hy hierdie probleem nou gaan oplos nie. Laat in die aand sit hy en Maria op die bed se rand voordat hulle gaan slaap.

"As jy hom nie betaal nie," sê Maria, "gaan hy sy aandeel aan die een of ander vreemdeling verkoop."

"Ek weet dit, Maria, maar as ek dit nie het nie, dan het ek dit nie. Moet ek dit van die bleddie boom agter die huis gaan pluk?"

Sy vrou sê niks.

Waaraan dink sy? Ouboet weet dat as Maria só verstil, die ratte van haar verstand meedoënloos draai.

"Daar is natuurlik iemand by wie jy dit wel kan leen ..." sê sy.

Ouboet kyk na Maria. Hy antwoord nie. Kan sy ernstig wees?

"Nooit," sê hy uiteindelik.

"Het jy 'n keuse?"

Ouboet staan op, stap weg van die bed. "Nooit. Ek sê nooit!" Hy is geweldig ontsteld oor dít wat sy nou van hom verwag.

"Jy't gehoor wat sê jou ma. Daar lê mense in daardie grafte wat hulle lewe vir Donkerland opgeoffer het. Al wat nou van jou gevra word, is om jou trots in jou sak te steek."

Ouboet loop heen en weer. Dis 'n bitter pil om te sluk.

"En ná wat jou ma by daardie grafte gesê het," gaan Maria voort, "kan ek jou waarborg hulle sal nie nee sê nie."

Ouboet is in 'n hoek. Hy stap al in die rondte soos 'n gehokte dier. "Ek sal nie voor daai Engelsman op my knieë gaan nie!" roep hy uit. Die blote gedagte is 'n aanslag op sy integriteit.

"As jy wil hê Donkerland moet in ons familie bly ..."

Ouboet kners op sy tande. "Dit is meer as wat ek kan verduur! Meer as wat enige mens kan verduur."

"As die vrouens en kinders van ons volk die Britse kampe kon verduur, dan kan ons dít verduur. En ek sê 'ons', want jy's nie al een wat verneder word nie."

Ouboet kyk hulpeloos na Maria. "Miskien as ek ..."

"Daar's nie meer miskien nie ... en jy weet dit."

Ouboet kyk 'n oomblik lank stip na sy vrou, dan laat sak hy sy kop, verlore. "Ek sal saamkom," sê sy.

Ouboet en Zwide span draad wanneer Dirk aan Soetwater se kant van die draad aangestap kom.

Ouboet kyk sonder liefde op na Dirk. Sien die wonde bo en onder sy linkeroog, die rowe op sy gesig. Ouboet voel niks. Niks, sê ek jou. Vere.

"Jy sal my nooit weer sien nie," sê Dirk, "maar ek het gehoop dat ek en jy ten minste sonder verwyt sou kon groet."

Ouboet se oë bly sonder gevoel, en toe Dirk sy hand oor die draadheining na Ouboet uitsteek, ignoreer Ouboet dit en bly net reg in Dirk se oë kyk.

Dan, sonder waarskuwing, pluk Ouboet sy knipmes uit sy sak. Hy vou die lem oop, trek dit oor die palm van sy linkerhand en bloed stoot uit die sny. Ouboet tree vorentoe en smeer die bloed aan Dirk se linkerwang. "Ons voorouers het met bloed vir hierdie plaas betaal," sê hy. "Nou ja ... ek ook."

Hy draai om en stap weg sonder om Dirk se hand te vat.

Met die bloedsmeer teen sy wang kyk Dirk stadig van Ouboet weg na Zwide.

Zwide sê nie 'n woord nie, en Dirk draai om en stap in die teenoorgestelde rigting weg.

Ouboet het Dirk die vyfduisend pond nooit vergewe nie. Laat jou tante jou vertel, daardie vernedering het soos rumatiek in Ouboet se siel gaan sit, as rumatiek dáár kan vasklou. Dit het hom van binne gevreet. 'n Week nadat hy die laaste pennie, met rente, aan James oorhandig het, het hy in sy stoel op die stoep gaan sit en sy pyp klaar gerook.

Net daar, in sy stoel, sonder 'n sug of 'n kreun, het hy sy laaste asem uitgeblaas.

Nooit geleentheid gehad om vrede met sy suster te maak nie. En ek wou só dat dit gebeur.

Dirk het die land verlaat met sy stukkie Afrika in sy sak: vyfduisend pond en 'n paar druppels bloed. In die jare daarna – het hy baie gedink oor die land ná die verkiesing? Kon die Afrikaner 'n ander pad gekies het?

Maar Dirk het geweet, soos hierdie vrou ook weet, 'n mens moet eerder vra: Hoe sou ek in '48 gestem het? Jou antwoord sal afhang van aan watter kant van die draad, en in watter hoekie, jy daardie tyd gestaan het.

— 8 —

SWART KLIP

die swart klip waar jou vuur was is byna dood gereën
hierdie grond was nie gekoop nie sommer maar geleen
— *N.P. van Wyk Louw*

1976

Agt-en-twintig jaar nadat Dirk de Witt die land verlaat het, het sy voor-spellings begin spook by die nasate van sy broer en suster. Die nuwe regering van '48 het gedoen wat hulle belowe het en in die jare daarna, nes Dirk voorspel het, moes die Boere uiteindelik weer die skure vol kruit en koeëls pak, die roer opneem en hulle seuns weer eens oorlog toe stuur. Hierdie keer aan 'n grens ... En dit is hier, aan die Angolese grens, dat die oudste seun van Piet-Jan de Jager en sy vrou, Truida, diensplig doen. 'n Boom groei soos die wind hom waai, sou Dirk se woorde aangepas kon word, en so was dit ook met Johan de Jager.

Alles hier aan die grens is anders as wat Johan dit ken. Die plante-groei is anders, die sand is stowweriger, die lewensomstandighede absoluut bar. En nou moet Johan, wat sy voete op Donkerland net in die kombuis gesit het wanneer hy iemand anders se kooksels gaan haal het om te eet, homself en sy vriend Blackie Swart aan die lewe hou met sy onentoesiastiese kookwerk.

Johan en Blackie is wat ouderdom betref mooi netjies aan weerskante van die mondigwordingsjaar, Johan die jongste. Daarom moet hy kook.

Wat hy besig is om te maak, is onherkenbaar. Dis verdag. En dis nou in die fire bucket besig om gereed te word vir hul hongerige monde.

"Ek sal grond en gras eet eerder as hierdie ratpack bully beef." Johan kan nie verstaan hoe daar van enigiemand verwag kan word om sulke kos te moet eet nie. Al is hy nou die kok. Groot sal sy verbasing wees as hy moet weet dat die Kakies tydens die Anglo-Boereoorlog vir sy oumagrootjie ook sulke kos in die konsentrasiekampe gegee het. Dinge verander nie so baie nie.

"Min dae, boetie. Min dae." Blackie is rustig. Wil nie te veel dink nie. As Johan so vol storings raak, gryp hy maar altyd na die diensplig-tige se mantra: "Min dae, boetie, min dae."

"Nie min genoeg nie."

"Drie dae, dan's ons op daai flossie. Hallo die States, lang pas, ma se kos …"

Johan dink aan die kombuis op Donkerland. Sy ma se kos. Haar braai-aartappels en hoender. Sy mond begin kwyl. Net om te bevestig, en Blackie te terg, sê hy hardop wat hy dink: "Hoender met gebraaide aartappels en pampoen."

Blackie is hom ver vooruit: "… en my cherry."

"Net nie weer die cherry nie, asseblief."

"Ek sien al klaar hoe sy daar lê …"

"As ek nog een keer daardie storie hoor, gaan ek daardie cherry van jou in my eie drome begin …"

"Hei! Watch it!"

Johan rek 'n lappie oor sy waterbottel se opening en neem 'n sluk. "Voor ek eet, moet ek 'n draai gaan loop. My papier is op. Het jy?"

Blackie grawe in sy webbing en haal 'n rolletjie uit, met net twee velletjies daarop oor. "Hier is net twee velletjies oor."

Voordat Johan dit behoorlik kan beetkry, pluk Blackie die rolletjie uit Johan se hand, skeur een velletjie netjies af, druk dit versigtig in sy boonste sak en gee dan die rolletjie met die een velletjie weer aan Johan. "Moenie dit alles in een *go* opgebruik nie."

Op Donkerland gaan dit steeds voor die wind met Piet-Jan en Sigwebana se vennootskap – agt-en-twintig jaar ná hulle mekaar met kierie en skild getakel het.

Piet-Jan die eienaar, Sigwebana die hoofman. Soos hulle voorspel het. Die oudste tradisie op Donkerland.

Piet-Jan het die plaas ná Ouboet se onverwagte afsterwe geërf, op voorwaarde dat die De Witt-familienaam op die bordjie by Donkerland se hek bly hang. Daardie plaket het al meer as honderd jaar onveranderd gebly.

Piet-Jan het goed afgekyk wat sy oom Ouboet gedoen het en aanvanklik nie te veel afgewyk van sy boerderymetodes nie. Maar die tye het verander. Ouboet het in sy dag des lewens nooit genoeg geld gehad om 'n trekker te kon koop nie. Piet-Jan en Sigwebana is in die jaar van onse Here 1976 al by hul hoeveelste trekker.

Daar was vooruitgang. Baie. Maar in sy ses-en-veertigste lewensjaar kan Piet-Jan sê dat hy wel getrou gebly het aan oom Ouboet se siening van sake – landsake en plaassake.

Sy gesprekke met Sigwebana het baie verander, maar ook in sommige opsigte dieselfde gebly. Dít sal Piet-Jan geredelik toegee waar hy op die werf staan en wag dat Sigwebana kom rapporteer wat vandag op die plaas aan die gang is.

"Die beeste hulle is almal terug by die kraal, Baas," begin die een-en-vyftigjarige hoofman sy verslag. Belangrikste dinge eerste.

"En hoeveel van my groenvoer is oor?"

"Ons het hom gou gejaag, Baas."

"Hulle het hulle die hele nag staan en dik vreet. Julle sien hoe daai Alcock-man die slot knip, maar julle kom sê my nie!"

Alcock. Die nuwe vloekwoord op Donkerland.

"Baas, die suipbak by die kraal, hy is leeg. Die volk hulle vra waar hulle beeste moet drink?"

"Dan kom sê jy dit vir my, en ek maak 'n plan."

"Die rivier is vol water, Baas. As die volk se beeste hom drink, hulle maak hom nie leeg nie."

"Dis nie die punt nie. Daardie deel van die Tugela grens aan my grond. Jy moet vir die volk sê hulle leen nie hulle bleddie ore aan daai opstoker Alcock uit nie. Is daai wetter die baas op hierdie plaas?"

"Nee, Baas."

"Nou hoekom luister die volk vir hom?"

"Die beeste hulle soek die water."

"Dan maak ons die pomp by die suipbak reg! Of ons ry water met die waterkar aan. Julle luister nie vir 'n vreemde Engelsman wat niks hier verloor het nie! Het jy my?"

"Ja, Baas."

"En ek soek die volk se beeste nooit weer tussen myne nie. Hoor jy my? Ook nie daai jong basterbul van jou wat heeltyd oor die draad spring nie."

"Ja, Baas."

Sigwebana gee vir Piet-Jan twee nuwe klein sleuteltjies. "Die sleutels by die nuwe slot, Baas."

"As Alcock of enige een van sy trawante ooit weer sy voete op my plaas sit, wil ek daarvan weet. Of julle moet maar vir hom gaan werk."

Sigwebana het een ding besef, soos die jare verbygegaan het, en dit is dat al was Piet-Jan se pa nou wel 'n De Jager, was sy ma 'n De Witt. Die De Witt-bloed klop sterk in sy are. Dit bruis. En soms, wanneer die toorn opvlam, suis die bloed in 'n vloed deur die kop. Dan staan almal tru en laat Piet-Jan uitwoed.

Piet-Jan het, soos elke baas van Donkerland, vir hom vrou gevat uit die kontrei. Truida, 'n nooi Van Niekerk, is van Ladysmith. Donkerland lê nader aan Weenen, maar Ladysmith het in hierdie tye meer vooruitstrewende boere.

Nes Piet-Jan se ma, Thea, en sy ouma, Riana, het Truida se hande altyd nuwe dinge gevind om in die kombuis te doen. Sy is 'n eersteklas kok – en het selfs een jaar 'n prys gewen op die landbouskou van Bergville en Winterton. Sy bestuur 'n skoon huis. Danksy, in 'n groot mate, Zodwa, Sigwebana se vrou.

Terwyl Piet-Jan en Sigwebana die afgelope paar dae te kampe gehad het met die nadraai van Alcock se onbesonne afknippery van die slotte van twee grenshekke, het Truida en Zodwa beskuit gebak dat 'n mens dit tot onder by die skuur kon ruik. Niemand op die werf kon dit omtrent uithou nie, só het hul monde gewater.

Die beskuit is ongelukkig bestem vir Johan, iewers aan die grens.

"Zodwa, breek solank oop, ek wil dit teen vanaand droog en weggepak hê. Voor die helfte daarvan voete kry." Truida weet daar gaan beskuit verdwyn. Frederik, hul jongste seun, is hol van binne en vul daardie leemte graag met kos. Veral beskuit. Sy het hom juis betrap toe hy met vuil hande by die kombuis inwarrel en hand uitsteek na 'n stuk beskuit wat sy pas omgedop het.

Truida klap na sy hand. "Was eers jou hande."

"Ma het al genoeg beskuit aan Johan gestuur om sy hele peloton te voer." Hy neem 'n groot hap van die warm beskuit.

"Jou pa soek jou."

"Hoekom?" Hy loop maar lig vir Piet-Jan – vir daardie De Witt-humeur.

"Seker weer iets wat jy nie gedoen het nie."

"Van die oggend tot die aand: Frikkie doen dit! Frikkie gaan haal dat! Soos 'n blerrie slaaf!"

"Begin elke oggend vyfuur in hierdie kombuis, dan sal jy weet wat doen 'n slaaf."

"Mariaan doen net wat sy wil, Johan is lekker in die army en ek moet almal se vuil werk doen. Ek kan nie wag om army toe te gaan nie."

"Jy dink jy word hier rondgejaag. Wag tot jy daar kom."

"Tydens basics, ja. Maar as jy eers op die grens is, is daar nie tyd vir grappies nie."

"Waar is Mariaan?"

"Waar dink Ma?" Hy haal iewers vandaan 'n soetlike, dom uitdrukking op sy gesig. "Saam met Gerrie. Hulle 'gaan stap'. En dit het gelyk asof hy iets groots op die hart het." Frederik trek sy ma se siel verder uit deur met die lippe soengeluide na te maak.

Truida kyk vir 'n oomblik vinnig op na Frederik. Kan dit wees? Nee, dink sy, die knaap praat nonsens. "As jy jou Pa langer laat wag ..."

Frederik begin aanstap, met 'n "jaaaaaaaa, Maaaaaaaa" wat haar tot in haar siel irriteer.

Frederik was nie ver verkeerd nie. Mariaan en haar kêrel, Gerrie, stap hand aan hand langs die rivier. Gerrie is 'n boer uit die omgewing, en hy is smories – blind van die liefde.

"Kom ons sit 'n bietjie," sê hy liefies.

Mariaan kyk hom vraend aan. "Is jy moeg?"

"Daar is sjokolade in my sak wat gaan smelt as ons dit nie nou eet nie."

"Pleks jy lankal so sê."

Hy haal 'n boksie sjokolade uit sy baadjiesak, maar maak dit nog nie oop nie.

"Hmmm ... lekker." Mariaan is 'n lekkerbek en het nog nooit 'n geheim daarvan gemaak nie.

"Hou jy so baie van my soos van sjokolade?"

"Amper."

"As ek belowe om vir jou baie sjokolade te gee ..."

"Gaan ek baie vet word ..."

"Ek is ernstig. As ek belowe om mooi na jou te kyk en jou te respekteer ... as my gelyke – sien, ek luister as jy vir my preek ..."

Hy sak op sy een knie neer en Mariaan raak bekommerd toe sy dit sien.

"Jy is my alles ... en daar is niks wat ek meer begeer as ..." Hy maak die sjokoladeboksie oop, en pleks van lekkergoed lê daar 'n diamantring op 'n stukkie swart fluweel, "... as om jou tot vrou te neem nie. Mariaan ... sal jy met my trou?"

Mariaan se verstand het stil gaan staan. Sy kyk Gerrie aan asof sy hom die eerste keer in haar lewe sien. Dis 'n lang stilte.

"Dis nie 'n strikvraag nie. Dis net 'n ja of 'n nee. Hopelik 'n ja."

Mariaan weet nie waar om te kyk of wat om met haar hande te maak nie. "Ek kan nie. Ek is jammer. Ek … dis nie dat … ek kan net nie." Sy stap haastig weg en laat 'n verpletterde Gerrie, steeds op sy knie, agter. Hy maak die sjokoladeboksie stadig toe.

Sedert Johan van die grens af teruggekom en 'n met 'n weekpas by die huis opgedaag het, is Frederik se kop in 'n droomwêreld. Hy marsjeer op en af op die werf met Johan se R1-geweer oor die skouer en dra Johan se webbing oor sy civvy-kortbroek en -hemp en het 'n staaldak op sy kop. Hy is kaalvoet en dril homself met oorgawe, ten volle gefokus.

"Werk saam!" skree hy. "Afdeling, afdeling, a-haan-dag! Skouer geweer! Een, twee-drie, een. Re-hegs-om! Een, twee-drie, een. Rig op die linkerflank,voorwahaarts mars! Lieks, jar, lieks, jar, lieks, jar, li-hinks!"

Johan kom effens geamuseerd aangestap, sy aandag meer by 'n stuk biltong wat hy kerf. Vandat hy by die huis is, is daar omtrent nie 'n oomblik wat verbygaan waarin hy nie besig is om iets gereed te maak om in sy mond te sit nie.

Frederik is nie dadelik bewus van hom nie. "Lieks, jar, lieks, jar, lieks, jar, li-hinks …"

"Afdeling, halt!" gil Johan.

Frederik reageer onmiddellik: "Stuit een, twee!"

"Frikkie, het ek nie gister vir jou gesê jy hou jou hande uit my balsak nie? Hè?"

Vandat Johan weg is army toe, het sy broer die idee gekry dat hy kan maak en breek soos hy wil. Johan het sommer die eerste dag terug gesien hier kom moeilikheid en het al sy dae om Frederik daaraan te herinner wie die oudste is en wie geen regte het om van te praat nie.

"Ja, Ouboet, maar ek wou net voel hoe dit voel."

"Is dit? En as jy jou met daardie geweer verongeluk, wat sê ek vir Ma en Pa?"

"Ek sal nie. Ek ken van gewere. En jy't in elk geval die koeëls vergeet."

"Nie vergeet nie. Moedswillig nie saamgebring nie. Daai geweer hoort in die basis in my kas en sy sluitstuk in my trommel. Ek het hom in my balsak saamgesmokkel om vir jou te wys, maatjie. As hulle uitvind, is daar groot moeilikheid."

"Dankie, Ouboet."

"Nou maar goed, kom ons kyk of jy al reg is om soldaat te word. Werk saam: Afdeling, afdeling, aaandag!"

Frederik kom op aandag en voer daarna die opdragte uit soos Johan dit uitroep.

"Skouer geweer!"

"Een, twee-drie, een!" begin Frederik.

"Li-hinks om!" roep Johan.

"Een, twee-drie, een!"

"Rig op die linkerflank, voorwaarts mars, lieks, jar, lieks, jar, lieks, jar, li-hinks, omkeer ..."

"Stuit-stuit een, twee, drie, af, op ..."

"Lieks, jar, lieks, jar, markeer die pas ..."

"Stuit-stuit ..."

"Lieks, jar, lieks, jar, lieks, jar, li-hinks ... lig daai knieë, lig daai knieë ... Voorwaarts ..."

"Stuit-stuit ..."

"Lieks, jar, lieks, jar, omkeer ..."

"Stuit-stuit, een, twee, drie, af, op ..."

"Lieks, jar, afdeling halt."

"Stuit, een-twee!"

"Sit a-haf geweer!"

"Een, twee-drie, een, twee-drie, een."

"Op die plek rus! Staan en rus. Nie sleg nie. Nie sleg nie."

Dit pla Johan dat hy die mannetjie nie behoorlik uitasem kan boor nie.

"Volgende jaar as ek daar kom, gaan ek in die beste dril-squad wees."

"Iiiiiisit?"

Mariaan moet noodgedwonge vir haar ma en pa die nuus bring dat sy Gerrie se huweliksaanbod van die hand gewys het. Sy sê dit vir hulle waar hulle vol afwagting op 'n bank in die sitkamer sit; haar stem is dun en bewerig.

Piet-Jan en Truida kyk hul dogter verstom aan.

"Jy het wát gedoen?"

"Daar's g'n manier dat ek nou al gaan trou nie, en as ek eendag trou, sal dit beslis nie met 'n man van hierdie kontrei wees nie."

"My kind!" Truida het al begin planne maak, planne waarin Gerrie haar skoonseun is. "Ons dog dan … Gerrie is so 'n gawe jong man."

"Hy is, maar ek wil nie, ek kan nie …"

"Kan nie wat nie?" Piet-Jan is verbysterd. "Is jy te ghrênd om met 'n boer te trou?"

Mariaan sien vir die eerste maal die sjampanjeglase eenkant staan, besef Gerrie moes reeds die formele ouersvra-ding kom doen het. Sy beduie na die glase. "Wat is dit?"

"My kind," Truida sukkel om 'n behoorlike antwoord te kry, "dis … ons het gedink …"

"So, hy't reeds met Pa gepraat en Pa't ja gesê!"

"Ons het gedink dis wat jy wil hê," sê Truida.

"Dis 1976, nie 1929 nie. Ek's nie Pa s'n om weg te gee nie!"

"Dis tradisie, my kind," antwoord haar ma. "Moet nou nie 'n bohaai maak oor niks nie."

"Al weer daai vroueregte-nonsens," snork Piet-Jan. Hy draai na sy vrou. "Sien jy, dis wat gebeur as 'n meisie heeldag met haar neus in 'n boek sit … veral daai Unisa-boeke."

Truida kyk nou byna geamuseerd na Mariaan. "Moet jy nie maar weer gaan dink nie?"

"Nee, Ma. Gerrie sal 'n wonderlike man vir iemand anders wees. Ek wil nie met julle baklei nie. Daar is ander dinge wat ek wil gaan doen."

"Soos wat?" Piet-Jan dink net aan een ding: Dis hy wat die rekeninge moet betaal.

"Hoeveel keer moet ek dit sê, Pa?"

"Kokkerot, wil jy my arm draai tot die dêm ding afval?"

"Nee, Pa, maar by 'n universiteit ontmoet 'n mens ander mense, sien jy hoe ander mense lewe … en al sulke goed."

"Is die lewe op die plaas dan so sleg?"

"Nee, Pa, dis net …"

"Net wat?"

"Ek soek iets anders."

"Wat anders?"

"'n Ander lewe, Pa, 'n ander plek."

"Ons familie is al ses geslagte lank in hierdie distrik. Watse ge-anderlewe en ge-ander-plek is dit met jou?"

"Piet-Jan," sê Truida, "as dit nie was dat 'n De Witt in 1838 'n ander plek en 'n ander lewe gesoek het nie, het jy nou in die Oos-Kaap gesit."

"Dis anders."

"Hoe is dit anders?"

Piet-Jan aarsel, hy het nie 'n antwoord nie.

"Ja, Pa, hoe is dit anders?"

"Aha, ek sien wat hier aangaan: Dis 'n komplot. As ons nie gaan sjampanje drink nie, wil ek koffie hê."

Piet-Jan stap uit na die eetkamer; Truida staan op, gaan sit die kof-fiepot op die stoof.

Mariaan volg Piet-Jan, want sy is nog nie klaar met haar pa nie. Sy haal hom in die eetkamer in. "Hoe is dit anders, Pa?"

"Waar is my koerant?"

"Hoe is dit anders, Pa?"

Piet-Jan draai na haar – hy gaan hierdie saak nou afhandel: "Daardie dae was die land nog oop. Jou ooroorgrootjie wat hierdie plaas afgeba-ken het, was 'n pionier."

"Dankie! Daar sê Pa dit self: 'n pionier."

"En wat daarvan?"

"Die pioniers van vandag sit op universiteit. Dis waar nuwe wêrelde ontdek word, nuwe metodes, nuwe gedagtes, nuwe stelsels …"

"Is dit wat jy in jou Unisa-boeke leer? Om jou ouers teë te praat? Mariaan, ek het ingestem dat jy by Unisa inskryf, maar universiteit toe gaan jy nie. Die plek is vol takhare en opstokers. Miskien oor 'n paar jaar as ..."

"Nie Stellenbosch of Potchefstroom nie, Pa."

"Dis te ver. En hier in Natal is net Engelse universiteite, broeikaste vir kommuniste, die einste soort wat agter al die onluste in plekke soos Soweto en KwaMashu en ander lokasies sit. Dis juis daardie nuwe gedagtes waarvan jy praat wat maak dat die swartes al wat 'n skool is afbrand."

"Net in die lokasies. En dit gaan nie oor ..."

"My kind, 'n nuwe gedagte in die verkeerde kop is soos 'n bom in 'n kind se hand: Kort voor lank blaas hy homself op en tien ander onskuldiges saam met hom. Terwyl die swartes die wêreld afbrand, bly jy hier. Ons praat nie weer daaroor nie. Klaar. Waar is my bleddie koerant?"

Piet-Jan stap uit; los Mariaan met haar frustrasies.

Johan laat Frederik maar begaan waar hy in die tuin steeds met die geweer doenig is. Johan weet goed hoe sulke dinge mense se verbeelding op loop laat gaan, en Frederik het 'n baie gesonde verbeelding.

"Voor my eerste naweekpas gaan ek reeds 'n silwerbalkie vir skietkuns wen."

Johan lag saggies vir sy broertjie se drome.

"En wapenbehendigheid. Moet ek jou wys hoe vinnig ek die geweer uitmekaar kan haal?"

"Nee, toemaar, ek glo jou," antwoord Johan. Hy neem die geweer uit Frederik se hande. "Een ding moet jy mooi verstaan," sê hy, "dit is nie 'n windbuks dié nie. Hy jaag 'n koeël dwarsdeur 'n treinspoor."

"Ek skiet lankal nie meer met 'n windbuks nie, ouboet. Ek hoef nie eens meer te vra om Pa se .303 te gebruik nie. Die biltong wat jy eet – wie dink jy het die bok geskiet?"

"Dié ding," Johan kyk na sy R1, "is nie vir bokke en sulke snert nie, Frik. Dit is gebou om 'n terr uit sy bootse uit te blaas. As een van hierdie koeëls jou arm vang, maak dit nie 'n gat nie, dit ruk jou hele arm af." Hy beduie op sy bors. "As die koeël hier ingaan, maak hy so 'n gaatjie, maar as hy agter uitkom, ruk hy 'n gat so groot soos 'n piering in jou rug."

"Jissie! Is dit hoe die terr gelyk het wat julle geskiet het?"

Die lat is die ene ore, en die geesdrif slaan dwarsoor sy gesig uit.

"Ja."

Johan sien dit weer voor sy geestesoog. Hy het geen geesdrif meer vir doodslag nie.

"Vertel my, ouboet."

"Ek het jou klaar vertel."

"Vertel my weer."

"Ek laaik nie om te veel daarvan te praat nie. En buitendien is dit teen die wet. As jy inklaar, teken jy 'n papier wat sê jy sal nooit vir civvies vertel wat jy in die army of op die grens gedoen of gesien het nie."

"Ek is nie 'n civvy nie. Ek is jou broer, en volgende jaar gaan ek army toe. Ek wil nie soos 'n poens wat niks weet daar aankom nie. Vertel my, ouboet, toe. Asseblief."

Johan geniet dit om gesmeek te word. Hy staan 'n ruk stil, asof dit 'n moeilike besluit is.

"Asseblief, ouboet. Ek sal nie weer vra nie."

"Dit was so drie-, vieruur die middag, net ná ons gesiësta het."

Frederik luister stip en aandagtig.

"Ons was op 'n kort patrollie in Ovamboland, so twintig klieks van die Angola-grens. Ek was in seksie 1 op die linkerflank, heel voor. Die bosveld waarin ons gestap het was redelik oop, 'n man kon maklik so tien of twintig meter ver in enige rigting sien ..."

"Daarom het julle in 'n wye formasie gestap."

Johan knik. "Blackie Swart het reg agter my gestap. Ons was op soek na die watergat. Die meeste manne het net 'n halwe liter of wat oorgehad. En toe sien ons die gat, dis maklik om dit te spot, want die swartes daar grawe gate uit om by die water te kom; dis hoekom die meeste watergate 'n moerse wal reg rondom het. Die bome en bosse staan ook dikker om sulke watergate. Nou ja, net 'n poephol of 'n rower foeter by 'n watergat in sonder om die ding eers te verken."

Johan kan dit nog hoor – die skote, die onreëlmatigheid van die klanke wat alle ander dinge in die boswêreld laat verstil.

"Die luitenant beduie toe vir my en Blackie om die gat uit te check. Ek het nader gekruip, teen die wal op geleopardcrawl. Alles het skoon gelyk. Met Blackie hier teen my skouer om my rug te dek het ons anderkant afgestap.

"Die eenheid is wyd uitgesprei, 'n paar manne hurk agter bosse en bome. Die luitenant wink Blackie nader, beduie dan ook vir my om die watergat te verken. Ek kruip nader, leopardcrawl teen die wal op. Blackie dek my. Ek kyk paraat rond, sien geen gevaar nie. Blackie beduie die ander kan maar kom, maar ek lig my hand om hulle te keer.

"Daar was niemand nie, maar ek wou eers oor die anderkantse wal kyk voor ek vir die luitenant en die ander ouens die veiligheidsein gee."

Hy onthou hoe hy gebukkend oor die sandwal om die dam is.

"En dis toe dat die kak die fan strike, want net soos ons na die ander wal toe begin stap, kom 'n terr, AK47 en al, oor die teenoorgestelde wal; presies waarheen ons op pad was."

Hoe kan hy Frederik laat verstaan hoe ongelooflik die vrees is wat 'n mens oorval, hoe vinnig die adrenalien by jou begin vloei?

"Met een beweging rig ek my geweer vanuit die heup op die soldaat en vuur 'n skoot af, en dan nog 'n skoot. Die terr val. Daar was nie eens tyd om die kolf teen my skouer te gooi nie. Ek het sommer van die heup af gevuur. Twee skote. Dwa-dwa! Quick kill. Die koeël moes teen sy heupbeen weggeskram het, want dit het hier by sy regterskouer uitgekom ... 'n Gat so groot soos 'n piering."

"En toe ...?" Fredrik se oë staan groot.

Johan het op daardie oomblik gefokus op die terr wat hy geskiet het. Hy het nie 'n tweede Swapo-soldaat aan die regterkant gesien nie. Die terr rig sy geweer op Johan, maar Blackie het hom met twee vinnige skote laat vou.

"As dit nie vir Blackie was nie, was ek nie vandag hier nie."

Johan weet nie mooi of Frederik sal verstaan hoe versteen hy gestaan het nie. Een oomblik 'n held, die volgende oomblik is jy jou lewe verskuldig aan iemand wat oplettender as jy was. Die tweede Swapo-soldaat het 'n paar treë van hom af gelê. Só naby. Hy het oorbluf na Blackie gekyk, wat vir hom sy duim gelig en geglimlag het. Johan het op sy hurke gesak en kon net sy kop skud.

"Jislaaik, Ouboet, was jy bang?"

"Daar was nie tyd om bang te wees nie. Maar een ding moet jy weet: Die beste ding wat 'n man op die grens kan hê, is 'n maatjie waarop hy kan staatmaak."

"Pa sê hulle gaan een van die dae troepe na die lokasies toe moet stuur, want deesdae is die terrs ook daar."

Johan drentel oor na die tuintafeltjie, sak soos 'n grensvegter in 'n stoel neer en sit sy voete op die tafel. "Nie soos op die grens nie," sê hy. "Die grens is waar die regte oorlog baklei word. In die lokasies is daar net 'n klomp skoolkinders wat 'n paar skole afbrand. Die polisie kan hulle maklik hanteer – 'n paar skote bokhael, en hulle ken weer hulle plek."

"Los hulle vir my, ek sien hulle vinnig reg." Frederik is gereed vir die oorlog ter plaatse, maar Mariaan kom na die tuintafel se kant toe aangestap met koppies, pierings en bordjies. Sy haal 'n tafeldoek onder haar arm uit. "Kleinboet," sê sy aan Frederik, "gaan help vir Ma om die goed aan te dra."

"Hoekom moet ék dit doen?"

"Gaan. En ek sien die sluis by die perskes is nog steeds oop. Pa is nou-nou hier en as hy sien hoe baie water word daar gemors, trek hy jou velle af."

"Jislaaik," antwoord Frederik gebelgd, "kan 'n man nie eers 'n bietjie rus vir jou siel kry nie?"

"Die boord se water is jou werk."

"Ousus het gepraat, maatjie," sê Johan, "ek stel voor jy roer jou gat."

"Nie 'sus' nie, sammajoor! Ek sê jou, Ouboet, dis al wat ek ooit hoor: Kleinboet doen dit, Kleinboet doen dat. Motinga sit heeldag en dagga rook terwyl ek my vingers stompies werk."

Mariaan vra Johan om die skinkbord vas te hou sodat sy die tafel-doek oor die tuintafel kan gooi.

"Ek wed jou," sê Frederik, "Pa het nooit in sy lewe koek en beskuit aangedra nie."

"In die eerste plek is jy nie Pa nie." Mariaan hou daarvan om Frederik 'n bietjie na die werklikheid te laat terugkeer. "En in die tweede plek is dit nie die veertigs en vyftigs toe Pa jonk was nie. Julle mansmense sal moet leer anders dink. Die swartes is nie die enigstes wat in opstand kom nie; ons vrouens is kort op hulle hakke. Daar gaat jy." Sy pak vyf koppies en pierings op die tafel uit.

"En sit my toerusting terug waar jy dit gekry het, my R1 in my kas." Terwyl Frederik tot orde geroep word, sal dit geen skade doen as Johan hom ook aanspreek nie. "En haal die sluitstuk uit."

"Sien, dis presies waarvan ek praat: Kleinboet, doen dit, Kleinboet, doen dat. Maar watch my, as ek eers in die army is ..." – hy rig die geweer in verskillende rigtings en skiet terwyl hy wegloop – "... sal dit net dwa-dwa-dwa wees."

Johan glimlag; Mariaan rol haar oë.

Terwyl Frederik die R1 gaan bêre en aandag gee aan die leiwater, kry Johan en Mariaan kans om te gesels.

"Pa wou nie hê ek moet universiteit toe gaan nie," mor Mariaan. "Hy sê die Engelse universiteite is vol kommuniste en Potch en Stellenbosch is te ver."

"Dis juis in daai universiteite waar hulle môre se terrs uitbroei."

Mariaan is sigbaar afgehaal. Sy't gedog Johan se oë het vir die lewe daar buite oopgegaan. "Jy sien ook 'n terr agter elke bos."

"Ousus – wat jy nie verstaan nie – in Afrika ís daar 'n terr agter elke bos. En in elk geval, hoe kan jy weggaan? Ek dag jy en Gerrie van Jaarsveld staan op trou?"

Stilbly, dink Mariaan, is ook 'n antwoord. Maar sy bly nie lank stil nie. "Nie meer nie," sê sy. "En buitendien, hoekom kan 'n vrou wat gaan trou nie kwalifikasies hê nie?"

"Nee, sy kan seker, nie dat ek kan dink wat 'n boer se vrou met kwa-lifikasies wil maak nie. 'n Boer se vrou kan nie heeldag rondlê en boeke lees nie. Daar is werk om te doen."

"Ouboet, die lewe is nie net brood bak en botter maak nie. Daar is ander goed, goed wat nie afgemeet of geëet kan word nie."

"Glo my, Mariaan, daar is niks anderkant daardie berge wat jy nie ook hier kan kry nie. Tensy jy in 'n groot stad wil gaan bly. Maar daar sal jy weer verlang na wat hier is. Volg my raad, sus: Wag 'n jaar of twee, en trou dan met Gerrie. Sy familie het 'n mooi plaas, jy sal goed lewe."

"Ek soek meer, Ouboet, ek soek meer."

Toe Truida met 'n skinkbord eetgoed en 'n teepot aangestap kom, staan Johan op en neem dit by haar.

"Waar is Kleinboet?" Truida is omgekrap. "Die sluis by die perskes is oop. Die boord lyk al soos 'n dam."

"Ons het hom klaar gestuur," antwoord Mariaan.

Johan het 'n droë beskuit uit die bakkie op die skinkbord geneem en nadat hy daaraan gebyt het, sê hy kouend: "Sal Ma omgee om soos laas keer 'n blik vol vir my bungalow te bak? Die ouens het die laaste lot in een dag gepolish."

"Maar natuurlik, en moenie vergeet om biltong saam te vat nie. Ek bekommer my dood dat julle kinders nie genoeg kry om te eet nie. Jy het so baie gewig verloor."

"Almal verloor gewig in die army, Ma."

"Ek skryf sommer 'n brief aan die korporaal of die generaal, of wie ook al. Dis erg genoeg dat hulle ons kinders wegvat. Die minste wat hulle kan doen, is om hulle ordentlik te voer."

"Ons kry genoeg kos, Ma, maar ek het twee dae lank gyppo guts gehad voor ek huis toe gekom het. Dis hoekom ek so effens maer lyk."

Voordat Truida nog iets kan sê, laat Piet-Jan se stem almal omdraai: "Waar is Frederik? Ek gaan daardie mannetjie se gatvelle aftrek."

"As dit oor die water by die perskes is, Pa, ons het hom klaar gestuur om die sluis toe te maak," sê Johan.

"Die dêm boord lyk soos 'n dam!"

"Dis oor hy heeloggend om en om die huis gemarsjeer het." Mariaan is nou sommer geïrriteerd met almal. "Ek wou naderhand mal raak: lieks, jar, lieks, jar …"

"Dis nie nodig om stories aan te dra nie," sê Johan.

"Dis alles goed en wel dat hy hom vir sy diensplig voorberei, maar tot dan het hy pligte op hierdie plaas," sê Piet-Jan.

"Laat hom maar oefen, Pa, binnekort is dit for real." Johan het in die kamp gesien hoe sommige lotelinge sukkel om aan te pas by die militêre ritme. Dit moet sy boetie nie oorkom nie.

"Jy hou hom weg van daardie toerusting van jou," sê Piet-Jan. "Hy sien al klaar 'n terr agter elke bos."

"Ek wonder waar hy dit geleer het," kry Mariaan 'n stekie in, en Johan trek vir haar gesig.

"As sy verbeelding enigsins verder met hom op hol gaan," sê Piet-Jan, "het ons binnekort doringdraad om die huis en loopgrawe voor die hek."

"Ja, die grot hier agter die huis lyk al soos 'n fort," antwoord Mariaan.

"Los hom." Johan het baie meegevoel met sy kleinboet. "Hy sal 'n goeie troep wees. Hy hanteer daai R1 beter as baie ouens in my peloton."

"Daar is nog baie tyd vir hom om soldaat te wees." Truida het een groot vrees, en dit is 'n leë huis, met al drie haar kinders in die uithoeke van die land.

"Waarskynlik die res van sy lewe, as dinge in die lokasies aangaan soos nou," antwoord Mariaan.

"Ons veg al die laaste honderd-en-vyftig jaar in hierdie land, Sus, ons sal nog honderd-en-vyftig jaar veg as dit moet."

"Ja. Behalwe hierdie keer …"

Piet-Jan gryp in, hou glad nie van die trant van hierdie gesprek nie. "Mariaan! Jy begin nie weer 'n politieke stryery nie. Ek vat daardie boeke van jou en smyt dit in die Tugela. Johan, gaan roep vir Frederik."

Johan staan op en stap 'n paar treë in 'n rigting. "Kleinboet! Kleinboet!"

"Nee my magtig, Johan!" Piet-Jan het geen sin in sulke slapgatgeit nie. "Moenie soos 'n swarte op 'n berg staan en skree nie. Gaan soek hom," snou hy, swaai dan om en begin aanstap. "Weet jy wat?" sê hy dan. "Lossit, laat ek daai mannetjie 'n bietjie vasvat."

Piet-Jan spoor Frederik in die seuns se slaapkamer op waar hy plat op die vloer voor Johan se balsak sit. Hy het pas die R1 se sluitstuk uitgetrek toe Piet-Jan die kamer binnekom, en hy maak vinnig klaar en spring orent, die geweer in sy hand.

"Boesman, het ek nie vanoggend voor ek weg is vir jou gesê om nie die water te vergeet nie?"

"Ja, Pa."

Lelik uitgevang.

"Hoekom het jy nie gedoen wat ek vir jou gesê het nie? Hè?"

"Ek het met ander dinge besig geraak, Pa."

"Plaasdinge of army-dinge?"

Frederik huiwer, antwoord nie.

"Ek vra, plaasdinge of army-dinge?"

"Army-dinge, Pa."

"Ek sal dit hierdie keer oorsien oor Johan hier is, maar gebeur dit weer, stuur ek jou om 'n kweperlat te pluk. Hoor jy my?"

"Ja, Pa."

"En ek wil nie weer hoor dat jy heeldag om die huis marsjeer nie. Jy het werk om te doen."

"Ja, Pa."

"Nou ja, toe!" Piet-Jan beduie na die deur.

Frederik, met die geweer in sy hand, haas hom na die hangkas.

"Moet ek weer praat?"

"Ouboet het gesê ek moet die sluitstuk uithaal en hom in die kas bêre, Pa."

Piet-Jan laat sak sy kop, kners op sy tande, maar wag vir Frederik om die geweer te bêre. Wanneer hy dit gedoen het, skarrel hy voor sy pa by die kamer uit.

Piet-Jan kyk na die balsak wat daar staan. Hy sug, skud sy kop.

Die kombuis bars uit sy nate van vleispasteitjies, tertjies en beskuit, en Truida is besig om koekvurkies uit 'n laai te haal toe sy 'n sagte geklop by die agterdeur hoor. Sy kyk op, en by die deur staan 'n skaam swart meisie.

Truida groet haar, maar die kind is te skaam om te praat.

"Zodwa!" roep Truida, en byna onmiddellik kom die huishulp, Zodwa, met stoflappe en besems van elders in die huis aangestap.

"Kom gou, die baba is hier!" sê die meisie in Zoeloe toe sy Zodwa sien.

"Mies, Nomthandazo se baba, hy wil kom," bring Zodwa vir Truida op hoogte van sake.

"Waar gaan al hierdie kinders wat julle so aanhou eendag werk kry? Hm?"

"Mies?"

"Gaan help haar maar. Wag net eers ..." Truida gaan haal iets in die huis terwyl Zodwa die skoonmaakgoed wegpak.

"Kook solank water," sê Zodwa aan die meisie. "Ek is op pad."

Die kind knik en hardloop weg.

Truida is terug in die kombuis met 'n paar doeke en 'n groeipakkie. Sy gee dit vir Zodwa. "Gee vir haar ... 'n geskenk van die huis," sê sy.

"Dankie, Mies."

"Nomthandazo moet die babatjie volgende week kom wys."

"Dankie, Mies, ek sal hom sê."

Truida bly 'n oomblik staan nadat Zodwa verkas het. Dan pak sy verder bordjies uit en plaas koekies op die skinkborde. Sy besef skielik iemand het onder die koekies gewei. "Frederik!" roep sy geïrriteerd uit.

Toe Zodwa by die kraal aankom, is haar en Sigwebana se sewentienjarige dogter, Nomthandazo, in kraam. Sy maak kreungeluide as sy 'n kontraksie kry, en Zodwa vee haar gesig met 'n nat lap af.

"Amper daar," sê sy in Zoeloe. "Jy vaar goed. Haal net asem."

Nomthandazo gil van die pyn.

"En druk, druk so hard as wat jy kan."

Nomthandazo gryp skielik Zodwa se hand vas, praat tussen die krampe deur. "Ma, daar is iets wat ek Ma moet vertel."

Zodwa kyk verbaas na haar kind.

Buite sit Sigwebana, Motinga, sy negentienjarige seun, en 'n paar ander werkers om die vuur. Wanneer hulle die gehuil van 'n baba uit die hut hoor, glimlag almal baie breed.

"Ons voorvaders het ons met 'n kind geseën," verklaar Sigwebana plegtig. Hy begin hard en ritmies op 'n trom slaan. Maar toe Zodwa uit die hut kom, het sy 'n verskrikte uitdrukking op haar gesig. Haar uitdrukking laat Sigwebana dadelik ophou om die trom te slaan.

"Is alles reg? Jy lyk asof jy 'n verskriklike ding gesien het."

"Alles is reg met die baba, maar ..." Zodwa het nie woorde om te sê wat sy nou moet sê nie.

"'n Seuntjie of 'n dogtertjie?" vra Motinga.

"'n Seuntjie," antwoord Zodwa. "Maar daar is 'n probleem."

Sigwebana en Motinga kyk stil na Zodwa.

Mariaan en Johan sit en kyk na die TV-nuus met beeldmateriaal van oproerige swart mense wat in Soweto boeke aan die brand steek.

"Dis nou een ding van 'n swarte wat ek nooit sal verstaan nie," verklaar Johan, "raak hy kwaad vir jou, dan loop brand hy sy eie huis af."

"Wees dankbaar hulle brand nie ons huise af nie."

"Asseblief. Hulle sal nog daaraan dink, dan staan die Buffels en Casspirs gereed."

"En net vir jou informasie, hulle brand nie hulle huise af nie, hulle brand hulle skole af omdat hulle nie meer Afrikaans wil leer nie."

"Presies wat ek sê, want as die onluste verby is, dan gaan hulle moan omdat hulle nie meer skole het nie."

"As jy in hierdie land wil bly, gaan jy jou rassisme 'n bietjie moet aanpas."

"Ek sê net wat ek sien."

"Kyk dan mooier, en jy sal meer sien."

Johan staan vinnig op en skakel die TV af.

"Skakel aan daai TV!"

"Gaan bak beskuit."

"Johan!"

Mariaan vlieg op en skakel die TV weer aan; Johan skakel dit dadelik weer af.

"Jy soek my en jy gaan my kry."

Johan geniet die speletjie nou. "Oe … nou's ek bang."

"Pa!"

"Pa sal met my saamstem."

Mariaan probeer weer om die TV aan te skakel, maar Johan keer haar. Sy roep terwyl hulle stoei: "Paaa!"

Piet-Jan kom die vertrek binne terwyl hulle nog stoei. "Wat gaan hier aan?"

"Ek probeer die nuus kyk en Johan skakel elke keer die TV af."

"Sy kyk net onluste, Pa, en voel jammer vir die swartes."

Piet-Jan neem die situasie 'n oomblik lank in oënskou. Sy besluit kom maklik: "Mariaan, gaan help jou Ma in die kombuis."

Mariaan se mond val oop, en Johan glimlag selfvoldaan.

"Nou!"

Mariaan marsjeer uit.

"En vee jy daai glimlag van jou gesig af," sê Piet-Jan aan Johan. "'n Man stoei nie met 'n meisie nie."

Toe Piet-Jan uitloop, bly 'n baie norse Johan agter.

In die kraal lê Nomthandazo op haar kooi en huil saggies. Zodwa probeer haar troos; Sigbewana staan net binne die deur, met Motinga langs hom.

"Jy behoort jou te skaam!" sê Sigwebana aan sy dogter.

"Sy kon nie vir hom nee sê nie!" verdedig Zodwa haar dogter.

"Wat gaan ek vir baas Piet-Jan sê?"

"Ons sal hom niks sê nie," antwoord Zodwa.

"Hulle sal sien hy is 'n baster. Jy vat haar en haar baba na my neef in Newcastle. Daardie baba mag nie op die plaas wees nie."

"Sigwebana, asseblief! Laat haar bly. Sy is my enigste dogter!"

"Nee, sy moet gaan."

"Maar sy het niks verkeerd gedoen nie." Motinga sien in dat dit uiters onregverdig teenoor sy suster is om haar nou van die plaas te verban.

"Die baas sal ons almal wegjaag," antwoord Sigwebana.

"Ek is nie bang vir hom nie," sê Motinga.

"Jy is jonk. Jy weet niks. Sy gaan Newcastle toe, en klaar."

"Maar, Pa …"

"Nie 'n verdere woord nie!" bulder Sigwebana.

Nomthandazo huil nou harder, en Zodwa troos haar.

Die gesig is te veel vir Motinga. 'n Woede begin in hom brand en hy stap gedetermineerd uit. "Hierdie dinge moet end kry!" brul hy.

"Waar gaan jy?" vra Zodwa bekommerd.

Motinga huiwer by die deur. "Na die man wat ons sal help," sê hy.

"Motinga! Moenie!" roep Zodwa, maar Motinga is reeds weg.

Die woede wat in Motinga brand is allesverterend. Van die plaas af is hy reguit dorp toe, na die aktivis Alcock.

Alcock is in sy veertigs en besig om 'n brief agter sy lessenaar te skryf toe Motinga by sy kantoor klop.

Hy roep Motinga in. "Kan ek jou help?"

"Baas Alcock …"

"Moet my nie baas noem nie. My naam is David Alcock. Jy kan my David noem, of meneer Alcock, maar nie baas nie."

Motinga knik.

"En jou naam?" vra Alcock.

"Motinga. Ek bly by Donkerland. By baas Piet-Jan de Jager. Waar mister Alcock die slotte by die hekke gesny het vir die beeste vir die water."

"Ek ken die plaas."

"Mister Alcock moet ons help, asseblief …"

Alcock luister stil terwyl Motinga die verhaal vertel.

Daarna gebeur dinge vinnig. Hulle ry in Alcock se motor uit plaas toe. En toe Sigwebana die motor sien aankom, weet hy dat groot moeilikheid op hande is. Hy wag nie vir Alcock om aan te kom nie. Hy drafhardloop dadelik Donkerland se opstal toe.

In Donkerland se huis sit die familie aan vir middagete toe Sigwebana van die kombuis se kant af met sy hoed in sy hand verskyn. Johan sien hom eerste raak. "Pa ..." Hy beduie na Sigwebana, en Piet-Jan kyk om, verbaas om Sigwebana in die huis te sien.

"Ja, Sigwebana, wat is dit?"

"Jammer, Baas. Baas moet kom, Baas."

"Wat is dit?"

"Daar by die kraal, Baas. Baas moet kom."

"Ek vra wat is dit?"

Sigwebana huiwer. "Is die Engelse baas, Baas. Die baas wat hom gesny het die slot by die hek. Wat hom gevat het die beeste by die baas se lande."

"Alcock?"

"*Yebo*, Baas."

"By die kraal?"

"*Yebo*, Baas."

"Wat soek hy daar?"

"Baas moet kom kyk, Baas."

"Boesman, gaan haal my haelgeweer."

"My man, versigtig," maan Truida.

"Sigwebana, jy kan gaan. En vat vir jou twee hoenders by die hok. Dis goed dat jy my kom roep het."

"Dankie, Baas," sê Sigwebana en draai om.

"Wie is hierdie Alcock, Pa?" vra Johan.

"'n Bleddie Rooinek wat net ná jy army toe is, moeilikheid onder die volk begin stook het. Hy't my slot op die hek onder by die rivier gesny sodat die swartes se beeste deur die groenvoerland by die rivier kan kom."

"Wat is sy storie?"

"Vra my, ek's Moses. Maar ek sê jou, die wetter is hardkoppig. Hy het al vir die meeste boere in die distrik probleme geskep. Hy is op die een of ander kruistog vir swart regte. 'n Maand of twee gelede het hy een van Jopie du Toit se volk gehelp om hom te dagvaar, net oor hy die wetter gebliksem het. Hof toe, die hele lot."

"Pa is nie ernstig nie!"

"Die tye verander," sê Mariaan. "Ons kan die swartes nie meer soos in die ou dae behandel nie. Hulle is ook mense."

Piet-Jan kyk kwaai na Mariaan. Sy moenie oom Dirk se stories weer kom opdis nie.

"Mariaan …" vermaan Truida haar dogter.

Mariaan raak teësinnig stil, swaai haar kop vinnig om toe Frederik met die haelgeweer ingehardloop kom en met 'n "gaan Pa hom skiet, Pa?" die wapen vir Piet-Jan gee.

"Piet-Jan, moenie haastig wees nie," sê Truida. "Dink versigtig."

"Die man is onwettig op my grond."

"Kan ek saamgaan?" vra Frederik.

"Nee, jy bly hier," sê Truida vinnig.

"Laat hom saamkom," sê Piet-Jan, "dat hy leer hoe word 'n hardegat Engelsman gehanteer."

Johan en Frederik loop agter hul pa uit; Truida sug, kyk bekommerd na Mariaan.

By die kraal word hulle ingewag deur Alcock, Sigwebana, Nomthandazo, Motinga en 'n klompie ander werkers. Nomthandazo het haar baba toegedraai in lappe in haar arms. Sy kyk deurentyd grond toe.

"Goeiemiddag," groet Alcock.

"Oortreders sal vervolg word," blaf Piet-Jan.

"Ek is nie besig om te oortree nie. Ek het gekom om jou te spreek."

"En hoekom staan julle ook hier?" vra Piet-Jan vir Sigwebana.

"Die baas hy sê ons moet by wees, Baas."

"Hy's nie julle baas nie."

"Ek het hulle gevra om teenwoordig te wees," sê Alcock.

"In die eerste plek sê g'n vreemdeling vir my volk op my plaas

wat om te doen nie. En in die tweede plek: As jy met my wil praat,
Engelsman, dan praat jy my taal."

"Goed," antwoord Alcock. "Ek wil nie jou tyd mors nie. Ek het
gekom om jou dit te gee." Hy hou 'n koevert na Piet-Jan uit.

"Wat is dit?"

"Dis 'n … summons, 'n … afvaardiging, dink ek noem julle dit." Sy
Afrikaans is taamlik skeefgetrek.

"Wragtig!" Hy kan dit nie glo nie. Piet-Jan draai na sy seuns. "Nou
dink hy hy kan die wêreld vir my kom warm maak soos vir Pottie."

Piet-Jan draai na Alcock terug. "En waarvoor nogal? Ek kan nie
onthou dat ek die afgelope maand iemand gedonner het nie."

"Hierdie vrou het die lewe geskenk aan 'n kind …"

"Ja, en wat daarvan?"

"Volgens haar is jou seun die pa daarvan."

Piet-Jan se ore suis van die stilte wat oor die groep neerdaal. "My
seun?" vra hy uiteindelik op Engels.

"Ja."

"Frikkie?"

"Nie Frikkie nie. Johan."

"Se gat!" roep Johan uit.

"Hy word gedagvaar om 'n bloedtoets te ondergaan," sê Alcock.

"Se gat!" herhaal Johan. "Dis nie waar nie. As jy moeilikheid soek,
sal jy dit kry."

"Dit is," sê Nomthandazo. "Die kind is joune."

"Jy lieg!" skree Johan. "Jy gaan jammer wees."

"Jy gee hom die kind," sê Motinga aan Johan, "voor die tyd jy gaan
soldaat word." Hy beduie berg se kant toe. "In die grot. Agter die huis."

"Pa, dis leuens, Pa!" Johan is desperaat, wend hom tot die enigste
gesagsfiguur wat hy ken.

"I asked her family to …" begin Alcock.

"Praat Afrikaans, Rooinek!" sis Piet-Jan.

"Ek het haar familie gevra om by te wees sodat daar … witnesses …
kan wees dat jy die summons ontvang het."

Piet-Jan stap na Nomthandazo en kyk na die baba. "Dit kan enige man se kind wees," sê hy.

"Die bloedtoets sal ... will settle the matter. En as dit positief toets, sal hy maintenance moet betaal. Julle mense gaan moet leer dat julle werkers nie meer soos slawe behandel kan word nie. They have their rights."

"Dis alles leuens, Pa, om geld te kry."

"Tot siens," sê Alcock.

Johan storm op Alcock af. "Bliksem!" gil hy.

"Johan!" probeer Piet-Jan hom keer, maar Johan takel vir Alcock, kry hom om die nek beet. Motinga spring vorentoe en trek Johan van Alcock af.

"Los my, bliksem!" skree Johan. "Ek sal hom doodmaak!"

"Dis genoeg, seun."

"Ek sal sy keel toedruk!"

"Dis genoeg!"

Johan ruk hom uit Motinga se greep los. "Los my!" skree hy aan Motinga. "Hoe durf jy aan my vat!"

Alcock kom orent. "I will see you in court," sê hy, vryf aan sy keel en loop saam met Motinga weg.

"Motinga ..." roep Piet-Jan.

Motinga draai terug.

"As jy ooit weer jou hande op een van my gesin lê, skiet ek jou dood."

Motinga staan Piet-Jan 'n paar oomblikke lank stil en aankyk. Voedsel vir die wrewel wat steeds in hom opstyg.

Sigwebana en Nomthandazo staar na Motinga, sien hoe hy stadig sy gebalde vuis bokant sy kop lig, sy oë uitdagend reguit in Piet-Jan s'n.

"Sigwebana ..." sê Piet-Jan.

"Baas ..."

"As Motinga teen sononder nog op my plaas is, sal 'n duisend Rooinekke my nie keer nie."

"Ja, Baas."

"En enige van julle ander wat soos hy voel," sis Piet-Jan, "kan gerus saamgaan, want hier sal julle nie oorleef nie."

Sigwebana en Nomthandazo draai die een ná die ander stadig om en stap na die hutte.

"Ek dink jy moet loop," sê Piet-Jan aan Motinga. "Jy is op gladde ys."

"Eendag, Baas, eendag hierdie land hy sal behoort aan die swart man ..."

"Daar sal baie bloed vloei voor dit gebeur."

"Ja, Baas, maar die swart man ... hy het baie bloed."

"Trap!" skree Piet-Jan.

Motinga lig sy vuis omhoog. "*Amandla ngawethu!*" roep hy uit. Die stryd duur voort.

"As die son gesak het, kom soek ek jou," sê Piet-Jan. Hy begin wegstap, maar Johan bly nog net daar staan. Frederik, wat onseker tussen Piet-Jan en Johan rondgestaan het, loop tot voor Johan. "Moenie bekommerd wees nie, Ouboet," sê hy. "Ek staan by jou. Ek's jou maatjie."

Johan knik stil. Bly roerloos staan terwyl Frederik met 'n laaste blik van opregte ondersteuning na Johan omdraai en agter sy pa aanloop.

Piet-Jan se gedagtes is 'n warboel, maak wye draaie in die verlede in. 'n Ent weg draai hy om en kyk terug na sy oudste seun.

'n Vers uit die Bybel kom by hom op: *En die Here God het aan die mens bevel gegee en gesê: Van al die bome van die tuin mag jy vry eet, maar van die boom van die kennis van goed en kwaad, daarvan mag jy nie eet nie ...* En vir ewig daarna, dink hy met 'n wrang glimlag, kon die mens nie die versoeking weerstaan om daardie vrug te pluk nie. Omdat dit verbode was.

Terug by die opstal is Piet-Jan se gesig strak. As hy nou, soos gewoonlik, sy sambok gaan haal het ... dink hy. Maar hy weet ook 'n sambok los baie probleme op – baie, maar nie almal nie.

Truida en Mariaan sit nog aan tafel. Hy wil binnestap, maar steek in die deur vas. Sy vrou en dogter kyk hom aan, en hy kyk na hulle, van die een se gesig na die ander. Dan stap hy stadig na die hoof van die tafel en gaan sit.

Truida se oë volg Piet-Jan terwyl hy plaasneem.

Hulle praat nie.

'n Geheim is nes 'n lyk in 'n rivier, die een of ander tyd spoel dit uit.

Waar is daar 'n mens, of gesin, of familie, of volk wat nie geheime het nie? En as dit eers uitspoel, verander alles.

Dit is hierdie geheime wat Magriet in gedagte gehad het toe sy destyds ons patriarg oor Eerste uitgevra het. Dit is 'n verpesting van die siel wat saam met die Engelse en die Hollanders hierdie land ingekom het. 'n Wit vrou sou geen wit man se huweliksaansoek ernstig oorweeg het as sy wis dat hy saam met swart vrouens gelê het nie.

Ontug. Dis die woord wat in die ou Bybels gebruik is vir seksuele misdrywe.

Ontug. Dis die woord … maar wag, laat ek nie die storie vooruitloop nie.

Dink liewer aan Motinga. Hy wat ook drome het. Hy wat nie dieselfde sweet as sy pa en sy oupa en dié se voorvaders wou sweet nie.

Op daardie oomblik staan Motinga langs Pieter de Witt se klipstapel. Hy het 'n assegaai by hom. Hy kyk uit oor die plaas. Dan lig hy die assegaai hoog bo sy kop en steek dit met mening in die grond in.

Wanneer Piet-Jan in die eetkamer sy gesin sit en betrag, weet hy die beskuldiging teen Johan het alles verander, ook die verhoudings in die gesin. Almal lyk nou vir hom anders, en die liefde waarmee almal mekaar bejeën het, selfs in die ergste woedebuie, dié is na sy gevoel nie meer hier te vinde nie.

Piet-Jan dink aan sy voorsaat, Pieter de Witt. Toe hy en Eerste in 1838 afgekyk het op die vallei waardeur die Tugela soos 'n silwer spoor krul, het hy volgens oorlewering gevoel soos Adam wat die eerste keer sy oë in die Paradys oopgemaak het. En nes Adam het hy geen idee gehad dat sy nageslagte eendag die kruis van hulle vaders se sondes sou dra nie …

Truida en Mariaan dek die tafel af. Selfs die eetgerei – 'n Wiesenthal-stel wat Truida in Pietermaritzburg moes gaan koop – lyk vir Piet-Jan vreemd, nes die dennehouteettafel en -stoele. Hy is wars van alles van die ou Donkerland.

Aandete was 'n lustelose affêre. Johan het gespanne deur die ete geworstel, stug en in homself gekeer. Wanneer hy opgekyk het, was dit met pleitende oë, en dit is by Truida dat hy ondersteuning gesoek het.

Dit het Piet-Jan opgeval. Hoekom sou sy kind hom nie tot sy pa wend nie?

Truida het gedurig simpatiek en gerusstellend geknik – haar manier om aan Johan oor te dra dat sy hom glo, en in hom glo.

Frederik is erg omgekrap. Hy is in soveel opsigte nog maar 'n kind, dink Piet-Jan. Kon sommer sien hoe uit sy koers die kind is toe hy vanoggend die allerverskriklikste kort sokkies by sy vellies dra, en dit met 'n kortbroek aan. Normaalweg sou hy hom om die dood nie só laat vang nie. Was elke dag sy hare, vir geval iemand met 'n dogter op die plaas kom kuier. Piet-Jan kan dit verstaan, hierdie stormagtigheid by sy jongste telg. As iemand binne die klein gesinskring te na gekom word, sal die jongste dit altyd die ergste aanvoel. En dan reageer hy onvoorspelbaar.

Maar sy eie aandag is by Johan. Vanaand moet daar vrae gevra en antwoorde gegee word. Vir Johan en die hele De Jager-gesin se beswil.

"Dis leuens, Pa." Piet-Jan het verwag dat Johan voet by stuk sou hou. "Die bleddie swartes raak wit. Dis alles leuens. Hulle gat as hulle dink ek gaan 'n bloedtoets laat doen. My woord is genoeg."

"Ja, wie de donner dink hulle is hulle?" bars Frederik uit.

Truida het hom nog nooit só hoor praat nie. "Frikkie!" roep sy geskok uit.

"Ek sê maar net."

"Nou ja, 'sê maar net' sonder die skeltaal." Sy draai na Johan. "En jy ook."

Frederik kyk dikbek af, grawe met sy naels patrone in die wit tafeldoek.

Piet-Jan wil die gesprek terugbring tot die bloedtoets. "Ek glo nie jy het veel van 'n keuse nie."

"Van wanneer af dra 'n swarte se woord meer gewig as 'n wit man s'n? Ons familie is al ses geslagte op hierdie plaas."

"Hulle s'n ook," sê Mariaan. Haar oom Dirk sou trots gewees het op haar.

"Aan wie se kant is jy?" roep Johan uit.

"My seun," kalmeer Truida almal, "as jy sê jy is onskuldig, dan is jy onskuldig. En die bloedtoets sal dit bewys."

Frederik se gedagtegang is meer proaktief. "Pa, ek sê ons skiet daai Engelsman; dis hy wat al die moeilikheid veroorsaak."

Truida trek 'n gesig vir Frederik sodat hy kan weet wat sy van sy voorstel dink. Daar is genoeg geweld in die land. Nie nodig om nog meer te skep nie.

Die gesin sit 'n ruk in stilte.

Piet-Jan kyk na Johan. Hy het 'n spesmaas, 'n eienaardige gevoel, dat sy seun se protes net té luidkeels is. Dan begin hy versigtig praat: "Sê my net een ding: Is daar 'n moontlikheid dat die bloedtoets positief kan wees?"

Truida kyk verstom na haar man. Hoe durf hy so 'n gedagte opper? Wil hy sy kind verguis voordat daar bewyse gelewer is?

"Hoe kan Pa so iets vra?"

Johan se verontwaardiging is te verstane, maar vir Piet-Jan steeds te té.

"My man?"

Piet-Jan moet sy vraag verduidelik. Maar hy verstaan baie goed wat en hoekom hy vra, en gaan nie nou op 'n dwaalspoor beland deur hom te verdedig nie. "Antwoord my."

"Ek is al amper 'n hele jaar in die army, Pa. Hoe kan dit my kind wees?"

"Tel nege maande terug van gister af, toe was jy nog nie in die army nie. Dit bring ons trouens by die tyd net voor jy army toe is."

Johan spring op. "Sê dit reguit, Pa! Sê dit reguit as Pa dink ek het dit gedoen!"

"Die swartes lieg, Pa." Frederik kan nie langer swyg nie. Hy glo wat hy glo. "Johan het nie daardie vroumens gespyker nie."

Truida se hart gaan staan amper. "Frederik!"

"Mannetjie, as jy weer sulke taal voor jou ma en suster gebruik, looi ek jou dat jy nooit weer kan sit nie! Het jy my gehoor?" Piet-Jan verafsku sulke vulgarismes; hy is in 'n ordentlike huis grootgemaak – en Fredrik ook.

"Ja, Pa."

"Vra jou ma om verskoning."

"Jammer, Ma."

"En nou gaan jy kamer toe en jy bly daar tot ek sê jy kan uitkom."

"Ja, Pa." Frederik staan op, stap na die deur, maar draai dan terug. "Pa …?"

"Wat?"

"Kan ek net een ding vir Johan sê, Pa?"

"Nee. Dis grootmenssake hierdie. Daar gaat jy." Piet-Jan kyk na Mariaan. "Kokkerot, jy ook."

"Ek is nie meer op skool nie, Pa."

"Ek wil alleen met Johan praat."

"Maar dit raak …"

"Mariaan! Ek het gesê ons wil alleen wees!"

Mariaan stap teësinnig uit.

"My vrou, jy is welkom om te bly, maar ek waarsku jou, ek gaan nie doekies omdraai nie."

"Hulle maak nou weer 'n berg van 'n molshoop," sê Truida met 'n sug.

Piet-Jan laat hom nie afmaak nie. "Dis wat ek wil vasstel."

"Weet jy wat?" Piet-Jan het 'n ingewing wat hom onverwags goed laat voel, sy gesig 'n oomblik laat straal. "Skuur toe. Ek's nie gemaklik met Mariaan en Frikkie in die huis nie."

Saam stap hulle skuur toe, Truida, Johan en Piet-Jan. Vir geen oomblik dink een van die drie daaraan dat Frederik wel iets belangriks wou gesê het nie. Hulle is op soek na die waarheid, en daardie soektog, sal Piet-Jan later besef, maak 'n mens op lastige maniere siende blind en horende doof.

Maar die ontrafeling van die aand, van die gesprek, van elke oomblik wat saak gemaak het sonder dat hulle dit geweet het, dié sal eers later kom.

In die skuur aangeland, onder die lig van 'n 30 W-lampie, begin Piet-Jan dadelik praat: "Seun, ek staan hier gereed om 'n Engelsman se nek vir hom om te draai en 'n paar van my volk af te dank. Maar voor ek dit doen, moet ek weet jy is onskuldig."

Daar's my kaarte, wil Piet-Jan sê, kyk. Hier kom baie hartseer op dié plaas, maar hy gaan nie die pyn uitdeel sonder 'n baie goeie rede nie.

Johan antwoord soos blits. Die drif waarmee hy praat klink vir Piet-Jan amper desperaat. "Hoeveel keer moet ek dit nog sê, Pa? Ek weet nie waarvan hulle praat nie. Wat sou Pa gedoen het as die bleddie vrou gesê het dis Pa se kind? Sou Pa ingestem het om 'n bloedtoets te laat doen?"

"Ek is nie die een wat hier aangekla word nie, en wat die bloedtoets betref, dis nie 'n kwessie van instem nie, jy is gedagvaar."

"Pa kan met oom Attie Venter praat. Hy is 'n majoor in die polisie. Hy sal daardie dagvaarding een-twee-drie laat verdwyn."

"Moenie dink ek het nie daaraan gedink nie. Maar hierdie Engelsman het al baie publisiteit gekry. Die manne wat ons kan help, is bang vir hom."

"Dit sal baie makliker wees om eenvoudig vir die bloedtoets te gaan," sê Truida. "Dan is dit als verby."

"Ek is nie bang vir die bloedtoets nie, Ma. Dit gaan hier om die beginsel. As ons die volk nou toelaat om hier in te stap en ons soos rowers rond te jaag, wil ek nie dink waar dit sal eindig nie."

Piet-Jan sê vir Johan dat hy met hom saamstem. "Ek is bereid om hierdie saak tot op die hoogste vlak te beveg, maar dan moet ek weet jy is eerlik met my."

"Het ek al ooit vir Pa gejok?"

"Nie waarvan ek weet nie, maar toe ek 'n laaitie was, het ek presies dieselfde gesê terwyl ek soos 'n misdadiger voor 'n magistraat gejok het."

"As Pa my nie wil glo nie, kan ek niks daaraan doen nie."

'n Goor gedagte moes by Piet-Jan begin draai het. Hierdie ding waarvan sy seun aangekla word, is volgens die wetboek ontug. Laat ek tog 'n rukkie hierby stilstaan: Die Bybel praat van ontug, en dan verstaan 'n mens losbandigheid, onkuisheid en hoerery. Maar soos my oom Dirk voorspel het daar in 1948, het die Nasionale Party alles in die wetboek aangepas om hul sienings wet te maak. Die definisie van "ontug" is in 1949 en 1950 uitgebrei. Tóé is dit skielik ook omgang tussen wit en swart mense. En laat 'n ou vrou jou nou vertel, daar is mense wat gedink het dat die Bybel sê wit mag nie by swart in die bed klim nie. Daarom dat die straf gewoonlik sewe jaar tronkstraf was, sonder die keuse van 'n boete. Maar die ergste nasleep was by die mense wat daardeur gebrandmerk is. 'n Stigma, 'n smet wat geen seep kon afwas nie. Dit was asof hulle melaatses was.

Foeitog, arme Piet-Jan! Hierdie komende onheil, die moontlikheid van tronkstraf … Geen wonder dat hy toe op 'n ingewing 'n uiterste oplossing bedink nie.

"Wag hier," sê hy aan Johan en Truida en stap haastig opstal toe.

Terwyl hy weg is, kyk Johan vir die soveelste keer pleitend na sy ma. "Hoekom glo hy my nie, Ma?"

"My kind, jy ken jou pa. Hy volg sy eie kop."

"Hoeveel keer moet ek dit sê? Ek is onskuldig."

"Ek glo jou. En op die ou end sal die waarheid seëvier."

Johan kyk bekommerd na die skuur se deur. Truida sien dat hy na aan trane is, desperaat dat hy geglo moet word. Hy begin heen en weer stap, soos 'n wilde dier wat vir die eerste keer in 'n dieretuin vrygelaat word. "Daai bleddie vroumens," sê hy. "Ek gaan haar 'n les leer as alles verby is. 'n Dêm Engelsman met 'n bek vol kommunistiese snert praat hulle 'n gat in die kop en die volgende ding wat jy hoor, staan hulle voor jou deur en maak asof hulle baas is van die plaas. Ek sê vir Ma, die land gaan agteruit. Kyk wat gaan in die lokasies aan. En wat doen die regering? Skiet 'n paar skote en hardloop dan weg. Hulle moet die krygswet oor die hele land afkondig en die swartes en die wit opstokers soos hierdie Alcock eens en vir altyd mak maak."

"Volgens Mariaan gaan ons in die toekoms g'n ander keuse hê as om die regering met die swartes te deel nie," sê Truida nou onverstaanbaar rustig.

"Die dag as dit gebeur, Ma, vorm ek my eie kommando en ek bring die grensoorlog na elke stad en straat van hierdie land. En hierdie keer sal ons nie dieselfde fout maak as toe ons teen die Kakies geveg het nie. Hierdie keer sal daar geen krygsgevangenes wees nie. O nee, soos ons hulle vang, skiet ons hulle vrek."

"Oorlog is 'n lelike ding, seun, en burgeroorlog nog leliker. 'n Mens praat nie sommerso daarvan nie." Sy praat effens sagter, Johan moet sy ore spits om haar te volg.

"Ma is reg. Oorlog is 'n lelike ding. Maar een ding kan ek Ma sê: As ons nie vinnig 'n plan maak met die hordes swartes in hierdie land nie, sal ons eendag die hele plek net so aan hulle moet oorgee."

"Ag, my kind, hulle sê dit al vir die afgelope eeu, en hier sit ons nog."

"Nie hierdie keer nie, Ma. Hierdie keer staan ons voor die laaste deur."

Piet-Jan stap die skuur weer binne. Hy het die groot Familiebybel in sy hande.

"En dit?" wil Truida weet.

Piet-Jan sit die Bybel op 'n hooibaal neer. "Hierdie Bybel is al meer as honderd-en-vyftig jaar in ons familie. Elke geboorte en elke sterfte is daarin opgeteken. Lê jou hand daarop neer en sweer dat jy nie die vader van Nomthandazo se basterkind is nie."

Sy woorde word met algehele stilswye beantwoord.

Johan kyk ontsteld na Piet-Jan.

"Ek wag. Sweer. En onthou … jy sweer voor God."

Stilte.

Johan kyk beangs na sy ma vir hulp.

"Pa …"

"Ons wag."

"Is dit nie genoeg dat ek Pa my woord gee nie?"

"As ons hierdie pad gaan loop, moet ek seker wees. Doodseker."

Johan reageer nie.

Truida begin besef dat Piet-Jan iets vermoed en dat hy nie sal rus voordat hy 'n antwoord het nie. En vir die eerste maal begin sy twyfel aan Johan se opregtheid. "Johan?"

Haar vraag word nie beantwoord nie.

Johan gaan staan langs Piet-Jan. Hy stoot stadig sy regterhand oor die Bybel. Hy staan 'n paar sekondes so. "Ek …"

Piet-Jan hou hom stip dop, sien hoe die geweldige geloofstryd deur sy seun ruk.

"… ek kan dit nie doen nie."

Piet-Jan staan geskok terug. Hy het so iets verwag, maar iewers diep binne het hy die hele tyd bly hoop dat Johan se bravade in sy ontkenning opreg was. Maar dit was toe nie, en nou begin die implikasies van Johan se erkenning tot hom deurdring.

"My seun," probeer Truida weer, "sit net jou hand op die Bybel en sweer."

Johan skud sy kop, hy kyk af.

"Dan is dit waar." Piet-Jan is verslae.

Truida staar wydoog na Johan. Sy sien haar seun – haar ontugtige seun – deur nuwe oë.

Johan staan kop onderstebo … skud net sy kop.

Truida se hand vou haar mond stadig toe soos die besef by haar insink.

"Ek kon myself nie keer nie …"

"Skaam jou voor die Here," sê Piet-Jan.

Johan kyk onverwags op, uitdagend. "Wie is Pa om te praat?"

"Wat sê jy?" Hy kan sy ore nie glo nie.

"Pa het dit ook gedoen."

Die stilte is tasbaar.

Truida staar geskok na Johan … en dan na Piet-Jan.

"Ek sal jou dooddonner, mannetjie," sis Piet-Jan.

"Probeer gerus, Pa. Pa sal sien ek is nie meer 'n laaitie nie."

Hulle gluur mekaar in stilte aan.

"Nomthandazo se ouma het vir haar gesê toe Pa jonk was, jonger as ek, het Pa en ..."

Truida verbleek. Sy het die waarheid vanaand gesoek, maar het nie verwag dat dit só sou lyk nie.

"Genoeg!" skree Piet-Jan. Hy gryp Johan voor die bors en storm met hom teen 'n ou kas vas. Sy ander hand probeer Johan se kakebeen vasklem, maar hy kry geen greep daarop nie.

"As dit nie waar is nie, sit Pa se hand daar op die Bybel en sweer Pa het dit nie gedoen nie."

"Wie dink jy is jy om vir my te sê ...?" Piet-Jan verander blitsvinnig van greep, druk Johan met die linkervoorarm teen die kas vas. Hy bal sy regtervuis en trek dit terug, gereed om sy kind te slaan.

"Sweer op die Bybel, Pa."

Piet-Jan staan asof 'n lamheid oor hom gekom het. Stadig laat sak hy sy vuis.

Dit voel vir Truida asof sy die eerste maal haar man se diepste wese leer ken. Ook vir hom het sy nuwe oë. Vir die diep plooie op sy voorkop en die neerslag van wind en weer om sy oë. Die baard wat plek-plek grys begin word. Die geheim wat hy wegsteek agter daardie bloue oë ...

Die ewige skandvlek.

Johan knik stadig, wetend. "'n Man is 'n man, Pa, en ek weet Pa weet waarvan ek praat."

Piet-Jan kyk skuldig na Truida, maar kan haar nie in die oë kyk nie.

Truida trek haar regop en stap sonder 'n woord uit.

"Truida!"

Dit is Piet-Jan se beurt om die desperaatheid van die dag aan te voel.

Piet-Jan vind sy vrou in hul slaapkamer, waar sy op die rand van die bed sit. Sy sit met haar rug half na die deur. Hy bly ongemaklik in die deur staan, asof die slaapkamer met die gordyne en hul bekende patrone, die bed met sy gunsteling-deken, skielik 'n privaat domein geword het waar hy geen plek het nie. Onvriendelik ...

"Truida …"

Sy reageer nie. Hy loop nou nader, gaan staan voor haar.

Truida se gesig verraai geen emosie nie. Sy sit strak, koud voor haar en uitstaar. Sy kyk nie na hom nie.

Hy spreek haar weer aan, maar sy spring dadelik na die vraag wat haar die meeste pla: "Wie was dit?"

"Dit maak tog nie saak nie."

Sy lig haar oë en kyk na haar man. "Ek wil weet wie dit was."

"'n Susterskind van Zwide."

"Wat was haar naam?"

"Watse verskil sal dit nou …?"

"Wat was haar naam?"

Soos Piet-Jan met Johan was, so meedoënloos is sy nou met hom. "Nkosasana."

"Wanneer was dit?"

"Lank gelede."

"Voor of ná jy my ontmoet het?"

"Dink jy so min van my?"

"Voor of ná ons ontmoet het?"

"Ek was nog nie agttien nie."

"Hoeveel keer?"

Piet-Jan is in sy eie persoonlike hel. "'n Paar keer."

"Hoeveel?"

Piet-Jan staar haar verwese aan. "Ek kan nie onthou nie … drie, vier …"

"Net sy, of was daar ander?"

"Net sy."

Truida verwerk sy antwoorde in stilte. Die ironie van die situasie, van alles wat vandag gesê is en gebeur het, gaan nie aan haar verby nie. "En jy het die vermetelheid om jou seun op die Bybel te laat sweer."

"Ek moes seker wees." Dit was die enigste manier om sekerte te kry; dít het hy geweet. Die enigste manier waarop die waarheid ook uit hóm geruk sou kon word.

"Ek sou dink dat jou eie dade genoeg sou wees om jou sekerheid te gee."

"Nie 'n dag gaan verby dat ek my daaroor verwyt nie."

"Wat anders steek jy vir my weg?"

"Niks nie."

Stilte.

"'n Sonde voor Gods aangesig. Dis wat jy vir Johan gesê het."

"Juis die rede hoekom ek my verwyt en elke dag die Here om vergifnis vra."

Stilte.

"Truida … dit het niks beteken nie."

"Miskien nie vir jou nie."

Piet-Jan het nie 'n antwoord nie. "Wat wil jy hê moet ek doen? Sê, en ek doen dit."

"Ek wil alleen wees."

Hy bly 'n oomblik moedeloos na haar kyk voor hy uitstap.

Hy is nie by wanneer sy hul geraamde troufoto neem en daarmee op die bed gaan sit nie. Hy sien nie hoe sy dit skielik teen die muur gooi dat die raam en glas aan skerwe spat nie.

Hy is daar by sy voorvader se klipstapel, hande op die klippe en sy kop tussen sy arms geboë. Ná 'n lang ruk lig hy sy hoof en kyk stadig op. Sy oë is oop en behoort die sterre aan die hemeltrans te sien. Maar sy blik is na binne gekeer, na die donker land van sy gees.

Piet-Jan se gedagtes en gemoed is in 'n warboel. Hy is bewus van Truida, van die spanning tussen hulle, en van Johan. Hy weet vaagweg waarmee Mariaan haar besig hou, maar Frederik is heeltemal uit sy gedagtes uit. Hy vermoed die kind is buite, besig om die boord nat te lei en om te sien na een van die vele takies waarmee sy weke gevul word. Vir geen oomblik dink hy dat Frederik teen die rantjies uitgesuiker het na die grot hoog op agter die opstal nie. Die grot waar soveel De Witt-kinders deur die jare gespeel en baklei het, en gespeel het dat hulle baklei vir land en volk.

Die grot wat hyself só goed ken.

Hy weet nie dat Frederik besig is om die grot se opening toe te pak met klippe nie sodat dit gebruik kan word as fortifikasie ten tye van 'n aanval.

Hy sien nie hoe Frederik agter die stapel orent kom, sy hande afstof en uitkyk oor die plaas wat in die vallei onder die grot lê nie. Frederik lê aan met 'n denkbeeldige geweer … mik na 'n denkbeeldige teiken halfpad af met die berg onder die grot. Hy trek 'n denkbeeldige skoot af: "Dwa!"

Het Piet-Jan dit geweet, sou hy vroeër onraad gemerk het.

Die eerste keer dat Piet-Jan weer vir Frederik sien, is wanneer hy in die oggend by die seuns se slaapkamer verbystap en merk dat Frederik in sy koöperasietrui en kortbroek besig is om Johan se weermagstewels blink te poets. Die gordyn met sy cowboys wat hulle gate uit geniet op 'n rodeo lyk skielik vir Piet-Jan te vrolik.

Terwyl hy staan en skeer, hoor hy Johan kamer toe stap en vir Frederik aansê om die stewels te los – hy dink nie hy sal die volgende dag teruggaan nie.

"Hulle gaan jou in die tronk gooi as jy nie by roll call is nie." Frederik wéét wat die army se reëls is.

"Oom Gawie het die militêre polisie klaar laat weet. Hy gaan 'n dringende aansoek by die landdroshof in Ladysmith doen om die saak uit te gooi."

"Donnerse swartes. Asof jy ooit so iets sou doen!"

"So gaan'it, nè?"

"Dis daai bleddie kommunis, Alcock."

"Einste rede hoekom ons die grenspatrollie stap."

"As hulle hierdie land wil oorvat, sal hulle by my moet verbykom, en daar's g'n manier wat dit gaan gebeur nie."

Piet-Jan stap terug voorkamer toe. Hy sien hoe Johan sy hand op Frederik se skouer sit en sê: "Jy's 'n ware soldaat, Kleinboet. Ek wens jy was saam met my op die grens."

Frederik kan sy pa nie agter hom sien nie, weet nie hoe sy antwoord trane in sy pa se oë bring nie.

"Die grens loop nou deur Donkerland, Ouboet, en hier is ek jou maatjie … tot die dood. Sê net wat ek moet doen, dan doen ek dit."

Johan knik, glimlag half. "Dankie. Maar daar's niks wat jy kan doen nie." Hy tik Frederik 'n paar keer liggies op die skouer met sy hand wat daar gerus het en stap dan uit.

Frederik bly agter, volg elke tree wat sy broer gee. Sien sy pa net voor Johan in die gang. Hy kan nie verstaan hoekom sy pa sommerso oornag sy fut verloor het nie.

Later, té laat, sal Piet-Jan en Johan gesels oor daardie gesprek tussen Johan en Frederik, en besef dat Frederik net ná Johan uit is, sy army-balsak gevat en daarin begin krap het.

Een van die dinge wat Frederik uitgehaal het, is Johan se verweerde boshoed, wat hy die res van die dag gedra het.

In sy rekonstruksie van die dag se gebeure, sal Piet-Jan later vasstel dat hy voorkamer toe gestap het, en Johan kombuis toe. In die kombuis het Johan gaan staan voor Zodwa, wat op haar knieë besig was om die kombuisvloer te was. Sy het na hom opgekyk, en hy het nie gehou van die minagting in haar oë nie. Hy het haar aangesê om terug te gaan kraal toe, want hy soek nie moeilikheidmakers onder hul dak nie. Zodwa het teengestribbel dat haar werk nog nie afgehandel was nie, maar hy wat Johan is, wou nie hoor nie.

"En sê vir Nomthandazo sy gaan nog spyt wees …" was sy laaste woorde aan haar.

Hy het vergeet om sy ouers daarvan te sê.

En as dit nie was dat Zodwa met 'n wrok in die hart en erg verneder van die opstal af weg is nie, sou sy vir Piet-Jan en Truida kon gesê het dat sy Frederik by die huis sien uitstap het in Johan se SAW-browns en boshoed, met sy webbing en rugsak. En met Piet-Jan se haelgeweer en .303.

Maar Zodwa en die De Witts was in hierdie stadium ver van mekaar verwyder. Haar inligting, dat Frederik om die opstal gestap het, met die paadjie wat na die grot lei, sal Pieter-Jan eers baie later bereik. Wat ook later sal blyk, is dat sy rugsak vol beskuit, biltong, appels en 'n water-sak was. Hy het gereed gemaak om lank te bly.

Zodwa is reguit kraal toe, waar sy dadelik met Sigwebana en Nomthandazo begin beraadslaag het oor hul probleem met die De Witts. Sigwebana het gevoel dis beter so dat Zodwa nie nou by die opstal werk nie. "Ons het genoeg probleme. Bly uit hulle pad uit."

"Hierdie plaas is ook ons huis," het Nomthandazo gesê. "Ons bly ook hier."

"Bly stil." Sigwebana wou eintlik nie eens na haar luister nie. "Jy het hierdie moeilikheid veroorsaak."

Zodwa kon die verleentheid op Johan se gesig die oggend nie vergeet nie. Hy het sy bes probeer om hardegat te lyk, maar die skaamte was baie opmerklik. Johan se oë het bly dwaal, asof hy haar nie in die oë kon kyk nie. "Hulle is ook skaam, hulle sal wil vergeet."

"Hoe sal hulle kan vergeet? Ons bloed is nou vermeng. Daardie kind moet weggaan."

Nomthandazo het begin snik.

"Hulle het klaar my seun weggejaag," het Zodwa geantwoord, "hulle kan nie my dogter ook wegjaag nie."

Wat niemand kon verklaar nie, nie aan Sigwebana nie, en beslis nie aan Piet-Jan nie, is hoe dit gekom het dat niemand Frederik naby die kraal gewaar het nie. En niemand sal weet of hy die gesprek tussen die drie afgeluister het nie. Want as daar een ding is wat Frederik amper beter kon doen as om tyd te mors op dagdrome, was dit om Zoeloe te praat.

Afgeluister – hoe anders kon hy geweet het dat niemand by die baba is nie?

"As Nomthandazo die kind vat en loop, gaan hulle nie betaal nie," het Zodwa aan Sigwebana gesê.

"Hulle sal betaal, maar hulle sal ons ook laat betaal. Wit mense vergeet en vergewe nie maklik nie."

"En tog word daar van ons verwag om te vergewe. Dis hulle seun wat hierdie ding aan ons dogter gedoen het. Hoe moet 'n jong meisie nee sê vir die baas se seun?"

"My child is the firstborn grandchild of Kleinpiet. Ons moet hof toe gaan, sodat my seun Donkerland kan erf." Nomthandazo het iets raakgesien waaraan niemand nog gedink het nie.

"Wat sê jy, jou simpele meisie?" het Sigwebana uitgeroep. "Daardie baster sal nooit hierdie plaas erf nie!"

"Dis wat Motinga gesê het voor hy weggejaag is," het Zodwa hom tereggewys.

"Motinga weet niks."

"Ten minste is Motinga dapper en nie bereid om 'n slaaf te wees nie," het Nomthandazo gesê.

"Julle jong mense dink julle kan die wit man wen. Julle kan nie."

Zodwa en Nomthandazo wou nie verder met Sigwebana redekawel nie.

In hierdie stadium het niemand nog geweet dat daar een minder siel in die kraal is nie.

Piet-Jan stap oor die werf op pad na die huis. Sy gemoed is swaar, maar hy is nie verpletter nie. Hy is die ewige optimis. Hy dink daar is 'n goeie kans dat hy, met genoeg opoffering en 'n suiwer gemoed, Truida weer tot ander insigte sal kan bring.

Maar dan is dit asof die onheil skielik uit alle rigtings op hom losgelaat word.

Voordat Piet-Jan die huis bereik, sien hy Sigwebana aangehardloop kom. Hy wag hom in, en die nuus wat Sigwebana bring, ruk hom tot stilstand.

Die babatjie, die baster, is weg.

Gesteel.

Piet-Jan storm die huis in, vas in Johan, wat hom van sy slaapkamer af na buite haas. "My hele kit is weg!" roep Johan uit. "My webbing, my browns! Alles!" Hy's in groot gemors by die huis, maar hier doem nou 'n onderonsie met die army op wat hy nie sal kan wen nie.

"Waar is Frederik?" vra Piet-Jan.

"Ek kry hom nêrens nie."

Piet-Jan trek sy asem in. "O, Here, nee …"

"Jou geweer?" vra hy Johan.

"In my kas. Ek het nie koeëls saamgebring nie."

Hulle storm na Piet-Jan se geweerkas. Piet-Jan maak dit oop, sien dadelik die openinge waar twee gewere weg is. Die rakkie waarop patrone gepak was, is leeg. "My donner!" roep Piet-Jan uit.

Mariaan kom ook by. "Wat gaan aan, Pa?"

"Gaan soek vir Frederik. Soek orals."

"Wat het hy nou weer gedoen?"

Piet-Jan het nie geduld met al die vrae nie. "Moet ek twee keer praat?" skree hy. "Gaan soek hom!"

Mariaan kyk verstom na Piet-Jan en stap dan sonder 'n verdere woord by die voordeur uit.

Piet-Jan gryp 'n verkyker uit die kas, slaan die deur toe. Hy kyk na Johan. "Jy wil mos sy kop vol grensstories praat. Daar het jy dit nou. Soek hom. Soek orals!" skreeu hy en stap na die voordeur, verkyker in die hand.

In hierdie stadium, besluit Piet-Jan later, moes Frederik al die grot met die baba bereik het. En, soos dit met babas gaan, het die arme vondeling seker begin huil – van hongerte, dalk omdat hy die koestering van sy ma gemis het.

Frederik, besef Piet-Jan, het nog nooit in sy lewe so iets moes hanteer nie. Hy weet ook dat Frederik die geskarrel op die werf met Johan se verkyker dopgehou het: Mariaan wat by die skuur instorm en weer alleen uitkom; Piet-Jan wat met sy ou verkyker die veld in is en bo-op 'n hoogte die hele omgewing staan en bespied maar niks vind nie; Johan wat langs die oewer van die Tugela soek; en Sigwebana wat aangehardloop kom, 'n tweede keer, en met Johan gesels.

"Kleinbaas! Kleinbaas!" Daar is 'n desperaatheid in Sigwebana se stem. "Die kind van Sepecia het baas Frikkie gesien by die berg hardloop. Daar by die grot."

"Waar's my pa?"

"Hy soek baas Frikkie by die veld."

"Kom!"

Sigwebana het iets anders wat hy ook vir Johan moet sê. "Baas, daardie kind van Sepecia het gaan roep die baas Alcock."

"Hoeveel moeilikheid wil julle nou nog maak?" Johan draf vinnig weg in die grot se rigting, Sigwebana agterna.

Piet-Jan weet nie met sekerheid of dit presies in hierdie stadium is dat die baba se gehuil vir Frederik een te veel geraak het en hy die .303 opgetel en die weerlose kind met die kolf stilgemaak het nie. Hy kan maar net vermoed dat dit saamgeval het met die eerste treë wat Johan en Sigwebana teen die berg uit gegee het.

Stilgemaak.

Vermoor.

Frederik kon nou nie meer terugdraai nie.

Teen die tyd dat Johan en Sigwebana so tagtig meter onderkant die grot vassteek, haal Piet-Jan hulle in. Hy moet by wees wanneer hulle Frederik vind. Hy moet Johan se kind na veiligheid bring. "Laat ek die praatwerk doen," sê hy aan Johan en Sigwebana. Dan draai hy na die grot en skree so hard as hy kan: "Frederik!"

Geen antwoord nie. Net die sagte getjirp van voëls wat saamluister na Frederik se antwoord.

"Boesman!" Sy troetelnaam vir sy jongste spruit. Sodat Frederik kan weet hulle kom in vrede.

Hulle hou die grot se opening stip dop.

"Ons weet jy is daar! En ons weet die baba is by jou!"

Daar is geen reaksie van bo nie.

"Frikkie!" Nie meer Boesman nie. Frikkie is die aanspreekvorm wat met dissipline gepaardgaan. "Ek praat nie weer nie! As jy nie nou uitkom nie, kom haal ek jou daar uit!"

"Sê vir hom hy sal nie army toe mag gaan nie," fluister Johan vir sy pa.

Piet-Jan wil eers vir Johan sê om stil te bly, maar dan tref dit hom dis 'n goeie voorstel. "En ek sê vir oom Gawie hy moet vir die weermag skryf en sê jy is nie geskik vir diensplig nie."

Frederik swyg steeds in al die tale tot sy beskikking.

"Jy soek my, mannetjie, en jy gaan my kry! Jy is nie te groot vir 'n pak slae nie! Kom nou daar uit, of ek trek jou gatvelle vir jou af! Jy het vyf sekondes, dan kom haal ek jou daar uit, en glo my, jy gaan spyt wees! Ek is jou pa, en jy luister as ek praat! Vyf … vier … drie … twee …"

Dan kom die antwoord: "Jammer, Pa, nie hierdie keer nie."

Piet-Jan voel die frustrasie in hom opwel. "Frikkie! Vir die laaste maal!"

Bo in die grot lê Frederik met die .303 en teleskoop na onder aan. "Pa sê altyd 'n man moet doen wat 'n man moet doen," prewel hy by homself, maar daar is geen manier waarop Piet-Jan kan weet wat nou in sy jongste telg se kop aangaan nie.

"Laat ek met hom praat, Pa." Vir Johan is dit die volgende logiese stap.

Piet-Jan gee oor, knik.

"Kleinboet," roep Johan na bo, "ek waardeer wat jy vir my doen. Dat jy vir my opkom. Na my belange kyk. Kom ons praat rustig oor alles."

"Ek weet jy's onder pressure om te sê wat jy sê, Ouboet," antwoord Frederik. "Moenie worry nie, die kind sal nie meer 'n probleem wees nie."

Die woorde neem 'n rukkie om in te sink.

Piet-Jan kyk bekommerd na Johan. Albei kan die gevoel van onheil aanvoel, asof dit tasbaar tussen hulle lê.

"Niemand dwing my nie," begin Johan weer. "En ek is aan jou kant. Kom af daar! Niks sal met jou gebeur nie. Daarvoor sal ek sorg."

"Ek weet jy bedoel dit nie, Ouboet!" Frederik se stem is sterk, self-versekerd. "Ek weet hulle dwing jou om dit te sê. Maar ek is jou maatjie en ek sal jou rug dek."

"Ons is nie nou in die oorlog nie! Moenie skiet nie. Ek kom op!"

"Bly waar jy is, ek waarsku jou."

Piet-Jan knik vir Johan.

"Hier kom ek." Johan kom orent en begin teen die berg uitklim, maar duik feitlik onmiddellik terug na waar hy vandaan gekom het wanneer Frederik op hom lostrek en die koeël net langs sy voete stof opskop.

Hulle hoor van waar hulle sit hoe hy die .303 oorhaal vir 'n volgende skoot.

"Is jy heeltemal van jou kop af?!" roep Johan uit.

"Ek het gesê bly waar jy is!"

"Kleinboet! Die polisie gaan netnou hier wees."

"Laat die terrs kom! Ek is reg vir hulle."

"Nee magtag, man," sê Piet-Jan skielik. Sy geduld word nou tot die uiterste beproef. "So kan dit nie aangaan nie."

Piet-Jan kom agter die rots uit, begin opstap na die grot toe. Hy hoor die knal, sien hoe die koeël enkele meters links van waar hy staan die grond tref. Hy staan 'n oomblik versteen. "Frederik, as jy weer …"

Frederik skiet weer – om te mis, maar skiet is skiet en Piet-Jan skarrel vervaard terug na sy skuilplek.

"Hy is nie reg in sy kop nie, Pa!" roep Johan uit.

"Hy gaan die een of ander tyd honger of dors word. Dan sal hy afkom."

Piet-Jan hoop so.

Onder by die Donkerland-opstal maak Mariaan die voordeur oop vir twee polisiemanne wat pas aangekom het – konstabel Kruger en sersant Hattingh.

"Dagsê, Mariaan." Sersant Hattingh is een van die manne wat nog op sy dag belangstelling in Mariaan getoon het.

"Hallo, Morné."

"Ons het tyding gekry dat 'n baba hier op die plaas ontvoer is."

Sy weet nie wat om te sê nie. Sy is verskeurd tussen haar politieke oortuigings en haar liefde vir haar broer.

"Is jy bewus van so iets?"

"Die werkers het kom sê daar is 'n baba weg."

Truida verskyn geruisloos agter Mariaan, verslae en gedaan. "Bo in die grot teen die berg," sê sy. "Hy's net 'n kind. Moenie dat hy seerkry nie." Truida draai om en stap die huis in.

Mariaan kyk verstom na haar ma wat wegstap.

"Waar is die grot?" vra die sersant.

"Ek sal julle vat."

Dit kos hulle nie baie tyd om te vorder tot by Piet-Jan en Johan nie. Mariaan het aan hierdie voorheuwel van die Drakensberge grootgeword en ken elke klip en struik. Sy neem die polisiemanne met die kortste veilige paadjie na haar pa-hulle.

"Versigtig, Mariaan," roep Piet-Jan uit wanneer hy hulle sien aankom, "hy het kop verloor daarbo."

Johan beduie hulle moet agter 'n rots skuil, en die drie nuwe aankomelinge kruip agter 'n groterige een in.

"Wat's die probleem?" vra die sersant nadat die mans mekaar gegroet het.

"Dis Frederik …"

"Het hy die baba by hom?"

"Ons vermoed so."

"Hoekom het hy die baba gevat?"

Piet-Jan en Johan kyk na Hattingh. Arnold kyk na Piet-Jan.

"Dis 'n lang storie," antwoord Piet-Jan. "Johan, vat vir Mariaan terug na die huis."

"Maar, Pa …"

"Weg is julle."

"Miskien is dit beter as julle almal gaan."

"Dis my kind daai."

"Juis. Dit sal hom dalk minder ontstel om met iemand te praat wat nie by die saak betrokke is nie."

"Ek wil net nog een ding vir hom sê."

Hattingh knik.

"Kleinboet! Ons het jou gewaarsku die polisie gaan kom, en hulle is nou hier. Ek vra jou mooi … kom af daar. Voor dit lelik raak en iemand seerkry."

As antwoord kry hy 'n koeël wat vasslaan teen die rots waaragter hulle skuil.

Hattingh val plat. "Bel die stasie," sê hy vir Piet-Jan, "sê ek vra versterkings."

Die ergste van die hele beleg is vir Piet-Jan die deel waar hy nie meer teenwoordig kon wees nie. Terwyl hy naby die grot was, het hy gevoel hy kan nog ingryp, 'n skans vorm tussen sy kind en die meedoënlose arm van die gereg. Dalk sy lewe red, want soos Piet-Jan vir Frederik ken, luister hy vandag na absoluut niemand nie, volg net die stemmetjie van sy gewete. En dié is op 'n eie koers.

Kruger en Hattingh het agter die rots bly sit, nou en dan bo-oor geloer. Ook met Frederik probeer gesels. Om tyd te wen.

"Frederik! Dis sersant Hattingh. Luister nou mooi, seun, ek het versterkings ontbied. Kom nou af met daai kind voor dinge handuit ruk."

Maar Frederik het die instrumente tot sy beskikking goed benut. Die teleskoop waarskynlik die meeste van alles. Hattingh en Kruger kon skaars hul kop bo die rots uitsteek, of die .303 klap daar bo en die koeëls ruk skerwe uit die rots by hulle.

Dit help natuurlik ook nie dat die SAP se uniforms 'n baie sigbare ligblou hemp en donkerblou broek is nie. Wandelende teikens.

"Bliksem!" sê Hattingh aan Kruger. "Ons sal hom daar moet gaan uithaal."

"Hy't sy plek goed gekies – rotswande bo en aan weerskante. Enigste aanval is van voor af."

"Hy't 'n onbelemmerde uitsig oor die hele terrein."

"Maar dis wyd … amper honderd-en-tagtig grade."

"Miskien as ek van die een kant kom en jy van die ander. Hy gaan sukkel om albei kante tegelyk te dek." Hattingh loer om die rots, kyk wat hulle opsies is. Dan skuil hy weer en sê: "Kan werk, maar net as hy nie besef wat ons doen nie. Ons laat hom dink ons retireer en dan sal ek linksom gaan, jy regs. Jy skiet nie 'n enkele skoot nie."

"En as hy skiet?"

"In die been of skouer, en net as jy naby genoeg is vir 'n skoon skoot."

Hy loer weer om die rots. "Frederik," roep hy uit, "ons gaan nou waai, om jou tyd te gee om af te kom. Ons gee jou twintig minute."

Hattingh en Kruger klim teen die steilte af.

Deur sy teleskoop moes Frederik hulle gevolg het tot hulle halfpad af tussen die ruigtes verdwyn.

In die ruigtes beduie Hattingh vir Kruger om regsom te beweeg en hom laag te hou. Kruger beweeg gebukkend weg, met een hand wat elke nou en dan op die grond stut, en verdwyn in die bossies.

Hattingh beweeg laag links om die berg.

By die opstal wag Piet-Jan en Sigwebana die polisieversterkings in. Daar is drie van hulle – Geldenhuys, Bruwer en Hugo – en elkeen het 'n R1 in die hand.

Piet-Jan is dadelik omgekrap wanneer hy die R1's sien. Nadat hulle gegroet het, wys hy na die gewere en sê: "Ek sou dit verkies as julle nie sulke kanonne saamvat nie."

"Oom het gesê hy't 'n .303 en 'n haelgeweer," antwoord Geldenhuys.

"Ja, maar ek reken hy sal nie ..."

"Nie veel wat ons met 'n diensrewolwer teen 'n .303 kan doen nie, Oom."

"Dis Frederik waarvan ons praat, Jannie, nie 'n bleddie misdadiger nie."

Truida kom uit die huis op die stoep uitgestap, sien dat die oormag teen haar kind nog groter word.

"Oom het gesê hy't reeds op julle gevuur."

"Ja, maar ek dink nie hy sal ..."

Truida kom met die stoeptrap af. "Julle gaan nie op my seun skiet nie."

"Truida, gaan binne." Piet-Jan wil nie nog 'n bakleiery op 'n ander front veg nie.

"Julle gaan nie op my seun skiet nie!" Truida raak al hoe histerieser.

Piet-Jan vat Truida aan die arm vas. "Truida, dis nie 'n ..."

Sy ruk haar dadelik los. "Los my! Los my! Dis alles jou skuld!"

Die jong polisiemanne kyk ongemaklik onderlangs na mekaar.

"Truida, asseblief ..."

"Dis julle mense en julle verdomde weermag wat hom so gemaak het! En nou kom julle om my seun te vermoor!"

Piet-Jan vat haar weer vas. Sy probeer haar losruk. "Los my! Los my!"

"Bedaar nou! Bedaar!"

"Trap van hierdie plaas af, of ek bel die polisie!" skree sy op die polisie.

Geldenhuys besef onmiddellik dat Truida heeltemal oorstuur is en sê: "Ons is die polisie, Tannie."

"Sigwebana, gaan haal die sambok!"

Piet-Jan werk nou met mening om Truida te beheer, wat heeltemal buite haarself is.

"Gaan haal die sambok!" skree sy weer. "Ek gaan hulle gatvelle aftrek! As hulle nie wil hoor nie, dan moet hulle voel!"

Piet-Jan raap Truida op en gooi haar soos 'n sak aartappels oor sy skouer terwyl sy op die polisiemanne skreeu, haar oë wyd en wild. "Dis julle wat dit gedoen het! Dis julle! Julle's diere! Julle's almal diere!"

Toe Piet-Jan met Truida oor sy skouer verby Sigwebana stap, praat hy vinnig: "Vat hulle na die grot."

"Diere! Diere!" hou Truida aan gil.

Geldenhuys en die ander polisiemanne kyk verstom hoe Piet-Jan vir Truida die huis binnedra.

"Hier's groot kak, manne," sê Geldenhuys. "Kom!"

Piet-Jan dra Truida na hul slaapkamer, die kamer waar sy haar koffers gepak het, amper klaar, terwyl hy en Johan bergop is om Frederik te probeer haal. En terwyl hy op hulle losgebrand het, het sy hier gesit en kyk na die groot Familiebybel, dit op haar skoot oopgeslaan by die stamboom van die De Witt-familie. Haar vinger het oor haar eie naam beweeg, en sy het die Bybel toegemaak en sag begin ween. Sy het eers tot verhaal gekom toe sy die polisiemotor buite hoor stop, by die venster uitkyk en besef haar seun staar die dood in die oë ...

Piet-Jan laat val Truida op haar rug op die bed. Sy grypslaan na sy gesig; hy keer met sy hande, vat haar aan haar gewrigte vas en pen haar arms langs haar kop teen die kussing vas. "Bedaar nou! Bedaar!"

Truida kom stadig tot bedaring, maar haar oë bly wild. "Dis jóú basterkind daai. Dis joune." Sy skree nie meer nie. Haar stem is nou 'n lae gromstem wat Piet-Jan nog nooit moes aanhoor nie.

Hy kyk stil na haar terwyl hy haar arms vaspen.

"Die sondes van die vaders … die sondes van die vaders …"

Piet-Jan bly vashou. "Ek is jammer," sê hy.

Truida spoeg onverwags in sy gesig. Hy reageer nie, bly net so sit, haar gewrigte in sy hande.

Kruger en Hattingh is nou besig om die grot vanuit teenoorgestelde rigtings te benader. Hulle besef dit is 'n geweldig groot kans wat hulle waag. Frederik is nie só jonk dat hulle sommer kan aanneem hy is strategies onnosel nie.

In die grot moes Frederik vir Kruger gewaar het en hy het waarskynlik rustig sy visier op die polisieman gestel.

Hattingh het die skoot gehoor. Plat op sy maag is hy nou baie senuagtig. Die grot is nog so veertig meter bokant hom. Hy kan niks sien nie, haal vlak asem en besluit om op sy maag teen die steilte af te retireer.

Ná 'n ruk ploeg Hattingh agter die rots in waar hy en Kruger aan die begin geskuil het. Hy hyg na asem, sy rug teen die rots. Dan loer hy na sy linkerkant, die rigting waarin Kruger gekruip het.

"Arnold!"

Hy herhaal sy roep.

Geen antwoord nie.

Skielik hoor Hattingh 'n geritsel van bossies. Sy maag trek op 'n knop. Is die mannetjie so gek dat hy nou aanval?

Maar dan sien hy vir Geldenhuys, gevolg deur Bruwer en Hugo.

"Blikskottel!" sê Hattingh verlig. "Hoe laat jy my nou skrik!"

"Wat's die situasie?" wil Geldenhuys weet.

"Ek dink hy't vir Arnold geskiet."

Geldenhuys loer om die rots op na die grot. "Kan ons agterom gaan?"

"Net van voor."

"Dis 'n doodsakker daai."

"Hy dek amper honderd-en-tagtig grade," sê Hattingh. "As ons hom van voor af kan besig hou, kan ons hom van twee kante af tegelyk bekruip."

"Orraait. Bruwer," beveel Geldenhuys, "jy bly hier saam met Hattingh. Hugo …"

"Nee," sê Hattingh, "Kruger was my maatjie. Ék gaan op."

Geldenhuys aanvaar dit so. "Julle bly hier," sê hy aan Bruwer en Hugo, "stadig maar konstante vuur, een-een. Hou sy kop laag."

"Ek sal regs vat," sê Hattingh. Hy beweeg regs om die rots en verdwyn tussen die bossies – dieselfde pad as wat Kruger gevat het.

Geldenhuys gaan links, dieselfde pad as wat Hattingh vroeër gevolg het.

Hugo en Bruwer neem weerskante van die rots stelling in. Bruwer lê aan op die grot en vuur.

Die koeël tref die rots skaars 'n meter van Frederik se kop. Hy koes, lag saggies. Verbeel hom hy hoor die volgende skoot nog voor hy die knal van die geweer hoor. Nog 'n koeël tref die rand van die skans.

Frederik kruip na regs agter die skans, kom dan vinnig regop en trek 'n skoot af in die rigting van die rots onder teen die berg; sak dan weer agter die skans weg nes nog 'n koeël wegskram teen die rots van waar hy pas gevuur het.

Agter die skans kruip Frederik vervolgens na links.

Toe Hattingh langs Kruger induik, sien hy dadelik dat sy ergste vrees bewaarheid is. "Agge nee …"

Dan kyk hy op na die grot, sy gesig strak en vasberade. "Jou bliksem!" sis hy.

Hy is bewus van die geknal van skote op die agtergrond soos Bruwer en Hugo hul opdrag uitvoer. Hy kruip vinnig vorentoe.

Geldenhuys is in hierdie stadium so vyftien meter van die onder-rand van die grot. Hy kyk op …

Daar is geen teken van Frederik nie.

Frederik lê op sy, rug teen die skans, geweer teen die bors. Hy haal diep asem, maak hom gereed, kom vinnig agter die skans op en trek 'n skoot af. Die koeël tref Bruwer se skouer skrams – 'n vleiswond. Hy gryp sy skouer vas, rol agter die groot rots in en kreun van die pyn.

Hugo besef daar's fout met Bruwer. "Bruwer …?"

"Ek's oukei. Ek's oukei."

Hugo trek sommer twee skote ná mekaar af.

Geldenhuys is nou direk onder die regterhoek van die grot se mond. Hy druk sy rug plat teen die kranswand en met sy R1 teen die bors hou hy sy oë op die rand van die skans so twee meter bokant sy kop. Hugo se skote kom met reëlmaat van onder af.

Hattingh is ook net onder die rotsskans aan die teenoorgestelde kant van die grot se mond, diensrewolwer in die hand.

Geldenhuys soek na trapplek vir sy aanval. Hy fokus op 'n rotspunt wat uitbult teen die kant van die wand. Hy bereken sy aanval van die rotspunt na die rand van die rotsskans bo. Vir 'n oomblik laat rus hy sy kop agteroor teen die wand en haal diep asem, dan swaai hy om, trap op die rots vas en klim met sy geweer in die een hand op na die rand van die rotsskans.

Frederik, steeds op sy sy en met sy rug teen die skans, sien Geldenhuys se hand wat die rotsrand vasvat. Hy rig sy geweer sommer uit die heup op die plek waar hy verwag dat Geldenhuys se kop en skouers gaan verskyn.

Geldenhuys sien hoe Frederik sy geweer lig om te vuur en hy skop homself agtertoe, weg van die rand, net toe Frederik vuur. 'n Klip in die skansrand, presies waar Geldenhuys was, skiet weg. Geldenhuys val op die grond en rol weg.

Frederik het nou die adrenalien van die slag in hom. Hy kom orent, haal sy geweer in die opstaan oor en loop na waar Geldenhuys afgeval het. Terwyl hy beweeg, bring hy sy geweer na sy skouer, gereed om die doodskoot toe te dien. Hy loer oor die rand, sien Geldenhuys daar onder op sy rug lê en lê aan. Geldenhuys staar wydoog na Frederik wat sy geweer bo-oor die skans op hom rig.

'n Skoot klap.

Van waar Hattingh staan, kan hy die bloedkol op Frederik se browns-hemp sien, net onder sy regterskouer.

Frederik laat sak sy geweer effens en draai stadig om, gereed om uit die heup te vuur. Hy lyk verbaas; bring dan die geweer stadig op om te vuur ...

Dwa!

Nog 'n koeël tref Frederik, in die bors.

Hattingh staan net duskant die skans, rewolwer steeds op Frederik gerig.

Frederik kyk met glasige oë na Hattingh. Dan sak hy geweer in die hand op sy knieë neer. Sy oë bly op Hattingh wat hom, rewolwer gereed, stip dophou.

Frederik hoes effens. Bloed loop uit sy mond. Dan sak hy net daar inmekaar, met sy kop vooroor tot op sy knieë en sy regterskouer teen die skans gestut, die geweer plat op die grond maar nog in sy hand.

Hattingh laat sak sy rewolwer, dan beweeg sy oë na regs, dieper die grot in. Op die grond tussen die proviand sien hy 'n kombersbondel-tjie. Die kombers is vol bloed.

Hy sluit sy oë stadig.

Op die werf voor die Donkerland-opstal staan die vangwa, wat nou as lykswa gebruik word. Geldenhuys, Hugo en Hattingh laai Frederik se bebloede lyk in die agterkant van die vangwa. Kruger se lyk lê reeds daar.

Bruwer, sonder hemp en met 'n verband om sy wond gebind, staan eenkant langs die voertuig met 'n bebloede bondel lappe in sy arms – die dooie baba.

Piet-Jan, gebroke, staan 'n paar treë weg en toekyk, Johan langs hom. 'n Paar treë agter hulle staan Sigwebana.

Klaar gelaai, maak Hugo die vangwa se deur toe. Hy, Hatting en Bruwer klim in die voertuig. "Ons sien jou by die stasie," sê hy aan Piet-Jan.

Piet-Jan knik sy kop stadig, en Geldenhuys klim in die voertuig terwyl Sigwebana swyend staan en toekyk. Johan staar die vertrekkende voertuig verbitterd agterna.

Truida staan met dooie oë by die venster. Sy lyk tien jaar ouer. Toe Mariaan agter haar verskyn, haar hande liggies op haar skouers sit en haar van die venster wegdraai, laat Truida haar willoos weglei.

"Baas …" sê Sigwebana vir Piet-Jan wat gebroke op die werf bly staan het.

Piet-Jan reageer nie, en Sigwebana kom staan net agter hom. "Baas …"

Piet-Jan draai in 'n dwaal om na Sigwebana.

"Die pad wat my mense en die baas se mense geloop het hier by Donkerland, Baas," sy stem is kalm, opreg, "… daardie pad, ek dink hy is klaar."

Piet-Jan kyk na Sigwebana met oë wat nie sien nie. Hy knik.

Sigwebana knik dan ook sy kop en draai in stilte weg. Johan se oë volg hom 'n ruk terwyl hy wegstap, dan kyk hy na Piet-Jan. "Pa …"

"As jy jou diensplig voltooi het … is jy baas van die plaas." Hy kyk nou na Johan. "Ek's klaar."

Piet-Jan stap die veld in, weg van die huis.

Wat gaan in Piet-Jan se gedagtes aan? Dalk dink hy aan hoe bome groei soos die wind hulle waai. Dalk dink hy aan appels wat nie ver van die boom val nie.

Sigwebana, Zodwa, Nomthandazo en tien ander werkers se trek staan gepak: 'n paar stukkies huisraad, opgerolde grasmatte, besems, 'n lendelam kas met 'n paar hoenders in. Hulle tel hulle besittings op en begin stadig wegstap, weg van die hutte en die kraal.

Dít is wat Piet-Jan alles sien, sy hart verskeur.

Langs die Umzimkulu het Pieter de Witt 'n swart vrou, wat hy die naam Eerste gegee het, ontmoet. Saam met hom het sy die hele pad na Donkerland gestap, en uit haar lende is gebore 'n nageslag waarvan die stamboom net so lank en ononderbroke is as die stamboom van die man wat die plaas uitgetree het.

Wanneer hy weer terug is by die opstal, sien Piet-Jan hoe sy motor die pad vat, weg van Donkerland af. Truida is agter die stuur, Mariaan by haar in die motor.

En ons wat al hierdie dinge met ons bevryde oë aanskou? Kan ons glo dat Truida in haar motor sal klim en wegry om nooit weer terug te keer nie?

Dit is moeilik om vandag aan iemand wat nie daar was nie te verduidelik hoe apartheid gewerk het. Wat ontug beteken het. Hoekom so baie mense gedink het die Bybel skryf apartheid voor.

Aanvaar dan maar wat hierdie ou vrou aan jou sê: Truida was 'n godvresende, regverdige vrou. Sy sou Piet-Jan baie dinge kon vergewe, erge dinge. Maar dat hy by 'n swart vrou gaan lê het? Hy, 'n wit man, haar man? Nee, die smet van ontug was ook op haar, en sy moes wegkom van die bron daarvan.

Sy het aan haar dogter gedink, maar nie aan haar enigste oorlewende seun nie. Want hy was deel van die skande.

Die twee sondaars staan langs mekaar op die stoep en kyk hoe die voertuig wegry. Twee mans wat elk hul eie geheim probeer hou het en nie kon nie.

'n Geheim is 'n ding wat sal uit. En 'n verbode vrug is 'n ding wat gepluk sal word ... Ons almal weet wat met Adam en Eva gebeur het.

— 9 —

DIE WIELE VAN AFRIKA

want as ou vegters word ons afgeskif
soos leë silwer velle van die drif
wat deur die eeue veg. Net snags verskyn
party as skimme as die volmaan kwyn.
— *D.J. Opperman*

1996

Die wiele van Afrika draai stadig, stadig maar so seker soos die dood. En omdat hulle so stadig draai, is dit maklik om die draai nie te voel nie. Dit dink Wynand, terwyl hy Johan só sit en kyk.

Wynand van Tonder is Johan de Jager se prokureur. Toe hy die dag by Tuks klaarmaak met sy LLB, het hy vir die wêreld kans gesien. As hy toe geweet het wat dit sou verg om 'n paar welvarende boere uit die ou Natal se prokureur te word en te bly in die oorgang na KwaZulu-Natal, sou hy 'n klompie ekstra kursusse op varsity geloop het. Sielkunde en pastorale vertroosting, as daar so 'n vak is.

Dis nie dat Johan bekrompe of onnosel is nie. Jy sal hom nie op 'n perd langs Eugène Terre'Blanche aantref nie. Maar Johan sukkel om vir lief te neem met die groter prentjie. En dít is wat Wynand vanoggend aan Johan probeer oordra.

'n Lang, moeilike gesprek. Wat Wynand gaan haal by die stigter van Donkerland. Die man wat die plaas kom plant het. "Hy het in 1938 uit Grahamstad padgegee omdat hy vasgeknyp was tussen Britse kolonialiste en die laaste stuiptrekkings van die swartvolkerebeweging, oftewel die Mfecane," het Wynand probeer verduidelik. "Pieter was salig onbewus van die groot historiese perspektief. By hom het dit gegaan oor vryheid en oorlewing."

"So, wat het verander?" wou Johan weet.

Wynand het daai een laat verbygaan en gesê: "Maar ander het ook soos hy gevoel en getrek – die nuwe volk wat hom uit Europa aan die suiderpunt van Afrika gevestig, noord getrek en die wildernis ingevaar het om sy stok te plant en sy Kanaän uit te tree."

Wynand het sy woorde versigtig gekies. "Honderd jaar later is die Groot Trek herdenk: 'n Voortrekkermonument is buite Pretoria opgerig om die vryheidstrewe van mense soos Pieter de Witt te eer."

Maar nou weet ons mos wat die Israeliete soveel duisende jare gelede agtergekom het, het hy aan Johan verduidelik. Toe hulle ná veertig jaar uit die woestyn uit kom, toe ontdek hulle ander mense was reeds daar.

"Dan help dit nie om 'n muur om jou Kanaän te bou nie," verklaar Wynand met 'n veelseggende kyk na Johan. "Vroeër of later sal die mense buite jou muur teen wil en dank aandring op hulle regverdige porsie van die melk en heuning."

Johan het geknik. "Ja," het hy geprewel, "ek weet wat die agtergrond van Nelson Mandela en die nuwe Suid-Afrika is."

Wynand het Johan tot by hierdie punt gekry. Maar nou wil hy nie maklik verder nie.

Grondeis – vir Johan 'n boodskap van die duiwel af.

Hulle sit op Donkerland se stoep, Johan met sy gebruiklike vilthoed en die onderbaadjie wat hy by die plaaslike koöp gekoop het – een met baie ritssluiters en sakke – en Wynand met sy lang voorkop en grys hare wat hy soos 'n ou Romeinse keiser vorentoe kam om die voorkop effens kleiner te maak. Johan het in sy hande 'n dokument wat Wynand vir hom saamgebring het. Hy blaai gedurig daardeur, asof hy nie sy oë kan glo nie. Hy snork en proes, en uiteindelik kan hy dit nie meer vat nie. "Se gat!" roep Johan uit en smyt die dokument in Wynand se rigting terug. Dit val langs hom op die vloer.

Johan staan op. "Hulle is mal! Dis mý plaas hierdie."

Wynand maak die dokument rustig bymekaar. "Dis die wet, Johan. Dis die wet."

"Dis mý plaas dié en as hulle die grond wil hê, moet hulle maar die soldate bring, want ek sal nie 'n akker gee nie. Nie 'n enkele akker nie."

"Gegewe die bepalings van die nuwe wet dink ek nie jy't 'n keuse nie."

Johan staar Wynand 'n paar sekondes stip aan. "Kom saam met my," versoek hy uiteindelik en stap met die trap af.

"Waarheen nou?"

"Ek sê kom saam," is al antwoord wat Donkerland se eienaar hom gee.

Johan stap oor die werf en 'n entjie al met die rivier af. Dan swaai hulle weg en kom ná 'n ruk by Pieter de Witt se klipstapel.

Wynand weet dadelik wat dit is. Hy het vroeër vanoggend daarna verwys toe hy die groter prentjie aan Johan probeer skets het.

Die boom wat naby die klipstapel groei, is nou groot. Johan beduie dat Wynand reg by hom moet kom staan, rug teen die klipstapel.

Wynand is nie lus vir hierdie storie nie, maar staan nader omdat hy moet. Johan sit een arm om Wynand se skouers en beduie met die ander. "Sien jy daardie berg doer anderkant …?" vra hy en draai hulle albei negentig grade na links om die klipstapel. "En sien jy die krans daar anderkant waar daai valk draai, sien jy hom?"

"Ja."

Johan draai hulle weer negentig grade na links om die klipstapel. "En daai groot boom daar doer op die rantjie?"

"Ja."

Johan draai 'n laaste keer negentig grade om die klipstapel. "En daar anderkant waar die Tugela agter die berg verdwyn?"

Wynand knik.

"As jy van hier af na enige van daai vier plekke stap, sal dit jou presies 'n halfuur kos. Weet jy hoekom? Omdat my pa se ma se pa se pa se pa se pa honderd sewe-en-vyftig jaar gelede presies hier waar ons staan 'n stok in die grond gekap en met daardie stok as die ankerpunt 'n halfuur noord, 'n halfuur suid, 'n halfuur oos en 'n halfuur wes geloop het. Toe pak hy hierdie stapel klippe waar die stok gestaan het. Daardie stok hang nou nog teen die muur in my sitkamer."

Johan preek nou vir die bekeerde.

"Sê jy nou vir my: Dink jy ek gaan dit alles – die grond, die sweet, die bloed en die beendere wat hier begrawe lê – sommer net so wegteken omdat Nelson Mandela 'n papier geteken het wat sê ek moet?"

"Nie alles nie, net vyftien akker."

"Nie 'net' vyftien akker nie! Hy soek tien akker vrugbare grond langs die rivier en nog vyf wat hierdie einste grond waarop ons nou staan, insluit."

"Johan, jy't wat …" Wynand kyk om na die einste landmerke wat Johan hom gewys het, "… duisend hektaar hier?"

"Ja en soos jy kan sien, meestal berge en dale. Slegs twintig hektaar aan weerskante van die rivier – omtrent tien aan elke kant, vyftig akker in totaal."

"Waarvan hy net op 'n paar akker langs die rivier aanspraak maak."

"Nooit!"

"Jou grootoom Frederik en jou oupagrootjie het daardie grond vir Motinga se voorgeslagte gegee. Hierdie wet stel dit baie duidelik dat …"

"Motinga is as gevolg van opstokery afgedank, en die res van hulle het enige reg wat hulle op grond op Donkerland gehad het, verpand toe hulle uit vrye wil – uit vrye wil! – van hierdie plaas weggeloop het. Klaar." Johan stap weg in die rigting van die opstal.

Wynand sug diep, laat sak sy kop en sit sy hande op sy heupe. Dan stap hy maar agterna terug huis toe.

Nadat hy Wynand afgesien het, draai Johan om, stap kombuis toe en gaan haal die skinkbord met 'n bakkie sop en 'n sny brood daarop wat vir sy pa gereed gesit is.

Piet-Jan lê op sy bed in die hoofslaapkamer, waar hy die afgelope ruk vasgekluister is. Hy het oud geword. Sy gees is geknak ná die dood van Frederik, en nou volg sy liggaam. Die slopende siekte wat hy onder lede het vreet hom van binne op. Dit is vir Johan 'n pynlike ondervinding om met sy pa te moet gesels – Piet-Jan kan nog praat, maar met groot moeite. Hy lyk baie oud vir sy jare, sy hare grys en yl.

Johan sit die skinkbord op 'n tafeltjie langs die bed neer. "Kom, Pa." Hy help Piet-Jan om regop te sit, stoot twee kussings agter hom in en plaas dan die skinkbord op sy skoot.

"Wat sê Wynand?" vra Piet-Jan sag.

"Ons kan later daaroor praat. Eet eers."

"Johan, ek vra: Wat sê Wynand?"

Dit help Johan nie om te stry nie. Nog nooit gehelp as sy pa só is nie. "Hy sê die wet is aan hulle kant."

"Kry 'n ander prokureur."

"Hoe ken Pa my? Ek sal dit hanteer." Hy beduie na die sop. "Dis ta' Emily se groentesop."

Piet-Jan se gedagtes is by die plaas. "Dit begin met 'n akker hier en 'n akker daar," prewel hy, "en eendag, as jy jou oë uitvee, het hulle die hele plaas onder jou uitgesteel."

"Nie terwyl ek leef nie. Eet nou, voor dit koud word."

Johan stap uit en Piet-Jan bly sit soos hy gesit het. "Akker vir akker," prewel hy.

Mariaan sien presies wat sy nie wil sien nie. Haar meenthuis aan die noordwestelike buitewyke van Johannesburg is vir haar soos Germiston se stasie. Alles lei uiteindelik soontoe, maar sy is net snags daar. Mariaan se loopbaan hou haar aan die gang, en noudat sy besluit het om 'n slag uit die patroon weg te breek, is dit asof sy dinge skielik uit 'n ander perspektief sien. Soos wat Francois, haar sestienjarige seun, doen terwyl hy moet besig wees om gereed te maak om op 'n kort vakansie na haar familie se plaas te gaan.

Die klein luiaard is aantreklik en atleties gebou. Daar is byna geen vet aan hom nie, wat sy nie kan verstaan nie – só onaktief! Hy lê op sy bed met oorfone na musiek en luister terwyl hy 'n rekenaarspeletjie op sy Sony PlayStation speel. 'n Klein TV staan aan die voetenent van sy bed op 'n kassie.

Francois se kamer is sy koninkryk. Teen die mure pryk plakkate van Mariah Carey, Spice Girls, The Smashing Pumpkins, Red Hot Chili Peppers, Madonna, Arnold Schwarzenegger in *Terminator 2: Judgment Day*, Cindy Crawford en Claudia Schiffer. En natuurlik sy groot trots, die groot poster van Francois Pienaar en Nelson Mandela by die ontvangs van die Rugbywêreldbeker van verlede jaar.

In hierdie koninkryk kan Mariaan goed verstaan dat die koning baie bewus is van die klere wat hy dra. Hy't 'n grunge-flanelblokkieshemp aan wat nie toegeknoop is nie, 'n T-hempie onder die hemp en jeans met Nikes.

Sy begin praat, maar met klank in die ore en oë wat geboei is deur die PlayStation, kry sy nul reaksie. Mariaan weet daar's net een oplossing: Sy stap oor en trek die prop van die oorfone uit die musiekstelsel.

Francois protesteer ten hemele, maar Mariaan hou voet by stuk: "Ek wil oor 'n halfuur ry en jy't nog nie eers begin pak nie."

Hy trek die oorfone van sy kop af. "Ma, kan ons asseblief weer negotiate? Ek is oud genoeg om hier te bly en agter die huis te kyk."

Mariaan voel hoe die hitte in haar nek opstoot met elke verminking van Afrikaans uit sy mond. "Die woord is 'onderhandel' en nee, jy kan nie hier bly om na die huis om te sien nie."

"Dis vakansie, Ma! Vir wat wil ek nou op 'n plaas in die middel van nêrens gaan sit?"

"Omdat ek wil hê jy moet."

Francois skud sy kop dramaties moedeloos.

"Jy was nog nooit in jou lewe op 'n plaas nie. Dit sal jou goed doen, al is dit om geen ander rede nie as om van daardie ding weg te kom. Jy. Tas. Pak. Nou. En moenie vergeet om 'n paar kortbroeke in te sit nie."

"Kortbroeke? Ma, ek dra nie kortbroeke nie, oukei?"

"Wel, wat ook al jy daai goed noem wat onder die knieë afgesny is wat die rappers dra."

"Dis my Tommy Hilfigers, Ma, en dis hip-hop." Hy staan traag van die bed af op. "Hoekom nou ewe skielik?" Sy ma se tydsberekening kan só briljant wees.

"Omdat ta' Emily ons genooi het."

Dit lui soos in al die klokkies by hom. "Wie's sy nou weer?"

"My ouma aan my pa se kant se suster. Sy's oud en ek wil haar sien voor sy ... voor sy dalk doodgaan."

"Dis great! Nie net in die middel van nêrens nie, maar by ou mense wat amper doodgaan."

"Hei, moenie so lelik praat nie!" Sy kyk vlugtig op haar horlosie. "Jy't twintig minute."

Mariaan wil uitstap, maar Francois het nog iets op die hart: "Wat ek nie verstaan nie, is hoekom Ma nou ewe skielik bekommerd is oor of tannie Emily gaan doodgaan. Sy's al lankal oud. Is sy siek?"

"Nee."

Francois vermoed 'n storie. Sy ma se traagheid om te antwoord laat hom 'n spesmaas kry. Daar is veel meer agter hierdie kuier as wat sy sal toegee.

"Ek was nog nooit weer op Donkerland sedert ek en my ma daar weg is nie," verduidelik Mariaan uiteindelik. "Dis 'n lang tyd."

"En nou's Ma skielik lus om die plek weer te sien." Soos in ja, right, ek glo Ma.

Mariaan gaan sit op die rand van die bed. Sy tik liggies met haar hand langs haar en Francois gaan sit daar.

"Dink jy dat jy, eendag as jy veertig is, na hierdie plek sou wou terugkeer?" Sy beduie na sy deurmekaar kamer.

"Hoekom sou ek dít wou doen?"

"Presies. Dit is net 'n meenthuis dié, soos duisende ander, maar waar ek grootgeword het ..."

Die woorde bly hang.

Francois kyk stil na Mariaan. Haar gedagtes dwaal, na ver en lank gelede.

"Toe ek daar weg is, het ek gesweer dat ek nooit weer sou teruggaan nie. Maar ek was jonk ... en die dinge en plekke van jou verlede lyk anders as jy oor 'n afstand van twintig jaar na hulle kyk."

"Ma sê altyd vir my ek kan nie vir Ma jok nie, want Ma ken my al van ek in Ma se baarmoeder was. Wel, ek ken Ma ook van ek in Ma se baarmoeder was en ek weet ons gaan nie nou ewe skielik terug na waar Ma grootgeword omdat Ma vanoggend wakker geword en gedink het Ma moet vir ta' Emily gaan groet voor sy sterf nie."

Hoeveel moet sy hom vertel? Sy sê dan: "Daar is wel iemand wat besig is om dood te gaan."

"Wie?"

"My pa."

"Ma't gesê hy's lankal dood."

"Hy was. Vir my." Hulle kyk mekaar grootogig aan. "Eendag sal ek jou vertel. As jy ouer is." Sy staan op en stap deur toe, praat sonder om terug te kyk. "Pak. Nou."

Francois se gedagtes is nie by die groteske idee van 'n paar dae se vakansie op van alle dinge 'n plaas nie. Hy wonder hoeveel geheime sy ma nog deur die jare bewaar het.

Op Donkerland keer Johan met die skinkbord terug kombuis toe. Die sopbakkie is leeg en die brood geëet.

Ta' Emily, nou al ses-en-tagtig, is besig om die tafel skoon te vee. Die kombuis is lank nie meer die karige vertrek waarin haar grootouma moes werk nie. Ouboet kon nooit bekostig om elektrisiteit op die plaas aan te bring nie, maar Piet-Jan was so tien jaar ná Ouboet se dood sterk op sy voete en het Evkom die lyne laat aanlê. Die ou Aga is daarmee saam uitgesmyt, en Piet-Jan het vir Truida 'n stoof, yskas en behoorlike kaste laat insit. Die aakligste groen kaste, glad nie na Emily se smaak nie, maar sy's dol op die stoof en yskas – presies dieselfde as wat James vir haar op Soetwater gegee het.

"Pa sê dankie, dit was lekker," sê Johan.

"En vanaand sak die son in die ooste."

Johan haal sy skouers op. Hulle verstaan mekaar.

"Voor jy gaan …"

Johan draai terug.

"Ek het vir Mariaan genooi om 'n paar dae te kom kuier."

Johan kyk heeltemal uit die veld geslaan na ta' Emily.

"Sy't aanvaar."

"Sonder om my te vra?" Hy wil-wil begin kwaad word.

"Ek het geweet jy sou nee sê."

Johan het nie woorde nie. Maar hy weet van beter as om ta' Emily aan te vat.

"Ek het gedink dis tyd."

"Dit sou vir my wees om te besluit, dink jy nie?"

"Nee. Jy en sy was nog altyd ewe hardkoppig, en as dit slegs oor die twee van julle gegaan het, was ek beslis nie so voor op die wa nie. Maar dit gaan nie oor julle verhouding nie. Dit gaan oor nie toelaat dat haar pa die hiernamaals tegemoetgaan voor sy haar vrede met hom gemaak het nie. Dit sal ook goed wees vir hom om sy enigste kleinseun te ontmoet. Sy't netnou geskakel. Hulle's op pad. En ek dink dis beter as ons nie vir jou pa sê nie."

Johan staan vir 'n oomblik daar in die deur, en stap dan uit.

"Dankie?" sê ta' Emily, en snork.

Motinga kuier by sy pa, Sigwebana, om hom op hoogte te bring van die jongste stand van die onderhandelinge met Johan de Jager en sy prokureur. Motinga het sy baadjie uitgetrek en sit nou teenoor sy pa. "Ons sal die saak wen. Daarvan is ek seker," sê hy.

Sigwebana antwoord vir eers nie. Hy is nou al sewe-en-sestig, en ondanks sy soms klein hart dink Motinga aan hom as die wyse ou man waarop hy kan en wil vertrou.

"Ek kon in sy prokureur se oë sien hy weet hy's verlore," sê Motinga.

Eintlik het dit vanoggend nie heeltemal so maklik gegaan nie, maar Motinga wil sy pa nie onnodig met die detail vermoei nie.

Wynand van Tonder, Johan se prokureur, het vir Motinga en sy prokureur, Belonsky, kom vertel wat Johan beweer: Motinga is afgelê weens sy politieke opruiery en Motinga se familie het ná die dood van die kind die plaas vrywillig verlaat. Die familie het dus ingevolge die grondhervormingswet nie meer 'n aanspraak op die grond nie.

"Hulle het die plaas verlaat omdat Frederik die kind wat Johan by Nomthandazo verwek het, vermoor het!" het Motinga uitgeroep.

Waarop Van Tonder aan Belonsky gesê het, as Motinga op hom gaan skree, verlaat hy die vergadering onmiddellik.

Belonsky het hom tot bedaring gebring. En toe die uitklophou geplant.

"Ons standpunt, meneer Van Tonder," het Belonsky gesê, hy met sy netjiese snyerspak en kortgeknipte hare, "is dat weens die omstandighede rondom die geboorte van en moord op die kind, en gegewe die rassevooroordele van die wet van 1976, my kliënt onregverdig afgedank is en dat daar vir sy familie geen keuse was nie as om die plaas te verlaat. My argument sal wees dat as daardie dinge nie gebeur het nie, my kliënt en sy familie steeds arbeiders op en bewoners van die plaas sou gewees het, met ewigdurende eienaarskap van die tien akker wat aan hul voorgeslagte gegee is, en danksy voortdurende gebruik aanspraak het op die verkryging van bykomende grond."

En toe vra Belonsky vir Van Tonder, hy met sy winkelpak en das uit die diep tagtigs: "Is jou kliënt bereid om hom daarteen te verdedig?"

Natuurlik was Van Tonder toe in 'n hoek. Hy sou eers weer reaksie en opdrag by Johan moes gaan kry.

Sigwebana bly steeds stil.

"Die dag toe hy my weggejaag het, het ek gegaan na die plek waar die klipstapel staan en my spies in die grond gesteek, toe sê ek: 'Voor ek doodgaan, sal ek terugkeer na hierdie plek.'"

Sigwebana knik sy kop stadig en maak reg om te praat. "En waarmee sal jy terugkeer?" vra hy.

"Ek verstaan nie wat jy vra nie."

"Dit is 'n verskriklike ding wat met ons op daardie plaas gebeur het. En dit is reg dat ons vergoed word vir wat ons verloor het. Maar met wat gaan jy terugkeer … in jou hart?"

Dis Motinga se beurt om na woorde te soek en nie te vind nie.

"Want as jy terugkeer met haat en wraak in jou hart, sal jy niks beter wees as die ding waarteen jy die afgelope twintig jaar geveg het nie."

"Ons is in ons eie land onderdruk sedert die wit man hier aangekom het. Nou is dit ons beurt."

"Dink jy jy sou nou hier sit en dit kon sê as Nelson Mandela gedink het soos jy dink?"

"Nelson Mandela is te bang om te veg."

Vir die eerste keer raak Sigwebana kwaad. "Nelson Mandela weet," sê hy kliphard, "dat haat en wraak oorlog na die hele land sal bring, en dan sterf ons almal … swart en wit."

"Die Boere moet betaal vir …"

"Wat weet jy van die Boere?" roep Sigwebana uit. "Jy weet niks van die Boere nie. Hulle is al meer as driehonderd jaar in hierdie land. Hulle het nêrens anders om te gaan nie. Hulle sal veg tot die dood. Ja, ons moet gaan haal wat aan ons behoort. Ja, ons is nie meer slawe in ons eie land nie. Ja, 'n swart man is uiteindelik koning van hierdie land. Maar nie met haat in sy hart nie! Nie met wraak wat hom van binne af opvreet nie!"

Motinga staar 'n sekonde of twee na Sigwebana en kom dan vinnig orent. Hy vat sy baadjie en stap na die deur.

"Motinga …"

Motinga draai terug.

"My seun, wees versigtig dat jy nie die einste boosheid word wat jy wou beëindig nie."

"Die prokureur het my vertel die ou man is besig om aan kanker dood te gaan. Dit is sy straf van God." Motinga kyk Sigwebana nog 'n oomblik lank in die oë en stap dan uit.

Sigwebana dink lank hieroor na.

Mariaan bring haar motor voor die Donkerland-opstal tot stilstand. Dit was 'n raps meer as drie uur uit Johannesburg tot hier. Nie sleg nie. Sy klim uit en rek haar bene, dan kyk sy behoorlik na die huis wat sy soveel jare laas gesien het, die mure steeds spierwit gekalk, of bedrieg haar oë haar? Het Johan die huis opgeknap en die mure begin verf?

Francois het intussen ook uitgeklim. Hy kyk rond.

Die voordeur is oop agter die gaasdeur. Mariaan trek haar asem diep in; sy weet nie wat om te verwag nie. Dan stoot ta' Emily die gaasdeur oop en stap op die stoep uit. Die groetery is warm en gul.

"Ek het myself belowe ek gaan nie huil nie," sê Mariaan terwyl sy die trane uit haar oë vee.

Ta' Emily lag saggies. Sy en Francois stel hulle effe formeel aan mekaar voor, maar dan het die ondeunde ta' Emily Francois se gesig in haar hande. "Ja-nee, dis 'n De Witt hierdie. De Jager se neus en 'n ander bloed se ore, maar die res is De Witt. Bring julle tasse sodat julle julle goed kan neersit."

Ta' Emily neem hulle na die kamer waarin Mariaan haar jeug deurgebring het. "Soos jy kan sien," sê sy, "het hy nie veel verander nie."

Mariaan kyk na die kamer, dink aan haar gesprek vroeër die dag met Francois. Daar is geen foto's uit haar jeug teen die mure nie – sy het alles saamgevat toe sy en Truida die plaas verlaat het. Die aardige gordyne is vervang deur nuwes met 'n meer neutrale patroon – geen teken van skapies daarop nie.

"In hierdie kamer, Francois," sê ta' Emily, "het jou ma gebly toe sy jou ouderdom was en, glo dit as jy wil, ek ook. Deur daardie einste venster het my oorle' man sy oneindige liefde aan my kom verkondig en my gesoen. My broer het ons nog daar betrap, en toe was daar moeilikheid. 'n Engelsman by 'n Boeremeisie se slaapkamervenster! Kom, ek gaan wys jou jou kamer."

Nadat ta' Emily en Francois uit is, staan Mariaan net daar en word oorweldig deur herinneringe. Sy loop oor na die bed en gaan sit stadig daarop, onthou die gevoel. Die mat is nog die ou mat; die bed en sy katel ken sy maar te goed. Dan klim sy behoorlik op die bed en gaan lê op haar rug, oë oop.

'n Ou gesprek kom na haar terug:

"Hoeveel keer moet ek dit sê, Pa?"

"Kokkerot, wil jy my arm nou draai tot die dêm ding afval?"

"Nee, Pa, maar by 'n universiteit ontmoet 'n mens ander mense, sien jy hoe ander mense lewe … en al sulke goed."

"Is die lewe op die plaas dan so sleg?"

"Nee, Pa, dis net …"

"Net wat?"

"Ek soek iets anders."

"Wat anders?"

"'n Ander lewe, Pa, 'n ander plek."

Mariaan snik. Haar keel trek toe en die trane wil begin stroom. Maar sy klem haar tande op mekaar en onderdruk die emosie.

Ta' Emily het Francois na die kamer geneem waar Frederik en Johan hul jeug deurgebring het, en Francois staan nou voor 'n portret van Frederik wat kort voor sy dood geneem is toe hy sewentien was. Hy dra die skooluniform van die hoërskool op Weenen soos dit in 1976 daar uitgesien het.

Langs die skoolportret is nog 'n foto: Johan en Frederik, kaalvoet en in kortbroek, die een twaalf en die ander nege, staan langs mekaar na die kamera en kyk. Johan het 'n arm om Frederik se skouers.

Op die volgende foto is Johan twintig, geklee in sy SAW-step-outs, kompleet met die infanteriekorps se groen baret op die kop.

Daar is nog een foto, 'n gesinsportret uit 1976: Piet-Jan en Truida sit voor, Johan staan agter Piet-Jan, Frederik staan agter Truida, en Mariaan staan in die middel tussen die twee seuns. Piet-Jan was toe ses-en-veertig, Truida drie-en-veertig, Johan twintig, Mariaan negentien en Frederik sewentien.

Naby hierdie foto's sien Francois 'n stuk geraamde borduurwerk met die woorde: *Die Here is my Herder.* Daar is blommetjies en kransies om die woorde.

Toe Mariaan die kamer binnekom, gaan staan sy halfpad na Francois toe. "Kom," sê sy.

Hy wys na een van die foto's. "Is dit Ma dié?"

Mariaan gee toe en stap tot langs hom. "Ja," sê sy ná 'n ruk.

Francois wys na een van die ander foto's. "Wie's dit?"

Het Francois nou na sy ma gekyk, sou hy gesien het hoe haar gelaat versomber.

"My broer … Frederik."

"Boer hy ook hier?"

"Hy's dood. Kort ná daardie foto geneem is."

"Hoe?"

Mariaan wil nie nou antwoord nie. "Kom," sê sy, "kom, ons moet gaan groet."

Daarmee stap sy uit sodat Francois geen ander keuse het nie as om haar te volg.

Hulle tref ta' Emily voor Piet-Jan se toe deur aan. Sy draai die handvatsel en dan stap hulle almal binne.

Die kamer is donker en koel. Mariaan sien dadelik dat haar pa niks aan die kamer verander het sedert sy en Truida hier weg is nie – dieselfde kis teen die muur, die ou laaikas daarnaas. Die bed is steeds dieselfde ou koperkatel waarop sy en haar broer verwek is. 'n Leeftyd gelede.

Piet-Jan lê met sy oë toe, en aan die manier waarop Mariaan na hom kyk, is dit duidelik dat dit nie vir haar maklik is om hier te wees nie. Sy het hom twintig jaar laas gesien.

Francois kyk van Piet-Jan na Mariaan. Dis 'n man wat hy nie ken nie, maar hy weet dis sy oupa.

Ta' Emily is nou by die kant van die bed en sy raak liggies aan Piet-Jan se skouer. "Piet-Jan … Piet-Jan …" sê sy sag.

Piet-Jan se oë gaan stadig oop en hy kyk op na ta' Emily. Sy beduie na Mariaan en Francois wat nou aan die voetenent van die bed staan. "Kyk wie's hier …" sê sy.

Piet-Jan se oë beweeg stadig van Mariaan na Francois.

"Hallo, Pa …"

Pa en dogter staar na mekaar.

Piet-Jan se onderlip begin bewe.

Mariaan veg nou hard om die trane terug te hou; sy byt op haar onderlip.

'n Enkele traan stoot uit die hoek van Piet-Jan se oog.

Mariaan stap om die bed, soen hom liggies op die lippe en kom weer orent. Sy beduie na Francois. "Dis Francois. My seun."

Francois staan tjoepstil, oë op sy oupa.

"Kom groet jou oupa," sê ta' Emily.

Hy stap om na die ander kant van die bed en bied sy hand aan. "Aangename kennis, Oupa," sê hy.

Piet-Jan lig sy hand stadig, vat Francois s'n, druk dit liggies en laat dan los.

Ta' Emily weet wat nou moet gebeur. "Francois," sê sy, "kom help my in die kombuis. 'n Lekker pot moerkoffie soos jy nog nooit in jou lewe geproe het nie."

Francois loop agter haar aan, maar aarsel by die deur. Hy kyk om na sy ma en oupa bymekaar. Dan stap hy verder.

Mariaan talm 'n oomblik, maar gaan sit dan met haar rug half na Piet-Jan gekeer op die rand van die bed sodat hy merendeels net die kant van haar gesig kan sien. "Ek moet eerlik wees … toe ek en Ma hier weg is, het ek gesweer ek kom nooit weer terug Donkerland toe nie," sê sy.

Piet-Jan kyk stil na Mariaan.

"Inderdaad. Toe ta' Emily die eerste keer gebel het om te laat weet dat Pa kanker het …" Mariaan praat en huil nou tegelyk, "was ek bly."

Piet-Jan kyk steeds swygend na sy dogter. Sy lippe bewe en sy oë swem in trane.

Mariaan vee die trane vinnig uit haar oë. Sy wil in beheer van haarself bly onder al moeiliker omstandighede. "Ek was so kwaad vir Pa – oor alles. Maar toe bel sy 'n paar dae gelede weer om te sê dat die kanker … dat dit nie meer lank sal wees nie …"

Piet-Jan antwoord nie.

"En ek wou nog steeds nie kom nie, maar …"

Piet-Jan lig sy hand en, soos 'n pa met sy tienjarige dogter, vou hy sy palm liggies om haar wang.

Mariaan bly net so sit terwyl die trane nou vryelik vloei. "Pappa …"

Piet-Jan laat rus sy blik op sy dogter, só naby. Hy sien die ligte sproete op haar vel, die bruin hare met hul sterk lading rooi. Hy het haar, sonder om dit teenoor enigiemand te erken, deur die jare só gemis.

En nou, noudat sy terug is en hy wens dat sy die hele dag hier by hom kan sit, het hy nie meer die krag om sy arms te lig en haar te omhels nie.

Ta' Emily skink koffie vir Francois wat by die kombuistafel sit en die proses soos 'n toeskouer dophou. Ná sy geskink het, skep sy vir hom drie lepels suiker in, roer met mening en sit die beker voor hom neer. "En dit, Francois, is boeretroos."

Hy neem 'n sluk en trek gesig. "Dis sterk!" roep hy uit.

Ta' Emily skink vir haarself. "My pa het altyd gesê: 'n Man wat sy dag met 'n bord mieliepap en 'n beker boeretroos begin, hoef vir niks terug te staan nie."

Francois neem nog 'n sluk, kom hierdie keer 'n bietjie beter reg. "Het Tannie se man regtig vir Tannie deur Tannie se venster gesoen?" vra hy versigtig.

"Jy moenie dink," sê sy met 'n stoute glinstering in die oog, "ons oumense was nie op ons dag ook jonk en stuitig nie."

"Hoe trou 'n Boeremeisie met 'n Engelsman?"

"Met moeite." Sy gee 'n wrang laggie. "Sy naam was James. James Andrews. Van Skotse herkoms. Hy was die aantreklikste man wat hierdie kontrei nog ooit gesien het, met die sagste oë …"

Sy dink 'n oomblik na en haal dan spontaan aan: "As fair art thou, my bonnie lass, so deep in luve am I; and I will luve thee still, my dear, till a' the seas gang dry."

Francois is 'n bietjie verleë, nie seker waar om te kyk nie. "Tannie praat goed Engels."

"Jy sal nog leer, jongman, as die liefde roep, praat jy sommer Chinees."

Johan verskyn in die agterdeur, hoed op die kop, en steek vas as hy vir Francois sien.

"En dit, Francois," sê ta' Emily wanneer sy hom gewaar, "is jou oom Johan."

"So, die stadsjapie het kom kuier …"

Francois is nie seker of dit probleme of plesier is wat nou op hom wag nie.

Johan hang sy hoed aan 'n hoedhaak wat teen die muur by die agterdeur gemonteer is en draai terug na Francois, wat nader staan en sy hand aanbied.

"Aangename kennis, oom Johan."

"So, jy's Francois."

"Ja, Oom." Francois bekyk sy oom en sien onmiddellik die familie-trek wat hy en ta' Emily gemeen het, al is sy soveel ouer as hy. Dieselfde vel, hard deur die son behandel, dieselfde fyn plooitjies om die oë, tekens dat hulle wel dikwels lag, al sou 'n mens dit nooit raai nie. En hy het 'n onderbaadjie aan – van leer. Mariaan kon altyd so aangaan oor die De Witts wat onderbaadjie dra asof hulle daarmee gebore is.

"Waar's jou ma?"

"In die kamer by haar pa," sê ta' Emily.

Johan neem 'n beker koffie by haar en gaan sit. Hy sit sy beker op die tafel neer en haal dan 'n stuk biltong te voorskyn. "Was jy al ooit op 'n plaas?" Johan se aandag is nou weer ten volle by Francois, maar sy hande kerf aan die biltong, amper outomaties.

"Nee, Oom."

"Is jy 'n boekwurm soos jou ma?"

"Ek's eintlik eerder 'n PlayStation-mens, Oom."

"PlayStation? Watse ding is dit?"

"Video games, Oom."

"Ek's bevrees ons het dit nie sulke goed hier nie."

"Ek het so aangeneem, Oom."

Johan kyk na Francois, onseker of die kind pas parmantig was of nie. Ta' Emily glimlag effens.

"Op pad hiernatoe," sê Francois, "het my ma my vertel die ouens hier speel met ketties en kleilatte en skiet dassies met punt twee-twees."

Johan merk die glinstering in sy oë. Die knapie was nie sarkasties nie – hy's net vrek nuuskierig.

"Op jou ouderdom is dit tarentale en ystervarke met haelgewere. Het jy al ooit met 'n haelgeweer geskiet?"

"Nee, Oom. My ma hou nie van gewere nie."

Johan knik, glimlag ironies. Hy weet hoekom. Ta' Emily begryp ook dadelik die onderstroming. Nie een van hulle lewer egter kommentaar nie, want Mariaan kom ingestap, en dis veral Johan wat skerp opkyk na haar.

Wanneer broer en suster mekaar groet, is hul reaksies onseker. Dis Johan wat eerste vorentoe beweeg, haar 'n soen gee. "Welkom … terug," sê hy.

"Dankie."

Ná soveel jare van afwesig wees uit mekaar se lewe weet hulle nie meer waaroor hulle kan praat nie.

"Hoe was die pad?" vra hy uiteindelik.

"Paar slaggate hier en daar, maar andersins sonder voorval."

Johan knik, en hul ongemak duur voort.

"Nou ja toe," probeer ta' Emily die spanning verlig. "Die koffie staan reg."

"Dankie. Dit sal heerlik wees." Mariaan beweeg na die tafel om te gaan sit, maar Johan bly staan net waar hy is, baie gedagtes in sy oë.

So gou as wat sy kans daarvoor kry, stap Mariaan af na die begraafplaas langs die rivier. Sy staan voor Frederik se grafsteen:

F.P. De Jager
2.4.1959 – 12.8.1976

Dan praat Johan 'n paar treë agter haar: "Ek het gedink ek sal jou hier kry," sê hy.

Sy kyk om na hom en weer weg, terug na die graf. Hy stap nader.

"Ek weet jy hou my nog al hierdie jare verantwoordelik vir sy dood," sê hy dan.

Mariaan kyk nie op nie; haar oë bly op die graf.

"Ma ook," voeg hy by.

"Hoe gaan dit met haar?" vra hy ná 'n ruk as sy hom nie antwoord nie. "Ek het gehoor sy't 'n paar keer by jou gekuier."

"By wie't jy dit gehoor?"

"Jy weet mos hoe dit gaan: Ta' so-en-so op die dorp het by ta' so-en-so van Newcastle gehoor dat ta' so-en-so, wat Truida se buur-vrou op Vryheid is, gesê het Truida het by Mariaan in Johannesburg gaan kuier."

"Sy lyk oud vir haar jare."

Hulle staan sy aan sy, maar so 'n entjie uitmekaar, na die graf en kyk.

"As Nomthandazo nie jou kind gebaar het nie, was hy nog hier," sê Mariaan.

"Jy's waarskynlik reg. Maar ek is nie die eerste man op aarde wat 'n buite-egtelike kind gemaak het nie. Jy, van alle mense, hoort dit te weet."

Nou kyk Mariaan op na Johan.

"Soos ek gesê het: So-en-so sê vir so-en-so. Soos ek dit gehoor het, het jy die een of ander one-night stand in Amsterdam gehad toe jy daar by oom Dirk gekuier het."

"Dit was nie 'n one-night stand nie."

Hy haal sy skouers op. "Jy ken mos die tannies … borduur altyd 'n blommetjie by. Toe gaan jy terug na Ma toe om daar die lewe te gaan skenk."

"Ek wou sy kind hê, maar hom nie vir 'n man nie."

"Buite-egtelik is buite-egtelik, Sus, en gelukkig vir jou het die ou nie 'n boetie gehad wat besluit het die enigste manier om sy broer se eer te red, is om op 'n vliegtuig te klim, jou in Vryheid op te spoor en die kind te vermoor nie."

"Dis nie dieselfde nie."

"Hoekom? Omdat jy 'n wit vrou is?"

Sy draai na hom en kyk hom reguit in die oë. "Omdat ek 'n keuse gehad het."

"Ek het haar nie verkrag nie."

"Nee, maar die politieke oortuigings wat jy en Pa uitgeleef het, het wel. Vir haar én vir Frederik. Daarom kon sy nie nee sê nie, en daarom het Frederik haar kind vermoor – en daarom lê hy nou daar." Sy beduie na die graf, 'n gebaar van futiliteit, en loop weg, los Johan daar met weemoed in sy oë.

Wynand van Tonder het deurgery om Johan op hoogte te bring met die jongste gesprekke. "As ons nie skik nie," sê hy in Donkerland se sitkamer, "gaan die saak hof toe en ek kan jou waarborg, Johan, ons sal verloor."

Johan besef hy is nou by die einde van die pad. Hy sug moedeloos en skud sy kop raadop.

"Ek weet nie of dit sal werk nie," sê Wynand, "maar daar is nog een ding wat ons kan probeer …"

Ná 'n ruk se geredekawel verskuif hulle die gesprek na die hoofslaap-kamer sodat Piet-Jan by die beplanning ingesluit kan word.

Piet-Jan luister goed na Wynand se relaas voor hy reageer. Hy praat met moeite, maar uit ingebore drif laat val hy sy woorde met vuur: "Nooit! Ons het klaar betaal."

"Oom moet weet," sê Wynand nou, "dis die enigste manier hoe julle daardie grond nie gaan verloor nie."

Piet-Jan draai half op sy sy. "Oom Ouboet, by wie ek hierdie plaas geërf het, het in '48, toe ek nog 'n laaitie was, sy broer Dirk vyfduisend pond vir die helfte van hierdie plaas betaal. Dit was nie eers Dirk s'n om te verkoop nie, maar betaal het oom Ouboet betaal. Ons betaal nie weer nie."

Wynand kyk na Johan. Hy hoef dit nie te sê nie, Johan weet hy moet nou praat, Wynand het geen voorstelle meer nie.

Johan haal diep asem. "Pa … óf ons koop daardie vyftien akker by hulle, óf die grond is hulle s'n om daarmee te maak wat hulle wil."

"Dis die nuwe Suid-Afrika," sê Wynand. "Ons moet aanpas en inpas waar ons kan."

"So praat 'n joiner," sê Piet-Jan met mondhoeke wat bitter na onder trek. "So praat 'n lafaard. Waar sou ons vandag wees as ons voorva-ders – myne én joune – 'aangepas en ingepas' het? Uit Holland en uit Frankryk het hulle gekom na 'n donker onbekende land juis omdat hulle nie wou aanpas en inpas nie."

"Tye het verander." Wynand het nie moed nie. Hoe redeneer 'n mens met 'n sterwende ou man?

"Niks het verander nie. Die stryd het begin die dag toe die eerste wit man sy voete hier gesit het, en daardie stryd duur nog steeds voort. Veg of verdwyn."

Johan kyk stil na sy pa. Hy is self nie meer heeltemal oortuig dat sy pa die waarheid beethet nie.

Dis nie ideale omstandighede vir Francois op Donkerland nie. Sy ma en haar broer is geen groot vriende nie, sy oupa lê op sterwe en hy het nie 'n PlayStation of musiek om sy aandag af te lei nie. Taamlik boring, eintlik.

Dié dat hy maar langs die Tugela gaan stap het.

Hy tel 'n klippie op, gooi dit sodat dit op die water spring. Hy glimlag tevrede. Dan tref 'n klip die water so 'n tree of twee van waar hy staan. Hy kyk vinnig om …

Die bosse en bome naby die oewer is stil, niks te bespeur nie.

Francois begin verder stap.

Kaploep! Nog 'n klip tref die water.

Weer eens kyk Francois vinnig om na die bosse en bome naby die oewer. Niks en niemand nie.

Hy draai weer weg, maak asof hy verder gaan stap en gee een tree, maar kyk dan vinnig terug na die ruigte. Hy sien 'n jong swart lat van omtrent sy eie ouderdom wat gereed staan om nog 'n klip te gooi. Sizwe.

"Hei!" skree Francois.

Sizwe skarrel weg en verdwyn tussen die bosse. Francois sit hom dadelik agterna. Die bosse raak ruig, krap sy gesig. Hy hou op beweeg, haal diep asem, kyk rond, luister … probeer sy asem beheer. Hy sien nie die swart hand wat van agter na hom uitgesteek word nie. Die hand tik hom liggies op die skouer. Francois wip omtrent soos hy skrik en vlieg om.

Sizwe staan reg voor hom, 'n breë glimlag op sy gesig.

Francois is skoon uitasem van die skrik. Hy kyk wydoog na Sizwe, onseker oor wat volgende gaan gebeur.

"My ma het my gesê die oubaas se kleinseun het van die stad af kom kuier," sê Sizwe op Zoeloe.

"Ek's jammer, ek verstaan nie Zoeloe nie."

"Mm-mm. Die kleinbaas hy's hier van Jo'burg."

"Ja."

"Die oubaas hy's die oupa by die kleinbaas?"

"Ja. Ek's Francois."

"Sizwe. Die baas se hoofman, ek is sy seun."

Francois knik, steek sy hand uit om te groet. "Aangename kennis."

Sizwe kyk verbouereerd na Francois se uitgestrekte hand. Nog nooit het 'n wit man op 'n plaas sy hand uitgesteek om te groet nie. Hy kyk met nuwe oë na Francois en vat stadig en doelbewus sy hand. Hulle skud blad.

"*Sawubona.*"

Francois aap hom na: "*Sawubona.*"

Nou doen Sizwe die Afrika-handdruk. Francois het dit nie verwag nie, maar besef dan wat aangaan, want as stadskind weet hy natuurlik daarvan. Francois beduie dan met sy voorvinger vir Sizwe soos in: Laat ek jou iets wys. Hy steek weer sy hand uit en Sizwe vat dit. Dan doen Francois die Afrika-handdruk gevolg deur 'n getrek en 'n geklap van die middelvingers en dan 'n gestamp van die vuiste teen mekaar.

Sizwe glimlag, knik. Hulle doen dit weer, vinniger hierdie keer omdat albei verstaan.

Sizwe is ligweg geamuseer deur Francois se kleredrag. "Hoekom jy dra daai snaakse klere?"

"In Jo'burg dra almal dit."

Sizwe kyk van links na regs … na die struikgewas om hulle. "Jo'burg, hy's nie hier nie."

Francois trek sy skouers op.

"Kom," sê Sizwe, "ek wys jou." Hy begin wegstap.

"Wat?"

"Jy sal sien …"

Soos Sigwebana en Piet-Jan voor hulle, loer Sizwe en Francois na die jong swart meisies wat in die spruit swem. Maar hierdie meisies is nie soos dié van 1948 nie. Hierdie meisies swem vir die lekkerte – en hulle swem kaal. Hulle baljaar in die water, spat mekaar nat.

Sizwe en Francois loer deur dieselfde rietgordyn as hul voorgangers. Sizwe ken al die storie, glimlag stout. Francois se oë is wyd.

Sodra die meisies weg is, gaan wys Sizwe vir Francois hoe om met 'n kettie te skiet. 'n Halfuur later sit hulle by 'n vuurtjie, gereed om die skoongeplukte karkas van 'n tortelduif oor 'n vuurtjie te braai. Sizwe het dit met 'n stok deurboor en nou hou hy die duif aan die punt van die stokkie oor die vlamme.

"Die kleinbaas," vra Sizwe, "hy en sy ma, hulle gaan kom bly hier by die plaas?"

"Nee, ons kuier net. My ma wou my oupa sien voor hy … jy weet …"

Sizwe knik. Hy verstaan.

"My ma is nie 'n plaasmeisie nie. Sy gee klas daar by die universiteit."

"University." Sizwe se uitspraak is hiperkorrek.

"Ja."

"Sy is slim, jou ma?"

"Baie. Sy't 'n doktorsgraad in letterkunde."

"*Hau!* Sy's die dokter?"

"Nee, nee … sy't 'n … sy't groot qualifications in …" – hy beduie 'n boek met sy hande – "… in boeke."

"O." Sizwe begryp soort van.

"Hoekom jou pa hy's nie hier nie?"

Francois wonder hoe hy hierdie een moet verduidelik. "Ek het nie 'n pa nie," sê hy dan. "Ek bedoel ek het obviously 'n pa, maar hy bly nie by ons nie. Hy's in Holland."

"Soos die Zoeloes by die myne."

Francois verstaan glad nie die verwysing nie.

"Die Zoeloemans, hulle vrouens en kinders is hier, maar hulle gaan daar by die myne, dan maak hulle kinders by die ander vrouens."

"So iets," antwoord Francois.

"Hoekom julle kom nou eers by die plaas?"

"My ma het issues gehad."

'n Groot vraag op Sizwe se gesig. "Sy't geloop by die neus?"

Nou verstaan Francois nie.

"Hoekom sy het so lank die verkoue gehad?"

Dit kos Francois 'n sekonde of twee voor hy snap wat Sizwe bedoel. "O. Nee. Nie 'tissues' nie. 'Issues'. Jy weet … probleme … met die plaas … van lank gelede."

Sizwe kyk 'n ruk na Francois, sukkel om sy kop om hierdie ene te kry. "Hmmm."

Sizwe hou die gebraaide duifkarkas na Francois uit. Dis 'n eerste vir die stadsjapie. Hy loer agterdogtig na die karkas, dis beslis nie KFC nie.

Ta' Emily en Mariaan is in die groen kombuis besig om deeg aan te maak vir beskuit. Albei het voorskote aan. Vir iemand wat haar lewe op 'n plaas buite Weenen deurgebring het, het ta' Emily nogal 'n moderne geblomde rok aan – veel duurder as die amperse slenterdrag wat Mariaan aanhet. Nie dat enigeen van die twee hoegenaamd bewus is van enige afleidings wat buitestanders sou kon maak op grond van hul voorkoms nie. Hulle dink net aan die beskuitbak.

Ta' Emily roer die deeg, Mariaan help net.

"Gooi nog 'n bietjie melk by."

Mariaan vat die beker melk wat daar staan en gooi 'n bietjie by die mengsel. "Ek het laas beskuit gebak toe ek nog hier gebly het."

"Johan kan mos nie sy dag sonder beskuit begin nie."

"Hy was nog altyd so. James was ook so. Veral as dit net uit die oond gekom het."

"Mens sou nie dink dat 'n Engelsman 'n voorliefde vir beskuit sou hê nie."

"Ook nie vir 'n Boeremeisie wat skaars Engels kon praat nie …"

'n Stilte kom oor die twee.

"Dit spyt my dat ek nie vir sy begrafnis hier kon wees nie," sê Mariaan.

"Jy't hom geken terwyl hy geleef het. Dis belangriker."

Stilte.

Ta' Emily hou op roer. "Toe ek die plaas verkoop het, het ek sy beendere laat opgrawe en hom hiernatoe gebring. Ons het hom langs my boetie Henk begrawe. Ek wou nie hê hy moes alleen op Soetwater lê nie."

Mariaan kyk stil na ta' Emily.

'n Swart vrou in haar vroeë twintigs, Khwezi, kom by die agterdeur van die kombuis in. "Oumies, daar's die ou man hierso. Hy wil met die oubaas praat, Mies. Hy sê die oubaas hy ken hom."

Sigwebana.

Mariaan neem Sigwebana deur na Piet-Jan se kamer. Dis die eerste keer in al sy jare dat Sigwebana sy voete só ver in die opstal van Donkerland sit.

Piet-Jan lê in sy bed, wakker.

"Pa," Mariaan praat huiwerend, onseker oor Piet-Jan se reaksie, "hier's iemand wat vir Pa kom kuier het."

"Wie?"

Mariaan beduie na die gang se kant. Sigwebana verskyn in die deur, sy hoed, 'n knopkierie en 'n gevegskild in sy hande.

Piet-Jan kyk hom stil aan.

"*Sawubona, Numzaan*," sê Sigwebana.

Mariaan gaan saggies by die deur uit.

Piet-Jan se gemoed loop oor van emosie; hy sukkel om dit onder beheer te bring.

"Ek is jammer om te hoor dat jy hierdie siekte het," sê Sigwebana.

"Het jy gekom om te kraai?" vra Piet-Jan.

Sigwebana reageer nie op hierdie vraag nie. Hy stap oor na die kant van die bed. "Die baas en ek, by die tyd toe ek hier was by die plaas, die baas hy was my baas, maar die baas hy was ook my broer. Ek het gekom om my broer te kom groet – om skoon te maak by die hart – voor hy gaan by die graf."

Daar is soveel emosies wat nou in Piet-Jan maal dat dit 'n ruk duur voor hy kan praat. "Ek wil vir jou sê," begin hy met die woorde wat hy weet hy nie ongesê durf laat nie, "wat daardie tyd gebeur het – dinge was soos hulle was, maar … Maar ek is jammer dat hulle so was. Jy was ook soos 'n broer vir my. Inderdaad, die enigste broer wat ek ooit gehad het."

Sigwebana plaas die knopkierie en skild wat hy in sy hande het op die komberse op Piet-Jan se maag. Piet-Jan lê sy hand op die steel van die knopkierie.

"Ek het hom gebring vir die baas. Hy's die een waarmee ek geveg het toe ek en die baas was jonk en baas Ouboet ons geslaan het met die sambok. Die baas hy kan hom saamvat by die graf, laat hy kan veilig kom by die ander kant."

Sigwebana bly lank daar staan.

Piet-Jan het nog woorde, maar nie meer die krag daarvoor nie.

Mariaan stap 'n uur later met 'n skinkbord in haar hande die kamer binne. Daarop is 'n bakkie sop en brood, al wat Piet-Jan deesdae kan inhou.

Hy lê met sy oë toe. Die bedlampie langs sy bed is aan, 'n klein ligkol in die donker kamer. Die skild en knopkierie staan nou teen die muur langs sy bed.

Mariaan sit die skinkbord op die bedtafeltjie neer. "Pa," sê sy saggies om hom rustig wakker te maak.

Sy skud liggies aan sy skouer. "Pappa …"

Dan besef sy. Sy raak liggies aan sy gesig.

Mariaan haal stadig en diep asem. Sy gaan sit op die kant van die bed. Blaas stadig haar asem uit.

Nog 'n motor kom aan op Donkerland, hou langs Mariaan s'n stil.

Truida klim uit. Sy is drie-en-sestig en nog op haar stukke.

Mariaan stap uit om haar ma te groet, Francois byderhand. Bo-op die stoep kyk ta' Emily en Johan toe. Mariaan omhels haar ma, prewel in haar oor. Wanneer sy terugstaan, vee sy 'n traan weg. "Dankie dat Ma gekom het."

"Ek het gereken dat as ek dit nie doen nie, 'n kanker my ook sou kom haal."

Truida groet vir Francois en met die terugstaan, sien sy daar is nog iemand wat effe tru daar staan. Johan. Sy draai na hom, maar tree nie dadelik nader nie. Hulle kyk oor 'n afgrond van twintig jaar na mekaar.

"Dit spyt my dat dit soveel tyd gekos het," sê Truida, "maar dis hoe lank ek nodig gehad het."

Johan kyk oor haar skouer weg na die vallei en die heuwels agter die opstal, en dan terug na haar, na sy ma.

"Hallo, Ma," sê hy uiteindelik.

"Hallo, my seun."

Hulle omhels; die afgrond tussen hulle wil nog nie heeltemal sluit nie.

Johan help Truida om haar goed af te pak en in te dra. Uiteindelik beweeg sy na die eetkamer. Sy huiwer in die deur, trek effens senuweeagtig haar asem in wanneer sy Piet-Jan se kis in die middel van die vertrek op 'n begrafnisondernemer se baar sien staan.

Die ondernemer staan eenkant, hande voor sy lyf gevou.

Wanneer sy nader kom, vra die ondernemer of sy Piet-Jan wil sien.

"Sal jy my 'n oomblikkie alleen gee, as jy nie omgee nie?" vra sy.

Hy knik met respek en stap uit.

Truida kyk na die kis. Wanneer sy begin praat, weet sy dat sy met haarself sowel as met Piet-Jan gesels. Die laaste brug wat sy moet oor. "Ek wil hê jy moet weet … ek het jou vergewe … maar ek is nog steeds kwaad vir jou. Ek wil nie wees nie … maar ek is. En dit maak my vir myself kwaad … want as ek nie meer kwaad was nie, sou ek vir seker weet dat ek nie meer iets vir jou voel … nie meer lief is vir jou nie. Ná Frederik se dood het ek my bes gedoen om die lewe wat ek en jy gedeel het uit my geheue en my hart te verdryf … om jou uit te wis, maar jy't geweier om te gaan. Weier nog steeds." Trane loop oor haar wange, maar sy huil nog nie. "Ek haat jou daarvoor, want ek wil nie meer lief wees vir jou nie. Ek wil nie …"

Sy laat sak haar kop. Haar skouers ruk. Sy huil, onhoorbaar sag.

Piet-Jan se kis, met die skild en knopkierie daarop, sak in die graf weg. Aan die een kant van die graf staan ta' Emily en Johan, erg ongemaklik in sy swart Sondagpak hier helder oordag in die veld, dan Mariaan, Truida, Francois en Wynand.

'n Dominee staan aan die kop van die graf en aan die ander kant daarvan, so 'n entjie weg, staan tien swart werkers, onder andere Sizwe en Khwezi. 'n Entjie weg van die groep staan Sigwebana.

Wanneer die kis uiteindelik in die graf laat sak is, begin die begrafnisgangers wegstap, sommige alleen, ander by mekaar ingehaak. En so gaan Piet-Jan met knopkierie en skild sy Skepper tegemoet.

Mense by 'n graf huil nie net oor die dooies nie, die dooies wat eintlik nie ons trane nodig het nie – hulle't hulle rus gevind – maar ook oor dié wat agterbly, ons wat nog lewe en die kruis van menswees verder moet dra. En meestal huil elkeen oor homself ...

Wynand daag sonder afspraak op Donkerland op, en terwyl hy en Johan sy aan sy loop en gesels, hinder iets aan die prokureur vir Johan. Dit is asof hy nuus het, maar dit nie kan deel nie.

Uiteindelik voel Wynand inderdaad dat hy nie meer langer terughoudend kan wees nie. "Ek's jammer om jou dit te moet vertel, maar ek het vanoggend 'n oproep van Motinga se prokureur gekry. Hy't jou aanbod van die hand gewys."

Johan steek vas, kyk na Wynand.

"Hy soek nie uitbetaling nie," sê die prokureur. "Hy soek die grond."

Johan kyk Wynand 'n paar sekondes lank stil aan en stap dan weg.

Vandag is die pad dorp toe vir Johan feitlik onuitstaanbaar. Sy pa se dood het dinge in sy gedagtes losgemaak. Hy het hiperbewus geword van sy plek op hierdie plaas, hierdie Donkerland. Hy weet nou hy – 'n vrygesel sonder kind! – is deel van Donkerland se geskiedenis.

Die pad wat 'n mens stap van jou geboorte tot jou dood is 'n pad wat baie langer is as jou eie lewe, want jou pad is maar net nog 'n stukkie – vir sommige lank, vir sommige kort – van die pad wat jou voorvaders reeds afgelê het. Elke mens op aarde kan sê: Ek is, omdat hulle was.

Dit weet ons, en dit is die besef wat nou by Johan ingesink het.

Of jy nou van jou voorgeslagte hou of nie, hul dade en oortuigings goedkeur of nie, jy stap net jou pad omdat hulle hulle pad gestap het. En nes jy jou pad in jóú tyd moet stap, so moes hulle hul pad in húlle tyd stap. Om met verontwaardiging te sê: "As dit ek was, sou ek daardie pad anders gestap het," is so goed jy sê dat jy water in 'n woestyn sou vind terwyl jy nog nooit in een was nie.

Laat 'n vrou van jare jou nou sê: Om 'n mens se dade en besluite te verstaan, moet jy die tyd verstaan waarin daardie dade gepleeg en daardie oortuigings gekoester is … en dit kan 'n mens net ten volle doen as jy self daar was.

En daar sit die knoop, laat ek jou vertel, want die tyd stap aan en gaan verby, maar die nagevolge van die dade en oortuigings van hulle wat voor jou die pad gestap het gaan nie verby nie. Dít moet elke nuwe geslag oor die skouer slinger … en saamdra. En daarom is daar vergifnis en genade, want daarsonder sou ons nie oorleef nie.

Ja. Ja.

Johan weet dit.

Maar hoekom, noudat hy op pad is na Wynand sodat hulle met Motinga en sy prokureur kan gaan sit om die gemors oor die eis vir eens en altyd uit te praat, hoekom kom alles in hom in opstand teen hierdie dinge wat hy wéét?

Kyk, hy kan sy familie se geskiedenis punt vir punt aftel. Hy wéét hoe om dit te verstaan – dit is vasgebrand in sy gene. Sy verstand sê egter een ding, sy bloed iets anders.

Hy sien op teen die vergadering, want hy ken homself.

Wanneer hy en Wynand dan hul plek by die raadstafel inneem en wag dat Motinga en sy prokureur opdaag, herinner Wynand hom daaraan dat hy belowe het om sy humeur in toom te hou. Hy moenie sy humeur verloor en Motinga sodoende help om sy strategie te laat slaag nie.

Koelkop, kalm bly.

Uiteindelik stap menere Belonsky en Motinga die vertrek binne. Wynand staan op, maar Johan bly sit. Sy gevoelens is sy gevoelens. Motinga moet dit maar vat.

Terwyl Wynand hulle verwelkom, kyk Johan met afsku na Motinga. Dié se gesig is net so strak soos Johan s'n.

Wynand gee hom 'n laaste waarskuwende kyk. "Ek het hierdie vergadering belê," sê hy op Engels wanneer almal hul sit gekry het, "in die hoop dat 'n skikking bereik kan word met betrekking tot meneer Mchunu se eis oor my kliënt se grond."

"Ons verstaan dit só," antwoord Belonsky, "maar voordat ons verder gaan, ek het opdrag ontvang om dit duidelik te maak dat my kliënt enige voorstelle wat die oordrag van die grond onder bespreking uitsluit nie sal oorweeg nie."

Hierdie stelling plaas Wynand in 'n onmoontlike posisie. Hy kyk vlugtig na Johan. Hy sal nie kan stilbly nie.

"Jou kliënt moet verstaan dat die betrokke stuk grond ..."

Motinga val hom onmiddellik in die rede. "Daar is niks wat ek moet verstaan. Daardie grond hy behoort aan my, en ek gaan ..."

"Jy gaan niks nie!" Johan is onmiddellik op sy perdjie.

Wynand probeer hom tot orde roep. "Jy't belowe," pleit hy.

"En nou breek ek daai belofte." Johan se bloed borrel. Hy draai terug na Motinga. "Jy't niks vir daai grond betaal nie! Nie geld nie, nie sweet nie, nie bloed nie!"

"Johan ..."

"Wat is dit met julle mense? Julle bou niks nie, maar sodra iemand anders iets bou, dan wil julle dit hê!"

"Ek stel voor jy lig jou kliënt in ..." begin Belonsky.

"Johan, asseblief." Wynand weet hulle kan nie nou meer wen nie.

"Ek is nou gatvol. Daar was nie 'n plaas waar Donkerland nou staan voor my mense daar aangekom het nie. Net wildernis. G'n wa, g'n wiel, g'n pen of papier, en beslis nie daai Europese pak klere wat jy aanhet nie!"

"Hierdie vergadering is verby," sê Belonsky. Hy staan op, gevolg deur Motinga.

Wynand sit met sy kop onderstebo, moedeloos.

Maar Johan is nie klaar nie. Hy roep agterna terwyl hulle uitstap: "Julle kla oor die wit man," hy staan op, "en wat hy alles aan Afrika gedoen het, maar as hy nie gekom het nie, het jy nou nog in 'n hut gebly met 'n stuk vel om jou bas en die hele pad huis toe gestap!"

Belonsky en Motinga is weg.

Wynand is mismoedig, skud sy kop.

Dit duur 'n ruk voor Johan tot bedaring kom. Hy wéét hy het nou alles bedonner.

Wynand kyk stadig op. "Wel," sê hy, "dit het goed gegaan."

Net die manier waarop hy dit sê, laat Johan besluit: Te moer daarmee!

Motinga verskyn onverwags weer in die deur, met Belonsky agter hom. Belonsky se hand gaan na Motinga se skouer, wil hom terugtrek. "Meneer Mchunu, moenie …"

Motinga skud Belonsky se hand af, kyk direk na Johan. "Die wit man hy't geweet hoe om te bou, ja, maar hy't die swart man se hande gebruik om die klippe te pak. En nou die swart man hy vra vir sy fair share van daai klippe wat hy gepak het. Dis al."

So eenvoudig soos dit. Motinga stap weer uit.

Belonsky kyk Johan skeef aan voor hy vir Motinga volg.

Johan sê niks nie.

Nou is dit vir Johan maar weer die lang pad terug plaas toe, en elke kilometer wat hy nader kom, trek sy maag verder op 'n knop.

Wanneer hy die huis instap, hoor hy hoe ta' Emily, Truida en Mariaan in die voorkamer sit en gesels oor 'n koppie tee. Dit voel vir hom heeltemal onwerklik: die vrouens wat grappies maak oor hoeveel tee 'n mens skielik drink as jy met 'n Engelsman getroud is, Mariaan se oorsese avonture bespreek en bespiegel hoe anders alles sou gewees het as sy ingestem het om met daardie saai Gerrie te trou …

Johan besluit om verby te stap, maar ta' Emily sien hom raak, lees sy gesig onmiddellik. "Johan," roep sy uit, besorgd, "hoe't die vergadering toe verloop?"

Hy voel ongemaklik met almal wat nou na hom kyk. "Hy's nie bereid om te onderhandel nie," sê hy. "Ons het 'n goeie prys per hektaar aangebied, maar hy soek die grond."

"Dis jammer," sê Mariaan, "maar ek is nie verbaas nie."

Hy's onmiddellik gereed om van voor af moer te strip. "Mariaan, as jy gekom het om …"

"Ek het gekom om pa te groet. Ek sê net ek is nie verbaas dat Motinga, wat ons soos 'n hond van hierdie plaas weggejaag het, nou sy kans benut om ons daarvoor te straf nie."

"Wat gebeur het, het gebeur," probeer Truida almal kalmeer, "en nou moet ons eenvoudig ons bes doen om die nagevolge met waardigheid te verduur."

Johan glimlag. Hoe ironies, dink hy. Sy wat weggevlug het toe iemand in haar omgewing die skandvlek van ontug oor die familie gebring het. En wie was die sondaar?

Hy skud sy kop. "Hoe doen Ma dit, hm? Hoe doen Ma dit?"

Truida deins effens terug. Sy besef hy praat van iets anders, maar snap dit nie. "Hoe doen ek wat?"

"Om met een terloopse sinnetjie van my 'n sondaar te maak."

"Waarvan praat jy?"

"En nou moet ons eenvoudig ons bes doen om die nagevolge van Johan se dade met waardigheid te verduur."

"Dis nie wat ek bedoel het nie."

"Ag, kom nou, Ma. Ek's miskien nie so geletterd soos Mariaan nie, maar ek kan wel 'n bybedoeling herken as ek hom hoor. Gun my ten minste dit."

Truida kyk weg, byt aan haar lip. Sy het vergeet, dit kan 'n mens maar weet, hoe liggeraak die de Witt-mans nog altyd was.

"Ma moet weet, daar gaan nie 'n dag verby – nie 'n dag nie – dat ek nie spyt is nie. En weet Ma waaroor ek spyt is? Ek is spyt dat Ma en Pa my nie met 'n ander waardestelsel grootgemaak het nie. Nie een keer het julle twyfel of kommer oor apartheid of die oorlog op die grens aan my oorgedra nie. Inteendeel, Ma het vir twee jaar beskuit gebak en pakkies gestuur. Verkiesing ná verskiesing het julle vir die NP gestem, en toe ons oud genoeg was, het ons gestem soos julle ons geleer het. Die swartes was die kinders van Kain, deur die Here op die aarde gesit om die Afrikaner tot in der ewigheid te dien. En nou behoort die land aan daardie einste swartes, en een van hulle het sy pond vleis kom haal – ja, vir Johan se sondes, maar vir julle s'n ook. Ek is ook nie 'verbaas' nie." En daarmee draai hy om en stap uit die vertrek.

Al ons vrouens was tot in ons siel geskok, dit moet ek nou maar erken. Maar vir Truida het daar skielik 'n nuwe lig opgegaan. Nóú verstaan sy ook haar deel van die skuld.

Die sondaar het vele aangesigte en soms, nee, alte dikwels, staar daai sondaar terug uit die spieël.

Johan storm die huis uit, sy gemoed tot barstens toe vol. Hy gaan staan in die skuur, hande op die heupe en rug na die deur.

Truida volg hom soontoe en begin praat wanneer sy hom daar sien staan. "My seun …"

Johan hoor haar, maar draai nie na haar nie.

Sy verstaan hoekom. Sy gee 'n tree of twee nader, maar bly nog 'n entjie van hom af weg. "Ek wil hê jy moet weet dat jou pa en ek … Ons wou net die beste vir jou gehad het. Die een ding wat 'n mens vir seker uit ouerskap leer, is om jou eie ouers al hulle foute te vergewe. Met jou geboorte het jou pa en ek gesweer dat ons nie die foute met jou sou maak as wat ons ouers met ons gemaak het nie – om sagter te wees, meer aan jou te raak, jou aan te moedig om jou eie mens te wees. Maar mettertyd kom 'n mens agter dat appels selde ver van die boom val, dat jou ouers op 'n manier jou kind deur jou grootmaak.

"En jy laat dit toe omdat kinders nie met aanwysings gebore word nie, en dan val jy terug op die enigste aanwysings wat jy ken en dis hoe jou ouers jou grootgemaak het. Ek is jammer oor wat ek in die sitkamer gesê het. Ons verduur die nagevolge van die dade wat ons almal gepleeg het, en dit spyt my dat jy en jou generasie nou die ergste daarvan moet verduur. Ek is regtig jammer."

Johan draai na Truida, trane oor sy wange. "Hoe kom 'n mens daarvan weg?" vra hy sag. "Hóé kom 'n mens daarvan weg, Ma?"

"Ek weet nie."

Johan laat sak sy kop, huil saggies, hande langs sy sye. Weerloos en alleen.

Truida stap tot voor hom en dan neem sy hom in haar arms. "Ek's jammer, ek's so jammer."

Francois en Sizwe se vriendskap groei by die uur. Bietjie vir bietjie vind hulle dinge wat hulle gemeen het. Sizwe is die begeleier, Francois die buitestander wat in die proses geleidelik sy eie familie se geskiedenis leer ken.

Hulle staan nou weerskante van die patriarg, Pieter de Witt, se klipstapel.

"My pa hy sê die baas hy sê hierdie klippe ons mag hom nie raak nie."

"Hoekom nie?"

"Weet nie. Die oubaas hy sê die klippe hulle is hier meer as vir honderd jaar."

"Sjoe. Hoe lank is jou mense al hier?"

"Nog voor die wit man gekom het."

"Ek bedoel hier ... op Donkerland."

"Nineteen seventy six."

"En voor julle?"

"Ander mense."

Skielik onthou Sizwe iets anders. Hy raak dadelik geheimsinnig. "Jy wil iets sien?"

"Wat?"

"Jy sal sien."

"Net nie weer meisies in die rivier nie."

Sizwe glimlag, beduie met sy kop dat Francois hom moet volg.

Hy neem Francois verby die opstal, agter teen die voetlopers van die berg uit, na die grot. Daar gekom, klouter hulle oor die stapel klippe by die rand van die ingang.

Francois kyk verwonderd rond, sien ook die ongelooflike uitsig oor die plaas vanuit die grot. "Ek wed jou die Boere het vanuit hierdie plek op die Kakies geskiet," sê hy.

Sizwe het geen benul waarvan hy praat nie. "Kakies?"

"Die Engelse."

Hy merk dat Sizwe steeds nie weet dat hy na die Anglo-Boereoorlog verwys nie. "Dis 'n lang storie," sê hy, sak dan agter die klipskans neer en maak asof hy aanlê op die vyand teen die steilte onder die grot. "Pow! Pow! Kan jy dink ... hoe dit moes gevoel het?" sê hy uiteindelik.

Francois maak om weer orent te kom, maar dan trek iets in die grond naby sy knieë sy aandag. Hy grawe dit met sy hande uit en bring dit tussen duim en voorvinger tot voor sy gesig. Dis 'n ou .303-doppie. "Check hier," sê hy, staan op en wys die doppie vir Sizwe.

Sizwe neem die doppie by Francois, draai dit in sy vingers.

"As hierdie grot maar net kon praat," sê Francois.

Dieselfde middag gaan Motinga na Sigwebana om verslag te doen van die gesprek met Johan. Hy en Sigwebana stem nie heeltemal saam oor hoe die saak hanteer moet word nie. Maar Sigwebana is sy pa en hy moet respek hê vir sy pa se mening.

"Jy is nie meer 'n boer nie, was nie een sedert jy daardie plaas verlaat het nie."

"So?" Motinga probeer dit sê sonder om hoegenaamd vir Sigwebana te laat voel hy respekteer hom nie.

"So, hoekom aanvaar jy nie die geld nie? Dis 'n baie goeie prys wat hulle aanbied."

"Ek soek nie hulle geld nie."

"Wat is dit dan wat jy wil hê?"

"Ek soek die grond."

"Om watter rede? Ek sê mos: Jy boer al lank nie meer nie."

"Ek soek daardie grond, want dis volgens die wet ons s'n."

"Maar as jy nie gaan boer nie, hoekom nie die geld vat nie?"

"Ek het reeds daardie vraag beantwoord."

"Nee, jy het nie!"

"Ek verstaan nie wat jy vra nie."

"Jy wil nie die geld vat nie, want dan's dit verby! Maar jy wil nie hê dit moet verby wees nie. Jy wil jou assegaai in sy sy steek en hom daar hou ... en dan stadig draai sodat hy die res van sy lewe pyn ly."

"Hulle het vir amper tweehonderd jaar hulle assegaai in ons sy gehad."

"En die Engelse hulle assegaai in die Boere. En die Zoeloe in die Xhosa. En almal hulle assegaaie in die Khoi-San wat voor ons almal hier was. Wanneer sal dit tot 'n einde kom?"

Motinga kyk sy pa ingedagte, half bekommerd aan, skud sy kop en stap uit.

Sigwebana sug swaar.

Aan etenstafel op Donkerland word dieselfde onderwerp bespreek. Johan, Truida, ta' Emily, Mariaan en Francois is aan tafel.

"Ek sal Wynand die saak vir jare laat uitrek." Vir Johan is dit die enigste oplossing. Laat hulle maar kyk hoe diep is Motinga se sakke. Kan hy so 'n lang regsproses bekostig? "So eenvoudig soos dit. En as daai wetter dan eendag hier aankom en sê hy't maar besluit om die geld te vat, sal ek hom die helfte betaal van wat ek nou aanbied."

"Kom ons praat oor iets anders," sê ta' Emily, "my pampoen trek al suur in my mond."

Francois brand met sy eie nuus: "Ek het iets interessants om te vertel."

"Ja?" Mariaan wonder wat dit hierdie keer kan wees – die natuurlike wantroue van 'n tiener se ma.

Francois steek sy hand in sy sak en bring die doppie wat hy in die grot gevind het te voorskyn. Hy hou dit op vir almal om te sien. "Ek dink dis van die Boereoorlog."

"Laat ek sien," sê Johan.

Francois gee die doppie vir hom.

"In die Boereoorlog het hulle mausers gebruik," sê Johan. "Hierdie is 'n .303-doppie." Hy gee die doppie aan Francois terug. "Jy sal baie van hulle op hierdie plaas optel."

"Waar't jy hom gekry?" vra Mariaan.

"In die grot teen die berg daar anderkant die rivier."

'n Vreemde stilte kom oor die tafel. Johan kyk af na sy bord, en Mariaan en Truida kyk vinnig na mekaar. Ta' Emily vee haar mond met haar servet af.

"Daar's 'n skans gepak en alles, asof dit vir 'n fort gebruik is," sê Francois, salig onbewus van die gevoelens wat skielik rondom die tafel wakker gemaak is.

Hy kyk na die doppie tussen sy vingers. "Ek reken daar was 'n groot geveg daar."

Johan praat, sy oë op sy bord: "Ek wil hê jy moet wegbly uit daai grot."

Francois kyk op na sy oom.

"Dis gevaarlik," sê Johan.

Dit begin tot Francois deurdring dat iets aan die gang is, iets waarvan hy niks weet nie. Hy kyk na sy ma, maar Mariaan haal net haar skouers op asof sy wil sê: "En dis dit."

Hy sit die doppie ietwat verbouereerd weer in sy sak terug.

Johan probeer die situasie beredder. "Maar aangesien jy avontuur soek en aangesien jy 'n stadsjapie is met 'n ma wat jou nooit met 'n geweer laat skiet nie, reken ek dis tyd dat ek jou leer hoe om 'n tarentaal met 'n haelgeweer plat te trek."

Francois se oë rek. Hy kyk na Mariaan. "Kan ek, Ma?"

Mariaan glimlag effens en kyk Johan vas in die oë. "Ja," sê sy.

Johan besef wat hierdie vergunning moes gekos het, Mariaan wat haar lewe lank teen gewere en doodslag was.

"Moet net nie te laat uitgaan nie," maan Truida. "Ek wil in die oggend ry."

Johan knik. "Môreoggend met dagbreek."

Francois voel 'n nuwe opwinding in hom opwel, die grot vir die oomblik heeltemal vergete.

Wanneer hy later in die aand vir Mariaan gaan nag sê waar sy reeds in die bed lê, vra hy – heel terloops, dink hy, maar sy ma sien wat aan die gang is – uit oor die grot en die doppie. "Hoekom het almal so stil geraak," vra hy, "toe ek die doppie wys?"

Mariaan sê niks. Wil nie daaroor praat nie.

"Hoekom wil oom Johan nie hê dat ek na daardie grot toe gaan nie?"

"Jy't mos gehoor wat hy sê: Dis gevaarlik."

"Ma … daar's baie gevaarliker dinge op hierdie plaas te doen as opklim na daardie grot. Tarentaal skiet, byvoorbeeld."

Sy bly onwillig om te verduidelik.

"Partykeer, Francois," begin sy ná 'n ruk, "partykeer is dit beter om ou koeie in die sloot te los."

Francois kyk vraend na haar.

"En ek sal dit waardeer as jy ook nie vir ta' Emily of oom Johan of Ouma daaroor vra nie."

Hy haal sy skouers op. "Oukei. Ek het net gewonder."

Hy stap uit. As hy in die deur omgedraai het, sou hy die rou hartseer gesien het wat skielik op sy ma se gesig sigbaar is. Maar hy draai nie om nie.

In sy slaapkamer staan hy voor die foto's teen die muur voor hy in die bed klim. Hy wil 'n gevoel kry van die mense wat voor hom in hierdie slaapkamer geslaap het. Hy kyk na die skoolportret van Frederik toe hy sewentien was, dan na die een van Johan en Frederik omtrent net toe hulle hoërskool toe is, en dan Johan se weermagfoto.

Daar's 'n klop aan die deur en Johan loer in met nuus wat Francois se hart laat bokspring: "Vyfuur koffie en beskuit, dan ry ons kwart oor."

"Dis reg so, Oom."

Hy gryp sy selfoon, stel sy wekker.

Teen sonop is hulle al in die veld, Johan met sy haelgeweer in sy hande, Francois wat staan en luister soos Johan demonstreer.

"Die belangrikste is om die kolf styf in jou skouer in te trek, asof hy deel is van jou lyf. Moenie vir hom bang wees nie."

Hy trek 'n skoot af, herlaai en gee dan die geweer vir Francois. Francois vat die geweer, bring hom na sy skouer en lê aan. Johan verstel effens aan Francois se snellerskouer; lig hom effens hoër. "Lekker styf," verduidelik Johan, "elmboog teen negentig grade. Raait. Druk die sneller."

Francois trek die skoot af, glimlag ingenome.

"Daar's hy! Nou ja toe, kom ons gaan soek vir jou 'n ding om te skiet." En daarmee word Francois ook 'n wildjagter, nes sy voorsaat Pieter de Witt.

Dit het Johan nie baie tyd gekos om 'n tarentaal uit te snuffel nie. Hierdie ritueel ken hy al van sy kleuterdae af. Die tarentaal vlieg op uit die bossies, so tien meter voor hulle in die veld. Francois bring die geweer vinnig na sy skouer en skiet. Tot sy vreugde sien hy hoe die tarentaal grond toe fladder.

"Mooi skoot, seun!" roep Johan uit. "Mooi skoot!"

Francois kyk na Johan, glimlag. Hy gee die geweer vir sy oom en hardloop in die rigting van waar die tarentaal die grond getref het. Johan kyk hom agterna en glimlag effens, maar daar is ook iets anders in sy oë – die onthou dat hy nie self 'n seun het nie en hoe anders dinge kon gewees het.

"Joe-hoe!" Francois staan in die veld en hou die tarentaal triomfantelik omhoog.

Johan lag, knik erkenning, en Francois hardloop terug met die tarentaal in sy hand.

"Nee kyk," sê Johan, "dis nie elke man wat met sy eerste probeerslag 'n tarentaal raak skiet nie."

"Ek het al baie geoefen."

"En waar nogal?"

"Op my PlayStation. Dis nou wel nie tarentale wat jy skiet nie, maar dit voel dieselfde."

Johan stoot vir Francois met sy plat hand speels teen die kop. Daarna wys hy hom die res van die jagter se ritueel, oorgelewer uit De Witts se Suurvelddae: Hoe om die tarentaal skoon te pluk. Watter deel van die voël gebruik kan word, watter nie. Hy vertel hom van wurms en watter tyd van die jaar 'n mens nie aan tarentaal moet vat nie. Hulle is gelukkig; dis nie nou daai tyd nie. Johan sien hoe Francois al die inligting indrink, selfs dié oor die wurms.

En uiteindelik draai die tarentaal op 'n houtspit oor die kole van 'n vuurtjie, gemaak nes Pieter de Witt destyds buite Grahamstad sy vuurtjies gepak en kole eenkant gekrap het terwyl hy anderkant aanmekaar die vlamme met nuwe hout voer.

Johan en Francois sit oorkant mekaar by die vuurtjie.

"Het jou Ma jou ooit vertel dat as dit nie vir 'n tarentaal was nie, jy nie nou hier sou gewees het nie?"

Francois kyk skepties na sy oom.

"Dis waar. Die eerste De Witt, wat in 1839 hier aangekom het, het langs die pad vir hom vrou gevat. Kan nie haar naam onthou nie – jy moet ta' Emily vra. Sy weet mos alles van die familie se geskiedenis. En toe raak die vrou verwagtend, maar toe dit tyd word om te kraam, toe lê die baba dwars. Die einde was in sig vir die ma en die kind. Maar Pieter het 'n bediende gehad …"

So weerskante van die draaiende tarentaal vertel Johan hom van Eerste se eerste pogings om Afrikaans te praat, en dat die skoonmaak en oopmaak van 'n tarentaal deel was daarvan. Hoe sy met gebare en karige woorde vir Pieter iets probeer verduidelik het – en hoe Pieter uiteindelik gesnap het.

"… en toe verstaan hy skielik wat sy met daai mes teen die tarentaal se maag bedoel. Hy gryp die mes en sny sy vrou se maag oop en trek vir Jakob uit."

Francois is verbysterd.

"En so is die eerste De Witt op Donkerland gebore. Daar's 'n ononderbroke bloedlyn van hom tot by jou."

Johan kyk dan op sy horlosie. "En nou moet ons ons gatte in rat kry voor jou ouma waai sonder dat ons haar gegroet het." Hy begin opstaan.

"Oom, wie gaan Donkerland by Oom oorneem?'

Die een vraag wat Johan nóóit gedink het sy nefie sou pla nie. Hy huiwer in die opstaan. "Weet nie."

"Mag ek vra hoekom Oom nooit getrou het nie?"

Johan snap dat hy hier voor hom die oermodel van die onskuldige suigeling het. Dat hy niks moet maak nie. "Dis maar net hoe dit uitgewerk het. Bring die tarentaal, ons eet hom by die huis."

Johan vat die geweer en Francois die tarentaal, nog aan die spit.

Ma en dogter kry mekaar by die vars graf van Piet-Jan, elk met 'n bossie blomme in die hand.

"Dit spyt my nou dat Francois sy oupa nie beter geken het nie," sê Mariaan. Daar is baie dinge wat haar onverwags begin pla. Dinge wat anders kon gewees het. As sy maar net daaroor nagedink het.

"Dinge gebeur soos hulle gebeur," antwoord Truida.

"Ja, maar dit spyt my, want ek kon dit anders laat gebeur het."

"Nee, jy kon nie. As hy nie op sterwe gelê het nie, het jy nie gekom nie. Ek ook nie."

Hulle staan 'n rukkie en nadink daaroor. 'n Onweerlegbare feit. Hulle sou nie plaas toe teruggekom het as Piet-Jan gesond was nie.

Vergifnis is 'n moeilike saak.

"Het Ma Ma se vrede gemaak?"

"Waar was daar al ooit vrede op hierdie aarde? 'n Skietstilstand, miskien, waarvan sommige 'n dag hou en ander jare. As jy dit vrede wil noem … Ja, ek het my vrede gemaak, en ek reken dit hoort 'n hele paar jaar te hou."

"Sal Ma dit oorweeg om terug te kom Donkerland toe?"

Truida weet nie of sy só ver sal gaan nie. Sy sê liewer niks.

"Dit sou vir ta' Emily lekker wees … en ek dink vir Johan ook."

"Almal weer saam," sê Truida, effe sarkasties. "Nes in die ou dae."

"Nee, nie almal nie, en nie die ou dae nie. Nuwe dae ... in 'n nuwe tyd."

Truida kyk 'n oomblik lank stil na Mariaan en dan weer weg. "Ek weet nie." Baie dinge het verander, maar nie alles nie. "Miskien."

Truida sit haar bossie blomme op die graf. Mariaan maak ook so, en dan stap hulle weg.

Wanneer Truida gereed is om te gaan, pak Francois haar koffer in die kattebak van haar kar.

Truida soengroet vir ta' Emily wat bokant die trap op die stoep staan. Dan stap Truida af met die trappies en soengroet vir Mariaan wat net onder die trap staan en wag. "Lekker om julle weer te sien, my kind. As dit jou pas, wil ek graag binnekort 'n bietjie opkom Johannesburg toe."

"Enige tyd."

Truida stap oor na Johan wat effens weg staan, nader aan die voertuig. 'n Oomblik of twee kyk hulle mekaar stilswyend reg in se oë. Truida raak liggies met haar plat hand aan Johan se wang. Dan soen sy hom en stap na die voertuig waar Francois wag.

"Nou ja toe," sê Truida vir haar kleinseun, "ná daardie halfgebraaide tarentaal wat jy hier ingedra het, sal ek weet op wie se knoppie ek moet druk as ek 'n jagter nodig het."

Francois se trots ken geen perke nie.

Een van die dinge wat Sizwe vir Francois probeer leer, is die kuns van 'n goeie ou kieriegeveg. Vir Francois voel dit asof hy tot 'n geheime binnekring toegelaat word – hy sien 'n verband tussen die kieriegeveg en die virtuele gevegte wat hy op sy PlayStation speel. Daar's net een groot verskil: kieriegevegte is eg.

Ná 'n bedrywige sessie laat sak Sizwe sy kierie. "Nee, nee," sê hy met 'n sug, "jy kan nie net slaan soos die bobbejaan nie. Jy moet kyk by die oë van die ander man, dan sal jy ken hoe hy volgende wil slaan. Kom ..."

Sizwe lig sy kierie en skild, gereed om verder te baklei. Francois maak ook so. Hulle sirkel om mekaar en dan beweeg Francois vinnig vorentoe en plant 'n hou. Maar Sizwe het dit sien kom. Hy beweeg met een beweging na regs, weer die hou af en plant 'n lekker ene op Francois se bobeen.

Francois skree van pyn en laat val sy kierie en skild. Hy hop rond terwyl hy sy bobeen vasdruk. "Eina, bliksem!"

"Jy sien, ek het hom sien kom by jou oë."

Dan ruk Motinga se kwaai stem hulle tot orde. "Wat dink jy doen jy?"

Motinga het steeds sy stadsklere aan. Hy stap nader. "Ek vra, wat dink jy doen jy?"

"Ek leer my broer hoe om met die stok te baklei," sê Sizwe.

Francois staan en luister, maar verstaan nie wat hulle sê nie.

"Sedert wanneer is enige wit man jou broer?"

Sizwe kyk stil na Motinga.

"Die geheime van die stok behoort aan ons kultuur. Hulle het genoeg by ons gevat, moenie die bietjie wat ons oorhet ook weggee nie."

"Hy't my dinge van sy kultuur geleer, hoekom kan ek hom nie dinge van myne leer nie?"

"Sizwe, wat sê hy?" vra Francois.

"Sien jy?" roep Motinga uit. "Hy verstaan nie eers ons taal nie!"

"Hy's van Johannesburg. Die baas hier is sy oom."

Motinga kyk misnoegd na Francois. "Hierdie grond is myne. Loop!"

"Wat jy waar kry? Hierdie grond behoort aan my oom, en sy pa voor hom, en sy pa voor hom."

Sizwe raak bekommerd. Hy besef hier gaan moeilikheid kom. "Nie hierdie grond nie," sê hy en beduie na die grond waarop hulle staan. Dan wys hy met sy kierie rivier toe. "Van daar tot daar, tot daar, tot daar … hy's gegee vir my mense."

Sizwe draai dan na Francois. "Ek dink dit sal beter wees as jy gaan," sê hy.

"Hoekom gaan lê jy by sy voete?" raas Motinga. "Wat is jy? 'n Hond?"

"Ek is Sizwe. Ek werk hier met my vader en my broers."

"Ek is Motinga en ek …'"

Francois onderbreek hulle, sy stem ergerlik: "Praat laat ek verstaan!"

433

Motinga en Sizwe kyk om na hom.

"Ek is Motinga. Ek is hier gebore, en my pa, en sy pa, en sy pa voor hom. So lank die Boere hier was, my mense hulle was ook hier."

"Is julle die volk wat in seventy-six geloop het?"

Motinga knik, sy gesig steeds bewolk. "Vir meer as honderd-en-dertig jaar ons was hier," sê hy bars.

"My oom het gepraat van jou. Ek ken jou storie."

"Jy ken van niks nie."

"Julle't weggeloop, en noudat Mandela 'n nuwe wet gemaak het, nou's jy terug om die grond, waarvan jy weggeloop het, op te eis."

"Jou oom, hy't so vir jou gesê?"

"Ja."

"Jou oom, hy't jou vertel hoekom ons geloop het?"

Francois kyk stil na Motinga.

Motinga sien dat Francois nie 'n idee het van wat gebeur het nie. Hy glimlag sardonies, stap tot by Francois, plaas een arm om sy skouers en beduie met die voorvinger van sy ander hand in die rigting van die grot teen die berg.

Sizwe kyk ook op na die berg waar Motinga beduie.

"By daardie berg ... daar is 'n grot ..."

En so word een van Donkerland se laaste geheime wat van Francois weerhou is, aan hom geopenbaar.

Wanneer Motinga klaar gepraat het, kos dit Francois nie baie tyd om hom van die geselskap te verskoon nie. Motinga en Sizwe kyk hom agterna, Sizwe geamuseerd, maar Motinga verras oor die manier waarop die eienaars van Donkerland hul geskiedenis in geheimenis hul.

Francois loop opstal toe, waar hy Mariaan, ta' Emily en Johan by die kombuistafel aantref, gereed om middagete te eet. Daar is brood, konfyt, botter en kouevleis op die tafel. Ta' Emily skink koffie. Normaalweg sou Francois by die aanskoue van só 'n tafel net een vraag hê, en dit is waar sy bord is. Maar nou gaan sit hy stil langs Mariaan, gekweld.

Almal om die tafel is besig om vir hulle brood te smeer en merk nie sy stroefheid nie. Hy sit 'n rukkie en luister hoe Mariaan en Johan korswil oor 'n besoek aan Johannesburg, en dan sê hy uit die bloute: "Ek weet wat gebeur het."

Hy het almal se aandag; hulle weet net nie waarvan hy praat nie.

"Wat waar gebeur het?" vra Mariaan.

"In daardie grot." Nou besef almal waarna hy verwys.

"Hoekom het Ma my nie gesê nie?" Hy kyk na Johan en ta' Emily. "Ek is ook 'n lid van hierdie familie. Hoekom het niemand my vertel nie?"

"Waar't jy dit gehoor?" vra Johan.

"En hoekom haat almal mekaar? Ek's miskien net 'n stadsjapie, maar ek kan nie sien hoe ons in hierdie land gaan regkom as die swartes en die wittes aanhou om mekaar te haat nie. Oor dinge wat gebeur het lank voor my geslag gebore is. Daardie baba wat oom Frederik in die grot vermoor het was tog sekerlik nie die eerste kind wat 'n wit man by 'n swart vrou gehad het nie. In geskiedenis het ons geleer hoe die eerste pioniers uit Europa vir hulle slawe as vrouens gevat het. Ons kan dit ontken soveel as wat ons wil, maar soos ek dit sien, woon ek in Afrika, en Afrika is vol swartes. Óf ek is 'n ware Afrikaan en maak vrede met Afrika, óf ek vlug terug na die lande wat daai pioniers in die eerste plek gelos het om hiernatoe te kom. Maar dis lande wat ek nie ken nie, nie verstaan nie. Ek wil nie soontoe gaan nie. Ek wil hier bly – sonder haat in my hart."

Stilte.

Mariaan en ta' Emily kyk na Francois, Johan se oë is op die tafel voor hom. "Wie't jou van die grot vertel?" vra hy.

"Motinga."

Johan staan só vinnig op dat sy stoel amper omkantel.

"Johan …" Ta' Emily lig haar hand bekommerd na hom.

Maar Johan is klaar uit.

Mariaan hou Francois se blik nog 'n oomblik lank en kyk dan stadig weg.

Die volgende dag is Johan terug by Wynand, en dit is ietwat van 'n wonder dat Belonsky en Motinga ook daar is. Die slagordes is weer opgestel.

Johan leun vorentoe oor die tafel, sy vinger na Motinga gewys terwyl hy na Belonsky kyk. "Sê jy vir jou kliënt, as hy weer sy voete op my grond sit, kla ek hom van betreding aan."

"Dis my reg om daar te loop."

"Totdat jy 'n vel papier en 'n tjap van die hof het wat anders sê, is daardie grond myne. En jy bly weg van my susterskind! Jy bly weg!"

"Hoekom jy vertel hom nie …?"

"Meneer Mchunu, ek moet jou aanraai …" begin Belonsky.

"Nee!" roep Motinga uit. "Ek vra! Hoekom jy vertel hom nie die waarheid nie? Hoekom jy laat hom dink dat …?"

Op hierdie oomblik verskyn Sigwebana in die deur.

Motinga is onmiddellik stil.

Al vier mans kyk na Sigwebana wat met sy hoed in die hand staan.

"Gaan kyk by die berg," sê die bejaarde man. "Hy't hierdie kant en hy't daardie kant, maar hy's dieselfde berg. Julle twee, julle is soos daardie kante – julle dink julle's hierso en daarso, maar julle's dieselfde een. En wat julle doen? Julle breek die jong mense se toekoms stukkend sodat julle weer die verlede kan bou. Maar daardie verlede hy is verby. Nou ek gaan julle sê, hier voor hierdie," hy beduie na Belonsky en Wynand, "belangrike mans hier."

Dan draai hy na Johan, spreek hom aan. "Ek was daar met jou pa, ons was jong manne, beste vriende, toe baas Ouboet gegee het die vyf akker vir my pa. En voor dit, baas Ouboet se eie pa hy het gegee my oupa Bongani die ander grond omdat my oupa hy't saam gebaklei teen die Engelse. As daardie manne hulle was hierso, hulle sou sê wat ek praat, is waar. Moenie die skaamte bring by hulle naam nie."

Johan sluk hard. Hy het geen teenargument nie.

Sigwebana wend hom nou tot Motinga. "Jy, Motinga, jy was nog nie eers gebore nie toe daardie grond gegee is, maar jy baklei met die kwaadgeit in jou hart wat daardie grond sal sout maak en niks ooit weer daar sal laat groei nie. Ek het jou gelos om te baklei omdat die grond se storie, hy het my hart seergemaak. Maar ek los jou nie meer nie. Voor daardie grond is joune, hy is myne."

Motinga kyk dikmond af.

Sigwebana draai weer terug na Johan. "Ek vra jou nou, as 'n seun van die grond, om jou voorvaders te eer en om my te gee wat jou voorvaders gegee het aan myne. Dan ek sal belowe dat daardie grond nooit verkoop sal word nie sodat Donkerland hy kan een wees soos hy was."

Johan se oë is op Sigwebana; dit spoeg nie meer vuur nie.

Ná die vergadering gaan Johan terug Donkerland toe. In die skuur gaan haal hy 'n vierpondhamer. Hy stap na die klipstapel en begin die klippe metodies loskap en van die stapel afgooi. Ná 'n ruk sien hy Sigwebana aangestap kom. Hy ignoreer hom, hou aan met kap.

Sigwebana kom tot by Johan en staan 'n oomblik en kyk hoe hy kap. "Hoekom jy breek die klippe af?" vra hy.

"Hierdie stuk grond behoort nou aan jou."

Sigwebana kyk rond na die grond om hom. "Hierdie stuk, hy is nie gegee nie," sê hy.

"Nee, maar volgens die wet is dit ook julle s'n omdat julle beeste vir so lank hier gewei het."

"Ek soek nie die grond by die wet nie. Net die grond wat gegee is."

Johan kom stadig orent. Hy kyk met nuwe oë na Sigwebana.

Sigwebana buk en tel een van die klippe op wat Johan losgekap het en plaas dit terug op die klipstapel. "Ek wil die baas vra, wanneer die dag kom as ek gaan saam met baas Piet-Jan daar by die anderkant, ek wil vra dat my kinders hulle kan kom lê my lyf hier by Donkerland."

Johan glimlag effens, knik sy kop.

"Goed so," sê Sigwebana. Hy bied sy hand aan en hulle groet mekaar op die Afrikamanier. Sigwebana sit sy hoed op sy kop. "*Sala kahle.*"

"*Hamba kahle.*"

Terwyl Sigwebana wegstap, is Johan se gemoed vol. Ná 'n rukkie dra hy die hamer terug skuur toe en loop dan verder, verby die opstal, agter teen die steilte uit, op met die berg, na die grot. Daar gekom, klim hy

oor die rand van die klipskans, uitasem. Hy staan en kyk na die grot;
loop dan rond. 'n Magdom herinneringe kom terug.

Dan gaan sit hy, rug na buite, op die rand van die skans. Hy onthou
Frederik se woorde: "Die grens loop nou deur Donkerland, Ouboet,
en hier is ek jou maatjie ... tot die dood."

Stadig, amper onopmerklik, begin hy huil. Dan stoot dit op. Sy
skouers begin ruk. Hy probeer dit onderdruk, maar wat moet uit, moet
uit. Die damwal breek en hy huil soos 'n baba – oor wat was, wat nie
was nie, en wat kon gewees het.

Oor die kind wat hy nooit lewend in sy eie arms vasgehou het nie.

Veral oor die kind.

Sizwe wil hê Francois moet langer bly, tot aan die einde van die vakan-
sie, maar Francois, lank die man in sy ma se huis, wil haar nie alleen
stad toe laat ry nie. Hulle het 'n ent langs die rivier af geloop, en nou,
terwyl hy nog klippies in die water gooi, gaan staan Francois. Hy trek
sy grunge-blokkieshemp uit, hou dit na Sizwe. "'n Stukkie van die stad,"
sê hy.

Sizwe neem dit by hom. "*Ngiyabonga*," sê hy.

"En ek sê vir jou dankie," antwoord Francois.

Sizwe staan op en dan doen hulle hul handdruk. Heeltemal onbewus
van wat 'n ent weg op Donkerland se stoep gebeur.

Sommerso, terwyl hulle op die stoep sit en gesels, deel ta' Emily vir
Mariaan mee dat sy Francois haar erfgenaam gaan maak.

Mariaan kyk verstom na haar groottante. "Ek weet nie wat om te
sê nie." Sy probeer hard dink wat die moontlike gevolge kan wees, en
net een uiteinde lyk vir haar duidelik: Donkerland het 'n nuwe baas
vir die toekoms.

"Daar's niks om te sê nie. Ek het geen ander erfgenaam nie. Dis hoe
ek dit wil hê, en dis hoe dit sal wees."

"Dankie," antwoord Mariaan oorbluf. "Baie dankie."

"My plesier. En glo my as ek sê my plesier."

Mariaan sit in haar stoel terug, haar gedagtes die hele wêreld vol.

"Dis so ironies, weet jy." Ta' Emily sit vertroulik nader. "In daardie grot is 'n kind dood net omdat sy nie suiwer swart of wit was nie, intussen sit ek en James op Soetwater en sou ons ek weet nie wat gegee het om 'n kind te hê nie. Maar nou ja, gelukkig het jy toe vir ons almal een in Holland gaan kry. Ek wou nog vra: Watse soort man was hy?"

"'n Verwaande intellektueel wat verlief was op die klank van sy eie stem en die 'diepsinnigheid' van sy eie geykte gedagtes."

"Hoekom het jy dan met hom … jy weet …?"

"Ek was dronk."

"A! Jy moet my sy adres gee sodat ek darem 'n briefie kan skryf om dankie te sê vir die erfgenaam wat hy vir my gemaak het."

"O nee, Tannie weet mos hoe's die intellektuele: kop vol idees en bankrekening leeg. As hy uitvind watse boedel jy aan Francois nalaat, sal hy binne 'n week aan my voordeur klop om sy liefde te verklaar en toegewyde pa te wees."

Ta' Emily se lag weerklink oor die erf, en al sou Johan en Francois dit kon hoor waar hulle in die begraafplaas aan die Tugela doenig is, is hulle te ernstig besig om daarop ag te slaan. Johan is die familie vir Francois aan 't uitlê.

By oubaas Pieter se gedenksteen verduidelik hy Pieter de Witt se ballingskap: "… en daar op daardie eiland is hy oorlede. Hy't Donkerland gevestig, maar hy's die enigste wie se lyk nie hier lê nie."

"Het hy regtig die hele pad van die Umzimkulurivier hiernatoe gestap?"

"'n Engelse sendeling het sy perd gesteel."

"Hoe't hy dit reggekry?"

"Weet nie. Miskien sal ta' Emily vir jou kan sê."

Johan draai effens meer formeel na Francois. "Die eintlike rede hoekom ek jou hiernatoe gebring het … die storie van die tarentaal wat ek jou vertel het, toe daardie einste man sy eerste seun uit sy vrou se maag gesny het …" Johan trek die dolk wat oubaas Pieter gebruik het om Jakob mee uit te sny en Anna gebruik het om die hanskakie mee dood te steek uit sy sak. "Dit is die dolk."

Francois kyk verwonderd na die mes in Johan se hande.

"Ek het hom by my pa geërf en my pa by oom Ouboet. Hy's nou joune."

Johan hou die dolk na Francois uit, maar die seun huiwer, kan dit nie glo nie. "Oom Johan … ek …"

"Om redes wat ek verkies jy nog nie moet weet nie, het ek nie kinders nie, Jy's die enigste man van die volgende geslag."

"Dankie, oom Johan."

"Moenie vir my dankie sê nie. Sê dankie vir hom." Hy beduie na oubaas Pieter se gedenksteen.

Met 'n glasie wyn in die hand sit Mariaan op die boonste stoeptrappie na die nag en uitkyk. Johan kom uit die huis op die stoep gestap, bier in die hand. Hy gaan sit langs Mariaan, elmboë op die knieë. Hulle sit 'n ruk in stilte.

"Hoe laat wil jy ry?" vra hy.

"Nie te vroeg nie. So nege-uur."

Johan knik.

"Ta' Emily het besluit om haar boedel aan Francois te bemaak."

"Hm."

"Moet hom nie sê nie. Sy wil hê dat hy eers uitvind as hy vyf-en-twintig is."

"Wyse besluit. Soos ek gehoor het, is dit 'n berg geld. Haar man was mos 'n enigste kind, so, hy't alles by sy ryk ouers geërf en dit toe net so aan haar nagelaat. Om nie te praat van die geld wat sy vir Soetwater gekry het nie."

'n Oomblik stilte, dan praat Mariaan: "Ek wil vir jou dankie sê … dat jy Francois so … dat jy hom so tuis laat voel het. Die tarentale en alles. Hy't verskriklik opgesien om te kom, en toe was dit heeltemal anders as wat hy verwag het. Om die waarheid te sê, dit was anders as wat ek verwag het."

"En wat het jy verwag?"

"Ek weet nie. Anders."

"Wel, jy ken my, Sus, ek's nie 'n man vir emosie wys en al daai dinge nie, maar ek is baie bly julle 't gekom. Ta' Emily het julle genooi sonder om my te sê en ek was kwaad vir haar, maar ek's bly sy het. En of die ou wat Francois se pa is nou 'n poephol is of nie, hy 't 'n donners oulike seun gemaak. Ek sal hom graag weer wil sien … al stuur jy hom alleen af. Hy's altyd welkom."

"Dankie."

Hulle sit 'n ruk net so sonder om iets te sê, gemaklik bymekaar.

"Ek wens ek het 'n seun gehad," sê Johan dan.

Mariaan sit haar hand op sy knie. Hy plaas sy hand bo-op hare. Dan sit sy haar ander hand bo-op syne.

"Ons kan hom deel," sê sy.

Die volgende oggend vroeg pak Francois sy goedjies in sy tas. Voor hy uit die kamer stap, kyk hy 'n laaste keer na die foto's teen die muur. Dit is veral die gesinsportret van Piet-Jan, Truida, Johan, Mariaan en Frederik soos hulle in 1976 was wat hom intrigeer. Francois raak liggies met sy vingerpunte aan die foto. Hy hoor sy ma die kamer binnekom, maar kyk nie om na haar nie.

"Francois …" sê sy.

"Ek kom."

"Is dit waar wat ek hoor?"

"Wat?"

"Ta' Emily sê my dat Khwezi haar vertel het Sizwe sê jy sou graag tot die einde van die vakansie wou bly, maar jy wil nie hê ek moet alleen terugry nie."

Francois trek sy skouers op.

"Hoekom het jy nie met my daaroor gepraat nie?"

"Want ek wil nie hê Ma moet alleen ry nie."

"O, en wat van wat ék wil hê? Miskien wil ek graag alleen ry."

"Tsjaag, Ma!"

"Nie tsjaag nie. Ingeval jy vergeet het, ek het alleen deur die hele Europa getoer. Ek hou daarvan om alleen te ry. Dit gee my 'n bietjie 'me-time' om oor dinge te dink. Oom Johan het gesê as jy wil bly, is jy meer as welkom. Hy sal jou terugbring huis toe, dan kan hy sommer sien waar ons bly."

Die son het skielik in die middel van Francois se winter begin skyn. "Is Ma seker?"

"Natuurlik is ek seker. Buitendien, dan kan ek die Natalse zol wat ek by een van die werkers gekry het lekker op my gemak rook."

"Ma!" roep hy geskok uit.

Ta' Emily, Johan en Francois staan in 'n los groepie en waai vir Mariaan wat met haar kar op die werf wegtrek. 'n Paar treë van hulle staan Sizwe in sy nuwe blokkieshemp. Hy waai ook. Almal waai totdat die kar doer anderkant verdwyn oor die heuwels wat Pieter de Witt en Eerste in 1839 tot in die verste verte sien strek het.

Ta' Emily sit in die sitkamer en hekel toe Francois die vertrek binnekom met 'n tarentaal in sy hande. Hy hou die tarentaal omhoog: "Ta' Emily, kyk hierdie mooie."

Sy loer oor haar bril se rand. "As jy aangaan soos jy aangaan, Francois, gaan daar binnekort nie meer 'n enkele tarentaal op hierdie plaas oor wees nie."

Francois glimlag, wil weer uitstap, maar steek vas, sy oë op die stok teen die muur bo die kaggel. "Ek wou nog vra, Tannie … watse stok is daai?"

Ta' Emily kyk op na die stok, glimlag, amper moeg, want sy weet … "Dít, my kind, is 'n lang storie."

Hy kan wag vir die storie, hy het baie tyd.

Ta' Emily dink 'n paar oomblikke na en lê dan haar hande met haar hekelwerk net so op haar skoot neer. "Jy weet," sê sy, "hulle sê daar is g'n plek in die heelal waar 'n mens ver genoeg kan terugstaan om jou storie te vertel en met die vertel kan sê nie: 'Hier is die waarheid, presies soos dit gebeur het …'

"Die geheue is 'n snaakse ding," sê ta' Emily, haar oë iewers waar

Francois die plaas se heuwels vermoed, nee, ágter daardie heuwels, "hy onthou wat hy wil en die res val soos vrot vrugte van 'n boom van hom af. Dit is nou eenmaal 'n feit: 'n Storie gaan gebuk onder die las van al die stukkies wat bygelieg en bygedroom word, en word vermink deur alles wat vergete is.

"Maar soos dit is met 'n kind ná nege maande in die swanger maag, of hy nou vermink is of nie, as hy wil uit, dan moet hy uit. En waar was daar ooit 'n gekraam sonder 'n gekerm? Of sonder bloed? Ja, bloed, want die siel kan ook bloei … op sy eie manier.

"Daardie stok se storie begin in die Oos-Kaap in 1838 met 'n jong man … sy naam was Pieter de Witt. Jy weet, daar is g'n plek in die heelal waar 'n mens ver genoeg kan terugstaan …"

Kerneels Breytenbach is oudjoernalis en -uitgewer. As skrywer het daar van hom verskyn *Morsdood van die honger, Glimlag en Piekniek by Hangklip*, asook die kookboeke *Die lekkerste lekker* en *7de Laan-kookboek*. Hy is bewus daarvan dat die titels almal op plesier en 'n jolige lewe sinspeel, maar sê dit was alles net voorbereiding vir die groot eise wat die verwerking van Deon Opperman se tekste aan hom gestel het.

Deon Opperman het oor die vyftig verhoogdramas op sy kerfstok en is twee keer met die Hertzogprys vir Drama bekroon. Onlangse televisiedramas sluit in *Kruispad, Getroud met rugby* en *Donkerland*. *Hartland* is die eerste van sy dramas wat tot roman verwerk is. Hy sê dit was 'n besonderse ervaring vir hom om te sien hoe Kerneels Breytenbach toneel vir toneel en episode vir episode sy draaiboek tot prosa omskep: "Drama en prosa is uiteenlopende vaardighede, en dit is vir my 'n voorreg dat die Afrikaner-trilogie wat my so na aan die hart lê, 'n nuwe lewe as romans deur Kerneels gekry het."

www.ingramcontent.com/pod-product-compliance
Lightning Source LLC
Chambersburg PA
CBHW060215030726
47499CB00004B/1060